ROBERT JORDAN

Robert Jordan est un Sudiste comme on n'en fait plus. Né en 1948 à Charleston (Caroline du Sud) sous le nom de James Oliver Rigney, initié par son père à la chasse et à la pêche et revenu vivre dans sa ville natale après un détour à la Citadelle – le célèbre collège militaire – d'où il sortit diplômé de physique et, un détour plus lointain au Vietnam, d'où il ramena beaucoup de médailles. Il a commencé en 1977 une carrière d'écrivain qui, à travers le roman historique (sous le pseudonyme de Reagan O'Neal) et le western (pseudo : Jackson O'Reilly), l'a amené, depuis 1986, à la fantasy.

# LE JEU DES TÉNÈBRES

DU MÊME AUTEUR
*CHEZ POCKET*

*LA ROUE DU TEMPS*

TOME I – L'INVASION DES TÉNÈBRES

1. La Roue du Temps
2. L'Œil du Monde

TOME II – LA GRANDE CHASSE

1. Le Cor de Valère
2. La Bannière du Dragon

SCIENCE-FICTION

*Collection dirigée par Jacques Goimard*

ROBERT JORDAN

*LE MAÎTRE DU MAL*

*II*

# LE JEU DES TÉNÈBRES

RIVAGES/FANTASY

Titre original :
*THE DRAGON REBORN*

Traduit de l'américain
par Arlette Rosenblum



PRESSECO
PAPIER RECYCLÉ
NATURE PROTÉGÉE


ISBN : 2-266-09830-6

Dédié à
James Oliver Rigney père
(1920-1988)

Il m'a enseigné à toujours poursuivre le rêve
et, l'ayant capturé, à le vivre.

*Et ses itinéraires seront nombreux, et qui saura dire son nom, car il naîtra parmi nous maintes fois, sous bien des apparences, ainsi qu'il est né et renaîtra à jamais, dans les siècles des siècles. Tel le soc tranchant de la charrue, sa venue retournera nos vies dans des sillons autres que ceux où nous gisons dans notre silence. Briseur de liens, forgeur de chaînes. Créateur d'avenirs, manipulateur du destin.*

Extrait de : *Commentaires sur les Prophéties du Dragon* par Jurith Dorine, Main Droite de la Reine d'Almoren, 742 A.D.[1], Troisième Ère.

1. A.D. : après la Destruction (cf. note précédant le glossaire en fin de volume).

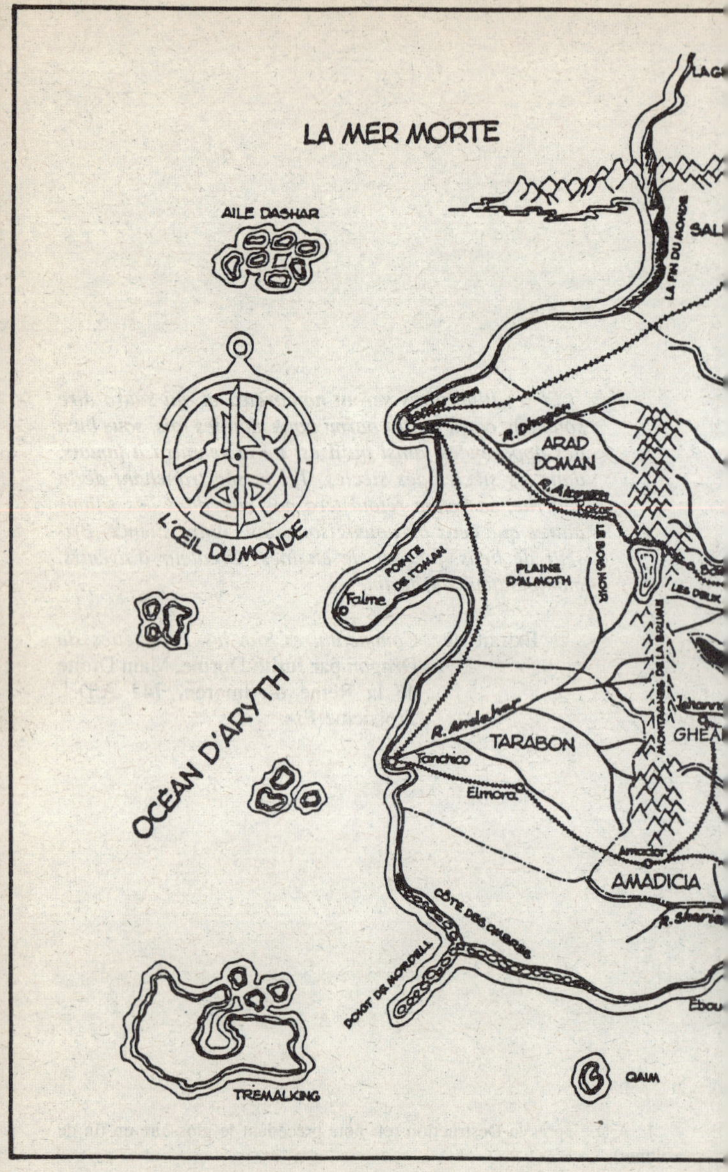

LA MER MORTE
AILE DASHAR
L'ŒIL DU MONDE
OCÉAN D'ARYTH
TREMALKING
QAIM
LA FIN DU MONDE
R. Dhagon
ARAD DOMAN
POINTE DE TOMAN
Falme
PLAINE D'ALMOTH
LE BOIS NOIR
MONTAGNES DE LA BRUME
R. Andahar
TARABON
Tanchico
Elmora
Amador
AMADICIA
CÔTE DES OMBRES

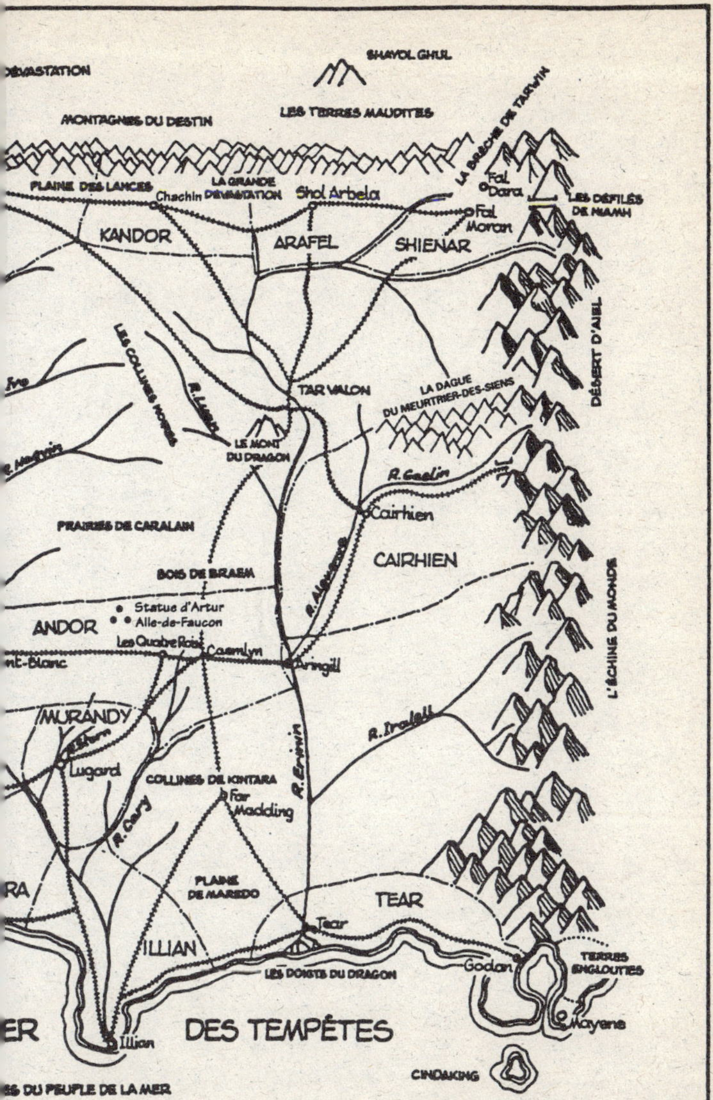
SHAYOL GHUL
LES TERRES MAUDITES
MONTAGNES DU DESTIN
LA BRÈCHE DE TARWIN
PLAINE DES LANCES
LA GRANDE DÉVASTATION
Chachin
Shol Arbela
Fal Dara
LES DÉFILÉS DE NIAMH
Fal Moran
KANDOR
ARAFEL
SHIENAR
DÉSERT D'AIEL
LES COLLINES NOIRES
TAR VALON
LA DAGUE DU MEURTRIER-DES-SIENS
LE MONT DU DRAGON
R. Gaelin
Cairhien
PRAIRIES DE CARALAIN
CAIRHIEN
BOIS DE BRAEM
Statue d'Artur
Aile-de-Faucon
ANDOR
Les Quatre Rois
Caemlyn
Aringill
L'ÉCHINE DU MONDE
MURANDY
Lugard
R. Iralell
COLLINES DE KINTARA
Far Madding
R. Erinin
PLAINE DE MAREDO
TEAR
Tear
ILLIAN
LES DOIGTS DU DRAGON
Godan
TERRES ENGLOUTIES
Mayene
DES TEMPÊTES
Illian

## Résumé des volumes précédents

On raconte qu'en des temps reculés certains avaient le don d'obtenir de la Lumière un pouvoir surhumain, le *saidin* pour les hommes ou la *saidar* pour les femmes. À ces élus était donné le nom d'Aes Sedai.

En ces temps-là, le Seigneur de l'Ombre voulant imposer sa suprématie au monde entier, les Aes Sedai s'unirent pour le combattre sous la conduite d'un des leurs, surnommé le Dragon. Ils parvinrent à sceller sur le Ténébreux la porte d'un cachot, aux confins des terres du nord, dans le Shayol Ghul.

Alors ses amis et alliés prirent leur revanche en provoquant chez leurs vainqueurs une folie meurtrière qui ravagea le monde. Les siècles s'écoulèrent ; les ruines furent en partie relevées. Seules restèrent des femmes élues capables de posséder le don, mais à la puissance limitée car le *saidin* leur manquait. Ainsi, famines, guerres ou cataclysmes apparaissaient aux peuples comme l'œuvre des Amis de l'Ombre, des jalons préparant une nouvelle offensive destinée à assurer le triomphe final du Ténébreux.

La légende disait que le Dragon renaîtrait pour délivrer de l'Ombre la terre des hommes. Au fil des ans, de faux Dragons se levèrent, avides de conquêtes, semeurs de mort et de misère. Ainsi devait aller le monde tant que durerait la rivalité entre l'Ombre et la Lumière.

## La Roue du Temps

Au pays des Deux Rivières, on est sceptique devant ce passé tumultueux qui s'estompe en une histoire plus légendaire que véridique. Les ménestrels en colportent toujours les épisodes de cité en village ; encore se montrent-ils bien rares dans cette région fort isolée, qui vit au rythme des traditions.

L'hiver n'a pas tout à fait battu en retraite, et les loups rôdent encore, que déjà s'annonce Bel Tine, la fête du premier jour du printemps. Le cœur léger, Rand al'Thor accompagne son père, Tam, qui part livrer au bourg du Champ d'Emond cidre et eau-de-vie promis pour les festivités à l'aubergiste et maire, Maître al'Vere.

Rand, âgé de dix-huit ans, osera-t-il demander une danse à Egwene, fille cadette de Bran al'Vere, sa camarade d'enfance tout comme l'espiègle Mat Cauthon et le sérieux apprenti forgeron Perrin Aybara ? Un sentiment de malaise interrompt ses réflexions lorsqu'il aperçoit dans la forêt un cavalier en manteau noir qui les suit. Tam regarde à son tour, mais la route est déserte.

S'agit-il d'une illusion ? Pourtant Mat, Perrin, d'autres encore, ont entrevu le cavalier mais, malheureusement, aucun de leurs aînés. Ce souci s'efface à l'arrivée de deux étrangers, la Dame Moiraine accompagnée du guerrier Lan, avec le ménestrel Thom Merrilin.

On attend encore Padan Fain le colporteur, avec son arsenal de feux d'artifice, et cette fête de Bel Tine sera la plus belle de mémoire d'homme. Mais Fain apporte aussi la nouvelle d'une guerre dans le Ghealdan, causée par l'apparition d'un Dragon Réincarné. Le bourg entre en effervescence, et Tam et Rand décident de s'en retourner à la ferme, abrégeant les réjouissances de circonstance en cette dernière Nuit de l'Hiver.

Dans la nuit, des Trollocs, géants mi-hommes, mi-bêtes, attaquent la ferme. Rand en tue un avec l'épée de Tam, qui porte la marque du héron, celle d'un maître ès armes. Rand emporte son père, blessé, à travers la forêt où ils évitent un Myrddraal à la tête d'une colonne de Trollocs. Arrivé au bourg, Rand tente de faire soigner Tam par Nynaeve, la « Sagesse » du village, mais la blessure dépasse sa science et Moiraine devra s'en charger.

Moiraine est une Aes Sedai. Elle guérit Tam et convainc Rand que c'est lui, ainsi que ses amis d'enfance Mat Cauthon et l'apprenti forgeron Perrin Aybara, que cherche le cavalier sans visage au manteau noir. L'unique moyen de sauver leur bourg natal de la destruction est de fuir à Tar Valon, la cité forte des Aes Sedai, seules capables de s'opposer aux séides du Ténébreux.

Grâce à Moiraine et à ses pouvoirs, le groupe surmonte danger après danger, franchit en bac la rivière Taren, sort indemne de la ville de Baerlon, où patrouillent les fanatiques Enfants de la Lumière, puis se réfugie pour une nuit dans la cité maudite de Shadar Logoth où la moindre pierre renferme les germes du mal. Malgré les recommandations de Moiraine, Mat y subtilise un poignard orné d'un rubis. Alors surviennent des Trollocs.

Poursuivis par ces géants cruels, harcelés par les maléfices de Mashadar, le Mal incarné, les compagnons se dispersent à la hâte. Thom, Rand et Mat parviennent à fuir en bateau sur l'Arinelle. Moiraine et Lan sont rejoints par Nynaeve, décidée à ramener au Champ d'Emond les trois jeunes dont elle estime, en tant que « Sagesse », avoir la garde. Egwene et Perrin, eux, traversent l'Arinelle à la nage, puis errent dans ce qu'ils pensent être la direction de Caemlyn, capitale du Royaume d'Andor et étape sur la route de Tar Valon. Ils croisent heureusement le chemin d'Elyas Machera, l'Homme aux Loups, qui offre de leur servir de guide avec sa meute. Tous savent qu'ils ont une chance de se retrouver à Caemlyn.

Au port fluvial de Pont-Blanc survient un Myrddraal, toujours sur la piste de ses proies. Thom Merrilin se sacrifie pour que Rand et Mat puissent lui échapper et continuer vers Caemlyn. Pendant ce temps, Perrin et Egwene ont fait la connaissance des Tuatha'ans, qu'on appelle le Peuple Voyageur. Et Moiraine tente toujours de les rattraper.

## L'Œil du Monde

À Pont-Blanc, Moiraine et ses compagnons découvrent des traces du Ténébreux : incendies et rixes font peser une atmosphère lourde sur la ville. De leur côté, Elyas, Perrin et Egwene sont pourchassés par une nuée de corbeaux, noirs serviteurs du Ténébreux. Ils leur échappent en se réfugiant dans un *stedding,* village d'Ogiers, géants bâtisseurs et planteurs de forêts. Perrin se découvre la faculté de communiquer avec les loups. Les Enfants de la Lumière capturent Perrin et Egwene, qu'ils prennent pour des Amis de l'Ombre et veulent emmener à Amador, place forte des Blancs Manteaux, pour les juger.

Sur la route de Caemlyn, Rand et Mat vont de ferme en village, gagnant leur pain en jouant de la musique dans les auberges. À trois reprises, les serviteurs de l'Ombre tentent de s'emparer d'eux mais échouent. Ba'alzamon le Ténébreux apparaît dans leurs cauchemars et tente de les soumettre à sa volonté. L'épée ornée du héron que porte Rand attire convoitises et curiosité, et ce n'est qu'arrivés à Caemlyn, cité grandiose bâtie par les Ogiers, qu'ils peuvent trouver un répit en se fondant dans la foule nombreuse qui vient voir le « faux Dragon », un nommé Logain.

À l'auberge de Maître Gill, *La Bénédiction de la Reine,* où

Thom Merrilin leur avait fixé rendez-vous, Rand et Mat apprennent que la Reine Morgase soutient les Aes Sedai et en a une pour conseillère, Elaida, de l'Ajah Rouge. Cela provoque des antagonismes au sein de son royaume, en particulier avec les Enfants de la Lumière, farouchement opposés aux Aes Sedai. Rand fait la connaissance de Loial, un Ogier haut de trois mètres qu'il prend d'abord pour un Trolloc. Loial a quitté son *stedding* pour voir le monde. Grand connaisseur du passé, il déclare à Rand que celui-ci est *ta'veren*, un personnage essentiel du Dessin des Ères, comme le furent avant lui Lews Therin Telamon, dit le Dragon, ou Artur Aile-de-Faucon. Moiraine, Lan et Nynaeve arrivent près du camp des Enfants de la Lumière et Lan fait évader Perrin et Egwene.

À Caemlyn, la tension monte. Un mystérieux mendiant cherche à contacter Rand et Mat. Rand grimpe sur les remparts du palais pour apercevoir Logain, le « faux Dragon » prisonnier que des Gardes de la Reine et des Liges emmènent dans une cage auprès de Morgase. Il tombe du mur et se retrouve dans le jardin de la Reine, où il est recueilli par la princesse Elayne et son frère Gawyn. Le prince Galad, aîné des enfants royaux, survient et veut le livrer aux gardes mais Elayne insiste pour accompagner Rand auprès de la Reine. Le fait que Rand soit un berger des Deux Rivières intrigue la Reine Morgase et alarme Elaida, l'Aes Sedai. Celle-ci proclame que la souffrance et la division vont s'abattre sur le monde et que Rand sera au cœur de cette épreuve. Il constitue, dit-elle, un danger terrible, mais la Reine le libère néanmoins, au nom de la justice.

De retour à l'auberge, Rand raconte sa mésaventure à Loial. Moiraine et ses compagnons surviennent. Mat, qui est possédé par le mal dont est imprégné le poignard volé à Shadar Logoth, tente de tuer Moiraine. Maîtrisé, il est à demi guéri de son envoûtement par l'Aes Sedai.

Les Trollocs et les Évanescents s'assemblent aux portes de Caemlyn avec l'intention d'entrer dans la ville à la recherche de Rand. Moiraine annonce qu'il faut aller à Fal Dara, près de l'Œil du Monde « qui a été créé en vue de la plus grande nécessité que le monde aura à affronter ». Ils devront passer par les Voies. Les Voies sont des chemins secrets hors du temps qui autrefois furent offerts aux Ogiers par les Aes Sedai. Mais le *saidin*, le pouvoir qui servit à créer les Voies, ayant été contaminé par le Ténébreux, elles sont dangereuses à utiliser. Il n'y a pourtant pas le choix, car Moiraine déclare que Rand, Mat et Perrin sont tous *ta'veren* et doivent se rendre au plus vite auprès de l'Œil du Monde. Leur première étape sera la cité forte de Fal Dara.

Les compagnons, guidés par Loial, passent par une porte secrète souterraine d'une maison de Caemlyn et pénètrent ainsi dans les Voies. Ils franchissent plusieurs ponts et échappent à la menace invisible du Vent Noir. Ils ressortent au Shienar, à la frontière de la Grande Dévastation. À Fal Dara, le Seigneur Agelmar les accueille dans sa forteresse. Tandis que le groupe se rend auprès de l'Œil du Monde, Agelmar part livrer une grande bataille aux Demi-Hommes et aux Trollocs à la Brèche de Tarwin. Un étrange prisonnier a été capturé à Fal Dara, en qui Rand reconnaît le mendiant de Caemlyn et le colporteur Padan Fain, qui se révèle un limier du Ténébreux dont la mission est de traquer Rand.

Les compagnons se mettent en route vers l'Œil du Monde, à travers la Grande Dévastation, échappant de peu aux créatures horribles qui y rôdent. Ils parviennent au domaine de l'Homme Vert, créature de légende faite de matière végétale, qui les guide vers leur but.

Au bord de la surface limpide de l'Œil du Monde, source de *saidin,* Rand et ses amis sont confrontés à deux des Réprouvés, ces paladins de l'Ombre emmurés avec le Ténébreux, nommés Aginor et Balthamel, qui les attaquent aussitôt. L'Homme Vert s'interpose, et Balthamel et lui s'entretuent. Rand fait appel à la Lumière pour anéantir Aginor. Il se retrouve soudain au-dessus du champ de bataille où s'affrontent l'armée d'Agelmar et celle des Trollocs, face à Ba'alzamon, qui tente de le soumettre. Avec l'aide de la Lumière, Rand provoque la mort de ce qu'il croit être le Ténébreux.

Ses compagnons ont récupéré au fond de l'Œil du Monde la bannière de Lews Therin, le Dragon, ainsi qu'un coffret qui renferme le Cor de Valère, instrument magique dont le son doit, d'après les légendes, appeler hors de la tombe les héros du passé.

Moiraine, blessée, doit se reposer à Fal Dara avant de regagner Tar Valon avec Mat, pour achever de l'arracher à l'emprise du mal de Shadar Logoth, en compagnie de Nynaeve et d'Egwene, les deux jeunes femmes qui veulent devenir Aes Sedai. Quant à Rand, *ta'veren* se découvrant doté d'un pouvoir capable de tout anéantir, il songe à fuir loin de ceux qu'il aime.

## Le Cor de Valère

Dans l'ombre du Shayol Ghul, une inquiétante assemblée se réunit : des fidèles du Ténébreux de toutes origines, humains, Trollocs ou Myrddraals. Alors, le Maître en personne, Ba'alzamon, fait son apparition.

Ba'alzamon annonce que le Jour du Retour, triomphe des Ténèbres, est proche. Il conjure l'image de Rand, de Mat et de Perrin, et proclame que l'un d'eux est le Dragon Réincarné, mais ne doit point être détruit car il pourrait être converti à la cause des Ténèbres. Puis il transmet ses instructions à chacun des fidèles présents. L'homme nommé Bors est envoyé dans le Tarabon à la recherche des trois jeunes gens.

À Fal Dara, une armée approche de la forteresse sous la bannière de la Flamme de Tar Valon, escortant la Souveraine d'Amyrlin, chef des Aes Sedai. Sentant que celle-ci est venue pour lui, Rand, saisi d'angoisse, décide de s'enfuir seul. Mais la forteresse est bouclée et il n'y parvient pas.

Anaiya et Liandrin, deux Aes Sedai, apportent à Moiraine des nouvelles fraîches : trois nouveaux faux Dragons sont apparus et ravagent le pays ; à Caemlyn, le pouvoir de la Reine Morgase est en péril. La Reine a envoyé à Tar Valon ses enfants, Gawyn et Elayne, accompagnés d'Elaida, sa conseillère Aes Sedai ; Elayne est elle-même sans le savoir une Aes Sedai. À Illian, la Grande Quête du Cor a été proclamée, car on dit que la Dernière Bataille approche. Des rumeurs de combats proviennent de la Plaine d'Almoth, au Tarabon.

Moiraine rencontre seule à seule l'Amyrlin. Les deux femmes discutent du pouvoir naissant d'Egwene, des factions rivales, Ajah Bleue et Ajah Rouge, au sein des Aes Sedai, et de l'avènement du Dragon Réincarné. Leurs plans se tissent autour de Rand et du destin qui l'attend.

Deux mille Enfants de la Lumière arrivent au Tarabon sous la conduite de l'honnête Geofram Bornhald pour y rejoindre une troupe de Blancs Manteaux fanatiques dite « La Main de la Lumière », section d'Inquisiteurs sans merci commandée par Jaichim Carridin, qui se sont donné pour mission d'exterminer quiconque leur semble un Ami du Ténébreux.

Des Trollocs et un Évanescent surviennent soudain dans Fal Dara : un traître les a fait pénétrer dans la forteresse. Padan Fain parvient à s'évader à la faveur de leur assaut, aidé par Liandrin. Mat est blessé au cours de l'évasion, et le poignard nécessaire à sa complète guérison a disparu ainsi que le Cor de Valère. Moiraine avertit Rand qu'il lui faut partir vite et l'Amyrlin lui révèle qu'il est le Dragon Réincarné.

Rand, Loial, Perrin, Mat, Ingtar, Hurin le Flaireur et quelques guerriers partent à la poursuite de Padan Fain qui a volé le Cor de Valère. Egwene, Nynaeve et les Aes Sedai s'en retournent vers Tar Valon avec l'escorte de l'Amyrlin. Sans explication, Moiraine s'éclipse avec Lan le Lige, et Liandrin part de son côté.

Rand, Loial et Hurin disparaissent. Perrin utilise alors ses propres dons de Flaireur pour guider son groupe sur leurs traces. Vérine, l'autre confidente de l'Amyrlin, les rejoint. Cependant, Ba'alzamon apparaît à Rand et lui fait entrevoir la face noire de son destin. Peu après, il sauve la vie de Séléné, une jeune fille magnifique et étrange, tout de blanc vêtue, qui semble issue de la noblesse du Cairhien, et qui part avec eux. Ils finissent par rattraper Fain et lui reprennent le poignard et le Cor. La poursuite s'inverse alors, Fain et les Amis du Ténébreux se lancent à la poursuite de Rand. En route pour Cairhien, ville où Rand, Agelmar et ses autres compagnons savent devoir se retrouver, Séléné, vers qui Rand se sent fortement attiré, les abandonne subitement.

Moiraine, qui s'était retirée à la campagne chez des amies Aes Sedai pour étudier les Prophéties, est attaquée par un Draghkar, une créature de l'Ombre. Est-ce l'œuvre de l'Ajah Noire, la faction des Aes Sedai qui ont secrètement adhéré au parti du Ténébreux et dont personne n'ose parler ? Lan sauve Moiraine et tous deux prennent hâtivement la route. À la Tour Blanche, Egwene devenue novice fait la connaissance de la Fille-Héritière d'Andor, Elayne, fille de la Reine Morgase, cependant que Nynaeve subit avec succès les trois épreuves permettant d'accéder au rang d'Acceptée, dernier stade avant d'être de plein droit une Aes Sedai.

## La Bannière du Dragon

Rand al'Thor, son ami l'Ogier Loial et Hurin le Flaireur, leur guide, arrivent à Cairhien, capitale du pays homonyme, où ils comptent rejoindre les compagnons dont ils ont été séparés quand ils sont entrés involontairement dans un monde magique parallèle.

Une mésaventure qui, en fait, est une chance : dans ce monde-là, un monde futur, ils ont réussi à intercepter Padan Fain, le colporteur au service du Ténébreux, voleur du coffre contenant le Cor de Valère et le poignard de Shadar Logoth qui voue Mat à la mort s'il n'est pas soigné au plus tôt par les Aes Sedai de Tar Valon, à la Tour Blanche.

C'est en possession du coffre qu'ils attendent Ingtar, seigneur de Shinowa, commandant d'une troupe de guerriers du Shienar, Mat que ronge le mal de Shadar Logoth, Perrin aux yeux devenus couleur des yeux de loup et l'Aes Sedai de l'Ajah Brune, Vérine.

Au cours d'une promenade dans les rues, Rand reconnaît une voix de ménestrel — celle de Thom Merrilin, le barde de cour qui a vécu avec eux les premiers épisodes de leurs aventures, Thom qui lui a sauvé la vie et qu'il croyait mort. Thom refuse de revenir avec Rand et ses amis à Fal Dara où Rand veut rapporter le Cor de Valère — et pourtant Rand a besoin de son expérience, ne serait-ce que pour survivre à Cairhien où se pratique le dangereux *Daes Dae'mar*, le Grand Jeu des Feintes et Intrigues des Maisons nobles pour conquérir toujours plus de pouvoir, toujours plus d'argent, même au prix du sang.

Thom s'est créé à l'auberge de son amie Zéna une vie modeste avec pour élève et compagne la jolie Dena, déjà habile jongleuse et récitante de poèmes. Il n'a plus envie de courir les routes, car il s'aperçoit qu'il aime Dena et en est aimé.

En retournant à leur auberge, Rand et Loial sont pris en chasse par des Trollocs. Soudain reparaît la belle et blonde Dame Séléné que Rand avait sauvée des monstrueux *grolms* dans le monde magique et qui avait disparu avant l'entrée dans Cairhien. Elle les incite à trouver refuge dans le domaine des Illuminateurs, disparaît de nouveau.

De retour à l'auberge, ils la voient en feu, Hurin assommé, le coffre disparu et — fendant la foule des badauds — Vérine, Ingtar, Mat et Perrin. Hurin retrouve la trace du Cor : dans les jardins du Seigneur Barthanes, rival du souverain du Cairhien, Galldrian. Barthanes transmet à Rand un message de Fain : rendez-vous à Falme, à la Pointe de Toman.

Comment s'y rendre vite sinon par une Porte des Voies ? Celle du *Stedding* Tsofu leur est interdite par le Vent Noir. Ils iront par une Pierre Porte, quittant le Cairhien en pleine guerre civile car Barthanes et Galldrian ont été tous les deux assassinés et les Seigneurs des Maisons rivalisent en forcenés pour la couronne cairhienine.

Entre-temps, à la Tour Blanche, l'Aes Sedai Liandrin ordonne à Egwene et à Nynaeve de la suivre pour aller au secours de Rand en difficulté à la Pointe de Toman. Elayne et Min, la « voyante » de Baerlon, exigent de les accompagner et Liandrin, sarcastique, accepte.

Elle les emmène par les redoutables Voies vers... un piège : quand la porte s'ouvre près de Falme, la Dame Suroth, haut placée chez les envahisseurs seanchans, attend pour prendre livraison de ces jeunes femmes capables d'utiliser le Pouvoir. Un collier relié par une laisse est passé au cou d'Egwene ; Min se bat au poignard mais est capturée. Pour lui sauver la vie, Egwene promet à la Dame Suroth totale obéissance. Min l'accompagnera, libre, vers la prison où les *damanes,* réduites à l'impuissance par les châtiments invisibles infligés au moyen de cette laisse maudite, apprennent l'obéissance, autrement dit à servir dans les batailles comme armes mortelles.

Arrivé à la Pointe de Toman, le groupe guidé par Hurin suit la piste de Fain : le Cor et le poignard sont chez le chef des envahisseurs seanchans, le Seigneur Turak. Rand le tue en duel, mais une bataille rangée menace. Ingtar se sacrifie pour permettre aux autres de gagner un terrain plus favorable — pour se racheter aussi d'avoir cru sauver le Shienar en se tournant vers le Ténébreux et en ouvrant les portes de Fal Dara aux traîtres. Car il n'y a pas que les Seanchans et leurs Aes Sedai esclaves à vaincre ; à l'horizon se profile la légion des Enfants de la Lumière conduite par l'honnête Geofram Bornhald... Mat qui s'est saisi du poignard et du Cor embouche ce dernier. Et ainsi qu'il a été dit dans les Prophéties, les Héros du passé viennent combattre pour Rand. Et les Seanchans repartent sur l'Océan d'Aryth dans la direction d'où ils étaient venus. Rand se retrouve seul face à Ba'alzamon. Pour vaincre, il n'hésite pas à « mettre l'épée au fourreau ». A-t-il tué Ba'alzamon ? Lui-même s'éveille grièvement blessé et portant imprimée au fer rouge dans sa paume la marque du héron, celle qui désigne le Dragon Réincarné.

Acceptera-t-il enfin sa destinée ? Tandis qu'il s'interroge, Mat mourant est déjà loin, transporté vers la Tour Blanche sous la protection de Vérine, de Nynaeve et d'Egwene. Et autour de lui rôdent Réprouvés et Amis du Ténébreux. En déployant la Bannière du Dragon, la lutte ne fait que commencer... Rand le sait, mais s'y résigne mal...

## Le Dragon Réincarné

Perrin, quelques Shienariens et Leya, une messagère du Peuple Nomade, arrivent au camp du Dragon Réincarné. Pendant que Leya informe Moiraine de ce qui est advenu dans la Plaine d'Almoth, Perrin retrouve Rand, en plein désarroi, car, dit-il, tous ceux qui ont embrassé la cause du Dragon meurent tour à tour, alors que lui-même reste à l'abri du camp.

Au réveil, le camp est assailli par les Trollocs et Leya trouve la mort sous les yeux de Perrin, lui-même blessé. Celui-ci ne se pardonne pas de n'avoir pu empêcher l'attaque, car la part du loup en lui aurait dû la prévoir. Rand, à son tour, s'en veut de n'avoir rien pu faire. Il n'a pas réussi à utiliser le Pouvoir Unique, et n'a pas pris au sérieux son pressentiment d'un danger imminent. Alors que Moiraine soigne les blessures de chacun, Rand admet la mission qui sera désormais la sienne : « Je combattrai de mon mieux. Parce qu'il n'y a personne d'autre, que cela doit s'accomplir et que ce devoir est le mien. »

Le lendemain, Perrin et les autres s'aperçoivent du départ de Rand. Il a laissé une lettre dans laquelle il explique qu'il doit assumer sa destinée, ce qui inquiète profondément Moiraine car elle ne le juge pas suffisamment prêt. Il leur faut donc impérativement le retrouver. Tous décident de quitter le camp pour se diriger vers Tear, à l'est.

Ils arrivent finalement dans le village de Jarra, où ils sont accueillis par Simion. Celui-ci leur raconte que les Blancs Manteaux sont venus et se sont conduits comme s'ils étaient pris de folie, et qu'un homme qui pourrait bien être Rand est passé la veille. Simion est préoccupé par son frère Noam que l'on tient enfermé car il est devenu loup, mais il n'y a rien à faire. Très ému par ce qui est arrivé à Noam, Perrin s'enquiert pour la première fois auprès de Moiraine de ce qui l'attend. Mais elle n'en sait pas davantage, si ce n'est qu'elle le met en garde contre ses rêves. De retour dans sa chambre, Perrin fait d'affreux cauchemars.

De son côté, chevauchant vers Tear, Rand se familiarise avec le Pouvoir et apprend à le contrôler. Mais sa blessure au côté est de plus en plus douloureuse...

Dans un climat inquiétant, Egwene, Nynaeve, Elayne, Vérine, et Mat, blessé, ont voyagé tout l'hiver vers Tar Valon. À l'arrivée dans la Tour Blanche, Vérine se rend auprès de Siuan Sanche, l'Amyrlin. Mat est emmené sur sa litière tandis que Sheriam accueille les trois femmes et les conduit dans leurs appartements. Sur l'ordre de Siuan, aucune d'entre elles ne doit quitter la Tour.

L'Amyrlin apprend à Vérine que les faux Dragons ont été vaincus et Vérine lui annonce que Rand s'est proclamé le Dragon Réincarné. Puis elle lui présente le Cor de Valère.

Un peu plus tard, l'Amyrlin convoque Egwene, Elayne et Nynaeve. Elle leur révèle qu'elle est au courant de leur fuite avec Liandrin. Elles devront être punies mais, parce qu'elle leur fait confiance, elles seront chargées de démasquer quiconque appartient à l'Ajah Noire. Et, puisque Elayne et Egwene ont beaucoup progressé dans la maîtrise du Pouvoir au cours de leur voyage, elles seront élevées au rang d'Acceptées. Comme Nynaeve l'est déjà.

Sheriam les emmène dans la salle souterraine où l'Amyrlin, assistée par plusieurs Aes Sedai sûres, procède à la guérison de Mat qui passe de l'inconscience proche de la mort à un profond sommeil réparateur.

À son réveil, bien que faible et avec un appétit d'ogre, Mat n'a qu'une idée : fuir Tar Valon et ses redoutables Aes Sedai. L'argent manque ? Avec son cornet à dés, il est sûr d'en trouver. Néanmoins, c'est grâce à un bâton d'escrime qu'il gagne les quatre marcs d'argent nécessaires pour entamer une partie de dés : il provoque en duel les deux jeunes princes d'Andor, pariant qu'il les vaincra tous les deux à la fois... et y réussissant en dépit de leur virtuosité au maniement de l'épée.

Pièces en poche et bâton à la main, il regagne sa chambre. Son excursion lui a rapporté l'argent désiré mais aussi la certitude que l'Amyrlin a pris ses précautions pour l'empêcher de partir.

La liste des treize Aes Sedai appartenant à l'Ajah Noire, disparues après avoir volé les talismans conservés à la Tour Blanche, laisse apparaître un curieux indice. Après l'épreuve du *ter'angreal* qu'Elayne et Egwene passent avec succès — et souffrance : elles ont dû affronter et surmonter ce qu'au fond d'elles-mêmes elles redoutent le plus —, Egwene décide de visiter le *Tel'aran'rhiod,* le Monde des Rêves, en se servant de l'anneau confié par Vérine, pour tenter de voir plus clairement ce que l'avenir réserve.

À ce moment, la novice Else Grinwell vient les avertir de la part de l'Amyrlin que les affaires abandonnées par les treize se trouvent entreposées dans le sous-sol de la Tour. L'expédition manifestement dangereuse leur apporte la certitude qu'un piège leur est tendu — on veut les attirer à Tear. Nynaeve décide de s'y rendre, surtout après l'incursion d'Egwene dans le Monde des Rêves où elle se retrouve dans le Cœur de la Pierre de Tear, la citadelle qui renferme une épée de cristal nommée *Callandor.*

L'Amyrlin n'a pas confié de message à la novice Else, repartie depuis longtemps dans sa ferme natale. Laquelle des treize a pris l'apparence d'Else ? L'Amyrlin approuve finalement le plan de Nynaeve et leur donne trois sauf-conduits.

Elayne veut prévenir sa mère de son départ de la Tour. À qui confier la lettre ? À Mat à qui un sauf-conduit permettra de quitter Tar Valon pour Caemlyn, résidence de la mère d'Elayne, Morgase.

Mat, enchanté de pouvoir s'éloigner des Aes Sedai et de leur Pouvoir qu'il redoute, s'en va donc faire la tournée des tavernes afin de regarnir son escarcelle. La chance le sert merveilleusement aux dés — et aussi dans les rues et ruelles où des inconnus qui le traquent et cherchent à le tuer, se retrouvent tués eux-mêmes.

Las et toujours affamé, Mat décide d'entrer dans la plus proche auberge. Ce sera celle à l'enseigne de *La Femme de Tanchico.*

Ici commence la seconde et dernière partie du *Jeu des Ténèbres.*

## 31. « La Femme de Tanchico »

La salle commune de l'auberge était brillamment éclairée, avec — vu l'heure tardive — à peine le quart de ses tables occupées. Quelques serveuses en tablier blanc portant des chopes de bière ou des gobelets de vin circulaient parmi les clients, tandis qu'un murmure de conversations résonnait en basse continue sous les glissandos et notes piquées d'une harpe pincée nonchalamment. Les clients, certains une pipe serrée entre les dents et deux penchés sur un jeu de mérelles, avaient l'allure d'officiers de la marine marchande ou de modestes commerçants appartenant à des maisons de moindre importance, vêtus comme ils l'étaient d'habits bien coupés dans de belles étoffes de laine mais auxquels manquaient l'or, l'argent et les broderies dont se paraient habituellement des gens plus aisés. Et, pour une fois, on n'entendait pas le cliquetis de dés agités dans un cornet. Du feu brûlait avec entrain dans les longues cheminées aux deux bouts de la salle et pourtant, quand bien même il n'y aurait pas eu ces flambées, l'atmosphère aurait encore été accueillante.

Debout sur une table, le joueur de harpe récitait *Mara et les trois rois sans cervelle* en s'accompagnant de son instrument. Lequel, incrusté d'or et d'argent, était digne d'un palais. Mat le connaissait, ce musicien. Naguère, il avait sauvé la vie de Mat.

C'était un homme maigre qui aurait paru de haute taille s'il ne s'était tenu voûté, et il traînait la jambe quand il changeait de position sur la table. Bien qu'à l'intérieur, il avait gardé son manteau couvert de pièces de tissu de cent couleurs qui voletaient au rythme de ses mouvements. Il tenait toujours à ce que chacun reconnaisse en lui un ménestrel[1]. Ses longues moustaches et ses sourcils en broussaille étaient d'un blanc aussi neigeux que sa chevelure épaisse et il avait en parlant une expression de tristesse dans ses yeux bleus. Cette expression était aussi inattendue que sa présence ici. Mat n'avait jamais perçu chez Thom Merrilin le moindre signe d'un naturel mélancolique.

Il s'installa à une table, posant ses affaires par terre à côté de son tabouret, et commanda deux gobelets de vin. La jeune et jolie serveuse lui décocha de ses yeux bruns un regard pétillant.

« Deux, mon jeune maître ? Vous n'avez pas l'air si franc buveur que cela. » Sa voix vibrait d'une légère intonation de gaieté taquine.

Après avoir fouillé un instant dans sa poche, il en sortit deux sous d'argent. Un seul était plus que suffisant pour payer le vin, mais il lui en glissa un second pour ses beaux yeux. « Mon ami viendra me rejoindre. »

Il savait que Thom l'avait remarqué. Le vieux ménestrel avait presque arrêté net son récit à l'entrée de Mat. Cela aussi était nouveau. Peu de choses surprenaient Thom au point qu'il le montre et, à la connaissance de Mat, rien excepté les Trollocs ne l'avait jamais fait s'interrompre au milieu d'une narration. Quand la serveuse apporta le vin et la monnaie en pièces de cuivre, il ne toucha pas aux gobelets d'étain et écouta la fin de l'histoire.

« *"Exactement comme nous l'avons prédit", déclara le Roi Madel en s'efforçant de dégager un poisson prisonnier de sa longue barbe.* » La voix de Thom donnait presque l'impression de retentir dans une vaste salle, pas dans une simple auberge. Sa harpe souligna la dernière sottise des trois rois. « *"Exactement comme nous nous y attendions", annonça Orander. Et, ses pieds ayant glissé dans la vase, il tomba sur son postérieur dans une gerbe d'éclaboussures. "Exactement comme nous l'avons décrété", proclama*

1. Ce manteau est caractéristique de la profession. Cf. *La Roue du Temps. (N.d.T.)*

*Kadar en plongeant les bras jusqu'aux coudes dans la rivière à la recherche de sa couronne. "Cette femme ne sait pas de quoi elle parle. C'est elle l'écervelée!" Madel et Orander approuvèrent bruyamment. Sur quoi, Mara en eut assez. Elle murmura pour elle-même : "Je leur ai accordé toutes les chances qu'ils méritaient sinon davantage." Glissant la couronne de Kadar dans son sac où se trouvaient celles des deux autres, elle regrimpa dans sa charrette, mit en marche sa jument d'un clappement de langue et rentra directement à son village. Alors, quand Mara eut raconté ce qui s'était passé, les habitants de Heape refusèrent de se donner un roi.* » Thom rejoua le thème principal de la sottise des rois, cette fois selon un crescendo qui évoquait de plus en plus un rire, exécuta un profond salut et faillit choir de la table.

Encore que selon toute vraisemblance chacun d'eux eût entendu cette histoire de nombreuses fois, les clients s'esclaffèrent en tapant des pieds et en réclamèrent une autre. Le conte de Mara était toujours bien accueilli sauf peut-être par les rois.

En descendant de la table, Thom manqua de nouveau perdre l'équilibre et il avait une démarche plus chancelante que ne le justifiait une jambe un peu raide quand il se dirigea vers l'endroit où Mat était assis. Il plaça d'un geste machinal sa harpe sur la table, s'affala sur un tabouret en face du second gobelet et dévisagea Mat avec des yeux mornes. Son regard avait toujours été aigu comme une alêne, mais à présent il semblait avoir du mal à se concentrer.

« *Ordinaire* », marmotta-t-il. Sa voix encore grave avait apparemment perdu sa résonance. « Le récit est cent fois meilleur interprété sur le mode du *Plain-Chant* et mille fois plus sur celui du *Grand Chant,* mais ils veulent de l'*Ordinaire.* » Sans rien ajouter, il porta son gobelet à sa bouche.

Mat ne se rappelait pas avoir jamais vu Thom finir de jouer de cette harpe sans la ranger aussitôt dans son étui de cuir. Il ne l'avait jamais vu sous l'empire de la boisson. C'était un soulagement d'entendre le ménestrel se plaindre de ses auditeurs; Thom n'avait jamais estimé leurs critères aussi élevés que les siens. Du moins quelque chose en lui n'avait pas changé.

La serveuse était revenue, sans gaieté dans les yeux. « Oh, Thom », dit-elle à mi-voix, puis elle s'en prit à Mat. « Je ne me doutais pas qu'il était l'ami que vous attendiez, sans quoi je ne vous aurais pas servi de vin pour lui, m'auriez-vous donné cent pièces d'argent.

— J'ignorais qu'il avait bu plus que son compte », protesta Mat.

Elle avait déjà reporté son attention sur Thom et sa voix avait repris sa douceur. « Thom, il faut vous reposer un peu. Ils vous entraîneront à réciter nuit et jour si vous leur cédez. »

Une jeune femme qui retirait son tablier en le passant pardessus sa tête apparut de l'autre côté de Thom. Elle avait quelques années de plus que la première mais n'était pas moins jolie. Ce pouvait être des sœurs. « Une belle histoire, je l'ai toujours pensé, Thom, et vous la contez merveilleusement. Venez, j'ai bassiné votre lit et vous me parlerez de tout ce qui concerne la Cour de Caemlyn. »

Thom inspecta son gobelet comme s'il était surpris de le trouver vide, puis souffla dans ses longues moustaches et son regard alla d'une serveuse à l'autre. « Jolie Mada. Jolie Saal. Vous ai-je déjà dit que deux jolies femmes m'ont aimé dans ma vie ? C'est davantage que ce dont la plupart des hommes peuvent se targuer.

— Vous nous l'avez expliqué, Thom », répondit l'aînée avec un accent de tristesse. La cadette foudroya Mat des yeux comme s'il était responsable de cette scène.

« Deux, continua Thom dans un murmure. Morgase avait un caractère terrible, mais je croyais possible de ne pas en tenir compte, si bien qu'à la fin elle a voulu me tuer. Dena, c'est moi qui l'ai tuée. Ou pratiquement. Pas grande différence. Deux chances qui m'ont été offertes, plus qu'il n'en a été accordé à la majeure partie des hommes, et je les ai gâchées toutes les deux.

— Je me charge de lui », intervint Mat. Aussi bien Mada que Saal le dévisageaient maintenant avec colère. Il leur dédia son plus beau sourire, mais sans résultat. Son estomac gargouilla. « Est-ce que je ne sens pas du poulet en train de rôtir ? Apportez-m'en trois ou quatre. » Les jeunes femmes cillèrent et échangèrent un coup d'œil surpris comme il ajoutait : « Voulez-vous aussi manger quelque chose, Thom ?

— Je boirais bien encore de ce bon vin d'Andor. » Le ménestrel leva avec espoir son gobelet.

« Plus de vin pour vous ce soir, Thom. » La plus âgée des serveuses lui aurait ôté le gobelet s'il l'avait laissée faire. Presque en même temps qu'elle, la cadette déclara d'un ton où se mêlaient prière et fermeté : « Vous prendrez du poulet, Thom. Il est très bon. »

Aucune d'elles ne voulut s'en aller avant que le ménestrel accepte d'avaler un peu de nourriture et quand elles partirent, elles adressèrent à Mat une telle combinaison de regards durs et de reniflements réprobateurs qu'il ne put que secouer la tête. *Que je brûle, on croirait que je l'ai encouragé à continuer à boire ! Ah, les femmes ! Mais de beaux yeux, toutes les deux.*

Quand Mada et Saal furent hors de portée de voix, il s'adressa à Thom. « Rand prétendait bien que vous étiez en vie et Moiraine affirmait toujours qu'elle en était persuadée, mais j'avais entendu dire que vous étiez à Cairhien et aviez l'intention de vous rendre à Tear.

— Rand a donc encore bon pied bon œil ? » L'expression de Thom avait retrouvé presque totalement l'acuité dont Mat se souvenait. « Je ne jurerais pas que je l'escomptais. Moiraine est restée avec lui, hein ? Une belle femme, une femme admirable si elle n'était pas une Aes Sedai. Qui s'en approche risque de s'y brûler plus que les doigts.

— Pourquoi ne vous attendiez-vous pas à ce que Rand se porte bien ? demanda Mat avec circonspection. Êtes-vous au courant de quelque chose qui pouvait lui nuire ?

— Au courant ? Au courant de rien, mon garçon. Je subodore plus qu'il n'est sain pour moi, mais je ne sais rien. »

Mat abandonna le sujet. *Inutile de confirmer ses soupçons. Inutile de lui laisser deviner que j'en connais moi-même davantage qu'il n'est bon pour moi.*

La serveuse plus âgée — Thom l'appelait Mada — revint avec trois poulets à la peau craquante et dorée, jetant sur l'homme aux cheveux blancs un coup d'œil soucieux et à Mat un regard d'avertissement. Mat arracha une cuisse d'un des volatiles et se mit à la dévorer tout en parlant. Thom contemplait son gobelet, les sourcils froncés, sans se soucier une minute des volailles.

« Pourquoi êtes-vous ici, à Tar Valon, Thom ? C'est le dernier endroit où j'aurais pensé vous rencontrer étant donné votre opinion sur les Aes Sedai. Je croyais que vous étiez en train de faire fortune à Cairhien.

— Cairhien, marmonna le vieil homme, l'expression de vive intelligence s'effaçant de nouveau. Que d'ennuis cela cause de tuer quelqu'un, même quand il mérite de l'être. » Il fit un grand geste d'une main dans laquelle surgit un poignard. Thom avait toujours des poignards dissimulés sur lui. Quelque ivre qu'il fût, n'empêche qu'il brandissait cette lame avec fermeté. « Tue un homme que c'est justice d'exécuter et, parfois, d'autres paient pour toi. La question est : cela en valait-il finalement la peine ? Il y a toujours compensation, tu comprends. Le bien et le mal. La Lumière et l'Ombre. Nous ne serions pas humains sans l'existence de cet équilibre.

— Rengainez ce machin-là, grommela Mat, la bouche pleine. Je n'ai pas envie d'entendre parler de tuerie. » *Par la Lumière, cet individu gît toujours là-bas dans la rue. Le Feu me brûle, je devrais déjà être embarqué sur un navire.* « Je demande seulement pourquoi vous êtes à Tar Valon. Que vous ayez été obligé de quitter Cairhien parce que vous avez tué quelqu'un, je ne veux pas le savoir. Sang et cendres, si vous êtes incapable de secouer l'emprise du vin pour donner une réponse claire, je m'en vais à l'instant. »

La mine amère, Thom escamota le poignard. « Pourquoi je suis à Tar Valon ? J'y suis parce que c'est le pire endroit où je pouvais être à part peut-être Caemlyn. C'est ce que je mérite, mon garçon. Des membres de l'Ajah Rouge se souviennent encore de moi. J'ai aperçu Elaida dans la rue, l'autre jour. Serait-elle informée de ma présence ici, elle m'écorcherait la peau lambeau par lambeau, puis elle cesserait d'être aimable.

— Je ne vous avais jamais vu vous apitoyer sur vous-même, commenta Mat d'un ton méprisant. Avez-vous l'intention de vous noyer dans le vin ?

— Qu'est-ce que tu y comprends, mon garçon ? riposta rudement Thom. Acquiers quelques années, expérimente un peu la vie, aime par exemple une ou deux femmes, alors tu parleras en connaissance de cause. Possible que tu y parviennes, en admettant que tu aies assez de cervelle pour apprendre. Aaaah ! Tu veux la raison qui m'a amené à Tar Valon ? Pourquoi y es-tu toi-même ? Je me rappelle que tu avais la tremblote quand tu as découvert que Moiraine était une Aes Sedai. Tu étais près de souiller tes chausses chaque fois que quelqu'un ne serait-ce que mentionnait le Pouvoir Unique. Qu'est-ce que tu fabriques à Tar Valon, avec des Aes Sedai de tous les côtés ?

— Je quitte Tar Valon. Voilà ce que je fabrique ici. Je pars ! » Mat eut une grimace. Le ménestrel l'avait sauvé de la mort et peut-être de pire que la mort. Un Évanescent avait joué un rôle dans l'affaire. C'est pourquoi la jambe de Thom ne lui obéissait pas aussi docilement qu'elle le devait. *Il n'y a sûrement pas assez de vin sur un bateau pour maintenir Thom à ce degré d'ivresse.* « Je me rends à Caemlyn, Thom. Si vous tenez, je ne sais pourquoi, à risquer bêtement votre peau, pourquoi ne pas m'accompagner ?

— Caemlyn ? répéta Thom d'un ton rêveur.

— Caemlyn, Thom. Elaida y retournera probablement tôt ou tard, alors vous aurez à vous garder d'elle. Et, d'après mes souvenirs, au cas où Morgase vous mettrait la main dessus, vous regretterez que ce ne soit pas Elaida qui vous ait attrapé la première.

— Caemlyn. Oui. Étant donné mon état d'esprit, Caemlyn m'ira comme un gant. » Le ménestrel jeta un coup d'œil au plat sur lequel avaient été apportés les poulets et sursauta. « Qu'est-ce qui s'est passé, mon garçon ? Tu les as fourrés dans ta manche ? » Des trois volailles ne restaient qu'os et carcasses avec seulement de menus lambeaux de chair.

« Parfois, j'ai faim », marmotta Mat. Ce fut avec effort qu'il s'abstint de se lécher les doigts. « M'accompagnez-vous, oui ou non ?

— Oh, je viendrai, mon garçon. » Quand Thom se redressa, il ne sembla plus aussi chancelant qu'auparavant. « Attends-moi ici — et tâche de ne pas manger la table — pendant que je rassemble mes affaires et que je fais mes adieux à quelques personnes. » Il s'éloigna en boitant, sans vaciller une seule fois.

Mat but un peu de son vin et détacha des bribes de poulet demeurées sur les carcasses, en se demandant s'il aurait le temps d'en commander un autre, mais Thom fut vite de retour. Sa harpe et sa flûte dans leurs étuis de cuir foncé étaient suspendues sur son dos avec une couverture roulée. Il avait à la main un simple bâton de voyageur aussi grand que lui. Les deux serveuses le suivaient, chacune d'un côté. Mat conclut qu'elles étaient sœurs. De grands yeux bruns identiques regardaient le ménestrel avec la même expression. Thom embrassait d'abord Saal, puis Mada, leur tapotait les joues tout en se dirigeant vers la sortie, avec un brusque mouvement de tête à l'adresse de Mat pour lui indiquer de se mettre en route. Il se retrouva dehors avant que Mat ait eu le temps de réunir ses propres affaires et de ramasser son bâton d'escrime.

La plus jeune des serveuses, Saal, arrêta Mat comme il arrivait à la porte. « Quoi que vous lui ayez dit, je vous pardonne pour le vin, même si c'est ce qui l'incite à s'en aller. Je ne l'ai pas vu aussi plein de vitalité depuis des semaines. » Elle lui fourra quelque chose dans la main et, quand il y jeta un coup d'œil, ses yeux s'arrondirent sous l'effet de l'embarras. Elle lui avait donné un marc d'argent frappé de l'emblème de Tar Valon. « Pour ce que vous avez dit. À part ça, quiconque vous nourrit ne s'acquitte pas bien de cette tâche, mais vous avez toujours de beaux yeux. » Elle rit en voyant l'expression qui se peignait sur sa figure.

Mat riait aussi malgré lui quand il posa le pied dans la rue, roulant la pièce d'argent en travers du dos de ses doigts. *J'ai donc de beaux yeux, hein ?* Son rire tarit comme la dernière goutte d'une futaille de vin : Thom était là, mais pas le cadavre. Les fenêtres des tavernes de la rue projetaient assez de clarté sur les cailloutis de la chaussée pour que Mat en ait la certitude. La garde municipale n'aurait pas emporté un mort sans poser de questions, dans ces tavernes et aussi à *La Femme de Tanchico.*

« Qu'est-ce que tu cherches des yeux avec cette attention, mon garçon ? questionna Thom. Pas de Trollocs dans ces zones d'ombre.

— Des malandrins, marmotta Mat. Je pensais à des malandrins.

— Pas de tire-laine ni de tueurs non plus à Tar Valon, mon petit gars. Quand les gardes attrapent un vide-gousset — non pas que beaucoup se risquent ici à ce jeu-là, la rumeur s'est propagée — eh bien, quand ils en chopent un, ils le traînent à la Tour et, quel que soit le traitement auquel le soumettent les Aes Sedai, le bonhomme quitte Tar Valon le lendemain l'air aussi ahuri qu'une pucelle dont on pince par surprise le postérieur. À ce que j'ai compris, les Aes Sedai sont encore plus sévères envers les femmes surprises à voler. Non, la seule façon dont tu seras dépouillé de ton argent ici, c'est si quelqu'un te vend du cuivre pour de l'or ou se sert de dés pipés. Il n'y a pas de voleurs. »

Mat vira sur ses talons et dépassa Thom à grandes enjambées en direction des quais, son bâton de combat martelant les pavés comme s'il pouvait ainsi avancer plus vite. « Nous allons nous embarquer sur le premier bateau en partance, peu importe lequel. Le premier, Thom. »

La canne de Thom cliquetait précipitamment derrière lui. « Ralentis, mon garçon. Qu'est-ce qui te presse ? Ce ne sont pas les navires qui manquent, prêts à partir de jour comme de nuit. Ralentis. Il n'y a pas de voleurs.

— Le premier bougre de bateau, Thom ! Quand bien même il prendrait l'eau, nous serons à son bord ! » *S'il ne s'agissait pas de voleurs, alors de quoi ? Ce devait être des voleurs. Qu'auraient-ils pu être d'autre ?*

## *32. Le premier bateau*

Le Port-du-Sud proprement dit, le magnifique bassin conçu par les Ogiers, était vaste et de forme ronde, clos par de hauts murs bâtis avec la même pierre blanche striée d'argent que le reste de Tar Valon. Un quai, en majeure partie abrité par une voûte, en faisait le tour, sauf à l'endroit où s'ouvraient les grandes écluses qui donnaient accès au fleuve. Des vaisseaux de toutes les dimensions s'alignaient au bord de ce quai, la plupart amarrés par l'arrière et, malgré l'heure, des débardeurs vêtus de chemises sans manches en étoffe grossière se hâtaient de charger et de décharger ballots et coffres, caisses et tonneaux à l'aide de mâts de charge et de cordages, ou sur leur dos. Des lampes suspendues aux poutres de la voûte éclairaient le quai et formaient une ceinture de lumière autour de l'eau noire au centre du port. De petites barques filaient dans la pénombre, les lanternes carrées accrochées à leur arrière élevé donnant l'impression que des lucioles survolaient le plan d'eau. Ces barques n'étaient petites qu'en comparaison des vaisseaux ; certaines avaient jusqu'à six paires de longues rames.

Quand Mat conduisit un Thom encore ronchonnant sous une arche de grès rouge poli et en bas d'un imposant escalier donnant accès au quai, les hommes d'équipage d'un trois-mâts en détachaient les amarres à moins de vingt pas. Ce voilier était plus gros que presque tous ceux qu'apercevait Mat, entre quinze et vingt empans de sa proue fine à sa poupe carrée, avec un pont plat, protégé par une rambarde, qui était presque au niveau du quai. L'important, c'était qu'il larguait ses amarres. *Le premier bateau en partance.*

Un homme aux cheveux gris survint sur le quai : trois ficelles de chanvre cousues au bas des manches de sa tunique sombre indiquaient sa qualité d'officier du port. Sa forte carrure suggérait qu'il avait peut-être bien commencé là sa carrière en halant des cordages de chanvre au lieu d'en porter comme insigne. Il jeta distraitement un coup d'œil en direction de Mat et s'arrêta net, la surprise peinte sur son visage tanné. « Tes ballots révèlent tes intentions, mon gars, mais mieux vaut que tu y renonces. La Sœur m'a montré un portrait de toi. Tu n'embarqueras sur aucun vaisseau au Port-du-Sud, mon gars. Remonte ces marches pour que je ne sois pas obligé de dire à quelqu'un de te surveiller.

— Par la Lumière, qu'est-ce que... ? murmura Thom.

— Tout est changé », répliqua Mat d'un ton ferme. Le navire larguait le dernier câble ; les voiles triangulaires ferlées formaient toujours d'épaisses masses claires sur les grandes vergues inclinées, mais des matelots mettaient en place les avirons. Il sortit de son escarcelle le laissez-passer de l'Amyrlin et le fourra sous le nez du capitaine du port. « Comme vous pouvez le constater, j'effectue une mission pour la Tour, sur l'ordre de l'Amyrlin en personne. Et il faut que je parte sur ce bateau-là. »

L'officier lut les mots, puis les relut. « C'est la première fois de ma vie que je vois une chose pareille. Pourquoi la Tour annonce-t-elle que tu ne peux pas t'en aller, puis te donne... *ça* ?

— Posez la question à l'Amyrlin si vous voulez, répliqua Mat d'un ton las signifiant qu'il ne croyait personne assez stupide pour s'y risquer, mais elle aura ma peau, et la vôtre, si je n'embarque pas sur ce bateau.

— Tu n'y arriveras jamais », s'exclama l'officier, mais il arrondissait déjà ses mains en porte-voix devant sa bouche. « Ohé, de *La Mouette Grise* ! Arrêtez ! Que la Lumière vous brûle, arrêtez ! »

Le matelot au torse nu qui se tenait à la barre regarda en arrière, puis s'adressa à son voisin, un homme de haute taille en tunique sombre aux manches bouffantes. Celui-ci ne quitta pas des yeux les membres de l'équipage qui plongeaient les avirons dans l'eau. « Allez-y, nagez ! » cria-t-il, et les pales des rames firent naître des tourbillons d'écume.

« Si, j'y arriverai », s'exclama rageusement Mat. *J'ai dit sur le premier bateau et le premier bateau ce sera !* « Venez, Thom ! »

Sans attendre pour vérifier que le ménestrel le suivait, il s'élança sur le quai, contournant débardeurs et chariots où s'entassaient des marchandises. L'espace entre l'arrière de *La Mouette Grise* et le quai s'agrandit comme les pales mordaient l'eau plus profondément. Équilibrant dans sa main son bâton de combat, il le projeta devant lui à la manière d'une lance en direction du bateau, avança encore d'un pas et bondit aussi loin qu'il en fut capable.

L'eau noire qui défilait sous ses pieds paraissait glacée mais, le temps d'un battement de cœur, il avait franchi la lisse et se recevait sur le pont dans un roulé-boulé. Tandis qu'il se redressait à quatre pattes pour se remettre debout, il entendit derrière lui un grognement et un juron.

Thom Merrilin se hissa en haut de la lisse et l'enjamba, atterrissant sur le pont. « J'ai perdu mon bâton, murmura-t-il. Il m'en faudra un autre. » Tout en se massant la jambe droite, il regarda la bande d'eau qui s'élargissait toujours derrière le vaisseau et frissonna. « J'ai déjà pris un bain aujourd'hui. » Le timonier au torse nu écarquilla les yeux en portant son regard de Thom à Mat et le ramenant sur Thom, étreignant la barre comme s'il se demandait s'il ne pourrait pas s'en servir pour se défendre contre ces fous.

L'homme de haute taille semblait presque aussi sidéré. Ses yeux bleu clair étaient exorbités et ses lèvres remuèrent un instant sans qu'en sorte un son. Sa barbe noire, taillée en pointe, donnait l'impression de frémir de rage et son visage étroit devint violet. « Par la Pierre ! finit-il par s'exclamer d'une voix de tonnerre. Qu'est-ce que cela signifie ? Je n'ai pas de place dans ce vaisseau ne serait-ce que pour un chat et si j'en avais, je n'accepterais pas des vagabonds qui embarquent en sautant d'un bond sur mes ponts. Sanor ! Vasa ! Jetez-moi cette racaille par-dessus bord ! » Deux matelots taillés en colosse, pieds et torse nus, qui s'affairaient penchés sur les cordages qu'ils lovaient, se redressèrent et se dirigèrent vers l'arrière. Les marins préposés aux avirons continuèrent leur tâche, se courbant pour lever en l'air les pales, avançant de trois longues enjambées sur le pont, puis se cambrant et repartant à reculons, action qui sous la poussée des pales mordant de nouveau l'eau donnait de l'impulsion au navire.

Mat brandit d'une main le papier de l'Amyrlin vers le barbu — le commandant, supposait-il — et extirpa de l'autre une pièce d'or de son escarcelle, prenant soin même dans sa hâte que le bonhomme voie qu'il y en avait encore à l'endroit d'où venait celle-là. Lui jetant la lourde pièce, il dit très vite : « En compensation du dérangement d'avoir embarqué comme nous l'avons fait, capitaine. D'autres suivront pour payer notre passage. Mission de la Tour Blanche. Ordre personnel du Trône d'Amyrlin. Impératif que nous partions aussitôt. À destination d'Aringill, en Andor. Extrême urgence. La bénédiction de la Tour Blanche sur tous ceux qui nous prêtent assistance ; la colère de la Tour sur quiconque se met en travers de notre route. »

Certain que l'autre avait maintenant remarqué le sceau de Tar Valon — et guère plus, Mat l'espérait —, il replia le papier et le replaça précipitamment dans sa poche. Évaluant du regard avec malaise les deux colosses qui venaient se poster de chaque côté du commandant — *Que je sois réduit en braises, les deux ont des bras comme ceux de Perrin !* —, il regretta de ne pas être armé de son bâton d'escrime. Il le voyait gisant à l'endroit où il était tombé, plus loin sur le pont. Il s'efforça de prendre une mine dégagée et assurée, celle du genre d'homme avec qui mieux vaut ne pas badiner, un homme avec la puissance de la Tour Blanche derrière lui. *Très loin derrière moi, j'espère.*

Le capitaine considéra Mat d'un air dubitatif qui devint plus dubitatif encore quand il examina Thom drapé dans son manteau de ménestrel et pas trop solide sur ses jambes, mais il eut un geste pour ordonner à Sanor et à Vasa de ne pas avancer. « Je ne tiens pas à irriter la Tour. Que brûle mon âme, par les temps qui courent le commerce fluvial me conduit de Tear à ce repaire de... je viens trop souvent pour susciter la colère de... n'importe qui. » Un sourire pincé apparut sur son visage. « Néanmoins, j'ai dit la vérité. Oui-da, par la Pierre ! J'ai six cabines destinées à des passagers, et toutes complètes. Vous pouvez coucher sur le pont et manger avec l'équipage pour une autre couronne d'or. Une chacun.

— Absurde ! riposta Thom. Quelles que soient les conséquences de la guerre en aval, c'est ridicule ! » Les pieds nus des deux marins bâtis en colosse changèrent de position.

« C'est le prix, répliqua le capitaine sans se démonter. Je ne veux me mettre personne à dos, mais je préférerais ne rien avoir à faire sur mon bateau avec ce qui vous y amène. Autant accepter de l'argent de quelqu'un pour qu'il vous roule dans du goudron brûlant quand on est mêlé à ce genre d'histoire. Payez le prix demandé ou sautez par-dessus bord et que le Trône d'Amyrlin s'occupe soi-même de vous sécher. Et je vais garder ça en compensation du tracas que vous m'avez causé, merci. » Il fourra dans une poche de sa tunique aux manches bouffantes la pièce d'or que Mat lui avait lancée.

« Combien pour une des cabines ? questionna Mat. Pour nous seuls. Vous pouvez caser ailleurs quiconque l'occupe. » Il ne voulait pas dormir dans la nuit froide. *Et si tu n'en imposes pas à ce genre de gaillard, il te dépouillera de tes chausses en prétendant encore qu'il te rend service.* Son estomac gargouilla d'audible façon. « Et nous mangerons ce que vous mangerez, pas avec l'équipage. Et en abondance !

— Mat, dit Thom, c'est moi qui suis censé être ivre, ici. » Il se tourna vers le capitaine, exécutant un envol de sa cape aux écailles ornementales aussi élégant qu'il le pouvait avec son rouleau de couvertures et les étuis de ses instruments suspendus dans son dos. « Comme vous l'avez peut-être remarqué, capitaine, je suis un ménestrel. » Même ici en plein air sa voix sembla prendre une profonde résonance. « Pour le prix de notre passage, je serais plus que satisfait de divertir vos passagers et votre équipage...

— Mon équipage est à bord pour travailler, ménestrel, pas pour être distrait. » Le capitaine caressa sa barbe en pointe ; ses yeux clairs évaluèrent à une pièce de cuivre près la tunique dépourvue de recherche de Mat. « Ainsi donc vous voulez une cabine, hein ? » Il émit un éclat de rire pareil à un aboiement. « Et mes plats ? Eh bien, vous pouvez avoir ma cabine et mes repas. Pour cinq couronnes d'or, chacun ! Au poids d'Andor ! » Les pièces d'Andor étaient les plus lourdes. Il s'esclaffa si fort que ses paroles jaillissaient en sifflements asthmatiques. Sanor et Vasa qui l'encadraient souriaient d'une oreille à l'autre. « Pour dix couronnes, vous pouvez avoir ma cabine et mes repas et moi je m'installerai avec les passagers et je mangerai avec l'équipage. Que mon âme flambe, je le ferai ! Par la Pierre, je lc jure ! Pour dix pièces d'or... » Le rire noya le reste.

Il riait encore, cherchant à retrouver son souffle et essuyant les larmes de gaieté qui lui coulaient des yeux, quand Mat sortit une de ses deux escarcelles, mais son rire s'interrompit lorsque Mat eut compté cinq couronnes dans ses paumes. Le capitaine eut un clignement de paupières incrédule ; les deux robustes matelots avaient l'air d'avoir reçu un coup de massue.

« Du poids d'Andor, vous avez dit ? » demanda Mat. Difficile d'en juger sans trébuchet, mais il ajouta sept autres pièces à la pile. Deux provenaient effectivement du pays d'Andor, et Mat pensa que les autres complétaient le poids requis. *Suffisamment pour ce bonhomme.* Après réflexion, il ajouta deux autres couronnes frappées à Tear. « Pour ceux que vous expulserez de la cabine qu'ils ont payée. » Il ne pensait pas que les passagers en verraient un sou de cuivre, mais c'était parfois rentable de se donner des airs généreux. « À moins que vous n'ayez l'intention de partager avec eux ? Non, bien sûr que non. Ils devraient avoir une compensation pour être obligés de s'entasser avec d'autres personnes. Inutile que vous mangiez avec votre équipage, capitaine. Vous êtes invité de bon cœur à partager les repas de Thom et les miens dans votre cabine. » Thom le dévisageait avec autant de stupeur que les autres.

« Êtes-vous... » La voix du capitaine barbu était un murmure rauque. « Seriez-vous... par hasard... un jeune seigneur déguisé ?

— Je ne suis pas un seigneur. » Mat éclata de rire. Il avait largement motif. *La Mouette Grise* se trouvait à présent au beau milieu du port, en pleine obscurité, le quai étant une bande de clarté pointée vers l'ouverture noire, plus très éloignée maintenant, où les écluses donnaient accès au fleuve.

Les rameurs conduisaient rapidement le vaisseau vers cette ouverture. Des marins manœuvraient déjà les grandes vergues inclinées en prévision du déferlage des voiles. Et avec de l'or dans les mains le capitaine ne semblait plus décidé à jeter qui que ce soit par-dessus bord. « Si cela ne vous dérange pas, capitaine, pourrions-nous voir notre cabine ? Votre cabine, je veux dire. Il est tard et, en ce qui me concerne, j'aimerais dormir quelques heures. » Son estomac se rappela à lui. « Et dîner ! »

Pendant que le vaisseau plongeait son étrave dans la pénombre, le barbu en personne les précéda au bas d'une échelle dans une courte et étroite coursive où donnaient des portes très proches les unes des autres. Pendant que le capitaine enlevait ses affaires de la cabine — qui occupait la largeur de l'arrière, avec la couchette et tous les autres meubles fixés aux parois à l'exception de deux sièges et de quelques coffres — et veillait à ce que Mat et Thom s'installent, Mat recueillit pas mal de renseignements, à commencer par le fait que le bonhomme ne chasserait pas de passagers de leurs cabines. Il respectait trop, à défaut d'eux-mêmes, la monnaie sonnante et trébuchante qu'ils avaient versée pour se le permettre. Le capitaine prendrait la cabine de son second et cet officier s'adjugerait la couchette de son inférieur hiérarchique, chaque marin de rang subalterne se retrouvant déplacé jusqu'à ce que le bosco finisse par dormir à l'avant avec l'équipage.

Mat ne pensait pas en tirer de renseignements très utiles, néanmoins il écouta tout ce que disait le capitaine. Mieux vaut toujours connaître non seulement où l'on va mais aussi à qui l'on a affaire, sinon on risque de se voir dépouillé de sa tunique et de ses bottes et contraint de rentrer chez soi pieds nus sous la pluie.

Le capitaine était un natif de Tear nommé Huan Mallia, et il se montra fort volubile une fois qu'il se fut fait à sa satisfaction une idée de Mat et de Thom. Il n'était pas noble de naissance, déclara-t-il, pas lui, mais il ne voulait passer aux yeux de personne pour un imbécile. Un jeune homme disposant de davantage d'or qu'aucun jeune homme ne devrait légitimement posséder pourrait être un voleur si ce n'est que tout le monde savait que les voleurs ne s'échappaient jamais de Tar Valon avec leur butin. Un jeune homme vêtu comme un paysan mais avec l'allure et l'assurance du seigneur qu'il niait être — « Par la Pierre, je n'affirmerai pas que vous en êtes un, si vous dites que non. » Mallia cligna de l'œil, gloussa et tira sur la pointe de sa barbe. Un jeune homme porteur d'un papier marqué du sceau de l'Amyrlin et se rendant en Andor. Que la Reine Morgase fût venue à Tar Valon n'était pas un secret, encore que la raison de cette visite en fût sûrement un. Il était évident pour Mallia que quelque chose se tramait entre Caemlyn et Tar Valon. Et Mat et Thom étaient des messagers — pour Morgase, à son avis, d'après l'accent de Mat. Ce qui était en son pouvoir pour aider à une aussi grande entreprise lui serait un plaisir, non pas qu'il eût l'intention de se mêler de ce qui ne le concernait pas.

Mat échangea un regard surpris avec Thom, qui rangeait les étuis de ses instruments sous une table fixée à l'une des parois. La pièce comprenait deux petites fenêtres de chaque côté et, comme éclairage, une paire de lampes dans des appliques articulées. « C'est absurde, commenta Mat.

— Bien sûr », répliqua Mallia. Il se redressa — il avait sorti des vêtements d'un coffre au pied de la couchette — et sourit. « Bien sûr. » Un placard encastré dans la cloison contenait apparemment des cartes du fleuve dont il aurait besoin. « Je n'en dirai pas davantage. »

N'empêche qu'il avait nettement l'intention de passer outre les limites de la discrétion, bien que s'efforçant de le dissimuler, et il se répandit en flots de paroles à travers lesquelles il cherchait à s'informer. Mat écoutait et répondait aux questions par des grognements ou des haussements d'épaules, ou un mot ou deux, tandis que Thom se montrait encore moins accommodant. Le ménestrel ne cessait de hocher la tête tout en se déchargeant de ses affaires.

Mallia avait travaillé sur le fleuve toute sa vie, quoique rêvant de naviguer en mer. Il ne parlait guère sans dédain d'un pays autre que le Tear ; l'Andor fut le seul épargné, et l'éloge qu'il parvint finalement à émettre était formulé à contrecœur en dépit de ses efforts visibles. « De bons chevaux en Andor, à ce que j'ai compris. Pas mauvais. Pas aussi bons que la race de Tear, mais passables. Vous fabriquez du bel acier, et des objets de fer, de bronze et de cuivre — j'en ai fait le négoce assez souvent, encore que vos prix soient faramineux — mais aussi vous avez ces mines dans les Montagnes de la Brume. Des mines d'or, également. Nous devons gagner notre or, dans le Tear. »

Le maximum de son mépris, c'est Mayene qui le reçut. « Encore moins un pays que le Murandy. Une ville et quelques lieues de terrain. Ces gens-là imposent un prix trop bas pour l'huile de nos bonnes olives de Tear simplement parce que leurs bateaux savent où trouver les bancs de poissons dont ils extraient leur huile. Ils n'ont aucun droit à se considérer comme un vrai pays. »

Il haïssait l'Illian. « Un de ces quatre matins, nous mettrons l'Illian à sac, nous démolirons pierre par pierre toutes ses villes et tous ses villages et nous répandrons du sel sur sa saleté de terre. » La barbe de Mallia se hérissa presque d'indignation à l'idée de l'état immonde de la terre d'Illian. « Même ses olives sont infectes. Un beau jour, nous allons enchaîner jusqu'au dernier ces cochons d'Illianers et les ramener chez nous. C'est ce que dit le Puissant Seigneur Samon. »

Mat se demanda si le bonhomme avait réfléchi à ce que ferait le Tear au cas où le projet serait mené à bien. Les gens d'Illian devraient être nourris et ils ne travailleraient sûrement pas chargés de chaînes. Il jugeait cela dépourvu de bon sens, mais les yeux de Mallia étincelaient quand il en parlait.

Seuls des imbéciles se laissaient gouverner par un roi ou une reine, par un seul homme ou une seule femme. « Excepté la Reine Morgase, évidemment, se hâta d'ajouter Mallia. C'est une femme de valeur, à ce que j'ai entendu dire. Belle, m'a-t-on précisé. » Tous ces idiots s'inclinant devant un seul idiot. Les Puissants Seigneurs de Tear dirigeaient conjointement le pays, se concertant pour aboutir à des décisions, et voilà comment les choses devaient se passer. Les Puissants Seigneurs savaient ce qui était juste, bon et vrai. Surtout le Puissant Seigneur Samon. Personne ne pouvait mal agir en obéissant aux Puissants Seigneurs. Surtout au Puissant Seigneur Samon.

Par-delà rois et reines, par-delà même l'Illian, existait une haine plus ardente que Mallia tenta de dissimuler, mais il discourait avec tant d'abondance pour tâcher de découvrir ce qu'ils avaient en tête et il se grisait du son de sa propre voix au point qu'il laissait échapper davantage qu'il n'en avait l'intention.

Ils devaient voyager beaucoup au service d'une grande souveraine comme Morgase. Ils devaient avoir vu de nombreux pays. Lui rêvait de la mer parce qu'il pourrait, de cette façon, trouver les bancs de poissons à huile de Mayene, concurrencer avec succès le Peuple de la Mer et ces misérables Illianers. Sans compter que la mer était éloignée de Tar Valon. Ils comprenaient sûrement, eux, forcés comme ils l'étaient de voyager dans des endroits bizarres et parmi des gens singuliers, lieux et personnes qu'ils n'auraient pas appréciés s'ils n'étaient pas au service de la Reine Morgase.

« Je n'ai jamais aimé accoster là-bas, je me demande constamment qui va se mettre à utiliser le Pouvoir. » Il cracha presque ce dernier mot. Depuis qu'il avait entendu parler le Puissant Seigneur Samon, toutefois... « Que mon âme brûle, j'ai l'impression que des tarets se creusent des galeries dans mes tripes rien qu'à regarder leur Tour Blanche, maintenant que je suis au courant de leurs intentions. »

Le Puissant Seigneur Samon avait expliqué que les Aes Sedai projetaient de gouverner le monde. Il avait déclaré qu'elles voulaient broyer toutes les nations, poser le pied sur la gorge de tous les êtres vivants. Il avait assuré que le Tear ne pouvait pas se contenter de maintenir le Pouvoir hors de ses frontières et s'imaginer que cela suffirait. Il avait proclamé que le Tear connaîtrait le jour de gloire qu'il méritait mais que Tar Valon se dressait entre le Tear et la gloire.

« Autant s'y résigner. Tôt ou tard, il faudra donner la chasse à ces Aes Sedai et les tuer jusqu'à la dernière. Le Puissant Seigneur Samon estime qu'il y a une chance de sauver les autres — les jeunes, les novices, les Acceptées — si on les amène à la Pierre, mais qu'il faut exterminer les Aes Sedai. Voilà ce qu'a conclu le Puissant Seigneur Samon. La Tour Blanche doit être détruite. »

Pendant un instant, Mallia resta figé au milieu de sa cabine, les bras chargés de vêtements, de manuels de documentation nautique et de rouleaux de cartes marines, ses cheveux frôlant presque les barrots soutenant le pont du voilier au-dessus de sa tête, le regard de ses yeux bleu clair perdu dans une songerie où la Tour Blanche s'écroulait en ruine. Puis il eut un sursaut comme s'il s'avisait brusquement de la teneur de ses propos. Sa barbe pointue s'agita avec hésitation.

« C'est... c'est ce qu'il affirme. Je... je pense pour ma part que c'est peut-être aller trop loin. Le Puissant Seigneur Samon... Il s'exprime avec tant d'éloquence qu'on en oublie ses propres convictions. Si Caemlyn peut conclure des alliances avec la Tour, eh bien, le Tear le peut également. » Il frissonna et ne parut pas s'en rendre compte. « Telle est mon idée, à moi.

— Oui, vous avez raison, acquiesça Mat qui sentit s'éveiller l'espièglerie de sa nature. Votre suggestion me semble la meilleure, capitaine. Cependant ne vous arrêtez pas à quelques Acceptées. Conviez à venir une douzaine d'Aes Sedai, sinon deux. Imaginez ce que serait la Pierre de Tear avec deux douzaines d'Aes Sedai dans ses murs. »

Mallia frémit. « J'enverrai un de mes hommes chercher mon coffre-fort », répliqua-t-il d'un ton guindé, et il sortit à grands pas.

Mat contempla la porte fermée en fronçant les sourcils. « J'ai l'impression que je n'aurais pas dû mentionner ça.

— Je ne vois pas pourquoi tu t'inquiètes, commenta Thom ironiquement. La prochaine fois, essaie donc de conseiller au Seigneur Capitaine Commandant des Blancs Manteaux qu'il épouse l'Amyrlin. » Ses sourcils se froncèrent, comme des chenilles blanches. « Le Puissant Seigneur Samon. Je n'ai jamais entendu parler d'un Puissant Seigneur Samon. »

Ce fut au tour de Mat d'ironiser. « Ma foi, même vous ne pouvez pas tout connaître sur tous les rois, reines et nobles qui existent, Thom. Un ou deux ont pu échapper à votre attention.

— Je connais le nom des rois et des reines, mon garçon, et le nom de tous les Puissants Seigneurs de Tear aussi. Est-ce qu'ils auraient élu un Seigneur du Pays, c'est possible, mais je suis convaincu que j'aurais eu vent que le vieux Puissant Seigneur était mort. Si tu t'étais contenté de flanquer quelques pauvres bonshommes hors de leur cabine au lieu de t'emparer de celle du capitaine, nous aurions eu chacun notre lit, si étroit et dur qu'il soit. Maintenant, nous devons partager celui de Mallia. J'espère que tu ne ronfles pas, mon garçon. Je ne supporte pas les ronflements. »

Mat serra les dents. Thom, il s'en souvenait maintenant, avait un ronflement pareil à une râpe à bois s'évertuant sur un nœud de chêne. Il avait oublié ce détail.

C'est un des deux grands gaillards — Sanor ou Vasa, il ne donna pas son nom — qui vint tirer de dessous le lit le coffre-fort bardé de fer du capitaine. Il ne proféra pas un mot, esquissa seulement des ébauches de salut et leur décocha des coups d'œil peu amènes quand il crut qu'ils regardaient ailleurs, puis s'en fut.

Mat commençait à se demander si la chance qui lui avait été favorable toute la nuit ne l'avait pas finalement abandonné. Il allait devoir supporter les ronflements de Thom et, en vérité, ce n'était peut-être pas le meilleur des coups de veine d'avoir sauté précisément sur ce bateau-là en brandissant un papier signé par l'Amyrlin et portant comme sceau la Flamme de Tar Valon. Impulsivement, il sortit un de ses cornets à dés, un cylindre de cuir, en fit sauter le couvercle qui le fermait hermétiquement et renversa les dés sur la table.

C'était des dés à points et cinq points uniques confrontèrent son regard. Les Yeux du Ténébreux, cela s'appelait ainsi dans certains jeux. Dans ceux-là, c'était un coup perdant, un coup gagnant dans d'autres. *Mais quel jeu suis-je en train de jouer ?* Il ramassa les dés, les lança de nouveau. Cinq points. Il relança et de nouveau les Yeux du Ténébreux lui adressèrent un clin d'œil.

« Si tu t'es servi de ces dés pour gagner tout cet or, dit à mi-voix Thom, pas étonnant que tu aies dû embarquer sur le premier bateau en partance. » Il s'était déshabillé jusqu'à sa chemise, qu'il était en train de passer à moitié par-dessus sa tête en parlant. Ses genoux étaient noueux et ses jambes semblaient tout tendons et muscles fibreux, la droite un peu raccourcie. « Mon garçon, une gamine de douze ans t'arracherait le cœur si elle savait que tu uses de ce genre de dés dans une partie avec elle.

— Les dés n'y sont pour rien, marmonna Mat. C'est la

chance. » *La chance des Aes Sedai ou la chance du Ténébreux?* Il repoussa les dés dans le cornet, dont il remit en place le couvercle.

« Je suppose, reprit Thom en grimpant sur la couchette, que tu ne me raconteras donc pas d'où vient cette quantité d'or.

— Je l'ai gagné au jeu. Ce soir. Avec les dés des autres.

— Hem-hem. Et je suppose aussi que tu ne donneras aucune explication concernant ce papier que tu brandissais — j'ai vu le sceau, mon garçon ! — ou tout ce discours concernant une mission pour la Tour Blanche, ou encore la raison pour laquelle ta description avait été fournie au capitaine du port par une Aes Sedai.

— Je porte une lettre pour Morgase de la part d'Elayne, Thom, dit Mat avec beaucoup plus de patience qu'il n'en ressentait. Nynaeve m'a procuré le laissez-passer. Je ne sais pas où elle l'a eu.

— Eh bien, si tu n'as pas l'intention de me dire quoi que ce soit, j'ai l'intention, moi, de dormir. Souffle les lampes, veux-tu ? » Thom se roula sur le côté et tira un oreiller par-dessus sa tête.

Même après s'être dépouillé de ses vêtements de dessus et s'être glissé en linge de corps sous les couvertures — et après avoir soufflé les lampes —, Mat fut incapable de s'endormir, encore que Mallia eût pris soin de sa personne en s'adjugeant un bon matelas de plume. Pour ce qui était du ronflement de Thom, il ne s'était pas trompé, et cet oreiller n'atténuait rien. On aurait dit que Thom coupait du bois à contre-fil avec une scie rouillée. Et il ne pouvait s'arrêter de réfléchir. *Comment* Nynaeve, Egwene et Elayne avaient-elles obtenu ce passeport de l'Amyrlin ? Elles devaient avoir partie liée avec l'Amyrlin en personne — dans une intrigue quelconque, une de ces machinations de la Tour Blanche — mais, maintenant qu'il y pensait sérieusement, elles devaient aussi cacher quelque chose à l'Amyrlin.

« *Je voudrais que tu portes une lettre à ma mère, Mat,* dit-il tout bas d'une voix de tête sur un ton ironique. Quel imbécile ! L'Amyrlin aurait envoyé un Lige avec une lettre de la Fille-Héritière à la Reine. Espèce d'idiot aveugle, j'avais tellement envie de quitter la Tour que j'ai été incapable de m'en apercevoir. » Le ronflement de Thom résonna comme une approbation.

Essentiellement, toutefois, il songea à la chance et aux voleurs.

Le premier heurt sourd de quelque chose contre la poupe, c'est tout juste s'il en eut conscience. Il ne prêta pas attention à un bruit étouffé et à un raclement sur le pont au-dessus de lui, ni à un piétinement de bottes. Le bateau lui-même produisait suffisamment de sons variés et sur le pont se trouvait sûrement quelqu'un pour le diriger dans sa course vers l'aval. Par contre, des pas furtifs dans la coursive menant à sa porte s'amalgamèrent avec ses réflexions sur les malandrins et lui firent dresser l'oreille.

Il donna un coup de coude dans les côtes de Thom. « Réveillez-vous, chuchota-t-il. Il y a du monde dehors dans le couloir. » Il se faufilait déjà hors du lit, avec l'espoir que le sol de la cabine — *plancher, parquet, quel que soit son fichu nom!* — n'émettrait pas de craquements sous ses pieds. Thom grogna, fit claquer ses lèvres et recommença à ronfler.

Le temps manquait pour se soucier de Thom. Les pas résonnaient juste devant la cabine. S'armant de son bâton, Mat se plaça devant la porte et attendit.

Le battant pivota avec lenteur et deux hommes drapés dans une cape, l'un derrière l'autre, apparurent, vaguement silhouettés sur le fond de pâle clair de lune passant par l'écoutille en haut de l'échelle dont ils venaient de descendre à petit bruit. La clarté était suffisante pour se refléter sur des lames de poignards dégainés. Les deux hommes laissèrent échapper un hoquet de surprise; ils n'avaient évidemment pas compté trouver quelqu'un prêt à les recevoir.

Mat frappa d'estoc avec le bâton de combat, atteignant le premier homme d'un coup violent juste au-dessus du point où se rejoignent les côtes. Au moment où il frappa, il entendit résonner la voix de son père. *C'est un coup mortel, Mat. Ne l'utilise jamais sauf pour sauver ta vie.* Seulement ces poignards signifiaient que sa vie était en jeu; il n'y avait pas la place dans la cabine pour effectuer des moulinets avec le bâton.

Alors même que l'homme émettait un son étranglé et se courbait vers le sol, s'efforçant en vain de respirer, Mat avança et projeta par-dessus lui l'extrémité du bâton vers la gorge de l'autre où elle s'enfonça avec un bruit nettement audible d'écrasement. Celui-là lâcha son poignard pour crisper sa main autour de son cou et s'affala sur son compagnon, les deux raclant de leurs bottes les lames du plancher, les râles de la mort montant déjà de leurs gorges.

Mat resta figé sur place à les regarder. *Deux hommes. Non, que je brûle, trois ! Je ne crois pas avoir jamais causé de mal à un autre être humain jusqu'ici et voici que j'en tue trois dans la même nuit. Ô Lumière !*

Le silence régnait dans la coursive obscure et Mat entendit un martèlement de bottes sur le pont au-dessus de sa tête. Les matelots allaient tous pieds nus.

S'efforçant de ne pas réfléchir à ce qu'il faisait, Mat tira la cape de dessous un des cadavres et la posa sur ses épaules, pour masquer la blancheur de la toile de ses sous-vêtements. Les pieds nus, à pas de loup, il longea la coursive et grimpa à l'échelle, laissant juste passer ses yeux à ras du panneau de fermeture de l'écoutille.

Un faible clair de lune se reflétait sur les voiles étarques, mais la nuit enveloppait encore d'ombres le pont et aucun son ne résonnait à part le friselis de l'eau qui ruisselait le long des flancs du navire. Il n'y avait apparemment sur le pont qu'un homme à la barre, le capuchon de son manteau relevé pour se protéger de la fraîcheur. Cet homme bougea, et le cuir d'une semelle de botte racla les planches du pont.

Tenant bas son bâton avec l'espoir qu'il ne serait pas remarqué, Mat monta sur le pont. « Il est mort, murmura-t-il dans un chuchotement rauque.

— J'espère qu'il a couiné quand tu lui as coupé la gorge. » Cette voix au fort accent, Mat se rappela l'avoir entendue à l'entrée d'une ruelle sinueuse de Tar Valon. « Ce garçon, il nous a causé trop de tracas. Hé, qui êtes-vous ? »

Mat asséna son bâton de toutes ses forces. Le bois épais s'enfonça dans la tête de l'homme, la capuche de son manteau n'atténuant que partiellement un bruit ressemblant à celui d'un melon s'écrasant par terre.

L'homme tomba en travers de la barre franche, la poussant du côté opposé, et le bateau fit une embardée qui déstabilisa Mat. Du coin de l'œil, il vit une forme se dresser dans les ombres proches de la lisse, une lame luire, et il comprit qu'il ne parviendrait jamais à ramener son bâton en position avant que cette lame l'atteigne. Quelque chose d'autre qui brillait fila comme un éclair à travers la nuit et se fondit dans la forme indistincte avec un son mat. Le mouvement ascendant devint une chute et un homme s'étala de tout son long presque aux pieds de Mat.

Un murmure confus de voix s'éleva de l'intérieur du navire comme celui-ci virait de nouveau de bord, la barre se déplaçant sous le poids du premier homme.

Thom, une cape sur ses sous-vêtements, sortit par l'écoutille en boitant; il soulevait la plaque masquant la lumière d'une lanterne sourde. « Tu as eu de la chance, mon garçon. Un de ceux d'en bas portait cette lanterne. Aurait pu mettre le feu au bateau, à rester là par terre. » La lumière éclaira le manche d'un couteau saillant de la poitrine d'un homme aux yeux fixes de cadavre. Mat ne l'avait jamais vu avant; il se serait rappelé quelqu'un au visage marqué d'autant de cicatrices, il en était sûr. Thom éloigna d'un coup de pied un poignard gisant près de la main écartée du mort, puis se pencha pour récupérer son propre couteau dont il essuya la lame sur le manteau du cadavre. « Tu as eu beaucoup de chance, mon garçon. Vraiment beaucoup. »

Il y avait un cordage attaché à la lisse. Thom s'en approcha et dirigea la lumière vers le bas de la poupe; Mat alla le rejoindre. À l'autre bout de l'amarre se trouvait un des petits bateaux du Port-du-Sud, sa lanterne carrée éteinte. Deux autres hommes étaient là, au milieu des avirons qui étaient rentrés.

« Que le Grand Seigneur m'emporte, c'est lui ! » s'exclama l'un d'une voix étranglée. L'autre s'élança vers l'avant et s'évertua frénétiquement à défaire le nœud retenant l'amarre.

« Tu veux tuer ces deux-là aussi ? demanda Thom, sa voix retentissant comme quand il donnait un récital.

— Non, Thom, murmura Mat. Non. »

Les occupants du bateau devaient avoir perçu la question et non la réponse, car ils renoncèrent à tenter de libérer leur embarcation et sautèrent par-dessus bord dans une grande gerbe d'éclaboussures. On les entendait nettement brasser l'eau dans leurs efforts pour s'enfuir en traversant le fleuve.

« Les imbéciles, marmotta Thom. Le fleuve se rétrécit un peu après Tar Valon, mais il doit avoir encore pas loin d'un quart de lieue de large ici, sinon davantage. Ils n'y réussiront jamais dans le noir. »

« Par la Pierre ! — L'exclamation jaillissait de l'écoutille. — Qu'est-ce qui se passe ici ? Il y a des morts dans la coursive ! Qu'est-ce que fabrique Vasa couché sur la barre ? Il va nous échouer dans un banc de vase ! » Nu à part un caleçon de toile, Mallia se précipita à la barre, repoussant le mort sans ménagements tandis qu'il tirait le long levier pour reprendre la bonne route. « Ce n'est pas Vasa ! Que brûle mon âme, qui sont tous ces morts ? » D'autres montaient maintenant sur le pont, des matelots pieds nus ainsi que des passagers affolés serrés dans des capes et des couvertures.

Masquant son geste de son corps, Thom glissa son couteau sous l'amarre et la trancha d'un seul coup. Le petit bateau commença à reculer dans l'obscurité. « Des brigands du fleuve, capitaine, dit-il. Le jeune Mat et moi-même, nous avons arraché votre navire à des brigands du fleuve. Sans nous, ils auraient coupé la gorge de tout le monde. Peut-être désirez-vous réviser le prix que vous avez fixé pour notre passage.

— Des brigands ! s'exclama Mallia. Il y en a des quantités là-bas autour de Cairhien, mais à ma connaissance jamais on n'en a signalé aussi loin dans le nord ! » Les passagers agglutinés les uns contre les autres se mirent à se lamenter à voix basse au sujet de ces brigands et du risque d'avoir la gorge coupée.

Mat se dirigea d'une démarche raide vers l'écoutille. Il perçut dans son dos le commentaire de Mallia. « Quel bloc de glace ! Je n'ai jamais entendu dire que l'Andor employait des assassins mais, que brûle mon âme, il a tout d'un glaçon. »

Mat descendit l'échelle en trébuchant, enjamba les deux cadavres dans la coursive et referma en la claquant derrière lui la porte de la cabine du capitaine. Il parvint à mi-chemin de la couchette avant d'être pris de tremblements et alors il ne put que se laisser glisser sur les genoux. *Ô Lumière, dans quelle partie suis-je engagé ? Il faut que je connaisse les règles du jeu si je dois gagner. Ô Lumière, quel jeu ?*

Égrenant en sourdine sur sa flûte les notes de *Rose du matin,* Rand regardait fixement son feu de camp où rôtissait un lapin embroché sur une baguette plantée de biais au-dessus des flammes. Une brise nocturne les fit vaciller ; il remarqua à peine l'odeur du lapin, bien que se présentât la pensée fugace qu'il aurait besoin de se procurer du sel dans le prochain village ou bourg. *Rose du matin* était un des airs qu'il avait joués à ces mariages.

*Cela s'est passé voilà combien de jours ? Y en a-t-il eu tellement ou l'ai-je imaginé ? Toutes les femmes du village décidant de se marier en même temps ? Comment s'appelait ce village ? Suis-je déjà fou ?*

La sueur perlait sur son visage, mais il continuait à jouer, juste assez pour être audible, contemplant le feu. Moiraine lui avait dit qu'il était *ta'veren.* Peut-être l'était-il effectivement. Les gens comme ça... modifiaient... les choses autour d'eux. Un *ta'veren* aurait pu *provoquer* tous ces mariages. Seulement cela touchait de trop près un sujet auquel il ne voulait pas penser.

*Ils disent aussi que je suis le Dragon Réincarné. Tous le disent. Les vivants le disent, et les morts. Cela n'en est pas vrai pour autant. J'étais obligé de les laisser me proclamer tel. Par devoir. Je n'avais pas le choix, mais cela n'en fait pas une réalité.*

Il semblait incapable de cesser de jouer cet air-là. Un air qui l'incitait à songer à Egwene. Il avait cru naguère qu'il l'épouserait, Egwene. En un temps qui paraissait bien lointain. C'était du passé, maintenant. Elle était cependant apparue dans ses rêves. *Ç'aurait pu être elle. Son visage. C'était son visage.*

Seulement il y avait eu de si nombreux visages, des visages qu'il connaissait. Celui de Tam, et de sa mère, celui de Mat et de Perrin. Tous cherchant à le tuer. Il ne s'agissait pas vraiment d'eux, bien sûr. Uniquement de leurs traits plaqués sur des Engeances de l'Ombre. Il pensait bien que ce n'était pas eux. Les Engeances de l'Ombre pénétraient apparemment même dans ses rêves. N'étaient-ce que des rêves ? Quelques épisodes étaient réels, il le savait. Et d'autres appartenaient au domaine du rêve, des cauchemars ou des espoirs. Mais comment les différencier ? Min s'était immiscée dans ses rêves, une nuit — et avait tenté de le poignarder dans le dos. Il était encore surpris par l'intensité de la peine qu'il en avait ressentie. Il avait été insouciant, il l'avait laissée approcher, avait baissé sa garde. Depuis qu'il connaissait Min, il n'avait jamais ressenti le besoin de se méfier, en dépit de ce qu'elle voyait quand elle le regardait. Se trouver en sa compagnie était comme un baume apaisant sur ses blessures.

*Et alors elle a tenté de me tuer!* La musique fusa en un son aigu discordant, mais il en rabaissa l'intensité jusqu'au murmure. *Pas elle. Une Engeance de l'Ombre avec ses traits. Min serait la dernière de tous à vouloir me faire du mal.* Il ne comprenait pas pourquoi il le pensait, mais il était sûr que c'était vrai.

Tant de visages dans ses rêves. Séléné était venue, froide, mystérieuse et si séduisante qu'il en avait la bouche sèche rien que de songer à elle, lui proposant la gloire comme elle la lui avait offerte — voilà tellement longtemps, à ce qu'il lui semblait —, mais à présent c'était l'épée qu'elle lui disait qu'il devait prendre. Et avec l'épée il y aurait Séléné. *Callandor.* Cette épée était toujours présente dans ses rêves. Toujours. Et des faces sarcastiques. Des mains qui poussaient Egwene, Nynaeve et Elayne dans des cages, les capturaient dans des filets, leur infligeant des sévices. Pourquoi pleurait-il davantage pour Elayne que pour les deux autres ?

La tête lui tournait. Sa tête était aussi douloureuse que son côté blessé, la sueur ruisselait sur son visage et il jouait en sourdine *Rose du matin* dans la nuit, redoutant de s'endormir. Redoutant de rêver.

## *33. La texture du Dessin*

Du haut de sa selle, Perrin examinait d'un air sombre la pierre plate à demi enfouie dans les herbes folles bordant le chemin. Cette voie en terre battue, déjà appelée la Route du Lugard maintenant qu'on approchait de la rivière Manetherendrelle et de la frontière du Lugard, avait été pavée jadis, à une époque depuis longtemps révolue, ainsi que l'avait dit Moiraine deux jours auparavant, et des fragments de dallage remontaient encore de temps en temps à la surface. Cette dalle-ci portait des marques bizarres.

Si des chiens avaient été en mesure d'imprimer des traces dans la pierre, il aurait conclu que c'était l'empreinte d'un gros chien de chasse. Aucune trace du même genre n'apparaissait dans son champ de vision sur la surface dénudée, aux endroits où la terre plus meuble des accotements l'aurait moulée, il n'y avait pas non plus d'odeur de piste de chien. Rien qu'un faible relent de brûlé dans l'air, presque comme les exhalaisons de soufre provenant de la mise à feu d'une fusée d'artifice. Il y avait une ville en avant, à l'endroit où la route atteignait la rivière ; peut-être des enfants s'étaient-ils faufilés jusqu'ici avec des créations des Illuminateurs.

*Bien loin, tout de même, pour que des enfants s'y aventurent.* Néanmoins, il avait vu des fermes. *Peu importe ce que c'est, cela n'a rien à voir avec cette empreinte. Les chevaux ne volent pas et les chiens n'impriment pas la forme de leur patte dans la pierre. Je suis trop fatigué pour raisonner juste.*

Avec un bâillement, il enfonça ses talons dans les côtes de

Steppeur et l'étalon gris louvet — l'étalon couleur de loup — s'élança au galop pour rejoindre les autres. Moiraine leur avait fait mener un train soutenu depuis qu'ils avaient quitté Jarra et quiconque s'arrêtait ne serait-ce qu'un instant n'était pas attendu. Quand l'Aes Sedai avait un projet en tête, elle se montrait aussi dure que du fer battu à froid. Loial avait renoncé six jours auparavant à lire tout en chevauchant, après avoir levé le nez de son livre et s'être vu distancé d'un bon quart de lieue par ses compagnons qui avaient presque tous disparu sur le versant opposé de la colline suivante.

Perrin ralentit l'allure de Steppeur en arrivant à la hauteur du puissant cheval de l'Ogier, derrière la jument blanche de Moiraine, et bâilla de nouveau. Lan se trouvait quelque part devant, en éclaireur. Le soleil dans leur dos n'était pas à plus d'une heure au-dessus de la cime des arbres, mais le Lige avait annoncé qu'ils atteindraient avant le soir une ville appelée Remen, sur la Manetherendrelle. Perrin n'était pas sûr de tenir à connaître ce qui leur était réservé là-bas. Il ignorait ce que cela pouvait être, mais les jours écoulés depuis Jarra l'avaient rendu prudent.

« Je ne comprends pas pourquoi vous ne réussissez pas à dormir, commenta Loial à son adresse. Je suis si fatigué quand elle nous permet de nous arrêter pour la nuit que le sommeil me prend avant que j'aie eu le temps de me coucher. »

Perrin se contenta de secouer la tête. Il n'y avait pas moyen d'expliquer à Loial qu'il n'osait pas s'abandonner à un sommeil profond, que même ses somnolences étaient hantées par des rêves tourmentés. Tel ce songe étrange où figuraient Egwene et Sauteur. *Bah, pas étonnant que je rêve d'elle. Par la Lumière, je me demande ce qu'elle devient. Désormais en sécurité dans la Tour maintenant et apprenant à être une Aes Sedai. Vérine veillera sur elle et aussi sur Mat.* Il estimait que personne n'était obligé de s'occuper de Nynaeve ; à son avis, lorsque Nynaeve était à proximité, c'étaient les gens de son entourage qui avaient besoin de quelqu'un pour les protéger.

Il ne voulait pas penser à Sauteur. Il parvenait à maintenir les loups vivants à l'écart de son esprit, quand bien même il devait se sentir comme martelé et étiré par une main pressée ;

il se refusait à imaginer un loup mort s'immisçant dans sa tête. Il se secoua et se força à garder les yeux grands ouverts. Pas même Sauteur.

D'autres raisons que les cauchemars justifiaient ces sommes troublés. Ils avaient découvert de nouveaux témoignages du passage de Rand. Entre Jarra et la rivière Eldar, Perrin n'en avait repéré aucun signe mais, quand ils eurent traversé l'Eldar par un pont qui l'enjambait entre deux falaises de cinquante pieds de haut, ils avaient laissé derrière eux une ville nommée Sidon qui était réduite en cendres. Jusqu'au dernier bâtiment. Seuls quelques cheminées et murs de pierre se dressaient au milieu des ruines.

Des habitants dépenaillés avaient dit qu'une lanterne échappée malencontreusement dans une écurie en était à l'origine, après quoi le feu s'était propagé d'un seul coup et les choses étaient allées de mal en pis. La moitié des seaux qu'on avait pu récupérer étaient percés. Au lieu de s'effondrer à l'intérieur, les parois enflammées s'étaient écroulées vers l'extérieur, embrasant de chaque côté les maisons voisines. Les poutres incandescentes de l'auberge avaient bloqué en s'affalant le puits principal sur la place, de sorte qu'il avait été impossible de continuer à en tirer de l'eau pour combattre les foyers d'incendie et des maisons s'étaient abattues sur trois autres puits. Même le vent s'était mis à virer de-ci, de-là, attisant les flammes dans toutes les directions.

Nul besoin de demander à Moiraine si la présence de Rand en était cause ; l'expression de son visage, d'une froideur d'airain, était une réponse suffisante. Le Dessin s'organisait autour de Rand, et de l'imprévisible survenait.

Après Sidon, leur cavalcade avait traversé quatre bourgades où seul le déchiffrage de piste effectué par Lan leur indiquait que Rand les précédait toujours. Rand avançait à pied maintenant et cela depuis quelque temps. Ils avaient découvert là-bas, au-delà de Jarra, son cheval, mort, qui paraissait avoir été mis en pièces par des loups ou par des chiens redevenus sauvages. Perrin avait eu du mal à se retenir de faire appel à sa faculté de communication avec les loups pour se renseigner, surtout quand Moiraine avait levé les yeux de la carcasse du cheval pour le regarder d'un air sombre. Par chance, Lan avait repéré la trace des bottes de Rand, partant de l'endroit où gisait le cheval mort. Un caillou avait creusé un trou triangulaire dans un des talons ; cette marque identifiait ses empreintes sans risque d'erreur. Toutefois, à pied ou à cheval, Rand gardait apparemment son avance sur eux.

Dans les quatre villages après Sidon, l'événement le plus sensationnel du plus loin que les gens se souvenaient fut de voir arriver Loial et de constater que c'était un Ogier en chair et en os. Ils en furent tellement impressionnés que c'est à peine s'ils remarquèrent les yeux de Perrin et quand ils en prirent conscience... Ma foi, si les Ogiers étaient réels, des hommes pouvaient bien avoir les yeux de n'importe quelle couleur.

Par contre, après ces villages se présenta un petit bourg appelé Willar — et lui était en fête. La source du pré communal avait recommencé à jaillir, au bout d'une année passée à charrier de l'eau puisée dans un ruisseau à un quart de lieue de là, après que tous les efforts pour creuser des puits s'étaient révélés vains et que la moitié des habitants avaient émigré ailleurs. Willar ne mourrait finalement pas. Trois autres villages épargnés avaient été rapidement suivis, le même jour, par Samaha où, jusqu'au dernier, les puits s'étaient asséchés la nuit précédente — et les gens murmuraient que c'était l'œuvre du Ténébreux ; puis par Tallan où la totalité des vieilles querelles qui avaient agité le village depuis le commencement des temps étaient remontées à la surface la veille au matin comme des bulles de fosses d'aisances trop pleines, et il avait fallu le choc causé par trois meurtres pour ramener chacun à la raison ; et finalement il y eut Fyall, où les récoltes, ce printemps, s'annonçaient comme les plus maigres de mémoire d'homme, mais le maire, en déblayant la terre pour installer de nouveaux cabinets d'aisances derrière sa maison, avait mis au jour des sacs de cuir pourri remplis d'or, si bien que personne ne mourrait de faim. Pas un habitant de Fyall ne reconnut les pièces épaisses, avec un visage de femme sur une face et un aigle au revers ; Moiraine dit qu'elles avaient été frappées à Manetheren.

Perrin se décida à lui poser la question, un soir où ils

étaient assis autour de leur feu de camp. « Après Jarra, je pensais... Ils étaient tous si contents, avec leurs mariages. Même les Blancs Manteaux avaient seulement été tournés en ridicule. Fyall ne suscite pas d'interrogation — Rand ne pouvait pas avoir la moindre responsabilité en ce qui concerne leurs récoltes ; elles dépérissaient avant même qu'il vienne, et cet or tombait vraiment à pic — mais ceci... cette ville incendiée, les puits taris et... C'est de la malfaisance, Moiraine. Je ne peux pas croire que Rand est malfaisant. Le Dessin se trace peut-être autour de lui, mais comment le Dessin peut-il être aussi mauvais ? Cela n'a pas de sens, et les choses doivent avoir une raison d'être. Si on fabrique un outil qui ne sert à rien, c'est gâcher du métal. Le Dessin ne ferait pas de gâchis. »

Lan lui jeta un coup d'œil sardonique et disparut dans la pénombre, partant en reconnaissance autour de leur camp. Loial, déjà allongé dans ses couvertures, leva la tête pour écouter, ses oreilles pointées en avant.

Moiraine resta silencieuse un moment, en se chauffant les mains. Elle finit par répondre, le regard fixé sur les flammes. « Le Créateur est bon, Perrin. Le Père des Mensonges est mauvais. Le Dessin d'une Ère, la Dentelle du Temps elle-même, n'est ni l'un ni l'autre. Le Dessin est ce qu'il est. La Roue du Temps insère toutes les vies dans le tissage du Dessin, toutes les actions. Un Dessin qui n'a qu'une couleur n'est pas un Dessin. Dans le Dessin d'une Ère, le bien et le mal sont la chaîne et la trame. »

Même trois jours plus tard, chevauchant dans la tiédeur d'une fin d'après-midi ensoleillée, Perrin se sentit parcouru par le même frisson que lorsqu'il l'avait entendue prononcer ces mots pour la première fois. Il voulait croire que le Dessin était bon. Il voulait croire que, lorsque les hommes commettaient des actes mauvais, ils travaillaient contre le Dessin, ils l'altéraient. Pour lui, le Dessin était une belle création complexe, œuvre d'un maître forgeron. Qu'il mêle indifféremment des débris de fonte et pire avec du bel acier était une pensée réfrigérante.

« Cela me tourmente, murmura-t-il entre ses dents. Ô Lumière, comme cela me tourmente. » Moiraine jeta un coup d'œil en arrière, dans sa direction, et il se tut. Il se demanda si l'Aes Sedai se souciait vraiment d'autre chose en dehors de Rand.

Quelques minutes plus tard, Lan survint au-devant d'eux et fit tourner son destrier noir pour chevaucher côte à côte avec la jument de Moiraine. « Remen se trouve juste de l'autre côté de la prochaine colline, annonça-t-il. Ses habitants ont vécu un ou deux jours mouvementés, apparemment. »

Les oreilles de Loial bougèrent brusquement. « Rand ? »

Le Lige secoua la tête. « Je ne sais pas. Peut-être que Moiraine pourra le dire quand elle verra. » L'Aes Sedai posa sur lui un regard scrutateur, puis incita du talon sa jument blanche à presser l'allure.

Ils arrivèrent au sommet de la colline et Remen se déploya au-dessous d'eux, le long de la rivière. La Manetherendrelle mesurait à cet endroit plus de quatre cents toises de large et il n'y avait pas de pont, toutefois deux bacs bondés s'apparentant à des barges la traversaient lentement, mus par de longues rames, et un troisième presque vide revenait en sens inverse. Trois autres bacs-barges partageaient de longs quais de pierre avec près d'une douzaine de navires de commerce, certains à un mât, d'autres à deux. Quelques entrepôts massifs en pierre grise séparaient les quais de la ville proprement dite, où les constructions étaient aussi, à première vue, en majeure partie en pierre mais avec des toitures de tuiles de toutes les teintes allant du jaune au rouge et au pourpre, et les rues s'égaillaient dans n'importe quelle direction à partir d'une place centrale.

Moiraine remonta la profonde capuche de son manteau pour dissimuler son visage avant qu'ils entament la descente.

Comme d'habitude, les passants regardaient Loial avec de grands yeux mais, cette fois, Perrin entendit murmurer avec révérence « un Ogier ». Loial se tint plus droit sur sa selle qu'il ne l'avait fait depuis quelque temps et ses oreilles étaient verticales tandis qu'une ébauche de sourire retroussait les coins de sa grande bouche. Il s'efforçait visiblement de masquer son contentement, mais il avait une mine de chat que l'on gratte derrière les oreilles.

Pour Perrin, Remen ressemblait à une douzaine d'autres

agglomérations — elle était remplie d'arômes produits de main d'homme et d'une odeur d'humanité, ainsi que d'un puissant relent de rivière, bien sûr — et il s'interrogeait sur la signification de ce qu'avait dit Lan quand il sentit quelque chose de... mauvais et ses cheveux se hérissèrent sur sa nuque. Dès que son nez l'eut capté, ce quelque chose disparut tel un crin de cheval tombé sur des tisons ardents mais évoqua en lui un souvenir. Il avait perçu la même puanteur à Jarra et elle s'était alors évanouie de la même façon. Il ne s'agissait pas d'un Difforme ni d'un Jamais-Né — *d'un Trolloc, que la Lumière me brûle, pas d'un Difforme! Pas d'un Jamais-Né! D'un Myrddraal, d'un Évanescent, d'un Demi-Homme, n'importe quel terme sauf Jamais-Né*[1]*!* — oui, il ne s'agissait ni d'un Trolloc ni d'un Évanescent, pourtant la puanteur en question était aussi forte, aussi abominable. Toutefois, à l'évidence, ce dont émanait ce fumet ne laissait pas de piste durable.

Ils débouchèrent sur la grand-place. Juste au milieu, une des grandes dalles du pavage avait été arrachée, pour que l'on puisse ériger un gibet. Une poutre épaisse sortait de terre, soutenant une potence en équerre où était suspendue une cage de fer, dont le fond se trouvait à une demi-toise un quart de haut. Un homme de haute taille, vêtu tout en nuances de gris et de bruns, était assis dans la cage, serrant ses genoux sous son menton. Il n'avait pas assez d'espace pour se tenir autrement. Trois petits garçons le bombardaient de cailloux. L'homme regardait droit devant lui, sans ciller quand une pierre passait entre les barreaux. Plus d'un filet de sang maculait son visage. Les passants ne prêtaient pas plus que lui attention à ce que faisaient ces gamins, mais chacun d'eux sans exception regardait la cage, la plupart avec un air approbateur et quelques-uns avec crainte.

Moiraine émit un bruit de gorge qui pouvait bien signifier du dégoût.

1. Perrin s'insurge contre son emploi machinal des termes *Difforme* ou *Jamais-Né* qui sont des mots de loups. Dès le deuxième tome du cycle de « La Roue du Temps », on s'en souvient, Perrin s'est découvert une affinité avec les loups, la faculté de communiquer avec eux par la pensée ; même ses yeux ont pris la couleur jaune de ceux des loups — et il redoute de finir par se transformer en loup, de perdre toute humanité. *(N.d.T.)*

« Il n'y a pas que ça, dit Lan. Viens. J'ai déjà arrêté des chambres dans une auberge. Je pense que cela t'intéressera. »

Perrin qui les suivait regarda par-dessus son épaule l'homme encagé. Cet homme avait quelque chose de familier, mais il ne discernait pas en quoi.

« Ils ne devraient pas se conduire comme ça. » La voix de basse de Loial avait un accent à mi-chemin de la colère. « Je parle des enfants. Les adultes devraient les obliger à arrêter.

— C'est vrai », acquiesça Perrin qui ne l'écoutait que d'une oreille. *Pourquoi a-t-il un air de connaissance ?*

L'enseigne au-dessus de la porte de l'auberge où les conduisit Lan, près de la rivière, arborait comme inscription *À la Forge du charpentier de marine,* ce que Perrin prit pour un bon présage, bien que la maison n'eût rien rappelant une forge en dehors de l'homme au tablier de cuir, un marteau à la main, peint sur l'enseigne. C'était un grand bâtiment de deux étages, au toit pourpre, construit en pierres grises équarries et polies, avec des grandes fenêtres et des portes sculptées de volutes, et il avait un air prospère. Des garçons d'écurie accoururent pour s'occuper des chevaux, saluant encore plus bas après que Lan leur eut lancé des pièces de monnaie.

À l'intérieur, Perrin examina les gens avec surprise. Clients et clientes attablés étaient tous habillés de leurs costumes des jours de fête, à ce qu'il lui sembla, avec davantage de bliauds brodés, de dentelles ornant les robes, de rubans de couleur et d'écharpes à franges qu'il n'en avait vu depuis longtemps. Seuls quatre hommes réunis à la même table portaient des vêtements ordinaires, et ils furent les seuls à ne pas lever les yeux comme s'ils attendaient quelque chose quand Perrin entra avec ses compagnons. Les quatre hommes continuèrent à s'entretenir à voix basse. Il entendait une partie de ce qu'ils disaient, concernant la préférence à donner comme cargaison au poivre glaçant plutôt qu'aux fourrures et l'influence sur les prix que pouvaient avoir les troubles dans la Saldaea. Des capitaines de navires marchands, conclut-il. Les autres paraissaient être des gens du pays. Même les serveuses avaient visiblement endossé ce qu'elles possédaient de mieux, leurs longs tabliers couvrant des robes brodées ornées au col de bribes de dentelle.

La cuisine était en plein coup de feu; Perrin sentit du mouton, de l'agneau, du poulet et du bœuf en train de cuire, ainsi que des légumes quelconques. Et un pain d'épice qui lui fit oublier les viandes un moment.

L'hôtelier en personne les accueillit dès leur entrée, chauve et rondelet avec de brillants yeux bruns dans un visage lisse au teint rose, qui s'inclinait en se frottant les mains. S'il ne s'était pas avancé à leur rencontre, Perrin ne l'aurait jamais pris pour le tenancier de l'auberge car, au lieu du tablier blanc que l'on se serait attendu à lui voir, il avait revêtu un bliaud comme les autres personnes présentes, en solide drap bleu rebrodé de blanc et de vert dont le poids faisait transpirer son propriétaire.

*Pourquoi portent-ils tous des habits de fête ?* se demanda Perrin.

« Ah, Maître Andra, s'écria l'hôtelier en s'adressant à Lan. Et un Ogier, exactement comme vous l'aviez annoncé. Non pas que j'en aie douté, naturellement. Pas avec cette foule d'événements, et jamais de votre parole, mon bon Maître. Pourquoi pas un Ogier ? Ah, ami Ogier, vous avoir dans la maison me donne un plaisir plus grand que vous ne l'imaginez. C'est un grand honneur et un couronnement approprié à ces journées. Ah, et Maîtresse... » Son regard évalua la soie bleu foncé de la robe et la riche laine de la cape, poussiéreuse à la suite du voyage mais toujours de belle qualité. « Pardonnez-moi, ma Dame, je vous prie. » Sa révérence le courba en fer à cheval. « Maître Andra n'avait pas précisé votre rang, Dame. Je ne voulais pas vous manquer d'égards. Vous êtes encore plus la bienvenue que l'ami Ogier que voici, naturellement, ma Dame. Je vous en prie, ne vous formalisez pas de la pauvre langue de Gainor Furlan.

— Il n'y a pas d'offense. » Moiraine accepta d'une voix sereine le titre décerné par Furlan. C'était loin d'être la première fois que l'Aes Sedai se faisait appeler autrement que Moiraine ou passer pour ce qu'elle n'était pas. Et pas non plus la première fois que Perrin entendait Lan se présenter sous le nom d'Andra. Le profond capuchon cachait toujours les traits lisses d'Aes Sedai de Moiraine, et elle tenait d'une main sa cape serrée autour d'elle comme si elle avait froid. Pas avec la main où elle avait l'anneau au Grand Serpent. « Des événements bizarres se sont produits dans le bourg, aubergiste, à ce que je comprends. Rien qui puisse inquiéter des voyageurs, je l'espère.

— Ah, Dame, ils méritent bien d'être qualifiés d'étranges par vous, en vérité. Votre radieuse présence est plus que suffisante pour honorer cette humble demeure, ma Dame, ainsi que d'avoir amené un Ogier avec vous, mais nous avons aussi des Chasseurs à Remen. Ici même dans *La Forge du charpentier,* qu'ils sont. Des Chasseurs en quête du Cor de Valère, partis d'Illian pour courir l'aventure. Et l'aventure, ils l'ont trouvée, ma Dame, ici dans Remen ou juste à une demi-lieue ou moitié moins en amont, en livrant combat à des Aiels farouches, vous vous rendez compte ? Pouvez-vous imaginer des sauvages aiels voilés de noir dans l'Altara, ma Dame ? »

Des Aiels. Perrin savait maintenant ce qu'avait de familier l'homme encagé. Il avait déjà vu, une fois, un de ces hôtes impétueux, quasi légendaires, de la terre inhospitalière nommée le Désert. Cet homme avait une grande ressemblance avec Rand, une taille plus élevée que la moyenne, des yeux gris, des cheveux tirant sur le roux et il était habillé comme le prisonnier encagé, dans toutes les nuances de brun et de gris qui se fondent dans la broussaille et les rochers, avec des bottes souples lacées jusqu'au genou. Perrin crut presque entendre résonner de nouveau la voix de Min. *Un Aiel dans une cage. Un tournant dans ta vie ou quelque chose d'important qui va se produire.*

« Pourquoi avez-vous... » Il s'arrêta pour s'éclaircir la gorge afin que sa voix ne paraisse pas si rauque. « Comment un Aiel en est-il venu à se retrouver dans une cage sur votre grand-place ?

— Ah, jeune Maître, c'est toute une histoire... » Furlan laissa sa phrase en plan, son regard toisant Perrin de la tête aux pieds, évaluant ses simples vêtements campagnards et l'arc de guerre dans ses mains, s'arrêtant sur la hache pendant à sa ceinture de l'autre côté de son carquois. L'hôtelier rondelet sursauta quand son examen arriva au visage comme si, avec une Dame et un Ogier présents, il remarquait seulement maintenant que Perrin avait les yeux jaunes. « Serait-ce votre serviteur, Maître Andra ? demanda-t-il avec circonspection.

— Répondez-lui, se contenta de dire Lan.

— Ah. Ah, naturellement, Maître Andra, mais voici qui vous racontera cela mieux que moi. C'est le Seigneur Orban, en personne. C'est pour l'entendre que nous nous sommes réunis. »

Un homme assez jeune aux cheveux bruns, en tunique rouge, avec un pansement autour des tempes, descendait l'escalier le long d'un côté de la salle en s'appuyant sur des béquilles rembourrées, la jambe gauche de ses chausses coupée pour que d'autres bandages lui maintiennent le mollet de la cheville au genou. Les gens du pays éclatèrent en murmures comme s'ils voyaient quelque chose de merveilleux. Les capitaines des vaisseaux marchands poursuivaient leur conversation discrète ; ils en étaient à parler fourrures.

Furlan pensait peut-être que l'homme en rouge raconterait mieux l'histoire, néanmoins il la continua lui-même : « Le Seigneur Orban et le Seigneur Gann ont affronté vingt Aiels déchaînés avec seulement dix vassaux. Ah, furieux a été le combat et rude, avec de nombreux coups donnés et reçus. Six braves vassaux ont péri et tout le monde a été blessé, le Seigneur Orban et le Seigneur Gann plus gravement que les autres, mais ils ont tué les Aiels jusqu'au dernier, à part ceux qui s'étaient enfuis, et ils en ont capturé un. C'est celui que vous voyez là-bas sur la place : il ne jettera plus le trouble dans la campagne par ses façons de sauvage, pas plus que ceux qui sont morts.

— Vous avez eu des ennuis avec des Aiels dans cette région ? » questionna Moiraine.

Perrin se demandait la même chose, non sans une grande consternation. Si des gens utilisaient encore à l'occasion l'expression « Aiel voilé de noir » pour qualifier quelqu'un de violent, c'était un témoignage de l'impression laissée par la Guerre des Aiels, mais cela remontait à vingt ans maintenant, et les Aiels n'étaient jamais sortis de leur Désert avant ou depuis. *Par contre, j'en avais vu un de ce côté de l'Échine du Monde et maintenant j'en ai vu deux.*

L'hôtelier massa son crâne chauve. « Ah. Ah, non, ma Dame, pas exactement. N'empêche que nous en aurions eu, vous pouvez en être sûre, avec vingt sauvages en liberté. Voyons, tout le monde se rappelle comme ils avaient tué, pillé et incendié pendant qu'ils traversaient le Cairhien. Des hommes de ce village même sont partis pour la Bataille des Remparts Étincelants, lorsque les nations s'étaient unies pour les repousser. Moi, je souffrais d'un lumbago à l'époque et je n'avais donc pas pu y aller, mais je m'en souviens bien, comme nous tous. Comment sont-ils venus par ici, tellement loin de chez eux, et pourquoi, je l'ignore, mais le Seigneur Orban et le Seigneur Gann nous ont sauvés d'eux. » Un murmure d'acquiescement émana des gens en costume de fête.

Orban lui-même approcha en clopinant à travers la salle, semblant ne voir personne à part l'hôtelier. Perrin sentit une odeur aigre de vin avant même qu'il soit près. « Où a filé cette vieille avec ses herbes, Furlan? dit grossièrement Orban d'un ton impérieux. Les blessures de Gann le font souffrir et j'ai l'impression que ma tête va se fendre. »

Furlan s'inclina jusqu'à presque toucher le sol du front. « Ah, Mère Leich sera de retour demain matin, Seigneur Orban. Un accouchement, Seigneur, mais elle a dit qu'elle avait suturé vos blessures, appliqué un pansement sur elles et agi de même pour celles du Seigneur Gann, donc qu'il n'y avait pas lieu de s'inquiéter. Ah, Seigneur Orban, je suis sûr qu'elle s'occupera de vous à la première heure demain. »

L'homme aux bandages marmotta quelque chose d'inaudible — d'inaudible pour des oreilles autres que celles de Perrin — concernant l'obligation où il était d'attendre qu'une fermière « ait mis bas sa portée » et un commentaire sur « cette façon d'avoir été cousu comme un sac de farine ». Il détourna des yeux au regard buté, coléreux, et, pour la première fois apparemment, prit en compte les arrivants. Perrin, il s'en désintéressa aussitôt, ce qui n'étonna nullement celui-ci. Ses yeux s'arrondirent un peu en se posant sur Loial — *Il a vu des Ogiers,* songea Perrin, *mais il n'avait jamais imaginé qu'il en rencontrerait un ici* —, se plissèrent un peu pour Lan — *Il reconnaît un homme de guerre quand il en voit un, et il n'aime pas en voir* — et s'éclairèrent quand il se baissa pour scruter l'intérieur du capuchon de Moiraine, bien qu'il ne fût pas assez rapproché pour distinguer son visage.

Perrin décida de s'abstenir de porter là-dessus un jugement, pas concernant une Aes Sedai, et il espéra que ni Moiraine ni Lan ne s'en soucieraient non plus. Un éclair dans les yeux du Lige lui dit que sur ce point-là du moins c'était un espoir vain.

« Vous étiez douze à combattre vingt Aiels ? » questionna Lan d'une voix neutre.

Orban se redressa, avec un mouvement de recul. D'un ton d'une nonchalance étudiée, il répliqua : « Oui, il faut s'attendre à ce genre de chose quand on recherche le Cor de Valère. Ce n'était pas la première escarmouche de ce genre pour Gann et moi, et ce ne sera pas la dernière d'ici que nous trouvions le Cor. Si la Lumière brille sur nous. » À l'entendre, la Lumière ne pouvait absolument pas faire autrement. « Tous nos combats n'ont pas été livrés contre des Aiels, bien sûr, mais il y en a toujours qui voudraient barrer la route à des Chasseurs en quête du Cor s'ils le pouvaient. Gann et moi, nous ne nous laissons pas arrêter facilement. » Un autre murmure approbateur monta des gens du pays. Orban se tint encore un peu plus droit.

« Vous avez eu six pertes et capturé un prisonnier. » D'après la voix de Lan, on ne savait pas trop s'il avait perdu ou gagné au change.

« Oui, répondit Orban, nous avons tué le reste, sauf ceux qui se sont enfuis. Nul doute qu'ils soient présentement en train de cacher leurs morts ; j'ai entendu dire que c'était leur coutume. Les Blancs Manteaux sont partis à leur recherche, mais ils ne les découvriront jamais.

— Il y a des Blancs Manteaux ici ? » questionna vivement Perrin.

Orban lui jeta un coup d'œil et le traita encore une fois comme quantité négligeable. Il s'adressa de nouveau à Lan. « Les Blancs Manteaux fourrent toujours leur nez là où l'on ne veut pas d'eux et où l'on n'en a pas besoin. Des idiots incompétents, tous tant qu'ils sont. Oui, ils vont quadriller le pays pendant des jours, mais je doute qu'ils trouvent autre chose que leurs propres ombres.

— Je le suppose, en effet », dit Lan.

L'homme aux pansements fronça les sourcils comme s'il hésitait sur le sens exact à donner au commentaire de Lan, puis il s'en prit derechef à l'hôtelier. « Dénichez-moi cette vieille, vous m'entendez ! J'ai la tête qui éclate. » Avec un dernier coup d'œil à Lan, il s'éloigna en boitillant et remonta l'escalier marche à marche, suivis de murmures d'admiration pour un Chasseur participant à la Quête du Cor qui avait tué des Aiels.

« Cette ville bourdonne d'événements. » La voix grave de Loial attira sur lui l'attention générale. Hormis celle des capitaines marchands qui parlaient cordage pour autant que pouvait le comprendre Perrin. « Partout où je vais, vous les humains, vous vous activez, vous courez et vous vous précipitez, il vous arrive des choses. Comment réussissez-vous à supporter une telle effervescence ?

— Ah, ami Ogier, répondit Furlan, c'est dans notre nature humaine de vouloir de l'action. Combien je regrette de n'avoir pas pu aller combattre aux Remparts Étincelants. Tenez, laissez-moi vous raconter...

— Nos chambres. » Moiraine n'avait pas élevé la voix, mais ses paroles coupèrent court au discours de l'hôtelier comme un couteau tranchant. « Andra a bien retenu des chambres, n'est-ce pas ?

— Ah, Dame, pardonnez-moi. Oui, Maître Andra a loué des chambres, c'est exact. Pardonnez-moi, je vous en prie. C'est à cause de ces émotions, elles m'ont vidé la tête. Je vous en prie, pardonnez-moi, Dame. Par ici, s'il vous plaît. Si vous voulez bien me suivre. » Avec force courbettes, s'excusant et babillant sans arrêt, Furlan les précéda dans l'escalier.

En haut, Perrin s'arrêta pour regarder en arrière. Il entendait des murmures de « Dame » et « Ogier », sentait tous ces yeux tournés dans leur direction, néanmoins il eut l'impression qu'une paire d'yeux en particulier, quelqu'un, fixait non pas Moiraine ni Loial mais lui-même.

Il la repéra aussitôt. D'une part, elle se tenait à l'écart et d'autre part elle était la seule femme de la salle à ne pas être parée d'au moins un peu de dentelle. Sa robe gris anthracite, presque noire, était d'une façon aussi simple que les vêtements des capitaines de bateaux marchands, avec des manches larges et une jupe étroite, sans le moindre ornement de coupe ou point de broderie. La robe était fendue pour monter à cheval, il le vit quand elle bougea, et elle portait des bottes souples qui pointaient sous l'ourlet. Elle était jeune — pas plus âgée que lui, peut-être — et grande pour une femme, avec des cheveux noirs qui tombaient sur ses épaules. Un nez qui était à la limite d'être trop gros et trop fortement dessiné, une bouche généreuse, de hautes pommettes et des yeux sombres légèrement inclinés. Perrin n'arriva pas à conclure si elle était belle ou non.

Dès qu'il avait regardé dans la salle, elle s'était détournée pour s'adresser à une serveuse et elle n'avait plus jeté de coup d'œil vers l'escalier, mais il était sûr d'avoir raison. Elle l'avait dévisagé.

## *34. Un autre genre de danse*

Furlan continuait à parler d'abondance en les accompagnant à leurs chambres, mais Perrin n'écoutait pas vraiment. Il était trop occupé à se demander si la jeune fille aux cheveux noirs savait ce que signifient des yeux jaunes. *Que je brûle, c'est bien moi qu'elle regardait.* Puis il entendit l'hôtelier prononcer les mots « célébrant le Dragon dans le Ghealdan » et il eut l'impression que ses oreilles allaient se dresser en pointe comme celles de Loial.

Moiraine s'arrêta net sur le seuil de sa chambre. « Il y a un autre faux Dragon, hôtelier ? Dans le Ghealdan ? » Le capuchon de son manteau dissimulait toujours son visage, mais elle paraissait bouleversée jusqu'au tréfonds. Même en prêtant attention à la réponse de l'hôtelier, Perrin ne put s'empêcher de fixer Moiraine avec stupeur ; il sentait quelque chose proche de la peur.

« Ah, Dame, n'ayez crainte. Le Ghealdan est à cent lieues et personne ne vous inquiétera ici, pas avec Maître Andra auprès de vous et le Seigneur Orban et le Seigneur Gann. Voyons...

— Répondez-lui ! ordonna rudement Lan. Y a-t-il un faux Dragon dans le Ghealdan ?

— Ah. Ah, non, Maître Andra, pas exactement. J'ai dit qu'il y avait un homme qui faisait l'éloge du Dragon au Ghealdan, d'après ce que nous avons appris ces jours derniers. Annonçant sa venue, en quelque sorte. Je parlais de ce bonhomme qui se trouve dans le Tarabon selon ce qu'on nous a raconté. Bien que certains prétendent que c'est dans l'Arad Doman, et non au Tarabon. Loin d'ici, en tout cas. Tenez, un de ces quatre matins, je m'attends à ce que nous discutions davantage de ça que d'autre chose, excepté peut-être les histoires à dormir debout concernant le retour de l'armée d'Aile-de-Faucon... » Les yeux froids de Lan auraient pu être des lames de couteau à voir la façon dont Furlan s'éclaircissait la gorge et se « savonnait » les mains de plus en plus vite. « Je ne sais quc ce que j'ai entendu raconter, Maître Andra. Il paraît que ce bonhomme a un regard à vous clouer sur place et qu'il débite toutes sortes d'absurdités comme quoi le Dragon vient nous sauver et que nous devons tous le suivre, et que même les animaux combattront pour le Dragon. J'ignore si on l'a déjà arrêté ou non. C'est probable ; les gens du Ghealdan ne supporteront pas longtemps ces discours-là. »

*Masema*, songea Perrin avec surprise. *C'est ce bougre de Masema.*

« Vous avez raison, hôtelier, répliqua Lan. Il y a peu de chances que ce gaillard nous dérange ici. J'ai rencontré un jour quelqu'un qui aimait prononcer des tirades ahurissantes. Vous vous souvenez de lui, Dame Alys, n'est-ce pas ? Masema. »

Moiraine eut un sursaut. « Masema. Oui. Bien sûr. Il m'était sorti de l'esprit. » Sa voix s'affermit. « La prochaine fois que je verrai Masema, il regrettera que quelqu'un ne lui ait pas écorché la peau pour en faire des bottes. » Elle claqua la porte derrière elle avec tant de force que le bruit résonna dans le couloir.

« Silence ! » L'ordre avait fusé à l'autre bout du couloir. « J'ai un mal de tête fou.

— Ah. » Furlan se savonna les mains dans une direction, puis les frotta dans l'autre. « Ah. Pardonnez-moi, Maître Andra, mais Dame Alys paraît redoutable.

— Seulement pour ceux qui lui déplaisent, répliqua Lan sans sourciller. Elle mord plus qu'elle n'aboie.

— Ah. Ah. Ah. Vos chambres sont par ici. Ah, ami Ogier, quand Maître Andra m'a dit que vous veniez, j'ai fait descendre du grenier un vieux lit ogier qui y ramassait la poussière depuis bien trois cents ans ou davantage. Tenez, il... »

Perrin laissa les mots glisser sur lui, sans plus les entendre qu'un caillou de rivière l'eau qui coule. La jeune femme aux cheveux noirs le préoccupait. Et l'Aiel encagé.

Une fois dans sa propre chambre — une petite au fond; Lan ne s'était donné aucune peine pour rectifier l'impression de l'hôtelier que Perrin était un serviteur — il agit machinalement, toujours plongé dans ses pensées. Il détendit son arc et l'accota dans un coin — le garder trop longtemps tendu abîmait aussi bien l'arc que la corde —, déposa son rouleau de couchage et ses fontes près de la table de toilette et jeta son manteau par-dessus. Il suspendit ses ceintures avec carquois et hache à des patères fixées au mur et faillit se coucher sur le lit avant qu'un bâillement à se décrocher les mâchoires lui rappelle combien cela risquait d'être dangereux. Le lit était étroit, et son matelas bossué comme bourré de noyaux de pêche; il avait l'air plus accueillant que tous les autres lits dont il se souvenait. Au lieu de s'étendre, il s'assit sur le tabouret à trois pieds et réfléchit. Il aimait toujours étudier les choses à fond.

Un moment plus tard, Loial frappa à la porte et passa la tête par l'embrasure. Les oreilles de l'Ogier frémissaient littéralement d'excitation et son sourire fendait presque sa large figure en deux. « Perrin, vous n'allez pas le croire! Mon lit est en bois chanté[1] ! Alors il doit avoir plus de mille ans. Aucun Chanteur-d'Arbre n'a chanté un objet aussi grand depuis au moins ce temps-là. Moi-même, je ne voudrais pas essayer et je possède le don à un plus haut degré que la plupart, à présent. Ma foi, en toute franchise, nous ne sommes plus très nombreux à avoir ce talent. N'empêche que je suis parmi les meilleurs de ceux qui peuvent chanter du bois.

— Très intéressant », commenta Perrin. *Un Aiel dans une cage. C'est ce qu'a dit Min. Pourquoi cette jeune fille me regardait-elle avec cette insistance?*

« C'est ce que je pensais. » Loial paraissait un peu déçu qu'il ne partage pas son enthousiasme, mais Perrin voulait uniquement réfléchir. « Le dîner est prêt en bas, Perrin. Ils ont préparé ce qu'ils avaient de meilleur au cas où les Chas-

1. Cf. Glossaire en fin de volume.

seurs désireraient quelque chose, mais on nous en servira aussi.

— Allez-y, Loial. Je n'ai pas faim. » Les arômes de viandes en train de cuire montant de la cuisine ne l'intéressaient pas. Il remarqua à peine le départ de Loial.

Les mains sur les genoux, bâillant de temps en temps, il essaya d'éclaircir la question. Cela ressemblait à un des puzzles que forgeait Maîtrc Luhhan, les pièces de métal semblant reliées de façon inextricable. Pourtant il y avait toujours une manière de séparer les serpentins et les boucles de métal, et il devait ici aussi y avoir une solution.

La jeune fille l'avait dévisagé. Les yeux de Perrin pouvaient être une explication, si ce n'est que l'hôtelier n'en avait pas tenu compte et que personne parmi les autres ne les avait remarqués. Ils avaient un Ogier à contempler, des Chasseurs en quête du Cor de Valère dans la maison, ainsi qu'une Dame venue s'y loger et un Aiel encagé sur la grand-place. Rien d'aussi peu important que la couleur des yeux de quelqu'un ne pouvait retenir leur attention ; rien concernant un serviteur ne pouvait rivaliser avec le reste. *Alors pourquoi m'a-t-elle choisi comme point de mire ?*

Et l'Aiel dans la cage ? Ce que voyait Min était toujours important. Mais en quoi ? Qu'était-il censé faire ? *J'aurais pu empêcher ces enfants de continuer à jeter des cailloux. J'aurais dû.* Il eut beau se dire que les adultes l'auraient envoyé s'occuper de ses propres affaires, qu'il était un étranger dans Remen et que l'Aiel ne le concernait en rien. *J'aurais dû essayer.*

Aucune réponse ne lui vint, aussi recommença-t-il depuis le début avec patience, puis encore et encore. Il ne trouva toujours rien à part le regret de ce qu'il n'avait pas fait.

Au bout de quelque temps, il s'avisa que la nuit avait fini par tomber. La pièce était obscure sauf à l'endroit où un peu de clarté filtrait par l'unique fenêtre. Il songea à la chandelle de suif et à la boîte d'amadou avec briquet à silex qu'il avait remarquées sur le manteau de l'étroite cheminée, mais il y avait assez de lumière pour sa vision. *Il faut que je fasse quelque chose, non ?*

Il boucla sa ceinture où était suspendue la hache, puis s'arrêta. Il l'avait attachée sans y penser ; porter cette hache lui était devenu aussi naturel que respirer. Il n'aimait pas ça. Il garda néanmoins la ceinture autour de sa taille et sortit.

La lumière montant par l'escalier semblait presque éclatante en comparaison de sa chambre. Des conversations et des rires parvenaient de la grande salle et des odeurs de nourriture en train de cuire dans la cuisine. Il suivit le couloir jusqu'au devant de l'auberge, jusqu'à la chambre de Moiraine, frappa une fois et entra. Et s'arrêta, le feu aux joues.

Moiraine serra autour d'elle le peignoir bleu pâle posé sur ses épaules. « Tu veux quelque chose ? » demanda-t-elle d'un ton détaché. Elle tenait à la main une brosse au dos en argent et ses cheveux noirs, dévalant le long de son cou en vagues sombres, luisaient comme si elle venait de les brosser. Sa chambre était beaucoup plus élégante que celle de Perrin, avec des lambris de bois ciré sur les murs, des lampes en argent ciselé et un bon feu flambant dans le vaste âtre en brique. L'air sentait le savon parfumé à la rose.

« Je... croyais que Lan était ici, réussit-il à expliquer. Vous deux êtes toujours en train de conférer et je croyais qu'il... je croyais...

— Qu'est-ce qu'il te faut, Perrin ? »

Il respira à fond. « Est-ce Rand le responsable de ce qui se passe ici ? Je sais que c'est lui que Lan a suivi jusque-là, et cela me semble si bizarre — les Chasseurs, les Aiels — mais est-ce de son fait ?

— Je ne le pense pas. J'en saurai plus quand Lan me racontera ce qu'il a découvert ce soir. La chance aidant, ce qu'il trouve m'aidera à choisir la décision que je dois prendre.

— Choisir ?

— Il y a deux possibilités. Que Rand ait franchi la rivière et se rende à Tear par voie de terre. Ou qu'il se soit embarqué sur un bateau filant vers l'aval jusqu'à Illian, ce qui oblige à s'embarquer de nouveau là-bas sur un autre à destination de Tear. De cette façon, le voyage compte des lieues de plus, mais dure des jours en moins.

— Je n'ai pas l'impression que nous le rattraperons, Moiraine. Je ne sais comment il y arrive, mais même à pied il reste en avance sur nous. Si Lan ne se trompe pas, nous sommes encore à une demi-journée derrière lui.

— Je le soupçonnerais presque d'avoir appris à Voyager[1], dit Moiraine en se rembrunissant légèrement, si ce n'est que dans ce cas il se serait rendu directement à Tear. Non, il a en lui le sang de grands marcheurs et de puissants coureurs sur de longues distances. N'empêche, nous opterons peut-être de toute façon pour la rivière. Si je ne peux pas le rejoindre, je serai à Tear pas longtemps après lui. Ou je l'attendrai. »

Perrin changea de position, mal à l'aise ; le ton de Moiraine impliquait une froide promesse. « Un jour, vous m'avez dit que vous pouviez déceler un Ami du Ténébreux, quelqu'un en tout cas profondément enfoncé dans l'Ombre. Lan aussi. Avez-vous senti quelque chose comme cela ici ? »

Moiraine eut un reniflement audible et se retourna vers un grand miroir dressé sur des pieds ornés d'un beau travail d'incrustations d'argent. Serrant d'une main contre elle son peignoir, elle passa de l'autre la brosse dans ses cheveux. « Très peu d'êtres humains sont perdus à ce point-là, Perrin, même parmi les pires Amis du Ténébreux. » La brosse s'immobilisa à mi-course. « Pourquoi demandes-tu cela ?

— Il y avait dans la salle commune une jeune fille qui me regardait fixement. Pas vous et Loial, comme tous les autres. Moi. »

La brosse se remit en mouvement et un sourire détendit brièvement les lèvres de Moiraine. « Tu oublies parfois, Perrin, que tu es un beau garçon. Il y a des jeunes filles qui admirent une paire d'épaules. » Il émit un grognement et oscilla d'un pied sur l'autre. « Y avait-il autre chose, Perrin ?

— Heu... non. » Elle ne pouvait lui apporter aucune aide en ce qui concernait la vision de Min, sinon lui dire ce qu'il savait déjà, que cette vision était importante. Et il ne voulait pas lui raconter ce qu'avait vu Min. Ou que Min avait vu quoi que ce soit, d'ailleurs.

De retour dans le couloir, la porte refermée, il s'adossa un instant contre le mur. *Ô Lumière, entrer comme ça chez elle et elle...* C'était une jolie femme. *Et probablement assez âgée pour être ma mère, sinon plus.* Il songea que Mat l'aurait probablement invitée à danser dans la grande salle.

1. Par des moyens magiques. Cf. les volumes précédents. *(N.d.T.)*

*Non, il ne l'aurait pas fait. Même Mat n'est pas assez fou pour essayer le coup du charme sur une Aes Sedai.* C'est vrai que Moiraine dansait. Lui-même avait dansé une fois avec elle. Et failli trébucher sur ses propres pieds tous les deux pas. *Cesse de penser à elle comme à une jeune villageoise simplement parce que tu as vu... C'est une bougre d'Aes Sedai ! Tu as cet Aiel dont tu dois t'occuper.* Il se secoua et descendit.

La grande salle était bondée à refus, toutes les chaises occupées, y compris des tabourets et des bancs rajoutés, et ceux qui n'avaient nulle part où s'asseoir étaient debout le long des murs. Il ne vit pas la jeune fille aux cheveux noirs, et personne ne s'intéressa à lui quand il traversa précipitamment la salle.

Orban était installé seul à une table, sa jambe bandée posée sur une chaise garnie d'un coussin, avec une pantoufle souple sur ce pied-là, une coupe d'argent à la main, que les serveuses s'affairaient à maintenir pleine de vin. « Oui-da, déclarait-il à l'intention de la salle entière, nous savions que les Aiels sont des combattants redoutables, Gann et moi, mais nous n'avions pas le temps d'hésiter. J'ai dégainé mon épée et talonné les côtes du Lion... »

Perrin sursauta avant de prendre conscience que l'autre parlait de son cheval qui s'appelait Lion. *Je le croirais volontiers capable de dire qu'il chevauche un lion.* Il ressentit une certaine confusion ; qu'il n'éprouvât pas de sympathie envers cet homme n'était pas une raison pour supposer que ce Chasseur pousserait aussi loin la vantardise. Il se hâta de sortir sans regarder en arrière.

La rue devant l'auberge était aussi bondée que l'intérieur, les gens qui n'avaient pas pu pénétrer dans la salle commune regardaient par les fenêtres et deux fois plus se tassaient près de la porte pour entendre le récit d'Orban. Pas un ne se retourna sur Perrin, bien que son passage eût soulevé des marmonnements de protestation chez ceux qui se voyaient refoulés un peu plus loin du seuil.

Tous les gens sortis de chez eux devaient s'être rassemblés à l'auberge, car il ne rencontra personne en se rendant sur la place. Parfois une ombre passait derrière une fenêtre éclairée, mais c'était tout. Il avait cependant la sensation d'être observé et il inspecta les lieux autour de lui avec malaise. Rien que des rues plongées dans le noir que ponctuait çà et là le rayonnement de fenêtres. Autour de la place, la plupart des fenêtres étaient éteintes, sauf quelques-unes dans les étages.

Le gibet se dressait comme il s'en souvenait, l'homme — l'Aiel — toujours dans la cage suspendue trop haut pour qu'il puisse l'atteindre. L'Aiel semblait éveillé — du moins avait-il la tête droite — mais pas un instant il n'abaissa les yeux vers Perrin. Les pierres qu'avaient lancées les enfants étaient éparpillées au-dessous de la cage.

Celle-ci était accrochée à une corde épaisse, nouée autour d'un des barreaux du dessus, qui passait par une lourde poulie fixée à la traverse jusqu'à deux taquets saillant de chaque côté de la poutre verticale à hauteur de la taille de Perrin. Le surplus de corde gisait lové négligemment en tas au pied du gibet.

Perrin regarda de nouveau autour de lui, fouillant des yeux la place obscure. Il avait encore le sentiment d'être observé, mais il ne vit toujours rien. Il dressa l'oreille et n'entendit rien. Il sentit l'odeur de fumée et de cuisine venant des maisons, celle de sueur humaine et de sang séché venant de l'occupant de la cage. De celui-ci n'émanait pas d'odeur de peur.

*Son poids, puis il y a la cage,* songea-t-il en s'approchant du gibet. Il ne savait pas quand il avait décidé de le faire ni même s'il en avait réellement pris la décision, mais il savait qu'il le ferait.

Crochant une jambe autour de la massive poutre verticale, il tira sur la corde, hissant suffisamment la cage pour obtenir un peu de mou. La secousse imprimée à la corde lui indiqua que l'homme dans la cage avait fini par bouger, mais il était trop pressé pour s'interrompre et lui expliquer sa manœuvre. Le mou lui permit de dégager la corde tournée autour des taquets. Continuant à s'arc-bouter de la jambe contre la poutre, filant la corde main sur main, il abaissa la cage jusqu'au sol dallé.

L'Aiel le regardait à présent, l'examinant en silence. Perrin ne dit rien. Quand il vit la cage de près, il pinça les lèvres. Quand on fabrique quelque chose, même une chose comme ça, elle doit être fabriquée convenablement. La totalité de la façade de la cage était constituée d'une porte, fixée par des charnières grossières façonnées par une main pressée, fermée au moyen d'un solide cadenas de fer unissant les extrémités d'une chaîne aussi mal forgée que la cage. Il passa en revue la chaîne jusqu'à ce qu'il trouve le maillon le plus faible, puis inséra dedans le robuste côté pique de sa hache de guerre. Une brusque torsion du poignet ouvrit le maillon. En quelques secondes, il avait séparé la chaîne en deux, l'avait écartée dans un cliquetis de métal et avait ouvert le devant de la cage.

L'Aiel y était assis, les genoux encore au menton, et le dévisageait.

« Alors ? chuchota Perrin d'une voix étouffée. Je l'ai ouverte, mais je n'ai fichtrement pas l'intention de vous porter. » Il jeta précipitamment un coup d'œil circulaire à la place plongée dans le noir. Toujours rien ne bougeait, mais il continuait à avoir l'impression que des yeux l'observaient.

« Vous êtes fort, Habitant des Terres Humides. » L'Aiel ne remuait que les muscles de ses épaules pour les dégourdir. « Il a fallu trois hommes pour me hisser là-haut. Et maintenant vous me descendez. Pourquoi ?

— Je n'aime pas voir des gens dans des cages », répliqua tout bas Perrin. Il avait envie de s'esquiver. La cage était ouverte et ces yeux l'observaient. Par contre, l'Aiel demeurait sur place. *Si tu fais quelque chose, fais-le à fond.* « Allez-vous enfin sortir de là avant que quelqu'un arrive ? »

L'Aiel saisit le premier barreau de la cage, sur le devant, au-dessus de sa tête, se souleva et mit les pieds dehors d'un seul mouvement, puis resta à demi suspendu en se maintenant debout grâce à sa prise sur le barreau. S'il s'était redressé complètement, il aurait dépassé Perrin presque d'une tête. Il effleura du regard les yeux de Perrin — ce dernier savait qu'ils devaient briller comme de l'or poli dans le clair de lune — mais n'en parla pas. « J'étais là-dedans depuis hier, Habitant des Terres Humides. » On aurait dit Lan à l'entendre. Non pas que leurs voix ou leurs accents eussent quelque chose de semblable, mais l'Aiel avait cette même froideur sereine, cette même assurance impassible.

« Cela demandera un moment pour que mes jambes soient en état de marcher. Je suis Gaul, de la *sept* Iram des Aiels Shaarad, Habitant des Terres Humides. Je suis *Shae'en M'taal*, un Soldat de Pierre. Mon eau est à vous.

— Eh bien, je suis Perrin Aybara. Des Deux Rivières. Je suis un forgeron. » L'autre était hors de la cage ; il pouvait partir à présent. Seulement, si quelqu'un survenait avant que Gaul soit capable de marcher, il se retrouverait aussitôt dans la cage à moins qu'on ne l'ait tué et, dans l'un ou l'autre cas, Perrin aurait agi en pure perte. « Dommage que je n'y aie pas pensé, j'aurais apporté une gourde d'eau ou une outre. Pourquoi m'appelez-vous "Habitant des Terres Humides" ? »

Gaul eut un geste vers la rivière ; même les yeux de Perrin ne distinguaient pas grand-chose dans le clair de lune, mais il eut l'impression que pour la première fois l'Aiel était mal à l'aise. « Il y a trois jours, j'ai regardé une jeune femme qui s'ébattait dans une énorme pièce d'eau. Qui devait avoir vingt pas de large. Elle... se jetait dedans. » Il décrivit d'une main un mouvement de nage. « Une jeune femme courageuse. Traverser ces... rivières... m'a presque démoralisé. Je ne croyais pas qu'il pouvait exister quelque chose comme trop d'eau, mais je n'avais jamais pensé qu'il y avait dans le monde autant d'eau que vous en avez, vous autres Habitants des Terres Humides. »

Perrin secoua la tête. Il savait que l'eau n'abondait pas dans le Désert des Aiels — c'était une des rares choses qu'il connaissait sur le Désert ou sur les Aiels — mais il ne s'était pas douté qu'elle était rare au point de provoquer cette réaction. « Vous êtes loin de chez vous, Gaul. Pourquoi êtes-vous ici ?

— Nous cherchons, répliqua lentement Gaul. Nous sommes en quête de Celui-qui-vient-avec-l'Aube. »

Perrin avait déjà entendu ce nom, dans des circonstances qui le rendaient certain de l'identité de la personne que ce nom désignait. *Ô Lumière, on en revient toujours à Rand. Je suis lié à lui comme un cheval rétif qu'on attache pour le ferrer.* « Vous n'allez pas dans la bonne direction, Gaul. Je le cherche, moi aussi, et il est en route pour Tear.

— Tear ? » L'Aiel parut surpris. « Pourquoi... ? Mais ce doit être exact. La prophétie annonce que lorsque la Pierre de Tear tombera, nous quitterons enfin la Terre Triple. » C'était ainsi que les Aiels appelaient le Désert. « Elle dit que nous serons changés et retrouverons ce qui était à nous et que nous avions perdu.

— C'est possible. Je ne suis pas au courant de vos prophéties, Gaul. Vous sentez-vous à peu près bien pour partir ? Quelqu'un pourrait survenir d'un instant à l'autre.

— Trop tard pour fuir », répliqua Gaul, tandis qu'une voix grave criait : « Le sauvage s'est évadé ! » Dix ou douze hommes au manteau blanc se précipitèrent sur la place en tirant l'épée, leurs heaumes coniques brillant au clair de lune. Des Enfants de la Lumière.

Comme s'il avait l'éternité devant lui, Gaul enleva de ses épaules une étoffe sombre qu'il drapa autour de sa tête, finissant par un épais voile noir qui masquait son visage à l'exception des yeux. « Aimez-vous danser, Perrin Aybara ? » demanda-t-il. Sur quoi, il s'éloigna de la cage comme une flèche. Droit sur les Blancs Manteaux qui approchaient.

Pendant un instant, ils furent pris par surprise, mais un instant était apparemment tout ce dont l'Aiel avait besoin. D'un coup de pied, il arracha l'épée de la main du premier arrivé à sa hauteur, puis sa propre main raidie frappa comme un poignard la gorge du Blanc Manteau et il contourna d'un mouvement souple le guerrier qui s'effondrait. Le bras du suivant craqua bruyamment quand Gaul le cassa. Il poussa cet homme-là sous les pieds d'un troisième et atteignit un quatrième d'un coup de pied en pleine figure. Cela ressemblait effectivement à une danse, de l'un à l'autre sans s'arrêter ou ralentir, encore que le troisième Blanc Manteau qui avait trébuché fût en train de se relever et que l'autre au bras cassé eût tiré son épée. Gaul continuait à danser au milieu d'eux.

Perrin ne resta lui-même déconcerté qu'un instant aussi, car les Blancs Manteaux n'avaient pas tous porté leur attention sur l'Aiel. Juste à temps, il saisit à deux mains le manche de la hache pour bloquer un coup d'estoc, la brandit... et aurait volontiers crié quand sa lame en demi-lune s'enfonça dans le cou de l'attaquant, mais le temps manquait pour pousser un cri, pour éprouver des regrets ; d'autres

Blancs Manteaux s'élançaient avant que leur compagnon soit tombé. Il se sentait horrifié par les blessures béantes qu'infligeait la hache, horrifié par la façon dont elle tranchait les cottes de mailles pour entailler la chair dessous, fendait heaume et crâne avec une aisance presque égale. Il haïssait tout cela, mais il ne voulait pas mourir.

Le temps semblait raccourcir et s'étirer à la fois. Son corps lui donnait l'impression d'avoir combattu depuis des heures et son souffle brûlait sa gorge sèche. Les hommes semblaient se mouvoir comme s'ils flottaient dans de la gelée. Ils avaient l'air de bondir en un instant de l'endroit d'où ils partaient à celui où ils s'affaissaient. La sueur ruisselait sur sa figure mais il se sentait aussi froid que de l'eau où tremper le fer. Il luttait pour sa vie et il n'aurait pas su dire si cela durait des secondes ou la nuit entière.

Quand il finit par s'immobiliser, haletant et presque étourdi, regardant une douzaine d'hommes en cape blanche gisant sur le dallage de la place, la lune ne paraissait pas avoir bougé du tout. Certains gémissaient ; d'autres gisaient immobiles et silencieux. Gaul se tenait au milieu d'eux, toujours voilé, toujours sans armes dans les mains. La plupart des hommes à terre étaient son œuvre. Perrin aurait bien aimé qu'ils le soient tous et en éprouva de la confusion. L'odeur du sang et de la mort était forte et amère.

« Vous ne dansez pas mal avec les lances, Perrin Aybara. »

Perrin dont la tête tournait murmura : « Je ne comprends pas comment douze hommes ont combattu vingt d'entre vous et ont triomphé, même si deux d'entre eux étaient des Chasseurs. »

« C'est ce qu'ils disent ? » Gaul rit tout bas. « Sarien et moi, nous nous sommes montrés négligents, à force d'être si longtemps dans ces terres douces, et le vent soufflait dans la mauvaise direction, si bien que nous n'avons rien flairé. Nous sommes arrivés parmi eux avant de nous en rendre compte. Eh bien, Sarien est mort et moi je me suis retrouvé en cage comme un imbécile, alors peut-être avons-nous payé suffisamment. Il est temps de partir au plus vite maintenant, Habitant des Terres Humides. Tear, je m'en souviendrai. » Il abaissa enfin le voile noir. « Puissiez-vous toujours disposer d'eau et d'ombre, Perrin Aybara. » Se retournant, il s'enfonça en courant dans la nuit.

Perrin se mit à courir aussi, puis s'avisa qu'il avait dans les mains une hache ensanglantée. Précipitamment, il essuya la lame incurvée sur le manteau d'un cadavre. *Il est mort, que la Lumière me brûle, et il y a déjà du sang sur son manteau.* Il se contraignit à renfiler le manche de sa hache dans la boucle de sa ceinture avant de s'élancer au pas gymnastique.

À sa deuxième enjambée, il la vit, mince silhouette à la lisière de la place, en jupe sombre étroite. Elle pivota sur elle-même pour s'enfuir; il s'aperçut alors que la jupe était divisée pour monter à cheval. Elle s'enfonça comme une flèche dans la rue sombre d'où elle était sortie et disparut.

Lan le rejoignit avant qu'il atteigne l'endroit où elle s'était tenue. Le Lige embrassa d'un regard la cage vide posée à côté du gibet, les masses blanches indistinctes qui reflétaient le clair de lune et il secoua la tête comme s'il allait exploser. D'une voix aussi rigoureusement mesurée qu'une jante de roue neuve, il demanda : « Est-ce ton travail, forgeron? Que la Lumière me brûle! Y a-t-il quelqu'un qui puisse te l'attribuer?

— Une jeune fille, répliqua Perrin. Je crois qu'elle a vu. Je ne veux pas que vous lui fassiez de mal, Lan! Des quantités de gens pourraient avoir vu aussi. Il y a des fenêtres éclairées tout autour. »

Le Lige empoigna Perrin par la manche et lui imprima une poussée en direction de l'auberge. « J'ai aperçu une jeune fille qui courait, mais j'ai cru... Peu importe. Tire l'Ogier de son lit et emmène-le à l'écurie. Après ce qui vient de se passer, il nous faut conduire les chevaux aux quais aussi vite que possible. La Lumière seule sait si un bateau met à la voile ce soir ou ce que j'aurai à payer pour en louer un dans le cas contraire. Ne pose pas de questions, forgeron! Vas-y! Fonce! »

## *35. Le Faucon*

Les longues jambes du Lige distancèrent celles de Perrin et, quand il se fraya un chemin au milieu de la foule massée devant la porte de l'auberge, Lan gravissait d'un pas délibéré l'escalier, sans paraître autrement pressé. Perrin se força à marcher aussi lentement. Du seuil derrière lui parvenaient des grommellements contre ces gens qui poussaient les autres pour passer devant.

« Encore ? » disait Orban en tendant sa coupe d'argent pour qu'elle soit de nouveau remplie. « Oui, très bien. Ils s'étaient postés en embuscade près de la route que nous suivions, et une embuscade à laquelle je ne m'attendais pas aussi près de Remen. Ils ont surgi des broussailles qui cernaient le chemin et se sont jetés sur nous en hurlant. En moins de rien, ils étaient au milieu de nous, leurs lances frappant, tuant sur-le-champ deux de mes meilleurs hommes et un de Gann. Oui-da, je sais reconnaître des Aiels quand j'en vois... »

Perrin se hâta de monter l'escalier. *Ma foi, Orban les connaît à présent.*

Des voix résonnaient derrière la porte de Moiraine. Il ne tenait pas à entendre ce qu'elle avait à dire sur ce qui arrivait. Il accéléra le pas pour aller passer la tête dans la chambre de Loial.

Le lit ogier était bas, massif, deux fois plus long et à moitié plus large qu'aucun lit humain qu'avait déjà vu Perrin. Il occupait une bonne partie de la chambre, laquelle était aussi grande et aussi belle que celle de Moiraine. Perrin se rappelait vaguement Loial parlant à son propos de bois chanté et, à tout autre moment, il aurait pris le temps d'admirer ces courbes souples qui donnaient l'impression qu'en quelque sorte le lit avait poussé là. Des Ogiers avaient dû effectivement s'arrêter à Remen autrefois à un moment donné, car l'hôtelier avait aussi trouvé un fauteuil en bois à la taille de Loial et l'avait garni de coussins. L'Ogier était confortablement assis sur ces coussins, en bras de chemise et chausses, se grattant machinalement une cheville nue avec un orteil pendant qu'il écrivait dans un grand cahier relié en toile posé sur un des bras du fauteuil.

« Nous partons ! » dit Perrin.

Loial sursauta, manquant de peu renverser son encrier et laisser choir son cahier. « Nous partons ? Nous venons juste d'arriver, s'exclama-t-il de sa voix de basse.

— Oui, nous partons. Rejoignez-nous à l'écurie aussi vite que vous pourrez. Et arrangez-vous pour que personne ne vous voie vous en aller. Je crois qu'il y a au bout du couloir un escalier de service qui aboutit près de la cuisine. » L'odeur de nourriture à son extrémité du couloir était trop forte pour qu'il en soit autrement.

L'Ogier jeta un coup d'œil de regret au lit, puis se mit à chausser ses hautes bottes en tirant dessus pour les enfiler. « Mais pourquoi ?

— Les Blancs Manteaux, répliqua Perrin. Je vous expliquerai plus tard. » Il retira précipitamment sa tête avant que Loial puisse formuler d'autres questions.

Il n'avait pas déballé ses affaires. Une fois qu'il eut ceint son carquois, drapé sa cape autour de lui, jeté sur son épaule son rouleau de couchage et ses fontes, puis ramassé son arc, aucun signe ne témoignait qu'il avait jamais été là. Pas un froissement sur les couvertures pliées au pied du lit, pas une éclaboussure d'eau dans la cuvette ébréchée sur la table de toilette. Même la chandelle avait encore une mèche neuve, il s'en aperçut. *Je devais savoir que je ne resterais pas. J'ai l'air de ne laisser aucune trace derrière moi, ces derniers temps.*

Comme il s'en était douté, un escalier étroit, au fond, descendait jusqu'à un couloir longeant la cuisine. Dans laquelle il glissa un regard avec précaution. Un chien tournebroche trottait dans sa grande cage d'osier, manœuvrant une longue broche où étaient enfilés un baron d'agneau, une grosse pièce de bœuf, cinq poulets et une oie. Une vapeur odorante s'élevait d'un chaudron de soupe suspendu à une solide crémaillère au-dessus d'un second foyer. Par contre, aucun cuisinier n'était en vue, ni âme qui vive à part le chien. Rendant grâces aux mensonges d'Orban, il sortit vivement dans la nuit.

L'écurie était un grand bâtiment construit avec la même sorte de pierre que l'auberge, à ceci près que seules les pierres de la façade autour des grandes portes avaient été polies. Une unique lanterne suspendue à un montant de l'écurie dispensait une faible clarté. Steppeur et les autres chevaux occupaient des stalles près des portes ; la grande monture de Loial remplissait presque la sienne. L'odeur de foin et de cheval était familière et réconfortante. Perrin était le premier arrivé.

Il n'y avait qu'un palefrenier de service, un gaillard au visage étroit, à la chemise sale, avec une chevelure plate grise, qui voulut savoir qui était Perrin pour ordonner que quatre chevaux soient sellés, et qui était son maître, et que faisait-il tout chargé de paquets pour voyager au milieu de la nuit, et Maître Furlan était-il au courant qu'il s'esquivait de cette façon, et qu'avait-il de caché dans ces fontes, et qu'est-ce qui n'allait pas avec ses yeux, était-il malade ?

Une pièce de monnaie surgit pivotant en l'air de derrière Perrin, son or étincelant à la lumière de la lanterne. Le palefrenier l'attrapa au vol et la mordit.

« Sellez-les », dit Lan. Sa voix était douce, comme est doux de l'acier froid, et le palefrenier, après une courbette, se précipita pour harnacher les chevaux.

Moiraine et Loial entrèrent dans l'écurie juste à point pour prendre leurs rênes, puis tous conduisirent leurs montures à la suite de Lan, par une rue qui passait derrière l'écurie en direction de la rivière. Le claquement léger des sabots des chevaux sur les pavés n'attira qu'un chien aux côtes saillantes qui poussa un aboiement et s'enfuit quand ils arrivèrent à sa hauteur.

« Ça rappelle des souvenirs, n'est-ce pas, Perrin ? dit Loial sur un ton qui était pour lui un murmure.

— Parlez bas, chuchota Perrin. Quels souvenirs ?

— Voyons, c'est comme naguère. » L'Ogier avait réussi à assourdir sa voix ; il donnait l'impression d'un bourdon qui aurait eu seulement la taille d'un chien au lieu de celle d'un cheval. « Nous éclipsant dans le noir, avec des ennemis derrière nous et peut-être des ennemis devant, du danger dans l'air et le froid piquant de l'aventure. »

Perrin regarda Loial, les sourcils froncés par-dessus la selle de Steppeur. C'était assez facile ; ses yeux dépassaient sa selle et Loial la surplombait de tout son buste de l'autre côté. « Qu'est-ce que vous dites ? Ma parole, vous en venez à aimer le danger ! Loial, vous devez être fou !

— Je me fixe simplement l'atmosphère dans la tête », répliqua Loial, avec un accent cérémonieux. Ou peut-être témoignant d'être sur la défensive. « Pour mon livre. Je dois la dépeindre exactement. Je crois que j'en viens effectivement à aimer ça. Courir l'aventure. Bien sûr que oui. » Deux violentes saccades agitèrent ses oreilles. « Il faut que je l'aime si je désire écrire à son sujet. »

Perrin secoua la tête.

Aux quais de pierre, les bacs ressemblant à des barges étaient amarrés pour la nuit, immobiles et sombres, comme la plupart des vaisseaux. Toutefois, des lumières de lanternes et des gens allaient et venaient sur le quai le long d'un navire à deux mâts, ainsi que sur son pont. Les odeurs dominantes étaient celles du goudron et du chanvre des cordages, avec de forts relents de poisson ; néanmoins, de quelque chose au fond du plus proche entrepôt émanaient des arômes épicés pénétrants que les autres noyaient presque.

Lan repéra le capitaine, un petit homme fluet qui avait la curieuse habitude de pencher la tête de côté quand il écoutait. La négociation fut assez vite terminée et mâts de charge et ventrières furent mis en place pour hisser les chevaux à bord. Perrin les surveilla de près en leur parlant ; les chevaux montrent peu de patience pour ce qui est inhabituel, comme d'être soulevés dans les airs, mais même l'étalon du Lige parut apaisé par ses murmures.

Lan donna de l'or au capitaine et de l'argent à deux matelots qui coururent pieds nus chercher des sacs d'avoine dans un entrepôt. D'autres hommes d'équipage attachèrent les chevaux entre les mâts dans une sorte d'enclos fait de cordages, sans cesser de ronchonner à l'idée des saletés qu'ils auraient à nettoyer. Perrin ne pensait pas que l'on était censé les entendre, mais ses oreilles captèrent les mots. C'est que ces hommes n'étaient pas habitués aux chevaux.

Très rapidement, *L'Oie des Neiges* fut prête à naviguer, juste un peu plus tôt que ce que le capitaine — son nom était Jaim Adarra — avait prévu. Lan conduisit Moiraine en bas tandis que les amarres étaient larguées, et Loial suivit en bâillant. Perrin resta à l'avant près de la lisse, bien que chaque bâillement de l'Ogier en eût suscité un chez lui. Il se demanda si *L'Oie des Neiges* était capable de distancer les loups au fil de l'eau, de distancer les rêves. Des hommes d'équipage commencèrent à apprêter les rames pour écarter le navire du quai.

Comme la dernière amarre était lancée au rivage et attrapée par un docker, une jeune fille en jupe étroite divisée en deux surgit de l'obscurité entre deux entrepôts, un paquet dans les bras et une cape noire flottant derrière elle. Elle sauta sur le pont à l'instant même où les rameurs se mettaient en action pour déborder le navire.

Adarra s'empressa de quitter son poste près de la barre, mais elle déposa calmement par terre son baluchon et dit d'un ton sans réplique : « Je prends passage à bord jusqu'à... oh... disons, jusqu'où il va. » Elle eut un mouvement de tête vers Perrin sans le regarder. « Je ne vois pas d'objection à dormir sur le pont. Le froid et l'humidité ne me dérangent pas. »

Quelques minutes de marchandage s'ensuivirent. Elle donna trois marcs d'argent, fronça les sourcils devant les sous de cuivre reçus comme monnaie, puis les rangea dans son escarcelle et s'avança à côté de Perrin.

D'elle émanait un parfum d'herbes, léger, frais et net. Ses yeux noirs obliques le dévisageaient au-dessus des pommettes saillantes, puis se tournèrent vers l'arrière et le rivage. Elle avait à peu près le même âge que lui, conclut-il ; il fut incapable de décider si son nez se fondait dans l'ensemble de son visage ou le dominait. *Tu es un fieffé imbécile, Perrin Aybara. Pourquoi te soucier de l'air qu'elle a ?*

L'espace jusqu'au quai était à présent de vingt bons pas ;

les rames plongeaient, creusant des sillons blancs dans l'eau noire. Il envisagea pendant un instant de la jeter par-dessus bord.

« Eh bien, dit-elle au bout d'un moment, je ne m'étais vraiment pas attendue à ce que mes errances me ramènent aussi vite à Illian. » Sa voix était légère et elle s'exprimait d'une façon flegmatique, mais ce n'était pas désagréable. « Vous vous rendez bien à Illian, n'est-ce pas ? » Il pinça les lèvres. « Ne vous renfrognez pas, reprit-elle. Vous avez laissé un beau gâchis là-bas, à vous deux, l'Aiel et vous. Le tumulte commençait juste quand je suis partie.

— Vous ne leur avez pas raconté ? dit-il, surpris.

— Les gens du pays pensent que l'Aiel a rongé la chaîne avec ses dents ou l'a rompue à mains nues. Ils n'avaient pas encore choisi entre les deux solutions lors de mon départ. » Elle émit un son qui ressemblait étrangement à un gloussement de rire. « Orban a proclamé haut et bien fort son mécontentement que ses blessures l'empêchent de poursuivre en personne cet Aiel. »

Perrin eut un reniflement de mépris. « Qu'il revoie jamais un Aiel et il souillera ses chausses. » Il s'éclaircit la gorge et marmotta : « Pardon.

— Je n'en suis pas sûre », répliqua-t-elle comme si le commentaire de Perrin n'avait rien que de naturel. « Je l'ai vu à Jehannah pendant l'hiver. Il s'est battu contre quatre hommes à la fois, il en a tué deux et a obligé les deux autres à baisser pavillon. Bien sûr, c'est lui qui a déclenché la bagarre, ce qui ôte quelque mérite au combat, mais ils savaient ce qu'ils faisaient. Il n'a pas provoqué des hommes qui ne pouvaient pas se défendre. N'empêche, c'est un imbécile. Il a ces idées biscornues concernant le Grand Bois Noir. Que d'aucuns appellent la Forêt des Ombres. En avez-vous jamais entendu parler ? »

Il l'examina du coin de l'œil. Elle parlait de combat et de tuerie comme une autre discuterait de cuisson du pain. Le nom du Grand Bois Noir lui était inconnu, mais la Forêt des Ombres s'étendait juste au sud des Deux Rivières. « Est-ce que vous me suivez ? Vous me dévisagiez là-bas, à l'auberge. Pourquoi ? Et pourquoi ne leur avez-vous pas raconté ce que vous aviez vu ?

— Un Ogier, répliqua-t-elle, les yeux fixés sur la rivière, est visiblement un Ogier et ce n'était pas beaucoup plus difficile de trouver qui étaient les autres. J'ai réussi à beaucoup mieux voir qu'Orban à l'intérieur du capuchon de Dame Alys, et le visage de Dame Alys indiquait que ce compagnon aux traits de pierre est un Lige. Que la Lumière me brûle si j'ai envie que celui-là se mette en colère contre moi. A-t-il toujours cet air-là ou avait-il mangé un caillou à son dernier repas ? En tout cas, cela ne laissait que vous. Je n'aime pas ce que je ne m'explique pas. »

De nouveau, il soupesa l'idée de la précipiter à l'eau. Sérieusement, cette fois. Toutefois, Remen n'était plus maintenant qu'une tache de lumière loin derrière eux dans l'obscurité et impossible de dire à quelle distance se trouvait la berge.

Elle parut tenir son silence pour un encouragement à continuer. « Ainsi donc j'ai... » — elle regarda autour d'elle, puis baissa la voix, bien que le marin le plus proche fût en train de manœuvrer une rame à trois mètres — « ... une Aes Sedai, un Lige, un Ogier... et vous. Un campagnard, à première vue. » Ses yeux obliques se levèrent pour examiner attentivement les yeux dorés de Perrin — il se refusa à les détourner — et elle sourit. « Seulement vous libérez un Aiel enfermé dans une cage, vous avez avec lui une longue conversation, puis vous l'aidez à hacher menu comme chair à pâté une douzaine de Blancs Manteaux. Je présume que vous faites cela régulièrement ; vous aviez bien l'air de quelqu'un pour qui cela ne sortait pas de l'ordinaire. Je flaire quelque chose d'étrange dans un groupe de voyageurs comme le vôtre, et les pistes étranges sont ce que recherchent les Chasseurs en quête du Cor de Valère. »

Il cligna les paupières ; impossible de se méprendre à ce ton vigoureux. « Un Chasseur ? Vous ? Vous ne pouvez pas être un Chasseur. Vous êtes une femme. »

Son sourire devint si éclatant qu'il faillit s'en aller. Elle recula, eut un geste de chaque main et se retrouva brandissant deux poignards aussi prestement que s'y serait pris le vieux Thom Merrilin. Un des rameurs s'étrangla et deux autres trébuchèrent ; les rames battirent et s'emmêlèrent, et *L'Oie des Neiges* embarda un peu avant que les ordres lancés par le capitaine rétablissent la situation. Entre-temps, la jeune fille brune avait escamoté les poignards.

« Des doigts prestes et un esprit prompt sont un bien meilleur atout qu'une épée et des muscles. Des yeux vifs aident aussi mais, par chance, je suis dotée des uns et des autres.

— Ainsi que de modestie », murmura Perrin. Elle ne parut pas avoir entendu.

« J'ai prononcé le serment et reçu la bénédiction sur la Grand-Place de Tammaz, dans Illian. Peut-être en effet étais-je la plus jeune mais, dans cette foule, avec toutes ces trompettes, ces tambours et ces acclamations... Un enfant de six ans aurait pu prêter serment sans que personne le remarque. Nous étions plus d'un millier, peut-être deux, et chacun avec son idée de l'endroit où découvrir le Cor de Valère. J'ai la mienne — peut-être est-elle toujours valable — mais aucun Chasseur ne peut se permettre de passer outre à une piste singulière. Le Cor est certainement au bout d'une piste extraordinaire et je n'ai jamais rien vu d'aussi étrange que la piste que vous tracez. Quelle est votre destination ? Illian ? Quelque part ailleurs ?

— Quelle était votre idée ? contra Perrin. Au sujet de l'endroit où est le Cor ? » *En sécurité à Tar Valon, j'espère, et que la Lumière fasse que je ne le revoie jamais.* « Vous croyez qu'il est dans le Ghealdan ? »

Elle le regarda en fronçant les sourcils — il eut le sentiment qu'elle n'abandonnait pas une piste quand elle en avait relevé une, mais il était prêt à lui en offrir autant de fausses qu'elle serait disposée à suivre —, puis elle dit : « Avez-vous jamais entendu parler de Manetheren ? »

Il faillit suffoquer. « Oui, j'en ai entendu parler, répondit-il avec circonspection.

— Toutes les reines de Manetheren étaient des Aes Sedai et les rois, les Liges liés à elles. J'imagine mal un endroit comme ça, mais c'est ce que les livres racontent. Le pays était vaste — il comprenait la majeure partie de l'Andor et du Ghealdan et d'autres à côté — mais la capitale, la ville même, se trouvait dans les Montagnes de la Brume. C'est là que se trouve le Cor, à mon avis. À moins que vous quatre ne me meniez à lui. »

Il se hérissa. Elle lui faisait la leçon comme s'il était un rustre de village sans instruction. « Vous ne trouverez ni le Cor ni Manetheren. La cité a été détruite au cours des Guerres Trolloques quand la dernière reine a attiré trop du Pouvoir Unique pour anéantir les Seigneurs de l'Épouvante qui avaient tué son mari. » Moiraine lui avait dit les noms de ce roi et de cette reine, mais il ne se les rappelait plus.

« Pas dans Manetheren, fermier, répliqua-t-elle avec calme, bien qu'un pays comme celui-là formerait une bonne cachette, mais il y avait d'autres nations, d'autres villes, dans les Montagnes de la Brume, si anciennes que même les Aes Sedai ne s'en souviennent pas. Et songez à toutes ces histoires qui racontent que pénétrer dans ces montagnes porte malheur. Quelle meilleure cachette pourrait-il y avoir pour le Cor sinon dans une de ces cités oubliées ?

— J'ai entendu parler de quelque chose dissimulé dans les montagnes. » Le croirait-elle ? Il n'avait jamais été très habile à mentir. « Les histoires ne disent pas quoi, mais c'est censé être le plus grand trésor du monde, alors peut-être s'agit-il du Cor. Seulement les Montagnes de la Brume s'étirent sur des centaines de lieues. Si vous voulez le trouver, vous ne devriez pas perdre de temps à nous suivre. Vous en aurez besoin pour découvrir le Cor avant Orban et Gann.

— Je vous l'ai dit, ces deux-là ont l'idée bizarre que le Cor est caché dans le Grand Bois Noir. » Elle leva la tête vers lui en souriant. Sa bouche n'était nullement trop grande quand elle souriait. « Et je vous ai expliqué qu'un Chasseur doit suivre des pistes inattendues. Vous avez de la chance qu'Orban et Gann aient été blessés en combattant tous ces Aiels, sinon ils seraient probablement à bord aussi. Du moins ne me mettrai-je pas en travers de votre chemin, ni ne tenterai de m'imposer ou de me prendre de querelle avec le Lige. »

Il émit un grommellement mécontent. « Nous sommes simplement des voyageurs en route pour Illian, jeune fille. Quel est votre nom ? Si je dois vivre sur ce bateau pendant plusieurs jours en votre compagnie, je ne peux pas continuer à vous appeler "jeune fille".

— Je m'appelle Mandarb. » Il ne put retenir l'éclat de rire qui lui monta aux lèvres. Les yeux en biais dardèrent sur lui un regard de colère. « Je vais vous apprendre quelque chose, paysan. » Sa voix restait égale. Tout juste. « Dans l'Ancienne Langue, Mandarb signifie "Lame", lame d'épée. C'est un nom digne d'un Chasseur en quête du Cor. »

Perrin parvint à maîtriser son rire et d'une voix à peine haletante il désigna l'enclos de cordages entre les mâts. « Vous voyez cet étalon noir ? Son nom est Mandarb. »

La flamme de colère s'éteignit dans ses yeux et des taches de couleur s'épanouirent sur ses joues. « Oh. Je suis née Zarine Bashere, mais Zarine n'est pas un nom adéquat pour un Chasseur. Dans les contes, les Chasseurs ont des noms comme Rogosh Œil-d'Aigle. »

Elle avait l'air si déconfite qu'il se hâta de dire : « J'aime ce nom de Zarine. Il vous va bien. » La colère flamba de nouveau dans les yeux de la jeune fille et il crut un instant qu'elle allait de nouveau brandir un de ses poignards. « Il se fait tard, Zarine. J'ai besoin de dormir un peu. »

Il lui tourna le dos pour se diriger vers l'écoutille qui donnait accès aux cabines, des picotements lui parcourant les épaules. Des hommes d'équipage se déplaçaient toujours sans bruit sur le pont d'arrière en avant et d'avant en arrière, manœuvrant les rames. *Idiot. Une jeune fille ne va pas me planter un couteau dans le corps. Pas avec tous ces gens qui nous observent. Ou bien si ?* Juste au moment où il atteignait l'écoutille, elle l'appela.

« Paysan ! Peut-être que je vais prendre le nom de Faile. Mon père avait l'habitude de m'appeler ainsi quand j'étais petite. Cela signifie "faucon". »

Il se figea et faillit manquer la première marche de l'échelle. *Coïncidence.* Il se força à descendre sans regarder derrière lui la jeune fille. *Ce doit être une coïncidence.* La coursive n'était pas éclairée mais l'ouverture de l'écoutille laissait filtrer suffisamment de lumière pour qu'il voie où il allait. Quelqu'un ronflait bruyamment dans une des cabines. *Min, quel besoin t'a poussée à avoir des visions ?*

## *36. Fille de la Nuit*

Se rendant compte qu'il n'avait aucun moyen de reconnaître quelle cabine était censément la sienne, il passa la tête dans plusieurs. Elles étaient plongées dans l'obscurité et toutes avaient deux hommes endormis dans les couchettes exiguës fixées contre chacune des parois, toutes sauf une qui abritait Loial, assis par terre entre les couchettes — inséré de justesse —, griffonnant dans son cahier de notes relié en toile, à la clarté d'une lanterne suspendue par un système à la Cardan. L'Ogier avait envie de commenter les incidents de la journée, mais Perrin, dont les mâchoires grinçaient dans ses efforts pour retenir ses bâillements, jugeait que le bateau avait navigué assez loin vers l'aval maintenant pour que dormir soit sans danger. Que rêver soit sans risques. Même s'ils essayaient, les loups ne pouvaient pas soutenir longtemps l'allure donnée par les rames et le courant.

Finalement, il trouva une cabine sans hublot où il n'y avait personne, ce qui lui convenait fort bien. Il souhaitait être seul. *Une coïncidence de nom,* voilà tout, pensa-t-il en allumant la lanterne fixée au mur. *D'ailleurs, son vrai nom est Zarine.* Cependant la jeune fille aux pommettes hautes et aux yeux noirs obliques n'était pas sa préoccupation principale. Il déposa son arc et ses autres affaires sur une des étroites couchettes, jeta sa cape par-dessus et s'assit sur l'autre pour retirer ses bottes.

Elyas Machera avait trouvé moyen de vivre avec ce qu'il était — un homme en quelque sorte lié à des loups — et il n'était pas devenu fou. En y réfléchissant, Perrin acquit la conviction qu'Elyas avait vécu ainsi depuis des années avant même qu'il le rencontre. *Il désire être comme ça. Il l'accepte, en tout cas.* Ce n'était pas une solution. Perrin ne voulait pas vivre ainsi, ne voulait pas accepter. *Mais si tu as le matériau pour forger un couteau, tu l'acceptes et tu forges un couteau, même si tu préférais façonner une hache de bûcheron. Non! Ma vie est plus que du fer destiné à prendre forme sous le marteau.*

Avec prudence, il lança son esprit à la recherche de loups et trouva... rien. Oh, il y avait une vague sensation de loups quelque part au loin, mais elle disparut dès qu'il la capta. Pour la première fois depuis bien longtemps, il était seul. Bienheureusement seul.

Soufflant la lanterne, il s'étendit, pour la première fois depuis des jours. *Comment, au nom de la Lumière, Loial parvient-il à se coucher là-dedans ?* Ces nuits pratiquement blanches l'assaillirent, l'épuisement relâchant ses muscles. Il s'avisa qu'il avait réussi à ne plus penser à l'Aiel. Ni aux Blancs Manteaux. *Cette maudite hache! Que la Lumière me brûle, je voudrais ne l'avoir jamais vue*, fut sa dernière pensée avant de plonger dans le sommeil.

Un épais brouillard gris l'environnait, assez dense pour qu'il ne distingue même pas ses propres bottes et si épais de chaque côté qu'il n'y voyait pas à plus de dix pas. Il n'y avait sûrement rien plus près. N'importe quoi pouvait se trouver dans cette brume. Elle semblait bizarre ; elle n'était pas humide. Il porta la main à sa ceinture, cherchant le réconfort de savoir qu'il pouvait se défendre, et sursauta. Sa hache n'était pas là.

Quelque chose remua dans la brume, un tourbillonnement dans la grisaille. Ce quelque chose venait vers lui.

Il se raidit, se demandant si mieux valait s'enfuir ou attendre et lutter à mains nues, se demandant s'il y avait quoi que ce soit à combattre.

Le sillon ondoyant qui se creusait dans la brume se résolut en un loup, sa silhouette aux poils rudes se confondant presque avec l'épais brouillard.

*Sauteur ?*

Le loup hésita, puis vint se poster près de lui. C'était Sauteur — il en était sûr — mais il ne savait quoi dans la façon de se tenir du loup, dans les yeux dorés qui se levèrent brièvement vers les siens, exigeait le silence, en esprit aussi bien que corporellement. Ces yeux ordonnaient aussi qu'il suive.

Il posa la main sur le dos du loup et, quand il le fit, Sauteur se mit en marche. Il se laissa conduire. La fourrure sous sa main était épaisse et bourrue. Elle procurait une sensation de réalité.

La brume commença à s'épaissir, tant et si bien que seule sa main lui indiquait que Sauteur était toujours là, qu'un coup d'œil vers le bas ne lui permettait même pas de distinguer sa poitrine. Uniquement de la brume grise. Étant donné ce qu'il voyait, il aurait aussi bien pu être enveloppé de laine fraîchement tondue. Il s'avisa soudain également qu'il n'entendait rien non plus. Pas même le bruit de ses pas. Il agita ses orteils et fut soulagé en prenant conscience du contact de ses bottes sur ses pieds.

Le gris vira au noir, et le loup avança avec lui dans une obscurité totale. Il fut incapable de discerner sa main lorsqu'il se toucha le nez. Il était d'ailleurs incapable de discerner son nez. Il essaya de fermer les yeux un instant et ne constata aucune différence. Il n'y avait toujours aucun bruit. Sa main sentait le poil rude du dos de Sauteur, mais il n'était pas certain de sentir quoi que ce soit sous les semelles de ses bottes.

Brusquement, Sauteur s'arrêta, le forçant à l'imiter. Il regarda autour de lui... et ferma vivement les paupières. À présent, il percevait une différence. Et il éprouvait également quelque chose, une contraction nauséeuse de l'estomac. Il se força à ouvrir les yeux et à regarder vers le bas.

Ce qu'il apercevait ne pouvait être là, à moins que lui et Sauteur ne se tiennent entre ciel et terre. Du loup et de lui-même il ne distinguait rien, à croire que ni l'un ni l'autre n'avaient de corps — cette pensée lui serra l'estomac à le nouer — mais au-dessous de lui, avec autant de netteté qu'éclairés par un millier de lampes, s'alignaient d'immenses rangs de miroirs apparemment suspendus dans l'obscurité encore que tous de niveau de sorte qu'on les aurait dit posés sur un immense plancher. Ils se déployaient à perte de vue dans toutes les directions mais, juste sous ses pieds, était situé un espace libre. Et dans cet espace se tenaient des gens. Subitement, il entendit leurs voix avec la même clarté que s'il était parmi eux.

« Puissant Seigneur, murmurait un des hommes, où suis-je ? » Il jeta un coup d'œil autour de lui, tressaillant devant son image qui lui était renvoyée plus de mille et mille fois, après quoi il maintint son regard fixé droit devant lui. Les autres, pressés contre lui, paraissaient encore plus effrayés. « J'étais endormi à Tar Valon, Puissant Seigneur. Je *suis* endormi à Tar Valon ! Où se trouve cet endroit ? Suis-je devenu fou ? »

Parmi les hommes qui l'entouraient, certains portaient des tuniques toutes chamarrées de broderies, d'autres des costumes plus simples, alors que d'autres encore paraissaient nus ou en sous-vêtements.

« Moi aussi, je dors, hurla presque un homme nu. Dans la ville de Tear. Je me rappelle que je couchais avec ma femme !

— Et moi je dors dans Illian, dit un homme vêtu de rouge et or dont la voix tremblait d'émotion. Je sais que je dors, mais cela ne se peut pas. Je sais que je rêve, mais c'est impossible. Où est ce lieu, Puissant Seigneur ? Êtes-vous réellement venu à moi ? »

L'homme aux cheveux noirs qui leur faisait face était habillé de noir, avec de la dentelle d'argent au cou et aux poignets. De temps en temps, il portait la main à sa poitrine, comme s'il souffrait. Là, en bas, il y avait de la lumière partout, émanant de nulle part, mais cet homme au-dessous de Perrin semblait enveloppé d'ombre. Les ténèbres s'enroulaient autour de lui, le caressaient.

« Silence ! » L'homme en noir n'avait pas élevé le ton, mais il n'en avait eu nul besoin. Le temps de prononcer ce mot, il avait levé la tête ; ses yeux et sa bouche étaient des trous forés dans une forge où ronflait un feu dévorant, tout flammes et clarté ardente.

Perrin le reconnut alors. Ba'alzamon. Il contemplait Ba'alzamon en personne. La peur le transperça comme autant de pointes enfoncées à coup de marteau. Il aurait voulu s'enfuir, mais il n'avait plus la maîtrise de ses pieds.

Sauteur bougea. Il sentit la fourrure épaisse sous sa main

et l'agrippa fortement. Quelque chose de réel. Quelque chose de plus réel, il l'espérait, que ce qu'il voyait. Pourtant il savait que les deux étaient réels.

Les hommes blottis les uns contre les autres se firent petits.

« Il vous avait été distribué des tâches, reprit Ba'alzamon. Quelques-unes de ces tâches, vous les avez accomplies. Pour d'autres vous avez échoué. » De temps en temps, ses yeux et sa bouche s'estompaient derrière des flammes et les miroirs scintillaient en réfléchissant ces feux. « Ceux qui ont été marqués pour la mort doivent périr. Ceux qui ont été désignés pour être pris doivent s'incliner devant moi. Décevoir le Grand Seigneur des Ténèbres est impardonnable. » Son doigt désigna l'homme qui avait parlé de Tar Valon, un individu habillé comme un marchand, de vêtements coupés avec simplicité dans du drap de la plus belle qualité. Les autres s'écartèrent de lui comme s'il était atteint de la fièvre qui rend la bile noire, le laissant seul ratatiné sur lui-même. « Vous avez laissé le garçon s'échapper de Tar Valon. »

L'homme hurla et se mit à vibrer comme une lime frappée contre une enclume. Il parut devenir de moins en moins compact et son hurlement diminua avec lui.

« Vous rêvez tous, reprit Ba'alzamon, mais ce qui se produit dans ce rêve est réel. » L'homme hurlant n'était plus qu'un amas de brume à forme humaine, son cri lointain et bientôt même la brume se dissipa. « Je crains qu'il ne se réveille jamais. » Il rit et de sa bouche jaillirent des flammes rugissantes. « Le reste d'entre vous ne me décevra plus de nouveau. Allez-vous-en ! Éveillez-vous et obéissez ! » Les autres hommes disparurent.

Pendant un instant, Ba'alzamon demeura seul, puis soudain avec lui il y eut une femme, vêtue tout en blanc et argent.

Perrin fut saisi. Il était incapable d'oublier une femme aussi belle. C'était la femme de son rêve, celle qui l'avait pressé de rechercher la gloire.

Un trône d'argent très ornementé surgit derrière elle et elle s'y installa, arrangeant avec soin ses jupes d'argent. « Vous usez fort librement de mon domaine, dit-elle.

— Votre domaine ? riposta Ba'alzamon. Vous le proclamez donc vôtre ? Ne servez-vous plus le Grand Seigneur des Ténèbres ? » L'obscurité autour de lui sembla s'épaissir, se mettre à bouillir.

« Je sers, répliqua-t-elle vivement. J'ai servi longtemps le Seigneur du Crépuscule. Longtemps je suis restée emprisonnée pour mon service dans un silence sans rêves interminable. C'est seulement aux Hommes Gris et aux Myrddraals qu'a été refusé le droit aux rêves. Même les Trollocs peuvent rêver. Les rêves ont toujours été mon privilège, pour en user et m'y promener. Maintenant, je suis de nouveau libre et j'userai de ce qui m'appartient.

— Ce qui vous appartient », dit Ba'alzamon. Les tourbillons d'obscurité autour de lui semblaient agités d'un mouvement de gaieté. « Vous vous êtes toujours crue plus importante que vous n'êtes, Lanfear. »

Le nom fut pour Perrin comme l'incision d'un couteau affilé de frais. Une Réprouvée avait figuré dans ses rêves. Moiraine avait eu raison. Quelques-uns d'entre eux étaient libres.

La femme en blanc était debout, le trône disparu. « Je suis aussi grande que je le suis. À quoi ont abouti vos plans ? Trois mille ans et davantage à chuchoter au creux des oreilles et à tirer les fils de marionnettes couronnées, comme une Aes Sedai ! » Le ton de sa voix investit ce nom d'un mépris absolu. « Trois mille ans et pourtant Lews Therin court de nouveau le monde, et ces Aes Sedai lui ont presque passé une laisse autour du cou. Exercez-vous sur lui le moindre contrôle ? Pouvez-vous le faire changer d'avis ? Il était mien bien avant que cette gamine d'Ilyena aux cheveux couleur de paille l'ait vu ! Il sera de nouveau à moi !

— C'est vous que vous servez, à présent, Lanfear ? » La voix de Ba'alzamon était égale, mais du feu flamboyait continuellement dans ses yeux et sa bouche. « Avez-vous renoncé à vos serments envers le Puissant Seigneur des Ténèbres ? » Pendant un instant, l'obscurité le fit presque disparaître, seule ressortait la clarté des feux. « On n'y manque pas aussi aisément qu'aux serments à la Lumière rompus par vous quand vous avez rendu hommage à votre nouveau maître dans la Salle même des Serviteurs. Votre maître vous revendique pour toujours, Lanfear. Servirezvous, ou bien choisissez-vous une éternité de souffrance, d'agonie incessante sans la moindre relâche?

— Je sers. » En dépit de ses paroles, elle se tenait dressée de toute sa taille dans une attitude de défi. « Je sers le Puissant Seigneur des Ténèbres et nul autre. À jamais! »

Le vaste déploiement de miroirs commença à disparaître comme si des lames de houle noire accouraient et déferlaient par-dessus en se rapprochant irrésistiblement du centre. Le flot recouvrit Ba'alzamon et Lanfear. Ne resta plus que l'obscurité.

Perrin sentit que Sauteur se mettait en marche et il fut plus que content de le suivre, guidé par le seul contact de la fourrure sous sa main. Ce n'est que lorsqu'il avança qu'il se rendit compte qu'il était capable de bouger. Il tenta de comprendre ce qu'il venait de voir, n'y réussit pas. Ba'alzamon et Lanfear. La langue lui collait au palais. Il ne savait trop pourquoi, Lanfear le terrifiait davantage que Ba'alzamon. Peut-être parce qu'elle avait figuré dans ses rêves au cœur des montagnes. *Par la Lumière! Une Réprouvée dans mes rêves! Ô Lumière!* Et, à moins que quelque chose ne lui ait échappé, elle avait défié le Ténébreux. On lui avait dit et enseigné que l'Ombre ne peut rien contre vous si vous la reniez; mais comment une Amie du Ténébreux... pas rien qu'une Amie, une Réprouvée... osait-elle défier l'Ombre? *Je dois être fou, comme le frère de Simion. Ces rêves m'ont rendu fou!*

Lentement, la pénombre redevint de la brume et cette brume s'éclaircit peu à peu tant et si bien qu'il en sortit avec Sauteur sur une pente herbue illuminée par la clarté du jour. Des oiseaux commencèrent à chanter dans un hallier au pied de la colline. Perrin regarda derrière lui. Une plaine accidentée parsemée de bouquets d'arbres s'étendait jusqu'à l'horizon. Il n'y avait aucune trace de brume nulle part. Le grand loup gris l'observait.

« Qu'est-ce que c'était? demanda-t-il d'un ton impératif tout en se creusant l'esprit pour formuler la question de façon que le loup le comprenne. Pourquoi me l'as-tu montré? Qu'est-ce que c'était? »

Des émotions et des images submergèrent ses pensées et son esprit les transmua en mots. *Ce que tu dois voir. Prends garde, Jeune Taureau. Cet endroit est dangereux. Sois prudent comme un louveteau chassant un porc-épic.* C'était venu comme quelque chose de plus proche de Petit Dos Épineux, mais son esprit donna à l'animal le nom qu'il lui connaissait en tant qu'humain. *Tu es trop jeune, trop neuf.*

« Était-ce réel ? »

*Tout est réel, ce qui est vu et ce qui n'est pas vu.* C'était apparemment la seule réponse que ferait Sauteur.

« Sauteur, comment te trouves-tu ici ? Je t'ai vu mourir. Je t'ai senti mourir ! »

*Tous sont ici. Tous nos frères et sœurs qui sont, tous ceux qui étaient, tous ceux qui seront.* Perrin savait que les loups ne sourient pas, pas à la manière des humains, mais pendant un instant il eut l'impression que Sauteur souriait d'une oreille à l'autre. *Ici, je fends les airs comme les aigles.* Le loup se ramassa sur lui-même et bondit, s'élançant en l'air. Qui le porta de plus en plus haut jusqu'à ce qu'il ne fût plus qu'un point dans le ciel et une dernière pensée vint. *Planer*[1].

Perrin le suivit du regard, bouche bée. *Il y a réussi.* Ses yeux le brûlèrent soudain et il s'éclaircit la gorge et se frotta le nez. *D'ici que je me mette à pleurer comme une gamine il n'y a qu'un pas.* Instinctivement, il examina les alentours pour vérifier si personne ne l'avait vu et, à la même seconde, tout changea.

Il était debout sur une hauteur, environné de creux et de bosses indistincts et noyés dans l'ombre. Qui donnaient l'impression de disparaître trop vite dans la perspective. Rand se tenait debout au-dessous de lui. Rand et un cercle irrégulier de Myrddraals et d'hommes et de femmes au-delà desquels semblait porter sa vision. Des chiens hurlaient quelque part dans le lointain et Perrin comprit qu'ils chassaient quelque chose. L'odeur de Myrddraal et la puanteur de soufre qui brûle emplissaient l'air. Les poils de la chair de Perrin se hérissèrent.

Le cercle de gens et de Myrddraals se rapprocha de Rand, tous marchant comme dans leur sommeil. Et Rand

1. Encore tout jeune louveteau, Sauteur (d'où son nom) s'élançait pour imiter les aigles dont il enviait le vol majestueux dans le ciel. Cf. *La Roue du Temps* et *L'Œil du Monde. (N.d.T.)*

commença à les tuer. Des boules de feu jaillirent de ses mains et en consumèrent deux. Des traits de foudre s'abattirent d'en haut pour en brûler d'autres. Des barres de lumière pareilles à de l'acier chauffé à blanc sortaient de ses poings pour en atteindre d'autres encore. Et les survivants continuaient à s'avancer lentement comme si nul d'entre eux ne s'apercevait de ce qui se passait. Un par un, ils succombèrent jusqu'à ce qu'il n'en reste plus aucun et Rand s'affaissa sur les genoux, haletant. Perrin n'aurait pas su dire s'il riait ou pleurait ; un peu des deux apparemment.

Des formes surgirent en haut des élévations de terrain, d'autres humains arrivaient, d'autres Myrddraals, qui tous se dirigeaient vers Rand.

Perrin mit ses mains en porte-voix devant sa bouche. « Rand ! Rand, il y en a encore qui viennent ! »

Toujours ramassé sur lui-même, grondant de hargne, le visage luisant de sueur, Rand leva les yeux vers lui.

« Rand, ils... !

— Va-t'en brûler ! » hurla Rand.

Un éclair incendia les yeux de Perrin et la douleur de feu réduisit tout à néant.

Avec un gémissement, il se roula en boule sur la couchette étroite, la lumière flamboyant toujours derrière ses paupières. La poitrine lui faisait mal. Il y porta la main et eut une grimace de souffrance quand il sentit une brûlure sous sa chemise, sur un espace pas plus grand qu'un sou d'argent.

Peu à peu, il força ses muscles noués à le laisser allonger les jambes et à demeurer étendu à plat dans la cabine obscure. *Moiraine. Il faut que j'en parle à Moiraine, cette fois-ci. Je n'ai qu'à attendre que la douleur s'apaise.*

Seulement, lorsque la douleur commença à s'estomper, l'épuisement eut raison de lui. Il eut à peine le temps de penser qu'il devait se lever avant que le sommeil l'oblige à se recoucher.

Quand il ouvrit de nouveau les yeux, il contempla sans bouger les poutres au-dessus de sa tête. La clarté qui filtrait en haut et en bas de la porte lui indiqua que le jour s'était levé. Il se tâta la poitrine pour se convaincre qu'il l'avait imaginé, si bien imaginé qu'il avait réellement ressenti une brûlure...

Ses doigts trouvèrent l'endroit brûlé. *Je ne l'ai donc pas imaginé.* Il avait le vague souvenir de quelques autres rêves, qui s'effacèrent de sa mémoire à l'instant où il les évoqua. Des rêves ordinaires. Il avait même l'impression d'avoir eu une bonne nuit de sommeil. *Et une autre maintenant ne serait pas de refus.* Mais cela signifiait qu'il pouvait dormir. *Aussi longtemps, en tout cas, qu'il n'y a pas de loups dans les parages.*

Il se rappela avoir pris une décision pendant le bref moment où il s'était réveillé après le rêve où figurait Sauteur et, réflexion faite, il conclut qu'elle était bonne.

Il lui fallut frapper à cinq portes et encaisser une bordée de jurons à deux — les habitants de deux cabines étaient montés sur le pont — avant de découvrir Moiraine. Elle était tout habillée, mais assise en tailleur sur l'une des étroites couchettes, en train de lire les notes de son carnet à la lumière d'une lanterne. Près du début du carnet, il le remarqua, des notes qui avaient dû être inscrites avant même qu'elle vienne au Champ d'Emond. Les affaires de Lan étaient soigneusement empilées sur l'autre couchette.

« J'ai rêvé », annonça-t-il et il entreprit de lui relater son rêve. En totalité. Il releva même sa chemise pour lui montrer le petit cercle sur sa poitrine, rouge, d'où irradiaient d'ondulantes lignes cramoisies. Il lui avait caché certaines choses auparavant et il se doutait qu'il recommencerait, mais ceci était trop important pour le garder par-devers soi. Le pivot est la plus petite partie des ciseaux et la plus facile à fabriquer mais, sans lui, les ciseaux ne coupent pas l'étoffe. Lorsqu'il eut terminé, il demeura debout à attendre.

Elle l'avait observé sans expression, à part que ses yeux noirs avaient examiné chaque mot qui sortait de sa bouche, l'avaient pesé, mesuré, exposé à la lumière. À présent, elle restait assise de la même façon, seulement c'était lui qui était examiné, pesé et inspecté à la lumière.

« Eh bien, est-ce important ? finit-il par demander d'un ton pressant. Je pense que c'est un de ces rêves de loup dont vous m'avez parlé — j'en suis sûr ; ce doit en être un ! — mais cela ne rend pas réel ce que j'ai vu. Seulement vous aviez dit que quelques Réprouvés étaient libres, et il l'a appelée Lanfear, et... Est-ce important ou suis-je ici en train de me rendre ridicule ?

— Il y a des femmes, répliqua Moiraine lentement, qui s'évertueraient à te neutraliser si elles avaient entendu ce que je viens d'entendre. » Perrin eut l'impression que ses poumons gelaient ; il ne pouvait plus respirer. « Je ne t'accuse pas d'être capable de canaliser », reprit-elle et la glace fondit dans la poitrine de Perrin, « ni même d'être capable d'apprendre à canaliser. Une tentative pour te neutraliser ne te causerait aucun mal, en dehors du traitement sans douceur que t'infligeraient les membres de l'Ajah Rouge avant de s'apercevoir de leur erreur. Ces hommes-là sont très rares, même les Rouges en dépit de leurs recherches actives n'en ont pas trouvé plus de trois au cours des dix dernières années. Avant l'apparition des faux Dragons, en tout cas. Ce que j'essaie de t'expliquer c'est que je ne pense pas que tu te mettes subitement à exercer le Pouvoir Unique. Voilà quelque chose que tu n'as pas à redouter.

— Eh bien, grand merci pour cela, répliqua-t-il d'un ton amer. Vous n'aviez pas besoin de me glacer de terreur rien que pour me dire qu'il n'y avait pas lieu de m'affoler.

— Oh, tu as de bonnes raisons d'avoir peur. Ou du moins d'être prudent, comme le loup l'a suggéré. Des Sœurs rouges ou d'autres pourraient te tuer avant de découvrir qu'il n'y a rien en toi à neutraliser.

— Par la Lumière ! Que la Lumière me brûle ! » Il dévisagea Moiraine en fronçant les sourcils. « Vous essayez de me mener par le bout du nez, Moiraine, mais je ne suis pas un veau et je n'ai pas d'anneau dans le nez. Les Aes Sedai de l'Ajah Rouge ou autres ne penseraient pas à la neutralisation sauf s'il y a quelque chose de réel dans ce que j'ai rêvé. Cela signifie-t-il que les Réprouvés sont libérés ?

— Je t'ai déjà dit que c'était possible. Pour certains d'entre eux. Tes... rêves, je ne m'y attendais pas, Perrin. Des Rêveuses ont noté la présence de loups dans leurs récits mais ce que tu me racontes me surprend.

— Eh bien, je crois que c'était réel. Je crois que j'ai vu quelque chose qui est réellement arrivé, quelque chose que je n'étais pas censé voir. » *Ce qu'il faut que tu voies.* « Je crois qu'à tout le moins Lanfear est en liberté. Qu'allez-vous faire ?

— Je me rends à Illian. Ensuite j'irai à Tear et j'espère y arriver avant Rand. Nous avons dû quitter Remen trop vite pour que Lan apprenne s'il avait traversé la rivière ou l'avait suivie. Nous avons néanmoins des chances de le savoir avant d'atteindre Illian. Nous trouverons des empreintes s'il est parti dans cette direction. » Elle jeta un coup d'œil à son carnet comme si elle souhaitait reprendre sa lecture.

« Est-ce que vous vous contenterez de cela ? Avec Lanfear évadée de sa prison et la Lumière seule sait combien parmi les autres ?

— Ne m'interroge pas, répliqua-t-elle froidement. Tu ignores les questions à poser et tu ne comprendrais même pas à moitié les réponses si je te les donnais. Ce qui n'est nullement mon intention. »

Gêné par le regard fixe de Moiraine, il oscilla d'un pied sur l'autre jusqu'à ce que devienne manifeste qu'elle n'en dirait pas davantage. Sa chemise frottait douloureusement contre la brûlure de sa poitrine. Cette brûlure ne paraissait pas grave — *Pas pour avoir été frappé par la foudre évidemment !* — mais la manière dont il l'avait reçue était une autre histoire. « Heu... La Guérirez-vous ?

— Tu n'éprouves donc plus d'inquiétude à voir utiliser sur toi le Pouvoir Unique, Perrin ? Non, je ne veux pas Guérir ta brûlure. Elle n'est pas grave et elle te rappellera la nécessité de prendre garde. » À ne pas la harceler, il le comprit, aussi bien qu'aux rêves ou à mettre d'autres personnes au courant de ce qu'il rêvait. « Il n'y a rien de plus, Perrin ? »

Il se dirigea vers la porte, puis s'arrêta. « Si. En admettant que vous sachiez qu'une femme s'appelle Zarine, penseriez-vous que cela donne une indication sur elle ?

— Pourquoi, au nom de la Lumière, demandes-tu cela ?

— À cause d'une jeune fille, répliqua-t-il gauchement. Une jeune femme. Je l'ai rencontrée hier soir. C'est un des passagers. » Il la laisserait découvrir toute seule que Zarine avait reconnu en elle une Aes Sedai. Et paraissait croire que les suivre la conduirait au Cor de Valère. Il ne tairait rien qui lui semblait important, mais il était aussi capable que Moiraine de se tenir sur la réserve.

« Zarine. C'est un prénom de la Saldaea. Aucune femme ne choisirait ce prénom pour sa fille à moins de s'attendre à ce qu'elle soit une beauté et un bourreau des cœurs. Paressant sur des coussins dans des palais, entourée de servantes et de soupirants. » Elle eut un sourire, bref mais témoignant d'un grand amusement. « Peut-être est-ce pour toi une raison supplémentaire de te méfier, Perrin, s'il y a une Zarine à bord avec nous.

— J'ai bien l'intention d'être prudent », lui répondit-il. Du moins savait-il pourquoi Zarine n'aimait pas son prénom. Guère approprié pour un Chasseur en quête du Cor de Valère. *Tant qu'elle ne s'appelle pas « faucon »*.

Quand il monta sur le pont, Lan s'y trouvait, en train de s'occuper de Mandarb. Et Zarine était assise sur une glène près de la rambarde, aiguisant un de ses poignards en le regardant. Les grandes voiles triangulaires étaient établies et tendues, et *L'Oie des Neiges* descendait la rivière à toute vitesse.

Zarine suivit des yeux Perrin quand il passa auprès d'elle pour aller à l'avant. L'eau s'ourlait de chaque côté de l'étrave comme la terre se retournant au passage d'une bonne charrue. Il médita sur les rêves et les Aiels, les visions de Min et les faucons. Sa poitrine lui faisait mal. La vie n'avait *jamais* été aussi compliquée.

Rand se redressa sur son séant, le souffle court, sorti brusquement du sommeil provoqué par l'épuisement, et le manteau qui lui avait servi de couverture retomba. Il souffrait de son côté, la vieille blessure reçue à Falme était lancinante. Son feu s'était réduit en braises avec juste quelques flammes qui tremblotaient, mais cela suffisait pour que bougent les ombres. *C'était Perrin ! Oui ! C'était lui en personne, pas un rêve. Je ne sais trop comment. J'ai failli le tuer ! Par la Lumière, il faut que je sois prudent !*

Frissonnant, il ramassa un bout de branche de chêne et s'apprêta à l'insérer entre les braises. Les arbres étaient clairsemés dans ces collines du Murandy, encore près de la Manetherendrelle, mais il avait trouvé juste assez de branches mortes pour son feu, du bois tombé depuis juste assez de temps pour être bien sec sans avoir eu celui de pourrir. Il interrompit son geste avant que le bois entre en contact avec les braises ardentes. Des chevaux approchaient, dix ou douze, marchant avec lenteur. *Il faut que je sois prudent. Pas question de commettre une nouvelle erreur.*

Les chevaux obliquèrent vers son feu mourant, pénétrèrent dans la faible clarté qu'il projetait et s'arrêtèrent. Les ombres voilaient les cavaliers, mais la plupart semblaient être des hommes aux traits rudes portant des casques ronds et de longs justaucorps de cuir sur lesquels étaient cousus des disques de métal comme des écailles de poisson. L'un de ces cavaliers était une femme aux cheveux grisonnants et à l'expression sévère. Sa robe noire était en laine unie mais de la plus fine texture et ornée d'une fibule d'argent en forme de lion. Une négociante, pensa-t-il ; il avait vu des gens de son genre parmi ceux qui venaient dans les Deux Rivières acheter du tabac et de la laine. Une marchande et ses gardes.

*Il faut que je fasse attention,* songea-t-il en se levant. *Pas d'erreurs.*

« Vous avez choisi un bon endroit pour camper, jeune homme, dit-elle. Je l'ai utilisé souvent en me rendant à Remen. Il y a une petite source à proximité. J'espère que vous n'avez pas d'objection à ce que je le partage avec vous ? » Ses gardes mettaient déjà pied à terre, réajustant leurs ceinturons et desserrant les sangles de leurs selles.

« Aucune », répliqua Rand. *Attention.* Deux pas l'amenèrent à bonne distance et il bondit en l'air, tournant sur lui-même — Le Duvet-de-Chardon-vole-dans-le-Tourbillon-de-Vent[1] —, une épée sculptée dans le feu et estampillée d'un héron surgissant dans ses mains pour la décapiter avant même que la surprise s'imprime sur son visage. *Elle était la plus dangereuse.*

Il reprit contact avec le sol en même temps que la tête de la femme roulait sur la croupe de son cheval et tombait. Les gardes poussèrent un cri et agrippèrent leurs épées, hurlèrent en se rendant compte que sa lame brûlait. Il dansa au milieu d'eux selon les figures que Lan lui avait enseignées et il sut qu'il aurait pu les tuer tous les dix avec une lame ordinaire

1. Toutes les phases d'assaut ou de parade portent des appellations imagées. Cf. *La Roue du Temps* et *Le Cor de Valère. (N.d.T.)*

en acier, mais cette lame qu'il brandissait était une partie de lui-même. Le dernier garde s'effondra et cela avait tellement ressemblé à ses exercices d'escrime qu'il avait déjà entamé la figure nommée Replier-l'Éventail, consistant à rengainer son arme, quand il se rappela qu'il ne portait pas de fourreau et que cette lame l'aurait réduit en cendres au premier contact s'il en avait eu un.

Laissant l'épée disparaître, il se retourna pour examiner les chevaux. La plupart s'étaient enfuis mais quelques-uns pas loin et le grand hongre de la négociante roulait les yeux en hennissant peureusement. Le cadavre décapité, gisant à terre, continuait à se cramponner aux rênes et maintenait baissée la tête de l'animal.

Rand libéra les rênes, prenant seulement le temps de rassembler ses quelques possessions avant de sauter en selle. *Je dois me montrer prudent,* songea-t-il en passant les morts en revue. *Pas d'erreurs.*

Le Pouvoir Unique était encore en lui, l'afflux du *saidin* plus suave que le miel, plus fétide que de la viande pourrie. Subitement, il canalisa — sans se rendre réellement compte de ce qu'il faisait ou comment, conscient seulement que cela paraissait être à faire ; et cela marcha, souleva les cadavres. Il les aligna face à lui, à genoux, le visage dans la poussière. Pour ceux à qui restait un visage. Agenouillés devant lui.

« Si je suis bien le Dragon Réincarné, leur dit-il, c'est ainsi que c'est censé se passer, n'est-ce pas ? » Laisser aller le *saidin* était dur, mais il y réussit. *Si je le retiens trop, comment maintiendrais-je la folie à distance ?* Il eut un rire amer. *Ou est-ce déjà trop tard ?*

Fronçant les sourcils, il inspecta la rangée d'hommes. Il était sûr qu'il y en avait eu seulement dix, mais onze étaient agenouillés dans cette rangée, l'un d'eux sans armure d'aucune sorte mais serrant encore un poignard dans la main.

« Tu as choisi la mauvaise compagnie », dit Rand à cet homme.

Il obligea le hongre à tourner, lui enfonça ses talons dans les flancs et le lança au triple galop dans la nuit. Le trajet était encore long jusqu'à Tear, mais il avait l'intention d'y parvenir par le chemin le plus direct, quand bien même il devrait tuer sous lui des chevaux ou les voler. *Je vais y mettre fin. À ces provocations. À ce harcèlement. J'en finirai avec ça! Callandor.* Elle l'appelait.

## 37. *Incendies au Cairhien*

Egwene répondit par une gracieuse inclination de tête au salut respectueux du matelot qui, pieds nus, passait silencieusement à côté d'elle pour aller étarquer un cordage qui semblait déjà bien tendu, peut-être modifiant légèrement la position d'une des grandes voiles carrées. Quand il revint à longs pas muets vers l'endroit où le capitaine au visage rond se tenait près de l'homme de barre, il salua de nouveau et elle inclina encore une fois la tête avant de reporter son attention sur la berge boisée du Cairhien, séparée de *La Grue Bleue* par moins de cinq toises d'eau.

Un village défilait le long du bateau, ou ce qui avait été naguère un village. La moitié des maisons n'étaient que des tas de décombres fumants avec des cheminées se dressant seules au-dessus des ruines. Sur la façade des autres maisons, des portes se balançaient au vent, et du mobilier, des lambeaux de vêtements et des ustensiles de ménage jonchaient la rue non pavée, en désordre comme si on les avait jetés dehors. Pas un être vivant ne bougeait dans le village à l'exception d'un chien affamé qui ne s'intéressa pas au navire et disparut en trottinant derrière les murs écroulés de ce qui devait avoir été une auberge. Egwene ne pouvait pas voir pareil spectacle sans éprouver une sensation de nausée, mais elle s'efforça de conserver la sérénité inébranlable qu'elle estimait propre à une Aes Sedai. Cela ne l'aidait guère. Au-delà du village, un épais panache de fumée s'élevait dans le ciel. À une lieue ou une lieue et demie, estima-t-elle.

Ce n'était pas le premier panache de fumée qu'elle avait vu depuis que le cours de l'Érinin s'était mis à longer la frontière du Cairhien, ni le premier village ainsi dévasté. Au moins cette fois il n'y avait pas de cadavres en vue. Le capitaine Ellisor était parfois obligé de serrer de près la berge cairhienine à cause des syrtes — il disait que ces bancs de sable se déplaçaient dans cette partie du fleuve — mais quelque proche du bord qu'il naviguât, elle n'avait pas aperçu une seule personne en vie.

Le village et la fumée disparurent en arrière du navire et déjà une autre colonne de fumée apparaissait sur l'avant, plus éloignée du fleuve. La forêt devenait moins dense, les frênes, lauréoles et sureaux cédant la place aux saules, sapins blancs et chênes des marais, avec quelques autres qu'elle ne savait pas identifier.

Le vent souleva sa cape, elle la laissa flotter, savourant la fraîche pureté de l'air, savourant la liberté de porter du brun au lieu de blanc de n'importe quelle nuance, bien que ce n'eût pas été son premier choix. Cependant robe et cape étaient du meilleur drap de laine, bien taillées et bien cousues.

Un autre matelot arrivait d'une allure souple à sa hauteur, saluant au passage. Elle se promit d'apprendre au moins un peu de ce qu'ils faisaient ; elle n'aimait pas se sentir ignorante. Porter à la main droite son anneau au Grand Serpent provoquait abondance de salutations chez un capitaine et un équipage originaires pour la plupart de Tar Valon.

Elle avait eu le dessus dans cette discussion-là avec Nynaeve, bien que celle-ci fût convaincue d'être la seule des trois assez âgée pour qu'on la croie une Aes Sedai. Nynaeve s'était trompée. Egwene était prête à reconnaître qu'elles deux, Elayne et elle, avaient suscité des regards stupéfaits en montant à bord de *La Grue Bleue* cet après-midi au Port-du-Sud, et les sourcils du capitaine Ellisor s'étaient haussés presque jusqu'à l'endroit où auraient poussé ses premiers cheveux s'il en avait eu, mais il s'était confondu en sourires et en courbettes.

« Un honneur, Aes Sedai. Trois Aes Sedai vont voyager sur mon bateau ? Un honneur, en vérité. Je vous promets un voyage rapide aussi loin que vous le désirez. Et pas d'ennuis avec les brigands du Cairhien. Je n'aborde plus de ce côté du fleuve. À moins que vous ne le désiriez, naturellement, Aes Sedai. Des soldats d'Andor tiennent toujours quelques villes sur la berge du Cairhien. Un honneur, Aes Sedai. »

Ses sourcils s'élevèrent de nouveau brusquement quand elles demandèrent rien qu'une cabine pour elles trois — même Nynacve ne tenait pas à rester seule la nuit si elle n'y était pas contrainte et forcée. Chacunc pouvait avoir une cabine personnelle sans supplément, leur dit-il ; il n'avait pas d'autres passagers, sa cargaison était à bord et si des Aes Sedai avaient des affaires pressantes en aval, il n'attendrait même pas une heure quelqu'un d'autre qui voudrait embarquer. Elles répétèrent qu'une cabine suffirait.

Il était surpris et à voir son expression il ne comprenait pas, mais Chin Ellisor, né et élevé à Tar Valon, n'était pas homme à discuter avec des Aes Sedai une fois qu'elles avaient fermement signifié leurs intentions. Si deux d'entre elles semblaient très jeunes, eh bien, certaines Aes Sedai étaient jeunes.

Les ruines désertées disparurent derrière Egwene. La colonne de fumée se rapprocha et une autre se dessinait vaguement beaucoup plus loin encore en arrière de la berge. La forêt cédait la place à des collines basses, herbues et parsemées de bosquets. Des arbres, qui portaient des fleurs au printemps, en avaient maintenant, minuscules corolles blanches sur les boules-de-neige et micocouliers rouge vif. Un arbre qu'elle ne connaissait pas était couvert de fleurs blanches, rondes, plus grandes que ses deux mains réunies. De temps en temps, un rosier grimpant sauvage insérait des brassées jaunes ou blanches entre des branches enfouies sous le vert des feuilles et le rouge des bourgeons nouveaux. Le contraste avec les cendres et les décombres était trop brutal pour offrir un spectacle totalement plaisant.

Egwene aurait aimé avoir en ce moment même auprès d'elle une Aes Sedai à qui poser des questions. Une à qui elle pourrait se fier. Époussetant son aumônière du bout des doigts, elle sentit à peine l'anneau torse en pierre du *ter'angreal* qui était à l'intérieur.

Elle l'avait essayé toutes les nuits sauf deux depuis le départ de Tar Valon et il n'avait pas eu deux fois le même effet. Oh, elle s'était toujours retrouvée dans le *Tel'aran'rhiod,* mais la seule chose qu'elle avait vue et qui aurait pu avoir une utilité était de nouveau le Cœur de la Pierre, chaque fois sans Silvie pour lui donner des renseignements. Il n'y avait rien eu en tout cas concernant l'Ajah Noire.

Ses propres rêves, sans le *ter'angreal,* avaient abondé en images qui paraissaient presque des aperçus fugitifs du Monde Invisible. Rand avait en main une épée qui flamboyait comme le soleil, tant et si bien qu'elle discernait à peine que c'était une épée, reconnaissait à peine qu'il s'agissait de lui. Rand menacé d'une douzaine de manières, aucune n'ayant quoi que ce soit de réel. Dans l'un de ces rêves, il se tenait sur une énorme table de mérelles, aux palets gros comme des rochers, et il esquivait les mains monstrueuses qui les déplaçaient et donnaient l'impression d'essayer de l'écraser avec. Cette scène signifiait peut-être quelque chose. Avait très probablement une signification mais, en dehors du fait que Rand était menacé par une personne quelconque, ou par deux — elle pensait que cela au moins était clair —, à part cela, elle restait dans une ignorance totale. *Je ne peux pas l'aider, pour le moment. J'ai mon propre devoir à accomplir. Je ne sais même pas où il se trouve, sauf que c'est probablement à cinq cents lieues d'ici.*

Elle avait rêvé de Perrin avec un loup et avec un faucon, et un épervier — l'épervier et le faucon se battaient — de Perrin fuyant quelqu'un de redoutable, de Perrin qui enjambait de son plein gré le rebord d'une falaise monumentale en disant : « Il le faut. Je dois apprendre à voler avant d'atteindre le fond. » Il y avait eu un rêve où figurait un Aiel et elle pensait que cela aussi avait un rapport avec Perrin, mais elle n'en était pas certaine. Et un rêve de Min qui déclenchait un piège d'acier mais qui passait au travers sans même s'en apercevoir. Il y avait eu également des rêves de Mat. De Mat avec des dés tournoyant autour de lui — ce rêve-là, elle estimait savoir ce qui l'avait suscité —, de Mat suivi par un homme qui n'était pas là — elle ne comprenait toujours pas ce rêve ; il y avait un homme derrière Mat, ou peut-être davantage, mais en quelque sorte il n'y avait personne —, de Mat chevauchant à bride abattue vers quelque chose qu'il devait atteindre et qui était invisible dans le lointain, de Mat avec une femme qui avait l'air de jeter des fusées d'artifice dans tous les sens. Une Illuminatrice, supposa-t-elle, mais cela ne la renseignait pas plus que le reste.

Elle avait eu tellement de rêves qu'elle commençait à les mettre tous en doute. Peut-être était-ce parce qu'elle avait utilisé le *ter'angreal* si souvent, ou peut-être simplement parce qu'elle le portait sur elle. Peut-être apprenait-elle enfin ce que faisait une Rêveuse. Des rêves fébriles, des rêves échevelés. Des hommes et des femmes qui s'évadaient d'une cage, puis se coiffaient de couronnes. Une femme qui jouait avec des marionnettes, et un autre rêve où les fils des marionnettes aboutissaient aux mains de marionnettes plus grandes, dont les fils conduisaient à des marionnettes plus grandes encore et ainsi de suite jusqu'à ce que les derniers fils disparaissent dans des hauteurs défiant l'imagination. Des rois qui mouraient, des reines qui pleuraient, des batailles acharnées. Des Blancs Manteaux qui ravageaient les Deux Rivières. Elle avait même rêvé encore des Seanchans. Plus d'une fois. Ces rêves-là, elle les repoussait dans un coin de son esprit; elle ne voulait pas y penser. De sa mère et de son père, chaque nuit.

Elle était certaine de ce que cela, du moins, signifiait, ou pensait l'être. *Cela veut dire que je m'en vais chasser l'Ajah Noire et que je ne sais pas interpréter mes rêves ou comment obliger cet idiot de* ter'angreal *à fonctionner comme il le devrait, et... et que j'ai la nostalgie de chez nous.* Pendant un instant, elle songea combien serait réconfortant que sa mère l'envoie se coucher avec la conviction que tout s'arrangerait le lendemain. *Seulement maman ne peut plus résoudre mes problèmes pour moi et mon père ne peut plus promettre de chasser les monstres et m'en persuader. Je dois m'en charger moi-même à présent.*

Comme tout cela était loin dans le passé, maintenant. Elle ne désirait pas revenir à ce temps-là, pas foncièrement, mais cela avait été une époque heureuse, et qui paraissait remonter à une éternité. Rien que de les revoir, d'entendre leurs voix serait merveilleux. *Quand je porte cet anneau au doigt, je le fais de ma propre volonté.*

Elle avait finalement laissé Nynaeve et Elayne essayer chacune de dormir une nuit avec l'anneau de pierre — se surprenant elle-même par sa répugnance à s'en séparer — et elles s'étaient réveillées pour parler de ce qui était sûrement le *Tel'aran'rhiod,* mais aucune des deux n'avait fait plus qu'entrevoir brièvement le Cœur de la Pierre, rien qui soit de quelque utilité.

L'épaisse colonne de fumée se dressait maintenant à la hauteur de *La Grue Bleue.* À deux ou trois lieues peut-être du fleuve, selon son estimation. L'autre colonne de fumée n'était qu'une tache à l'horizon. Elle aurait presque pu passer pour un nuage, mais Egwene était sûre que ce n'en était pas un. De petits bois touffus poussaient à certains endroits le long de la berge et, entre eux, l'herbe descendait jusqu'à l'eau sauf aux endroits où la rive affouillée s'était effondrée.

Elayne monta sur le pont et la rejoignit à la rambarde, sa cape fouettée elle aussi par le vent. Elle était vêtue comme Egwene de solide drap de laine. Ç'avait été l'objet d'une discussion où Nynaeve avait eu le dessus, leurs vêtements. Egwene avait soutenu que les Aes Sedai avaient toujours sur elles ce qu'il y avait de plus élégant, même en voyage — elle pensait aux habits de soie qu'elle portait dans le *Tel'aran'rhiod* — mais Nynaeve souligna que même avec tout l'or que l'Amyrlin avait laissé au fond de son armoire, et la bourse avait une panse arrondie, elles n'avaient encore aucune idée du prix des choses en aval. Les servantes avaient dit que Mat avait raison en ce qui concernait la guerre civile au Cairhien et sa conséquence sur les prix. À la surprise d'Egwene, Elayne avait rappelé que les sœurs de l'Ajah Brune s'habillaient plus souvent de laine que de soie. Elayne désirait si vivement ne plus travailler dans la cuisine, songea Egwene, qu'elle aurait endossé des guenilles.

*Je me demande ce que fait Mat ? Sans doute qu'il est en train d'essayer de jouer aux dés avec son capitaine le bateau sur lequel il est embarqué.*

« Terrible, murmura Elayne. C'est vraiment terrible.

— Quoi donc ? » répliqua machinalement Egwene. *J'espère qu'il ne montre pas trop à tout venant ce sauf-conduit que nous lui avons fourni.*

Elayne lui décocha un coup d'œil surpris, puis un froncement de sourcils. « Ça ! » Elle désigna du geste la fumée dans le lointain. « Comment peux-tu t'en désintéresser ?

— Je le peux parce que je ne veux pas penser à ce que les gens endurent, parce que je suis incapable d'y rien changer et parce que nous devons arriver à Tear. Parce que ce que nous recherchons se trouve à Tear. » Elle s'étonna de sa véhémence. *C'est vrai que je n'ai aucun moyen d'y remédier. Et que l'Ajah Noire est dans Tear.*

Plus elle y réfléchissait, plus elle s'ancrait dans la tête l'idée qu'il leur faudrait s'introduire dans le Cœur de la Pierre. Peut-être seuls les Puissants Seigneurs étaient-ils autorisés à y pénétrer, mais en elle s'affirmait la conviction que la clef pour déclencher le piège des membres de l'Ajah Noire et les contrecarrer était dans le Cœur de la Pierre.

« Je le sais bien, Egwene, mais cela ne m'empêche pas de compatir au sort des Cairhienins.

— J'ai entendu des conférences sur les guerres que l'Andor a livrées au Cairhien, répliqua Egwene, caustique. Bennae Sedai dit que vous autres Andorans et le Cairhien vous êtes combattus plus souvent que n'importe quelles nations excepté le Tear et l'Illian. »

Elayne lui adressa un regard oblique. Elle ne s'était jamais habituée au refus d'Egwene d'admettre qu'elle-même était native de l'Andor. Tout au moins les tracés sur les cartes démontraient-ils que les Deux Rivières faisaient partie de l'Andor et Elayne se fiait aux cartes.

« Nous avons bataillé contre le Cairhien, Egwene, mais depuis les ravages qu'il a subis dans la Guerre des Aiels, l'Andor lui a vendu presque autant de céréales que le Tear. Le commerce est interrompu, à présent. Alors que toutes les Maisons du Cairhien se battent les unes contre les autres pour conquérir le Trône du Soleil, qui achèterait le blé ou veillerait à ce qu'il soit distribué au peuple ? Si les combats ont été aussi violents que ce que nous avons vu sur les berges... Ah. On ne peut pas nourrir des gens pendant vingt ans et rester indifférent quand ils doivent être en train de mourir de faim.

— Un Homme Gris », s'exclama Egwene et Elayne sursauta, s'efforçant de regarder dans toutes les directions à la fois.

« Où ? »

Egwene examina plus lentement le pont alentour, mais pour s'assurer que personne n'était assez près pour surprendre ce qu'elles disaient. Le capitaine Ellisor se tenait toujours à l'arrière, près de l'homme d'équipage en gilet de corps qui tenait la longue barre franche. Un autre marin était posté à l'avant même, scrutant les eaux à la recherche de signes qu'il y avait des bancs de vase immergés plus loin devant, et deux autres circulaient sur le pont, ajustant ici et là une écoute pour bien tendre les voiles. Les autres matelots étaient tous à l'intérieur. Un des deux s'arrêta pour vérifier l'amarrage du canot fixé sens dessus dessous sur le pont ; elle attendit qu'il se soit éloigné pour parler.

« Idiote ! marmotta-t-elle. Moi, Elayne, pas toi, alors ne me regarde pas avec ces yeux furibonds. » Elle continua dans un murmure : « Un Homme Gris est à la poursuite de Mat, Elayne. Voilà ce que doit signifier ce rêve, mais je ne l'avais pas compris. Je suis vraiment stupide. »

Le halo qui entourait Elayne disparut. « Ne sois pas si sévère pour toi-même, chuchota-t-elle à son tour. Peut-être que c'est ce que cela veut dire, mais je ne m'en suis pas aperçue et Nynaeve non plus. » Elle s'interrompit ; des boucles d'or roux se balancèrent comme elle secouait la tête. « Par ailleurs, cela n'a pas de sens, Egwene. Pourquoi un Homme Gris prendrait-il Mat en chasse ? Il n'y a rien dans ma lettre à ma mère qui soit susceptible de nous causer le moindre ennui.

— Je ne sais pas pourquoi. » Egwene réfléchit d'un air sombre. « Il doit y avoir une raison. Je suis certaine que c'est ce que ce rêve implique.

— Même si tu as raison, Egwene, tu n'as aucun moyen d'intervenir.

— Je m'en rends bien compte », répliqua amèrement Egwene. Elle ignorait même s'il était devant ou derrière elles. Devant, à son avis ; Mat serait parti sans retard. « Quoi qu'il en soit, murmura-t-elle pour elle-même, cela n'est d'aucune utilité. J'ai finalement l'explication d'un de mes rêves et je n'en suis pas plus avancée d'un point !

— Mais si tu connais une signification, lui dit Elayne, peut-être que maintenant tu en découvriras d'autres. Asseyons-nous et discutons-en, il se peut que... »

*La Grue Bleue* embarda en frémissant, projetant Elayne sur le pont et Egwene par-dessus Elayne. Quand Egwene eut péniblement retrouvé la station debout, la rive ne bougeait plus. Le navire s'était immobilisé, l'avant soulevé et le pont incliné d'un côté. Les voiles faseyaient bruyamment dans le vent.

Chin Ellisor se releva et courut vers l'avant, laissant l'homme de barre se redresser seul. « Espèce de ver aveugle de paysan ! » cria-t-il d'une voix de stentor à la vigie qui était passée par-dessus le garde-corps et s'y cramponnait pour ne pas finir sa chute dans l'eau. « Espèce de fils de chèvre brouteur de terre ! N'as-tu pas encore assez navigué sur le fleuve pour savoir reconnaître le friselis de l'eau sur un banc de vase ? » Il empoigna par les épaules l'homme agrippé au garde-corps et le ramena sur le pont, mais ce fut seulement pour l'écarter ensuite de son chemin et regarder lui-même par-dessus l'étrave. « Si tu as causé un trou dans ma coque, je me servirai de tes tripes pour le calfater ! »

Les autres membres de l'équipage se remettaient maintenant tant bien que mal sur pied et d'autres surgissaient du pont inférieur. Tous coururent se regrouper autour du capitaine.

Nynaeve apparut au sommet de l'échelle conduisant aux cabines des passagers, rajustant encore ses habits. Elle tira brusquement sur sa natte, fronça les sourcils en examinant le rassemblement de marins à l'avant, puis se dirigea à grands pas vers Egwene et Elayne. « Il nous a fait entrer en collision avec quelque chose, hein ? Après tous ses discours qu'il connaît le fleuve aussi bien que son épouse. Cette femme n'a probablement jamais reçu de lui ne serait-ce qu'un sourire. » Elle imprima une nouvelle secousse à sa natte épaisse et s'avança, se frayant un chemin au milieu des matelots pour arriver au capitaine. Tous scrutaient attentivement l'eau en bas.

La rejoindre n'aurait servi à rien. *Il nous tirera d'affaire plus vite si on le laisse en paix.* Nynaeve était probablement en train de lui dire comment s'y prendre. Elayne semblait partager son sentiment, à voir le hochement de tête désabusé qu'elle eut en regardant le capitaine et tous les matelots détourner avec respect vers Nynaeve l'attention qu'ils portaient à ce qui était sous l'étrave.

Une vague d'agitation parcourut les hommes et se renforça. Pendant un instant, les mains du capitaine apparurent, brandies en signe de protestation au-dessus de la tête des autres, puis voici que Nynaeve s'éloignait d'eux — ils lui livraient passage en s'inclinant maintenant — avec Ellisor se hâtant à côté d'elle et tamponnant son visage rond avec un grand mouchoir rouge. Sa voix anxieuse devint audible quand ils approchèrent.

« ... six bonnes lieues jusqu'au prochain village du côté de l'Andor, Aes Sedai, et au moins deux ou deux et demie du côté du Cairhien ! Des soldats andorans assurent sa défense, c'est vrai, mais ils ne tiennent pas les lieues de terrain d'ici à là-bas ! » Il s'essuya la figure comme s'il ruisselait de sueur.

« Un navire qui a été envoyé par le fond, annonça Nynaeve à ses compagnes. L'œuvre de brigands du fleuve, pense le capitaine. Il a l'intention d'essayer de s'en dégager avec les rames, mais il n'a pas l'air de croire que cela réussira.

— Nous naviguions à vive allure quand nous l'avons heurté, Aes Sedai. Je voulais faire diligence pour vous. » Ellisor se frotta encore plus énergiquement la figure. Il craignait que l'Aes Sedai le blâme, Egwene s'en rendit compte. « Nous sommes sérieusement engagés, mais je ne pense pas que nous prenions l'eau, Aes Sedai. Pas de quoi s'inquiéter. Un autre bateau va passer. Deux séries de rameurs nous libéreront sûrement. Il n'est pas nécessaire que vous débarquiez, Aes Sedai. Je vous le jure, par la Lumière.

— Vous songiez à quitter le navire ? s'enquit Egwene. Jugez-vous que ce soit sage ?

— Bien sûr que c'est... » Nynaeve s'interrompit et la dévisagea d'un air sévère. Egwene lui rendit regard pour regard. Nynaeve poursuivit d'une voix plus calme, bien qu'encore tendue. « Le capitaine dit qu'il s'écoulera peut-être une heure avant qu'un autre navire se présente. Comportant suffisamment de rameurs pour que cela fasse une différence. Ou un jour. Ou deux, c'est possible. J'estime que nous ne sommes pas en mesure de perdre un jour ou deux à attendre. Nous pouvons atteindre ce village — comment l'avez-vous appelé, capitaine ? Jurène ? —, nous pouvons aller à pied à Jurène en deux heures ou moins. Si le capitaine Ellisor dégage son bateau aussi vite qu'il l'espère, nous pourrons alors nous rembarquer. Il dit qu'il s'arrêtera pour voir si nous sommes là-bas. Par contre, s'il ne se libère pas, nous pouvons trouver un embarquement à Jurène. Nous aurons peut-être même la chance de trouver un bateau à quai. Le capitaine dit que des commerçants touchent à ce port à cause de la garnison andorane. » Elle respira à fond, mais sa voix devint plus tendue. « Ai-je exposé mes raisons assez amplement ? Avez-vous besoin d'autres explications ?

— C'est clair pour moi, répliqua vivement Elayne avant qu'Egwene ait eu le temps de parler. Cela paraît une bonne idée. Tu penses aussi que c'est une bonne idée, n'est-ce pas, Egwene ? »

Cette dernière hocha la tête à regret. « Je suppose que oui.

— Mais, Aes Sedai, protesta Ellisor, allez au moins sur la rive d'Andor. La guerre, Aes Sedai. Les brigands et toutes sortes de malfaiteurs, et les soldats qui ne valent guère mieux. L'épave sous notre avant démontre quel genre d'hommes ils sont.

— Nous n'avons pas vu âme qui vive sur la berge du Cairhien, déclara Nynaeve, et en tout cas nous sommes loin d'être sans défense, capitaine. Et je n'ai pas l'intention de marcher pendant six lieues quand je peux n'en parcourir que deux.

— Bien sûr, Aes Sedai. » Ellisor transpirait pour de bon à présent. « Je ne voulais pas dire... Bien sûr que vous n'êtes pas incapables de vous défendre, Aes Sedai. Je ne voulais pas dire cela. » Il s'essuya vigoureusement la figure, mais elle luisait toujours.

Nynaeve ouvrit la bouche, jeta un coup d'œil à Egwene et sembla changer ce qu'elle s'apprêtait à déclarer. « Je descends prendre mes affaires », annonça-t-elle en s'adressant à l'air à mi-chemin entre Elayne et Egwene. Puis elle s'attaqua à Ellisor. « Capitaine, préparez votre canot. » Il s'inclina et s'éloigna précipitamment avant même qu'elle se soit tournée vers l'écoutille et il criait à ses hommes de mettre le canot à l'eau avant qu'elle arrive en bas.

« Il suffit que l'une de vous parle de monter, murmura Elayne, pour que l'autre rétorque qu'il faut descendre. Si vous ne cessez pas, nous risquons de ne jamais arriver à Tear.

— Nous irons à Tear, répliqua Egwene. Et plus vite quand Nynaeve aura compris qu'elle n'est plus Sagesse. Nous sommes toutes... » — elle ne prononça pas le mot « Acceptées » ; il y avait trop de matelots qui s'affairaient dans les parages — « ... sur un pied d'égalité, à présent. »

Elayne soupira.

En un temps record, le canot les avait amenées à terre et elles se tenaient sur la berge, un bâton de marche à la main, leurs affaires rassemblées en ballot sur le dos et accrochées à leur ceinture dans leurs escarcelles et leurs écritoires. Des prairies accidentées et des taillis épars s'étendaient alentour, alors qu'à une lieue ou deux du fleuve les collines étaient couvertes de forêts. Les rameurs sur *La Grue Bleue* soulevaient des giclées d'écume mais ne réussissaient pas à faire bouger le bateau. Egwene tourna les talons et s'éloigna vers le sud sans plus regarder. Et avant que Nynaeve ait eu le temps de prendre la direction des opérations.

Quand les autres la rattrapèrent, Elayne lui adressa un coup d'œil réprobateur. Nynaeve avançait en regardant droit devant elle. Elayne raconta à Nynaeve ce qu'Egwene avait dit à propos de Mat et d'un Homme Gris mais Nynaeve écouta en silence, se contentant d'un : « Il devra se débrouiller tout seul », et ne ralentit pas une seconde son allure. Au bout d'un moment, la Fille-Héritière renonça à essayer d'inciter les deux autres à parler et elles poursuivirent leur chemin dans un mutisme total.

Des bouquets d'arbres proches de la berge masquèrent bientôt *La Grue Bleue,* groupes massifs de saules et de chênes des marais. Elles ne traversaient pas les halliers, quelque modeste que fût leur dimension, car n'importe quoi pouvait se dissimuler dans l'ombre sous leurs branches. Des buissons de faible hauteur croissaient çà et là entre les halliers à cette petite distance du fleuve, mais ils étaient trop peu denses pour cacher un enfant et moins encore un brigand, et ils étaient très espacés.

« Si jamais nous voyons des bandits, annonça Egwene, j'ai l'intention de me défendre. Il n'y a pas d'Amyrlin ici pour nous surveiller. »

La bouche de Nynaeve devint une ligne mince. « Si besoin est, déclara-t-elle à la cantonade, nous pouvons chasser n'importe quels brigands en leur faisant peur comme avec ces Blancs Manteaux. En admettant que nous n'ayons pas d'autre moyen.

— J'aimerais bien que vous ne parliez pas de brigands, dit Elayne. Je serais contente d'arriver à ce village sans... »

Une forme vêtue de brun et de gris surgit de derrière un buisson solitaire qui poussait presque devant elles.

## 38. *Vierges de la Lance*

Egwene appela à elle la *saidar* avant même que le cri soit complètement sorti de sa bouche et elle en discerna aussi le halo lumineux autour d'Elayne. Pendant un instant, elle se demanda si Ellisor avait entendu ces sons perçants et allait envoyer des hommes à leur rescousse ; *La Grue Bleue* ne devait pas être à plus d'un quart de lieue en amont. Puis elle écarta la pensée qu'elles avaient besoin de secours, tissant déjà des flux d'Air et de Feu en éclairs d'orage. Leurs cris lui résonnaient pratiquement encore aux oreilles.

Nynaeve se tenait simplement immobile, les bras croisés sur la poitrine et une expression résolue sur le visage, mais Egwene n'aurait pas su dire si c'était parce qu'elle n'était pas assez en colère pour atteindre la Vraie Source ou parce qu'elle avait vu avant elle ce dont Egwene prenait conscience seulement à présent. La personne qui se trouvait en face d'elles était une femme pas plus âgée qu'Egwene elle-même, encore que légèrement plus grande.

Elle ne relâcha pas sa prise sur la *saidar*. Les hommes étaient parfois naïfs au point de croire qu'une femme était inoffensive simplement parce qu'elle était femme ; Egwene n'entretenait pas ce genre d'illusions. Dans un coin de son cerveau, elle remarqua qu'Elayne n'était plus environnée du halo. La Fille-Héritière devait toujours conserver des idées stupides. *Elle n'a jamais été prisonnière des Seanchans.*

Egwene ne croyait pas que beaucoup d'hommes auraient la bêtise de penser que la femme devant elles n'était pas dangereuse, même alors qu'elle avait les mains vides et ne portait pas d'arme apparente. Des yeux bleu-vert et des cheveux tirant sur le roux et coupés court à part une mèche étroite qui lui tombait jusqu'aux épaules; des bottes molles lacées jusqu'aux genoux, une tunique et des chausses taillées près du corps dans toutes les nuances de la terre et des rochers. Ces couleurs et cet habillement lui avaient été décrits naguère; cette femme était une Aielle.

En la regardant, Egwene ressentit soudain une curieuse affinité entre elle-même et cette jeune femme. Elle ne comprenait pas pourquoi. *On dirait une cousine de Rand, voilà la raison.* Toutefois, même cette impression — presque de parenté — ne pouvait apaiser sa curiosité. *Au nom de la Lumière, qu'est-ce que des Aielles font ici ? Elles ne quittent jamais leur Désert; pas depuis la Guerre des Aiels.* Elle avait entendu dire toute sa vie que les Aiels étaient redoutables — ces Vierges de la Lance pas moins que les hommes appartenant aux sociétés guerrières masculines — mais elle n'éprouvait pas de crainte particulière et en vérité elle s'irritait même jusqu'à un certain point d'avoir eu peur. Avec la *saidar* alimentant en elle le Pouvoir Unique, elle n'avait personne à craindre. *Sauf peut-être une Sœur qui a terminé sa formation, admit-elle, mais certainement pas une simple femme, serait-elle même une Aielle.*

« Mon nom est Aviendha, dit cette dernière, de l'enclos de l'Eau Amère des Aiels Taardad. » Son visage était aussi uni et dépourvu d'expression que sa voix. « Je suis *Far Dareis Mai,* une Vierge de la Lance. » Elle se tut un instant, les examinant. « Vous n'en avez pas l'air, mais nous avons vu les anneaux. Dans vos pays, vous avez des femmes très semblables à nos Sagettes, les femmes appelées Aes Sedai. Êtes-vous des femmes de la Tour Blanche ou non ? »

Pendant un instant, Egwene eut la gorge serrée. *Nous ?* Elle regarda autour d'elles, mais ne vit personne derrière un buisson à moins de vingt pas.

S'il y avait d'autres Aiels, ils devaient se trouver dans le prochain petit bois, à plus de deux cents pas en avant, ou dans le dernier, à deux fois cette distance en arrière. Trop loin pour être une menace. *À moins qu'ils n'aient des arcs.* Mais ils devraient être d'excellents tireurs. Chez elle, au Champ d'Emond, dans les concours au jour de Bel Tine et le dimanche, seuls les meilleurs archers tiraient à une distance dépassant deux cents pas.

Néanmoins, elle se sentait mieux à l'idée qu'elle pouvait lancer un trait de foudre à quiconque tenterait un tel tir.

« Nous sommes des femmes de la Tour Blanche », dit Nynaeve avec calme. Elle prenait très visiblement garde de ne pas inspecter les alentours à la recherche d'autres Aiels. Même Elayne jetait çà et là un coup d'œil. « Que vous considériez l'une de nous comme sage est une autre affaire, poursuivit Nynaeve. Qu'attendez-vous de nous ? »

Aviendha sourit. Elle était vraiment ravissante, Egwene s'en rendit compte ; son expression sévère avait masqué sa beauté. « Vous parlez comme les Sagettes. Droit au fait et guère d'indulgence pour les imbéciles. » Son sourire s'estompa, mais sa voix resta calme. « L'une de nous est grièvement blessée, peut-être mourante. Les Sagettes guérissent souvent ceux qui succomberaient à coup sûr sans leurs soins et j'ai entendu dire que les Aes Sedai sont plus habiles encore. Voulez-vous l'aider ? »

Egwene faillit secouer la tête tant elle était déroutée. *Une amie à elle se meurt ? Elle parle du ton dont elle demanderait que nous lui donnions une mesure de farine d'orge !*

« Je l'assisterai de mon mieux, répondit avec lenteur Nynaeve. Je ne promets rien, Aviendha. Elle risque de mourir malgré ce que je ferai.

— La mort est notre lot commun, répliqua l'Aielle. Nous ne pouvons que choisir comment l'affronter lorsqu'elle se présente. Je vais vous conduire à elle. »

Deux femmes en costume aiel se dressèrent à dix pas au plus, l'une d'un petit repli de terrain qu'Egwene n'aurait pas cru assez profond pour cacher un chien, et l'autre dans l'herbe qui ne lui montait qu'à mi-mollet. Elles abaissèrent alors leur voile noir — ce qui lui causa un autre choc ; elle était sûre qu'Elayne lui avait expliqué que les Aiels se voilaient le visage seulement quand ils se trouvaient dans le cas de devoir tuer — et drapèrent autour de leurs épaules l'étoffe qui leur avait enveloppé la tête. L'une avait les mêmes cheveux tirant sur le roux qu'Aviendha, avec des yeux gris, l'autre des yeux bleu foncé et une chevelure couleur de flamme. Ni l'une ni l'autre n'était plus âgée qu'Egwene ou Elayne, et les deux semblaient prêtes à se servir des courtes lances qu'elles tenaient à la main.

La jeune femme aux cheveux roux ardent tendit des armes à Aviendha ; un long poignard à lame épaisse à passer d'un côté de sa ceinture et un carquois hérissé de flèches à suspendre de l'autre ; un arc sombre incurvé qui avait l'éclat sourd de la corne dans un étui qu'elle s'attacha sur le dos ; et quatre lances courtes aux longues pointes à tenir dans la main gauche ainsi qu'un petit bouclier rond en cuir. Aviendha les portait avec autant de naturel qu'une femme du Champ d'Emond porterait une écharpe, exactement comme ses compagnes. « Venez », dit-elle, et elle se dirigea vers le bosquet qu'elles avaient déjà dépassé.

Egwene laissa enfin aller la *saidar.* Elle se doutait que les trois Aielles étaient capables de la frapper avec ces lances avant qu'elle ait le temps de réagir, si telle était leur intention, mais bien que restant sur leurs gardes elles n'en donnaient pas l'impression. *Et qu'arrivera-t-il si Nynaeve ne peut pas Guérir leur amie ? J'aimerais bien qu'elle demande notre avis avant de prendre ces décisions qui nous mettent toutes en cause !*

Tandis qu'elles s'avançaient vers les arbres, les Aielles scrutaient le terrain alentour comme si elles s'attendaient à ce que le paysage vide recèle des ennemis aussi habiles qu'elles à se dissimuler. Aviendha marchait en tête d'un bon pas et Nynaeve se maintenait à sa hauteur.

« Je suis Elayne de la Maison de Trakand, déclara l'amie d'Egwene sur le ton de la conversation. Fille-Héritière de Morgase, Souveraine d'Andor. »

Egwene trébucha. *Par la Lumière, est-elle folle ? Je sais qu'Andor les a combattus dans la Guerre des Aiels. Vingt ans ont bien passé, mais on dit que les Aiels ont la mémoire longue.*

Pourtant l'Aielle à la chevelure de flamme, la plus proche d'elle, se contenta de dire : « Je suis Baine, de l'enclos du Roc Noir des Aiels Shaarad.

— Je suis Khiad, annonça la jeune femme plus blonde et plus petite qui se trouvait de l'autre côté d'Egwene, de l'enclos de la Rivière aux Cailloux des Aiels Goshien. »

Baine et Khiad jetèrent un coup d'œil à Egwene ; leur

expression n'avait pas changé, mais elle eut le sentiment qu'elles la jugeaient mal élevée.

« Je suis Egwene al'Vere », leur dit-elle. Elles semblaient en attendre davantage, aussi ajouta-t-elle : « Fille de Marin al'Vere, du Champ d'Emond dans les Deux Rivières. » Cela parut les satisfaire, en quelque sorte, mais elle aurait parié qu'elles n'y comprenaient pas plus goutte qu'elle à tous ces enclos et ces clans. *Cela doit être plus ou moins l'équivalent de familles.*

« Vous êtes premières-sœurs ? » Baine avait l'air de parler de toutes les trois.

Egwene pensa qu'elles prenaient le terme dans le sens utilisé par les Aes Sedai et répondit « Oui » en même temps qu'Elayne répliquait « Non ».

Khiad et Baine échangèrent un bref coup d'œil suggérant qu'elles parlaient à des femmes qui n'avaient pas toute leur tête.

« Première-sœur, expliqua Elayne à Egwene comme si elle faisait un cours, s'applique à des femmes qui ont la même mère. Deuxième-sœur signifie que leurs mères sont sœurs. » Elle adressa la suite aux Aielles. « Nous ne connaissons ni l'une ni l'autre grand-chose sur votre peuple. Je vous demande de pardonner notre ignorance. Je pense quelquefois à Egwene comme à une première-sœur, mais nous ne sommes pas parentes par le sang.

— Alors pourquoi ne prononcez-vous pas les formules devant vos Sagettes ? questionna Khiad. Baine et moi sommes devenues premières-sœurs. »

Egwene cilla. « Comment pouvez-vous devenir réellement premières-sœurs ? Ou vous avez la même mère ou vous n'avez pas la même. Sans vouloir vous offenser. La majeure partie de ce que je sais sur les Vierges de la Lance me vient du peu que m'a raconté Elayne. Je sais que vous combattez à la guerre et ne vous souciez pas des hommes, mais c'est tout. » Elayne acquiesça d'un signe de tête ; la façon dont elle avait décrit à Egwene les Vierges de la Lance ressemblait fort à un croisement entre des Liges femmes et l'Ajah Rouge.

De nouveau passa comme un éclair sur le visage des Aielles cette expression, comme si elles se demandaient quelle mesure de bon sens possédaient Egwene et Elayne.

« Nous ne nous soucions pas des hommes ? » murmura Khiad comme si elle était déconcertée.

Baine réfléchissait en fronçant les sourcils. « Ce que vous dites se rapproche de la vérité, mais tombe complètement à faux. Quand nous épousons la Lance, nous nous engageons à n'être liées à aucun homme ou enfant. Certaines renoncent à la Lance, pour un homme ou un enfant » — son air témoignait qu'elle-même ne comprenait pas cela — « mais, une fois abandonnée, la Lance ne peut être reprise.

— Ou encore on y renonce parce qu'on a été choisie pour aller à Rhuidean, intervint Khiad. Une Sagette ne peut pas être mariée à la Lance. »

Baine la regarda comme si elle avait annoncé que le ciel était bleu ou que la pluie tombait des nuages. Le coup d'œil qu'elle jeta à Egwene et Elayne donna à entendre que peut-être elles n'étaient pas au courant de ces détails. « Oui, c'est exact. Encore que certaines essaient de se rebeller contre ce fait.

— Oui, effectivement. » Khiad parlait du ton dont elle et Baine auraient partagé une commune expérience.

« Mais je me suis éloignée du droit fil de mes explications, reprit Baine. Les Vierges ne pratiquent pas entre elles la danse des lances même quand nos clans le font, mais les Aiels Shaarad et les Aiels Goshien se sont livré une guerre à mort pendant plus de quatre cents ans, aussi Khiad et moi, nous avons senti que notre engagement d'union avec la Lance ne suffisait pas. Nous sommes allées prononcer les paroles sacramentelles devant les Sagettes de nos clans — elle risquant sa vie dans ma forteresse et moi dans la sienne — pour nous lier en tant que premières-sœurs. Comme cela se doit entre premières-sœurs qui sont Vierges de la Lance, nous gardons l'une l'autre nos arrières et aucune ne laissera un homme venir à elle sans l'autre. Je ne dirais pas que les hommes ne nous intéressent pas. » Khiad hocha la tête avec juste une ombre de sourire. « Vous ai-je rendu la vérité évidente, Egwene ?

— Oui », dit Egwene d'une petite voix. Elle jeta un regard rapide à Elayne et aperçut dans ses yeux bleus le même ébahissement qu'elle savait devoir paraître dans les siens. *Pas l'Ajah Rouge. La Verte, peut-être. Un croisement entre Liges et Ajah Verte, je ne vois pas autre chose.* « Maintenant, la vérité est parfaitement claire pour moi, Baine. Merci.

— Si vous deux sentez que vous êtes premières-sœurs, dit à son tour Khiad, vous devriez aller trouver vos Sagettes et prononcer les paroles. Seulement vous êtes Sagettes vous-mêmes, bien que jeunes. Je ne sais pas comment cela se pratique dans ce cas-là. »

Egwene hésitait entre rire et rougir. Elle ne cessait de se représenter elle-même et Elayne partageant le même homme. *Non, c'est seulement pour les premières-sœurs qui sont Vierges de la Lance. N'est-ce pas ?* Elayne avait les pommettes enflammées et Egwene était certaine qu'elle pensait à Rand. *À ceci près que nous ne le partageons pas, Elayne. Nous ne pouvons l'avoir ni l'une ni l'autre.*

Elayne s'éclaircit la voix. « Je ne crois pas que cela soit nécessaire, Khiad. Egwene et moi nous gardons réciproquement nos arrières.

— Comment est-ce possible ? questionna avec lenteur Khiad. Vous n'êtes pas mariées à la Lance. Et vous êtes des Sagettes. Qui lèverait la main contre une Sagette ? Ceci me déroute. Quel besoin avez-vous de vous protéger mutuellement ? »

Leur arrivée au bosquet épargna à Egwene d'avoir à imaginer une réponse. Deux autres Aielles se trouvaient sous les arbres, au cœur du petit bois mais à proximité du fleuve. Joliene, de l'enclos du Bas-Fond Salé des Aiels Nakai, une femme aux yeux bleus avec des cheveux dorés aux reflets roux presque de la couleur de ceux d'Elayne, veillait Dailine de l'enclos et du clan d'Aviendha. La sueur avait collé la chevelure de Dailine, ce qui la rendait d'un roux plus foncé, et elle ouvrit une seule fois ses yeux gris quand elles approchèrent, puis les referma. Sa tunique et sa chemise étaient posées à côté d'elle et il y avait des taches rouges sur les pansements enroulés au milieu de son corps.

« Elle a reçu un coup d'épée, dit Aviendha. Quelques-uns de ces imbéciles que les Tueurs-d'arbre fouleurs-aux-pieds-de-serment appellent des soldats pensaient que nous étions une autre poignée de bandits qui infestent ce pays. Nous avons dû les tuer pour les convaincre du contraire, mais Dailine... Pouvez-vous la guérir, Aes Sedai ? »

Nynaeve s'agenouilla auprès de la blessée et souleva juste assez les pansements pour regarder dessous. Ce qu'elle vit lui fit faire la grimace. « L'avez-vous bougée depuis qu'elle a été blessée ? Des croûtes s'étaient formées mais elles se sont rompues.

— Elle voulait mourir près de l'eau », dit Aviendha. Elle jeta un coup d'œil au fleuve, puis en détourna vivement le regard. Egwene eut l'impression qu'elle avait frissonné, aussi.

« Idiotes ! » Nynaeve se mit à fouiller dans son sac de simples. « À la déplacer, vous auriez pu la tuer avec une blessure comme celle-là. Elle voulait mourir à côté de l'eau ! répéta-t-elle d'un ton méprisant. Que vous soyez armées comme les hommes n'implique pas que vous soyez obligées de penser comme eux. » Elle sortit de son sac un gobelet profond en bois et le mit sous le nez de Khiad. « Remplissez ça. J'ai besoin d'eau pour diluer ces herbes afin qu'elle puisse les boire. »

Khiad et Baine se dirigèrent ensemble au bord du fleuve et revinrent de même. Leurs expressions n'avaient pas changé, mais Egwene se dit qu'elles s'étaient presque attendues à ce que le fleuve se soulève et se saisisse d'elles.

« Si nous ne l'avions pas portée jusqu'ici près de... du fleuve, Aes Sedai, fit remarquer Aviendha, nous ne vous aurions jamais rencontrée et elle serait morte de toute façon. »

Nynaeve émit un rire sec et commença à choisir des herbes en poudre pour les verser dans le gobelet de bois tout en se parlant tout bas à elle-même. « La racine centrale aide à se refaire du sang, du chiendent pour rapprocher les chairs, de la consoude, naturellement, et... » Ses marmottements devinrent des chuchotements trop bas pour être audibles. Aviendha la regardait en fronçant les sourcils.

« Les Sagettes utilisent les simples, Aes Sedai, mais je n'avais pas entendu dire que les Aes Sedai s'en servaient.

— J'utilise ce que j'utilise ! » rétorqua Nynaeve avec brusquerie et elle se remit à trier ses poudres et à parler pour elle-même.

« Elle ressemble vraiment à une Sagette », dit très bas Khiad à Baine, et cette dernière eut un bref hochement de tête.

Dailine était la seule Aielle sans ses armes dans les mains, et toutes paraissaient prêtes à en faire usage sur-le-champ. *Nynaeve ne s'y prend évidemment pas de façon à apaiser les esprits,* songea Egwene. *Il faut les faire parler de quelque chose, n'importe quoi. Personne n'a envie de se battre si on s'entretient d'un sujet anodin.*

« Ne vous en froissez pas, dit-elle d'un ton mesuré, mais j'ai remarqué que le fleuve vous inspirait à toutes de l'anxiété. Il ne devient violent qu'en temps d'orage. Vous pourriez nager dedans si cela vous tente, bien que le courant soit fort quand on s'éloigne des berges. » Elayne secoua la tête.

Les Aielles avaient l'air interdites ; Aviendha déclara : « J'ai vu un homme — un natif du Shienar — pratiquer cette nage... une fois.

— Je ne comprends pas, reprit Egwene. Je sais qu'il n'y a pas beaucoup d'eau dans le Désert, mais vous dites que vous appartenez à "l'enclos de la Rivière aux Cailloux", Khiad. Voyons, vous avez sûrement nagé dans la Rivière aux Cailloux ? »

Elayne regardait Egwene comme si elle était folle.

« Nager, répéta Khiad avec embarras. Cela signifie... entrer dans l'eau ? Toute cette eau ? Sans rien pour s'y accrocher. » Elle frissonna. « Aes Sedai, avant que je dépasse le Rempart du Dragon, je n'avais jamais vu d'eau courante que je ne pouvais franchir d'une enjambée. La Rivière aux Cailloux... Certains prétendent qu'elle a contenu de l'eau, un jour, mais c'est de la fanfaronnade. Il n'y a que des cailloux. Les plus anciennes archives des Sagettes et le chef du clan affirment qu'il n'y a jamais eu que des pierres depuis le jour où notre enclos s'est séparé de celui de la Haute Plaine et a pris possession de cette terre. Nager ! » Elle serra ses lances comme pour combattre ce seul mot. Joliene et Baine s'éloignèrent d'un pas de la berge.

Egwene soupira. Et rougit en croisant le regard d'Elayne. *Ma foi, je ne suis pas une Fille-Héritière pour connaître toutes ces choses. N'empêche, je les apprendrai.* En regardant les Aielles, elle se rendit compte qu'au lieu de les tranquilliser elle avait augmenté leur nervosité. *Si elles tentent quoi que ce soit, je les retiendrai avec l'Air.* Elle ne se rendait pas compte si elle était capable d'immobiliser sur place quatre personnes à la fois, mais elle s'ouvrit à la *saidar,* tissa les flux d'Air et les tint prêts. En elle, le Pouvoir Unique palpita de hâte à être utilisé. Aucun halo de lumière n'entourait Elayne et elle se demanda pourquoi. Elayne la regarda droit dans les yeux et secoua la tête.

« Jamais je ne voudrais faire du mal à une Aes Sedai, déclara subitement Aviendha. Je désire vous le préciser. Que Dailine vive ou meure n'y change rien. Jamais je ne me servirai de ceci » — elle leva légèrement une des courtes lances — « contre aucune femme. Et vous êtes Aes Sedai. » Egwene eut soudain l'impression que c'était l'Aielle qui essayait de les rassurer, elle et Elayne.

« Je le sais bien », répliqua Elayne comme si elle parlait à Aviendha, mais son regard indiqua à Egwene que ces paroles s'adressaient à elle. « Personne n'a beaucoup de renseignements sur votre peuple, mais on m'a appris que les Aiels ne s'attaquent jamais à une femme à moins qu'elle ne soit — quelle formule employez-vous ? — mariée à la Lance. »

Baine donna l'impression de penser qu'une fois de plus Elayne était passée à côté de la vérité. « Ce n'est pas exactement cela, Elayne. Si une femme non mariée venait à moi avec des armes, je la rosserais jusqu'à ce qu'elle change ses intentions. Un homme... un homme pourrait croire qu'une femme de vos pays est mariée à la Lance si elle est armée ; je ne sais pas. Les hommes sont parfois étranges.

— Bien sûr, répondit Elayne, mais, pour autant que nous ne vous attaquons pas avec des armes, vous ne tenterez pas de nous nuire. »

Les Aielles eurent toutes les quatre l'air choquées et elle adressa à Egwene un coup d'œil significatif.

Egwene conserva quand même en elle la *saidar.* Que quelque chose ait été enseigné à Elayne ne signifiait pas que c'était exact, même si les Aielles le confirmaient. Et elle se sentait... bien avec la *saidar.*

Nynaeve souleva la tête de Dailine et commença à lui verser sa mixture dans la bouche. « Buvez, ordonna-t-elle d'un ton ferme. Je sais que le goût est mauvais, mais buvez tout. » Dailine avala, s'étrangla, avala encore.

« Même si vous nous attaquiez, Aes Sedai », déclara Aviendha, répondant à Elayne. Elle continuait toutefois à observer Dailine et Nynaeve. « On raconte que jadis, avant la Destruction du Monde, nous servions les Aes Sedai, encore que pas un récit n'explique en quoi. Nous avons failli à cette tâche. Peut-être est-ce le péché qui nous a envoyés dans la Terre Triple ; je ne sais pas. Personne ne sait de quel péché il s'agit, sauf peut-être les Sagettes, ou les chefs de clan, et ils restent muets là-dessus. Il est dit que si nous manquons de nouveau à notre devoir envers les Aes Sedai, elles nous anéantiront.

— Buvez jusqu'à la dernière goutte, ordonna Nynaeve entre ses dents. Des épées ! Des épées et des muscles mais pas de cervelle !

— Nous n'avons aucune intention de vous anéantir », riposta Elayne avec fermeté, et Aviendha hocha la tête.

« Comme vous voudrez, Aes Sedai. Néanmoins, les récits des temps anciens sont parfaitement clairs sur le même point. Nous ne devons jamais combattre des Aes Sedai. Si vous lancez contre moi vos éclairs et votre malefeu, je danserai avec eux, mais je ne vous frapperai pas.

— Donner des coups d'épée aux gens », grommela Nynaeve. Elle remit la tête de Dailine à l'horizontale et posa la main sur son front. Les yeux de Dailine s'étaient refermés. « Des coups d'épée à des femmes ! » Aviendha changea de pied et son visage se ferma, et elle ne fut pas la seule parmi les Aielles.

« Le malefeu, répéta Egwene. Aviendha, qu'est-ce que c'est que le malefeu ? »

L'Aielle tourna vers elle son visage assombri. « Ne le savez-vous pas, Aes Sedai ? Dans les récits d'autrefois, les Aes Sedai le maniaient. Les récits le présentent comme quelque chose de redoutable, mais je n'en sais pas davantage. Il est dit que nous avons beaucoup oublié de ce que nous connaissions jadis.

— Peut-être la Tour Blanche a-t-elle beaucoup oublié aussi », dit Egwene. *Il m'était familier dans ce... rêve, ou ce que c'était. Il était aussi réel que le* Tel'aran'rhiod. *Je suis prête à parier avec Mat là-dessus.*

« Inadmissible, s'exclama Nynaeve d'un ton cassant. Personne n'a le droit de taillader des corps de cette façon. C'est inadmissible !

— Est-elle fâchée ? » questionna Aviendha avec anxiété. Khiad, Baine et Joliene échangèrent des coups d'œil soucieux.

« Il n'y a pas à s'inquiéter, dit Elayne.

— C'est bien plutôt le contraire, ajouta Egwene. Elle est effectivement en train de se mettre en colère et rien ne peut arriver de mieux. »

Le halo de la *saidar* entoura soudain Nynaeve — Egwene se pencha en avant pour l'observer, tout comme Elayne — et Dailine se redressa en poussant un cri, les yeux grands ouverts. En un instant, Nynaeve l'eut recouchée et le halo s'estompa. Les paupières de Dailine se refermèrent, et elle resta allongée, haletante.

*J'ai vu,* songea Egwene. *Je... je crois que oui.* Elle n'était pas sûre d'avoir distingué les nombreux flux, et moins encore comment Nynaeve les avait tissés ensemble. Ce qu'avait fait Nynaeve durant ces quelques secondes pouvait se comparer au tissage de quatre tapis à la fois les yeux bandés.

Nynaeve se servit des pansements souillés de sang pour essuyer le ventre de Dailine, épongeant le nouveau sang rouge frais et les croûtes noires du sang séché. Il n'y avait pas de blessure, pas de cicatrice, rien que de la peau saine nettement plus claire que le visage de Dailine.

Avec une grimace, Nynaeve récolta les linges ensanglantés, se releva et les jeta dans le fleuve. « Nettoyez ce qui reste sur elle et mettez-lui des vêtements. Elle a froid. Et soyez prêtes à lui donner à manger. Elle aura faim. » Elle s'agenouilla au bord de l'eau pour se laver les mains.

## *39. Fils dans le Dessin*

Joliene tendit des doigts tremblants vers l'endroit où avait été la blessure dans le milieu du corps de Dailine ; quand elle toucha de la peau lisse, elle eut un hoquet de surprise comme si elle n'en avait pas cru ses yeux.

Nynaeve se releva en s'essuyant les mains sur sa cape. Egwene dut admettre que de la bonne laine formait une serviette plus efficace que de la soie ou du velours. « J'ai dit de la laver et de l'habiller, dit Nynaeve d'une voix brusque.

— Oui, Sagette », répondit vivement Joliene et aussitôt elle, Khiad et Baine se précipitèrent pour obéir.

Un rire bref jaillit de la bouche d'Aviendha, un rire qui était presque un sanglot. « J'avais entendu dire qu'une Sagette de l'enclos de l'Aiguille Dentelée passait pour être capable de faire cela, ainsi qu'une de l'enclos des Quatre Trous, mais j'avais toujours pensé que c'était de l'exagération. » Elle respira à fond, reprit son calme. « Aes Sedai, je suis en dette envers vous. Mon eau est à vous et l'ombre de mon enclos vous accueillera. Dailine est ma deuxième-sœur. » Elle remarqua l'air interdit de Nynaeve et ajouta : « Elle est la fille de la sœur de ma mère. Une proche parente, Aes Sedai. Je dois une dette de sang.

— Si j'ai du sang à répandre, répliqua sèchement Nynaeve, je m'en chargerai moi-même. Puisque vous désirez vous acquitter envers moi, dites-moi, y a-t-il un navire à Jurène ? Le prochain village au sud d'ici.

— Le village où les soldats arborent la bannière au Lion Blanc ? répliqua Aviendha. Il y avait un bateau là-bas quand j'y ai effectué une reconnaissance. Les récits anciens mentionnent les bateaux, mais c'était étrange d'en voir un.

— La Lumière veuille qu'il y soit encore. » Nynaeve se mit à remballer ses papiers pliés contenant ses herbes en poudre. « J'ai fait ce que je pouvais pour cette jeune femme, Aviendha, et il faut que nous poursuivions notre route. Tout ce dont elle a besoin maintenant, c'est de nourriture et de repos. Et tâchez d'empêcher les gens de la larder de coups d'épée.

— Ce qui doit arriver arrive, Aes Sedai, répliqua l'Aielle.

— Aviendha, questionna Egwene, étant donné ce que vous ressentez à l'égard des rivières, comment les franchissez-vous ? Je suis sûre qu'il y a au moins une rivière presque aussi importante que l'Érinin entre ici et le Désert.

— L'Alguena, précisa Elayne. À moins que vous ne l'ayez contournée.

— Vous avez de nombreuses rivières, mais certaines comportent des choses appelées ponts aux endroits où nous devions traverser et d'autres, nous pouvions les passer à gué. Pour le reste, Joliene s'est souvenue que le bois flotte. » Elle frappa de la paume le tronc d'un haut sapin blanc. « Ceux-ci sont gros, mais ils flottent aussi bien qu'une branche. Nous avons trouvé des arbres morts et nous nous sommes construit un... bateau... un petit bateau, en attachant ensemble deux ou trois troncs pour aller de l'autre côté de la grande rivière. » Elle le disait comme si c'était une action des plus banales.

L'admiration voila le regard d'Egwene. Si elle craignait autant quelque chose que les Aielles redoutaient manifestement les rivières, pourrait-elle se forcer à l'affronter comme elles ? Elle pensait que non. *Et l'Ajah Noire*, questionna une petite voix, *as-tu cessé d'en avoir peur ?* Elle lui répondit : *C'est différent. Il n'y a pas de bravoure à ça. Ou je me lance à leur poursuite ou je reste sans bouger comme un lapin que menace un faucon.* Elle se cita le vieux dicton. « *Mieux vaut être le marteau que le clou.* »

« Nous devons absolument nous mettre en route, déclara Nynaeve.

— Encore une minute, lui dit Elayne. Aviendha, pourquoi avez-vous fait tout ce chemin et supporté tant d'épreuves ? »

Aviendha secoua la tête d'un air dégoûté. « Nous n'avons pas avancé du tout; nous étions parmi les dernières à partir. Les Sagettes me harcelaient comme des chiens sauvages autour d'un veau, en répétant que j'avais d'autres obligations. » Soudain, elle sourit en désignant du geste ses compagnes. « Celles-ci sont restées pour se gausser des tracasseries que j'endurais, à ce qu'elles ont prétendu, mais je ne crois pas que les Sagettes m'auraient laissée partir si elles ne s'étaient pas trouvées là pour m'accompagner.

— Nous cherchons celui qui a été annoncé », expliqua Baine. Elle soulevait Dailine qui dormait pour que Khiad puisse lui enfiler une chemise de toile brune. « Celui-qui-vient-avec-l'Aube.

— Il nous conduira hors de la Terre Triple, ajouta Khiad. Les prophéties disent qu'il est né d'une *Far Dareis Mai.* »

Elayne eut l'air surprise. « J'avais cru vous entendre dire que les Vierges de la Lance n'étaient pas autorisées à avoir d'enfants. Je suis sûre que c'est ce qu'on m'a enseigné. » Baine et Khiad échangèrent de nouveau ces fameux regards, comme si Elayne avait approché de la vérité et pourtant encore une fois l'avait manquée.

« Si une Vierge de la Lance accouche d'un enfant, expliqua avec soin Aviendha, elle confie l'enfant aux Sagettes de son enclos, lesquelles passent l'enfant à une autre femme de telle manière que personne ne sait de qui est cet enfant. » Elle aussi donnait l'impression d'expliquer que la pierre est quelque chose de dur. « Toutes les femmes désirent être la mère nourricière d'un de ces enfants dans l'espoir qu'elle élèvera peut-être Celui-qui-vient-avec-l'Aube.

— Ou elle renonce à la Lance et épouse l'homme », dit Khiad tandis que Baine ajoutait : « Il y a parfois des raisons qui obligent à renoncer à la Lance. »

Aviendha les fixa du regard mais continua comme si elles n'avaient pas parlé. « Excepté qu'à présent les Sagettes disent qu'on le trouvera ici, de l'autre côté du Rempart du Dragon. "Le sang de notre sang mêlé au sang ancien, élevé par un ancien sang qui n'est pas le nôtre". Je ne comprends pas, mais les Sagettes l'ont déclaré avec un accent qui ne laisse aucun doute. » Elle s'arrêta, choisissant visiblement ses mots. « Vous avez posé de nombreuses questions, Aes

Sedai. Je souhaite en poser une. Vous devez comprendre que nous cherchons des signes et des présages. Pourquoi trois Aes Sedai cheminent-elles dans un pays où la seule main sans couteau est une main trop affaiblie par la faim pour en étreindre le manche ? Où allez-vous ?

— À Tear, répliqua Nynaeve avec autorité, à moins que nous ne restions ici à bavarder jusqu'à ce que le Cœur de la Pierre tombe en poussière. » Elayne commença à rajuster la corde de son baluchon et la courroie de son écritoire pour se préparer à marcher et, au bout d'un instant, Egwene l'imita.

Les Aielles se regardaient, Joliene figée dans le geste de fermer la tunique gris-brun de Dailine. « Tear ? répéta Aviendha d'une voix prudente. Trois Aes Sedai qui traversent un pays en proie à des troubles pour se rendre à Tear. C'est curieux. Pourquoi allez-vous à Tear, Aes Sedai ? »

Egwene jeta un coup d'œil à Nynaeve. *Ô Lumière, il y a un instant elles riaient et maintenant elles sont plus que jamais sur leurs gardes.*

« Nous sommes sur les traces de femmes mauvaises, expliqua Nynaeve avec une prudente brièveté. Des Amies du Ténébreux.

— Les Messagères de l'Ombre. » Joliene prononça ce nom avec la même grimace que si elle avait mordu dans une pomme pourrie.

« Des Messagères de l'Ombre dans Tear », reprit Baine et, comme si cela faisait partie de la même phrase, Khiad ajouta : « Et trois Aes Sedai en quête du Cœur de la Pierre.

— Je n'ai pas annoncé que nous allions au Cœur de la Pierre, rectifia Nynaeve d'un ton cassant. J'ai simplement dit que je ne voulais pas rester ici jusqu'à ce qu'il tombe en poussière. Egwene, Elayne, êtes-vous prêtes ? » Elle sortit du petit bois sans attendre de réponse, son bâton de marche heurtant le sol avec un martèlement sourd et ses longues enjambées l'emportant en direction du sud.

Egwene et Elayne prirent précipitamment congé avant de la suivre. Les quatre Aielles, debout, les regardèrent s'éloigner.

Quand les deux Acceptées eurent légèrement dépassé le bois, Egwene déclara : « Mon cœur a failli s'arrêter de battre quand tu t'es nommée. N'avais-tu pas peur qu'elles tentent de te tuer ou de te retenir prisonnière ? La Guerre des Aiels ne date pas de si longtemps et elles ont beau affirmer ne jamais attaquer des femmes qui ne portent pas de lance, elles m'avaient l'air, à moi, assez décidées à se servir des leurs contre n'importe quoi. »

Elayne secoua la tête d'un air désabusé. « Je viens juste d'apprendre combien je sais peu de chose sur les Aiels, mais on m'a enseigné qu'ils ne considèrent pas du tout la Guerre des Aiels comme une guerre. À la façon dont ces Aielles se sont conduites envers moi, je suppose que cela au moins de ce que j'ai appris est vrai. Ou alors peut-être était-ce parce qu'elles me croyaient une Aes Sedai.

— Je reconnais qu'elles sont bizarres, Elayne, mais absolument personne ne peut appeler trois ans de batailles autrement qu'une guerre. Peu importe le nombre de combats que les Aiels se livrent entre eux, une guerre est une guerre.

— Pas pour les Aiels. Ils ont franchi par milliers l'Échine du Monde mais, apparemment, ils se voyaient plutôt comme des traqueurs-de-larrons, ou des exécuteurs de hautes œuvres, venant chercher le Roi Laman de Cairhien pour le crime d'avoir abattu à coups de hache l'*Avendoraldera*. Pour les Aiels, ce n'était pas une guerre, c'était une exécution. »

L'*Avendoraldera*, d'après l'un des cours de Vérine, était un rejeton de l'Arbre de Vie, apporté au Cairhien environ quatre cents ans auparavant en tant qu'offre de paix sans précédent de la part des Aiels, donné en même temps que le droit de traverser le Désert, un droit qui par ailleurs n'était accordé qu'aux colporteurs, aux ménestrels et aux Tuatha'ans. Une grande partie de la prospérité du Cairhien s'était développée grâce au commerce de l'ivoire, des parfums et des épices, et surtout de la soie, importés des pays au-delà du Désert. Pas même Vérine n'avait une idée de la façon dont les Aiels s'étaient trouvés en possession d'un jeune plant de l'*Avendesora* — d'une part, les vieux livres déclaraient explicitement qu'il ne produisait pas de graines ; d'autre part, personne ne savait où était l'Arbre de Vie, excepté dans quelques histoires manifestement erronées, mais l'Arbre de Vie ne pouvait sûrement avoir aucun rapport avec les Aiels — ou pourquoi les Aiels appelaient les Cairhienins « les Partageurs-de-l'Eau » ou encore exigeaient que leurs caravanes de chariots de marchandises arborent une bannière avec la feuille trilobée de l'*Avendesora.*

Egwene pensait, à contrecœur, pouvoir comprendre pourquoi ils avaient déclenché une guerre — même s'ils estimaient que ce n'en était pas une — après que le Roi Laman avait abattu leur cadeau pour construire un trône ne ressemblant à aucun autre au monde. Le Péché de Laman, l'avait-elle entendu appeler. D'après Vérine, non seulement le commerce du Cairhien par-delà le Désert avait pris fin avec la guerre, mais encore les Cairhienins qui s'aventuraient maintenant dans le Désert disparaissaient. Vérine affirmait qu'on les disait « vendus comme animaux » dans les pays au-delà du Désert, mais même elle ne comprenait pas comment un homme pouvait être vendu, ou une femme.

« Egwene, demanda Elayne, tu sais qui doit être *Celui-qui-vient-avec-l'Aube,* n'est-ce pas ? »

Les yeux fixés sur le dos de Nynaeve toujours nettement en avance sur elles, Egwene secoua négativement la tête — *A-t-elle l'intention de nous faire faire la course jusqu'à Jurène ?* —, puis faillit s'arrêter. « Tu ne veux pas dire... ? »

Elayne acquiesça d'un signe. « Je pense que si. Je ne connais pas grand-chose des Prophéties du Dragon, mais j'ai entendu quelques vers. Je me rappelle l'un d'eux qui est "Sur les pentes du Mont-Dragon il naîtra, issu d'une jeune fille mariée à aucun homme". Egwene, Rand a bien l'air d'un Aiel. Ma foi, il ressemble aussi aux portraits de Tigraine que j'ai vus, mais elle a disparu avant sa naissance et j'imagine mal qu'elle aurait pu être sa mère, de toute façon. Je crois que la mère de Rand était une Vierge de la Lance. »

Egwene fronça les sourcils sous le coup de la réflexion en pressant le pas, elle passait en revue tout ce qu'elle savait de la naissance de Rand. Il avait été élevé par Tam al'Thor après la mort de Kari al'Thor mais, si ce qu'affirmait Moiraine était exact, ils ne pouvaient pas être ses vrais père et mère. Nynaeve avait paru parfois connaître un secret concernant la naissance de Rand. *Mais je suis prête à parier que je ne le lui extirperais pas avec une fourche !*

Elles rattrapèrent Nynaeve, Egwene enfoncée dans ses pensées qui lui rendaient la mine morose, Nynaeve regardant droit devant elle dans la direction de Jurène et de ce bateau, tandis qu'Elayne les considérait d'un œil soucieux comme si elles étaient deux enfants se targuant chacun avec humeur que c'est à lui que devrait revenir la plus grosse part du gâteau.

Après un temps de foulées silencieuses, Elayne s'écria : « Vous vous en êtes très bien tirée, Nynaeve. De la Guérison et du reste aussi. Je ne crois pas qu'elles aient douté un instant que vous étiez une Aes Sedai. Ou que nous en étions toutes, étant donné la façon dont vous vous êtes comportée.

— Vous avez fait du bon travail, ajouta Egwene au bout d'une minute. C'est la première fois que j'ai eu réellement l'occasion d'observer ce qui se passe pendant une Guérison. En comparaison, susciter la foudre ne paraît pas plus difficile que pétrir un gâteau d'avoine. »

Un sourire surpris détendit le visage de Nynaeve. « Merci », murmura-t-elle et elle allongea la main pour donner une légère saccade à une mèche de cheveux d'Egwene comme quand cette dernière était une fillette.

*Je ne suis plus une petite fille.* Le moment passa aussi vite qu'il était venu et elles continuèrent une fois de plus leur chemin en silence. Elayne poussa un gros soupir.

Elles parcoururent encore un quart de lieue ou un peu plus avec rapidité, bien que s'écartant du fleuve pour contourner les petits bois poussant sur la berge. Nynaeve tenait à passer très au large des arbres. Egwene jugeait ridicule de croire que d'autres Aiels se cachaient dans les taillis, mais le détour vers l'intérieur des terres n'allongeait guère la distance qu'elles devaient couvrir ; aucun de ces peuplements n'était très important.

Par contre, Elayne surveillait les arbres et c'est elle qui s'écria soudain : « Attention ! »

Egwene tourna vivement la tête ; des hommes sortaient d'entre les arbres, des frondes tournoyant autour de leurs têtes. Elle appela à elle la *saidar*, quelque chose lui heurta la tête et l'obscurité engloutit tout.

Egwene se sentait ballotter, sentait elle ne savait quoi remuer sous elle. Sa tête semblait n'être que douleur. Elle voulut porter une main à ses tempes, mais quelque chose s'enfonça dans ses poignets et ses mains ne bougèrent pas.

« ... vaut mieux que de rester planqué là-bas toute la journée à attendre la nuit, dit une rude voix d'homme. Qui sait si un autre bateau viendra accoster ? Et je n'ai pas confiance dans ce bateau-là. Il prend l'eau.

— Tu ferais mieux d'espérer qu'Adden croira que tu as vu ces anneaux avant de prendre ta décision, répliqua un autre homme. Il veut de grosses cargaisons, pas des femmes, à mon avis. »

Le premier marmotta une grossièreté ayant trait à ce qu'Adden pouvait faire avec son bateau éponge et aussi avec les cargaisons.

Les yeux d'Egwene s'ouvrirent. Des taches argentées dansaient au milieu de ce qu'elle voyait ; elle crut qu'elle allait vomir sur le sol qu'elle voyait onduler en défilant sous sa tête. Elle était ligotée en travers du dos d'un cheval, ses poignets et ses chevilles réunis par une corde passant sous le ventre du cheval, les cheveux pendants.

Il faisait encore jour. Elle tendit le cou pour regarder autour d'elle. Des cavaliers en vêtements grossiers l'entouraient en tellement grand nombre qu'elle fut incapable de voir si Nynaeve et Elayne avaient été capturées aussi. Quelques-uns portaient des portions d'armure — un heaume cabossé, un haubert bosselé, un justaucorps entièrement recouvert d'écailles de métal cousues dessus — mais la plupart étaient vêtus de tuniques qui n'avaient pas été nettoyées depuis des mois, pour ne pas dire jamais. D'après l'odeur, les hommes ne s'étaient pas lavés non plus depuis des mois. Tous étaient armés d'épées, à la ceinture ou dans le dos.

La colère la saisit, et la peur, mais la dominante était la colère, une rage blanche. *Je ne veux pas être prisonnière. Je ne veux pas être ligotée ! Je m'y refuse !* Elle appela à elle la *saidar* et la douleur lui arracha presque le sommet du crâne ; elle retint juste à temps un gémissement.

Le cheval s'arrêta un instant empli d'appels et du grincement de gonds rouillés, puis avança un peu plus loin et les hommes commencèrent à mettre pied à terre. Comme ils s'écartaient, elle eut un aperçu de l'endroit où ils se trouvaient. Ils étaient à l'intérieur d'une palissade en rondins, construite au sommet d'une grande butte de terre ronde, et des archers montaient la garde sur une passerelle en bois construite à une hauteur juste suffisante pour qu'ils voient par-dessus l'extrémité taillée à la hache des rondins de la palissade. Une seule cabane basse en rondins, sans fenêtres, paraissait implantée dans le tertre, moins haut que la palissade. Il n'y avait pas d'autres constructions en dehors de quelques appentis. À part les cavaliers et les chevaux qui venaient d'entrer, le reste de l'espace libre était occupé par des feux de cuisine, des chevaux attachés à des piquets et encore des hommes crasseux. Ils devaient être au moins une centaine. Dans des cages, des chèvres, des porcs et des poulets emplissaient l'air de bêlements, grognements et gloussements qui se fondaient avec les cris et rires grossiers pour former un vacarme à lui rompre les tympans.

Ses yeux découvrirent Nynaeve et Elayne, attachées comme elle la tête en bas en travers du dos de chevaux sans selle. Ni l'une ni l'autre ne semblaient bouger ; l'extrémité de la natte de Nynaeve traînait dans la poussière quand son cheval se déplaçait. Un minuscule espoir s'évanouit, que l'une d'elles soit libre et puisse aider celles qui étaient captives à s'évader. *Par la Lumière, je ne peux pas supporter d'être de nouveau prisonnière. Pas encore une fois.* Avec précaution, elle recommença à tenter d'attirer en elle la *saidar.* La souffrance ne fut pas aussi intense — simplement comme si quelqu'un lui avait laissé choir une pierre sur le crâne — mais empêcha sa concentration avant même qu'elle ait évoqué une rose [1].

« Il y en a une de réveillée ! » s'exclama une voix d'homme sur le ton de la panique.

Egwene s'efforça de s'abandonner comme une chiffe molle avec un air inoffensif. *Comment, au nom de la Lumière, pourrais-je représenter une menace, attachée tel un sac de farine ! Que je brûle, il faut que je gagne du*

1. Pour attirer à soi la *saidar* et exercer le Pouvoir Unique, on s'en souvient, il faut faire le vide dans son esprit par l'une ou l'autre méthode, dont celle d'évoquer un bouton de rose qui s'épanouit, enseignée à Egwene. Cf. *La Roue du Temps. (N.d.T.)*

*temps. Il le faut!* « Je ne vous ferai aucun mal », dit-elle au gaillard qui accourait, le visage brillant de sueur. Ou du moins essaya-t-elle de le dire. Elle ne savait pas trop combien de mots elle avait réellement prononcés avant que quelque chose heurte de nouveau sa tête et que l'obscurité l'enveloppe dans une vague de nausée.

Reprendre conscience fut moins difficile la fois suivante. Sa tête était encore douloureuse mais pas autant qu'avant, même si ses pensées semblaient tournoyer de façon vertigineuse. *Heureusement, mon estomac n'est pas... Ô Lumière, mieux vaut n'y pas penser.* Elle avait dans la bouche un goût de vin sur et de quelque chose d'amer. Des rayons de clarté émanant de lampes se glissaient par des fentes horizontales dans une cloison grossière, mais elle-même gisait dans l'ombre, sur le dos. Sur de la terre battue, pensa-t-elle. La porte ne semblait pas bien ajustée non plus; n'empêche, elle n'avait l'air que trop solide.

Elle se souleva sur les mains et les genoux, et fut surprise de constater qu'elle n'était attachée d'aucune manière. Excepté cette paroi de troncs d'arbre en grume, les autres étaient toutes apparemment en pierre brute. La lumière provenant des fentes suffisait pour lui montrer Nynaeve et Elayne affalées sur le sol. Il y avait du sang sur le visage de la Fille-Héritière. Aucune ne bougeait, seules leurs poitrines se soulevaient et s'abaissaient au rythme de leur respiration. Egwene hésita entre les réveiller tout de suite ou regarder ce qui se trouvait de l'autre côté de cette paroi. *Rien qu'un coup d'œil,* songea-t-elle. *Autant voir ce que nous avons comme gardiens avant de les réveiller.*

Elle se dit que ce n'était pas parce qu'elle avait peur d'être incapable d'y parvenir. En plaçant son œil à une des fentes près de la porte, elle pensa au sang sur la figure d'Elayne et s'efforça de se rappeler avec précision ce que Nynaeve avait fait pour Dailine.

L'autre pièce était grande — elle devait occuper le reste de la bâtisse en rondins qu'elle avait aperçue — et sans fenêtres mais brillamment éclairée par des lampes d'or et d'argent suspendues à des chevilles enfoncées dans les murs ou les rondins formant le haut plafond. Il n'y avait pas de foyer de cheminée. Sur le sol en terre battue, des chaises et des tables de ferme étaient mélangées à des coffres couverts de dorures et incrustés d'ivoire. Un tapis tissé de paons était étendu à côté d'un énorme lit à baldaquin, où s'entassaient des couvertures et des couvre-pieds malpropres, avec des colonnes minutieusement sculptées et dorées.

Une douzaine d'hommes étaient debout ou assis dans cette salle, mais tous les yeux étaient tournés vers un homme blond de haute taille qui aurait eu belle mine si son visage avait été plus propre. Il se tenait debout et contemplait le dessus d'une table aux pieds cannelés et au décor de volutes dorées, une main sur la poignée de son épée, un doigt de l'autre poussant en petits cercles sur le dessus de la table quelque chose qu'Egwene ne réussit pas à distinguer.

La porte extérieure s'ouvrit, révélant que la nuit était tombée au-dehors, et un homme grand et maigre à qui manquait l'oreille gauche entra. « Il n'est pas encore arrivé », dit-il d'une voix rude. Il avait aussi perdu deux doigts de la main gauche. « Je n'aime pas traiter avec cette espèce-là. »

Le géant blond ne lui prêta aucune attention, il continua à tracer des ronds avec ce qu'il y avait sur la table. « Trois Aes Sedai », murmura-t-il, puis il rit. « Un bon prix pour des Aes Sedai si on a assez de cœur au ventre pour traiter avec l'acheteur que cela intéresse. Si on est prêt à risquer d'avoir les tripes ressorties par la bouche au cas où l'on tenterait de lui vendre chat en poche. Pas autant de tout repos que trancher la gorge de l'équipage d'un navire marchand, hein, Coke ? Pas aussi facile, n'est-ce pas ton avis ? »

Les autres s'agitèrent nerveusement et celui qui avait été interpellé, un gaillard massif au regard fuyant, se pencha en avant avec anxiété. « Ce sont bien des Aes Sedai, Adden. » Elle reconnut cette voix, l'homme qui avait émis les suggestions grossières. « Elles doivent en être, Adden. Les anneaux le prouvent, je te l'assure ! » Adden ramassa quelque chose sur la table, un petit cercle qui jeta des reflets d'or à la clarté des lampes.

Egwene eut un haut-le-corps et se tâta les doigts. *Ils m'ont pris mon anneau !*

« Je n'aime pas ça, marmotta l'homme efflanqué à l'oreille coupée. Des Aes Sedai. N'importe laquelle d'entre elles pourrait nous tuer tous. Que la fortune me pique ! Tu n'es qu'une pierre taillée en forme d'imbécile, Coke, et je devrais te tailler la gorge. Qu'est-ce qui se passera s'il y en a une qui se réveille avant qu'il arrive ?

— Elles ne se réveilleront pas avant des heures. » C'était un homme corpulent à la voix rauque et au ricanement qui laissait voir une mâchoire édentée. « Ma mémé m'avait enseigné la recette de ce que nous leur avons fait boire. Elles dormiront jusqu'à l'aube et il arrivera bien avant. »

Egwene remua sa bouche où demeurait le goût de vin sur et d'amertume. *Quelle que soit sa recette, ta grand-maman t'a trompé. Elle aurait dû t'étrangler dans ton berceau !* Avant qu'arrive ce « il », cet homme qui se croyait en mesure d'acheter des Aes Sedai, elle aurait remis sur pied Nynaeve et Elayne. Elle rampa jusqu'à Nynaeve.

Pour autant qu'elle pouvait le discerner, Nynaeve semblait endormie, aussi commença-t-elle par le simple expédient de la secouer. À sa surprise, les yeux de Nynaeve s'ouvrirent aussitôt.

« Qu'est-ce... »

Elle plaqua la main sur la bouche de Nynaeve à temps pour arrêter l'exclamation. « Nous sommes retenues prisonnières, chuchota-t-elle. Il y a une douzaine d'hommes de l'autre côté de ce mur et plus encore au-dehors. Bien davantage. Ils nous ont donné quelque chose pour nous faire dormir, mais cela n'a pas été très efficace. Est-ce que vous vous rappelez ? »

Nynaeve écarta la main d'Egwene. « Je me rappelle. » Sa voix était basse et dure. Elle grimaça, tordit les lèvres, puis éclata soudain d'un rire quasi silencieux. « De la racine de bon-sommeil. Ces imbéciles nous ont administré de la racine de bon-sommeil mélangée avec du vin. Du vin tourné presque en vinaigre, d'après le goût. Vite, te souviens-tu de ce que je t'ai appris ? Quel effet a la racine de bon-sommeil ?

— Elle guérit les maux de tête de sorte que l'on peut dormir », répliqua Egwene tout aussi bas. Et presque aussi durement jusqu'à ce qu'elle prête attention à ce qu'elle disait. « Cela vous rend un peu somnolent, mais rien de plus. » Le gros homme n'avait pas écouté avec assez d'attention ce que sa grand-maman lui avait raconté. « Le seul résultat qu'ils ont obtenu, c'est d'apaiser la douleur des coups sur la tête.

— Exactement, acquiesça Nynaeve. Et, une fois que nous aurons réveillé Elayne, nous leur offrirons des remerciements qu'ils n'oublieront pas. » Elle se leva, mais ce fut pour aller s'accroupir à côté de la jeune fille aux cheveux dorés.

« Je crois en avoir vu plus de cent au-dehors quand ils nous ont amenées ici, chuchota Egwene dans le dos de Nynaeve. Cette fois, je suis certaine que vous ne serez pas contrariée si j'utilise le Pouvoir comme arme. Et il y a apparemment quelqu'un qui vient nous *acheter*. J'ai l'intention d'infliger à ce bonhomme quelque chose qui l'incitera à marcher dans la Lumière jusqu'au jour de sa mort ! » Nynaeve était toujours penchée sur Elayne, mais aucune d'elles ne bougeait. « Qu'est-ce qui se passe ?

— Elle est grièvement blessée, Egwene. Je pense qu'elle a une fracture du crâne et elle respire à peine. Egwene, elle est en train de mourir exactement comme Dailine.

— Ne pouvez-vous rien faire ? » Egwene s'efforça de se remémorer tous les flux qu'avait tissés Nynaeve pour Guérir l'Aielle, mais ne put se souvenir que d'un sur trois. « Il le faut !

— Ils ont pris mes simples, murmura Nynaeve farouchement, d'une voix tremblante. Je ne peux pas. Pas sans les herbes ! » Egwene eut un choc en se rendant compte que Nynaeve était au bord des larmes. « Qu'ils brûlent tous, je ne peux rien sans... ! » Elle saisit Elayne aux épaules comme si elle avait l'intention de la soulever et de la secouer. « Que la Lumière vous brûle, ma petite, reprit-elle d'un ton âpre, je ne vous ai pas amenée jusqu'ici pour mourir ! J'aurais dû vous laisser récurer des marmites ! J'aurais dû vous fourrer dans un sac pour que Mat vous emporte à votre mère ! Je refuse que vous mouriez entre mes mains. Vous m'entendez ? Je ne le permets pas. » La *saidar* l'entoura subitement de son halo tandis que les yeux et la bouche d'Elayne s'ouvraient tout grands en même temps.

Egwene appliqua ses mains sur la bouche de la jeune fille juste à temps pour étouffer le moindre son, à ce qu'elle pensa, mais dès qu'elle la toucha les remous du Guérissage de Nynaeve l'emportèrent comme un fétu de paille pris dans le pourtour d'un tourbillon. Du froid la gela jusqu'à la moelle des os, rejoignant une chaleur qui jaillissait de l'intérieur comme si elle voulait dessécher sa chair ; le monde disparut dans une sensation de bousculade, de chute, d'envol, de tournoiement.

Quand cela s'acheva enfin, elle haletait et regardait fixement Elayne, qui la fixait en retour au-delà des mains qu'Egwene pressait toujours sur sa bouche. Elle n'avait plus du tout mal à la tête. Le simple contrecoup de ce qu'avait accompli Nynaeve avait apparemment suffi pour cela. Le brouhaha des voix provenant de l'autre pièce n'était pas plus fort ; si Elayne — ou elle-même — avait fait du bruit, Adden et les autres ne l'avaient pas remarqué.

Nynaeve était appuyée sur les mains et les genoux, la tête baissée, secouée de tremblements. « Par la Lumière ! s'exclama-t-elle dans un chuchotement. Pratiquer cela de cette façon... c'était comme de... m'écorcher vive. Oh, par la Lumière ! » Elle examina Elayne. « Comment allez-vous, petite ? » Egwene retira ses mains.

« Fatiguée, murmura Elayne. Et affamée. Où sommes-nous ? Il y avait des hommes avec des frondes... »

Egwene lui raconta précipitamment ce qui s'était passé. La mine d'Elayne s'était assombrie bien avant qu'elle eût terminé.

« Et maintenant, ajouta Nynaeve d'une voix métallique, nous allons montrer à ces rustres ce qu'il en coûte de se frotter à nous. » La *saidar* rayonna de nouveau autour d'elle.

Elayne se releva en chancelant, mais le halo lumineux l'entourait, elle aussi. Egwene puisa à la Vraie Source presque joyeusement.

Quand elles observèrent encore une fois la salle à travers les fentes pour connaître avec précision ce qu'elles devaient affronter, trois Myrddraals s'y trouvaient.

Ils se tenaient près de la table, leurs vêtements d'un noir de poix anormalement immobiles, et tous les hommes sauf Adden avaient reculé aussi loin que possible, de sorte qu'ils avaient le dos au mur et les yeux baissés vers le sol. De l'autre côté de la table, Adden soutenait le regard sans yeux propre aux Myrddraals, mais la sueur creusait des ruisseaux dans la crasse recouvrant sa figure.

Un Évanescent ramassa un anneau sur la table. Egwene vit alors que c'était un cercle d'or beaucoup plus épais que leurs anneaux d'Aes Sedai au Grand Serpent.

Le visage pressé contre l'espace entre deux rondins, Nynaeve eut un léger hoquet de surprise et tâta l'encolure de sa robe.

« Trois Aes Sedai, dit le Demi-Homme d'une voix chuintante traduisant l'amusement par un son pareil à des choses mortes qui s'écroulent en poussière, et l'une d'elles portait ceci. » L'anneau heurta lourdement la table quand le Myrddraal le rejeta dessus.

« Ce sont celles que je cherche, dit sèchement un autre. Vous serez bien récompensé, humain. »

Nynaeve chuchota : « Il faut que nous les prenions par surprise. Quel genre de cadenas ferme cette porte ? »

Egwene pouvait juste le distinguer sur la face extérieure de la porte, une masse de fer sur une chaîne assez forte pour retenir un taureau furieux. « Préparez-vous », dit-elle.

Elle effila un flux de Terre jusqu'à ce qu'il soit plus fin qu'un cheveu, avec l'espoir que les Demi-Hommes ne percevraient pas un canalisage aussi minuscule, et l'introduisit dans la masse de fer, dans le moindre de ses composants.

Un des Myrddraals leva la tête. Un autre se pencha pardessus la table vers Adden. « Je ressens des picotements, humain. Êtes-vous sûr qu'elles dorment ? »

Adden ravala sa salive et hocha la tête.

Le troisième Myrddraal se détourna pour regarder la porte donnant sur la pièce où étaient tapies Egwene et ses compagnes.

La chaîne tomba par terre, le Myrddraal qui regardait dans sa direction émit un grondement et la porte extérieure s'ouvrit avec brutalité, la mort voilée de noir surgissant de la nuit.

La salle retentit de cris et d'appels, cependant que les hommes se saisissaient de leurs épées pour lutter contre les lances qui les assaillaient. Les Myrddraals dégainèrent des lames plus noires que leurs vêtements et se battirent pour défendre leur vie, eux aussi. Egwene avait vu une fois six chats aux prises en même temps ; ceci était cent fois pire. Et, pourtant, en quelques secondes le silence s'établit. Ou presque.

Tous les humains ne portant pas de voile noir gisaient morts transpercés par une lance ; une lance clouait Adden au mur. Deux Aiels également gisaient immobiles parmi le chaos des meubles renversés et des cadavres. Les trois Myrddraals s'étaient postés dos à dos au centre de la salle, l'épée noire en main. L'un d'eux s'étreignait le côté comme s'il était blessé, bien que n'en donnant pas d'autre signe. Un deuxième avait une longue balafre sur son visage pâle ; elle ne saignait pas. Autour d'eux tournaient les cinq Aiels voilés encore vivants, prêts à bondir. Du dehors venaient des cris et des cliquetis de métal annonçant que d'autres Aïels se battaient encore dans la nuit, mais dans la pièce résonnait un son plus doux.

Tout en tournant en cercle, les Aiels frappaient leur lance contre leur petit bouclier de peau. *Frum-frum-FRUM-frum... frum-frum-FRUM-frum... frum-frum-FRUM-frum.* Les Myrddraals tournaient en même temps qu'eux, et leurs visages sans yeux donnaient l'impression qu'ils étaient déconcertés, mis mal à l'aise du fait que la peur suscitée par leur regard dans chaque cœur humain ne paraissait pas effleurer ceux-ci.

« Danse avec moi, Homme-de-l'Ombre », s'écria soudain un des Aiels, d'un ton provocant. La voix était d'un homme jeune.

« Danse avec moi, Sans-Yeux. » C'était une femme.

« Danse avec moi. »

« Danse avec moi. »

« Je crois, dit Nynaeve en se redressant, qu'il est temps. » Elle rabattit la porte et les trois jeunes femmes environnées par la lumière de la *saidar* sortirent.

On aurait dit que, pour les Myrddraals, les Aiels avaient cessé d'exister et, pour les Aiels, les Myrddraals. Les Aiels dévisageaient par-dessus leur voile Egwene et ses compagnes comme s'ils n'étaient pas sûrs de ce qu'ils voyaient ; Egwene entendit l'une des femmes retenir brusquement sa respiration sous le coup de la surprise. Le regard sans yeux des Myrddraals était différent. Egwene pressentait vaguement que les Demi-Hommes se savaient sur le point de mourir ; les Demi-Hommes reconnaissaient les femmes embrassant la Vraie Source quand ils en rencontraient. Elle était certaine de discerner aussi le désir qu'elle-même meure si leur propre mort pouvait provoquer la sienne et un désir plus puissant encore de dépouiller son âme de sa chair afin de transformer les deux en jouets pour l'Ombre, un désir de...

Elle venait de mettre le pied dans la salle et pourtant elle avait la sensation d'avoir soutenu ce regard pendant des heures. « Je ne supporterai pas cela plus longtemps », grommela-t-elle et elle déclencha un flux de Feu.

Des flammes jaillirent des trois Myrddraals à la fois, s'épanouissant dans toutes les directions et ils poussèrent des cris pareils à des os brisés bloquant un hachoir à viande. Cependant elle avait oublié qu'elle n'était pas seule, qu'Elayne et Nynaeve étaient avec elle. Tandis que les flammes consumaient les Demi-Hommes, l'air même sembla soudain les soulever du sol, pressés les uns contre les autres, les broyant en une boule de feu et de noirceur qui devint de plus en plus petite. La colonne vertébrale d'Egwene vibra douloureusement au rythme de leurs hurlements et quelque chose jaillit des mains de Nynaeve — une mince barre de lumière blanche auprès de laquelle le soleil de midi aurait paru noir, une barre de feu auprès de laquelle du métal fondu serait froid, reliant ses mains aux Myrddraals. Et ils cessèrent d'exister comme s'ils n'avaient jamais vécu. Nynaeve eut un sursaut de surprise et le halo de lumière autour d'elle disparut.

« Qu'est-ce... qu'est-ce que c'était ? » demanda Elayne.

Nynaeve secoua la tête ; elle semblait aussi stupéfaite qu'Elayne. « Je ne sais pas. Je... j'étais tellement furieuse, tellement terrifiée par ce qu'ils voulaient... J'ignore ce que c'était. »

*Le malefeu*, pensa Egwene. Elle n'aurait pas pu dire comment elle l'avait appris mais elle en était certaine. À contrecœur, elle se força à laisser aller la *saidar* ; la força à la laisser, elle. Il lui était impossible de déterminer lequel était le plus pénible. *Et je n'ai rien vu de la façon dont elle s'y est prise !*

C'est alors que les Aiels ôtèrent leur voile. Quelque peu précipitamment, jugea Egwene, comme pour annoncer à elle et à ses deux compagnes qu'ils n'étaient plus prêts à se battre. Trois d'entre eux étaient des hommes, l'un assez âgé avec des fils plus que gris dans sa chevelure roux foncé. Ils étaient grands, ces Aiels, et jeunes ou vieux ils avaient cette calme assurance, cette grâce dangereuse dans le mouvement qu'Egwene associait avec les Liges ; la mort chevauchait sur leur dos, ils en étaient conscients et n'éprouvaient pas de peur. Une des femmes était Aviendha. Les cris et les appels au-dehors allaient s'éteignant.

Nynaeve se mit en marche vers les Aiels gisant à terre.

« Ce n'est pas nécessaire, Aes Sedai, dit l'homme âgé. Ils ont reçu l'acier des Hommes de l'Ombre. »

Néanmoins Nynaeve se pencha pour s'assurer de l'état de chacun, écartant leur voile pour retrousser les paupières et tâter la gorge à la recherche du pouls. Au deuxième corps, lorsqu'elle se redressa, son visage était blême. C'était Dailine. « Que la Lumière vous brûle ! Qu'Elle vous brûle ! » Qui elle maudissait n'était pas évident, peut-être Dailine ou l'homme grisonnant, ou Aviendha ou tous les Aiels. « Je ne l'ai pas Guérie pour qu'elle meure de cette façon !

— La mort est notre lot commun », commença Aviendha mais, quand Nynaeve se retourna brusquement vers elle, Aviendha se tut. Les Aiels échangèrent des coups d'œil, avec l'air de se demander si Nynaeve n'allait pas leur infliger le même traitement qu'aux Myrddraals. Il n'y avait pas de crainte dans leur regard, seulement la conscience de la situation.

« L'acier des Hommes de l'Ombre tue, expliqua Aviendha, il ne blesse pas. » L'homme âgé la regarda, une légère expression de surprise dans les yeux — Egwene estima que, comme pour Lan, pour lui un battement des paupières équivalait à l'étonnement marqué chez quelqu'un d'autre — et Aviendha ajouta : « Elles ne sont guère au courant de certaines choses, Rhuarc.

— Pardonnez-nous d'avoir interrompu votre... danse, énonça Elayne d'une voix claire. Peut-être n'aurions-nous pas dû intervenir. »

Egwene la regarda avec stupeur, puis comprit son intention. *Les mettre à l'aise et donner à Nynaeve une chance de se calmer.* « Vous aviez la situation bien en main, dit-elle. Peut-être vous avons-nous froissés en nous en mêlant. »

L'homme grisonnant — Rhuarc — eut un petit rire grave.

« Aes Sedai, pour ma part je suis content de... ce que vous avez fait. » Pendant un instant, il n'en parut pas entièrement sûr mais, la seconde suivante, il reprit sa bonne humeur. Il avait un sourire sympathique et un visage aux traits fermes et à l'expression franche ; il était beau encore qu'un peu âgé. « Nous aurions pu les tuer, mais trois Hommes de l'Ombre... Ils auraient tué deux ou trois d'entre nous, sinon tous, et je ne peux pas affirmer que nous les aurions liquidés jusqu'au dernier. Pour les jeunes, la mort est un ennemi contre qui ils désirent mesurer leurs forces. Pour nous autres plus avancés en âge, elle est une vieille amie, une vieille amante mais que nous ne sommes pas pressés de rencontrer de sitôt. »

Nynaeve se détendit apparemment à ces paroles, comme si rencontrer un Aiel qui ne semblait pas impatient de mourir avait agi comme un solvant extrayant d'elle sa tension nerveuse. « Je devrais vous remercier, dit-elle, et je vous remercie effectivement. J'admets, toutefois, que je suis surprise de vous voir. Aviendha, vous attendiez-vous à nous trouver ici ? Comment ?

— Je vous ai suivies. » L'Aielle ne témoignait aucun embarras. « Pour connaître comment vous alliez agir. J'ai assisté à votre capture par ces hommes, mais j'étais trop loin pour vous aider. J'étais certaine d'être aperçue de vous si je me rapprochais trop, alors j'étais restée à une centaine de pas en arrière. Quand j'ai constaté que vous ne pouviez pas vous défendre seules, il était trop tard pour que j'essaie à moi seule.

— Je suis sûre que vous avez agi pour le mieux », dit Egwene d'une voix faible. *Elle n'était qu'à cent pas derrière nous ? Ô Lumière, les brigands n'ont rien remarqué.*

Aviendha prit son commentaire pour une incitation à continuer ses explications. « Je savais où devait être Coram, et lui savait où étaient Dhael et Luaine, et ils savaient... » Elle s'interrompit, regardant l'homme âgé en fronçant les sourcils. « Je ne m'attendais pas à trouver un chef de clan, à plus forte raison celui du mien, parmi ceux qui sont venus. Qui dirige les Aiels Taardad, Rhuarc, avec toi ici ? »

Rhuarc haussa les épaules comme si cela n'avait aucune importance. « Les chefs des enclos s'en chargeront chacun à son tour et tâcheront de décider s'ils veulent vraiment se rendre à Rhuidean quand je mourrai. Je ne serais pas venu si ce n'est qu'Amys, Bair, Melaine et Seana m'ont traqué comme des félins des crêtes une chèvre sauvage. Les rêves ont décrété que je devais partir. Elles m'ont demandé si je voulais absolument mourir vieux et gras dans un lit. »

Aviendha rit comme si c'était une merveilleuse plaisanterie. « J'ai entendu dire qu'un homme pris entre sa femme et une Sagette regrette souvent de n'avoir pas une douzaine de vieux ennemis à combattre. Un homme coincé entre une épouse et trois Sagettes, alors que l'épouse est elle-même une Sagette, doit envisager d'essayer d'abattre l'Aveugleur.

— L'idée m'est venue. » Il fronça les sourcils en examinant quelque chose par terre ; trois anneaux au Grand Serpent, constata Egwene, et un anneau beaucoup plus massif à la mesure d'un grand doigt d'homme. « Elle m'est restée en tête. Tout doit changer, mais je n'ai pas envie de participer à ce changement si je peux m'en tenir à l'écart. Trois Aes Sedai qui se rendent à Tear. » Les autres Aiels s'entre-regardèrent discrètement comme s'ils ne voulaient pas qu'Egwene et ses compagnes le remarquent.

« Vous avez parlé de rêves, reprit Egwene. Vos Sagettes savent-elles ce que leurs rêves signifient ?

— Quelques-unes. Si vous désirez en savoir davantage, vous devez leur en parler. Peut-être répondront-elles à une Aes Sedai. Elles ne disent rien aux hommes, sauf ce que les rêves annoncent que nous devons faire. » Il parut soudain las. « Et c'est généralement ce que nous voudrions éviter, si nous le pouvions. »

Il se pencha pour ramasser l'anneau d'homme. Sur le plat de cette chevalière, une grue volait au-dessus d'une lance et d'une couronne ; Egwene la reconnut alors. Elle l'avait souvent vue pendant à une lanière de cuir autour du cou de Nynaeve. Cette dernière marcha sur les autres anneaux pour l'arracher de la main de Rhuarc ; son visage était empourpré par la colère et trop d'autres émotions pour qu'Egwene les déchiffre. Rhuarc n'essaya pas de reprendre la chevalière, mais poursuivit du même ton las.

« Et l'une d'elles porte un anneau dont j'ai entendu parler dans mon enfance. L'anneau des rois malkieri. Ils ont chevauché avec les guerriers du Shienar contre les Aiels au temps de mon père. Ils étaient habiles à la danse des lances, mais la Malkier a succombé à la Dévastation. On raconte que seul a survécu un roi enfant et qu'il courtise la mort qui lui a pris sa terre comme d'autres courtisent de jolies femmes. En vérité, voilà quelque chose d'étrange, Aes Sedai. De toutes les étrangetés que j'ai pensé voir quand à force de me harceler Melaine m'a fait quitter ma redoute et franchir le Rempart du Dragon, rien n'a été plus étrange que ceci. La voie que vous m'avez tracée est un chemin que je n'avais jamais cru que mes pieds suivraient.

— Je ne vous ai tracé aucune voie, riposta sèchement Nynaeve. Tout ce que je veux, c'est continuer mon voyage. Ces hommes avaient des chevaux. Nous en prendrons trois et nous mettrons en route.

— En pleine nuit, Aes Sedai ? s'enquit Rhuarc. Votre voyage est-il si urgent que vous traverseriez ces terres dangereuses dans l'obscurité ? »

Nynaeve en débattit intérieurement de façon visible avant de répondre : « Non. » D'un ton plus ferme, elle ajouta : « Mais j'ai l'intention de partir au lever du soleil. »

Les Aiels transportèrent les morts en dehors de la palissade, mais ni Egwene ni ses compagnes ne voulurent utiliser le lit crasseux où avait couché Adden. Elles ramassèrent leurs anneaux et dormirent à la belle étoile dans leurs manteaux et sous les couvertures que les Aiels leur fournirent.

Quand l'aube donna au ciel, vers l'est, la couleur de la nacre, les Aiels offrirent un déjeuner de viande séchée coriace — Egwene hésita à en prendre jusqu'à ce qu'Aviendha lui indique que c'était de la chèvre — avec une mince galette de seigle presque aussi difficile à mâcher que la viande filandreuse, et du fromage à pâte blanche veinée de bleu qui avait un goût piquant, et assez sec pour qu'Elayne murmure que les Aiels devaient s'exercer en mâchant des cailloux. Ce qui n'empêcha pas la Fille-Héritière de manger autant qu'Egwene et Nynaeve réunies. Les Aiels lâchèrent les chevaux dans la nature — ils ne montaient à cheval que quand ils y étaient obligés, expliqua Aviendha, dont le ton laissait entendre qu'elle-même préférerait courir avec des ampoules aux pieds — après avoir choisi les trois meilleurs pour Egwene et ses compagnes. Ils étaient tous grands et presque aussi massifs que des chevaux de bataille, avec l'encolure fièrement redressée et des yeux au regard ardent. Un étalon moreau, à la robe d'un noir luisant, pour Nynaeve, une jument rouanne pour Elayne et une jument grise pour Egwene.

Elle décida d'appeler Brume sa jument grise, dans l'espoir qu'un nom doux la mettrait d'humeur aimable et, en vérité, Brume partit d'un trot léger quand elles s'engagèrent vers le sud au moment précis où le soleil hissait un limbe rouge au-dessus de l'horizon.

Les Aiels les accompagnèrent à pied, tous ceux qui avaient survécu à la bataille. Trois étaient morts, en plus des deux tués par les Myrddraals. Ils étaient dix-neuf au total à présent. Ils se maintenaient avec aisance à la hauteur des chevaux, d'un pas de course allongé. Au début, Egwene tenta d'imposer à Brume une allure lente, mais les Aiels trouvèrent cela très drôle.

« Je vous défie à la course sur quatre lieues, dit Aviendha, et nous verrons qui gagne, votre cheval ou moi.

— Et moi, je lutterai de vitesse avec vous sur huit ! » lança Rhuarc en riant.

Elle se dit que ce n'était peut-être pas là propos en l'air et en effet, quand elle et ses compagnes laissèrent leurs montures adopter un train plus rapide, les Aiels ne furent nullement distancés.

Lorsque les toits de chaume de Jurène furent en vue, Rhuarc dit : « Adieu, Aes Sedai. Puissiez-vous toujours trouver de l'eau et de l'ombre. Peut-être nous rencontrerons-nous de nouveau avant que se produise le changement. » Sa voix était grave. Comme les Aiels s'éloignaient en tournant vers le sud, Aviendha, Khiad et Baine levèrent chacune la main en signe d'adieu. Ils n'eurent pas l'air de ralentir, maintenant qu'ils n'accompagnaient plus les chevaux ; peut-être même avaient-ils augmenté légèrement leurs foulées. Egwene soupçonna qu'ils avaient l'intention de garder cette allure jusqu'à ce qu'ils atteignent l'endroit où ils se rendaient.

« Qu'entendait-il par ça, questionna-t-elle : “Peut-être nous rencontrerons-nous de nouveau avant que se produise le changement” ? » Elayne secoua la tête.

« Peu importe ce qu'il voulait dire, rétorqua Nynaeve. Je suis bien contente qu'ils soient arrivés hier, mais je suis aussi enchantée qu'ils s'en aillent. J'espère qu'il y a un navire ici. »

Jurène en soi était une modeste bourgade, aux maisons tout en bois dont aucune n'avait d'étage, mais la bannière au Lion Blanc d'Andor flottait au-dessus d'elle en haut d'un grand mât et cinquante Gardes de la Reine en assuraient la protection, en tunique rouge et long col blanc sous une cuirasse étincelante. Ils avaient été postés là, expliqua leur capitaine, pour assurer un havre abrité aux réfugiés qui désiraient fuir en Andor, mais leur afflux diminuait de jour en jour. La plupart se rendaient dans des villages situés plus en aval, à présent, plus près d'Aringill. C'était une chance que les trois jeunes femmes soient venues maintenant, car il s'attendait à recevoir d'un moment à l'autre l'ordre de ramener sa compagnie au pays d'Andor. Les quelques habitants de Jurène les accompagneraient probablement, laissant ce qui restait aux brigands et aux soldats des Maisons du Cairhien en guerre.

Elayne cachait sa figure dans le capuchon de sa robuste cape de laine, mais aucun des soldats ne sembla associer à leur Fille-Héritière cette jeune fille à la chevelure d'or roux. Certains lui demandèrent de rester ; Egwene ne sut pas si Elayne en était contente ou choquée. Elle-même répliqua aux hommes qui la sollicitaient qu'elle n'avait pas de temps à perdre avec eux. S'entendre le demander était agréable d'une certaine façon ; elle n'avait évidemment aucune envie d'embrasser un de ces gaillards, mais c'était plaisant de s'entendre rappeler que quelques hommes, au moins, la trouvaient aussi jolie qu'Elayne. Nynaeve gifla l'un d'eux. Ce que voyant, Egwene faillit éclater de rire et Elayne sourit d'une oreille à l'autre ; Egwene songea que Nynaeve avait dû être pincée mais, en dépit de son expression indignée, elle n'avait pas non plus l'air tout à fait offusquée.

Elles ne portaient pas leurs anneaux. Il n'avait pas fallu de la part de Nynaeve grand effort pour les convaincre que l'endroit où elles n'avaient pas envie de passer pour des Aes Sedai était bien Tear, surtout si l'Ajah Noire s'y trouvait. Egwene avait placé son anneau dans son escarcelle avec le *ter'angreal* de pierre ; elle la tâtait souvent pour s'assurer qu'ils y étaient toujours. Nynaeve portait le sien enfilé sur la lanière où était suspendue la lourde chevalière de Lan entre ses seins.

Il y avait un bateau à Jurène, amarré à l'unique quai de pierre s'avançant dans l'Érinin. Pas le navire qu'Aviendha avait vu, apparemment, mais néanmoins un bateau. Egwene fut consternée en l'apercevant. Deux fois plus large que *La Grue Bleue, La Flèche filante* démentait son nom avec un avant renflé aussi rond que son capitaine.

Ce digne personnage regarda Nynaeve et cligna les paupières en se grattant l'oreille quand elle demanda si son navire était rapide. « Rapide ? Je suis plein de bois précieux du Shienar et de tapis de Kandor. Quel besoin d'aller vite avec une cargaison pareille ? Les prix ne font que monter. Oui, je suppose qu'il y a des bateaux plus rapides derrière moi, mais ils n'aborderont pas ici. Moi-même, je ne m'y serais pas arrêté si je n'avais découvert des vers dans la viande. Idée stupide de croire qu'on avait à vendre de la viande au Cairhien. *La Grue Bleue* ? Oui, j'ai vu Ellisor planté sur je ne sais quoi en amont ce matin. Il ne s'en dégagera pas de sitôt, je pense. Voilà à quoi vous mène un bateau rapide. »

Nynaeve paya leur passage — et une somme deux fois plus importante pour les chevaux — avec une telle expression que ni Egwene ni Elayne ne lui adressèrent la parole longtemps après que *La Flèche filante* se fut éloignée de Jurène en roulant avec indolence bord sur bord.

## 40. *Un héros dans la nuit*

Appuyé sur la lisse, Mat regardait approcher la ville d'Aringill entourée de ses remparts, tandis que les rameurs amenaient *La Mouette Grise* vers les longs quais de bois goudronné. Protégés par de hauts murs de pierre qui s'avançaient dans le fleuve perpendiculairement à eux, ces quais fourmillaient de gens, et d'autres gens encore descendaient des bateaux de tailles diverses amarrés d'un bout à l'autre. Quelques-uns poussaient des brouettes ou encore tiraient des travois ou des charrettes hautes sur roues, les uns et les autres surchargés de meubles et de coffres arrimés avec des courroies, mais la plupart portaient des baluchons sur le dos, sinon même rien. Tous ne s'affairaient pas. Nombre d'hommes et de femmes s'agglutinaient d'un air inquiet, avec des enfants qui se cramponnaient à leurs jambes en pleurant. Des soldats en tunique rouge et cuirasse étincelante s'efforçaient sans cesse de les faire quitter les quais et entrer dans la ville, mais la plupart semblaient trop affolés pour bouger.

Mat se retourna et s'ombragea les yeux pour scruter le fleuve qu'ils laissaient derrière eux. L'Érinin était plus fréquenté ici qu'il ne l'avait vu au sud de Tar Valon, avec près d'une douzaine de navires en marche, depuis un long vaisseau à la proue effilée qui remontait le fleuve à contre-courant, poussé par deux voiles triangulaires, jusqu'à un large bateau à l'avant renflé et à la voilure carrée qui avançait en roulant, encore très au nord.

Près de la moitié des bateaux qu'il voyait, toutefois, ne se consacraient pas au commerce fluvial. Deux bâtiments aux larges baux dont les ponts étaient déserts se dirigeaient lourdement vers une plus petite ville sur l'autre berge du fleuve, tandis que trois autres revenaient lentement vers Aringill, leurs ponts pleins de gens serrés comme poissons en baril. Le soleil couchant, encore de toute sa hauteur au-dessus de l'horizon, jetait de l'ombre sur une bannière flottant au-dessus de cette autre ville. Cette rive-là appartenait au Cairhien, mais Mat n'avait pas besoin de distinguer la bannière pour savoir qu'y figurait le Lion Blanc d'Andor. Il en avait assez entendu parler dans les quelques villages appartenant à l'Andor où *La Mouette Grise* avait fait de brèves escales.

Il secoua la tête. La politique ne l'intéressait pas. *Aussi longtemps que l'on n'essaiera pas de nouveau de me dire que je suis un citoyen de l'Andor simplement à cause d'une carte. Que je brûle, on pourrait même vouloir que je combatte dans sa sacrée armée, si cette affaire du Cairhien s'étend. Obéir à des ordres. Ô Lumière!* Avec un frisson, il se retourna vers Aringill. Des matelots pieds nus apprêtaient des amarres à lancer à d'autres qui se trouvaient sur le quai.

Le capitaine Mallia le suivait des yeux depuis sa place à l'arrière près de la barre. Le bonhomme n'avait jamais cessé ses efforts pour s'insinuer dans leurs bonnes grâces, ses tentatives pour apprendre quelle était leur importante mission. Mat lui avait finalement montré la lettre cachetée et lui avait dit qu'il la portait de la part de la Fille-Héritière à la Reine. Un message personnel d'une fille à sa mère; pas davantage. Mallia n'avait semblé entendre que les mots « Reine Morgase ».

Mat eut un sourire intérieur. Une poche profonde dans sa tunique contenait deux bourses plus pansues que lorsqu'il avait mis le pied sur le bateau; il avait par ailleurs assez de pièces sonnantes et trébuchantes pour remplir deux autres bourses. Sa chance ne l'avait pas aussi bien servi que lors de cette étrange première nuit où les dés et le reste avaient mené une folle sarabande, mais elle était encore appréciable. Après la troisième soirée, Mallia avait renoncé à témoigner ses dispositions amicales en jouant aux dés, mais sa cassette s'était déjà allégée. Elle sonnerait encore plus le creux après Aringill. Mallia avait besoin de se réapprovisionner en nourriture — Mat jeta un coup d'œil à la foule grouillant sur les quais — s'il le pouvait ici, à n'importe quel prix.

Le sourire s'évanouit quand ses pensées se reportèrent sur la lettre. Une petite manipulation avec une lame de couteau chauffée au rouge, et le sceau au lis d'or avait été soulevé. Il n'avait rien découvert : Elayne étudiait avec assiduité, faisait des progrès et était avide d'apprendre. Elle était sa fille déférente, et le Trône d'Amyrlin l'avait punie pour s'être enfuie et lui avait ordonné de ne plus jamais en reparler, sa mère comprendrait donc qu'elle ne pouvait pas s'étendre davantage sur le sujet. Elle disait qu'elle avait été élevée au rang d'Acceptée, n'était-ce pas merveilleux si rapidement, et on lui avait confié à présent des tâches plus importantes, elle devrait donc quitter Tar Valon pour un peu de temps au service de l'Amyrlin en personne. Alors il ne fallait pas que sa mère se tracasse à son sujet.

C'était parfait pour Elayne de recommander à Morgase de ne pas se mettre en souci. C'était lui, Mat, qu'elle avait plongé dans la panade. Cette lettre stupide était probablement la raison pour laquelle ces hommes s'étaient attaqués à lui, mais même Thom n'avait pas été capable d'en tirer un sens quelconque bien que murmurant entre ses dents « écriture chiffrée », « code » et « Jeu des Maisons ».

À présent, Mat avait glissé la lettre à l'abri dans la doublure de sa tunique, le sceau réinstallé en place, et il était prêt à parier que personne ne se douterait de rien. Si on tenait tellement à cette lettre que l'on veuille le tuer pour l'avoir, on essaierait peut-être encore. *Je vous ai dit, Nynaeve, que je l'apporterai à destination, et c'est ce que je vais fichtrement faire, peu importe qui essaie de m'en empêcher.* Néanmoins, il aurait des mots à dire la prochaine fois qu'il verrait ces trois jeunes femmes exaspérantes — *Si jamais je les revois. Ô Lumière, je n'y avais jamais pensé* —, des mots qu'il ne croyait pas qu'elles se réjouiraient d'entendre.

Tandis que les hommes d'équipage lançaient leurs amarres vers le quai, Thom survint sur le pont, les étuis de ses instruments suspendus dans son dos et son baluchon à la main. Même avec sa boiterie, il avançait majestueusement jusqu'à la rambarde, avec de petits mouvements d'envol du bas de son manteau pour que palpitent les pièces colorées fixées dessus, et soufflant dans ses longues moustaches blanches d'un air important.

« Personne ne regarde, Thom, commenta Mat. Ils ne verraient même pas un ménestrel, à mon avis, sauf s'il portait de quoi manger dans les mains. »

Thom contempla les quais. « Par la Lumière, j'avais beau dire que la situation était mauvaise, je ne m'attendais pas à ça ! Pauvres diables. La moitié d'entre eux ont l'air de mourir de faim. Cela risque de nous coûter une de tes escarcelles pour avoir une chambre ce soir. Et l'autre pour un repas, si tu as l'intention de continuer du train où tu allais. J'avais quasiment mal au cœur à te regarder. Essaie de bâfrer de cette façon là-bas où ces gens-là peuvent te voir et tu risques de te retrouver le crâne fracassé. »

Mat se contenta de lui sourire.

Mallia survint à grands pas sur le pont dans leur direction, tiraillant la pointe de sa barbe, tandis que *La Mouette Grise* était halée jusqu'à son mouillage. Des matelots coururent installer une passerelle, et Sanor se posta là pour en barrer l'accès, ses bras musculeux croisés sur sa poitrine, au cas où la foule sur les quais voudrait monter à bord. Personne ne le tenta.

« Ainsi donc vous me quittez ici », dit Mallia à Mat. Le sourire du capitaine n'était pas aussi spontané qu'il aurait pu l'être. « Êtes-vous certains que je ne sois pas en mesure de faire quoi que ce soit de plus pour vous aider ? Que brûle mon âme, je n'ai jamais vu pareille cohue ! Ces soldats devraient dégager les quais — à coups d'épée, si nécessaire ! — pour que les commerçants honnêtes s'occupent tranquillement de leur négoce. Désirez-vous que Sanor vous fraie un chemin à travers cette populace jusqu'à votre auberge ? »

*Pour que tu saches où nous créchons ? Compte là-dessus et bois de l'eau.* « J'avais pensé manger avant de débarquer et peut-être jouer un peu aux dés pour passer le temps. » Mallia blêmit. « Mais à la réflexion je serai content d'avoir sous moi un plancher stable pour prendre mon prochain repas. Alors nous allons vous laisser maintenant, capitaine. Le trajet a été très agréable. »

Pendant que le soulagement le disputait encore à la consternation sur le visage du capitaine, Mat ramassa ses affaires qui étaient sur le pont et, se servant de son bâton d'escrime comme d'une canne de marche, se dirigea vers la passerelle avec Thom. Mallia suivit jusqu'au début de la passerelle, murmurant des regrets de les voir partir qui oscillaient alternativement entre la sincérité et la mauvaise foi. Mat était persuadé qu'il regrettait amèrement de perdre une chance de se mettre dans les bonnes grâces de son Puissant Seigneur Samon en apprenant des détails sur un pacte entre l'Andor et Tar Valon.

Comme Mat et le ménestrel jouaient des coudes à travers la foule, Thom marmotta : « Je sais que le bonhomme est loin d'être sympathique, mais pourquoi t'acharnes-tu à le provoquer ? N'est-ce pas suffisant d'avoir englouti jusqu'à la dernière miette ce sur quoi il comptait pour se nourrir tout le long du trajet jusqu'à Tear ?

— Voilà près de deux jours que je n'en ai pas avalé la totalité. » Sa faim valle avait simplement disparu un matin, à son grand soulagement. Comme si Tar Valon avait relâché sa dernière emprise sur lui. « J'en ai jeté la majeure partie par-dessus bord, et c'était rudement difficile de s'assurer que personne ne le voyait. » Au milieu de ces visages hâves, dont beaucoup étaient ceux d'enfants, la plaisanterie avait perdu de sa drôlerie. « Mallia méritait d'être asticoté. Tenez, et ce bateau, hier ? Celui qui s'était planté dans un banc de vase ou je ne sais quoi. Il aurait pu s'arrêter pour lui prêter assistance, mais il a refusé d'approcher en dépit des appels de l'équipage qui s'égosillait. » Il y avait devant eux une femme aux longs cheveux noirs qui aurait été jolie si elle n'avait eu l'air tellement épuisée ; elle dévisageait tous les hommes qui passaient comme si elle cherchait quelqu'un ; un garçonnet qui ne lui arrivait guère plus haut que la taille et deux fillettes plus petites se cramponnaient à elle, tous en pleurs. « Cette histoire de pirates du fleuve et de pièges. Je n'ai pas trouvé que cela ressemblait à un piège, moi. »

Thom sauta de côté pour éviter une charrette haute sur roues — une cage contenant deux porcs criant comme si on les égorgeait était arrimée au-dessus de la bâche recouvrant la masse de son chargement — et faillit trébucher sur un travois tiré par un homme et une femme. « Et toi, tu te mets en quatre pour aider les gens, hein ? Bizarre que cela m'ait échappé.

— J'aiderai quiconque peut payer, déclara Mat d'un ton ferme. Seuls les imbéciles des contes font quelque chose pour rien. »

Les deux fillettes sanglotaient dans les jupes de leur mère et le garçon retenait ses larmes. Les yeux creux de la jeune femme se posèrent un instant sur Mat, examinant son visage, avant de se détourner ; ils donnaient eux aussi l'impression qu'elle aurait aimé pouvoir pleurer. Sous le coup d'une impulsion, il sortit de sa poche une poignée de pièces de monnaie sans regarder ce qu'elles étaient et les lui fourra dans la main. Elle eut un sursaut de surprise, contempla l'or et l'argent au creux de sa paume avec une incompréhension qui se transforma vite en sourire, et ouvrit la bouche, tandis que des larmes de gratitude lui montaient aux yeux.

« Achetez-leur quelque chose à manger », dit-il vivement et il poursuivit précipitamment son chemin avant qu'elle ait eu le temps de parler. Il remarqua que Thom le regardait. « Qu'est-ce que vous reluquez avec ces yeux ronds ? L'argent vient facilement tant que je trouve quelqu'un qui aime jouer aux dés. » Thom eut un lent hochement de tête, mais Mat n'était pas sûr de s'être bien fait comprendre. *Voir pleurer ces fichus gosses m'énervait, c'est tout. Cet imbécile de ménestrel va probablement s'attendre à ce que je distribue de l'or à tous les gamins abandonnés que je rencontrerai maintenant. Imbécile !* Pendant un moment désagréable, il n'aurait pas su dire si cette dernière invective était destinée à Thom ou à lui-même.

Se reprenant en main, il évita de regarder les visages assez longtemps pour les voir réellement jusqu'à ce qu'il aperçoive celui qu'il cherchait, au pied du quai. Le guerrier en tunique rouge et cuirasse mais sans casque qui pressait les gens d'entrer dans la ville avait l'aspect grisonnant d'un chef d'escouade, le chef aguerri d'une dizaine de soldats. Comme il plissait les paupières dans la clarté du soleil couchant, il rappela à Mat le guerrier Uno, bien qu'il eût ses deux yeux. Il paraissait presque aussi fatigué que les gens qu'il houspillait. « Avancez, criait-il d'une voix enrouée. Ne restez pas là, nom d'une pipe. Avancez. Allez, ouste, entrez dans la ville. »

Mat se posta juste devant le guerrier et arbora un sourire. « Pardon, Capitaine, mais pourriez-vous m'indiquer où je trouverais une auberge convenable ? Et une écurie avec de bons chevaux à vendre. Nous avons une longue route devant nous demain matin. »

Le soldat le toisa de haut en bas, examina Thom et son manteau de ménestrel, puis reporta son attention sur Mat. « Capitaine, hein ? Eh bien, mon garçon, vous aurez la chance du Ténébreux si vous découvrez une écurie pour y dormir. La plupart de ces gens-là dorment sous des haies. Et si vous rencontrez un cheval qu'on n'a pas abattu afin d'avoir de la viande à cuire, il y a des chances que vous devrez vous battre avec son propriétaire pour l'obliger à vous le vendre.

— Manger du cheval ! marmotta Thom d'un ton dégoûté. La situation est-elle devenue tellement mauvaise de ce côté-ci du fleuve ? La Reine n'envoie-t-elle pas d'approvisionnement ?

— Oui, la situation est grave, ménestrel. » Le soldat parut prêt à cracher. « Les gens franchissent l'eau plus vite que les moulins ne peuvent moudre la farine ou les charrettes apporter les vivres des fermes. Bah, cela ne durera guère à présent. L'ordre est venu. Demain, nous cessons de laisser quiconque traverser et ceux qui le tenteront, nous les renverrons. » Il foudroya du regard les masses grouillant sur le quai comme si c'était leur faute, puis ramena le même regard dur sur Mat. « Vous bloquez le passage, voyageur. Circulez. » Sa voix monta de nouveau jusqu'au cri, destiné à tous ceux qui étaient à portée d'ouïe. « Circulez ! Vous ne pouvez pas rester ici, bougres de vous autres ! Circulez ! »

Mat et Thom se joignirent au mince flot de gens, de charrettes et de travois franchissant la porte du rempart et entrant dans Aringill.

Les rues principales étaient pavées de pierres plates grises, mais une telle foule s'y entassait que l'on avait du mal à voir les pierres sous ses propres bottes. La plupart des gens semblaient avancer sans but, sans avoir d'endroit précis où se rendre, et ceux qui avaient perdu courage étaient accroupis tristement sur les côtés de la rue, les chanceux avec leurs affaires dans un baluchon devant eux ou quelque possession précieuse pour eux serrée dans leurs bras. Mat vit trois hommes tenant des horloges et plus d'une douzaine avec des gobelets ou des plateaux d'argent. Les femmes étreignaient surtout des enfants contre leur poitrine. Un murmure confus emplissait l'air, un bourdonnement sourd, inarticulé, exprimant l'anxiété. Mat se fraya un chemin parmi cette foule, le visage crispé, en quête de l'enseigne annonçant une auberge. Les bâtiments étaient de toutes sortes, en bois, brique et pierre, accolés les uns aux autres, avec des toits de tuile, ou d'ardoise ou de paille.

« Cela ne ressemble pas à Morgase », dit Thom au bout d'un instant, à moitié pour lui-même. Ses sourcils touffus étaient abaissés comme une flèche blanche pointant vers son nez.

« Qu'est-ce qui ne lui ressemble pas ? questionna machinalement Mat.

— De mettre un terme aux traversées. De renvoyer les gens. Elle était toujours prompte à s'emporter, mais elle avait aussi le cœur tendre envers quiconque était pauvre ou affamé. » Il secoua la tête.

À ce moment, Mat aperçut une enseigne — *L'Homme du fleuve,* annonçait-elle, montrant un gaillard, torse et pieds nus, qui dansait la gigue — et prit cette direction en coupant en biais le flot des passants avec son bâton. « Ma foi, cela doit être elle. Qui serait-ce d'autre ? Oubliez Morgase, Thom. Nous sommes encore loin de Caemlyn. Voyons d'abord combien d'or il faut dépenser pour passer la nuit dans un lit. »

La salle commune de *L'Homme du fleuve* avait l'air aussi bondée que la rue et, quand l'aubergiste entendit ce que voulait Mat, il rit à faire tressauter son triple menton. « J'en couche quatre par lit, maintenant. Si ma propre mère venait chez moi, je serais dans l'impossibilité de lui donner une couverture auprès du feu.

— Comme vous devez l'avoir remarqué, déclara Thom dont la voix prit ce timbre particulièrement sonore, je suis un ménestrel. Vous pouvez sûrement trouver au moins des paillasses dans un coin en échange du divertissement que je procurerai à vos clients en contant des histoires, jonglant, mangeant du feu et exécutant des tours de prestidigitation. » L'aubergiste lui rit au nez.

Comme Mat l'entraînait de nouveau dans la rue, Thom grommela de sa voix normale : « Tu ne m'as pas laissé une chance de lui parler de son écurie. J'aurais certainement réussi à nous avoir au moins une place dans le grenier à foin.

— J'ai couché dans suffisamment d'écuries et de granges depuis que je suis parti du Champ d'Emond, répliqua Mat, et sous suffisamment de buissons aussi. Je veux un lit. »

Pourtant, dans les quatre auberges suivantes qu'il dénicha, le patron lui répondit la même chose que le premier ; les deux derniers le jetèrent presque à la porte quand il offrit de jouer aux dés un lit. Et quand le propriétaire de la cinquième auberge lui dit qu'il ne pourrait même pas offrir une paillasse à la Reine — ceci dans une maison appelée *La Bonne Reine* —, il soupira et demanda : « Et votre écurie, alors ? Contre une belle somme, nous pourrons sûrement coucher dans le fenil.

— Mon écurie est réservée aux chevaux, dit le bonhomme au visage lunaire, non pas qu'il en reste beaucoup dans cette ville. » Il avait été en train d'astiquer un gobelet en argent ; maintenant, il ouvrait la porte d'un corps de buffet peu profond posé sur un large meuble à tiroirs et rangeait le gobelet à l'intérieur auprès d'autres ; tous étaient désassortis. Un cornet à dés en cuir repoussé était posé sur le meuble juste à l'écart de l'arc décrit en s'écartant par les portes du haut de buffet. « Je ne mets pas des gens là-bas pour effrayer les chevaux et peut-être s'en aller avec. Ceux qui me paient pour loger leurs bêtes veulent qu'elles soient bien soignées, sans compter que j'en ai deux à moi. Il n'y a pas de lits dans mon écurie pour vous. »

Mat contemplait pensivement le cornet à dés. Il sortit de sa poche une couronne d'or d'Andor et la posa sur le meuble à tiroirs. La pièce suivante était un marc d'argent de Tar Valon, puis un marc d'or aussi de Tar Valon et une couronne d'or de Tear. L'aubergiste regarda les pièces et humecta ses lèvres charnues. Mat ajouta deux marcs d'argent d'Illian et une autre couronne d'Andor, puis se tourna vers l'homme à face de lune. L'aubergiste hésita. Mat allongea le bras pour reprendre les pièces. La main de l'aubergiste le devança.

« Puisque vous n'êtes que deux, peut-être que cela ne dérangera pas trop les chevaux. »

Mat lui sourit. « Parlant de chevaux, quel prix pour les deux vôtres ? Avec selles et brides, naturellement.

— Je ne veux pas vendre mes chevaux », dit le bonhomme en serrant les pièces de monnaie contre sa poitrine.

Mat prit le cornet à dés et l'agita. « Deux fois plus que ça en échange des chevaux, sellés et bridés. » Il secoua sa poche de tunique pour faire tinter aussi les pièces qui s'y trouvaient en vrac et démontrer qu'il avait encore de quoi tenir le pari. « Un lancer de moi contre le meilleur de deux de vous. » Il faillit éclater de rire devant la cupidité qui illumina tout le visage de l'aubergiste.

Quand Mat entra dans l'écurie, sa première démarche fut d'inspecter la demi-douzaine de stalles contenant des chevaux pour chercher une paire de hongres bruns. C'étaient deux bêtes quelconques, mais elles lui appartenaient. Ces chevaux avaient grand besoin d'être étrillés mais, à part cela, ils semblaient en bonne condition, étant donné surtout que tous les palefreniers sauf un avaient tiré leur révérence. L'aubergiste s'était montré extrêmement dédaigneux de leurs doléances concernant ce qu'il les payait, somme qui ne leur permettait plus de vivre, et il paraissait juger criminel que l'unique palefrenier restant ait eu l'audace de dire qu'il rentrait se coucher parce qu'il était épuisé d'avoir accompli le travail de trois hommes.

« Cinq six », marmotta Thom derrière lui. Les coups d'œil qu'il jetait à la ronde dans l'écurie ne paraissaient pas aussi enthousiastes qu'ils auraient pu l'être, puisque c'était lui qui avait suggéré l'idée en premier. Des atomes de poussière luisaient dans la dernière lueur du soleil couchant entrant par les grandes portes et les cordes utilisées pour hisser les balles de foin pendaient de poulies fixées aux poutres du toit comme des tiges de plantes grimpantes. On distinguait mal le grenier dans l'obscurité au-dessus. « Lorsqu'il a amené quatre six et un cinq au deuxième tour, il a cru que tu avais sûrement perdu, et moi aussi. Tu n'as pas gagné à tous les coups, dernièrement.

— Je gagne suffisamment. » Mat était plutôt soulagé de ne pas gagner chaque fois. La chance est une chose, mais le souvenir de cette nuit-là lui faisait encore passer des frissons dans le dos. N'empêche, pendant l'instant où il secouait ce cornet à dés, il avait été pratiquement sûr des points qui allaient apparaître. Comme il lançait son bâton d'escrime dans le fenil, un coup de tonnerre éclata dans le ciel. Il escalada l'échelle, en s'adressant à Thom derrière lui. « C'était une bonne idée. J'aurais pensé que vous seriez content d'être à l'abri de la pluie ce soir. »

La majeure partie du foin était en balles entassées le long des murs, mais il y en avait plus qu'assez en vrac pour se fabriquer une couchette avec sa cape par-dessus. Thom apparut au sommet de l'échelle au moment où Mat sortait de son écritoire en cuir deux pains et un triangle de fromage veiné de vert. L'aubergiste — son nom était Jeral Florry — avait cédé ces aliments en échange de juste assez de pièces de monnaie pour acheter un de ces chevaux en des temps plus paisibles. Ils mangèrent tandis que la pluie commençait à marteler le toit, arrosant cette nourriture avec l'eau de leurs gourdes — Florry n'avait de vin à aucun prix — et, quand ils eurent fini, Thom sortit sa boîte d'amadou, tassa du tabac dans le fourneau de sa pipe à long tuyau et s'installa pour fumer.

Couché sur le dos, Mat contemplait le toit plongé dans l'ombre et se demandait si la pluie cesserait avant le matin — il voulait se débarrasser de cette lettre le plus vite possible — lorsqu'il entendit un grincement d'essieu entrant dans l'écurie. Roulant jusqu'au bord du grenier, il regarda en bas. Le crépuscule était encore assez clair pour qu'il y voie.

Une femme mince se redressait entre les brancards de la charrette à hautes roues qu'elle venait de tirer à l'intérieur, à l'abri de la pluie, enlevait son manteau et soliloquait entre ses dents tandis qu'elle le secouait pour que les gouttes de pluie tombent. Ses cheveux étaient tressés en une multitude de fines nattes et sa robe de soie — il eut l'impression qu'elle était vert pâle — s'ornait de broderies compliquées en travers de la poitrine. Cette robe avait été belle naguère, mais maintenant elle était abîmée et tachée. Elle se frotta le dos avec le poing, en continuant à monologuer à voix basse, et se précipita vers les portes de l'écurie pour regarder au-dehors à travers la pluie. Tout aussi rapidement, elle s'élança tête baissée et tira les grandes portes qu'elle ferma, plongeant l'écurie dans l'obscurité. Il y eut en bas un bruissement, un cliquetis et un clapotement, et soudain une petite flambée de clarté s'épanouit dans une lanterne qu'elle tenait à la main. Elle regarda autour d'elle, trouva un crochet sur un haut pilier, y suspendit la lanterne et alla fouiller sous la toile maintenue par des cordes qui recouvrait sa charrette.

« Elle a fait bien vite, dit tout bas Thom sans sortir sa pipe de sa bouche. Elle aurait pu mettre le feu à l'écurie, à battre comme ça dans le noir un briquet à silex. »

La femme se dégagea de la bâche avec à la main un quignon de pain qu'elle rongea comme s'il était rassis et que sa faim ne s'en souciât pas.

« Est-ce qu'il reste encore de ce fromage ? » chuchota Mat. Thom secoua la tête.

La femme commença à renifler l'air et Mat se rendit compte qu'elle avait probablement senti la fumée du tabac de Thom. Il s'apprêtait à se lever et à signaler leur présence quand un des battants de la porte de l'écurie se rouvrit.

La femme se ramassa sur elle-même, prête à détaler, tandis que quatre hommes entraient, fuyant la pluie, et ôtaient leurs manteaux trempés, ce qui laissa voir des tuniques claires avec de larges manches et de la broderie sur la poitrine, ainsi que des culottes bouffantes avec des broderies le long des jambes. Leurs vêtements étaient peut-être fantaisie, mais eux étaient tous des hommes taillés en force et leurs visages avaient une expression menaçante.

« Eh bien, Aludra, déclara un homme portant une tunique jaune, tu n'as pas couru aussi vite que tu le croyais, hein ? » Il avait un accent qui parut bizarre à Mat.

« Tammuz ! s'exclama la femme sur le ton dont elle aurait proféré un juron. Ce n'est pas assez que ta balourdise ait été cause de mon expulsion de la Guilde, espèce de grosse cervelle bovine, il faut aussi que tu me poursuives, maintenant. » Elle avait le même drôle d'accent que l'homme. « Tu t'imagines que je suis contente de te voir ? »

Le dénommé Tammuz rit. « Comme imbécile, tu te poses

un peu là, Aludra, je le sais depuis toujours. Si tu t'étais contentée de t'en aller, tu aurais pu mener une longue vie dans un endroit tranquille, mais tu n'as pas pu oublier les secrets qu'il y avait dans ta tête, hein ? Tu ne pensais pas que nous apprendrions que tu essaies de te tirer d'affaire en fabriquant ce que seule la Guilde est habilitée à fabriquer ? » Soudain un poignard apparut dans sa main. « Ce sera un grand plaisir de te trancher la gorge, Aludra. »

Mat n'avait même pas eu conscience qu'il s'était levé avant qu'une des doubles cordes pendant du toit se retrouve dans ses mains et qu'il se soit élancé hors du fenil. *Que je brûle si je ne suis pas un sacré idiot!*

Il eut à peine le temps de formuler cette réflexion fébrile qu'il fonçait déjà dans le groupe des arrivants, les renversant comme des quilles. La corde lui glissa des mains et il tomba, roulant lui aussi sur le sol couvert de paille, des pièces de monnaie jaillissant de ses poches; il termina sa course contre une des stalles. Lorsqu'il se remit tant bien que mal sur pied, les quatre hommes se redressaient aussi. Et à présent tous étaient armés d'un poignard. *Quel animal aveuglé par la Lumière! Que je sois brûlé! Brûlé!*

« Mat ! »

Il leva la tête et Thom lui lança son bâton d'escrime. Il l'attrapa au vol à temps pour faire sauter sa lame du poing de Tammuz et lui asséner un coup sec sur la tempe. L'homme s'effondra mais les trois autres étaient juste derrière et pendant un moment de fiévreuse activité Mat dut user de toute son adresse à manier le bâton pour tenir à distance les lames de poignard par ses prestes évolutions, frappant genoux, chevilles et côtes jusqu'à ce qu'il parvienne à asséner un bon coup sur une tête. Quand le dernier homme tomba, il contempla un instant ses assaillants à terre, puis releva un regard irrité vers la femme. « Qu'est-ce qui vous obligeait à choisir cette écurie pour vous y faire assassiner ? »

Elle glissa dans un fourreau suspendu à sa ceinture une dague fine. « Je vous aurais bien aidé, mais j'ai craint que vous me preniez pour un de ces grands bouffons si je m'approchais avec une arme dans la main. Et j'ai choisi cette écurie parce que la pluie mouille et que je suis mouillée aussi, et que personne ne surveillait cet endroit-ci. »

Elle était plus âgée qu'il ne l'avait supposé, d'au moins dix ou quinze ans de plus que lui, mais encore jolie, avec de grands yeux noirs et une petite bouche charnue qui paraissait prête à esquisser une moue. *Ou accueillir un baiser.* Il émit un petit rire et s'appuya sur son bâton. « Eh bien, ce qui est fait est fait. Je suppose que vous ne cherchiez pas à nous attirer des ennuis. » Thom descendait du grenier, gauchement à cause de sa jambe, et les yeux d'Aludra allèrent de lui à Mat. Le ménestrel avait endossé de nouveau sa cape ; il laissait rarement quelqu'un le voir sans elle, surtout pour la première fois. « C'est comme dans un conte, dit-elle, je suis sauvée par un ménestrel et un jeune héros » — elle décocha un regard sombre aux hommes affalés sur la paille de l'écurie — « de ceux-là qui ont eu pour mères des truies !

— Pourquoi voulaient-ils vous tuer ? questionna Mat. Il a fait allusion à des secrets.

— Les secrets, déclara Thom sur un ton très proche de celui qu'il adoptait pour ses récitals, de la fabrication des fusées d'artifice, ou je me trompe fort. Vous êtes une Illuminatrice, n'est-ce pas ? » Il exécuta une révérence élégante avec un envol artistique de son manteau. « Je suis Thom Merrilin, ménestrel ainsi que vous l'avez constaté. » Presque comme s'il y pensait à retardement, il ajouta : « Et voici Mat, un jeune homme qui a le don d'aller au-devant des ennuis.

— J'étais une Illuminatrice, dit Aludra sèchement, mais ce grand porc de Tammuz, il a gâché une représentation pour le Roi du Cairhien et il a aussi failli détruire la Maison du Chapitre. Seulement moi j'étais Maîtresse de la Maison du Chapitre, de sorte que c'est moi que la Guilde en a tenue pour responsable. » Sa voix prit l'accent de la justification. « Je ne divulgue pas les secrets de la Guilde, quoi que raconte Tammuz, mais je ne vais pas me laisser mourir de faim alors que je peux faire des fusées. Je n'appartiens plus à la Guilde, alors les règlements de la Guilde, ils ne s'appliquent plus à moi maintenant.

— Galldrian, commenta Thom avec presque la même intonation sèche que la sienne. Eh bien, c'est un roi mort à présent et il ne regardera plus de feux d'artifice.

— Les membres de la Guilde, reprit-elle d'une voix

lasse, c'est tout juste s'ils ne me rendent pas responsable de cette guerre civile au Cairhien, comme si cette unique nuit de malheur, elle avait fait mourir Galldrian. » Thom tiqua. « Visiblement, je ne peux plus rester ici, reprit-elle. Tammuz et ces autres bœufs de labour, ils vont se réveiller bientôt. Cette fois-ci, qui sait s'ils n'iront pas dire aux soldats que j'ai volé ce que je fabrique. » Elle dévisagea Thom, puis Mat, le front plissé par la réflexion, et parut aboutir à une décision. « Il faut que je vous récompense, mais je n'ai pas d'argent. Toutefois, j'ai quelque chose qui vaut peut-être autant que de l'or. Davantage même, c'est possible. Nous allons voir ce que vous en pensez. »

Mat échangea un coup d'œil avec Thom tandis qu'elle se dirigeait vers sa charrette et fouillait sous la bâche qui la recouvrait. *J'aiderai quiconque peut payer.* Il crut distinguer une lueur pensive dans les yeux bleus de Thom.

Aludra sépara un paquet d'un certain nombre d'autres semblables, un court rouleau de forte toile huilée presque assez gros pour qu'elle en ait plein les bras. Elle le déposa sur la paille, détacha les cordes qui le maintenaient et déroula la toile par terre. Quatre rangs de poches occupaient toute sa longueur, les poches de chaque rangée plus grandes que celles de la rangée précédente. Chaque poche contenait un cylindre de papier enduit de cire juste assez haut pour qu'en émerge son extrémité d'où pendait un cordon foncé.

« Des fusées d'artifice, commenta Thom. Je le savais. Aludra, vous ne devez pas faire cela. En les vendant vous aurez assez pour séjourner dix jours dans une bonne auberge et bien manger chaque jour. Du moins partout sauf ici, dans Aringill. »

Elle s'agenouilla près de la longue bande de toile huilée et eut un reniflement de dédain à son adresse. « Taisez-vous donc, vous, l'Ancien. » Elle le dit sur un ton qui n'avait rien de désagréable. « Je n'ai pas le droit de témoigner ma gratitude ? Vous croyez que je vous donnerais cela si je n'en avais pas d'autres à vendre ? Écoutez-moi attentivement. »

Mat s'accroupit sur ses talons à côté d'elle, fasciné. Il avait vu des fusées d'artifice deux fois dans sa vie. Des colporteurs les avaient apportées au Champ d'Emond, ce qui avait coûté fort cher au Conseil du Village. Quand il avait dix ans, il avait voulu en ouvrir une pour voir ce qu'il y avait dedans et avait déclenché un beau tumulte. Bran al'Vere, le maire, l'avait giflé ; Doral Barran, qui était la Sagesse à l'époque, l'avait fouetté ; et son père lui avait administré une correction à coups de ceinture lorsqu'il était rentré à la maison. Personne au village n'avait voulu lui parler pendant un mois, excepté Rand et Perrin, et ils lui avaient surtout répété qu'il s'était conduit comme un idiot. Il allongea le bras pour toucher un des cylindres. Aludra écarta sa main d'une tape.

« Écoutez-moi d'abord, j'ai dit ! Les plus petites, elles produiront un grand "bang", mais pas plus. » Les fusées avaient la taille du petit doigt de Mat. « Les suivantes, elles produisent un "bang" et une lumière vive. Les autres, elles permettent d'obtenir le "bang", la lumière et beaucoup d'étincelles. Les dernières » — elles étaient plus grosses que le pouce de Mat — « offrent l'ensemble de ces effets, mais leurs étincelles ont de nombreuses couleurs. Presque comme un bouquet de météores, seulement pas venus du ciel. »

*Un bouquet de météores ?* répéta Mat en lui-même.

« Vous devez vous montrer particulièrement prudent avec celles-ci. Vous voyez, la mèche, elle est très longue. » Elle remarqua son air interdit et agita sous son nez un des longs cordons sombres. « Ça, ça !

— À quoi on met le feu, marmotta-t-il. Oui, je sais. » Thom émit un bruit de gorge et se caressa la moustache avec un doigt replié comme pour masquer un sourire.

Aludra acquiesça d'un « hem ». « Où l'on met le feu, exact. Ne restez à proximité d'aucune, mais pour ces fusées, vous vous éloignez en courant dès que vous avez allumé la mèche. Vous me comprenez ? » Elle roula avec énergie la longue bande de toile. « Vous pouvez les vendre si vous en avez envie, ou les utiliser. Rappelez-vous, ne les approchez jamais du feu. Le feu les ferait exploser. Une telle quantité à la fois, cela détruirait peut-être bien une maison. » Elle hésita tout en rajustant les cordes, puis ajouta : « Et une dernière chose, dont il se peut que vous ayez entendu parler. N'ouvrez aucune de ces fusées, comme quelques fieffés imbéciles le font pour voir ce qui se trouve à l'intérieur. Parfois, quand ce qu'il y a dedans entre en contact avec l'air, la fusée explose sans qu'il soit besoin de feu. Vous pouvez y perdre des doigts ou même une main.

— Je l'ai entendu dire », répliqua sèchement Mat.

Elle le regarda d'un air soucieux comme si elle craignait qu'il essaie quand même, puis finalement poussa le paquet en forme de rouleau vers lui. « Tenez. Il faut que je m'en aille à présent, avant que ces fils de chèvre reprennent leurs esprits. » Jetant un coup d'œil à la porte toujours ouverte et à la pluie qui tombait dans le noir au-delà, elle poussa un soupir. « Peut-être que je dénicherai un endroit sec ailleurs. Je pense aller vers Lugard, demain. Ces porcs, ils s'attendront à ce que je me rende à Caemlyn, hein ? »

Le trajet était encore plus long jusqu'à Lugard que jusqu'à Caemlyn et Mat se rappela soudain le quignon de pain dur. Et elle avait dit qu'elle n'avait pas d'argent. Les fusées d'artifice ne permettraient pas de payer de quoi manger avant qu'elle rencontre quelqu'un ayant les moyens de les acheter. Elle n'avait même pas eu un regard vers l'or et l'argent qui avaient jailli de ses poches quand il était tombé ; les pièces scintillaient et miroitaient au milieu de la paille dans la clarté de la lanterne. *Ah, Lumière, je ne peux pas la laisser aller le ventre vide, je suppose.* Il ramassa prestement ce qui était à sa portée.

« Heu... Aludra ? Je n'en manque pas, comme vous pouvez voir. Je me suis dit que peut-être... » Il lui tendit les pièces. « J'ai toujours la possibilité d'en gagner d'autres. »

Elle s'immobilisa, sa cape à moitié sur ses épaules, puis elle sourit à Thom en achevant de draper le reste sur elle. « Il est jeune encore, hein ?

— Il est jeune, acquiesça Thom. Et pas moitié aussi mauvais qu'il aimerait le croire. Parfois, il ne l'est pas du tout. »

Mat les foudroya l'un et l'autre du regard, puis abaissa la main.

Soulevant les brancards de sa charrette, Aludra la fit tourner et se dirigea vers la porte, décochant au passage un coup de pied dans les côtes de Tammuz. Il poussa un vague grognement.

« Il y a quelque chose que j'aimerais savoir, Aludra, dit Thom. Comment avez-vous allumé cette lanterne si vite dans le noir ? »

S'arrêtant au seuil de la porte, elle lui sourit par-dessus son épaule. « Vous souhaitez que je vous raconte tous mes secrets ? Je suis reconnaissante mais pas amoureuse. Ce secret, même la Guilde ne le connaît pas, car c'est ma découverte personnelle. Je vous confierai au moins cela. Quand je saurai l'utiliser correctement et seulement quand je le veux, des bouts de bois me rendront riche. » Pesant de tout son poids sur les brancards, elle entraîna la charrette sous la pluie et la nuit l'engloutit.

« Des bouts de bois ? » répéta Mat. Il se demandait si elle n'avait pas la tête un peu dérangée.

Tammuz grogna de nouveau.

« Mieux vaut que nous imitions son exemple, mon garçon, déclara Thom. Sinon il ne nous restera que le choix entre couper quatre gorges ou passer peut-être les quelques jours prochains à nous expliquer devant les Gardes de la Reine. Ces bonshommes sont du genre à les lâcher à nos trousses par rancune. Et ils ont largement de quoi se montrer vindicatifs, je suppose. » L'un des compagnons de Tammuz eut un mouvement convulsif comme s'il revenait à lui et marmotta quelque chose d'incompréhensible.

Le temps qu'ils aient rassemblé toutes leurs affaires et sellé les chevaux, Tammuz s'était redressé sur les mains et les genoux, la tête pendante, et les autres remuaient aussi en gémissant.

Sautant en selle, Mat contempla la pluie par l'embrasure de la porte ; elle tombait plus dru que jamais. « Un sacré héros, dit-il. Si jamais j'ai l'air de vouloir de nouveau jouer les héros, donnez-moi un bon coup de pied.

— Qu'aurais-tu donc fait autrement ? »

Mat lui jeta un regard noir, puis remonta son capuchon et étala le bas de sa cape par-dessus le gros rouleau arrimé derrière le haut troussequin de sa selle. Même si la toile était huilée, un peu de protection supplémentaire contre la pluie ne pouvait pas nuire. « Contentez-vous de m'asséner un coup de pied ! » Il talonna les côtes de son cheval et s'enfonça au galop dans la nuit pluvieuse.

## *41. Serment de Chasseur*

Tandis que *L'Oie des Neiges,* ses voiles ferlées, avançait vers le long alignement des quais de pierre d'Illian, propulsée par ses rameurs, Perrin se tenait près de l'arrière et observait une multitude d'échassiers pataugeant dans les hautes herbes du marais qui encerclait pratiquement le vaste port. Il reconnaissait les petites grues blanches et se doutait de ce qu'étaient leurs beaucoup plus imposants congénères au plumage bleu, mais quant à bon nombre des oiseaux huppés — au plumage rouge ou rose, certains avec des becs plats plus larges que celui des canards — il ignorait complètement leurs noms. Une douzaine de variétés de mouettes plongeaient vers le port et reprenaient aussitôt leur essor, et un oiseau noir au long bec pointu volait juste au ras de l'eau, sa mâchoire inférieure y creusant un sillon. Des navires trois et quatre fois plus massifs que *L'Oie des Neiges* étaient à l'ancre, disséminés à la surface du bassin du port, attendant leur tour pour aborder aux quais ou le renversement de marée pour s'élancer au-delà du grand môle. Des petits bateaux de pêche s'affairaient à proximité du marais et dans les étroits cours d'eau qui serpentaient au travers, montés chacun par deux ou trois hommes traînant des filets tendus sur des perches qui dépassaient de chaque côté de l'embarcation.

Le vent apportait une piquante senteur de sel et ne combattait guère la chaleur. Le soleil était déjà plus qu'à moitié de sa course descendante vers l'horizon, mais on se serait cru en plein midi. L'air donnait l'impression d'être moite. C'était le seul qualificatif que Perrin pouvait lui donner. Moite. Son nez capta l'odeur de poisson frais provenant des bateaux, de vieux poisson et de boue du marais et l'aigre puanteur d'un vaste chantier de tannerie installé sur une île dépourvue d'arbres au milieu de la verdure du marécage.

Le capitaine Adarra murmura quelque chose à voix basse derrière lui, la barre grinça et *L'Oie des Neiges* changea légèrement de cap. Les marins pieds nus manœuvrant les rames se déplaçaient comme s'ils ne voulaient pas faire de bruit. En dehors d'un bref coup d'œil, Perrin évita de les regarder.

Au lieu de cela, il observa la tannerie, suivant des yeux des hommes qui écharnaient des peaux tendues sur des rangées de cadres en bois et d'autres hommes qui soulevaient avec de longs bâtons les peaux immergées dans d'énormes cuves enterrées. Tantôt ils entassaient les peaux sur des brouettes et les emportaient dans le long bâtiment bas en lisière du chantier; tantôt les peaux retournaient dans les cuves où étaient rajoutés des liquides contenus dans de grandes cruches de pierre. Ils préparaient probablement en un jour plus de cuir qu'au Champ d'Emond en plusieurs mois, et il apercevait une deuxième tannerie sur une autre île derrière la première.

Ce n'était pas qu'il portât un réel intérêt aux navires, bateaux de pêche ou tanneries, ni même un grand intérêt aux oiseaux — bien que se demandant ce que ces oiseaux roses pouvaient bien pêcher avec leur bec plat, sans compter que quelques-uns auraient été tentants à manger s'il ne s'était pas surveillé — mais n'importe quoi valait mieux que d'assister à ce qui se passait derrière lui sur le pont de *L'Oie des Neiges.* La hache suspendue à sa ceinture n'était pas une protection contre ça. *Un rempart de pierre n'en serait même pas une suffisante,* pensa-t-il.

Moiraine n'avait été ni contente ni mécontente de découvrir que Zarine — *Je ne l'appellerai pas Faile, quelque nom qu'elle veuille choisir pour elle! Elle n'est pas un faucon!* — savait qu'elle était une Aes Sedai, bien qu'elle eût peut-être été un peu fâchée contre lui pour ne l'en avoir pas prévenue. *Un peu contrariée. Elle m'a traité d'idiot, mais c'est tout. Alors.* Que Zarine soit un Chasseur en quête du Cor de

Valère avait laissé apparemment Moiraine indifférente. Par contre, une fois qu'elle avait appris que la jeune fille pensait qu'ils la conduiraient jusqu'au Cor, une fois qu'elle avait appris qu'il était aussi au courant de ce détail et ne l'en avait pas informée — Zarine, à son avis, s'était montrée envers Moiraine d'une franchise excessive sur ces deux sujets —, alors la froideur du regard bleu dont elle le dévisageait avait pris une intensité provoquant en lui la sensation d'être encaqué dans un baril plein de neige au cœur de l'hiver. L'Aes Sedai ne disait rien, mais elle le dévisageait trop souvent et trop durement pour le repos de son esprit.

Il regarda par-dessus son épaule et se remit précipitamment à examiner le rivage. Zarine était assise en tailleur sur le pont près des chevaux à l'attache entre les mâts, son baluchon et sa cape à côté d'elle, son étroite jupe divisée en deux soigneusement disposée, feignant de contempler les toits et les tours de la ville qui approchait. Moiraine aussi observait Illian, postée juste devant les matelots s'affairant à ramer, mais, de temps en temps, sous l'auvent de la profonde capuche de sa cape en beau drap de laine gris, elle jetait un coup d'œil sévère à la jeune fille. *Comment peut-elle s'accommoder de porter cette cape ?* Le bliaud de Perrin était déboutonné et le cordon fermant le col de sa chemise était délacé.

Zarine répondait par un sourire à chaque coup d'œil de l'Aes Sedai, mais dès que Moiraine se détournait elle avalait sa salive et s'épongeait le front.

Perrin éprouvait une certaine admiration à son égard pour réussir à sourire quand Moiraine la fixait. C'était beaucoup plus qu'il n'en était capable. Il n'avait jamais vu l'Aes Sedai se mettre carrément en colère, mais lui-même était sur le point de désirer qu'elle s'emporte ou jette feu et flamme ou n'importe quoi sauf qu'elle le dévisage ainsi. *Par la Lumière, tout de même pas n'importe quoi !* Peut-être ce regard était-il supportable.

Lan était assis encore plus près que Moiraine de l'avant du bateau — son manteau aux couleurs changeantes était toujours rangé dans ses fontes à ses pieds —, en apparence absorbé par l'examen de sa lame d'épée mais faisant peu d'efforts pour cacher son amusement. Quelquefois, ses lèvres s'étiraient ce qui ressemblait fort à un sourire. Perrin n'en était pas certain ; par moments, il croyait que c'était seulement l'effet d'un jeu d'ombre. Les ombres peuvent donner à un marteau l'air de sourire. Chacune des deux femmes pensait visiblement être l'objet de cet amusement, mais le Lige ne paraissait pas se formaliser des mines sombres aux lèvres pincées que l'une et l'autre lui réservaient.

Quelques jours auparavant, Perrin avait entendu Moiraine demander à Lan, d'un ton glacial, ce qu'il trouvait de risible. « Je ne rirais jamais de toi, Moiraine Sedai, avait-il répliqué avec calme, mais si tu as vraiment l'intention de m'envoyer à Myrelle il faut que je m'habitue à sourire. J'ai entendu dire que Myrelle plaisante avec ses Liges. Les Gaidins doivent sourire aux mots d'esprit de celles à qui ils ont prêté serment ; tu m'as souvent dit des plaisanteries pour me faire rire, n'est-ce pas ? Peut-être préférerais-tu que je reste avec toi, finalement. » Elle lui adressa un regard qui aurait cloué au mât n'importe qui d'autre, mais le Lige ne cilla même pas. Lan rendait l'acier trempé pareil à de l'étain.

Les marins avaient pris l'habitude de vaquer à leurs occupations dans un silence total quand Moiraine et Zarine se trouvaient ensemble sur le pont. Le capitaine Adarra tenait la tête penchée de côté, avec l'air d'écouter quelque chose qu'il n'avait pas envie d'entendre. Il chuchotait ses ordres au lieu de les clamer à pleine gorge comme il en avait coutume au début. Tout un chacun savait que Moiraine était une Aes Sedai, à présent, et tout un chacun savait qu'elle était de mauvaise humeur. Un jour, Perrin s'était laissé entraîner à se quereller à tue-tête avec Zarine et il n'aurait pas pu dire lequel avait prononcé les mots « Aes Sedai », mais l'équipage entier était au courant. *Sacrée bonne femme !* Il n'était pas sûr s'il pensait à Moiraine ou à Zarine. *Si elle est le faucon, qui est censé être l'épervier ? Par la Lumière ! Non ! Elle n'est pas un faucon, un point c'est tout.* Le seul avantage qu'il voyait à cette situation était qu'avec une Aes Sedai en colère à ménager, aucun des membres de l'équipage ne regardait ses yeux par deux fois[1].

1. Les yeux de Perrin, on s'en souvient, ont changé de couleur et pris celle, jaune d'or, des yeux des loups, ce qui provoque la curiosité, l'inquié-

Loial n'était nulle part en vue, pour le moment. L'Ogier demeurait dans sa cabine étouffante chaque fois que Moiraine et Zarine étaient l'une et l'autre sur le pont — pour travailler à ses notes, disait-il. Il ne montait que le soir, fumer la pipe. Perrin se demandait comment il supportait la chaleur; même Moiraine et Zarine étaient préférables à un séjour en bas.

Il soupira et continua à contempler Illian. La ville dont le bateau approchait était grande — aussi importante que Cairhien ou Caemlyn, les seules deux cités considérables qu'il avait jamais vues — et elle se dressait au-dessus d'un immense marais qui s'étalait sur des lieues comme une plaine d'herbes ondulant au vent. Illian n'avait aucun rempart, mais elle semblait uniquement constituée de tours et de palais. Les bâtiments étaient tous en pierre de couleur claire, sauf quelques-uns apparemment enduits de plâtre blanc, toutefois la pierre était blanche, grise, rougeâtre et même de diverses légères teintes de vert. Des toits de tuile scintillaient de cent différentes nuances sous le soleil. Les longs quais étaient bordés par une quantité de navires, la plupart des géants en comparaison de *L'Oie des Neiges,* et bourdonnaient d'activité à cause du chargement et déchargement des cargaisons. Il y avait des chantiers navals à l'extrémité de la ville, où l'on distinguait de gros bateaux à tous les stades de construction, depuis des carcasses aux épais couples de bois jusqu'aux coques presque prêtes à glisser dans le port.

Peut-être Illian était-elle assez vaste pour tenir les loups en échec. Ils ne chasseraient sûrement pas dans ces marécages. *L'Oie des Neiges* avait distancé les loups qui l'avaient suivi depuis les montagnes. Il chercha avec précaution à entrer en contact avec eux et... ne sentit rien. Une impression de manque bizarre, étant donné que c'était ce qu'il voulait. Ses rêves avaient été ses propres rêves — en majeure partie — depuis cette première nuit. Moiraine l'avait questionné avec froideur là-dessus et il lui avait répondu la vérité. Par deux fois il s'était retrouvé dans cette curieuse sorte de rêve de loup et chaque fois Sauteur était apparu pour le faire

tude et parfois des réactions violentes chez ceux qui s'en aperçoivent et qui y voient la menace de la magie. *(N.d.T.)*

partir en disant qu'il était encore trop jeune, trop inexpérimenté. Quelle conclusion Moiraine en avait tirée, il n'en avait aucune idée; elle ne lui avait rien dit, si ce n'est que mieux valait qu'il se tienne sur ses gardes.

« Ce qui me convient fort bien », grommela-t-il. Il s'était presque habitué à ce que Sauteur soit mort sans l'être, dans les rêves de loups du moins. Derrière lui, il entendit le capitaine Adarra racler le pont avec ses bottes et marmotter quelque chose, surpris que quelqu'un parle à haute voix.

Des amarres furent lancées du bateau sur la terre ferme. Elles n'étaient pas encore complètement capelées sur les bollards de pierre du quai que le frêle capitaine se mit subitement en mouvement, chuchotant avec véhémence à l'adresse de son équipage. Il fit gréer des mâts de charge pour soulever les chevaux et les déposer sur le quai presque aussi rapidement que la passerelle était installée. Le destrier noir de Lan rua et faillit briser le mât qui le hissait. Deux mâts furent nécessaires pour l'énorme monture de Loial aux boulets velus.

« Un honneur, murmura Adarra en saluant Moiraine comme elle s'engageait sur la large planche conduisant au quai. Un honneur de vous avoir servie, Aes Sedai. » Elle descendit à terre d'un pas rapide sans le regarder, son visage dissimulé dans les profondeurs de sa capuche.

Loial n'apparut que lorsque tous les autres furent sur le quai, et les chevaux débarqués aussi. L'Ogier martelait lourdement la passerelle en s'efforçant d'enfiler sa longue tunique, tout en portant ses grosses fontes et son rouleau de couvertures à rayures, ainsi que sa cape sur un bras. « Je ne savais pas que nous étions arrivés, s'écria-t-il, essoufflé, de sa voix puissante. Je relisais mes... » Il s'interrompit en jetant un coup d'œil à Moiraine. Elle semblait absorbée dans la contemplation de Lan qui sellait Aldieb, mais les oreilles de l'Ogier frémirent comme celles d'un chat nerveux.

*Ses notes,* songea Perrin. *Un de ces jours, il faudra que je voie ce qu'il dit de tout ceci.* Quelque chose lui chatouilla la nuque et il sursauta avant de se rendre compte qu'il captait une fraîche senteur d'herbe à travers les odeurs d'épices et de goudron ou la puanteur des quais.

Zarine souriait à ses doigts en les faisant remuer. « Si

j'obtiens ce résultat juste en vous effleurant des doigts, paysan, je me demande à quelle hauteur vous sauteriez si je... ? »

Il commençait à se lasser un peu des regards scrutateurs lancés par ces yeux sombres en amande. *Elle est jolie, certes, mais elle me regarde comme je regarderais un outil que je n'aurais jamais vu auparavant, cherchant à découvrir comment il est fabriqué et pour quel usage.*

« Zarine. » La voix de Moiraine était froide mais tranquille.

« Je m'appelle Faile », répliqua d'un ton ferme Zarine et pendant un instant, avec son nez à la forme affirmée, elle eut bien l'air d'un faucon.

« Zarine, déclara Moiraine avec autorité, il est temps que nos chemins se séparent. Vous trouverez ailleurs un terrain de chasse meilleur et moins dangereux.

— Je ne le pense pas, répliqua Zarine avec autant d'autorité. Une Chasseresse doit suivre la piste qu'elle voit et aucun Chasseur ne négligerait la trace que vous quatre laissez. Et je suis Faile. » Elle gâcha un peu son effet en déglutissant, mais elle ne baissa pas les yeux devant ceux de Moiraine.

« En êtes-vous certaine ? dit à mi-voix Moiraine. Êtes-vous sûre que vous ne changerez pas d'avis... Faucon ?

— Non, je n'en changerai pas. Il n'y a rien que vous ou votre Lige à face de pierre pourriez faire pour m'en empêcher. » Zarine hésita, puis ajouta avec lenteur, comme si elle avait résolu d'être d'une franchise absolue : « Du moins n'y a-t-il rien que vous fassiez qui puisse m'arrêter. Je connais un peu ce qu'il en est des Aes Sedai ; je sais, quoi qu'on dise, qu'il y a des choses que vous ne ferez pas. Et je ne crois pas que Face-de-pierre ferait ce qui m'obligerait à renoncer.

— Le pensez-vous avec assez de conviction pour en courir le risque ? » Lan parlait calmement et son expression n'avait pas changé, mais Zarine avala de nouveau sa salive.

« La menacer n'est pas nécessaire, Lan », dit Perrin. Il fut surpris de se rendre compte qu'il regardait le Lige avec irritation.

Un coup d'œil de Moiraine les réduisit au silence, lui et le

Lige. « Vous estimez savoir ce dont s'abstient une Aes Sedai, hein ? » déclara-t-elle encore plus doucement qu'avant. Son sourire n'était pas rassurant. « Si vous désirez venir avec nous, voici quelles seront vos obligations. » Les paupières de Lan battirent sous l'effet de la surprise ; les deux femmes se dévisageaient comme un faucon et une souris, mais maintenant Zarine n'était pas le faucon. « Vous allez jurer par votre serment de Chasseresse d'exécuter ce que je commande, de m'obéir, et de ne pas nous quitter. Vous en connaissez davantage sur nous que vous ne le devriez et je ne permettrai pas que vous tombiez entre des mains adverses. N'en doutez pas, jeune fille. Vous allez jurer d'agir comme l'un de nous et de ne rien entreprendre qui compromette notre dessein. Vous ne poserez pas de questions concernant l'endroit où nous nous rendons ni ne demanderez pourquoi ; vous vous contenterez de ce que je choisirai de vous dire. Tout cela, vous allez le jurer, sinon vous resterez ici dans Illian. Et vous ne sortirez pas de ce marais avant que je revienne vous libérer, quand bien même cela durerait jusqu'à la fin de vos jours. Cela, je le jure, moi. »

Zarine détourna la tête, anxieusement, guettant d'un œil Moiraine. « Il me sera possible de vous accompagner si je jure ? » L'Aes Sedai acquiesça d'un signe. « Je serai l'un de vous, au même titre que Loial ou que Face-de-pierre. Par contre, je ne peux pas poser de questions. Ont-ils le droit d'en poser ? » Le visage de Moiraine perdit un peu de son expression patiente. Zarine se redressa de toute sa taille et leva haut la tête. « Très bien, donc. Je le jure, par le serment que j'ai prêté en tant que Chasseresse. Si je manque à l'un, j'aurai manqué aux deux. Je le jure !

— Entendu », dit Moiraine en effleurant le front de la jeune fille ; Zarine frissonna. « Puisque c'est toi qui nous l'as amenée, Perrin, tu en es responsable.

— Moi ! s'exclama-t-il d'une voix étranglée.

— Je ne suis sous la responsabilité de personne sauf la mienne ! » protesta Zarine presque dans un hurlement.

L'Aes Sedai poursuivit sereinement comme s'ils n'avaient jamais ouvert la bouche. « Apparemment, tu as trouvé le faucon de Min, *ta'veren*. J'ai essayé de la décourager, mais visiblement elle se perchera sur ton épaule quoi que je fasse. Le Dessin tisse un avenir pour vous, semble-t-il. Toutefois, rappelez-vous ceci. Si j'y suis obligée, je trancherai votre fil pour l'enlever du Dessin. Et si la jeune fille compromet ce qui doit être, tu partageras son sort.

— Je ne lui ai pas demandé de venir ! » protesta Perrin. Moiraine monta tranquillement sur Aldieb, étalant sa cape sur la selle de la jument blanche. « Je ne lui ai rien demandé ! » Loial haussa les épaules à son intention et dit quelque chose à la muette. Sans doute un dicton concernant les dangers d'irriter des Aes Sedai.

« Vous êtes *ta'veren* ? » demanda Zarine d'un ton incrédule. Son regard parcourut ses solides habits de paysan et s'arrêta sur ses yeux jaune d'or. « Eh bien, peut-être. Qui que vous soyez, elle vous menace aussi aisément que moi. Qui est Min ? À quoi ça rime ce qu'elle raconte, que je me percherai sur votre épaule ? » Ses traits se durcirent. « Si vous tentez de me prendre sous votre responsabilité, je vous couperai les oreilles. Vous m'entendez ? »

Avec une grimace, il glissa son arc détendu sous les sangles de sa selle le long du flanc de Steppeur qu'il enfourcha. Après des jours de confinement sur le bateau, le cheval à la robe couleur de loup se montra à la hauteur de son nom jusqu'à ce que Perrin le calme avec une main ferme sur les rênes et des caresses sur son cou.

« Rien de tout cela ne mérite de réponse », grommela-t-il. *Min avait bien besoin de lui parler de ça ! Va donc brûler, Min ! Brûlez aussi, vous, Moiraine ! Et Zarine avec !* Il ne se rappelait pas que Rand ou Mat aient été ainsi harcelés par des femmes. Ou lui-même, avant de quitter le Champ d'Emond. Nynaeve avait été la seule. Et Maîtresse Luhhan, évidemment ; elle régentait aussi bien lui que Maître Luhhan, partout sauf dans la forge. Et Egwene avait une certaine manière de s'y prendre, encore que principalement avec Rand. Maîtresse al'Vere, la mère d'Egwene, arborait toujours un sourire, mais les choses semblaient aussi finir par se faire comme elle le voulait. Et le Cercle des Femmes surveillait tout le monde de près.

Ronchonnant entre ses dents, il se pencha et saisit Zarine par un bras ; elle poussa un cri rauque et faillit laisser choir son baluchon tandis qu'il la hissait derrière sa selle. Cette jupe divisée en deux qu'elle portait lui rendit facile de s'installer à califourchon sur Steppeur. « Moiraine devra vous acheter un cheval, marmonna-t-il. Vous ne pouvez pas parcourir à pied tout le chemin.

— Vous êtes fort, forgeron, dit Zarine en se massant le bras, mais je ne suis pas en fer. » Elle se trémoussa pour assurer son assiette et coinça son baluchon et sa cape entre eux. « J'ai les moyens de m'acheter un cheval, si j'en ai besoin. Tout le chemin jusqu'où ? »

Lan quittait déjà le quai pour entrer dans la ville, Moiraine et Loial derrière lui. L'Ogier se retourna pour regarder Perrin.

« Pas de questions, vous vous souvenez ? Et mon nom est Perrin, Zarine. Pas "le grand", ni "forgeron", ni quoi que ce soit d'autre. Perrin. Perrin Aybara.

— Et le mien est Faile, Mal-Peigné. »

Avec un son proche d'un feulement, il incita du talon Steppeur à rejoindre les autres ; Zarine dut l'empoigner précipitamment par la taille pour éviter d'être projetée pardessus la croupe du cheval louvet. Perrin eut l'impression qu'elle riait.

## 42. « Au Blaireau amadoué »

Le brouhaha de la ville eut tôt fait de noyer le rire de Zarine — s'il s'agissait bien d'un rire — sous le vacarme que Perrin se rappelait avoir entendu dans Caemlyn et dans Cairhien. Les bruits n'étaient pas identiques, plus lents et accordés à un diapason différent, mais c'était néanmoins les mêmes. Bottes, roues et sabots sur un pavement inégal et raboteux, le grincement de charrettes et d'essieux, musique et chansons avec des rires jaillissant d'auberges et de tavernes. Des voix. Un bourdonnement de voix comme s'il mettait la tête dans une ruche géante. Une grande cité, vivante.

En provenance d'une rue transversale, il perçut le claquement d'un marteau sur une enclume et redressa machinalement les épaules. Cela lui manquait de ne pas avoir en main le marteau et les tenailles, tandis que ses coups façonnaient le métal chauffé à blanc d'où jaillissaient des étincelles. Les sons de la forge s'estompèrent derrière eux, étouffés sous le roulement des charrettes et des chariots, les bavardages des boutiquiers et des passants dans les rues. Sous toutes les senteurs de gens et de chevaux, de cuisine et de fours de boulangerie, ainsi que les cent odeurs qu'il avait décelées comme étant particulières aux villes, régnait sous-jacent un relent de marécage et d'eau salée.

Il fut surpris la première fois qu'ils atteignirent un pont à l'intérieur de la ville — une arche de pierre basse enjambant un chenal qui n'avait pas plus de trente pas de large — mais au troisième de ces ponts, il se rendit compte qu'Illian était sillonnée par autant de canaux que de rues, avec des hommes manœuvrant à coups de perche des barges surchargées aussi souvent que jouant du fouet pour faire avancer de lourds chariots. Des chaises à porteurs se frayaient un passage à travers la foule, ainsi que de temps en temps la voiture laquée de quelque riche marchand ou d'un noble, armoriée d'un écusson ou des symboles d'une Maison peints en grand sur les portières. Bon nombre des hommes arboraient de drôles de barbes qui laissaient nue leur lèvre supérieure, tandis que les femmes avaient apparemment du goût pour des chapeaux à grands bords auxquels étaient fixées des écharpes qu'elles enroulaient autour de leur cou.

À un moment donné, ils traversèrent une place immense, de plusieurs fois cent vingt arpents de superficie, entourée par d'énormes colonnes atteignant presque quatorze toises de haut et presque deux de large, ne soutenant qu'une couronne de branches d'olivier sculptées à leur sommet. Un palais blanc colossal se dressait à chaque extrémité de la place, tout en péristyles, balcons aériens, sveltes tours et toits pourpres. Au premier coup d'œil, l'un semblait l'exact pendant de l'autre, mais Perrin se rendit compte qu'il y en avait un juste une fraction plus petit dans chacune de ses dimensions, ses tours peut-être un peu moins hautes d'une coudée et demie.

« Le Palais du Roi, expliqua derrière lui Zarine, et le Grand Hôtel du Conseil. On raconte que le premier Roi d'Illian avait autorisé le Conseil des Neuf à choisir n'importe quelle forme de palais à condition de ne pas en construire un plus grand que le sien. Alors le Conseil a copié le palais royal avec précision mais en diminuant de deux pieds chaque mesure. Et depuis c'est toujours ainsi que cela se passe à Illian. Le Roi et le Conseil des Neuf sont en rivalité perpétuelle et l'Assemblée s'oppose à l'un et à l'autre de sorte que pendant qu'ils s'affrontent les gens du peuple vivent pratiquement à leur guise, sans personne sur le dos pour les surveiller de trop près. Ce n'est pas une existence désagréable, quand on ne peut pas quitter une ville. Je pense que vous serez également content, forgeron, de savoir que cette place s'appelle la Place de Tammaz et que c'est là que j'ai prêté le Serment du Chasseur qui part en quête du Cor de Valère. Je sens que je vais finir par vous en inculquer assez pour que l'on ne prête plus attention au foin emmêlé dans vos cheveux. »

Perrin tint sa langue avec peine, résolu à ne plus s'ébahir aussi ouvertement.

Nul ne semblait prendre Loial pour quelqu'un sortant de l'ordinaire. Il y eut une poignée de passants pour se retourner sur lui et des bambins avaient gambadé un instant à leur suite, mais manifestement les Ogiers n'étaient pas des inconnus dans Illian. Aucun habitant de la ville ne semblait non plus s'étonner de la chaleur ou de l'humidité.

Pour une fois, Loial ne paraissait pas satisfait de cette marque d'acceptation. Ses longs sourcils pendaient sur ses joues et ses oreilles étaient affaissées, mais sur ce point Perrin n'était pas sûr que ce n'était pas seulement un effet de l'atmosphère. Un mélange de sueur et d'humidité de l'air lui collait sa chemise à la peau.

« Avez-vous peur de rencontrer d'autres Ogiers ici, Loial ? » demanda-t-il. Il sentit Zarine remuer contre son dos et maudit sa langue trop longue. Il avait bien l'intention d'en laisser connaître à cette donzelle moins encore que Moiraine apparemment ne voulait lui dire. De cette façon, peut-être s'ennuierait-elle assez pour finir par les quitter. Si Moiraine le permet, à présent. *Que je brûle, je ne tiens pas à avoir un fichu faucon perché sur mon épaule, même si elle est jolie.*

Loial acquiesça d'un hochement de tête. « Nos tailleurs de pierre viennent parfois ici. » Il parlait dans ce qui était un murmure non seulement pour un Ogier mais pour n'importe qui d'autre. Même Perrin l'entendait à peine. « Du *Stedding* Shangtai, je veux dire. C'étaient des tailleurs de pierre de notre *stedding* qui ont bâti une partie d'Illian — la Grande Chambre de l'Assemblée, le Palais du Conseil, quelques-uns des autres — et on envoie toujours nous chercher quand il y a des réparations à faire. Perrin, s'il y a des Ogiers ici, ils m'obligeront à retourner au *stedding*. J'aurais dû y penser plus tôt. Cet endroit me met mal à l'aise, Perrin. » Ses oreilles s'agitèrent nerveusement.

Perrin poussa Steppeur plus près et leva le bras pour tapoter l'épaule de Loial. Il y fallait une bonne allonge, au-dessus de sa tête. Conscient de Zarine en croupe derrière lui, il choisit ses mots avec soin. « Loial, je ne crois pas que Moiraine tolérerait qu'ils vous emmènent. Vous êtes avec nous depuis longtemps et elle a bien l'air de tenir à vous avoir avec nous. Elle s'opposerait à ce qu'on vous remmène, Loial. » *Pourquoi ?* se demanda-t-il soudain. *Elle me garde parce qu'elle estime que je pourrais avoir de l'importance pour Rand et peut-être parce qu'elle ne veut pas que j'aille clabauder ce que je sais à n'importe qui. Possible que ce soit la raison pour laquelle elle veut qu'il reste.*

« Bien sûr qu'elle s'y refuserait. » La voix de Loial était légèrement plus assurée et ses oreilles se redressèrent. « Somme toute, je suis très utile. Si elle avait besoin d'emprunter de nouveau les Voies, elle ne le pourrait pas sans moi. » Zarine eut un mouvement dans le dos de Perrin, et il secoua la tête et essaya d'attirer l'attention de Loial, mais ce dernier ne le regardait pas. Il semblait venir juste d'entendre ce qu'il avait dit et les huppes de ses oreilles étaient légèrement affaissées. « J'espère qu'il ne s'agit pas de ça, Perrin. » L'Ogier regarda la ville autour d'eux et ses oreilles s'affaissèrent complètement. « Je n'aime pas cet endroit, Perrin. »

Moiraine rapprocha sa monture de Lan et lui parla très bas, mais Perrin parvint à saisir ses paroles. « Il y a quelque chose qui ne tourne pas rond dans cette ville. » Le Lige hocha la tête.

Perrin sentit un picotement entre ses épaules. L'Aes Sedai avait une mine grave. *D'abord Loial et maintenant elle. Qu'est-ce que je ne vois pas ?* Le soleil dardait ses rayons sur les tuiles chatoyantes des toits, allumait des reflets sur les murs de pierre claire. Ces immeubles donnaient l'impression d'être frais à l'intérieur. Les bâtiments étaient propres et nets, et aussi les habitants. Les habitants.

Au début, il ne leur trouva rien sortant de l'ordinaire. Des hommes et des femmes allant à leurs affaires, avec décision, mais plus de lenteur qu'il n'y était habitué plus loin vers le nord. Il pensa que c'était à cause de la chaleur ou du soleil éclatant. Puis il remarqua un mitron qui suivait la rue à grands pas, un grand plateau de pains frais en équilibre sur la tête ; le jeune apprenti portait sur sa figure une expression grimaçante qui était presque de la hargne. Une femme devant la boutique d'un tisserand avait l'air prête à mordre l'homme qui présentait à son inspection les pièces de tissu aux couleurs vives. À un coin de rue, un jongleur grinçait des dents et dévisageait les passants qui jetaient des pièces dans le bonnet posé devant lui comme s'il les haïssait. Tous n'avaient pas pareille mine, mais Perrin eut l'impression qu'au moins un visage sur cinq traduisait colère et haine. Et il avait l'impression qu'ils ne s'en rendaient même pas compte.

« Qu'est-ce qui se passe ? demanda Zarine. Vous êtes tendu. C'est comme se cramponner à un rocher.

— Il y a quelque chose qui ne va pas, répondit-il. Je ne sais pas quoi, mais quelque chose cloche. » Loial hocha tristement la tête et murmura que l'on voudrait le renvoyer chez lui.

À mesure qu'ils chevauchaient, traversant encore des ponts en gagnant l'autre côté d'Illian, les bâtiments autour d'eux commencèrent à changer. La pierre claire était aussi souvent brute que polie, à présent. Les tours et palais disparurent, remplacés par des auberges et des entrepôts. Bon nombre des hommes dans les rues et quelques femmes avaient une curieuse démarche chaloupée ; tous avaient les pieds nus qu'il associait avec les gens de mer. Des senteurs de poix et de chanvre imprégnaient fortement l'air, ainsi que la fragrance du bois, fraîchement scié ou bien sec, avec sous-jacente une puanteur de vase aigre. Les odeurs des canaux changeaient aussi, lui faisant froncer le nez. *Pots de chambre,* songea-t-il. *Pots de chambre et vieilles latrines.* Ces relents lui donnaient mal au cœur.

« Le Pont des Fleurs », annonça Lan alors qu'ils traversaient encore un pont bas. Il aspira l'air profondément. « Et maintenant nous sommes dans le Quartier Parfumé. Les Illianers sont des poètes. »

Zarine étouffa un rire contre le dos de Perrin.

Comme soudain impatienté par le rythme lent d'Illian, Lan les conduisit rapidement par les rues jusqu'à une auberge, à deux niveaux de pierre brute veinée de vert surmontés par des tuiles vert clair. Le soir approchait, la lumière devenait plus douce à mesure que le soleil se couchait. Cela apportait un certain soulagement sur le plan de la chaleur, mais pas énorme. Des gamins assis sur des montoirs devant l'auberge se dressèrent d'un bond pour se charger de leurs chevaux. Un garçon aux cheveux noirs d'environ dix ans demanda à Loial s'il était un Ogier et quand Loial eut répondu par l'affirmative, le garçon dit : « Je le pensais bien », avec un hochement de tête satisfait. Il emmena le gros cheval de Loial en lançant en l'air la pièce de cuivre qu'il lui avait donnée et en la rattrapant.

Perrin examina un instant l'enseigne de l'auberge en fronçant les sourcils avant de suivre les autres à l'intérieur. Un blaireau rayé de blanc dansait dressé sur ses pattes de derrière avec un homme portant ce qui ressemblait à une pelle en argent. Y était inscrit : *Au Blaireau amadoué. Il doit s'agir d'un conte dont je n'ai jamais entendu parler.*

De la sciure était répandue sur le sol de la salle commune et la fumée de tabac emplissait l'air. Cela sentait aussi le vin, du poisson en train de cuire dans la cuisine et un lourd parfum de fleur. Les poutres apparentes du haut plafond avaient été façonnées à la hache et noircies par le temps. En ce début de soirée, pas plus d'un quart des tabourets et des bancs étaient occupés, par des hommes en gilet et tunique de travailleurs, quelques-uns avec les pieds nus des marins. Tous s'étaient rassemblés aussi près qu'ils le pouvaient autour d'une table où une jolie jeune femme aux yeux noirs, celle qui portait le parfum, chantait en s'accompagnant d'un cistre à douze cordes et dansait sur la table dans des tournoiements de jupe. Son corsage blanc ample était extrêmement décolleté. Perrin identifia l'air — *La Jeune Danseuse* — mais les paroles que chantait la jeune femme différaient de celles qu'il connaissait.

*Native du Lugard, elle vint à la ville pour voir ce qu'elle*
*[pourrait voir.*
*D'un clin d'œil et d'un sourire sur ses lèvres,*
*elle crocha un garçon ou trois, ou trois.*
*Avec sa cheville fine et sa peau si claire,*
*elle captura le propriétaire d'un navire, d'un navire.*
*Avec un doux petit soupir et un joyeux petit rire,*
*elle fit son chemin librement, oh, si librement.*

Elle attaqua un autre vers et, quand Perrin comprit ce

qu'elle chantait, son visage s'enflamma. Il avait cru que rien ne pourrait plus le choquer après avoir vu danser les jeunes filles dans le camp des Tuatha'ans[1], mais ces danses-là n'offraient que des suggestions. Cette jeune femme disait les choses carrément.

Zarine hochait la tête au rythme de la musique et souriait. Son sourire s'élargit quand elle lui jeta un coup d'œil. « Eh bien, paysan, je ne crois pas avoir rencontré un homme de votre âge encore capable de piquer un fard. »

Il lui jeta un regard furibond et retint tout juste une riposte qu'il savait stupide. *Cette sacrée donzelle me fait sauter avant d'avoir eu le temps de réfléchir. Par la Lumière, je suis prêt à parier qu'elle s'imagine que je n'ai jamais embrassé de fille!* Il s'efforça de ne plus écouter ce que la jeune femme chantait. S'il ne parvenait pas à cesser de rougir, Zarine allait sûrement en prendre avantage pour se moquer encore de lui.

Une brève expression de surprise était apparue sur la figure de la propriétaire de l'auberge à leur entrée. Grande femme aux formes bien remplies, les cheveux ramenés en épais rouleau sur la nuque, enveloppée d'une puissante odeur de savon, elle réprima vite sa surprise, toutefois, et se hâta au-devant de Moiraine.

« Maîtresse Mari, s'écria-t-elle, je n'aurais jamais imaginé vous voir ici aujourd'hui. » Elle hésita, examinant Perrin et Zarine, eut un coup d'œil pour Loial mais pas de l'air inquisiteur qu'elle avait eu pour eux. À vrai dire, ses yeux brillèrent à la vue de l'Ogier, mais son attention se concentrait réellement sur « Maîtresse Mari ». Elle baissa la voix. « Mes pigeons ne sont-ils pas arrivés sains et saufs? » Lan, elle semblait l'accepter comme étant une partie de Moiraine.

« Je suis sûre que si, Nieda, répondit Moiraine. J'étais en voyage, mais je suis certaine qu'Adine a noté tout ce que vous avez signalé. » Elle regarda la jeune femme en train de chanter sur la table sans désapprobation visible ni aucune autre expression. « Le *Blaireau* était nettement plus tranquille, la dernière fois que je suis venue.

1. Voir dans *La Roue du Temps*, premier volume de la série, la rencontre de Perrin avec les Tuatha'ans — ou Rétameurs —, membres du Peuple Voyageur. *(N.d.T.)*

— Eh oui, Maîtresse Mari, il l'était, mais ces rustres ne se sont pas encore remis de l'hiver, à ce qu'il paraît. Je n'avais pas eu de bagarre au *Blaireau* depuis dix ans jusqu'à ce que l'hiver soit complètement fini. » Elle eut un mouvement du menton vers le seul homme qui n'était pas assis près de la chanteuse, un gaillard encore plus massif que Perrin, debout contre le mur, ses gros bras croisés, tapant du pied au rythme de la musique. « Même Bili a eu du mal à les calmer, alors j'ai donc engagé cette jeune femme pour détourner leurs esprits de piquer des crises de colère. C'est de quelque part dans l'Altara qu'elle vient. » Elle pencha la tête de côté, l'écoutant un instant. « Une belle voix, mais je la chantais mieux — oui, et la dansais mieux aussi — quand j'avais son âge. »

Perrin resta bouche bée à l'idée de cette énorme femme cabriolant sur une table en chantant cette chanson — un fragment arriva jusqu'à lui : « Je ne porterai pas de chemise. Pas de chemise du tout » — jusqu'à ce que Zarine lui assène un coup de poing dans le bas des côtes. Il poussa un cri étranglé.

Nieda tourna la tête vers lui. « Je vais vous mélanger du miel et du soufre pour cette gorge, mon garçon. Vous n'avez pas envie d'attraper un rhume avant que le temps se réchauffe, pas avec une jolie fille comme ça à votre bras. »

Moiraine lui jeta un coup d'œil signifiant qu'il la dérangeait. « Bizarre que vous ayez eu des bagarres », reprit-elle. « Je me rappelle bien comment votre neveu coupe court à cela. S'est-il produit quelque chose qui ait rendu les gens plus irritables ? »

Nieda réfléchit un instant. « Peut-être. C'est difficile à dire. Les jeunes seigneurs descendent toujours sur les quais pour courir les jupons et faire la fête comme ils en sont empêchés là où l'air a meilleure odeur. Peut-être viennent-ils plus fréquemment maintenant, depuis le cœur de l'hiver. Peut-être. Et d'autres se disputent plus souvent, aussi. L'hiver a été rude. Cela rend les hommes plus agressifs, et les femmes de même. Toute cette pluie et ce froid. Tenez, deux fois en me réveillant le matin j'ai trouvé de la glace dans ma cuvette. Il n'a pas été aussi dur que l'hiver d'avant, bien sûr, mais celui-là, on n'en avait pas eu de pareil depuis mille ans. Presque assez pour m'inciter à croire ces contes de voyageurs qui parlent d'eau gelée tombant du ciel. » Elle émit un rire léger pour montrer combien peu elle y ajoutait foi. C'était un son bizarre émanant d'une femme aussi imposante.

Perrin secoua la tête. *Elle ne croit pas à l'existence de la neige ?* Toutefois si elle estimait fraîche la température de ce jour, il pouvait admettre d'elle cette incrédulité.

Moiraine baissa la tête, pensive, son capuchon voilant d'ombre son visage.

La jeune femme sur la table entamait une nouvelle strophe et Perrin se surprit à prêter l'oreille malgré lui. Il n'avait jamais entendu parler d'aucune femme agissant même de loin comme ce qu'elle chantait, mais c'était intéressant. Il remarqua que Zarine l'observait et il s'efforça de feindre de n'avoir pas écouté.

« Que s'est-il produit sortant de l'ordinaire dans Illian, récemment ? questionna finalement Moiraine.

— Je suppose que vous pourriez qualifier d'inhabituelle la promotion du Seigneur Brend au Conseil des Neuf, répondit Nieda. Que la Fortune me pique, je ne me rappelle pas avoir jamais entendu son nom avant cet hiver, mais il est venu en ville — de quelque part près de la frontière du Murandy, à ce qu'on raconte — et il a été élu en moins d'une semaine. Il passe pour un homme de valeur et le plus énergique des Neuf — ils se rangent tous à son avis, à ce que l'on dit, bien qu'il soit le plus récent et inconnu — mais parfois je fais de drôles de rêves à son sujet. »

Moiraine ouvrit la bouche — pour que Nieda précise si c'était ces quelques dernières nuits, Perrin en était sûr — mais elle hésita et demanda à la place : « Quel genre de drôles de rêves, Nieda ?

— Oh, des sottises, Maîtresse Mari. Rien que des bêtises. Vous désirez vraiment le savoir ? Des rêves du Seigneur Brend dans des endroits bizarres, et en train de marcher sur des ponts dans le vide. Noyés tous dans le brouillard, ces rêves, mais ils reviennent presque chaque nuit. Avez-vous jamais entendu parler de choses pareilles ? Sottise, que la Fortune me pique ! Pourtant, c'est bizarre. Bili dit qu'il rêve les mêmes rêves. Je crois qu'il connaît mes rêves et les copie. Bili n'est pas des plus malins parfois, je pense.

— Vous êtes peut-être injuste envers lui », commenta Moiraine dans un souffle.

Perrin regarda avec stupeur son capuchon sombre. Elle paraissait bouleversée, plus encore que lorsqu'elle avait cru qu'un nouveau faux Dragon s'était manifesté dans le Ghealdan. Il ne sentait pas de la peur, mais... Moiraine était effrayée. Une pensée bien plus terrifiante qu'une Moiraine en colère. Il pouvait l'imaginer furieuse ; il était incapable de se former une image d'elle craintive.

« Ah, comme je radote ! reprit Nieda en lissant le rouleau sur sa nuque. Comme si mes rêves idiots avaient de l'importance. » Elle émit de nouveau un petit rire. Juste un gloussement ; ce n'était pas aussi ridicule que de croire en la neige. « Vous avez l'air fatiguée, Maîtresse Mari. Je vais vous conduire à vos chambres. Et ensuite un bon repas de raies-rouges pêchés de frais. »

*Raies-rouges ?* Il se dit que ce devait être un poisson ; il sentait des odeurs de poisson en train de cuire.

« Des chambres, répéta Moiraine. Oui. Nous prendrons des chambres. Le repas peut attendre. Des bateaux. Nieda, quels bateaux sont en partance pour Tear ? Demain matin de bonne heure. Il y a quelque chose que je dois faire ce soir. » Lan lui lança un coup d'œil soucieux.

« Pour Tear, Maîtresse Mari ? » Nieda éclata de rire. « Voyons, aucun. Les Neuf ont interdit à tous nos navires de se rendre à Tear voilà déjà un mois et aux navires de Tear de venir ici, bien qu'à mon avis le Peuple de la Mer se moque de l'interdiction. Toutefois, il n'y a aucun bateau lui appartenant dans le port. C'est curieux, d'ailleurs. L'ordre des Neuf, j'entends, et le silence du Roi à ce propos, alors qu'il tempête toujours si les Neuf avancent d'un pas sans son accord. Ou peut-être y a-t-il une autre anguille sous roche. On ne parle que de guerre avec le Tear, mais les bateliers et les charretiers qui transportent des vivres pour l'armée affirment que les soldats regardent tous au nord, vers le Murandy.

— Les sentiers de l'Ombre sont enchevêtrés, répliqua Moiraine d'une voix tendue. Nous ferons ce que nous sommes obligés de faire. Les chambres, Nieda. Puis nous prendrons ce repas. »

La chambre de Perrin était plus confortable qu'il ne s'y attendait, étant donné l'apparence du reste du *Blaireau.* Le lit était large, le matelas moelleux. La porte était en lattes inclinées à la façon des jalousies et, quand il ouvrit les fenêtres, une brise entra dans la pièce apportant les odeurs du port. Avec un léger relent des canaux, aussi, mais du moins cette brise était-elle rafraîchissante. Il suspendit sa cape à une patère ainsi que son carquois et sa hache, et accota son arc dans le coin. Ses autres affaires, il les laissa dans ses fontes et son rouleau de couvertures. La nuit risquait de ne pas être paisible.

Si Moiraine avait paru effrayée auparavant, ce n'était rien auprès du ton de sa voix quand elle avait dit qu'il fallait que quelque chose soit fait ce soir. Alors, pendant un instant, d'elle avait émané l'odeur de la peur comme d'une femme qui annonce qu'elle va plonger la main dans un nid de frelons et les écraser entre ses doigts nus. *Au nom de la Lumière, qu'envisage-t-elle donc ? Si Moiraine est effrayée, je devrais être terrifié.*

Il ne l'était pas, il s'en rendit compte. Pas terrifié ou même effrayé. Il se sentait... excité. Prêt à ce qu'arrive il ne savait quoi, presque avide que cela arrive. Déterminé. Il reconnaissait cet état d'esprit. C'était celui des loups juste avant qu'ils se battent. *Que je brûle, je préférerais avoir peur!*

Il fut le premier à redescendre dans la salle commune, à l'exception de Loial. Nieda avait préparé une grande table pour eux, avec des chaises au dossier à barres horizontales au lieu de bancs. Elle avait même déniché une chaise assez vaste pour Loial. À l'autre bout de la salle, la jeune femme chantait une chanson sur un riche marchand qui, venant de perdre d'une façon invraisemblable son attelage de chevaux, avait décidé pour une raison quelconque de tirer lui-même sa voiture. Les clients assemblés autour d'elle riaient à gorge déployée. Les fenêtres laissaient voir que l'obscurité tombait plus vite qu'il ne s'y était attendu ; l'air donnait l'impression que la pluie n'allait pas tarder à tomber.

« Cette auberge a une chambre pour Ogier, annonça Loial quand Perrin s'assit. Apparemment, toutes les auberges d'Illian en ont une, dans l'espoir de s'attirer la clientèle ogière quand les tailleurs de pierre viennent. Nieda prétend que cela porte bonheur d'avoir un Ogier sous son toit. Je ne crois pas qu'elles en reçoivent beaucoup. Les tailleurs de pierre demeurent toujours ensemble quand ils vont Au-Dehors pour travailler. Les humains sont trop impulsifs et les Anciens craignent toujours que les humeurs s'échauffent et que quelqu'un ajuste un long manche à sa hache. » Il examina les hommes groupés autour de la chanteuse comme s'il les soupçonnait du fait. Ses oreilles étaient de nouveau affaissées.

Le riche marchand était en passe de perdre sa voiture, dans un nouveau concert de rires.

« Avez-vous découvert s'il y a dans Illian des Ogiers du *Stedding* Shangtai ?

— Il y en avait, mais Nieda a dit qu'ils sont partis au cours de l'hiver. Elle dit qu'ils n'avaient pas fini leurs travaux. Je ne comprends pas. Les tailleurs de pierre n'auraient pas laissé leur travail inachevé sauf s'ils n'avaient pas été payés, et Nieda affirme que ce n'était pas le cas. Un matin, ils n'étaient plus là, simplement, bien que des gens les aient vus qui suivaient la Chaussée de Maredo au cours de la nuit. Perrin, je n'aime pas cette ville. Je ne sais pas pourquoi, mais elle me met... mal à l'aise.

— Les Ogiers sont sensibles à certaines choses », dit Moiraine. Elle avait toujours le visage dissimulé, mais Nieda avait apparemment envoyé quelqu'un lui acheter une mante légère en toile bleu foncé. L'odeur de peur n'émanait plus d'elle, mais sa voix était soigneusement mesurée. Lan lui tint sa chaise ; il avait une expression soucieuse dans les yeux.

Zarine descendit la dernière, passant les doigts à travers une chevelure qui venait d'être lavée. La fragrance d'herbe était plus accentuée qu'avant autour d'elle. Elle regarda fixement le plat que Nieda déposait sur la table et murmura entre ses dents : « Je déteste le poisson. »

La corpulente hôtelière avait apporté tout le repas sur un petit chariot à étages ; il était poussiéreux par endroits, comme s'il avait été hâtivement sorti d'un débarras en l'honneur de Moiraine. Les assiettes aussi, qui étaient en porcelaine du Peuple de la Mer, bien qu'ébréchées.

« Mangez, dit Moiraine en braquant les yeux sur Zarine. Rappelez-vous qu'un repas risque d'être pour vous le dernier. Vous avez choisi de voyager avec nous, donc ce soir vous mangerez du poisson. Demain, il se pourrait que vous mouriez. »

Perrin ne reconnut pas les poissons blancs rayés de rouge presque ronds, mais ils sentaient bon. Avec la fourchette de service, il en souleva deux qu'il déposa dans son assiette et adressa un sourire à Zarine tout en avalant une bouchée. Ils avaient aussi bon goût, ces poissons, légèrement épicés. *Mangez votre fichu poisson, faucon,* pensa-t-il. Et il eut aussi l'idée que Zarine avait l'air prête à le mordre.

« Désirez-vous que je fasse taire la chanteuse, Maîtresse Mari ? » questionna Nieda. Elle déposait sur la table des jattes de pois et une sorte de bouillie jaune compacte. « Pour que vous puissiez manger dans le calme ? »

Moiraine qui contemplait son assiette ne parut pas entendre.

Lan écouta un instant — le marchand avait déjà perdu successivement sa voiture, son manteau, ses bottes, son or et le reste de ses vêtements et en était maintenant réduit à batailler avec un porc pour avoir de quoi dîner — et secoua la tête. « Elle ne nous gênera pas. » Il sembla près de sourire pendant un instant, avant de jeter un coup d'œil à Moiraine. Alors son regard redevint soucieux.

« Qu'est-ce qui cloche ? » dit Zarine. Elle laissait de côté le poisson. « Je sais que quelque chose ne va pas. Je ne vous ai pas vu une pareille expression, Face-de-pierre, depuis que je vous ai rencontré.

— Pas de questions ! ordonna sèchement Moiraine. Vous saurez ce que je vous dis et pas davantage !

— Et qu'est-ce que vous allez me dire ? » rétorqua Zarine.

L'Aes Sedai sourit. « Mangez votre poisson. »

Après cet échange, le repas se poursuivit pratiquement en silence, mis à part les chansons qui résonnaient dans la salle. Il y en eut une concernant un homme riche que son épouse et ses filles tournaient constamment en ridicule sans jamais entamer sa suffisance, une autre dont le sujet était une jeune femme qui avait décidé de se promener sans aucun vêtement et une qui racontait l'histoire d'un forgeron qui avait cloué les fers à ses propres pieds au lieu de ferrer le cheval. Zarine faillit s'étouffer de rire à celle-là, s'oublia au point de prendre une bouchée de poisson et grimaça subitement comme si elle s'était mis de la vase dans la bouche.

*Je ne me moquerai pas d'elle,* songea Perrin. *Si bête soit-elle, je lui montrerai ce que sont les bonnes manières.* « Ils sont savoureux, n'est-ce pas ? » dit-il. Zarine lui décocha un coup d'œil acerbe et Moiraine un regard mécontent parce qu'il interrompait ses réflexions, et voilà les seules paroles qui furent prononcées.

Nieda ôtait les assiettes et plaçait sur la table un plateau de fromages variés quand un relent de puanteur infecte hérissa les cheveux sur la nuque de Perrin. C'était l'odeur de quelque chose qui n'aurait pas dû être et il l'avait sentie déjà deux fois auparavant. Il examina la salle commune, mal à l'aise.

La jeune femme chantait toujours à l'intention des clients groupés autour d'elle pour l'écouter, des hommes qui venaient d'entrer du dehors avançaient d'un pas tranquille dans la salle et Bili était toujours adossé au mur, tapant du pied en rythme avec le cistre. Nieda tapota son chignon, inspecta brièvement la salle et se détourna pour pousser le chariot.

Perrin regarda ses compagnons. Loial, comme c'était prévisible, avait tiré un livre de sa poche de tunique et semblait avoir oublié où il se trouvait. Zarine roulait machinalement en forme de boule une miette de fromage blanc et ses yeux allaient à Perrin, puis à Moiraine, puis de nouveau à lui tout en s'efforçant de ne pas en avoir l'air. C'est Lan et Moiraine qui intéressaient vraiment Perrin, à vrai dire. Ils étaient capables de détecter un Myrddraal, un Trolloc, ou n'importe quelle Engeance de l'Ombre avant qu'il s'approche à moins de plusieurs centaines de pas, mais l'Aes Sedai fixait la table devant elle sans la voir ; quant au Lige, il se taillait une part de fromage en l'observant. Cependant l'odeur de malfaisance se trouvait là, comme à Jarra et en bordure de Remen, et cette fois elle ne s'éloignait pas. Elle semblait émaner de quelque chose à l'intérieur de la salle commune.

Il la passa de nouveau en revue. Bili contre le mur, des

hommes traversant la salle, la jeune femme chantant debout sur la table, tous les clients qui riaient, assis autour d'elle. *Des hommes traversant la salle ?* Il fronça les sourcils en les regardant. Six hommes dont la figure n'avait rien de remarquable, qui se dirigeaient vers l'endroit où il était. Des visages très ordinaires. Il s'apprêtait à réexaminer les auditeurs de la chanteuse quand il s'avisa subitement que la puanteur maléfique provenait des six. Tout à coup, des poignards apparurent dans leurs mains, comme s'ils avaient compris qu'il les avait repérés.

« Ils ont des couteaux ! » hurla-t-il à pleine voix et il leur jeta le plateau de fromages à la tête.

La salle commune s'emplit de tumulte, les clients s'exclamaient, la chanteuse criait, Nieda appelait Bili à la rescousse, tout en même temps. Lan se leva d'un bond, une boule de feu jaillit de la main de Moiraine, Loial brandit sa chaise telle une massue et Zarine sauta de côté avec un juron. Elle avait un poignard en main, elle aussi, mais Perrin était trop occupé pour remarquer grand-chose de ce que faisaient les autres. Ces hommes semblaient ne regarder que lui et sa hache était accrochée à une patère dans sa chambre.

S'emparant d'une chaise, il en arracha un pied de derrière qui formait un des montants du dossier à barres horizontales, projeta violemment le reste de la chaise sur le groupe d'hommes et se mit à frapper en tous sens de son long gourdin. Ils s'efforçaient de le pourfendre avec leur lame d'acier, comme si Lan et les autres n'étaient que des obstacles sur leur chemin. C'était une étroite mêlée où il pouvait seulement écarter de lui à coups de gourdin les poignards qui le visaient, et ses plus larges moulinets menaçaient Lan, Loial et Zarine autant que l'un de ses six assaillants. Du coin de l'œil, il aperçut Moiraine qui se tenait à l'écart, une expression de frustration sur le visage ; ils étaient si proches les uns des autres qu'elle ne pouvait rien tenter sans risquer la vie de ses amis autant que celle de leurs adversaires. Aucun des coupe-jarrets ne lui accordait même un coup d'œil ; elle ne se trouvait pas entre eux et Perrin.

Haletant, il réussit à frapper un de ces hommes d'apparence banale en plein sur le crâne avec tant de force qu'il entendit les os se fracasser et il se rendit subitement compte que tous gisaient à terre. Il avait cru que l'échauffourée durait depuis un quart d'heure ou même davantage, mais il vit que Bili venait de s'arrêter, ses grosses mains contractées, et regardait les hommes affalés par terre, morts. Bili n'avait même pas eu le temps de se joindre à la bagarre qu'elle était déjà terminée.

Lan avait une mine encore plus sévère que d'habitude ; il se mit à fouiller les corps, à fond, mais avec une rapidité qui indiquait du dégoût. Loial avait encore sa chaise levée pour la brandir ; il sursauta et la reposa avec un large sourire embarrassé. Moiraine avait les yeux braqués sur Perrin, et Zarine de même, qui retirait sa dague de la poitrine d'un des cadavres. Cette puanteur de malfaisance avait disparu, comme si elle était morte avec eux.

« Des Hommes Gris, murmura l'Aes Sedai, et qui te poursuivaient.

— Des Hommes Gris ? » Nieda rit à la fois fort et nerveusement. « Allons donc, Maîtresse Mari, vous allez dire ensuite que vous croyez aux fantômes, aux loups-garous, aux Revenants et au Vieil Inexorable qui mène la Chasse Sauvage avec ses chiens noirs. » Quelques-uns des hommes qui avaient écouté les chansons rirent, eux aussi, tout en regardant Moiraine avec autant de malaise que les cadavres. La chanteuse également dévisageait Moiraine avec des yeux écarquillés. Perrin se rappela cette boule de feu, avant que la bagarre devienne trop confuse. Un des Hommes Gris avait un aspect légèrement charbonneux et dégageait une écœurante odeur douceâtre de chair brûlée.

Moiraine se détourna de Perrin vers la corpulente aubergiste. « On peut marcher dans les Ténèbres, dit calmement l'Aes Sedai, sans être pour autant une Engeance de l'Ombre.

— Oh, oui, les Amis du Ténébreux. » Nieda planta les mains sur ses hanches généreuses et examina les cadavres en fronçant les sourcils. Lan avait terminé sa fouille ; il jeta un coup d'œil à Moiraine et secoua la tête comme s'il ne s'était pas vraiment attendu à trouver quoi que ce soit. « Plus vraisemblablement des voleurs, bien que je n'aie jamais entendu parler de voleurs assez hardis pour entrer directement dans une auberge. Je n'ai même jamais eu encore un seul meurtre au *Blaireau* jusqu'à maintenant. Bili ! Enlève-les, jette-les dans un canal et répands de la sciure fraîche. Attention, passe par-derrière. Je ne tiens pas à ce que les hommes du Guet fourrent leur long nez dans le *Blaireau.* » Bili acquiesça d'un hochement de tête comme s'il était pressé de se rendre utile après avoir manqué l'occasion d'apporter son aide tout à l'heure. Il empoigna un mort par la ceinture, un dans chaque main, et les emporta vers la cuisine.

« Aes Sedai ? dit la chanteuse aux yeux noirs. Je ne voulais scandaliser personne avec mes chansons vulgaires. » Elle couvrait de ses mains la portion visible de sa poitrine, ce qui en était la majeure partie. « Je peux en chanter d'autres, si vous préférez.

— Chantez ce qui vous plaît, mon petit, lui répondit Moiraine. La Tour Blanche ne vit pas tellement à l'écart du monde que vous semblez le croire et j'ai entendu des chansons plus grossières que celles que vous voudriez chanter. » Néanmoins, elle n'avait pas l'air contente que les gens se trouvant dans la salle sachent à présent qu'elle était une Aes Sedai. Elle jeta un coup d'œil à Lan, s'enveloppa dans sa mante de lin et se dirigea vers la porte.

Le Lige s'élança pour l'intercepter et ils s'entretinrent à voix basse devant la porte, mais Perrin pouvait les entendre aussi bien que s'ils chuchotaient juste à côté de lui.

« As-tu l'intention de partir sans moi ? disait Lan. Je me suis engagé à te garder saine et sauve, Moiraine, quand je suis devenu ton homme lige.

— Tu as toujours su qu'il y avait des dangers que tu n'es pas de force à écarter, mon Gaidin. Je dois aller seule.

— Moiraine... »

Elle lui coupa la parole. « Écoute-moi, Lan. Si j'échoue, tu le sauras et tu seras obligé de retourner à la Tour Blanche. Je ne changerais pas cela même si j'en avais le temps. Je n'ai pas l'intention de te voir mourir dans une tentative vouée à l'échec pour me venger. Emmène Perrin avec toi. Je crois que l'Ombre m'a fait comprendre l'importance qu'il a dans le Dessin, bien que pas clairement. J'ai été stupide. Rand est *ta'veren* avec tant de puissance que j'ai négligé ce que devait signifier le fait qu'il avait deux autres *ta'veren* auprès de lui. Avec Perrin et Mat, l'Amyrlin sera peut-être encore en mesure d'influer sur le cours des événements.

Avec Rand lâché seul dans la nature, elle y sera obligée. Raconte-lui ce qui s'est passé, mon Gaidin.

— Tu parles comme si tu étais déjà morte, dit Lan d'une voix âpre.

— La Roue tisse selon Son bon vouloir et l'Ombre obscurcit le monde. Écoute-moi, Lan, et obéis, comme tu l'as juré. » Sur quoi elle s'en fut.

## *43. Frères de l'Ombre*

La jeune femme aux yeux noirs remonta sur sa table et se remit à chanter, d'une voix mal assurée. C'était un air que Perrin connaissait sous le titre du *Coq de Maîtresse Aynora* et bien qu'une fois encore avec des paroles différentes, ce qui le déçut — et l'embarrassa de l'être — la chanson avait effectivement pour thème un coq. Maîtresse Luhhan elle-même n'aurait pas marqué de désapprobation. *Ô Lumière, je ne deviens pas meilleur que Mat.*

Aucun des auditeurs ne se plaignait ; certains avaient l'air un peu maussades, mais ils semblaient aussi attentifs que la chanteuse à ce que Moiraine approuverait. Personne ne souhaitait offenser une Aes Sedai, même quand elle était partie. Bili revint et souleva deux autres Hommes Gris ; quelques-uns de ceux qui écoutaient la chanson jetèrent un coup d'œil aux cadavres et secouèrent la tête. L'un d'eux cracha dans la sciure.

Lan vint trouver Perrin. « Comment les as-tu reconnus, forgeron ? questionna-t-il à voix basse. Leur souillure du mal n'était pas assez intense pour que Moiraine ou moi la percevions. Ces Hommes Gris ont passé à côté de cent guetteurs sans être remarqués, et il y avait des Liges parmi eux. »

Très conscient du regard de Zarine fixé sur lui, Perrin s'efforça de parler encore plus bas que Lan. « Je... je les ai sentis. Je les ai sentis avant, à Jarra et à Remen, mais leur odeur s'évanouissait toujours. Ils s'en étaient allés avant que nous arrivions là-bas, les deux fois. » Il n'aurait pas su dire si Zarine avait entendu ou non ; elle était penchée en avant pour essayer d'écouter et tentait en même temps de ne pas en avoir l'air.

« Ils suivaient Rand, à ce moment-là. Te suivent maintenant, forgeron. » Le Lige ne donnait pas de signes visibles de surprise. Il éleva la voix à un niveau plus normal. « Je vais examiner les alentours, forgeron. Tes yeux pourraient voir quelque chose qui m'échappe. » Perrin hocha la tête ; que le Lige demande de l'aide donnait la mesure de son inquiétude. « Ogier, votre peuple voit aussi mieux que la plupart des gens.

— Oh, ah, dit Loial. Ma foi, je suppose que je vais également faire un tour. » Ses grands yeux ronds glissèrent de côté vers les deux Hommes Gris encore sur le sol. « Je ne pense pas qu'il y en ait d'autres dehors. Et vous ?

— Qu'est-ce que nous cherchons, Face-de-pierre ? » questionna Zarine.

Lan la dévisagea un instant, puis secoua la tête comme s'il avait décidé de s'abstenir de dire quelque chose. « Ce que nous trouverons, mon petit. Je le saurai quand je le verrai. »

Perrin pensa monter chercher sa hache, mais le Lige se dirigea vers la porte et il n'était pas armé de son épée. *Il n'en a guère besoin,* songea avec humeur Perrin. *Il est presque aussi dangereux sans elle qu'avec.* Il emboîta le pas à Lan en resserrant sa prise sur le pied de chaise. Il éprouva du soulagement en constatant que Zarine tenait toujours son poignard à la main.

D'épais nuages noirs tourbillonnaient dans le ciel. La rue était aussi sombre qu'aux dernières heures du crépuscule et vide de passants qui n'avaient apparemment pas attendu de se laisser surprendre par la pluie. Quelqu'un traversait en courant un pont au bout de la rue ; c'était la seule personne que Perrin aperçût dans toutes les directions. Le vent soufflait plus fort, propulsant un chiffon sur les pavés inégaux ; un autre lambeau, coincé sous le bord d'un des montoirs, claquait avec un petit bruit sec. Le tonnerre roulait et grondait.

Perrin fronça le nez. Il y avait une odeur de fusées d'artifice dans ce vent. *Non, pas tout à fait de fusées.* Comme de soufre brûlé. Presque.

Zarine frappa de la lame de son poignard le pied de chaise qu'il avait dans les mains. « Vous êtes vraiment fort, colosse. Vous avez disloqué cette chaise comme si elle était construite en brindilles. »

Perrin grogna. Il se rendit compte qu'il se tenait plus droit et se força délibérément à courber les épaules. *Quelle imbécile !* Zarine rit tout bas et soudain il ne savait plus s'il devait se redresser ou rester comme il était. *Imbécile !* Cette fois, il le disait à sa propre adresse. *Tu es censé chercher. Quoi ?* Il ne voyait que la rue, ne sentait que cette odeur évoquant le soufre brûlé. Et Zarine, naturellement.

Loial, lui aussi, paraissait se demander ce qu'il cherchait. Il se gratta une oreille huppée, regarda la rue d'un côté, puis de l'autre, se gratta l'autre oreille. Ensuite, il leva la tête pour contempler le toit de l'auberge.

Lan surgit de la ruelle longeant l'auberge et déboucha dans la rue, observant les ombres plus profondes au pied des bâtiments.

« Peut-être que quelque chose lui a échappé », marmotta Perrin, encore qu'il eût du mal à le croire, et il se tourna vers la ruelle. *Je suis censé chercher, donc je vais chercher. Possible qu'il ait laissé passer quelque chose sans le voir.*

Lan s'était arrêté un peu plus loin dans la rue et examinait les pavés devant ses pieds. Le Lige revint vers l'auberge, à pas rapides, mais fouillant des yeux la rue devant lui comme s'il suivait on ne savait quoi. Ce « quoi » menait droit à l'un des montoirs, presque à côté de la porte de l'auberge. Lan s'arrêta là, examinant le haut du bloc de pierre grise.

Perrin décida d'abandonner l'exploration de la ruelle — ne serait-ce que parce qu'elle puait autant que les canaux dans ce quartier d'Illian — et, à la place, rejoignit Lan. Il repéra aussitôt ce que le Lige contemplait. Imprimées en creux dans le haut du montoir de pierre, il y avait deux empreintes, comme si un énorme chien courant avait appuyé dessus ses pattes de devant. L'odeur qui ressemblait presque à du soufre brûlé était plus forte ici. *Les chiens ne laissent pas des empreintes dans la pierre. Par la Lumière, non !* Il distinguait aussi la piste qu'avait suivie Lan. Le chien avait remonté la rue jusqu'au montoir, puis il était reparti par où il était venu. Laissant ses empreintes dans la pierre comme si c'était un champ labouré. *Les pattes des chiens ne creusent pas la pierre !*

« Un Chien des Ténèbres », dit Lan, et Zarine eut un hoquet de surprise. Loial gémit très bas. Bas pour un Ogier. « Un Chien des Ténèbres n'imprime pas de trace dans la poussière, forgeron, pas même dans la boue, mais la pierre, c'est bien différent. On n'a pas vu de Chien des Ténèbres au sud des Montagnes du Destin depuis les Guerres Trolloques. Celui-ci était en quête de quelque chose, je pense. Et maintenant qu'il l'a trouvé, il est allé prévenir son maître. »

*Moi ?* songea Perrin. *Des Hommes Gris et des Chiens Noirs me traquent ? C'est fou !*

« Êtes-vous en train de me raconter que Nieda avait raison ? interrogea Zarine d'une voix tremblante. Que le Vieil Inexorable chevauche avec la Chasse fantôme ? Ô Lumière ! J'avais toujours cru que c'était une simple invention.

— Ne soyez pas complètement idiote, mon petit, répliqua rudement Lan. Si le Ténébreux était libre, nous serions tous dans un état pire que la mort à présent. » Il scruta la rue dans la direction où se perdaient les traces. « Mais les Chiens des Ténèbres sont bien réels. Presque aussi dangereux que les Myrddraals et plus difficiles à tuer.

— Maintenant, vous y ajoutez des Apparitions, marmotta Zarine. Des Hommes Gris. Des Revenants. Des Chiens des Ténèbres. Vous feriez mieux de me conduire au Cor de Valère, paysan. Quelles autres surprises gardez-vous en réserve pour moi ?

— Pas de questions, lui ordonna Lan. Vous en savez encore assez peu pour que Moiraine vous délie de votre serment, si vous jurez de ne pas nous suivre. Je recevrai moi-même ce serment et vous pourrez partir immédiatement. Vous seriez sage de le prononcer.

— Vous ne me ferez pas partir en m'affolant, Face-de-pierre, dit Zarine. Je ne m'effraie pas facilement. » Pourtant il y avait de la peur dans sa voix. Et sur elle aussi l'odeur de la peur.

« J'ai une question à poser, reprit Perrin, et je veux une réponse. Vous n'avez pas décelé ce Chien des Ténèbres, Lan, et Moiraine non plus. Pourquoi cela ? »

Le Lige demeura silencieux un instant. « La réponse à

cette question, forgeron, finit-il par dire, la mine sombre, englobe plus que toi ou moi, l'un ou l'autre, avons envie de savoir. J'espère que la réponse ne nous tuera pas tous. Vous trois, allez dormir autant que vous le pourrez. Je doute que nous passions la nuit à Illian et je crains que nous n'ayons devant nous une rude chevauchée.

— Qu'allez-vous faire ? demanda Perrin.

— Rejoindre Moiraine. Pour l'avertir de la présence du Chien des Ténèbres. Elle ne peut pas se fâcher que je la suive pour cela, pas quand elle ignorerait qu'il est là jusqu'à ce qu'il l'égorge. »

Les premières grosses gouttes de pluie giclèrent sur les pavés en même temps qu'ils rentraient. Bili avait enlevé le dernier des Hommes Gris morts et était en train de balayer la sciure à l'endroit où ils avaient saigné. La jeune femme aux yeux noirs chantait une complainte triste au sujet d'un garçon qui se séparait de sa bien-aimée. Maîtresse Luhhan l'aurait beaucoup appréciée.

Lan les devança en courant, traversant la salle commune et grimpant l'escalier de sorte que, quand Perrin arriva à l'étage, le Lige commençait déjà à redescendre, bouclant son ceinturon, sa cape aux couleurs changeantes sur le bras, comme s'il se souciait peu qu'on la voie.

« S'il porte cela dans une ville... » Les cheveux ébouriffés de Loial effleurèrent presque le plafond quand il secoua la tête. « Je ne sais pas si je pourrai dormir, mais je vais essayer. Rêver sera plus agréable que rester éveillé. »

*Pas toujours, Loial,* songea Perrin tandis que l'Ogier poursuivait son chemin dans le couloir.

Zarine donna l'impression de vouloir rester avec lui, mais il lui dit d'aller se coucher et rabattit d'un geste ferme la porte aux lamelles de jalousie. Il considéra son propre lit à regret tout en ôtant ses vêtements de dessus et restant en caleçon.

« Il faut que je découvre de quoi il retourne », dit-il en soupirant, et il s'étendit sur le lit. La pluie tambourinait au-dehors et le tonnerre retentissait. La brise soufflant en travers de son lit apportait un peu de la fraîcheur de la pluie, mais il ne pensait pas avoir besoin des couvertures entassées au pied du lit. Sa dernière pensée avant de succomber au sommeil fut qu'il avait oublié encore une fois d'allumer une chandelle, bien que la chambre fût plongée dans l'obscurité. *Négligent. Il ne faut pas que je me montre négligent. L'inattention gâte le travail.*

Les rêves se bousculaient dans sa tête. Des Chiens des Ténèbres qui le traquaient; il ne les voyait jamais, mais il entendait leurs hurlements. Des Évanescents et des Hommes Gris. Un homme svelte, de haute taille, y apparaissait sans arrêt, avec un manteau richement brodé et des bottes à franges d'or; la plupart du temps, il brandissait ce qui ressemblait à une épée, rayonnante comme le soleil, et riait d'un air triomphant. Parfois cet homme était assis sur un trône et rois et reines se prosternaient devant lui. Ces rêves lui faisaient une impression bizarre, comme si ce n'était nullement les siens.

Puis ces rêves changèrent et il comprit qu'il était dans le rêve de loup qu'il cherchait. Cette fois-ci, il l'avait espéré.

Il se tenait au sommet plat d'un haut pic de pierre aigu, où le vent lui hérissait les cheveux et apportait mille senteurs sèches et un faible soupçon d'eau cachée dans le lointain. Pendant un instant, il crut qu'il avait la forme d'un loup et se tâta pour s'assurer que ce qu'il voyait était bien lui. Il portait sa tunique, ses chausses et ses bottes; il tenait son arc, et son carquois était suspendu à son côté. La hache n'était pas là.

« Sauteur, Sauteur, où es-tu ? » Le loup ne vint pas.

Des montagnes accidentées l'entouraient, ainsi que d'autres pics élevés séparés par des plaines arides et des crêtes emmêlées, et parfois un vaste plateau aux flancs abrupts. Des plantes poussaient, mais rien de luxuriant. De l'herbe rude et rase. Des buissons raides couverts d'épines, et d'autres choses qui semblaient même avoir des épines sur leurs feuilles grasses. Çà et là, des arbres rabougris, déformés par le vent. Pourtant des loups pouvaient trouver à chasser même dans ce terrain.

Comme il examinait ce paysage inhospitalier, un cercle de ténèbres occulta subitement une partie des montagnes : il n'aurait pas su dire si cette obscurité se trouvait droit devant lui ou à mi-chemin des montagnes, mais il voyait apparemment à travers et au-delà. Mat, qui agitait un cornet à dés.

Son adversaire dévisageait Mat avec des yeux de feu. Mat ne semblait pas voir cet homme, mais Perrin le connaissait.

« Mat ! cria-t-il. C'est Ba'alzamon ! Par la Lumière, Mat, tu joues aux dés avec Ba'alzamon ! »

Mat lança les dés, ceux-ci tourbillonnèrent, la vision s'effaça et la zone d'ombre redevint des montagnes arides.

« Sauteur ! » Perrin tourna lentement sur lui-même en regardant dans toutes les directions. Il leva même la tête vers le ciel — *Il peut voler maintenant* — où des nuages promettaient une pluie que le sol très loin au-dessous du sommet du pic absorberait dès qu'elle tomberait. « Sauteur ! »

Une masse obscure se forma au milieu des nuages, un trou dans quelque chose d'autre. Egwene, Nynaeve et Elayne examinaient une énorme cage de métal, dont la porte était maintenue soulevée par un ressort puissant. Elles y pénétrèrent et levèrent ensemble les mains pour débloquer l'arrêtoir. La porte à barreaux s'abaissa avec un claquement derrière elles. Une femme aux cheveux tressés en multiples nattes se moqua d'elles et une autre tout en blanc se moqua de la première. Le trou dans le ciel se referma et il n'y eut plus que des nuages.

« Sauteur, où es-tu ? appela Perrin. J'ai besoin de toi ! Sauteur ! »

Et le loup gris fut là, atterrissant sur la plate-forme du pic comme s'il avait sauté d'un endroit plus élevé.

*Dangereux. Tu as été prévenu, Jeune Taureau. Trop jeune. Encore trop inexpérimenté.*

« J'ai besoin de savoir, Sauteur. Tu disais qu'il y a des choses que je dois voir. Il faut que j'en voie davantage, que j'en sache plus. » Il hésita, songea à Mat, à Egwene, Nynaeve et Elayne. « Les choses étranges que je vois ici. Sont-elles réelles ? » La transmission de Sauteur parut lente, comme si c'était tellement simple que le loup ne comprenait pas le besoin d'expliquer ni comment le faire. Finalement, toutefois, une réponse vint.

*Ce qui est réel n'est pas réel. Ce qui n'est pas réel est réel. La chair est un rêve et les rêves sont de chair.*

« Cela ne me dit rien, Sauteur. Je ne comprends pas. » Le loup le regarda comme s'il avait répliqué qu'il ne comprenait pas que l'eau est humide. « Tu as déclaré que je devais voir quelque chose et tu m'as montré Ba'alzamon et Lanfear. »

*Fléau-du-cœur. Chasseresse-de-lune.*

« Pourquoi me les montrer, Sauteur ? Pourquoi fallait-il que je les voie ? »

*La Dernière Chasse approche.* La pensée transmise était emplie de tristesse et d'un sentiment de fatalité. *Ce qui sera doit être.*

« Je ne comprends pas ! La Dernière Chasse ? Quelle Dernière Chasse ? Sauteur, des Hommes Gris sont venus pour me tuer ce soir. »

*Les Non-Morts te traquent ?*

« Oui ! Des Hommes Gris ! Acharnés après moi ! Et un Chien Noir se trouvait juste devant l'auberge ! Je veux savoir pourquoi ils me pourchassent. »

*Les Frères de l'Ombre !* Sauteur se ramassa sur lui-même, regardant de chaque côté comme s'il s'attendait presque à une attaque. *Il y a longtemps que nous n'avons pas vu les Frères de l'Ombre. Tu dois t'en aller. Jeune Taureau. Grand danger ! Fuis les Frères de l'Ombre !*

« Pourquoi me poursuivent-ils, Sauteur ? Tu le sais. Je suis sûr que tu le sais ! »

*Fuis, Jeune Taureau.* Sauteur bondit, ses pattes de devant heurtèrent la poitrine de Perrin, le projetant en arrière, pardessus le bord du pic. *Fuis les Frères de l'Ombre.*

Le vent siffla dans ses oreilles quand il tomba. Sauteur et l'arête du sommet du pic s'amenuisaient au-dessus de lui. « Pourquoi, Sauteur ? cria-t-il. Il faut que je sache pourquoi ! »

*La Dernière Chasse commence.*

Il allait heurter le sol. Il en était certain. Le terrain en bas approchait à une vitesse vertigineuse et il se raidit contre l'impact écrasant qui...

Il se réveilla subitement, les yeux fixés sur la chandelle qui vacillait sur la table de nuit près du lit. Des éclairs illuminaient la fenêtre qui vibrait à chaque coup de tonnerre. « Qu'est-ce qu'il entendait par cette Dernière Chasse ? » marmonna-t-il. *Je n'avais pas allumé de chandelle.*

« Vous parlez tout seul. Et vous vous débattiez dans votre sommeil. »

Il sursauta et se maudit pour n'avoir pas remarqué la fragrance des herbes dans l'air. Assise sur un tabouret au ras du cercle de clarté projetée par la chandelle, le coude sur le genou, le poing appuyé sur la main, Zarine l'observait.

« Vous êtes *ta'veren,* dit-elle comme si elle commençait une énumération. Face-de-pierre pense que ces yeux bizarres que vous avez peuvent voir des choses que ne distinguent pas les siens. Des Hommes Gris veulent vous tuer. Vous voyagez en compagnie d'une Aes Sedai, d'un Lige et d'un Ogier. Vous libérez un Aiel enfermé dans une cage et tuez des Blancs Manteaux. Qui êtes-vous, paysan, le Dragon Réincarné ? » Le ton de sa voix signifiait que c'était la conclusion la plus ridicule qui lui venait à l'esprit, mais il n'en remua pas moins avec malaise. « Qui que vous soyez, colosse, ajouta-t-elle, un peu plus de poils sur votre poitrine ne serait pas de trop. »

Il se contorsionna en jurant pour attraper une des couvertures et l'étaler sur lui jusqu'au menton. *Par la Lumière, elle ne cesse de me faire sauter comme une grenouille sur un rocher brûlant.* Le visage de Zarine était à la limite de la zone d'ombre. Il ne la distinguait nettement que lorsque la lueur vive d'un éclair pénétrait dans la pièce par la fenêtre, cette violente illumination projetant ses propres ombres sur son nez fortement dessiné et ses hautes pommettes. Il se rappela soudain que Min lui avait recommandé de fuir une belle femme. Une fois qu'il eut reconnu Lanfear dans ce rêve de loup, il avait conclu que Min parlait d'elle — il ne pensait pas possible qu'une femme soit plus belle que Lanfear — mais elle ne figurait que dans un rêve. Zarine était assise là, le contemplant de ses yeux noirs légèrement obliques, réfléchissant, soupesant.

« Qu'est-ce que vous fabriquez ici ? s'insurgea-t-il. Qu'est-ce que vous voulez ? Qui êtes-vous ? »

Elle rejeta la tête en arrière et éclata de rire. « Je suis Faile, paysan, un Chasseur en quête du Cor. Qui imaginez-vous que je suis ? La femme de vos rêves ? Pourquoi avez-vous sursauté de cette façon ? On croirait que je vous ai chatouillé. »

Avant qu'il ait réussi à trouver ses mots, la porte se rabattit violemment contre le mur et Moiraine apparut sur le seuil, le visage grave et pâle comme la mort. « Tes rêves de loup sont aussi révélateurs de la vérité que ceux d'une Rêveuse [1], Perrin. Les Réprouvés sont libres, en effet, et l'un d'eux gouverne l'Illian. »

1. Le don d'une Rêveuse lui permet de voir en songe scènes du présent et de l'avenir, de prophétiser, d'avertir et de mettre en garde. *(N.d.T.)*

## *44. Pris en chasse*

Perrin descendit du lit et se mit à s'habiller, sans se préoccuper si Zarine le regardait ou non. Il savait ce qu'il avait l'intention de faire, mais il questionna néanmoins Moiraine. « Nous partons ?

— À moins que tu ne désires mieux connaître Sammael », répliqua-t-elle d'un ton sarcastique. Un coup de tonnerre claqua au-dessus de leurs têtes comme pour ponctuer sa phrase et un éclair luisit. L'Aes Sedai regarda à peine Zarine.

Fourrant ses pans de chemise dans ses chausses, il regretta soudain de ne pas avoir sur lui son bliaud et sa cape. Prononcer le nom de celui des Réprouvés en cause donnait l'impression que la pièce était glaciale. *Ba'alzamon ne suffit pas comme calamité ; il nous faut encore avoir les Réprouvés en liberté. Par la Lumière, est-ce même important que nous trouvions Rand à présent ? Est-ce trop tard ?* Néanmoins, il continua à s'habiller, enfonçant ses pieds dans ses bottes. C'était cela ou abandonner, et les natifs des Deux Rivières n'avaient pas la réputation d'être des lâcheurs.

« Sammael ? dit Zarine d'une petite voix. Un des Réprouvés règne... ? Ô Lumière !

— Désirez-vous toujours nous suivre ? demanda doucement Moiraine. Je ne veux pas vous obliger à rester ici, pas maintenant, mais je vous donnerai une dernière chance de jurer de prendre un autre chemin que moi. »

Zarine hésita et Perrin s'immobilisa, sa tunique à demi enfilée. Sûrement personne ne choisirait d'accompagner des gens qui ont encouru la colère de l'un des Réprouvés. Pas maintenant qu'elle savait un peu ce qu'ils avaient à affronter. *À moins qu'elle n'ait une très bonne raison.* Aussi bien, quiconque apprenant que l'un des Réprouvés jouissait de sa liberté de mouvement se serait précipité à la recherche d'un bateau du Peuple de la Mer pour demander un passage jusqu'à l'autre côté du Désert des Aiels, au lieu de rester assis là à réfléchir.

« Non », dit finalement Zarine et il commença à se détendre. « Non, je ne jurerai pas de m'en aller dans une autre direction. Que vous me conduisiez ou non au Cor de Valère, même la personne qui découvrira le Cor n'aura pas une histoire pareille à celle-ci. Je pense que cette histoire-ci traversera les siècles, Aes Sedai, et je veux figurer dedans.

— Non ! s'écria sèchement Perrin. Ce n'est pas une raison suffisante. Qu'est-ce que vous voulez ?

— Je n'ai pas de temps à perdre avec ces chamailleries, intervint Moiraine. À tout moment la nouvelle qu'un de ses Chiens Noirs est mort risque de parvenir au "Seigneur Brend". Vous pouvez être sûrs qu'il saura que cela implique un Lige et il viendra chercher l'Aes Sedai du Gaidin. Avez-vous l'intention de rester plantés là jusqu'à ce qu'il apprenne où vous êtes ? Remuez-vous, espèces d'enfants stupides ! Remuez-vous ! » Elle disparut au bout du couloir avant qu'il ait eu le temps d'ouvrir la bouche.

Zarine ne s'attarda pas non plus, elle sortit en courant de la chambre sans sa chandelle. Perrin rassembla hâtivement ses affaires et fonça vers l'escalier de service tout en finissant de boucler autour de sa taille son ceinturon d'où pendait sa hache. Il rattrapa Loial qui descendait ; l'Ogier essayait de fourrer un livre relié en bois dans ses fontes et d'enfiler sa cape en même temps. Perrin l'aida à mettre sa cape pendant qu'ils dévalaient ensemble l'escalier, et Zarine rejoignit les deux garçons avant qu'ils se soient élancés sous la pluie battante.

Perrin courba le dos sous le déluge et courut vers l'écurie à travers la cour assombrie par l'orage sans attendre d'avoir rabattu le capuchon de sa cape. *Elle doit avoir une raison. Figurer dans un fichu récit n'est pas un mobile assez puissant sauf pour une folle!* La pluie détrempa ses boucles emmêlées, les aplatissant autour de sa tête, avant qu'il franchisse d'un bond l'entrée de l'écurie.

Moiraine s'y trouvait avant eux, dans une cape huilée encore parsemée de gouttes de pluie, avec Nieda qui tenait une lanterne pour éclairer Lan qui finissait de seller les chevaux. Il y en avait un de plus, un hongre bai avec un nez encore plus prononcé que celui de Zarine.

« J'enverrai des pigeons tous les jours, disait la corpulente aubergiste. Personne ne me soupçonnera. Que la Fortune me pique ! Même les Blancs Manteaux disent du bien de moi.

— Écoutez-moi, femme ! s'exclama sèchement Moiraine. Ce n'est pas un Blanc Manteau ni un Ami du Ténébreux dont je parle. Vous allez fuir cette ville et obliger tous ceux pour qui vous avez de l'affection à fuir avec vous. Pendant une douzaine d'années, vous m'avez obéi. Obéissez-moi maintenant ! » Nieda acquiesça d'un signe de tête mais à regret, et Moiraine émit un son d'exaspération.

« Le bai est pour vous, jeune fille, dit Lan à Zarine. Montez sur son dos. Si vous n'avez pas d'expérience de cavalière, il vous faudra apprendre au fur et à mesure ou sinon accepter mon offre. »

Posant une main sur le haut pommeau de la selle, Zarine sauta à cheval avec aisance. « J'ai été une fois sur un cheval, Face-de-pierre, maintenant que j'y pense. » Elle se retourna sur la selle pour attacher son ballot derrière elle.

« Expliquez-moi, Moiraine, questionna Perrin d'un ton insistant comme il lançait ses fontes en travers du dos de Steppeur. Vous disiez qu'il trouverait où je suis. Il le sait. Les Hommes Gris ! » Nieda gloussa et il se demanda avec irritation ce qu'elle connaissait ou croyait réellement de ce qu'elle prétendait ne pas croire.

« Sammael n'a pas envoyé les Hommes Gris. » Moiraine se mit en selle avec une précision détachée, le dos droit, presque comme si rien ne pressait. « Toutefois, le Chien Noir est à lui. Je suppose qu'il a suivi ma piste. Sammael n'aurait pas envoyé les deux. Quelqu'un t'en veut, mais je ne crois pas que Sammael sache même que tu existes. Pour le moment. » Perrin s'immobilisa, un pied dans l'étrier, la regardant avec surprise, mais elle semblait plus préoccupée de caresser le cou cambré de sa jument que de répondre aux questions qui se lisaient sur le visage de Perrin.

« Heureusement que je t'ai suivie », commenta Lan, et l'Aes Sedai eut un reniflement de dédain parfaitement audible.

« Je regretterais presque que tu ne sois pas une femme, Gaidin. Je t'aurais expédié à la Tour pour apprendre à obéir ! » Il haussa un sourcil et toucha la poignée de son épée, puis sauta en selle, et elle soupira. « Peut-être est-ce une chance que tu sois indiscipliné. Parfois, cela tombe bien. D'autre part, je n'ai pas l'impression que Sheriam et Siuan Sanche réussiraient à elles deux à t'enseigner la soumission.

— Je ne comprends pas », dit Perrin. *J'ai l'impression de répéter cela souvent et j'en suis fatigué. Je veux des réponses que je puisse comprendre.* Il acheva de se hisser en selle pour que Moiraine ne le regarde pas de son haut ; elle avait assez d'avantages sans cela. « S'il n'a pas dépêché lui-même les Hommes Gris, qui s'en est occupé ? Si un Myrddraal ou un autre Réprouvé... » Il s'arrêta pour s'éclaircir la gorge en avalant sa salive. *Un autre Réprouvé ! Ô Lumière !* « Si quelqu'un d'autre les a envoyés, pourquoi n'a-t-il pas été prévenu ? Ils sont tous des Amis du Ténébreux, n'est-ce pas ? Et pourquoi moi, Moiraine ? Pourquoi moi ? C'est Rand, ce sacré Dragon Réincarné ! »

Il entendit le hoquet de surprise de Zarine et de Nieda, et alors seulement se rendit compte de ce qu'il venait de dire. Le regard de Moiraine lui donna l'impression de l'écorcher vif comme l'acier le plus aiguisé. *Cette fichue langue trop longue. Quand donc ai-je cessé de réfléchir avant de parler ?* Il lui sembla que cela avait commencé quand il avait senti pour la première fois le regard de Zarine qui l'observait. Ce qu'elle faisait à présent, bouche bée.

« Vous êtes maintenant liée irrévocablement à nous, déclara Moiraine à la jeune fille au visage hardi. Pas question de tourner bride pour vous. Jamais. » Zarine eut l'air de vouloir dire quelque chose et d'avoir peur de le faire, mais l'Aes Sedai avait déjà reporté son attention ailleurs. « Nieda, quittez Illian ce soir. Immédiatement ! Et tenez votre langue encore mieux que vous ne l'avez tenue pendant toutes ces années. Il y en a qui la couperaient pour ce que vous pourriez dire, avant même que je vous retrouve. » Sa voix dure laissait des doutes sur ce qu'elle entendait exactement par là et Nieda acquiesça d'un hochement de tête vigoureux comme si elle avait compris le double sens.

« Quant à toi, Perrin. » La jument blanche se rapprocha et il eut beau raidir sa volonté, il eut un mouvement de recul devant l'Aes Sedai. « Il y a de nombreux fils tissés dans le Dessin et certains sont aussi noirs que l'Ombre elle-même. Prends garde que l'un d'eux ne t'étrangle. » Ses talons effleurèrent les flancs d'Aldieb, et la jument s'élança sous la pluie, suivie de près par Mandarb.

*Que la Lumière vous brûle, Moiraine*, songea Perrin en avançant derrière eux. *Parfois je me demande de quel côté vous êtes.* Il jeta un coup d'œil à Zarine, qui chevauchait près de lui comme si elle était née en selle. *Et de quel côté êtes-vous ?*

La pluie retenait les gens de sortir dans les rues et sur les canaux, aussi aucun œil visible ne les regarda passer, par contre elle rendait la marche périlleuse pour les chevaux sur les pavés inégaux. Quand ils arrivèrent à la Chaussée de Maredo, une large levée de terre battue qui s'allongeait au nord à travers le marécage, la pluie avait commencé à diminuer d'intensité. Le tonnerre grondait toujours, mais les éclairs luisaient loin derrière eux, peut-être en mer.

Perrin estima qu'un peu de chance leur était dévolue. La pluie battante avait duré assez longtemps pour masquer leur départ mais maintenant, semblait-il, ils auraient une belle nuit pour voyager. C'est ce qu'il dit, cependant Lan secoua la tête.

« Les Chiens Noirs aiment surtout les nuits claires avec la lune qui brille, beaucoup moins la pluie. Un bon orage peut les écarter complètement. » Comme si ses paroles l'avaient ordonné, la pluie diminua jusqu'à n'être plus qu'une faible bruine. Perrin entendit Loial gémir derrière lui.

La digue prenait fin en même temps que le marécage à quelque trois quarts de lieue de la ville, mais la route continuait, déviant légèrement vers l'est. La soirée assombrie par les nuages laissa la place à la nuit et la bruine persista. Moiraine et Lan avaient adopté une allure régulière qui dévorait le terrain. Les sabots des chevaux soulevaient des éclaboussures dans les flaques sur la terre du chemin. La lune brillait par des trouées entre les nuages. Des collines basses se dressèrent bientôt autour d'eux et des arbres apparurent de plus en plus souvent. Perrin songea qu'une forêt devait se trouver devant eux, mais il n'était pas sûr que cette perspective était plaisante. Des bois les cacheraient à leurs poursuivants ; des bois permettraient aux poursuivants d'arriver près d'eux avant qu'ils les voient.

Un faible hurlement résonna loin derrière eux. Pendant un instant, il pensa que c'était un loup ; il se surprit à essayer d'entrer en communication avec le loup et se retint de justesse. Le cri retentit de nouveau et il comprit qu'il ne s'agissait pas d'un loup. D'autres lui répondirent, tous à des lieues, lamentations à donner le frisson, empreintes de sang et de mort, cris qui évoquaient des cauchemars. À sa surprise, Lan et Moiraine ralentirent, l'Aes Sedai examinant les collines autour d'eux dans la nuit. Il dit :

« Ils sont loin. Ils ne nous rattraperont pas si nous continuons.

— Les Chiens des Ténèbres ? murmura Zarine. Ce sont les Chiens des Ténèbres ? Êtes-vous sûre que ce n'est pas la Chasse fantôme, Aes Sedai ?

— Mais si, c'est elle, répliqua Moiraine. C'est elle.

— Tu ne peux jamais distancer les Chiens Noirs, forgeron, expliqua Lan, même avec le cheval le plus rapide. Toujours tu dois les affronter et les vaincre ou ils t'abattent.

— J'aurais pu rester au *stedding*, vous savez, déplora Loial. Ma mère m'aurait marié à présent, mais ce n'aurait pas été une existence désagréable. Des livres en abondance. Je n'étais pas obligé de m'en aller Au-Dehors.

— Là-bas », dit Moiraine en désignant un grand tertre dépourvu d'arbres à une bonne distance sur leur droite. Sur deux cents pas ou plus alentour, il n'y avait pas non plus d'arbres à ce que pouvait distinguer Perrin et ils étaient encore clairsemés au-delà. « Il faut que nous les voyions arriver pour avoir une chance. »

Les cris lugubres des Chiens Noirs retentirent de nouveau, plus proches mais encore éloignés.

Lan pressa un peu l'allure de Mandarb, maintenant que Moiraine avait choisi leur terrain. Comme ils grimpaient la pente, les sabots des chevaux cliquetèrent sur des cailloux à demi enterrés et rendus glissants par la bruine. Aux yeux de

Perrin, la plupart avaient des coins trop carrés pour être naturels. Au sommet, ils mirent pied à terre autour de ce qui semblait être un bloc de pierre bas arrondi. La lune apparut dans un interstice entre les nuages et il se retrouva en train de contempler un visage de deux pas de long, patiné par les intempéries. Un visage de femme, déduisit-il de la longueur des cheveux. La pluie lui donnait l'air de pleurer.

Moiraine descendit de cheval et resta debout à regarder dans le lointain en direction des hurlements. Elle formait une silhouette sombre encapuchonnée, et les gouttes de pluie luisaient au clair de lune en roulant sur sa cape huilée.

Loial amena son cheval pour examiner la sculpture, puis il se pencha plus près et en tâta les traits. « Je pense que c'était une Ogière, conclut-il finalement, mais cet endroit n'est pas un vieux *stedding* ; je m'en rendrais compte. Nous le sentirions tous. Et nous serions à l'abri des Engeances de l'Ombre.

— Qu'est-ce que vous regardez, vous deux ? » Zarine jeta un coup d'œil au rocher en plissant les paupières. « Qu'est-ce que c'est ? Elle ? Qui ?

— Bien des nations ont connu la grandeur et la décadence depuis la Destruction du Monde, commenta Moiraine sans se retourner, certaines n'ont laissé rien que des noms sur une page jaunie ou des lignes sur une carte en lambeaux. En laisserons-nous autant derrière nous ? » Les hurlements sanguinaires s'élevèrent de nouveau, encore plus près. Perrin essaya de calculer leur allure et songea que Lan avait raison ; finalement, les chevaux n'auraient pas pu les distancer. Ils n'avaient plus longtemps à attendre.

« Ogier, dit Lan, vous et la jeune fille, tenez les chevaux. » Zarine protesta, mais il se dirigea droit vers elle. « Vos poignards ne seront pas d'une grande utilité ici, jeune fille. » La lame de son épée étincela dans le clair de lune quand il la tira du fourreau. « Même celle-ci n'est qu'un ultime recours. Au bruit, il y en a dix là-bas, pas un seul. Votre tâche est d'empêcher les chevaux de s'enfuir quand ils sentiront les Chiens Noirs. Même Mandarb n'aime pas cette odeur. »

Si l'épée du Lige ne servait à rien, alors la hache non plus. Perrin en éprouva quelque chose de proche du soulagement même s'il s'agissait d'Engeances de l'Ombre ; il ne serait pas obligé d'employer la hache. Il extirpa la longueur de son arc détendu de dessous les sangles de selle de Steppeur. « Peut-être que ceci donnera quelques résultats.

— Essayez si vous voulez, forgeron, répliqua Lan. Ils ne meurent pas aisément. Possible que vous arriviez à en tuer un. »

Perrin sortit de son escarcelle une corde neuve, en s'efforçant de la protéger de la pluie douce. Le revêtement de cire était mince et n'offrait pas une grande protection contre une exposition prolongée à l'humidité. Coinçant l'arc obliquement entre ses jambes, il le courba sans peine, pour introduire les boucles de la corde dans les encoches de corne aux extrémités de l'arc. Quand il se redressa, il pouvait voir les Chiens des Ténèbres.

Ils couraient comme des chevaux au galop et, au moment où il les aperçut, ils prirent de la vitesse. Ils n'étaient que dix grosses masses qui fonçaient dans la nuit, filant entre les arbres épars, cependant il sortit de son carquois une flèche à la large tête plate barbelée, l'encocha, ne tira pas encore. Il avait été loin d'être le meilleur archer du Champ d'Emond mais, parmi les jeunes, seul Rand le surclassait.

À trois cents pas, il laisserait aller sa flèche, décida-t-il. *Imbécile ! Tu as déjà du mal à atteindre une cible immobile à cette distance, mais si j'attends, au train où ils vont...* Il avança à la hauteur de Moiraine, leva son arc — *Je n'ai qu'à imaginer que cette ombre mouvante est un grand chien* —, ramena près de son oreille l'empenne garnie de plumes d'oie, lâcha la corde. Le trait s'était fondu dans l'ombre la plus proche, il en était sûr, mais le seul résultat fut un grondement. *Cela ne donnera rien. Ils arrivent trop vite* ! Il décochait déjà une autre flèche. *Pourquoi ne faites-vous pas quelque chose, Moiraine* ? Il voyait leurs yeux, brillant comme de l'argent, leurs dents, luisant comme de l'acier poli. Aussi noirs que la nuit elle-même et aussi gros que des petits chevaux, ils accouraient vers lui, maintenant silencieux, s'apprêtant à la mise à mort. Le vent apportait une odeur fétide proche du soufre brûlé, les chevaux hennirent de peur, même le destrier de Lan. *Que la Lumière vous brûle, Aes Sedai, faites quelque chose !* Il tira de nouveau ; le

Chien de tête trébucha et poursuivit sa course. *Ils peuvent mourir!* Il tira encore et le Chien tomba, se releva en titubant, puis s'affaissa et pourtant, alors même que cela se passait, Perrin connut un moment de désespoir. Un d'abattu et les neuf autres avaient déjà parcouru les trois quarts de la distance; ils paraissaient courir encore plus vite, telles des ombres glissant sur le sol. *Encore une flèche. J'ai le temps pour une autre, peut-être, puis c'est la hache. Que la Lumière vous brûle, Aes Sedai!* Il banda de nouveau son arc.

« Allons-y », dit Moiraine, au moment où la flèche jaillissait de l'arc. L'air entre ses mains s'enflamma, fila comme un éclair vers les Chiens des Ténèbres, triomphant de l'obscurité. Les chevaux poussèrent des hennissements aigus et se cabrèrent pour échapper à la bride qui les retenait.

Perrin plaqua un bras devant ses yeux pour les protéger de ce rayonnement de fer chauffé à blanc comme d'une fournaise, de cette chaleur ardente comme d'une forge qui exploserait; cette clarté de plein midi flamboya dans le noir et disparut. Quand il découvrit ses yeux, des points brillants scintillèrent dans son champ de vision ainsi que l'image floue de cette ligne de feu qui s'estompait. À l'endroit où s'étaient trouvés les Chiens des Ténèbres ne restaient plus que le sol noyé de nuit et la pluie légère; les seules ombres qui bougeaient étaient celles projetées par les nuages passant devant la lune.

*Je pensais qu'elle lancerait du feu sur eux, ou appelons ça des éclairs, mais ceci...* « Qu'est-ce que c'était ? » demanda-t-il d'une voix enrouée.

Moiraine était de nouveau tournée vers Illian comme si elle pouvait sonder toutes ces lieues d'obscurité. « Peut-être qu'il n'a pas vu, dit-elle presque pour elle-même. C'est loin et, s'il ne s'était pas posté en observation, peut-être qu'il n'a pas remarqué.

— Qui ? s'exclama Zarine. Sammael ? » Sa voix tremblait un peu. « Vous avez dit qu'il était dans Illian. Comment verrait-il quoi que ce soit ici ? Qu'avez-vous fait ?

— Quelque chose d'interdit, répliqua Moiraine avec calme. Interdit par des vœux presque aussi puissants que les Trois Serments. » Elle prit les rênes d'Aldieb des mains de la jeune fille et caressa le cou de la jument pour la calmer.

« Quelque chose qui n'a pas été utilisé pendant presque deux mille ans. Quelque chose pour quoi je risque d'être neutralisée simplement parce que je le connais.

— Peut-être... ? » La voix de basse de Loial était un faible grondement. « Peut-être devrions-nous partir. Il pourrait y en avoir d'autres.

— Je ne crois pas, répondit l'Aes Sedai en se mettant en selle. Il ne voudrait pas perdre deux meutes à la fois, même s'il en possède deux ; elles s'attaqueraient mutuellement au lieu de s'en prendre à leur proie. Et je crois que nous ne sommes pas son principal gibier, sinon il serait venu en personne. Nous étions... un désagrément, je pense » — le ton était calme mais c'était clair qu'elle n'appréciait pas de compter pour si peu — « et, c'est possible, un petit supplément à glisser dans sa carnassière en admettant que nous ne donnions pas trop de fil à retordre. Toutefois, cela n'avance guère de rester plus près de lui que nous n'y sommes obligés.

— Rand ? » questionna Perrin. Il sentit vaguement que Zarine se penchait en avant pour écouter. « Si nous ne sommes pas ce qu'il pourchasse, est-ce Rand ?

— Peut-être, dit Moiraine. Ou peut-être Mat. N'oublie pas que lui aussi est *ta'veren* et qu'il a sonné du Cor de Valère. »

Zarine émit un son étranglé. « Il *a sonné* du Cor ? Quelqu'un l'a *déjà* découvert ? »

Sans prendre garde à elle, l'Aes Sedai se pencha sur sa selle pour regarder Perrin dans les yeux, son regard noir plongeant dans l'or poli. « Une fois de plus, je suis dépassée par les événements. Je n'aime pas cela. Et tu ne le devrais pas non plus. Si les événements me gagnent de vitesse, ils pourraient fort bien te piétiner au passage, et le reste du monde avec toi.

— Nous avons encore de nombreuses lieues à parcourir jusqu'à Tear, dit Lan. La suggestion de l'Ogier est bonne. » Il était déjà en selle.

Au bout d'un instant, Moiraine se redressa et effleura des talons les flancs de la jument. Elle avait descendu la moitié de la pente du tertre avant que Perrin ait détendu son arc et pris à Loial les rênes de Steppeur. *Que la Lumière vous brûle, Moiraine ! Je trouverai des réponses quelque part !*

Adossé contre un arbre abattu, Mat jouissait de la chaleur du feu de camp — les pluies s'étaient éloignées vers le sud trois jours auparavant, mais il ressentait encore une impression d'humidité — et pourtant en ce moment précis il avait à peine conscience des flammes dansantes. Il contemplait pensivement le petit cylindre couvert de cire qui était dans sa main. Thom était absorbé dans la tâche d'accorder sa harpe, ronchonnant pour lui-même contre la pluie et l'humidité, sans jeter un seul coup d'œil vers Mat. Des grillons grésillaient dans le bosquet sombre qui les entourait. Surpris entre deux villages par le crépuscule, ils avaient choisi ce taillis à l'écart de la route. Deux nuits de suite, ils avaient essayé de se payer une chambre pour y coucher ; par deux fois, un fermier avait lâché ses chiens sur eux.

Mat sortit du fourreau le couteau qu'il portait à la ceinture et hésita. *Un coup de chance. Elle l'a dit, cela n'explose que de temps en temps. Un coup de chance.* Aussi précautionneusement qu'il le put, il fendit le tube sur toute sa longueur. C'était bien un tube, et en papier, comme il l'avait pensé — il avait trouvé des bouts de papier par terre après le feu d'artifice, là-bas dans son village — des couches de papier, mais ce qui remplissait l'intérieur était quelque chose qui ressemblait à de la terre, ou peut-être à de la poussière et à de minuscules cailloux d'un gris noirâtre. Il les remua d'un doigt sur sa paume. *Comment, au nom de la Lumière, des cailloux pourraient-ils exploser ?*

« Que la Lumière me brûle ! » s'exclama Thom d'une voix tonnante. Il fourra précipitamment sa harpe dans son étui comme pour la protéger de ce que Mat avait dans la main. « Est-ce que tu cherches à nous tuer, mon garçon ? N'as-tu jamais entendu dire que ces choses-là explosent dix fois plus fort au contact de l'air qu'à celui du feu ? Les fusées d'artifice sont ce qui se rapproche le plus de ce que font les Aes Sedai, garçon.

— Possible, rétorqua Mat, mais Aludra ne m'a pas eu l'air d'être une Aes Sedai. Je le croyais de l'horloge de Maître al'Vere — que ce devait être l'œuvre d'Aes Sedai — mais une fois que j'ai eu ouvert l'arrière de la gaine, j'ai vu qu'elle était pleine de petites pièces de métal. » Il s'ébroua avec malaise à ce souvenir. Maîtresse al'Vere avait été la première à lui sauter dessus cette fois-là, avec la Sagesse, son propre père et le maire juste derrière elle, et aucun n'avait cru qu'il avait eu seulement l'intention de regarder. *J'aurais pu les réajuster toutes après.* « Je crois que Perrin serait capable d'en construire une, s'il voyait ces petites roues, ces petits ressorts et je ne sais plus quoi.

— Ne crois pas cela, mon garçon, répliqua Thom, sarcastique. Même un mauvais horloger est un homme passablement riche et c'est mérité, mais une horloge ne t'explose pas à la figure !

— Ça non plus. Bah, c'est inutilisable, maintenant. » Il jeta la poignée de papier et de petits cailloux dans le feu, faisant pousser un cri aigu à Thom ; les cailloux scintillèrent et lancèrent de petits éclairs tandis que se répandait une odeur âcre de fumée.

« Tu essaies vraiment de nous tuer. » La voix de Thom tremblait et elle monta de ton et prit de l'intensité à mesure qu'il parlait. « Si je décide de mourir, j'irai au Palais Royal quand nous arriverons à Caemlyn et je pincerai Morgase ! » Ses longues moustaches s'envolèrent comme des fléaux. « Ne recommence pas ça !

— Elle n'a pas explosé », dit Mat en regardant le feu, les sourcils froncés. Il plongea la main dans le rouleau de toile huilée de l'autre côté du tronc d'arbre et en tira une fusée d'une taille au-dessus de la première. « Je me demande pourquoi il n'y a pas eu de bang.

— Peu m'importe pourquoi il n'y a pas eu de bang ! Ne recommence pas ! »

Mat lui jeta un coup d'œil et rit. « Cessez de trembler, Thom. Inutile d'avoir peur. Je sais ce qu'elles ont dedans, à présent. Du moins je sais à quoi cela ressemble, mais... Ne le dites pas. Je n'en ouvrirai plus, Thom. C'est plus amusant de les mettre à feu, de toute façon.

— Je n'ai pas peur, espèce de porcher aux pieds boueux, répliqua Thom se drapant dans sa dignité. Je frémis de rage parce que je voyage en compagnie d'un rustre à cervelle de chèvre qui risque de nous tuer tous les deux parce qu'il est incapable de penser plus loin que le bout de...

— Ho, du feu ! »

Mat échangea un coup d'œil avec Thom à l'approche d'un claquement de sabots de chevaux. L'heure était tardive pour que voyagent des gens honnêtes. Cependant les Gardes de la Reine assuraient la sécurité des routes à cette proche distance de Caemlyn et les quatre personnes qui entrèrent dans le cercle de lumière du feu de camp n'avaient visiblement pas l'aspect de brigands. L'une était une femme. Les hommes portaient tous de longues capes et semblaient être à son service, tandis qu'elle était une jolie femme aux yeux bleus avec un collier en or, une robe de soie grise et une cape de velours avec un vaste capuchon. Les hommes mirent pied à terre. L'un d'eux tint ses rênes et un autre son étrier, et elle sourit à Mat, ôtant ses gants en approchant du feu.

« Nous nous sommes laissé surprendre par la nuit, jeune Maître, je le crains, dit-elle, et me voilà obligée de vous déranger pour vous demander où trouver une auberge, si vous en connaissez une. »

Il arbora un grand sourire et commença à se redresser. Il était encore à croupetons quand il entendit un des hommes dire quelque chose entre ses dents, et un autre sortit une arbalète de dessous sa cape, déjà bandée, avec un carreau en position.

« Tue-le, imbécile ! » cria la femme ; alors Mat lança la fusée dans le feu et se projeta vers son bâton d'escrime. Il y eut un « bang » sonore et un éclair de lumière — « Aes Sedai ! » hurla un homme. « Une fusée d'artifice, idiot ! » cria la femme — et Mat dans un roulé-boulé se retrouva debout le gourdin à la main pour voir le carreau d'arbalète saillant de l'arbre couché, presque à l'endroit où il était adossé, et l'arbalétrier s'affaissant avec le manche d'un des poignards de Thom ornant sa poitrine.

C'est tout ce qu'il eut le temps de voir, car les deux autres hommes foncèrent vers lui le long du feu en tirant l'épée au clair. L'un d'eux trébucha subitement et se retrouva à genoux, lâchant son épée pour tenter de saisir le poignard enfoncé dans son dos en même temps qu'il s'affalait face contre terre. Le dernier homme ne s'aperçut pas de la chute de son compagnon ; il s'attendait manifestement à faire partie d'une paire, qui diviserait l'attention de leur adversaire, quand il dirigea un coup de pointe vers le ventre de Mat. Presque avec dédain, Mat rabattit le poignet du gaillard avec une extrémité de son long bâton, envoyant l'épée en l'air, et lui asséna un coup sec sur le front avec l'autre. Les yeux de l'assaillant se révulsèrent quand il tomba.

De biais, Mat remarqua que la femme s'avançait vers lui et il pointa le doigt vers elle comme une épée. « De beaux habits que vous avez là pour une voleuse, femme ! Asseyez-vous jusqu'à ce que je décide quoi faire de vous, sinon... »

Elle parut aussi surprise que Mat par le poignard qui s'épanouit subitement dans sa gorge, corolle rouge de sang jaillissant. Il esquissa un demi-pas comme pour la rattraper au moment où elle s'effondra, tout en sachant que cela ne servait à rien. Sa longue cape se déploya sur elle, laissant seulement à découvert son visage et le manche du poignard de Thom.

« Brûlez, marmotta Mat. Brûlez, Thom Merrilin ! Une femme ! Par la Lumière, nous aurions pu la ligoter, la livrer demain à Caemlyn aux Gardes de la Reine. Elle n'aurait dépouillé personne sans ces trois-là et le seul qui est en vie mettra des jours avant de voir clair et des mois avant de pouvoir tenir une épée. Que la Lumière vous brûle, Thom, il n'y avait pas besoin de la tuer ! »

Le ménestrel se dirigea en boitant vers la femme étendue par terre et rejeta d'un coup de pied sa cape en arrière. Un poignard s'était à demi échappé de sa main, une lame large comme le pouce et longue comme deux paumes de Mat. « Aurais-tu préféré que j'attende qu'elle t'ait niché ça entre les côtes, garçon ? » Il récupéra son propre poignard, dont il essuya la lame sur la cape de la femme.

Mat se rendit compte qu'il fredonnait l'air de *Elle portait un masque qui cachait son visage* et s'interrompit. Il se pencha et lui couvrit le sien avec le capuchon de sa cape. « Mieux vaut nous mettre en route, murmura-t-il. Je n'ai pas envie d'avoir à expliquer ça si une patrouille des Gardes survenait.

— Avec elle vêtue de ces habits-là ? rétorqua Thom. J'affirmerais bien que non. Ils doivent avoir dévalisé l'épouse d'un marchand ou la voiture de quelque dame de l'aristocratie. » Sa voix s'adoucit. « Si nous partons, mon garçon, tu devrais t'occuper de seller ton cheval. »

Mat sursauta et détourna les yeux de la morte. « Oui, je ferais aussi bien, n'est-ce pas ? » Il ne la regarda plus.

Il n'éprouvait pas autant de scrupules de conscience vis-à-vis des hommes. En ce qui le concernait, un homme qui décide de voler et de tuer mérite ce qu'il écope quand il perd la partie. Il ne s'attarda pas sur eux mais ne reportait pas vivement les yeux ailleurs quand ils tombaient sur l'un des voleurs. C'est après avoir sellé son hongre et attaché ses affaires derrière la selle, pendant qu'il projetait à coups de pied de la terre sur le feu, qu'il se surprit à dévisager l'homme qui avait tiré à l'arbalète. Quelque chose était familier dans ces traits, dans la façon dont le feu mourant posait sur eux des ombres. *La chance*, se dit-il. *Toujours la chance.*

« L'arbalétrier était bon nageur, Thom, fut son commentaire en se hissant en selle.

— Quelle bêtise racontes-tu là, maintenant ? » Le ménestrel était à cheval, lui aussi, et beaucoup moins préoccupé des morts que de la façon dont les étuis de ses instruments s'équilibraient derrière sa selle. « Comment pourrais-tu savoir si même il savait nager ?

— Il a gagné le rivage en pleine nuit depuis une petite barque au beau milieu de l'Érinin. Je suppose que cela a épuisé ce qu'il avait de chance. » Il vérifia de nouveau les sangles sur le rouleau de fusées d'artifice. *Si cet imbécile a cru qu'une de ces fusées était l'œuvre d'Aes Sedai, je me demande ce qu'il aurait pensé si elles avaient toutes pris feu.*

« En es-tu sûr, mon garçon ? Les chances que ce soit le même homme... Voyons, même toi ne voudrais pas engager de pari contre des chances si disproportionnées.

— J'en suis certain, Thom. » *Elayne, je vous tordrai le cou quand je mettrai la main sur vous. Et je tordrai aussi ceux d'Egwene et de Nynaeve.* « Et je suis ferme dans mon intention de me débarrasser de cette fichue lettre une heure après que nous serons arrivés à Caemlyn.

— Je te le répète, il n'y a rien dans cette lettre, mon garçon. J'ai joué au *Daes Dae'mar* quand j'étais plus jeune que toi et je sais reconnaître un code ou un système chiffré même quand j'ignore ce qu'il dit.

— Ma foi, je n'ai jamais joué à votre Grand Jeu, Thom, votre sacré Jeu des Maisons, mais je sais reconnaître quand quelqu'un est à mes trousses et on ne me pourchasserait pas avec cette ardeur ni aussi loin pour l'or qu'il y a dans mes poches, pas pour moins qu'un coffre plein d'or. Ce doit être à cause de la lettre. » *Que la Lumière me brûle, les jolis minois m'attirent toujours des ennuis.* « Avez-vous envie de dormir ce soir, après ça ?

— Du sommeil d'un petit enfant innocent, mon garçon, mais si tu as envie de partir, je partirai. »

Le visage d'une jolie jeune femme apparut dans l'esprit de Mat, avec un poignard dans la gorge. *Tu n'as pas eu de chance, ma belle.* « Eh bien, allons-y ! » dit-il d'une voix farouche.

## 45. Caemlyn

Mat avait gardé de Caemlyn un vague souvenir mais, quand ils en approchèrent dans les premières heures qui suivirent le lever du soleil, il eut l'impression de n'y être jamais encore venu. Ils n'étaient plus seuls sur la route depuis l'aube, d'autres cavaliers les entouraient à présent, ainsi que des caravanes de chariots de marchands et des gens à pied, tous se dirigeant en foule vers la grande cité.

Construite sur des étagements de collines, elle était sûrement aussi vaste que Tar Valon et à l'extérieur des énormes remparts — cinquante pieds de pierre claire, tirant sur le gris, striée de blanc et d'argent étincelant au soleil, où se dressaient de distance en distance de hautes tours rondes avec la bannière au Lion d'Andor flottant à leur sommet, blanc sur rouge — à l'extérieur de ces remparts, on aurait dit qu'avait été placée une autre ville, enveloppant la cité fortifiée, tout en brique rouge, pierre grise et murs enduits de plâtre blanc, des auberges encaissées entre des maisons de deux et trois étages si belles qu'elles devaient appartenir à de riches négociants, des boutiques avec des marchandises disposées sur des étals ombragés par des bannes, pressées contre de grands entrepôts sans fenêtres. Des marchés en plein vent sous des toits de tuiles rouges et pourpres bordaient la route de chaque côté, hommes et femmes vantant leurs produits, marchandant à tue-tête, tandis que veaux, moutons, chèvres et porcs dans des parcs, oies, poulets et canards dans des cages ajoutaient au tintamarre. Mat crut se rappeler avoir pensé que Caemlyn était trop bruyante quand il y était venu auparavant ; maintenant ce bruit était comme le battement d'un cœur pompant de la richesse.

La route conduisait à des portes voûtées hautes de vingt pieds, restant ouvertes sous l'œil attentif de Gardes de la Reine en tunique rouge et cuirasse brillante — ils ne s'intéressèrent à Thom et à lui-même pas plus qu'aux autres, pas même au bâton de combat posé en travers de sa selle devant lui ; tout ce qui leur importait, apparemment, était que la foule s'écoule —, puis ils furent à l'intérieur. Là, de sveltes tours s'élevaient encore plus haut que celles jalonnant les remparts, et des coupoles miroitantes se dressaient blanches et or au-dessus de rues grouillant de monde. Juste à l'intérieur des portes, la route se scindait en deux voies parallèles, séparées par une large bande herbue plantée d'arbres. Les collines de la ville se dressaient comme des degrés vers un sommet qui était entouré d'un autre rempart, d'un éclat aussi blanc que celui de Tar Valon, avec encore plus de dômes et de tours derrière ce rempart. C'était la Cité Intérieure, Mat s'en souvint, et au-dessus de ces collines les plus hautes était le Palais Royal.

« Inutile d'attendre, déclara-t-il à Thom. Je vais porter immédiatement la lettre. » Il regarda les chaises à porteurs et les voitures qui se frayaient un chemin parmi la foule, les boutiques offrant à la vue toutes leurs marchandises. « On pourrait gagner un peu d'or dans cette ville, Thom, une fois qu'on aurait trouvé une partie de dés ou de cartes. » Il n'avait pas autant de chance aux cartes qu'aux dés, mais de toute façon peu de gens, à l'exception des nobles et des riches, jouaient à ces jeux-là. *La question pour moi maintenant est de savoir avec qui engager une partie.*

Thom lui bâilla au nez et rajusta sa cape de ménestrel comme si c'était une couverture. « Nous avons chevauché toute la nuit, mon garçon. Dénichons au moins d'abord quelque chose à manger. *La Bénédiction de la Reine* fournit de bons repas. » Il bâilla de nouveau. « Et de bons lits.

— Je m'en souviens », dit lentement Mat. C'était vrai, en un sens. L'aubergiste était un homme rondelet avec des cheveux grisonnants, Maître Gill. Moiraine les avait rattrapés là, Rand et lui, alors qu'il les croyait enfin libérés d'elle. *Elle est désormais je ne sais où, jouant ses tours avec Rand. Cela ne me concerne plus. Plus maintenant.* « Je vous rejoindrai là-bas, Thom. J'avais dit que je me débarrasserais de cette lettre une heure après mon arrivée et telle est bien mon intention. Allez devant. »

Thom inclina la tête et fit tourner son cheval, criant par-dessus son épaule en bâillant : « Ne te perds pas, mon garçon. C'est une grande ville, Caemlyn. »

*Et une ville riche.* Mat talonna sa monture et poursuivit son chemin dans la rue encombrée. Me perdre ! *Je suis fichtrement capable de trouver mon chemin.* La maladie semblait avoir effacé des portions de sa mémoire. Il pouvait regarder une auberge, ses étages supérieurs surplombant tout autour le rez-de-chaussée avec son enseigne grinçant au vent, et être sûr de l'avoir déjà vue et pourtant ne se souvenir de rien d'autre de ce qu'il apercevait du même endroit. Cent pas de rue se rappelaient subitement à lui, alors qu'un bout du chemin d'avant et d'après demeurait aussi enveloppé de mystère que des dés encore au fond de leur cornet.

Même compte tenu de ses trous de mémoire, il était certain de n'être jamais allé dans la Cité Intérieure ni au Palais Royal — *Je n'aurais pas oublié ça !* —, pourtant il n'avait pas besoin de se rappeler le chemin. Les rues de la Cité Neuve — ce nom lui revint subitement ; c'était la partie de Caemlyn qui avait moins de deux mille ans — filaient dans tous les sens, mais les boulevards principaux conduisaient tous à la Cité Intérieure. Les Gardes aux portes ne s'évertuaient en aucune façon à interdire l'entrée à qui que ce soit.

À l'intérieur de ces remparts blancs, il y avait des bâtiments qui n'auraient pratiquement pas été déplacés à Tar Valon. Les rues sinueuses escaladaient des collines d'où, au sommet, elles donnaient à voir de minces tourelles, leurs murs revêtus de carreaux de céramique étincelant de cent couleurs au soleil, ou permettaient de contempler en contrebas des parcs dessinés pour être appréciés d'en haut, ou le déploiement d'immenses perspectives de la cité entière jusqu'aux plaines onduleuses et aux forêts au-delà. Peu importait réellement quelles rues il empruntait ici. Toutes montaient en spirale vers ce qu'il voulait atteindre, le Palais Royal d'Andor.

En un rien de temps, il se retrouva traversant l'immense

place ovale devant le Palais, avançant à cheval vers ses hautes grilles dorées. Le Palais d'Andor, d'un blanc pur, n'aurait pas non plus été déplacé parmi les merveilles de Tar Valon, avec ses tours sveltes et ses dômes dorés brillant au soleil, ses hauts balcons et le travail recherché des tailleurs de pierre. La feuille d'or d'un de ces dômes lui aurait permis de vivre dans le luxe pendant un an.

Il y avait moins de monde qu'ailleurs sur la place, comme si elle était réservée aux grandes occasions. Une douzaine de Gardes étaient postés devant les grilles closes, leurs arcs inclinés, tous exactement au même angle, en travers de leurs cuirasses, le visage caché par les barres d'acier de la visière de leur heaume poli. Un officier trapu, avec sa cape rouge rejetée en arrière pour laisser voir un nœud de galon doré sur son épaule, faisait les cent pas devant leur rang, scrutant chaque homme comme s'il pensait découvrir de la rouille ou de la poussière.

Mat arrêta son cheval et arbora un sourire. « Bonjour à vous, Capitaine. »

L'officier se retourna, le fixant à travers les barres de son ventail avec des yeux caves en trou de vrille, comme un rat gras dans une cage. L'homme était plus âgé que Mat ne s'y attendait — sûrement assez âgé pour avoir un rang marqué par plus d'un nœud — et bouffi de graisse plutôt que de muscles. « Qu'est-ce que tu veux, fermier ? » questionna-t-il avec rudesse.

Mat respira à fond. *Prends-y-toi bien. Impressionne cet imbécile pour qu'il ne t'oblige pas à attendre toute la journée. Je ne tiens pas à brandir le papier de l'Amyrlin pour éviter de faire le pied de grue.* « Je viens de Tar Valon, de la Tour Blanche, apporter une lettre de...

— Toi, tu viens de Tar Valon, fermier ? » L'estomac de l'officier adipeux fut secoué par son rire, lequel s'interrompit net comme coupé au couteau et son regard devint furibond. « Nous ne voulons pas de lettres de Tar Valon, coquin, si vraiment tu en as une ! Notre bonne Reine — que la Lumière l'illumine ! — n'acceptera pas un mot de la Tour Blanche avant que la Fille-Héritière lui soit rendue. Je n'ai jamais entendu parler de messager de la Tour en blouse et culotte de paysan. C'est évident pour moi que tu médites quelque roublardise, peut-être que tu penses récolter quelques sous si tu viens en prétendant porter des lettres, mais tu auras de la chance si tu ne finis pas dans une cellule de prison ! Si tu viens de Tar Valon, retourne dire à la Tour de renvoyer la Fille-Héritière avant que nous allions la chercher ! Si tu es un escroc en quête de pièces d'argent, ôte-toi de ma vue avant que je ne te fasse rouer de coups quasi jusqu'à ce que mort s'ensuive ! Dans l'un ou l'autre cas, espèce de rustre imbécile, va-t'en ! »

Depuis le début de cette tirade, Mat avait tenté de placer un mot. Il déclara précipitamment : « La lettre émane d'elle, voyons. Elle est écrite par...

— Ne t'ai-je pas dit de déguerpir, vaurien ? » rugit le gros homme. Son visage devenait presque aussi rouge que sa tunique. « Ôte-toi de ma vue, espèce de rebut du ruisseau ! Si tu n'as pas disparu d'ici à ce que je compte jusqu'à dix, je vais t'arrêter pour encombrer la place publique de l'ordure de ta présence ! Un ! Deux !

— Savez-vous compter jusque-là, stupide tas de graisse ? riposta Mat. Je vous le répète, Elayne a envoyé...

— Gardes ! » La face de l'officier était à présent violette. « Saisissez-vous de cet homme qui est un Ami du Ténébreux ! »

Mat hésita un instant, certain que personne ne prendrait cette accusation au sérieux, mais les Gardes en tunique rouge, tous les douze avec heaume et cuirasse, s'élancèrent vers lui, alors il fit pivoter son cheval et partit au galop devant eux, suivi par les cris du gros homme. Le hongre n'était pas un cheval de course, mais il n'eut pas grand mal à distancer les hommes à pied. Les gens s'écartaient vivement de Mat dans les rues sinueuses, secouant le poing à son adresse après son passage et proférant autant de malédictions que l'officier.

*Imbécile,* songea-t-il en pensant à cet officier gras à lard, puis il ajouta le même qualificatif qu'il s'appliqua à lui-même. *Je n'avais qu'à dire son fichu nom en premier. « Elayne, la Fille-Héritière d'Andor, envoie cette lettre à sa mère, la Reine Morgase. » Par la Lumière, qui aurait pu penser que l'on nourrissait ces sentiments-là à l'égard de Tar Valon ?* Des souvenirs qu'il avait gardés de sa dernière visite, les Aes Sedai et la Tour Blanche suivaient de près la Reine Morgase dans l'affection des Gardes. *Que la Lumière la brûle, Elayne aurait pu me prévenir.* À regret, il ajouta : *J'aurais pu aussi poser des questions.*

Avant d'atteindre les portes voûtées qui donnaient accès à la Cité Neuve, il remit son cheval au pas. Il ne pensait pas que les Gardes du Palais le poursuivaient encore et c'était inutile d'éveiller l'attention de ceux qui étaient postés ici en franchissant la porte au galop, mais ils ne lui prêtèrent pas plus attention maintenant que lorsqu'il était entré la première fois.

En chevauchant sous la vaste voûte, il sourit et faillit tourner bride. Il s'était rappelé subitement quelque chose et avait eu une idée qui le tentait bien davantage que d'entrer par les grilles du Palais. Même si ce gros officier ne les surveillait pas, il estima que cette solution lui plaisait mieux.

Il se perdit deux fois en cherchant *La Bénédiction de la Reine,* mais à la fin il trouva l'enseigne représentant un homme à genoux devant une femme avec des cheveux d'or roux et une couronne de roses dorées, qui posait la main sur sa tête. C'était un large bâtiment de pierre à deux étages, avec de hautes fenêtres même jusque sous les tuiles rouges du toit. Il le contourna jusqu'à la cour de l'écurie où un personnage au visage chevalin, en gilet de cuir qui aurait difficilement pu être plus dur que sa peau, prit les rênes de sa monture. Il eut l'impression de se rappeler qui c'était. *Oui. Ramey.*

« Eh bien, du temps a passé, Ramey. » Mat lui lança un marc d'argent. « Vous vous souvenez de moi, n'est-ce pas ?

— Je ne peux pas dire que je... », commença Ramey qui aperçut l'éclat de l'argent où il s'attendait à du cuivre ; il toussa et son bref signe de tête se changea en quelque chose combinant une main qui se porte au front et une brusque courbette. « Voyons, bien sûr, mon jeune Maître. Pardonnez-moi. M'était sorti de l'esprit. Ma tête pas bonne pour les gens. Bonne pour les chevaux : Je m'y connais en chevaux, soyez-en sûr. Un bel animal, jeune Maître. J'en prendrai grand soin, n'ayez crainte. » Il débita cela rapidement, sans laisser à Mat le temps de placer un mot, puis entraîna rapidement le hongre dans l'écurie avant d'être obligé d'avoir à dire le nom de Mat.

Avec une grimace de déplaisir, Mat fourra le gros rouleau de fusées sous son bras et hissa sur son épaule le reste de ses biens. *Incapable de me distinguer d'avec l'ongle des orteils d'Aile-de-Faucon, ce garçon.* Un homme musclé, à la masse imposante, était assis sur un tonneau à côté de la porte de la cuisine, grattant avec douceur derrière l'oreille un chat noir et blanc accroupi sur son genou. Il examina Mat avec des yeux aux paupières lourdes, et en particulier le bâton sur son épaule, mais il n'interrompit pas ses caresses. Mat sentit qu'il le reconnaissait mais fut incapable de retrouver son nom. Il ne dit rien en franchissant le seuil de la porte, et l'homme non plus. *Aucune raison qu'ils se souviennent de moi. Probable que de sacrées Aes Sedai viennent ici chercher des gens tous les jours.*

Dans la cuisine, deux aides et trois marmitons se hâtaient entre les fourneaux et les rôtissoires sous la direction d'une femme corpulente aux cheveux ramenés en chignon, munie d'une longue cuillère de bois qu'elle pointait vers ce qu'elle voulait voir fait. Mat fut sûr de se rappeler cette femme rondelette. Coline, et quel nom pour quelqu'un de cette largeur, mais tout le monde l'appelait « Cuisinière ».

« Eh bien, Dame Cuisinière, annonça-t-il, me voici de retour et un an ne s'est pas écoulé depuis que je suis parti. »

Elle le dévisagea un instant, puis hocha la tête. « Je me souviens de vous. » Il commença à sourire. « Vous étiez avec ce jeune prince, n'est-ce pas? poursuivit-elle. Celui qui ressemblait tellement à Tigraine, que la Lumière illumine sa mémoire. Vous êtes son serviteur, hein? Alors, il revient, le jeune prince?

— Non », répliqua-t-il sèchement. *Un prince! Ô Lumière!* « Je ne crois pas qu'il vienne de sitôt et je ne pense pas que cela vous réjouirait s'il venait. » Elle protesta, affirmant quel beau et noble jeune homme était le prince — *Que je brûle, y a-t-il quelque part une femme qui ne rêve pas de Rand et ne fait pas les yeux doux quand on mentionne son fichu nom? Elle pousserait de sacrés hurlements si elle savait à quoi il s'occupe maintenant* — mais il se refusa à la laisser continuer. « Maître Gill est-il là? Et Thom Merrilin?

— Dans la bibliothèque, répliqua-t-elle avec un bref reniflement dédaigneux. Prévenez Basel Gill quand vous le verrez que j'ai dit que ces égouts ont besoin d'être nettoyés. Aujourd'hui, rappelez-vous. » Elle aperçut quelque chose qu'une de ses aides administrait à un rôti de bœuf et elle se dirigea en se dandinant vers elle. « Pas autant, mon petit. Vous rendrez la viande trop sucrée si vous y mettez tant d'arrath. » Elle paraissait avoir déjà oublié Mat.

Il secouait la tête en se mettant en quête de cette bibliothèque dont il n'avait aucun souvenir. Il ne se rappelait pas non plus si Coline était mariée avec Maître Gill mais, s'il avait jamais entendu une maîtresse de maison dépêcher des instructions à son époux, c'était bien de cette façon-là. Une jolie serveuse aux grands yeux poussa des petits rires nerveux et lui indiqua de suivre un couloir longeant la salle commune.

Quand il entra dans la bibliothèque, il s'immobilisa, stupéfait. Il devait y avoir plus de trois cents livres sur les étagères fixées aux murs, et d'autres sur des tables ; de sa vie Mat n'avait vu autant de volumes réunis dans un même endroit. Il remarqua un exemplaire relié en cuir des *Voyages de Jaim Farstrider* sur une petite table près de la porte. Il avait toujours eu l'intention de les lire — Rand et Perrin lui racontaient constamment des anecdotes tirées de là — mais il ne trouvait jamais le temps apparemment de lire les livres qu'il avait résolu de connaître.

Basel Gill, le teint rose, et Thom Merrilin étaient assis à l'une des tables, l'un en face de l'autre avec entre eux un jeu de mérelles, la pipe entre leurs dents répandant de minces volutes de fumée de tabac. Une chatte tricolore était assise sur la table à côté d'un cornet à dés en bois, la queue rabattue sur ses pattes, les regardant jouer. La cape du ménestrel n'était nulle part en vue, aussi Mat supposa-t-il qu'il avait déjà pris une chambre.

« Tu en as fini plus vite que je ne m'y attendais, mon garçon », déclara Thom sans ôter son tuyau de pipe. Il tiraillait sur une de ses longues moustaches blanches en méditant sur l'endroit où placer son palet suivant sur le réseau du plateau. « Basel, vous vous souvenez de Mat Cauthon.

— Je m'en souviens, dit l'aubergiste replet en scrutant le plateau. Mal en point, la dernière fois que vous étiez ici, je me rappelle. J'espère que vous allez mieux maintenant, mon garçon.

— Je vais mieux, répliqua Mat. Est-ce tout ce que vous vous rappelez ? Que j'étais malade ? »

Maître Gill esquissa une grimace devant le coup joué par Thom et ôta sa pipe de sa bouche. « Étant donné avec qui vous êtes parti, mon garçon, et étant donné la situation actuelle, peut-être vaut-il mieux que je ne me souvienne que de cela.

— Les Aes Sedai ne sont plus aussi bien vues à présent, n'est-ce pas ? » Mat déposa ses affaires dans un grand fauteuil, le bâton de combat accoté contre le dossier, et s'installa lui-même dans un autre, une jambe se balançant par-dessus un des accoudoirs. « Les Gardes du Palais ont l'air de croire que la Tour Blanche a volé Elayne. » Thom regarda avec inquiétude le rouleau de fusées d'artifice, reporta les yeux sur sa pipe qui fumait et murmura quelque chose pour lui-même avant de recommencer à étudier le jeu.

« Pas précisément, rectifia Maître Gill, néanmoins la ville entière sait qu'elle a disparu de la Tour. Thom dit qu'elle y est retournée, mais nous n'en n'avons pas entendu parler ici. Possible que Morgase soit au courant, n'empêche que chacun jusqu'au dernier garçon d'écurie marche sur la pointe des pieds pour éviter d'attirer ses foudres. Le Seigneur Gaebril l'a empêchée d'expédier réellement quelqu'un au bourreau, mais je n'affirmerais pas qu'elle ne le fera pas. Et il n'a certainement pas apaisé sa colère envers Tar Valon. Peut-être même, à mon avis, qu'il l'a attisée.

— Morgase a un nouveau conseiller, expliqua Thom d'un ton sarcastique. Gareth Bryne n'aimait pas Gaebril, aussi Bryne a-t-il été exilé dans son domaine pour regarder la laine pousser sur le dos de ses moutons. Basel, allez-vous placer un palet, oui ou non ?

— Dans une minute, Thom. Dans une minute. Je tiens à le mettre au bon endroit. » Gill serra les dents sur le tuyau de sa pipe et contempla le damier les sourcils froncés en projetant des bouffées de fumée.

« Ainsi la Reine a un conseiller qui ne porte pas Tar Valon dans son cœur, commenta Mat. Ma foi, cela explique la façon dont les Gardes ont réagi quand j'ai dit que je venais de là-bas.

— Si vous leur avez dit ça, répliqua Gill, vous avez eu de

la chance de vous en tirer sans os cassés. Du moins au cas où il s'agissait d'un des nouveaux hommes. Gaebril a remplacé la moitié des Gardes de Caemlyn par des gens de son choix, ce qui n'est pas une mince réussite vu le peu de temps passé depuis qu'il vit ici. D'aucuns affirment que Morgase pourrait l'épouser. » Il s'apprêta à poser un palet sur le damier, puis le retira en secouant la tête. « Les temps changent. Les gens changent. Trop de changement pour moi. Je suppose que je vieillis.

— Apparemment, vous avez l'intention de nous voir vieillir tous les deux avant que vous avanciez un pion », déclara Thom avec humeur. La chatte s'étira et se glissa furtivement de son côté de la table pour qu'il lui caresse l'échine. « Parler toute la journée ne vous aidera pas à trouver un coup astucieux. Pourquoi ne pas vous avouer tout simplement battu, Basel ?

— Je n'admets jamais la défaite, proclama Gill avec vaillance. Je vous battrai malgré tout, Thom. » Il posa un palet blanc à l'intersection de deux lignes. « Vous verrez. » Thom eut un rire sec.

D'après la façon dont Mat jugeait la disposition des pièces, il ne pensait pas que Gill avait de grandes chances d'y réussir. « Je n'aurai qu'à éviter les Gardes et déposer la lettre d'Elayne entre les mains mêmes de Morgase. » *Surtout s'ils sont tous comme ce gros imbécile. Lumière, je me demande s'il leur a raconté à tous que je suis un Ami du Ténébreux.*

« Tu ne l'as pas remise ? questionna Thom d'un ton sec. Je pensais que tu étais désireux de t'en débarrasser.

— Vous êtes porteur d'une lettre de la Fille-Héritière ? s'exclama Gill. Thom, pourquoi ne me l'avez-vous pas dit ?

— Pardonnez-moi, Basel », marmonna le ménestrel. Il darda sur Mat un regard furieux sous la broussaille de ses sourcils et souleva d'un souffle ses moustaches. « Le garçon croit que quelqu'un veut le tuer à cause de cette lettre, alors j'ai jugé bon de lui laisser dire ce qu'il voulait et pas davantage. Apparemment, cela lui est égal à présent.

— Quel genre de lettre ? demanda Gill. Revient-elle ici ? Avec le Seigneur Gawyn ? J'espère que oui. J'ai entendu parler de l'éventualité d'une guerre avec Tar Valon, comme si quiconque pouvait être assez fou pour entrer en lutte avec les

Aes Sedai. Si vous voulez mon avis, cela va de pair avec ces folles rumeurs que nous avons entendues prétendant que des Aes Sedai soutiennent un faux Dragon quelque part dans l'ouest et se servent du Pouvoir comme d'une arme. Non pas que je comprenne pourquoi cela inciterait qui que ce soit à entrer en guerre avec elles; bien au contraire.

— Avez-vous épousé Coline ? » questionna Mat, et Maître Gill sursauta.

« La Lumière m'en préserve ! On croirait que l'auberge lui appartient présentement. Si elle était ma femme... ! Quel rapport avec la lettre de la Fille-Héritière ?

— Aucun, répliqua Mat, mais vous avez parlé tellement longtemps que j'ai cru que vous aviez probablement oublié vos propres questions. » Gill s'étrangla et Thom éclata d'un rire sec. Mat se hâta de poursuivre avant que l'aubergiste retrouve sa langue. « La lettre est cachetée ; Elayne ne m'a pas raconté ce qu'il y avait dedans. » Thom le regardait du coin de l'œil en se lissant les moustaches. *S'imagine-t-il que je vais avouer que nous l'avons ouverte ?* « Cependant je ne crois pas qu'elle revienne ici. Elle a l'intention de devenir une Aes Sedai, si vous voulez mon avis. » Il leur relata sa tentative pour porter la lettre à destination, gommant quelques détails qu'ils n'avaient pas besoin de connaître.

« Les hommes nouveaux, commenta Gill. Du moins cet officier, à sa manière de parler. Je suis prêt à parier là-dessus. Ne valent pas mieux que des brigands, pour la plupart, excepté ceux qui cachent leur jeu. Attendez jusqu'à cet après-midi, mon petit, quand les Gardes de la grille auront été changés. Prononcez tout de suite le nom de la Fille-Héritière et, pour le cas où le nouvel officier serait aussi un des hommes de Gaebril, inclinez un peu la tête. Portez la main au front et vous n'aurez pas d'ennuis.

— Que je brûle si je m'abaisse à ça. Je ne fabule et ne racle le gravier pour personne. Pas même pour Morgase. Cette fois-ci, je ne m'approcherai absolument pas des Gardes ». *J'aimerais autant ne pas savoir ce que ce gros lard a répandu sur mon compte.*

Ils le dévisagèrent comme s'il était fou.

« Au nom de la Lumière, de quelle façon entendez-vous entrer dans le Palais Royal sans passer devant les Gardes ? »

dit Gill. Ses yeux s'écarquillèrent comme si un souvenir lui revenait. « Par la Lumière, vous n'avez pas l'intention de... Mon petit gars, il vous faudrait la chance même du Ténébreux pour vous en tirer vivant !

— Qu'est-ce que vous débitez là maintenant, Basel ? Mat, quel tour farfelu médites-tu d'essayer ?

— J'ai de la chance, Maître Gill, répliqua Mat. Ayez seulement un bon repas tout prêt qui m'attende quand je reviendrai. » Comme il se levait, il ramassa le cornet à dés et, pour se porter chance, lança les dés à côté de la table de mérelles. La chatte tricolore sauta à terre, feulant à son intention en arquant le dos. Les cinq dés marqués de points s'immobilisèrent, chacun avec un seul point à leur face supérieure. *Les Yeux du Ténébreux.*

« C'est le meilleur coup ou le pire, dit Gill. Cela dépend du jeu choisi, n'est-ce pas. Mon petit, je pense que vous vous apprêtez à jouer un jeu dangereux. Pourquoi ne pas emporter ce cornet dans la salle commune et perdre quelques pièces de cuivre ? Vous m'avez l'air d'un gars qui aime assez les dés. Je veillerai à ce que la lettre arrive à destination au Palais sans encombre.

— Coline veut que vous nettoyiez les égouts », lui dit Mat qui se tourna vers Thom pendant que l'aubergiste continuait à cligner les paupières et à parler entre ses dents. « Je ne vois pas ce que cela changerait si je reçois une flèche en essayant de remettre cette lettre ou un coup de couteau dans le dos en restant à attendre. C'est bonnet blanc et blanc bonnet. Veillez simplement à ce que ce repas soit prêt, Thom. » Il jeta un marc d'or sur la table devant Gill. « Montez mes affaires dans une chambre, aubergiste. Si cela coûte des pièces de monnaie en supplément, vous les recevrez. Prenez soin du gros rouleau ; il inspire à Thom une frayeur épouvantable. »

Comme il sortait à grands pas, il entendit Gill dire à Thom : « J'ai toujours pensé que ce petit gars était un fripon. Comment se trouve-t-il en possession d'or ? »

*Je gagne toujours, voilà comment,* pensa-t-il en serrant les dents. *Il suffit que je gagne encore une fois et j'en aurai fini avec Elayne, et je serai débarrassé de la Tour Blanche. Juste encore une fois.*

## *46. Un message émanant de l'Ombre*

Tandis qu'il retournait à pied vers la Cité Intérieure, Mat était loin d'avoir la certitude que ce qu'il avait l'intention de tenter réussirait. Oui, si ce qui lui avait été raconté était vrai ; seulement, voilà, il n'était pas sûr que ce soit exact. Il évita la place ovale devant le Palais, mais longea les flancs de l'énorme édifice et de son domaine, par des rues qui épousaient les contours des collines. Les dômes dorés du Palais étincelaient, ironiquement hors d'atteinte. Il en avait à peu près accompli le tour, étant revenu presque à la place, quand il le vit. Une pente raide couverte de fleurs basses, se dressant de la rue jusqu'à un mur blanc en pierre brute. Plusieurs branches d'arbres couvertes de feuilles dépassaient par-dessus le mur et il apercevait la cime d'autres arbres plus loin, dans un jardin du Palais Royal.

*Un mur aménagé de façon à ressembler à une falaise,* pensa-t-il, *et un jardin de l'autre côté. Peut-être bien que Rand disait la vérité.*

Un coup d'œil discret à droite et à gauche lui indiqua qu'il avait cette courbe de la rue à lui seul pour le moment. Il devrait se hâter ; les tournants ne lui permettaient pas de voir très loin, quelqu'un pouvait survenir à tout instant. Il escalada la pente à quatre pattes, sans se soucier des trous que ses bottes creusaient dans les massifs de fleurs rouges et blanches. La pierre brute du mur offrait de nombreuses prises pour les doigts, et les arêtes et protubérances fournissaient des points d'appui même pour quelqu'un chaussé de bottes.

*Rendre cela aussi facile, quelle négligence de leur part,* songea-t-il en grimpant. Pendant un instant, cette ascension le ramena en esprit au pays natal avec Rand et Perrin, à une expédition qu'ils avaient faite au-delà des Collines de Sable, dans les contreforts des Montagnes de la Brume. À leur retour au Champ d'Emond, ils avaient tous subi la colère fulminante de quiconque avait pu mettre la main sur eux — lui encore plus que les autres ; chacun avait présumé que c'était son idée — mais pendant trois jours ils avaient gravi les falaises, dormi à la belle étoile et mangé les œufs subtilisés dans les nids de crêtes-rouges, ainsi que les gélinottes aux ailes grises bien grasses abattues d'une flèche ou d'une pierre lancée par une fronde, et les lapins pris au collet, riant à la pensée qu'ils n'avaient pas peur de la malédiction des montagnes et qu'ils pourraient trouver un trésor. De cette excursion il avait rapporté à la maison un drôle de caillou avec le crâne d'un poisson de belle taille en quelque sorte imprimé dedans, une longue plume blanche — une penne rectrice — perdue par un aigle des neiges et un morceau de pierre blanche grand comme sa main qui avait presque l'air sculpté en forme d'oreille humaine. Il trouvait qu'il ressemblait à une oreille, même si Rand et Perrin affirmaient que non, et Tam al'Thor avait dit que c'était possible.

Ses doigts glissèrent hors d'un creux peu profond, son équilibre fut déstabilisé et il perdit la prise où s'était calé son pied gauche. Avec un « ah » de surprise, il réussit à attraper de justesse le haut du mur et s'y hissa à la force des bras. Il y resta étendu un moment, la respiration haletante. La chute n'aurait pas été tellement longue mais assez pour lui rompre le cou. *Quel idiot de laisser vagabonder mon esprit comme ça. Failli me tuer de cette façon sur ces falaises. C'était il y a bien longtemps.* De toute façon, sa mère avait déjà dû jeter ces choses-là. Avec un dernier coup d'œil à droite et à gauche pour s'assurer que personne ne l'avait vu — la portion de rue en courbe au-dessous de lui était toujours déserte — il sauta à l'intérieur du domaine royal.

C'était un grand jardin, avec des allées dallées à travers des tapis de gazon au milieu des arbres, et des ceps de vigne développant des treilles au-dessus des allées. Et, partout, des fleurs. Des corolles blanches couvrant les poiriers, des pétales roses et blancs émaillant les pommiers. Des roses de toutes les couleurs, en forme de soleil d'or étincelant, des « Gloire d'Emond » pourpres et bon nombre qu'il ne sut pas identifier. Certaines ne lui paraissaient pas réelles. Il y en avait une aux pétales bizarres écarlate et or dont on aurait presque dit des oiseaux, et une autre ne différait guère des tournesols à part que ses fleurs avaient plus de deux pieds de large et une tige aussi haute qu'un Ogier.

Des bottes crissèrent sur les dalles et il s'accroupit contre le mur derrière un buisson comme deux gardes passaient, leurs longs cols blancs tombant sur leurs cuirasses. Ils ne jetèrent pas le moindre coup d'œil dans sa direction et il sourit intérieurement. *La chance. Avec juste un peu de chance, ils ne me verront pas avant que j'aie remis ce sacré machin à Morgase.*

Il se faufila dans le jardin telle une ombre, comme s'il traquait des lapins, se figeant près d'un arbuste ou s'aplatissant contre un tronc d'arbre quand il entendait des bottes. Deux autres paires de soldats passèrent, arpentant les allées, la seconde assez près pour qu'en deux pas il eût pu leur pointer un doigt dans le dos. Tandis qu'ils disparaissaient parmi les arbres et les fleurs, il cueillit une corolle de flamboyant rouge intense et piqua la fleur aux pétales onduleux dans ses cheveux avec un sourire. C'était aussi amusant que de faucher des tartes aux pommes le dimanche, et plus facile. Les femmes surveillaient toujours de près leurs pâtisseries ; ces abrutis de soldats ne quittaient pas des yeux les dalles de l'allée.

Il ne tarda pas à se trouver contre un mur blanc du Palais et commença à le longer en se dissimulant derrière une rangée de rosiers blancs en fleur grimpant sur des cadres à lattes, en quête d'une porte. Il y avait des quantités de hautes fenêtres cintrées juste au-dessus de sa tête, mais il jugea peut-être plus difficile de s'expliquer s'il était découvert entrant par une fenêtre plutôt qu'arpentant un couloir. Deux autres soldats survinrent et il s'immobilisa ; ils allaient passer à trois pas de lui. Il entendait des voix provenant de la fenêtre au-dessus de lui, deux voix d'hommes, juste assez fortes pour qu'il distingue leurs paroles.

« ... en route pour Tear, Grand Maître. » L'homme paraissait effrayé et obséquieux.

« Qu'elles ruinent ses projets, si elles le peuvent. » Cette voix-là était plus grave et plus ferme, un homme habitué à commander. « Il n'aura que ce qu'il mérite si trois jeunes femmes sans formation peuvent l'emporter sur lui. Il a toujours été un imbécile et il l'est encore. Y a-t-il des nouvelles du garçon ? C'est lui qui peut nous anéantir tous.

— Non, Grand Maître. Il a disparu. Mais, Grand Maître, une des jeunes femmes est la fille de Morgase. »

Mat se retourna à demi, se reprit. Les soldats se rapprochaient, ils ne semblaient pas avoir remarqué son sursaut à travers l'épais réseau des tiges de rosier. *Avancez, espèces d'abrutis ! Passez que je puisse voir qui est ce sacré bonhomme !* Il avait perdu une partie de la conversation.

« ... a toujours été beaucoup trop impatient depuis qu'il a reconquis sa liberté, disait la voix grave. Il n'a jamais compris que les meilleurs plans prennent du temps pour mûrir. Il veut le monde en un jour et *Callandor* par-dessus le marché. Que le Puissant Seigneur l'emporte ! Il est capable de capturer la jeune fille et de tenter de l'utiliser. Et cela risquerait de compromettre mes projets.

— Comme vous le dites, Grand Maître. Donnerai-je instruction d'enlever la jeune fille à Tear ?

— Non. Cet imbécile le prendrait comme une action contre lui s'il était au courant. Et qui sait ce qu'il choisit de surveiller en dehors de l'épée ? Veillez à ce qu'elle meure discrètement, Comar. Que sa mort n'attire pas l'attention. » Son rire résonna comme un ample roulement de tonnerre. « Ces souillons ignorantes dans leur Tour auront du mal à la présenter après cette disparition. Ce serait aussi bien. Que ce soit vite exécuté. Promptement, avant qu'il ait le temps de s'emparer d'elle lui-même. »

Les deux soldats arrivaient presque à la hauteur de Mat ; il s'efforça par suggestion d'obliger leurs pieds à presser le mouvement.

« Grand Maître, dit l'autre d'une voix hésitante, cela risque d'être difficile. Nous savons qu'elle est en route pour Tear, mais le navire sur lequel elle a voyagé a été découvert à Aringill et toutes les trois en avaient débarqué auparavant. Nous ne savons pas si elle est montée sur un autre bateau ou si elle est partie à cheval vers le sud. Et ce ne sera peut-être pas facile de la découvrir une fois qu'elle aura atteint Tear, Grand Maître. Peut-être que si vous...

— N'y a-t-il plus que des sots dans le monde, à présent ? riposta durement la voix grave. Croyez-vous que je puisse me déplacer dans Tear sans qu'il soit au courant ? Je n'ai pas l'intention d'entrer en lutte avec lui, pas maintenant, pas encore. Apportez-moi la tête de cette fille, Comar. Apportez-moi les trois têtes ou vous m'implorerez de prendre la vôtre !

— Oui, Grand Maître. Il en sera comme vous l'ordonnez. Oui. Oui. »

Les soldats passèrent dans un crissement de bottes, sans regarder à droite ni à gauche. Mat attendit seulement de voir leur dos avant de sauter pour agripper le large appui de fenêtre en pierre et se hisser assez haut pour regarder par la fenêtre.

Il remarqua à peine le tapis à franges du Tarabon étalé sur le sol, qui valait une grosse bourse d'argent. Une des larges portes sculptées se refermait. Un homme de haute taille, à la forte carrure et à la poitrine puissante tendant la soie verte de sa tunique brodée d'argent, regardait la porte de ses yeux bleu foncé. Sa barbe noire était tondue court, avec une bande blanche sur le menton. L'un dans l'autre, il avait l'air d'un homme dur, un homme habitué à commander.

« Oui, Grand Maître », dit-il soudain, et Mat faillit lâcher sa prise sur le rebord de la fenêtre. Il avait cru que ce devait être l'homme à la voix grave, mais c'était la voix obséquieuse qu'il entendait. Qui n'avait plus un accent servile, mais était bien la même. « Il en sera fait comme vous l'ordonnez, Grand Maître, reprit l'homme d'un ton amer. Je couperai moi-même la tête de ces trois jeunesses. Dès que j'aurai pu les trouver ! » Il franchit la porte à grands pas et Mat se laissa retomber sur le sol.

Il resta pendant un moment blotti derrière les treillages de roses. Quelqu'un dans le Palais voulait la mort d'Elayne, et avait voué au même sort Egwene et Nynaeve après coup. *Au nom de la Lumière, quel besoin ont-elles d'aller à Tear ?* Ce devait être elles.

Il retira de la doublure de son bliaud la lettre de la Fille-Héritière et la regarda en fronçant les sourcils. Peut-être que

Morgase le croirait s'il se présentait avec cette lettre à la main. Il pouvait décrire un des hommes. Seulement ce n'était plus le moment de lambiner ; le grand gaillard pouvait partir pour Tear avant même que lui-même arrive jusqu'à Morgase et quoi qu'elle décide alors, rien ne garantissait que cela mettrait un terme aux activités de cet homme.

Respirant à fond, Mat se faufila entre deux treillages de rosiers au prix seulement de quelques piqûres et accrocs dus aux épines et s'engagea sur l'allée dallée à la suite des soldats. Il tenait la lettre d'Elayne devant lui de façon que le sceau au lis d'or soit nettement visible, et mit mentalement au point ce qu'il avait exactement l'intention de dire. Quand il s'était déplacé furtivement, les gardes n'avaient cessé de surgir comme des champignons après la pluie mais, maintenant, il parcourut presque la longueur du jardin sans en apercevoir un seul. Il dépassa plusieurs portes. Entrer dans le Palais sans permission ne serait pas une bonne idée — les Gardes pourraient faire d'abord des choses désagréables et écouter ensuite — mais il commençait à songer à franchir une porte quand elle s'ouvrit et un jeune officier non casqué, avec un unique nœud doré sur l'épaule, sortit à grands pas.

Sa main se porta aussitôt à la garde de son épée et il avait tiré au clair douze pouces d'acier avant que Mat ait eu le temps de lui tendre la lettre. « Elayne, la Fille-Héritière, envoie cette lettre à sa mère, la Reine Morgase, Capitaine. » Il tenait la lettre de façon que le sceau au lis soit bien en évidence.

Les yeux sombres de l'officier allèrent vivement d'un côté à l'autre, comme à la recherche d'autres gens, sans réellement cesser d'observer Mat. « Comment êtes-vous entré dans ce jardin ? » Il ne tira pas son épée plus avant, mais ne la remit pas non plus au fourreau. « Elber est posté aux grilles principales. C'est un imbécile, mais il ne laisserait jamais personne se promener à loisir dans le Palais.

— Un gros homme avec des yeux de rat ? » Mat maudit sa langue, toutefois l'officier acquiesça d'un sec hochement de tête ; il sourit à demi, aussi, sans que cela semble diminuer sa vigilance ou sa suspicion. « Il a piqué une colère quand il a appris que je venais de Tar Valon et il ne m'a même pas laissé une chance de montrer la lettre ou de mentionner le nom de la Fille-Héritière. Il a dit qu'il m'arrêterait si je ne partais pas, alors j'ai escaladé le mur. J'avais promis de remettre ceci à la Reine Morgase en personne, vous comprenez, Capitaine. Je l'avais promis et je tiens toujours mes promesses. Vous voyez le sceau ?

— Encore ce sacré mur de jardin, murmura l'officier. Il devrait être trois fois plus haut. » Il examina Mat. « Lieutenant des Gardes, pas capitaine. Je suis le lieutenant de la Garde Tallanvor. Je reconnais le sceau de la Fille-Héritière. » Son épée rentra finalement entièrement au fourreau. Il allongea la main ; pas celle qui devait manier l'épée. « Donnez-moi la lettre et je la porterai à la Reine. Après vous avoir reconduit au-dehors. Il y en a qui ne se montreraient pas aussi conciliants en vous trouvant qui vous déplacez seul.

— J'ai promis de la remettre moi-même entre ses mains », dit Mat. *Par la Lumière, je n'avais pas pensé un instant qu'on pourrait m'empêcher de la lui donner.* « J'ai promis. À la Fille-Héritière. »

Mat se rendit à peine compte que la main de Tallanvor bougeait avant que l'épée de l'officier se pose contre son cou. « Je vous conduirai à la Reine, campagnard, dit à mi-voix Tallanvor, mais sachez que je peux vous couper la tête avant que vous ayez le temps de cligner les paupières si vous songez seulement à l'attaquer. »

Mat arbora son plus beau sourire. Il sentait sur le côté de son cou le tranchant de cette lame légèrement incurvée. « Je suis un loyal sujet d'Andor, dit-il, et un sujet fidèle de la Reine, que la Lumière l'illumine. Tenez, si j'avais été ici au cours de l'hiver, j'aurais suivi le Seigneur Gaebril, c'est certain. »

Tallanvor, bouche serrée, le dévisagea, puis finit par écarter son épée. Mat avala sa salive et s'empêcha de toucher sa gorge pour vérifier s'il avait été entaillé.

« Enlevez cette fleur de vos cheveux, dit Tallanvor en renfonçant son épée au fourreau. Est-ce que vous vous imaginez que vous êtes venu pour jouer les jolis cœurs ? »

Mat arracha de ses cheveux la fleur de flamboyant et suivit l'officier. *Quel imbécile de m'être planté une fleur dans les cheveux. Il faut que je cesse de me conduire de façon stupide, à présent.*

Suivre n'était pas exactement le mot juste, car Tallanvor gardait un œil sur lui tout en montrant le chemin. Le résultat était une drôle de procession, avec l'officier d'un côté de Mat et le précédant mais à demi tourné vers lui pour le cas où Mat tenterait quelque chose. Pour sa part, Mat s'efforça de prendre l'air aussi innocent qu'un enfançon s'ébattant dans son bain.

Les tapisseries éclatantes de couleurs sur les murs avaient valu de l'argent à ceux qui les avaient tissées, ainsi que les tapis étendus sur les dalles blanches du sol, même ici dans les couloirs. Il y avait partout de l'or et de l'argent — assiettes et plats, coupes et hanaps, sur des coffres et des meubles bas en bois ciré, d'aussi grande beauté que ce qu'il avait vu dans la Tour. Des serviteurs s'affairaient partout, en livrée rouge avec col blanc, manchettes blanches et le Lion Blanc d'Andor sur la poitrine. Il se surprit à se demander si Morgase jouait aux dés. *Quelle idée ridicule. Les reines ne secouent pas les cornets à dés. Par contre, quand je lui présenterai cette lettre et la préviendrai que quelqu'un dans son Palais a l'intention de tuer Elayne, je suis prêt à parier qu'elle me gratifiera d'une bourse bien remplie.* Il se laissa aller à imaginer un instant qu'il serait nommé seigneur ; assurément, l'homme qui révélait un complot visant à assassiner la Fille-Héritière était en droit d'espérer une récompense de ce genre.

Tallanvor l'emmena par tant de couloirs et de cours qu'il commençait à se demander s'il réussirait sans aide à trouver son chemin pour repartir quand soudain une des cours se révéla occupée par davantage que des serviteurs. Une galerie à colonnes entourait cette cour qui avait en son centre un bassin rond où des poissons blancs et jaunes évoluaient sous des feuilles de nénuphar et des corolles de lis d'eau. Des hommes en bliauds éclatants brodés d'or ou d'argent, des femmes aux amples robes encore plus travaillées tenaient compagnie à une femme à la chevelure d'or roux qui était assise sur le rebord surélevé du bassin, laissant traîner ses doigts dans l'eau et contemplant avec mélancolie les poissons qui montaient vers la surface dans l'espoir d'avoir de la nourriture. Un anneau au Grand Serpent encerclait le troisième doigt de sa main gauche. Un homme basané de haute taille se tenait près d'elle, la soie rouge de son vêtement presque invisible sous les arabesques et les feuilles dessinées au fil d'or dessus, mais c'est la femme qui retint l'œil de Mat.

Il n'avait pas besoin de la couronne de délicates roses en or sur ses cheveux, ni de l'étole pendant par-dessus sa robe blanche à crevés rouges, le pan d'étoffe rouge de l'étole brodé des Lions d'Andor, pour savoir qu'il regardait Morgase, par la Grâce de la Lumière Reine d'Andor, Défenseur du Royaume, Protectrice du Peuple, Haut Siège de la Maison de Trakand. Elle avait les traits et la beauté d'Elayne, mais c'était ce qui serait le lot d'Elayne quand elle aurait mûri. Toutes les autres femmes présentes dans la cour étaient éclipsées par sa présence.

*Je danserais bien une gigue avec elle et lui volerais aussi un baiser au clair de lune, en dépit de son âge.* Il se secoua. *Rappelle-toi donc pour de bon qui elle est!*

Tallanvor ploya un genou, le poing appuyé sur la pierre blanche de la cour. « Ma Reine, j'amène un messager qui apporte une lettre de la Damoiselle Elayne. »

Mat observa la posture de son accompagnateur, puis se contenta d'un profond salut. « De la part de la Fille-Héritière... heu... ma Reine. » Il montra la lettre en s'inclinant, de sorte que la cire jaune d'or du sceau était visible. *Une fois qu'elle l'aura lue et saura qu'Elayne se porte bien, je l'avertirai.* Morgase posa sur lui ses yeux bleu foncé. *Lumière! Dès qu'elle sera de bonne humeur.*

« Vous apportez une lettre de ma vaurienne d'enfant? » Sa voix était froide mais avec une tension laissant prévoir qu'elle était prête à s'embraser. « Cela doit signifier au moins qu'elle est en vie! Où se trouve-t-elle?

— À Tar Valon, ma Reine », parvint-il à sortir de sa gorge serrée. *Lumière, ce que j'aimerais les voir, elle et l'Amyrlin, s'affronter à laquelle des deux fera baisser les yeux à l'autre.* À la réflexion, il décida qu'il n'y tenait pas. « Du moins, elle y était quand je suis parti. »

Morgase eut un geste impatient de la main et Tallanvor se redressa pour prendre la lettre à Mat et la lui tendre. Elle examina pendant un instant le sceau au lis, les sourcils froncés, puis le rompit d'une brusque torsion des poignets. Elle murmura pour elle-même en lisant, secouant la tête toutes les deux lignes. « Elle ne peut pas en dire plus, vraiment ? marmotta-t-elle. Nous verrons si elle restera ferme sur ce point-là... » Brusquement, son visage s'éclaira. « Gaebril, elle a été élevée au rang d'Acceptée. Moins d'une année à la Tour et déjà promue. » Le sourire disparut aussi vite qu'il s'était épanoui et ses lèvres se pincèrent. « Quand j'aurai cette petite misérable sous la main, elle regrettera de ne plus être encore novice. »

*Par la Lumière,* se dit Mat, *rien ne la mettra donc de bonne humeur ?* Il conclut qu'il allait devoir annoncer sa nouvelle de but en blanc, mais il aurait aimé qu'elle n'ait pas l'air d'avoir l'intention de couper le cou à quelqu'un. « Ma Reine, le hasard a voulu que j'entende...

— Taisez-vous, mon garçon », dit calmement l'homme au teint sombre et à l'habit incrusté d'or. C'était un bel homme, presque aussi séduisant que Galad et pratiquement aussi jeune d'allure en dépit des fils blancs sur ses tempes, mais bâti sur une plus grande échelle, d'une stature plus haute que celle de Rand et d'une carrure approchant celle de Perrin. « Nous écouterons ce que vous avez à dire dans un moment. » Il se pencha par-dessus l'épaule de Morgase et lui ôta la lettre de la main. Le regard irrité de Morgase se tourna vers lui — Mat voyait s'échauffer son humeur — mais l'homme brun posa une main puissante sur son épaule, sans quitter des yeux ce qu'il lisait, et la colère de Morgase se dissipa. « Apparemment, elle a de nouveau quitté la Tour, dit-il. Pour le service du Trône d'Amyrlin. Cette femme outrepasse une fois de plus les bornes, Morgase. »

Mat n'eut aucun mal à tenir sa langue. *La chance.* Elle était collée à la voûte de son palais. *Parfois, je ne sais pas si la chance me sert ou non.* L'homme était le possesseur de la voix grave, le « Grand Maître » qui voulait la tête d'Elayne. *Elle l'a appelé Gaebril. Son conseiller veut assassiner Elayne ? Ô Lumière !* Et Morgase le contemplait comme un chien rempli d'adoration, la main de son maître sur son épaule.

Gaebril reporta sur Mat des yeux presque noirs. L'homme avait un regard dominateur et un air de profonde intelligence. « Que pouvez-vous nous dire à ce propos, mon garçon ?

— Rien... heu... mon Seigneur. » Mat s'éclaircit la gorge ; le regard de cet homme était pire à soutenir que celui de l'Amyrlin. « J'étais allé à Tar Valon voir ma sœur. Elle est novice. Else Grinwell. Je suis Thom Grinwell, mon Seigneur. La Damoiselle Elayne a appris que j'avais l'intention de visiter Caemlyn en revenant chez moi — je suis de Comfrey, mon Seigneur, un petit village au nord de Baerlon ; je n'avais jamais rien vu de plus grand que Baerlon avant de me rendre à Tar Valon — et elle — la Damoiselle Elayne, je veux dire, m'a donné cette lettre à apporter. » Il eut l'impression que Morgase lui avait jeté un coup d'œil quand il avait prétendu être du nord de Baerlon, cependant il savait qu'il y avait là-bas un village appelé Comfrey ; il se rappelait l'avoir entendu mentionner.

Gaebril hocha la tête, mais il ajouta : « Savez-vous où Elayne allait, mon garçon ? Ou pour quelle mission ? Dites la vérité et vous n'aurez rien à craindre. Mentez et vous subirez la question. »

Mat n'eut pas à feindre une mine anxieuse. « Mon Seigneur, je n'ai vu la Fille-Héritière que cette fois-là. Elle m'a donné la lettre — et un marc d'or ! — et m'a dit de l'apporter à la Reine. Je n'en connais pas plus que ce que j'ai entendu ici. » Gaebril parut réfléchir à cette réponse, sans rien qui dénote sur ce visage basané s'il en croyait ou non un seul mot.

« Non, Gaebril, s'écria soudain Morgase. On en a déjà soumis trop à la question. J'en comprends la nécessité, vous me l'avez expliquée, mais pas pour ceci. Pas un garçon qui se contente d'apporter une lettre dont il ignore le contenu.

— Puisque ma Reine l'ordonne, ainsi en sera-t-il », dit l'homme au teint de More. Le ton était respectueux, mais il lui effleura la joue d'une façon qui fit s'empourprer son visage et s'écarter ses lèvres comme si elle s'attendait à un baiser.

Morgase aspira un souffle frémissant. « Racontez-moi, Thom Grinwell, ma fille avait-elle bonne mine quand vous l'avez vue ?

— Oui, ma Reine. Elle souriait, elle riait et elle n'avait pas sa langue dans sa poche... je veux dire... »

Morgase eut un rire léger devant l'expression de Mat.

« N'ayez pas peur, jeune homme, Elayne a effectivement la langue acérée, beaucoup trop souvent pour son bien. Je suis heureuse qu'elle se porte au mieux. » Ses yeux bleus sondèrent Mat. « Un jeune homme qui a quitté son petit village trouve difficile d'y revenir. Je pense que vous voyagerez loin avant de revoir Comfrey. Peut-être même retournerez-vous à Tar Valon. Dans ce cas, si vous voyez ma fille, rappelez-lui que ce qui est proféré dans la colère est souvent l'objet de regret. Je ne la retirerai pas de la Tour Blanche avant l'heure. Rappelez-lui que je pense souvent au temps que moi-même j'ai passé là-bas et que les conversations tranquilles avec Sheriam dans son bureau me manquent. Expliquez-lui que j'ai dit cela, Thom Grinwell. »

Mat eut un haussement d'épaules gêné. « Oui, ma Reine, mais... heu... je n'ai pas l'intention de me rendre de nouveau à Tar Valon. Une fois dans une vie suffit. Mon p'pa a besoin de moi pour l'aider à exploiter la ferme. Mes sœurs vont être de corvée de traite, avec moi parti. »

Gaebril rit, un profond grondement d'amusement. « Êtes-vous impatient de traire des vaches, mon garçon ? Peut-être devriez-vous voir un peu le monde avant qu'il change. Tenez ! » Il sortit une bourse et la lança ; Mat sentit des pièces de monnaie à travers la peau de chamois quand il l'attrapa. « Si Elayne peut vous donner un marc d'or pour emporter sa lettre, je veux vous en accorder dix pour l'avoir délivrée ici sans dommage. Visitez le monde avant de retourner à vos vaches.

— Oui, mon Seigneur. » Mat souleva la bourse et réussit à esquisser un faible sourire. « Merci, mon Seigneur. »

Mais l'homme basané l'avait déjà chassé de son esprit et s'était tourné vers Morgase, les poings sur les hanches. « Je crois le moment venu, Morgase, de crever cet abcès à la frontière de l'Andor. Par votre mariage avec Taringail Damodred, vous avez droit au Trône du Soleil. Les Gardes de la Reine sont en mesure de soutenir cette revendication avec autant de force que nécessaire. Peut-être puis-je les aider, selon mes modestes moyens. Écoutez donc. »

Tallanvor effleura le bras de Mat et ils sortirent à reculons en s'inclinant. Mat eut l'impression que personne n'y prêta attention. Gaebril parlait toujours et seigneurs et dames semblaient tous suspendus à ses lèvres. Morgase fronçait les sourcils en l'écoutant, cependant elle acquiesçait d'un mouvement de tête aussi souvent que les autres.

## *47. Lutte de vitesse avec l'Ombre*

De la petite cour avec son bassin poissonneux, Tallanvor conduisit vivement Mat à la grande cour devant le Palais, derrière les hautes grilles dorées luisant au soleil. Midi approchait. Mat éprouvait un urgent désir d'être parti, un besoin de se hâter. Il avait du mal à modérer son pas selon celui du jeune officier. Quelqu'un risquait de juger étonnant qu'il se mette à courir et peut-être — peut-être seulement — les choses là-bas étaient réellement ce qu'elles avaient paru être. Peut-être Gaebril n'avait-il pas soupçonné qu'il savait. *Peut-être.* Il se rappelait ces yeux presque noirs qui avaient plongé et s'étaient fixés dans sa tête comme deux dents de fourche. *Ô Lumière, peut-être.* Il se força à marcher comme s'il avait toute la vie devant lui — *Juste un rustre campagnard à la cervelle obtuse en admiration devant les tapis et l'or. Rien qu'un bouseux qui ne s'imaginerait jamais que l'on puisse le poignarder dans le dos* — jusqu'à ce que Tallanvor lui fasse franchir une porte piétonnière dans une des grilles et le suive au-dehors.

Le gros officier aux yeux de rat se trouvait toujours là avec les Gardes et, quand il vit Mat, son visage s'enflamma de nouveau. Toutefois, avant qu'il ait eu le temps d'ouvrir la bouche, Tallanvor prit la parole. « Il a apporté une lettre à la Reine de la part de la Fille-Héritière. Estimez-vous heureux, Elber, que ni Morgase ni Gaebril ne sachent que vous avez tenté d'empêcher qu'ils la reçoivent. Le Seigneur Gaebril a été très intéressé par la missive de la Damoiselle Elayne. »

La figure d'Elber vira du rouge au blanc de son col. Il

darda un regard féroce à Mat et s'en retourna d'un pas précipité le long de l'alignement de gardes, ses yeux en trou de vrille sondant entre les barres de leur ventail comme pour déterminer si l'un d'eux avait décelé sa terreur.

« Merci », dit Mat à Tallanvor, et c'était parti du fond du cœur. Il avait complètement oublié le gros homme jusqu'au moment où ils s'étaient retrouvés face à face. « Adieu, Tallanvor. »

Il se mit à traverser la place ovale, en s'efforçant de ne pas marcher trop vite, et fut surpris que Tallanvor lui emboîte le pas. *Ô Lumière, est-il l'homme de Gaebril ou celui de Morgase ?* Il commençait à sentir un fourmillement entre ses omoplates, comme si un poignard allait s'y enfoncer — *Il ne sait pas, que la Lumière me brûle ! Gaebril ne se doute pas que je suis au courant !* — quand le jeune officier prit finalement la parole.

« Êtes-vous resté longtemps à Tar Valon ? Dans la Tour Blanche ? Assez longtemps pour la connaître un peu ?

— Je n'y ai passé que trois jours », répliqua prudemment Mat. Il aurait encore raccourci ce délai — s'il avait pu transmettre la lettre sans admettre avoir jamais mis les pieds à Tar Valon, il n'aurait pas hésité — mais il ne pensait pas que l'autre croirait qu'il avait parcouru tout ce chemin pour voir sa sœur et était reparti le même jour. *Au nom de la Lumière, qu'est-ce qu'il cherche donc ?* « J'ai appris ce que j'ai vu pendant ce temps-là. Rien d'important. On ne m'a pas fait faire une visite guidée en m'expliquant quoi que ce soit. J'étais juste là pour voir Else.

— Vous devez avoir entendu quelque chose, mon ami. Qui est Sheriam ? Est-ce qu'avoir une conversation avec elle dans son bureau a une signification quelconque ? »

Mat secoua la tête avec vigueur pour dissimuler le soulagement qui se peignait sur sa figure. « J'ignore qui elle est », répondit-il de bonne foi. Peut-être avait-il entendu Egwene, ou bien Nynaeve, mentionner ce nom. Une Aes Sedai, c'était possible. « Pourquoi cela devrait-il avoir une signification ?

— Je ne sais pas, dit Tallanvor à mi-voix. Il y a trop de choses que je ne sais pas. Parfois je pense qu'elle essaie de communiquer un message... » Il jeta à Mat un regard sévère. « Êtes-vous un loyal sujet d'Andor, Thom Grinwell ?

— Bien sûr que oui. » *Ô Lumière, si je répète cela encore souvent, je vais commencer à le croire.* « Et vous ? Servez-vous Morgase et Gaebril loyalement ? »

Tallanvor lui adressa un regard aussi impitoyable que le verdict des dés. « Je sers Morgase, Thom Grinwell. Elle, je la sers jusqu'à la mort. Adieu ! » Il tourna les talons et se rendit à grands pas vers le Palais, une main serrée sur la garde de son épée.

En le regardant partir, Mat murmura pour lui-même : « Je suis prêt à parier ceci » — il fit sauter dans sa main la bourse en peau de chamois de Gaebril — « que Gaebril dit la même chose. » Quels que soient les jeux auxquels on se livrait dans le Palais, il ne voulait participer à aucun. Et il avait l'intention de s'assurer qu'Egwene et les autres n'y étaient pas impliquées non plus. *Quelles idiotes ! Maintenant me voilà obligé d'empêcher leur lard de brûler au lieu de m'occuper du mien !* Il ne commença à courir que lorsque le détour des rues le dissimula au Palais.

Quand il entra en coup de vent à *La Bénédiction de la Reine*, rien n'avait beaucoup changé dans la bibliothèque. Thom et l'aubergiste étaient toujours assis devant le damier aux mérelles — une partie différente, il le vit à la position des palets, mais pas plus favorable à Gill — et la chatte tricolore était de nouveau perchée sur la table, en train de se lécher. Un plateau contenant leurs pipes pas allumées et les restes d'un repas pour deux était posé à côté de la chatte, et ses affaires avaient disparu du fauteuil. Chacun des joueurs avait une coupe de vin près de son coude.

« Je vais partir, Maître Gill, annonça-t-il. Gardez la pièce et déduisez-en de quoi payer un repas. Je resterai le temps de manger, mais ensuite je prends la route pour Tear.

— Qu'est-ce qui te presse, mon garçon ? » Thom avait l'air d'observer davantage la chatte que le jeu. « Nous venons d'arriver.

— Vous avez donc remis la lettre de la Damoiselle Elayne ? s'écria avec intérêt l'aubergiste. Et avez gardé votre peau intacte, à ce qu'il semble. Avez-vous réellement grimpé par-dessus ce mur comme l'autre jeune homme ? Non, peu importe. La lettre a-t-elle apaisé Morgase ? Devons-nous toujours marcher comme sur des œufs, mon ami ?

— Je suppose qu'elle l'a calmée, répliqua Mat. Je pense que oui. » Il hésita un instant, la bourse de Gaebril rebondissant sur sa paume. D'elle émanait un tintement. Il n'avait pas vérifié si elle contenait réellement dix marcs d'or ; le poids correspondait à peu près. « Maître Gill, que pouvez-vous m'apprendre sur Gaebril ? À part qu'il n'aime pas les Aes Sedai. Vous disiez qu'il n'était pas à Caemlyn depuis longtemps ?

— Pourquoi veux-tu te renseigner sur lui ? questionna Thom. Basel, allez-vous, oui ou non, placer un palet ? » L'aubergiste soupira et plaqua un palet noir sur le damier, et le ménestrel secoua la tête.

« Eh bien, mon petit gars, il n'y a pas grand-chose à raconter. Il est venu de l'ouest au cours de l'hiver. De quelque part vers chez vous, je crois. Peut-être était-ce des Deux Rivières. J'ai entendu mentionner les montagnes.

— Nous n'avons pas de seigneurs dans les Deux Rivières, dit Mat. Peut-être y en a-t-il autour de Baerlon. Je ne sais pas.

— C'est possible, mon petit gars. Je n'avais jamais entendu parler de lui avant, mais je ne fréquente pas les seigneurs de la province. Arrivé alors que Morgase était encore à Tar Valon, oui, et que la moitié de la ville craignait que la Tour Blanche la fasse disparaître elle aussi. L'autre moitié ne voulait plus d'elle. Les émeutes ont recommencé, comme l'an dernier à la fin de l'hiver. »

Mat secoua la tête. « Je ne me soucie pas de la politique, Maître Gill. C'est Gaebril qui m'intéresse. » Thom le regarda en fronçant les sourcils et se mit à curer avec une paille le culot de sa pipe au long tuyau.

« Et c'est de Gaebril que je vous parle, mon gars, riposta Gill. Pendant les émeutes, il s'est constitué le chef de la faction soutenant Morgase — a été blessé pendant les bagarres, à ce que j'ai appris — et quand elle est revenue, il avait écrasé la révolte. Gareth Bryne n'aimait pas les méthodes de Gaebril — il peut se montrer très dur — mais Morgase était tellement contente de trouver l'ordre rétabli qu'elle l'a nommé au poste qu'Elaida avait coutume d'occuper. »

L'aubergiste se tut. Mat attendit qu'il continue, mais il resta muet. Thom remplit sa pipe de tabac qu'il tassa du pouce et présenta une allumette de papier à une petite lampe destinée à cet usage rangée sur la tablette de la cheminée.

« Quoi d'autre ? questionna Mat. Cet homme doit avoir une raison pour agir de cette façon. S'il épouse Morgase, serait-il roi si elle mourait ? Si Elayne était morte aussi, je veux dire ? »

Thom s'étrangla en allumant sa pipe et Gill éclata de rire. « L'Andor a une reine, mon gars. Toujours une reine. Si Morgase et Elayne décédaient toutes les deux — la Lumière nous en préserve — alors la plus proche parente de Morgase monterait sur le trône. Cette fois-ci du moins la question de savoir qui ne se pose plus — une cousine, Dame Dyelin —, pas comme la Succession après la disparition de Tigraine. À cette époque, il a fallu un an avant que Morgase s'asseye sur le trône du Lion. Dyelin pourrait garder Gaebril comme conseiller, ou l'épouser pour cimenter la lignée — mais il y a peu de chances qu'elle s'y décide à moins que Morgase n'ait eu un enfant de lui — seulement même comme cela il serait Prince Consort. Pas plus. Grâces en soient rendues à la Lumière, Morgase est encore une jeune femme. Et Elayne est en bonne santé. Lumière ! La lettre ne disait pas qu'elle est malade, hein ?

— Elle se porte bien. » *Pour le moment, du moins.* « N'y a-t-il rien d'autre que vous puissiez me dire le concernant ? Vous n'avez pas l'air de l'aimer beaucoup. Pourquoi ? »

L'aubergiste réfléchit en fronçant les sourcils, se gratta le menton et secoua la tête. « Je suppose que le voir épouser Morgase ne me plairait pas, mais je ne sais franchement pas pourquoi. On dit que c'est quelqu'un de bien ; tous les nobles l'admirent. Je n'aime pas la plupart des gens qu'il a introduits chez les Gardes. Il y a eu trop de changements depuis qu'il est là, mais je ne peux pas le rendre responsable de tout. C'est seulement qu'apparemment trop de gens chuchotent dans les coins depuis son arrivée. On croirait que nous sommes tous des Cairhienins, tels qu'ils étaient avant cette guerre civile, tous en train de comploter et d'essayer d'obtenir l'avantage. Je ne cesse d'avoir des cauchemars depuis que Gaebril est là, et je ne suis pas le seul. Ridicule de s'en soucier, de ces rêves. C'est probablement causé par le souci pour Elayne et les intentions de Morgase en ce qui concerne la Tour Blanche, ainsi que les façons d'agir à la manière des Cairhienins qu'ont prises les gens. Je ne sais pas au juste. Pourquoi posez-vous toutes ces questions sur le Seigneur Gaebril ?

— Parce qu'il veut tuer Elayne, répliqua Mat, et Egwene avec Nynaeve en même temps. » Il ne voyait rien d'utile dans ce que Gill lui avait dit. *Que la Lumière me brûle, je n'ai pas besoin de savoir pourquoi il veut leur mort. J'ai simplement à l'empêcher.* Les deux hommes le dévisageaient de nouveau. Comme s'il était fou. De nouveau.

« Êtes-vous retombé malade ? dit Gill d'un ton soupçonneux. Je me rappelle que vous regardiez tout le monde de travers, la dernière fois. C'est cela ou alors vous voyez ça comme un bon tour à jouer. Vous m'avez l'air d'un farceur. S'il s'agit d'une plaisanterie, elle est détestable ! »

Mat esquissa une grimace. « Ce n'est pas une fichue plaisanterie. Je l'ai entendu ordonner à un dénommé Comar de couper la tête d'Elayne. Et celles d'Egwene et de Nynaeve pendant qu'il y était. Un homme de forte carrure, avec une bande blanche dans sa barbe.

— Cela ressemble au Seigneur Comar, commenta d'une voix lente Gill. C'était un bon soldat, mais on raconte qu'il a quitté les Gardes à cause d'une affaire de dés pipés. Non pas que personne le lui jette à la face ; Comar était une des plus fines lames de la Garde. Vous parlez sérieusement, n'est-ce pas ?

— Je pense que oui, Basel, intervint Thom. Je suis tout à fait convaincu qu'il parle sérieusement.

— Que la Lumière nous illumine ! Qu'a dit Morgase ? Vous l'avez avertie, n'est-ce pas ? Que la Lumière vous brûle, vous l'avez bien prévenue !

— Naturellement que je l'ai prévenue, répliqua Mat d'un ton sarcastique. Avec Gaebril debout là et elle qui le regardait comme un chien de manchon éperdu d'amour ! J'ai dit : “Je ne suis peut-être qu'un simple villageois qui vient de passer par-dessus votre mur il y a une demi-heure, mais j'ai déjà eu l'occasion d'apprendre que votre conseiller de confiance qui est là, celui dont vous semblez amoureuse, a l'intention d'assassiner votre fille.” Par la Lumière, voyons, c'est moi qu'elle aurait ordonné de décapiter !

— Elle l'aurait pu, effectivement. » Thom contempla les fines ciselures ornant le fourneau de sa pipe et tirailla une de ses moustaches. « Sa colère se déclenche aussi soudainement que la foudre et se révèle deux fois plus dangereuse.

— Vous le savez mieux que personne, Thom », commenta Gill distraitement. Le regard perdu dans le vide, il fourrageait des deux mains dans ses cheveux grisonnants. « Il y a sûrement quelque chose qui soit dans mes possibilités. Je n'ai pas manié une épée depuis la Guerre des Aiels, mais... bah, cela ne servirait à rien. Je me retrouverais tué sans obtenir aucun résultat. Pourtant, il faut que j'agisse d'une manière ou d'une autre.

— Par la rumeur. » Thom se frotta du doigt le côté du nez; il avait l'air d'étudier le plateau de mérelles tout en se parlant à lui-même. « Personne ne peut empêcher les rumeurs de parvenir aux oreilles de Morgase et si elle en entend une assez fort, elle se mettra à se poser des questions. La rumeur est la voix du peuple et la voix du peuple profère souvent la vérité. Morgase ne l'ignore pas. Il n'y a pas un homme vivant sur cette terre pour qui je parierais contre elle en matière du Jeu. Amour ou pas amour, une fois que Morgase se mettra à examiner de près Gaebril, il sera incapable de lui dissimuler jusqu'à ses cicatrices d'enfant. Et si elle acquiert la certitude qu'il veut du mal à Elayne » — il plaça un palet sur le damier; au premier coup d'œil, la position choisie paraissait curieuse, mais Mat comprit qu'en trois autres coups un tiers des palets de Gill seraient pris au piège — « le Seigneur Gaebril aura de très belles funérailles.

— Vous et votre Jeu des Maisons, marmotta Gill. N'empêche que cela pourrait marcher. » Un sourire apparut brusquement sur son visage. « Je sais même à qui en parler pour que la rumeur se répande. Je n'ai qu'à mentionner à Gilda que je l'ai rêvé et, dans trois jours, elle aura raconté aux serveuses de la moitié de la Cité Neuve que c'est un fait avéré. Elle est la plus grande colporteuse de potins que le Créateur a jamais formée.

— Assurez-vous seulement que l'on ne puisse remonter jusqu'à vous, Basel.

— Rien à craindre, Thom. Voyons, il y a une semaine,

quelqu'un m'a présenté un de mes cauchemars comme le récit d'une personne qui l'avait appris d'une autre. Gilda doit avoir écouté aux portes pendant que je le racontais à Coline mais, quand j'ai posé la question, il m'a dévidé un chapelet de noms qui conduisaient jusqu'à l'autre bout de Caemlyn et s'arrêtait là. Tenez, je suis même allé là-bas trouver le dernier, juste par curiosité, pour voir combien de bouches l'avaient transmis, et il a prétendu que c'était son propre rêve. Pas de crainte à avoir, Thom. »

Mat ne s'intéressait pas vraiment à leurs histoires de rumeurs — aucune rumeur ne viendrait en aide à Egwene ou aux autres — mais un point le tracassait. « Thom, vous paraissez prendre tout cela bien calmement. Je croyais que Morgase était le grand amour de votre vie. »

Le ménestrel se replongea dans la contemplation du fourneau de sa pipe. « Mat, une femme d'une grande sagesse m'a expliqué un jour que le temps guérirait mes blessures, que le temps aplanit tout. Je ne l'avais pas crue. Seulement elle avait raison.

— Vous voulez dire que vous n'aimez plus Morgase.

— Mon garçon, voilà quinze ans que j'ai quitté Caemlyn à un demi-pas de la hache du bourreau, avec l'encre de la signature de Morgase encore humide sur l'ordre d'exécution. Assis là à écouter Basel jacasser » — Gill protesta et Thom éleva la voix — « jacasser, je le répète, à propos de Morgase et de Gaebril et de l'éventualité qu'ils se marient, je me suis rendu compte que la passion s'était éteinte depuis longtemps. Oh, je suppose que j'ai encore de l'affection pour elle, peut-être même que je l'aime toujours un peu, mais ce n'est plus la grande passion.

— Et moi qui croyais à moitié que vous alliez vous précipiter au Palais pour l'avertir. » Il rit et fut surpris quand Thom se mit à rire aussi.

« Je ne suis pas bête à ce point-là, mon garçon. N'importe quel imbécile sait que les hommes et les femmes ont parfois des façons de penser différentes, cependant la plus grande différence est celle-ci. Les hommes oublient mais ne pardonnent jamais ; les femmes pardonnent mais n'oublient jamais. Morgase pourrait me donner un baiser sur la joue et une coupe de vin et me dire combien je lui ai manqué. Et ensuite laisser les Gardes me traîner en prison et me livrer aux mains du bourreau. Non. Morgase est une des femmes les plus capables que je connais, et ce n'est pas peu dire. Je prendrais presque Gaebril en pitié une fois qu'elle aura appris ce qu'il mijote. Tear, dis-tu ? Y a-t-il une chance que tu attendes jusqu'à demain pour t'en aller ? Une nuit de sommeil ne serait pas de trop pour moi.

— J'ai l'intention de me rapprocher le plus possible de Tear avant la tombée de la nuit. » Mat cligna les paupières. « Vous voulez m'accompagner ? Je croyais que vous pensiez rester ici.

— Ne viens-tu pas de m'entendre dire que j'avais décidé de ne pas être décapité ? Tear me paraît un lieu plus sûr que Caemlyn, et subitement cela n'a pas l'air si mal. De plus, j'aime bien ces jeunes femmes. » Un poignard surgit dans sa main et disparut aussi soudainement. « Je regretterais que quelque chose leur arrive. Cependant, si tu tiens à gagner rapidement Tear, c'est Aringill où tu dois te rendre. Un bateau rapide nous amènera bien des jours avant des chevaux, même si nous les forcions à galoper jusqu'à ce qu'ils tombent morts. Et je ne le dis pas seulement parce que mon postérieur a déjà pris la forme d'une selle.

— Aringill, donc. Pour autant que cela aille vite.

— Eh bien, déclara Gill, je suppose que si vous partez, mon garçon, je ferais mieux de vous faire préparer ce repas. » Il repoussa son siège et se dirigea vers la porte.

« Gardez ceci pour moi, Maître Gill, lui demanda Mat en lui lançant la bourse en peau de chamois.

— Qu'est-ce que c'est, mon garçon ? Des pièces de monnaie ?

— Un enjeu. Gaebril ne le sait pas, mais lui et moi avons un pari d'engagé. » La chatte sauta à terre comme Mat ramassait le cornet à dés en bois et lançait les dés sur la table. Cinq six. « Et je gagne toujours. »

## *48. De l'utilité de connaître la pratique de guérir par les simples*

Tandis que *La Flèche filante* s'avançait en roulant bord sur bord vers les quais de Tear, Egwene ne vit rien de la cité qui approchait. Affalée tête basse sur la rambarde, elle regardait obstinément les eaux de l'Érinin glissant le long de la coque renflée du navire, ainsi que la première rame de son côté qui surgissait dans son champ de vision et disparaissait alternativement, creusant des sillons blancs dans le fleuve. Cela lui donnait la nausée, mais elle savait que lever la tête ne ferait qu'empirer son malaise. Tourner les yeux vers le rivage rendrait seulement encore plus sensible la lente progression en vrille de *La Flèche filante.*

Le vaisseau avançait depuis Jurène à cette allure oscillante et sinueuse. Egwene ne se souciait pas de savoir s'il avait navigué sous voiles de la même façon avant ; elle se surprenait à regretter que *La Flèche filante* n'ait pas sombré avant d'atteindre Jurène. Elle aurait aimé que le capitaine se soit arrêté à Aringill pour qu'elles montent à bord d'un autre navire. Elle aurait voulu qu'elles n'aient jamais posé les yeux sur un bateau. Elle souhaitait un grand nombre de choses, la plupart simplement pour distraire son esprit de l'endroit où elle se trouvait.

Le roulis était moins marqué à présent sous l'action des rames qu'il ne l'avait été sous celle du vent dans les voiles, mais il durait depuis tant de jours qu'elle n'était guère sensible à la différence. Elle avait l'impression que son estomac clapotait à l'intérieur de son corps comme du lait dans un pot de grès. Elle ravala sa salive et essaya d'oublier cette image.

Sur *La Flèche,* elles ne s'étaient pas beaucoup occupées de préparer des plans d'action, elle, Elayne et Nynaeve. Nynaeve tenait rarement plus de dix minutes avant de se remettre à vomir, spectacle qui provoquait immanquablement chez Egwene le réflexe de rejeter ce qu'elle avait réussi à avaler comme nourriture. La chaleur qui ne cessait d'augmenter à mesure qu'elles descendaient le cours du fleuve n'arrangeait rien. Nynaeve était en bas dans leur cabine en ce moment, sans doute avec Elayne lui présentant de nouveau une cuvette.

*Oh, Lumière, non ! Ne pense pas à ça ! Des champs verdoyants. Des prés. Ô Lumière, les prairies ne se soulèvent pas comme ça. Des oiseaux-mouches. Non, pas des oiseaux-mouches ! Des alouettes. Des alouettes qui grisollent.*

« Maîtresse Joslyne ? Maîtresse Joslyne ! »

Il lui fallut un instant pour reconnaître le nom qu'elle avait choisi de donner au capitaine Caninn, et la voix du capitaine. Elle releva lentement la tête et fixa les yeux sur son visage chevalin.

« Nous accostons, Maîtresse Joslyne. Vous ne cessiez de dire combien vous aviez hâte d'être à terre. Eh bien, nous y sommes. » Sa voix ne dissimulait pas son impatience d'être débarrassé de ses trois passagères, dont deux employaient pratiquement leur temps à dégobiller, comme il disait, et à gémir la nuit entière.

Pieds et torse nus, des marins lançaient des amarres à des hommes sur la jetée de pierre qui s'avançait dans le fleuve ; les dockers avaient l'air de porter de longs gilets de cuir à la place de chemises. Les rames avaient déjà été rentrées, sauf une paire qui empêchait le bateau de tosser trop fort contre le quai en s'approchant. Les dalles plates du quai étaient humides ; l'atmosphère était imprégnée de cette humidité qui subsiste juste après une chute de pluie, et c'était légèrement apaisant. Le roulis avait cessé depuis quelque temps, elle s'en rendit compte, mais son estomac en gardait le souvenir. Le soleil plongeait vers l'ouest. Elle s'efforça de ne pas penser au repas du soir.

« Très bien, capitaine Caninn », dit-elle avec le maximum de dignité dont elle fut capable. *Il ne prendrait pas ce ton-là si je portais mon anneau, alors même que je vomirais sur ses bottes.* Elle frissonna à cette idée.

Son anneau au Grand Serpent et la bague torse du *ter'angreal* étaient maintenant suspendus à un lien de cuir autour de son cou.

La bague de pierre était fraîche sur sa peau — presque assez pour neutraliser la chaleur humide de l'air — mais, cela mis à part, elle avait constaté que plus elle utilisait le *ter'angreal,* plus elle souhaitait son contact, sans escarcelle ou étoffe entre elle et lui.

Le *Tel'aran'rhiod* ne lui révélait toujours pas grand-chose qui lui fût utile dans l'immédiat. Parfois, il y avait de brèves apparitions de Rand, de Mat ou de Perrin, et des apparitions plus longues dans ses propres rêves sans le *ter'angreal,* mais rien dont elle pouvait tirer un sens. Les Seanchans, auxquels elle refusait de penser. Des cauchemars d'un Blanc Manteau plaçant Maître Luhhan comme appât au milieu d'un énorme piège à mâchoires. Pourquoi Perrin aurait-il un faucon sur l'épaule, et en quoi était-ce important qu'il choisisse entre cette hache dont il était armé maintenant et un marteau de forgeron ? Que signifiait que Mat joue aux dés avec le Ténébreux et pourquoi ne cessait-il de crier : « J'arrive ! » et pourquoi croyait-elle dans ce rêve qu'il s'adressait à elle ? Et Rand. Il s'avançait à pas de loup dans une obscurité totale vers *Callandor,* tandis que tout autour de lui six hommes et cinq femmes marchaient, certains à sa poursuite et d'autres ne se préoccupant pas de lui, certains essayant de le guider vers la scintillante épée de cristal et certains s'efforçant de l'empêcher de l'atteindre, paraissant ne pas savoir où il était ou seulement le voir par éclairs. Un des hommes avait des yeux de feu et il voulait la mort de Rand avec une énergie désespérée qu'elle pouvait presque sentir. Elle pensait le connaître. Ba'alzamon. Mais qui étaient les autres ? Rand, de nouveau dans cette salle sèche et poussiéreuse, avec ces petites créatures qui se glissaient sous sa peau. Rand affrontant une horde de Seanchans. Rand tenant tête à elle-même et aux femmes qui l'accompagnaient, et l'une de celles-là étant une Seanchane. C'était trop déroutant. Il fallait qu'elle arrête de songer à Rand et aux autres et concentre son esprit sur ce qui l'attendait. *Qu'a en tête l'Ajah Noire ? Pourquoi est-ce que je ne rêve rien à son sujet ? Par la Lumière, pourquoi ne puis-je apprendre à plier ce* ter'angreal *à ma volonté ?*

« Débarquez les chevaux, capitaine, dit-elle à Caninn. Je vais prévenir Maîtresse Maryim et Maîtresse Caryla. » C'était Nynaeve — Maryim — et Elayne — Caryla.

« J'ai envoyé un homme les avertir, Maîtresse Joslyne. Et vos bêtes seront sur le quai dès que mes matelots auront gréé un mât de charge. »

Il avait l'air très content de se débarrasser d'elles. L'idée vint à Egwene de lui dire qu'il n'y avait pas urgence, mais elle la rejeta immédiatement. Les balancements de *La Flèche filante* avaient peut-être cessé, mais elle voulait retrouver de la terre ferme sous ses pieds. Tout de suite. Néanmoins, elle prit le temps de caresser le nez de Brume et de laisser la jument grise lui fourrer ses naseaux dans la paume, pour montrer à Caninn qu'elle n'était pas pressée.

Nynaeve et Elayne apparurent à l'échelle montant des cabines, chargées de leurs baluchons et de leurs sacoches de selle, Elayne presque aussi chargée de Nynaeve en supplément. Quand Nynaeve vit qu'Egwene les regardait, elle s'écarta de la Fille-Héritière et parcourut sans aide le reste du chemin jusqu'à l'endroit où des matelots installaient une passerelle étroite aboutissant au quai. Deux hommes d'équipage vinrent fixer une ventrière en toile autour de la panse de Brume, et Egwene descendit précipitamment chercher ses affaires. Quand elle remonta, sa jument était déjà sur le quai et la jument rouanne d'Elayne pendillait dans la ventrière de toile à mi-chemin du sol.

Pendant un moment après que ses pieds furent posés sur le sol, tout ce qu'elle ressentit fut du soulagement. Ici, ni roulis ni tangage. Puis elle commença à regarder cette cité qu'elles avaient eu tant de peine à atteindre.

Des entrepôts en pierre se dressaient derrière toute la longueur des quais, et il y avait apparemment bon nombre de bateaux, grands et petits, amarrés aux quais ou ancrés dans le fleuve. Elle se détourna vivement des bateaux. Tear avait été construite sur un terrain plat, avec à peine une légère élévation de terrain. Par des rues boueuses, non pavées, entre les entrepôts, elle apercevait des maisons, des auberges et des tavernes en bois et en pierre. Leurs toits d'ardoise ou de tuile avaient des angles curieusement aigus, et quelques-uns se dressaient en pointe. Au-delà, elle distinguait un grand rempart de pierre gris foncé, et derrière lui le sommet de tours avec des balcons circulaires en haut et des palais aux coupoles blanches. Ces dômes étaient à pans carrés et le sommet des tours avait l'air pointu, comme certains toits à l'extérieur du rempart. Au total, Tear était bien aussi vaste que Caemlyn ou que Tar Valon et, sinon aussi belle que l'une ou l'autre, elle comptait néanmoins parmi l'une des villes importantes. Toutefois, Egwene eut du mal à s'attacher à regarder autre chose que la Pierre de Tear.

Elle l'avait entendu mentionner dans des récits, avait entendu dire que c'était la plus belle forteresse de la terre et la plus ancienne, la première construite après la Destruction du Monde, pourtant rien ne l'avait préparée à ce qu'elle voyait. Au début, elle crut que c'était une énorme colline de pierre grise ou une petite montagne aride couvrant des centaines d'acres, sa longueur allant de l'Érinin sur la rive gauche à travers le rempart et dans la ville. Même après avoir aperçu l'immense bannière flottant à sa cime extrême — trois croissants de lune blancs en oblique sur un champ mi-parti rouge et or ; une bannière claquant à trois cents pas au moins au-dessus du fleuve, cependant de dimensions telles qu'elle était nettement déchiffrable à cette hauteur — même après qu'Egwene eut distingué créneaux et tours, c'était difficile de croire que la Pierre de Tear avait été bâtie plutôt que creusée dans une montagne déjà existante.

« Faite avec le Pouvoir », murmura Elayne. Elle aussi contemplait la Pierre. « Des flux de Terre tissés pour extirper la pierre hors du sol, d'Air pour l'apporter de tous les coins du monde, et des flux de Terre et de Feu pour l'amalgamer d'une seule pièce sans fissure, joint ou mortier. Atuan Sedai dit que la Tour ne serait plus capable de réaliser cela, aujourd'hui. Bizarre, étant donné ce que les Puissants Seigneurs de Tear éprouvent à l'égard du Pouvoir, maintenant.

— À mon avis, chuchota Nynaeve, l'œil sur les dockers qui s'affairaient dans les parages, ces choses-là étant ce qu'elles sont, il y en a certaines que nous ne devrions pas mentionner à haute voix. » Elayne parut tiraillée entre l'indignation — elle avait parlé très bas — et l'acquiescement ; la Fille-Héritière tombait d'accord avec Nynaeve trop souvent et avec trop de promptitude au goût d'Egwene.

*Seulement quand Nynaeve a raison,* reconnut-elle intérieurement à regret. Une femme portant l'anneau, ou même simplement associée à Tar Valon, serait un objet de surveillance ici. Les dockers aux pieds nus, en gilet de cuir, s'activaient autour d'elles sans leur prêter la moindre attention, transportant ballots ou caisses sur leur dos aussi souvent que sur des chariots. Une forte odeur de poisson imprégnait l'air ; les trois jetées suivantes avaient des douzaines de petites barques de pêche groupées autour d'elles, exactement pareilles à celles figurant sur le dessin accroché dans le bureau de l'Amyrlin. Des hommes torse nu et des femmes sans rien aux pieds hissaient des paniers pleins de poissons hors des barques, des monceaux d'argent, de bronze, de vert et d'autres couleurs qu'elle n'aurait jamais soupçonné les poissons d'avoir, telles que le rouge vif, le bleu foncé, le jaune éclatant, certains avec des bandes ou des taches blanches et d'autres teintes.

Elle baissa la voix pour la seule oreille d'Elayne. « Elle a raison, Caryla. Rappelle-toi pourquoi tu es Caryla. » Elle ne tenait pas à ce que Nynaeve entende reconnaître que l'on souscrivait à son opinion. Dans ces cas-là, son expression ne changeait pas, mais Egwene sentait la satisfaction irradier d'elle comme la chaleur d'un fourneau.

L'étalon moreau de Nynaeve venait d'être déposé sur le quai ; des marins avaient déjà descendu les harnachements du navire et les avaient simplement laissés choir sur les pavés humides. Nynaeve jeta un coup d'œil aux chevaux et ouvrit la bouche — Egwene était sûre que c'était pour ordonner aux matelots de seller leurs bêtes —, puis la referma, serrant les lèvres comme si cela lui coûtait. Elle tira d'un coup sec sur sa tresse. La ventrière n'avait pas encore été complètement enlevée que Nynaeve jetait sur le dos de l'étalon la couverture de selle à raies bleues et soulevait sa selle aux grands arçons pour la poser dessus. Elle ne regarda même pas ses deux compagnes.

Egwene n'avait guère envie d'aller à cheval en ce

moment — l'allure d'un cheval risquait de trop ressembler pour son estomac à celle de *La Flèche filante* — mais un second coup d'œil à ces rues boueuses suffit à la convaincre. Ses souliers étaient solides, cependant l'idée d'avoir à les nettoyer de cette fange ou à soulever sa jupe pour marcher n'avait rien de réjouissant. Elle sella bien vite Brume, l'enfourcha et remit sa jupe en place avant de décider que cette boue n'était pas si désagréable après tout. Un peu de travaux de couture sur *La Flèche filante* — Elayne s'en était chargée cette fois-ci ; la Fille-Héritière maniait l'aiguille avec des doigts de fée — avaient divisé toutes leurs robes de façon pratique pour monter à califourchon.

La figure de Nynaeve pâlit un instant quand elle sauta en selle et que l'étalon décida de caracoler. Elle se contint en serrant les dents et garda une main ferme sur ses rênes, ne tardant pas à le maîtriser. Elle avait retrouvé la force de parler d'ici à ce qu'elles eurent dépassé lentement les entrepôts. « Nous avons besoin de localiser Liandrin et les autres sans qu'elles apprennent que nous demandons après elle. Elles savent sûrement que nous venons — que quelqu'un vient, tout au moins — mais j'aimerais qu'elles soient au courant que nous sommes ici seulement quand ce sera trop tard pour qu'elles réagissent. » Elle respira à fond. « J'avoue que je n'ai aucune idée sur la manière de nous y prendre. Pour le moment. L'une de vous a-t-elle quelque chose à suggérer ?

— Un traqueur-de-larrons », répliqua Elayne sans hésiter. Nynaeve la regarda en fronçant les sourcils.

« Tu veux dire comme Hurin ? dit Egwene. Mais Hurin était au service de son roi. Est-ce que tous les traqueurs d'ici ne serviraient pas les Puissants Seigneurs ? »

Elayne hocha la tête et, pendant un instant, Egwene envia à la Fille-Héritière sa faculté de résister au mal de mer. « Oui, certes, seulement les traqueurs-de-larrons ne sont pas comme les Gardes de la Reine ou les Défenseurs de la Pierre de Tear. Ils servent le souverain, mais des personnes qui ont été victimes de voleurs parfois les paient pour recouvrer ce qui a été volé. Et ils acceptent aussi de l'argent quelquefois pour trouver des gens. Du moins le font-ils à Caemlyn. Je ne pense pas que ce soit différent ici dans Tear.

— Alors prenons des chambres dans une auberge, suggéra Egwene, et demandons à l'hôtelier de nous fournir un traqueur.

— Pas une auberge », dit Nynaeve avec autant de fermeté qu'elle dirigeait l'étalon ; elle ne permettait apparemment jamais à l'animal d'échapper à son autorité. Au bout d'un instant, elle radoucit légèrement le ton. « Liandrin, au moins, nous connaît et nous devons présumer que les autres aussi. Elles surveillent sûrement les auberges pour surprendre quiconque aura suivi les indices qu'elles ont semés derrière elles. J'ai l'intention de leur déclencher leur piège au nez, mais pas avec nous dedans. Nous ne logerons pas dans une auberge. »

Egwene lui refusa la satisfaction de poser des questions.

« Où, alors ? » Le front d'Elayne se plissa. « Si je me faisais connaître — et parvenais à être prise au sérieux habillée comme je le suis et sans escorte — nous serions accueillies par la plupart des Maisons aristocratiques, et très probablement dans la Pierre de Tear même — les relations sont bonnes entre Caemlyn et Tear — mais ce serait impossible de garder la chose secrète. Toute la ville serait au courant avant la tombée de la nuit. Je n'imagine rien d'autre à part une auberge, Nynaeve. À moins que vous n'ayez l'intention d'aller dans une ferme à la campagne mais nous ne les découvririons jamais depuis la campagne. »

Nynaeve jeta un coup d'œil à Egwene. « Je le saurai quand je le verrai. Laissez-moi chercher. »

Le regard soucieux d'Elayne alla de Nynaeve à Egwene et se reporta sur Nynaeve. « Ne te coupe pas les oreilles parce que tu n'aimes pas les boucles dont tu les ornes », dit-elle entre haut et bas.

Egwene maintint avec rigueur son attention sur la rue qu'elles longeaient à cheval. *Que je sois brûlée si je lui donne seulement à penser que je m'interroge !*

Il n'y avait pas grand monde dehors, en comparaison de Tar Valon. Peut-être l'épaisse fange de la chaussée décourageait-elle les gens. Des charrettes et des chariots les dépassaient en cahotant, la plupart tirés par des bœufs aux longues cornes, le charretier ou le roulier marchant à côté avec un grand aiguillon en bois clair à nœuds proéminents. Aucune voiture particulière ou chaise à porteurs n'empruntait ces rues. L'odeur de poisson dominait ici aussi, et pas mal des hommes qui passaient près d'elles en pressant le pas transportaient sur le dos d'énormes hottes bourrées de poissons. Les boutiques n'avaient pas l'air florissantes ; pas une n'exposait de marchandises au-dehors et Egwene aperçut rarement quelqu'un qui y entrait. Les boutiques arboraient des enseignes — l'aiguille et le rouleau d'étoffe du tailleur, le couteau et les ciseaux du coutelier, le métier du tisserand, et autres — mais la peinture de la plupart pelait. Les rares auberges avaient leurs enseignes en aussi mauvais état et ne paraissaient pas mieux achalandées. Les petites maisons insérées entre les auberges et les boutiques avaient souvent des ardoises ou des tuiles qui manquaient à leur toit. Cette partie au moins de Tear était pauvre. Et d'après ce qu'elle lisait sur les visages, peu des gens d'ici se souciaient de tenter d'y remédier. Ils se déplaçaient, travaillaient, mais la plupart s'étaient résignés. Rares étaient ceux qui jetaient ne serait-ce qu'un coup d'œil à trois femmes allant à cheval là où tout le monde allait à pied.

Les hommes portaient une culotte ample, en général serrée à la cheville. Une poignée seulement avaient des surcots, longs vêtements sombres étroitement ajustés aux bras et à la poitrine, puis s'évasant au-dessous de la taille. Il y avait plus d'hommes en souliers bas qu'en bottes, mais la plupart marchaient pieds nus dans la boue. Bon nombre n'avaient ni surcot ni chemise et leur culotte était retenue à la taille par une large ceinture-écharpe quelquefois de couleur et souvent sale. Certains étaient coiffés de larges chapeaux de paille coniques et quelques-uns de bonnets en étoffe qui retombaient d'un côté de la figure. Les robes des femmes avaient de hauts cols montant jusqu'au menton et leur ourlet s'arrêtait à la cheville. Beaucoup avaient de courts tabliers de couleurs claires, parfois deux ou trois, chacun plus petit que celui du dessous, et la majeure partie avaient les mêmes chapeaux de paille que les hommes mais teints de façon à s'assortir aux tabliers.

C'est sur une femme qu'Egwene remarqua pour la première fois comment ceux qui avaient des souliers s'accommodaient de la boue. Cette femme avait de petites plates-formes de bois fixées à la semelle de ses chaussures, les soulevant de deux paumes au-dessus de la boue ; elle avançait comme si ses pieds se posaient solidement en terrain ferme. Ensuite, Egwene en vit d'autres munis de ces plates-formes, des hommes aussi bien que des femmes. Certaines parmi les femmes allaient pieds nus, mais pas en aussi grand nombre que les hommes.

Elle se demandait quelles boutiques pouvaient bien vendre ces plates-formes quand Nynaeve engagea soudain sa monture noire dans une venelle entre une longue maison étroite d'un étage et la boutique aux murs de pierre d'un potier. Egwene échangea un coup d'œil avec Elayne — la Fille-Héritière haussa les épaules —, puis elles suivirent. Egwene ne savait pas où allait Nynaeve ni pourquoi et elle se promettait d'avoir une explication avec elle sur le sujet — mais elle n'avait pas non plus l'intention de se retrouver séparée d'elle.

La venelle s'arrêtait net dans une petite cour derrière la maison, fermée par les bâtiments qui l'entouraient. Nynaeve avait déjà mis pied à terre et attaché ses rênes à un figuier, d'où l'étalon ne pouvait pas atteindre les verdures poussant dans un potager qui occupait la moitié de cette cour. Des dalles avaient été posées à la file pour servir de chemin jusqu'à la porte de derrière. Nynaeve se dirigea à grands pas vers la porte et frappa.

« Qu'est-ce que c'est ? ne put s'empêcher de demander Egwene. Pourquoi nous arrêtons-nous ici ?

— N'as-tu pas vu les simples dans les fenêtres de devant ? » Nynaeve frappa de nouveau.

« Les simples ? répéta Elayne.

— Une Sagesse », lui expliqua Egwene en descendant de sa selle et attachant Brume à côté du moreau. *Gaidin n'est pas un nom qui convient pour un cheval. Croit-elle que je ne sais pas pour qui elle l'a choisi ?* « Nynaeve s'est trouvé une Sagesse, une Déchiffreuse ou l'appellation qui leur est donnée ici. »

Une femme entrebâilla juste assez la porte pour jeter dehors un regard soupçonneux. Au premier abord, Egwene pensa qu'elle était plantureuse, mais alors la femme ouvrit complètement le battant. Elle était certes bien en chair mais sa façon de se mouvoir dénotait qu'il y avait des muscles par-dessous. Elle semblait aussi robuste que Maîtresse Luhhan, et certains au Champ d'Emond prétendaient qu'Alsbet Luhhan était presque aussi forte que son mari. Ce qui n'était pas exact mais pas tout à fait faux non plus.

« En quoi puis-je vous être utile ? » demanda cette femme avec l'accent de l'Amyrlin. Ses cheveux gris étaient coiffés en boucles épaisses qui pendaient de chaque côté de sa tête, et ses trois tabliers étaient dans des tons de vert, chacun légèrement plus foncé que celui du dessous, mais même le dernier placé par-dessus les autres avait une teinte claire. « Laquelle d'entre vous a besoin de moi ?

— Moi, dit Nynaeve. Il me faudrait quelque chose pour un estomac à l'envers. Et peut-être aussi à l'une de mes compagnes. Toutefois si nous sommes venues au bon endroit ?

— Vous n'êtes pas de Tear, reprit la femme. J'aurais dû m'en rendre compte à votre manière de vous habiller, avant que vous ouvriez la bouche. On m'appelle Mère Guenna. On m'appelle aussi une Sagette, mais je suis assez âgée pour ne pas me fier à cette sagesse pour calfater une couture de navire. Entrez, je vais vous donner quelque chose pour votre estomac. »

C'était une cuisine impeccable, bien que pas grande, avec des pots de cuivre accrochés au mur et des herbes sèches et des saucisses aux poutres du plafond. Plusieurs hautes armoires en bois clair avaient, sculptée sur leurs portes, une espèce de grande graminée. La table était presque blanche à force d'avoir été récurée et le dossier des chaises était orné de sculptures de fleurs. Une marmite de soupe sentant le poisson mijotait sur le fourneau de pierre où chauffait aussi une bouilloire dont le bec commençait juste à émettre de la vapeur. Il n'y avait pas de feu dans l'âtre de pierre, ce dont Egwene fut plus que reconnaissante ; le fourneau augmentait suffisamment la température, bien que Mère Guenna semblât ne pas y être sensible. De la vaisselle était alignée sur la tablette de la cheminée et d'autres assiettes étaient rangées en piles bien nettes sur des étagères de chaque côté. Quant au sol, on aurait dit qu'il venait d'être balayé.

Mère Guenna ferma la porte derrière elles et, tandis qu'elle traversait la cuisine en direction de ses armoires,

Nynaeve demanda : « Quelle infusion me donnerez-vous ? De la feuille-à-sores ou de la racine-de-myrtille ?

— Oui, si j'en avais eu de l'une ou de l'autre. » Mère Guenna fouilla dans ses rayonnages pendant un instant, puis revint avec un pot de grès. « Comme je n'ai pas eu le temps de glaner ces derniers temps, je vous administrerai une infusion de feuilles de blanc-de-marais.

— Je ne connais pas cela, commenta Nynaeve avec lenteur.

— Le résultat est aussi bon qu'avec la feuille-à-sores, mais cette plante-là a un goût piquant que certains n'aiment guère. » La forte femme jeta une pincée de feuilles sèches réduites en miettes dans une tisanière bleue et l'emporta jusqu'au fourneau pour verser dessus de l'eau bouillante. « Ainsi vous pratiquez donc l'art de se servir des simples ? Asseyez-vous. » Elle indiqua la table d'une main tenant deux tasses bleues émaillées qu'elle avait prises sur la cheminée. « Asseyez-vous et nous parlerons. Laquelle d'entre vous a mal aussi à l'estomac ?

— Je vais bien, répondit Egwene d'un ton détaché en s'installant sur un siège. As-tu mal au cœur, Caryla ? » La Fille-Héritière secoua négativement la tête avec peut-être un brin d'agacement.

« Aucune importance. » Leur hôtesse aux cheveux gris versa pour Nynaeve une tasse de liquide sombre, puis s'installa en face d'elle, de l'autre côté de la table. « J'en ai préparé assez pour deux, mais la tisane de blanc-de-marais se conserve plus longtemps que le poisson salé. Plus la plante infuse, plus elle agit, mais elle devient également plus amère. Reste à décider lequel des deux doit primer, du besoin que l'on a de se remettre l'estomac en place ou de ce que la langue peut supporter. Buvez, jeune dame. » Au bout d'un instant, elle remplit la seconde tasse et dégusta une gorgée. « Vous voyez ? Cela passera sans difficulté. »

Nynaeve souleva sa tasse, émettant un léger son de répugnance au premier contact avec le liquide. Cependant, quand elle reposa la tasse, son expression était sereine. « Juste un peu amer, peut-être. Dites-moi, Mère Guenna, aurons-nous encore longtemps à supporter cette pluie et cette boue ? »

Son interlocutrice fronça les sourcils, répartissant son

mécontentement entre elles trois avant de revenir à Nynaeve. « Je ne suis pas une Trouveuse-de-vent du Peuple de la Mer, jeune dame, répliqua-t-elle à mi-voix. Si je pouvais prédire le temps, j'aimerais mieux introduire dans ma robe des brochets argentés vivants plutôt que de l'admettre. Les Défenseurs considèrent ce genre de chose comme ce qu'il y a de pire après ce que font les Aes Sedai. Bon, pratiquez-vous, oui ou non, l'art de la guérison par les simples ? Vous donnez l'impression d'avoir parcouru du chemin. Qu'est-ce qui est bon contre la fatigue ? questionna-t-elle subitement d'un ton abrupt.

— L'infusion de plantplate, répondit Nynaeve avec calme, ou de la racine d'andilay. Puisque vous posez des questions, qu'est-ce que vous feriez pour faciliter un accouchement ? »

Mère Guenna eut un rire sec. « Appliquez des serviettes chaudes, mon petit, et donnez-lui peut-être un peu de fenouil-blanc si c'est une naissance particulièrement difficile. Une femme n'a pas besoin de plus, à part une main apaisante. Ne pouvez-vous trouver une question à laquelle n'importe quelle paysanne ne saurait pas répondre ? Qu'est-ce que vous donnez pour des douleurs au cœur ? Dans un cas grave.

— De la poudre de fleurs de ghéandine sur la langue, rétorqua avec assurance Nynaeve. Si une femme a des crampes aiguës dans le ventre et crache du sang, qu'est-ce que vous lui administrez ? »

Elles se mirent à se lancer questions et réponses de plus en plus vite comme pour se tester mutuellement. Parfois l'interrogatoire languissait un instant quand l'une parlait d'une plante que l'autre connaissait seulement sous un autre nom, mais elles repartaient ensuite de plus belle, discutant les mérites des teintures comparées aux infusions, des baumes par rapport aux cataplasmes et dans quelles circonstances l'un était plus efficace que l'autre. Peu à peu toutes les questions rapides dérivèrent vers les herbes et les racines que l'une ignorait et l'autre pas, dans une recherche pour accumuler du savoir. À les écouter, Egwene commença à s'énerver.

« Après que vous avez donné à votre blessé le raboutos,

disait Mère Guenna, vous enveloppez le membre cassé avec un linge trempé dans de l'eau où auront bouilli des fleurs-de-bouc bleues — seulement les bleues, attention ! » — Nynaeve hocha la tête avec impatience — « et aussi chaud qu'il pourra le supporter. Une dose de fleurs-de-bouc bleues pour dix d'eau, pas moins. Remplacez les serviettes aussitôt qu'elles cessent de fumer et continuez toute la journée. L'os se ressoudera deux fois plus vite qu'avec le raboutos seul et deux fois plus solidement.

— Je m'en souviendrai, acquiesça Nynaeve. Vous avez mentionné la racine de langue-de-mouton pour soigner les yeux malades. Je n'avais jamais entendu... »

Egwene fut incapable d'en endurer davantage. « Maryim, lança-t-elle, croyez-vous réellement que vous aurez jamais besoin de savoir cela ? Vous n'êtes plus une Sagesse ou bien l'avez-vous oublié ?

— Je n'ai rien oublié, riposta sèchement Nynaeve. Je me souviens d'un temps où tu étais aussi désireuse que moi d'apprendre des choses nouvelles.

— Mère Guenna, questionna Elayne d'une voix neutre, comment traitez-vous deux femmes qui ne résistent pas à la tentation de s'empoigner à tout propos ? »

Leur hôtesse aux cheveux gris pinça les lèvres et contempla la table en fronçant les sourcils. « En général, hommes ou femmes, je leur recommande de se tenir à l'écart l'un de l'autre. C'est le meilleur moyen et le plus facile.

— En général ? répéta Elayne. Et s'il y a une raison qui les empêche de rester éloignés ? Mettons que ce sont des sœurs.

— J'ai effectivement une méthode pour museler un disputailleur, dit leur massive hôtesse d'une voix lente. Ce n'est pas quelque chose que j'inciterai quiconque à essayer, mais certains viennent me trouver pour cela, nonobstant. » Egwene crut voir les coins de sa bouche se relever comme dans une ombre de sourire. « Je demande un marc d'argent par personne aux femmes. Deux pour les hommes, parce que les hommes font plus d'histoires. Certains sont prêts à acheter n'importe quoi, du moment que cela coûte assez cher.

— Mais quel est le remède ? insista Elayne.

— Je dis au consultant d'amener ici l'autre, la personne

avec qui il se dispute. Les deux s'attendent à ce que je muselle la langue de l'autre. » Malgré elle, Egwene écoutait. Elle remarqua que Nynaeve également paraissait très attentive. « Quand ils m'ont payée, continua Mère Guenna en fléchissant un bras musclé, je les conduis dehors derrière la maison et je leur plonge la tête dans le tonneau où je recueille l'eau de pluie jusqu'à ce qu'ils acceptent de cesser leurs discussions. »

Elayne éclata de rire.

« Je crois que j'ai dû agir aussi à peu près de la même façon », commenta Nynaeve d'une voix qui était beaucoup trop détachée. Egwene espérait que sa propre expression ne ressemblait en rien à celle de Nynaeve.

« Cela ne me surprendrait pas. » À présent, Mère Guenna souriait ouvertement. « Je les préviens que la prochaine fois que j'apprendrai qu'ils se sont disputés, j'appliquerai gratuitement ma méthode, mais que cette fois ce sera dans le fleuve. C'est étonnant comme le remède se révèle souvent efficace, pour les hommes en particulier. Et c'est remarquable, le bien qui en a résulté pour ma réputation. Pour une raison ou une autre, aucun de ceux que j'ai guéris de cette façon ne donne de détails à personne, si bien que quelqu'un vient solliciter le remède tous les deux ou trois mois. Quand on a été assez bête pour manger de la vive-de-vase, on ne va pas s'en vanter à la ronde. J'espère qu'aucune de vous n'a envie de dépenser un marc d'argent.

— Ma foi, non », riposta Egwene qui darda un regard furibond à Elayne comme celle-ci se remettait à rire aux éclats.

« Bien, dit leur hôtesse aux cheveux gris. Ceux que je guéris de l'envie d'ergoter sans arrêt ont tendance à m'éviter comme des orties-de-mer prises dans leurs filets, à moins qu'ils ne tombent réellement malades, et votre compagnie me plaît. La plupart de ceux qui viennent à présent désirent quelque chose pour les débarrasser de leurs cauchemars et ils deviennent désagréables quand je n'ai rien à leur prescrire. » Pendant un instant, elle s'absorba dans des réflexions sombres en se frottant les tempes. « C'est bon de voir trois visages qui ne donnent pas l'impression qu'il n'y a plus rien à faire qu'à sauter par-dessus bord et se noyer. Si vous restez longtemps à Tear, il faut revenir me rendre visite. La jeune fille vous a appelée Maryim ? Mon nom est Ailhuin. La prochaine fois, nous bavarderons en buvant du bon thé du Peuple de la Mer au lieu de quelque chose qui vous crispe la langue. Par la Lumière, ce que je déteste le goût du blanc-de-marais ; la vive-de-vase paraîtrait plus savoureuse. En fait, si vous avez le temps de rester maintenant, je préparerai une théière de Tremalking noir. L'heure du dîner approche, d'ailleurs. Il n'y a que du pain, de la soupe et du fromage, mais je vous les offre de bon cœur.

— Avec le plus grand plaisir, Ailhuin, acquiesça Nynaeve. À vrai dire... Ailhuin, si vous avez une chambre inoccupée, j'aimerais la louer pour nous trois. »

Leur hôtesse massive regarda chacune d'elles sans prononcer un mot. Elle se leva, rangea le pot d'infusion de blanc-de-marais dans l'armoire aux simples, puis prit dans une autre une théière rouge et un sachet. C'est seulement quand elle eut mis à infuser du thé noir de Tremalking, disposé sur la table quatre tasses propres et une jatte de miel avec des cuillères d'étain, puis repris place sur sa chaise, qu'elle répondit.

« J'ai trois chambres vides là-haut, maintenant que mes filles sont toutes mariées. Mon mari, que la Lumière l'illumine, a disparu au cours d'une tempête dans les Doigts du Dragon voilà près de vingt ans. Pas besoin de parler de louer, si je décide de vous laisser utiliser les chambres. *Si*, Maryim. » Tournant son thé pour que le miel fonde, elle les examina de nouveau.

« Qu'est-ce qui vous décidera ? » demanda à mi-voix Nynaeve.

Ailhuin continua à remuer son thé, comme si elle avait oublié de boire. « Trois jeunes femmes, montant de beaux chevaux. Je ne m'y connais guère en matière de chevaux, mais ceux-là me paraissent, à moi, aussi beaux que ceux dont se servent les seigneurs et les dames. Vous, Maryim, êtes assez au courant de l'art d'utiliser les simples pour avoir déjà dû suspendre des herbes derrière votre fenêtre, ou en être à choisir où le pratiquer. Je n'ai jamais entendu parler d'une guérisseuse qui s'établisse trop loin de l'endroit où elle est née, mais à votre accent vous êtes née à une grande distance d'ici. » Elle jeta un coup d'œil à Elayne. « Il n'y a pas beaucoup de pays où l'on voit des cheveux de cette couleur. Andor, je dirais, à votre façon de parler. Ces fols d'hommes parlent toujours de trouver une jeune fille d'Andor aux cheveux blonds. Ce que je veux savoir, c'est pourquoi. Vous fuyez quelque chose ? Ou vous courez après quelque chose ? Seulement, vous ne m'avez pas l'air de voleuses et je n'ai jamais entendu parler de trois femmes courant ensemble après le même homme. Alors expliquez-moi le pourquoi et si cela me plaît les chambres sont à vous. Au cas où vous auriez envie de payer un écot quelconque, achetez un peu de viande de temps en temps. La viande est chère depuis que le commerce avec le Cairhien est interrompu. Mais d'abord le pourquoi, Maryim.

— Nous courons après quelque chose, Ailhuin, répondit Nynaeve. Ou plutôt après des gens. » Egwene s'astreignit à l'immobilité et espéra jouer son rôle aussi bien qu'Elayne qui dégustait son thé à petites gorgées comme si elle entendait parler chiffons. Egwene était persuadée que rien ou presque n'échappait aux yeux noirs d'Ailhuin Guenna. « Ils ont volé certaines choses, Ailhuin, poursuivit Nynaeve. Appartenant à ma mère. Et ils ont tué. Nous sommes ici pour veiller à ce que justice soit faite.

— Que brûle mon âme, dit leur massive hôtesse, n'avez-vous pas d'hommes dans votre famille ? Les hommes ne sont pratiquement bons qu'à soulever des poids lourds et à encombrer le chemin, la plupart du temps... et pour les baisers et le reste du même ordre, mais s'il y a une bataille à livrer ou un voleur à attraper, je dis qu'il faut leur en laisser le soin. L'Andor est aussi civilisé que le Tear. Vous n'êtes pas des Aielles.

— Il ne reste que nous, répliqua Nynaeve. Ceux qui auraient pu venir à notre place ont été tués. »

*Les trois Aes Sedai assassinées,* songea Egwene. *Elles ne pouvaient pas appartenir à l'Ajah Noire. D'autre part, si elles n'avaient pas été massacrées, l'Amyrlin n'aurait pas été en mesure de leur accorder sa confiance. Nynaeve s'efforce de ne pas trahir ces fichus Trois Serments, mais elle n'en est pas bien loin.*

« Aaah, dit tristement Ailhuin. Ils ont tué vos hommes ?

Des frères, des maris, des pères ? » Des taches rouges s'épanouirent sur les pommettes de Nynaeve et leur vieille hôtesse se méprit sur la cause de son émotion. « Non, ne me le dites pas, ma petite. Je ne ramènerai pas à la surface un vieux chagrin. Qu'il reste au fond jusqu'à ce qu'il se soit dissous. Là, là, calmez-vous. » Il en coûta à Egwene un effort pour retenir un grognement de répugnance.

« Il faut que je vous explique ceci », reprit Nynaeve d'une voix tendue. Son visage était encore empourpré. « Ces assassins et ces voleurs sont des Amis du Ténébreux. Ce sont des femmes, mais aussi dangereuses qu'un guerrier armé d'une épée, Ailhuin. Si vous vous demandiez pourquoi nous ne cherchions pas une auberge, en voici la raison. Elles savent peut-être que nous les avons prises en chasse et peut-être nous guettent-elles. »

Et Ailhuin de faire fi de ces arguments avec un reniflement de dédain. « Des quatre personnes les plus redoutables que je connais deux sont des femmes qui n'ont jamais porté même un poignard et seulement un des hommes manie l'épée. Quant aux Amis du Ténébreux... Maryim, lorsque vous serez aussi âgée que moi, vous apprendrez que les faux Dragons sont dangereux, les scorpènes sont dangereux, les requins sont dangereux et les orages venus du sud qui éclatent subitement ; par contre, les Amis du Ténébreux sont des imbéciles. D'immondes imbéciles, mais imbéciles tout de même. Le Ténébreux est enfermé là où le Créateur l'a mis et ni Fetches ni féracrocs pour épouvanter les enfants ne l'en sortiront. Les imbéciles ne m'effraient pas, à moins qu'ils ne manœuvrent le bateau où je m'embarque. Je suppose que vous n'avez aucune preuve à présenter aux Défenseurs de la Pierre ? Ce serait uniquement votre parole contre la leur ? »

*Qu'est-ce qu'un « Fetch » ?* se demanda Egwene. *Ou aussi bien des « féracrocs ».*

« Nous aurons la preuve quand nous les trouverons, répliqua Nynaeve. Elles auront les choses qu'elles ont volées et nous pouvons les décrire. Ce sont des objets datant de longtemps et de peu de prix sauf pour nous, et nos amis.

— Vous seriez surprise par la valeur que représentent les antiquailles, rétorqua ironiquement Ailhuin. Le père Leuese

Mulan a remonté trois jattes et une tasse en pierre-à-cœur dans ses filets, l'an dernier, dans les Doigts du Dragon. Maintenant, au lieu d'une barque de pêche, il possède un navire marchand qui commerce sur le fleuve. Ce vieil idiot ne savait même pas ce qu'était ce qu'il avait découvert jusqu'à ce que je le lui dise. Très probablement, il en reste encore juste à l'endroit où ont été repêchés ceux-là, mais Leuese était incapable de se rappeler l'emplacement. Je ne sais pas comment il a jamais réussi à ramener un poisson dans son filet. Après cela, la moitié des bateaux de pêche de Tear se sont rendus là-bas pendant des mois, traînant leurs chaluts à la recherche de la *cuendillar,* pas de grondins ou de soles, turbots ou autres poissons plats, et certains avaient à bord des seigneurs disant où tirer les filets. Voilà ce que peuvent valoir les vieilles choses si elles sont assez anciennes. Bon, j'ai décidé que vous avez besoin d'un homme dans cette affaire et je connais exactement celui qui convient.

— Qui ? dit vivement Nynaeve. Si vous pensez à un seigneur, à un des Puissants de Tear, rappelez-vous que nous n'avons pas de preuve à présenter tant que nous ne les avons pas retrouvées. »

Ailhuin rit jusqu'à en suffoquer. « Mon petit, personne du Maule, le quartier du port, ne connaît de Puissant Seigneur ou n'importe quelle catégorie de seigneur. Les vives-de-vase ne nagent pas dans les mêmes bancs que les flancs-argentés. Je vais vous amener l'homme dangereux de ma connaissance qui n'est pas homme d'épée, le plus dangereux des deux, d'ailleurs. Juilin Sandar est un traqueur-de-voleurs. Le meilleur de tous. Je ne sais pas comment cela se pratique en Andor, mais ici un traqueur-de-voleurs travaillera pour vous ou moi aussi bien que pour un seigneur ou un marchand, et par-dessus le marché demandera un salaire moindre. Juilin trouvera ces femmes pour vous si elles sont trouvables, évidemment, et vous rapportera votre bien sans que vous ayez à approcher ces Amies du Ténébreux. »

Nynaeve accepta comme si elle n'était pas encore entièrement convaincue, et Ailhuin fixa à ses souliers les plates-formes — qu'elle appelait « socques » —, puis sortit bien vite. Par une des fenêtres de la cuisine, Egwene la regarda partir, passant à côté des chevaux et tournant au coin de la maison, au bout de la venelle.

« Vous progressez en tant qu'Aes Sedai, Maryim, dit-elle en insistant sur le prénom d'un ton sarcastique quand elle se détourna de la fenêtre. Vous manipulez les gens aussi bien que Moiraine. »

Le visage de Nynaeve blêmit.

Elayne traversa la pièce à grands pas énergiques et gifla Egwene. Celle-ci fut abasourdie au point d'être seulement capable de la regarder d'un air hébété. « Tu vas trop loin, s'écria la jeune fille blonde. Tu dépasses les bornes. Nous devons vivre ensemble en bon accord, sinon nous mourrons ensemble ! As-tu donné ton vrai nom à Ailhuin ? Nynaeve lui a dit ce que nous pouvions dire, que nous étions à la recherche d'Amies du Ténébreux, et c'était déjà assez risqué d'établir un lien entre nous et des Amis des Ténèbres. Elle lui a dit qu'elles étaient dangereuses, des meurtrières. Aurais-tu voulu qu'elle ajoute qu'elles appartiennent à l'Ajah Noire ? Dans Tear ? Prendrais-tu le pari de tout risquer sur l'éventualité qu'Ailhuin garderait *cela* pour elle ? »

Egwene se massait la joue avec précaution. Elayne avait de la force dans les bras. « Je ne suis pas obligée de trouver cela agréable à faire.

— Je sais, dit Elayne avec un soupir. Moi non plus, mais nous devons le faire. »

Egwene se tourna de nouveau pour regarder les chevaux par la fenêtre. *Je sais qu'il le faut, mais je ne suis pas forcée d'aimer ça.*

## *49. Tear sous l'orage*

Egwene revint finalement à la table et à sa tasse de thé. Elle pensait qu'Elayne avait peut-être raison, qu'elle avait dépassé les bornes, mais elle se sentait incapable de se forcer à prononcer des excuses, et elles restèrent assises en silence.

Quand Ailhuin rentra, elle avait avec elle un homme, un maigre compagnon d'âge mûr qui donnait l'impression d'avoir été sculpté dans du vieux bois. Juilin Sandar enleva ses socques près de la porte et suspendit à une patère son chapeau plat conique. Un brise-épée ressemblant beaucoup à celui de Hurin mais avec de petites encoches de chaque côté de la longue lame, pendait à un ceinturon passé par-dessus sa tunique brune, et il portait un bâton exactement aussi haut que lui, mais guère plus épais que son pouce et fait de ce bois clair, ponctué de cannelures comme des articulations, qu'utilisaient les bouviers pour leurs aiguillons. Ses cheveux noirs coupés court étaient plaqués sur sa tête et ses yeux sombres au regard mobile paraissaient noter et enregistrer chaque détail de la pièce. Et des personnes qui s'y trouvaient. Egwene aurait bien parié qu'il avait examiné Nynaeve par deux fois et, du moins pour elle, le manque de réaction de Nynaeve était flagrant ; à l'évidence, elle s'en était rendu compte, elle aussi.

Ailhuin lui indiqua une place à la table, où il retourna les manchettes de sa tunique, s'inclina en direction de chacune d'elles tour à tour et s'assit, son bâton accoté contre son épaule, sans mot dire jusqu'à ce que leur hôtesse aux cheveux gris ait préparé une théière de thé frais et que tout le monde se soit mis à le déguster.

« Mère Guenna m'a expliqué votre problème, dit-il en reposant sa tasse. Je vous aiderai si je le peux, mais il y a des chances que les Puissants Seigneurs aient bientôt besoin de moi. »

Leur robuste hôtesse eut un rire sec. « Juilin, quand donc avez-vous commencé à marchander comme un boutiquier qui essaie de vendre de la toile au prix de la soie ? Ne prétendez pas savoir quand les Puissants Seigneurs vous convoqueront avant qu'ils vous appellent.

— Je ne le prétendrais pas, répliqua en souriant Sandar, mais je sais quand j'ai vu des hommes sur les toits dans la nuit. Juste du coin de l'œil — ils savent se dissimuler comme des poissons-flûtes dans les roseaux — mais j'ai repéré le déplacement. Personne n'a encore signalé de vol, mais il y a des larrons à l'œuvre à l'intérieur des remparts et vous pouvez gagner votre dîner en pariant là-dessus. Rappelez-vous ce que je vous dis. Avant qu'une autre semaine soit écoulée, je serai convoqué à la Pierre parce qu'une bande de malandrins s'est introduite dans la maison de négociants ou même dans les manoirs de seigneurs. Les Défenseurs surveillent les rues, certes, mais quand il y a des voleurs à repérer, ils envoient quérir un preneur-de-larrons et moi en premier. Je ne cherche pas à gonfler mes prix mais ce que je ferai pour ces charmantes jeunes femmes, je dois le faire rapidement.

— Je pense qu'il dit la vérité, commenta Ailhuin à regret. Il vous racontera que la lune est verte et l'eau blanche s'il pense que cela lui vaudra un baiser, mais pour le reste il ment moins que la plupart des hommes. C'est peut-être le plus honnête homme qui soit jamais né dans le Maule. » Elayne mit une main devant sa bouche et Egwene lutta ferme pour ne pas rire. Nynaeve demeurait sur son siège sans broncher, visiblement impatiente.

Sandar adressa une grimace à leur hôtesse grisonnante, puis jugea bon apparemment de ne pas tenir compte de ces commentaires. Il sourit à Nynaeve. « J'avouerai que ces voleuses m'intriguent. J'ai connu des femmes qui volaient et des bandes de voleurs, mais je n'ai jamais entendu parler d'une bande de voleuses. Et je suis en dette envers Mère Guenna. » Ses yeux parurent enregistrer de nouveau en détail tout de Nynaeve.

« Quel est votre tarif ? questionna-t-elle d'un ton bref.

— Pour récupérer des objets volés, expliqua-t-il rondement, je demande le dixième de la valeur de ce que je retrouve. Pour découvrir quelqu'un, je demande un marc d'argent par personne. Mère Guenna précise que les objets volés ont peu de valeur sauf pour vous, Maîtresse, aussi je suggère que vous choisissiez cette option-là. » Il sourit de nouveau ; il avait de très belles dents blanches. « Je ne vous prendrais pas d'argent du tout si ce n'est que la profession le verrait d'un mauvais œil, mais je prendrai aussi peu que possible. Une pièce de cuivre ou deux, pas plus.

— Je connais un traqueur-de-larrons, déclara Elayne. Du Shienar. Un homme très *respectable*. Il est armé d'une épée en même temps que d'un brise-épée. Pourquoi pas vous ? »

Pendant un instant, Sandar parut surpris, puis contrarié de l'avoir été. Il n'avait pas été sensible à son allusion, ou bien avait décidé de ne pas la relever. « Vous n'êtes pas de Tear. J'ai entendu parler du Shienar, Maîtresse, des histoires de Trollocs et de ce que tout homme là-bas est un guerrier. » Son sourire disait que c'étaient des contes pour enfants.

« Des histoires vraies, rétorqua Egwene. Ou réelles dans l'ensemble. Je suis allée au Shienar. »

Il la regarda en clignant les paupières et poursuivit : « Je ne suis ni un seigneur ni un riche marchand ni même un soldat. Les Défenseurs n'inquiètent pas les étrangers outre mesure quand ils portent l'épée — à moins qu'ils n'aient l'intention de séjourner longtemps ici, naturellement — mais moi je serais jeté dans un cachot sous la Pierre. Il y a des lois, Maîtresse. » Sa main glissa dans une caresse le long de son bâton, comme inconsciemment. « Je me débrouille aussi bien que possible, sans épée. » Il concentra de nouveau son sourire sur Nynaeve. « Maintenant, si vous voulez bien décrire ces objets... »

Il s'interrompit comme elle mettait sa bourse sur le bord de la table et en sortait treize marcs d'argent. Egwene pensa qu'elle avait choisi les pièces les plus légères ; la plupart étaient de la monnaie de Tear, une seule d'Andor. L'Amyrlin leur avait confié une grande quantité d'or, mais même cela ne durerait pas éternellement.

Nynaeve inspecta le contenu de la bourse pensivement avant d'en resserrer les cordons et de la ranger dans son escarcelle. « Il y a treize femmes à trouver, Maître Sandar, avec une somme d'argent égale quand vous y aurez réussi. Découvrez-les et nous récupérerons nous-mêmes notre bien.

— Je m'en chargerai moi-même pour moins que cela, protesta-t-il. Et point n'est besoin de récompenses supplémentaires. Mon tarif est mon tarif. N'ayez pas peur que j'accepte un pot-de-vin.

— Aucune crainte à avoir sur ce plan-là, confirma Ailhuin. J'ai dit qu'il est honnête. Seulement ne le croyez pas s'il déclare qu'il vous aime. »

Sandar lui décocha un regard dépourvu d'aménité.

« C'est moi qui paie, Maître Sandar, déclara Nynaeve d'un ton ferme, je choisis donc ce que j'achète. Voulez-vous trouver ces femmes, et rien de plus ? » Elle attendit qu'il acquiesce d'un hochement de tête à contrecœur, avant de poursuivre. « Peut-être sont-elles ensemble, peut-être pas. La première est originaire du Tarabon. Elle est un peu plus grande que moi, avec des yeux noirs et des cheveux couleur de miel blond qu'elle coiffe en multiples petites tresses à la mode du Tarabon. Certains hommes pourraient la trouver jolie, mais elle ne considérerait pas cela comme un compliment. Elle a une bouche à l'expression boudeuse, méchante. La deuxième est de Kandor. Elle a de longs cheveux noirs avec une mèche blanche au-dessus de l'oreille gauche, et... »

Elle ne cita pas de noms et Sandar n'en demanda pas. Les noms, on en changeait trop aisément. Son sourire s'était effacé à présent que sa mission se précisait. Treize femmes Nynaeve décrivit tandis qu'il écoutait avec une attention soutenue et, quand elle eut fini, Egwene était sûre qu'il aurait été capable de réciter leur description à l'envers mot pour mot.

« Mère Guenna vous en a peut-être averti, conclut Nynaeve, mais je vais le répéter. Ces femmes sont plus dangereuses que vous ne pouvez le croire. Plus de douze personnes ont déjà péri de leur fait, et je ne serais pas surprise que ce ne soit qu'une goutte du sang qu'elles ont sur les mains. » Ce qu'entendant, Sandar et Ailhuin tiquèrent l'un et l'autre. « Si elles s'aperçoivent que vous vous êtes enquis d'elles, elles vous obligeront à dire où nous sommes et Mère Guenna mourra probablement avec nous. » Leur vieille hôtesse eut une expression incrédule. « Soyez-en persuadés. » Le regard de Nynaeve exigeait un acquiescement. « Croyez-le ou sinon je reprendrai l'argent et trouverai quelqu'un d'autre qui aura plus de jugeote !

— Quand j'étais jeune, répliqua Sandar, d'un ton sérieux, un coupe-bourse m'a planté son couteau dans les côtes parce que je pensais qu'une jolie jeune fille serait moins prompte qu'un homme à jouer du poignard. Je ne commets plus cette erreur. Je me conduirai comme si ces femmes étaient toutes des Aes Sedai et appartenaient à l'Ajah Noire. » Egwene manqua s'étrangler et il lui adressa un sourire mélancolique tandis qu'il ramassait les pièces et les introduisait dans sa propre bourse qu'il coinça sous sa large ceinture. « Je n'avais pas l'intention de vous effrayer, Maîtresse. Il n'y a pas d'Aes Sedai dans Tear. Cela demandera quelques jours, à moins qu'elles ne soient ensemble. Treize femmes réunies seront faciles à repérer ; séparées, elles le seront beaucoup moins. Néanmoins, quoi qu'il en soit, je les trouverai. Et je m'arrangerai pour qu'elles ne se doutent de rien avant que vous sachiez où elles sont. »

Lorsqu'il eut coiffé son chapeau de paille et enfilé ses socques, puis fut sorti par la porte de derrière, Elayne s'inquiéta : « J'espère qu'il n'est pas trop confiant, Ailhuin. J'ai entendu ce qu'il a dit mais... Il a bien compris qu'elles sont redoutables, n'est-ce pas ?

— Il ne s'est jamais conduit comme un imbécile sauf pour une paire d'yeux ou une jolie cheville, rétorqua leur vieille hôtesse, et c'est un travers commun à tous les hommes. C'est le meilleur preneur-de-larrons de Tear. Tranquillisez-vous. Il vous dénichera vos Amies du Ténébreux.

— Il pleuvra avant le matin. » Nynaeve frissonna en dépit de la chaleur régnant dans la pièce. « Je sens un orage qui se prépare. » Ailhuin se contenta de secouer la tête et se mit à remplir des bols de soupe de poisson pour le dîner.

Après qu'elles eurent mangé et nettoyé la vaisselle,

Nynaeve et Ailhuin s'assirent à la table pour parler herbes et traitements. Elayne travailla à une petite broderie qu'elle avait commencé sur l'épaule de sa cape, de minuscules fleurs bleues et blanches, puis lut un exemplaire des *Essais de Willim de Manaches* qu'Ailhuin avait sur sa petite étagère de livres. Egwene essaya de lire mais ni les essais, ni *Les Voyages de Jaim Farstrider,* ni les contes humoristiques d'Aleria Elffin ne retenaient son attention au-delà de quelques pages. Elle tâtait le *ter'angreal* de pierre à travers le corsage de sa robe. *Où sont-elles ? Que veulent-elles dans le Cœur de la Pierre ? Il n'y a que le Dragon — uniquement Rand — qui peut toucher* Callandor, *alors, que veulent-elles ? Quoi ? Quoi ?*

Quand le soir tomba, Ailhuin les conduisit chacune dans une chambre à l'étage mais, après qu'elle fut entrée dans la sienne, elles se réunirent dans celle d'Egwene, qu'éclairait une seule lampe. Egwene s'était déjà déshabillée, ne gardant que sa chemise ; le lien de cuir était passé autour de son cou avec les deux anneaux. La pierre rayée paraissait beaucoup plus lourde que l'anneau d'or. C'était leur coutume de chaque soir depuis le départ de Tar Valon, à l'unique exception de cette nuit passée avec les Aiels.

« Réveillez-moi au bout d'une heure », leur recommanda-t-elle.

Elayne fronça les sourcils. « Si rapidement, cette fois ?

— Éprouves-tu de l'anxiété ? questionna Nynaeve. Peut-être l'utilises-tu trop souvent.

— Si je ne l'avais pas fait, nous serions encore à Tar Valon en train d'astiquer des marmites en espérant découvrir une Sœur Noire avant qu'un Homme Gris nous trouve », riposta sèchement Egwene. *Par la Lumière, Elayne a raison. Je saute à la gorge des gens comme une gamine acariâtre.* Elle respira à fond. « Peut-être que je suis anxieuse, effectivement. Il se peut que ce soit parce que nous nous trouvons maintenant tellement près du Cœur de la Pierre. Tellement près de *Callandor.* Tellement près du piège, quel qu'il soit.

— Sois prudente », recommanda Elayne, et Nynaeve ajouta, plus doucement : « Sois très prudente, Egwene. Je t'en prie. » Elle imprimait de brèves secousses à sa natte.

Pendant qu'Egwene était allongée sur le lit aux colonnes

basses, ses compagnes assises de chaque côté sur un tabouret, le tonnerre gronda dans le ciel. Le sommeil vint lentement.

C'était de nouveau ce paysage de collines, comme toujours au début, des fleurs et des papillons sous un soleil printanier, de douces brises et des chants d'oiseaux. Cette fois, elle était vêtue de soie verte, avec des oiseaux brodés au fil d'or sur le devant du corsage à la hauteur de sa poitrine, et des escarpins de velours vert. Le *ter'angreal* donnait l'impression d'être assez léger pour s'envoler hors de sa robe s'il n'avait pas été retenu par le poids de l'anneau au Grand Serpent.

Par simples tâtonnements, elle avait appris une minime partie des règles du *Tel'aran'rhiod* — même ce Monde des Rêves, ce Monde Invisible, avait ses règles, encore que bizarres ; elle n'en connaissait pas la dixième partie, elle en était certaine — et une manière de se transporter où elle le désirait. Fermant les yeux, elle vida son esprit comme quand elle voulait embrasser la *saidar*. Ce n'était pas aussi facile, parce que le bouton de rose ne cessait d'essayer de se former[1] et elle sentait constamment la Vraie Source, sentait l'ardent désir d'y puiser, mais il lui fallait emplir le vide d'autre chose. Elle se représenta le Cœur de la Pierre, comme elle l'avait vu dans ces rêves qu'elle avait eus, le retraça dans les moindres détails, parfait à l'intérieur du vide. Les énormes colonnes de grès rouge poli. Les dalles du sol usées par les ans. La coupole, très haute. L'épée de cristal, intouchable, tournant en l'air, la poignée vers le bas. Quand l'épée parut si réelle qu'elle fut certaine de n'avoir qu'à étendre la main pour la prendre, elle ouvrit les yeux — et elle était là, dans le Cœur de la Pierre. Ou le Cœur de la Pierre tel qu'il existait dans le *Tel'aran'rhiod*.

Les colonnes étaient là — et *Callandor*. Et autour de l'épée scintillante, presque aussi indistinctes et immatérielles que des ombres, treize femmes étaient assises en tail-

1. Cf. *La Roue du Temps* : les méthodes de concentration pour atteindre la *saidar* et entrer en communication avec le Pouvoir Unique. *(N.d.T.)*

leur et contemplaient *Callandor* qui pivotait sur son axe. Liandrin à la chevelure de miel tourna la tête, ses grands yeux noirs plongeant droit dans ceux d'Egwene, et sa bouche en cerise s'étira dans un sourire.

Haletante, Egwene se redressa si vite sur son séant qu'elle faillit tomber du lit.

« Qu'est-ce qui se passe ? s'écria Elayne. Qu'est-il arrivé ? Tu as l'air affolée.

— Tu viens juste de fermer les yeux, dit Nynaeve à mi-voix. C'est la toute première fois que tu reviens sans que nous t'ayons réveillée. Il s'est passé quelque chose, n'est-ce pas ? » Elle tira brutalement sur sa natte. « Est-ce que tu te sens bien ? »

*Comment suis-je revenue ?* se demanda Egwene. *Ô Lumière, je ne sais même pas comment je m'y suis prise.* Elle avait seulement conscience de chercher à retarder le moment de dire ce qu'elle avait à annoncer. Dénouant le lien autour de son cou, elle déposa sur sa paume l'anneau au Grand Serpent et celui, plus large, du *ter'angreal* torse. « Elles nous attendent », finit-elle par expliquer. Inutile de préciser qui. « Et je crois qu'elles sont informées que nous sommes à Tear. »

Au-dehors, l'orage éclata au-dessus de la ville.

Avec en fond sonore le martèlement de la pluie sur le pont au-dessus de sa tête, Mat contemplait le damier sur la table entre Thom et lui sans parvenir à se concentrer complètement sur la partie, même avec un marc d'argent andoran pour enjeu. Le tonnerre grondait, des éclairs illuminaient les petites fenêtres. Quatre lampes éclairaient la cabine du commandant du *Martinet. Ce sacré bateau est peut-être aussi vif que l'oiseau parent de l'aronde dont il porte le nom, mais il met encore fichtrement trop de temps.* Le vaisseau eut un léger soubresaut, puis un autre ; le rythme de sa course parut changer. *Son capitaine ferait bien de ne pas nous enliser dans cette fichue vase ! S'il n'obtient pas de cette baratte à beurre tout ce qu'elle peut donner de vitesse, je lui enfoncerai cet or dans la gorge !* En bâillant — il avait mal dormi depuis qu'il avait quitté Caemlyn ; il ne réussissait pas à écarter suffisamment ses inquiétudes pour avoir un sommeil paisible —, en bâillant, donc, il poussa un palet blanc à l'intersection de deux colonnes ; en trois mouvements, il capturerait près d'un cinquième des palets noirs de Thom.

« Tu serais un bon joueur, mon garçon, déclara le ménestrel sans ôter la pipe de sa bouche en plaçant un autre palet, si tu t'y appliquais. » Son tabac sentait les feuilles et les noix.

Mat allongea la main pour prendre un autre palet dans le tas près de son coude, puis cligna les paupières et n'y toucha pas. Dans ces trois mêmes mouvements, les palets de Thom encercleraient un tiers des siens. Il ne s'y était pas attendu et ne voyait pas le moyen de parer le coup. « Ne perdez-vous jamais ? N'avez-vous jamais perdu de partie ? »

Thom enleva sa pipe et se lissa les moustaches d'un doigt replié. « Pas depuis longtemps. Morgase me battait une fois sur deux. On dit que les bons chefs de guerre et les bons joueurs du Grand Jeu sont habiles aussi au jeu de mérelles. C'est son cas et je ne doute pas que Morgase sache également bien mener une bataille.

— Ne préféreriez-vous pas jouer encore un peu aux dés ? Les parties de mérelles s'éternisent vraiment.

— J'aime avoir la chance de gagner plus d'une fois sur neuf ou dix », fut la réponse caustique de son partenaire chenu.

Mat se releva d'un bond comme la porte se rabattait bruyamment pour laisser entrer le capitaine Derne. D'un geste brusque, le marin au visage carré se débarrassa de son manteau dont il secoua les gouttes de pluie en jurant entre ses dents. « Que la Lumière me dessèche les os, je me demande pourquoi je vous ai laissés louer le *Martinet*. Vous, avec vos façons d'exiger toujours plus de sacrée vitesse dans la nuit la plus noire ou la pluie la plus drue. Plus vite. Toujours sacrément plus vite ! J'aurais pu me planter cent fois sur un sacré banc de vase à l'heure qu'il est !

— Vous vouliez l'or, répliqua âprement Mat. Vous disiez que ce ramassis de vieilles planches était rapide, Derne. Quand atteindrons-nous Tear ? »

Le capitaine eut un sourire pincé. « Nous nous amarrons au quai en ce moment. Et que je brûle et renaisse dans la peau d'un sacré paysan si je transporte de nouveau quoi que ce soit qui sache fichtrement parler ! Et, maintenant, où est le reste de mon or ? »

Mat se précipita vers une des petites fenêtres et regarda au-dehors. À la lumière crue aveuglante des éclairs, il distinguait un quai de pierre détrempé, et guère davantage. Il repêcha au fond de sa poche la seconde bourse d'or et la lança à Derne. *Qui a jamais entendu parler de quelqu'un travaillant sur le fleuve qui ne joue pas aux dés !* « Il est bien temps », grommela-t-il. *Veuille la Lumière que je n'arrive pas trop tard.*

Il avait entassé tous ses vêtements de rechange et ses couvertures dans l'écritoire de cuir qu'il suspendit sur lui d'un côté au bout de la corde avec laquelle il avait attaché le rouleau de fusées qui formait contrepoids de l'autre. Son manteau recouvrait les deux mais bâillait un peu devant. Mieux valait que lui se mouille plutôt que les fusées. Il sécherait et se retrouverait comme neuf ; une expérience avec un seau d'eau avait démontré que ce n'était pas le cas pour les fusées. *Le p'pa de Rand avait raison, finalement.* Mat avait toujours été persuadé que le Conseil du Village ne voulait pas tirer les feux d'artifice sous la pluie parce qu'ils offraient un plus beau spectacle par nuit claire.

« Ne vas-tu pas te décider bientôt à vendre ces machins-là ? » Thom ajustait sa cape de ménestrel sur ses épaules. Elle abritait harpe et flûte dans leurs étuis de cuir, mais son ballot de vêtements et de couvertures, il le portait sur son dos par-dessus la cape aux cent pièces multicolores.

« Pas avant que je sache comment ils fonctionnent, Thom. D'ailleurs, imaginez comme ce sera amusant quand je les mettrai toutes à feu. »

Le ménestrel frissonna. « Pourvu que tu ne les allumes pas en même temps, mon garçon. Pourvu que tu ne les lances pas dans l'âtre au souper. Tu en serais bien capable, vu la façon dont tu t'es conduit avec ces fusées. Tu as de la chance que le capitaine que voici ne nous ait pas jetés par-dessus bord il y a deux jours.

— Aucun risque. » Mat rit. « Pas tant qu'il y avait cette bourse en perspective. Hein, Derne ? »

Derne faisait sauter la bourse d'or dans sa paume. « Je ne l'ai pas demandé avant, mais vous m'avez donné maintenant l'or et vous ne le reprendrez pas. Qu'est-ce qu'il y a derrière tout ça ? Toute cette sacrée précipitation.

— Une gageure, Derne. » Mat bâilla en ramassant son bâton de combat, prêt à partir. « Une gageure.

— Une gageure ! » Derne contempla avec stupeur la lourde bourse. L'autre exactement pareille était enfermée dans son coffre. « Il doit y avoir comme enjeu un sacré royaume !

— Plus que cela », répliqua Mat.

La pluie tombait à seaux sur le pont avec tant de violence qu'il ne voyait la passerelle que lorsque les éclairs crépitaient au-dessus de la ville ; le vacarme de cette averse torrentielle lui permettait à peine de s'entendre penser. Il apercevait toutefois des fenêtres éclairées dans une rue. Il devait y avoir des auberges, là-haut. Le capitaine n'était pas monté sur le pont pour les accompagner jusqu'à leur débarquement, et aucun membre de l'équipage n'était resté non plus sous la pluie. Mat et Thom descendirent seuls sur le quai de pierre.

Mat jura quand ses bottes s'enfoncèrent dans la boue de la rue, mais c'était inévitable, aussi continua-t-il, pressant autant que possible l'allure malgré ses bottes et le bout de son bâton qui collaient à chaque pas. L'air sentait le poisson, une odeur fétide malgré la pluie. « Nous trouverons une auberge, déclara-t-il d'une voix forte pour être entendu, puis je sortirai chercher.

— Par ce temps-là ? » cria en réponse Thom. La pluie coulait sur son visage, mais il se préoccupait de maintenir à couvert ses instruments davantage que sa figure.

« Comar a pu quitter Caemlyn avant nous. S'il avait un bon cheval au lieu des rosses juste bonnes à appâter les corbeaux que nous montions, il a pu descendre le fleuve depuis Aringill peut-être bien un jour entier avant nous, et je ne sais pas combien de temps nous avons rattrapé avec cet imbécile de Derne.

— Le trajet a été rapide, affirma Thom. Le *Martinet* mérite son nom.

— Quoi qu'il en soit, Thom, pluie ou pas, il faut que je le découvre avant qu'il trouve Egwene, Nynaeve et Elayne.

— Quelques heures de plus ne font pas grande différence, mon garçon. Il y a des centaines d'auberges dans une ville de la dimension de Tear. Il y en a peut-être des centaines d'autres encore en dehors des remparts, certaines petites avec pas plus d'une douzaine de chambres à louer, si minuscules que l'on passerait devant sans se rendre compte qu'elles étaient là. » Le ménestrel remonta le capuchon de sa mante, en se parlant à lui-même. « Les inspecter toutes demandera des semaines, mais cela prendra le même temps à Comar. Nous pouvons passer la nuit au sec. Tu ne risques rien à parier ce qui te reste de pièces de monnaie que Comar n'est pas dehors sous la pluie. »

Mat secoua la tête. *Une minuscule auberge avec une douzaine de chambres.* Avant de quitter le Champ d'Emond, la plus grande maison qu'il avait vue était l'*Auberge de la Source du Vin.* Il doutait que Bran al'Vere ait plus d'une douzaine de chambres à louer. Egwene habitait avec ses parents et ses sœurs dans les pièces de devant au premier étage. *Que je brûle, parfois je pense qu'aucun de nous n'aurait jamais dû partir du Champ d'Emond.* Mais Rand y avait été contraint, c'est certain, et Egwene serait probablement morte si elle n'était pas allée à Tar Valon. *Maintenant, elle risque de mourir parce qu'elle y est allée.* Il ne se sentait pas tenté de reprendre la vie à la ferme ; les vaches et les moutons, assurément, ne joueraient pas aux dés. Toutefois, Perrin avait encore une chance de rentrer au bercail. *Rentre chez toi,* Perrin, se surprit-il à penser. *Rentre pendant que tu le peux encore.* Il se reprit. *Idiot ! Pourquoi le voudrait-il ?* Il songea à se coucher, mais en repoussa l'idée. *Pas encore.*

Des éclairs sillonnèrent le ciel, trois traits de foudre arborescents fulminant ensemble, jetant une lueur crue sur une maison étroite qui semblait avoir des bouquets d'herbes sèches suspendus derrière ses fenêtres et une boutique, hermétiquement fermée, mais une boutique de potier d'après les bols et assiettes de son enseigne. En bâillant, Mat courba les épaules sous la pluie battante et s'efforça d'extraire plus vite ses bottes de la fange collante.

« Je crois que je vais laisser de côté cette partie de la ville, Thom, cria-t-il. Toute cette boue et cette infecte odeur de poisson. Voyez-vous Nynaeve, Egwene — ou Elayne ! —

choisir d'habiter ici ? Les femmes aiment que les choses soient propres et en ordre, Thom, et sentent bon.

— Possible, mon garçon », marmotta Thom qui toussa ensuite. « Tu serais surpris par ce que les femmes sont capables de supporter. Toutefois, c'est possible. »

Tenant sa cape pour garder à l'abri le rouleau de fusées d'artifice, Mat pressa le pas. « Venez, Thom, je veux trouver Comar ou ces jeunes filles ce soir, l'un ou l'autre. »

Thom boitilla à sa suite, toussant de temps en temps.

Ils franchirent les vastes portes de la ville — non gardées étant donné la pluie — et Mat fut soulagé de sentir de nouveau des pavés sous ses pieds. Et au maximum à cinquante pas plus loin dans la rue se dressait une auberge, les fenêtres de sa salle commune déversant des flots de lumière, de la musique allant se perdre dans la nuit. Même Thom couvrit rapidement ces cinquante derniers pas, en dépit de sa boiterie.

*Le Croissant Blanc* avait un propriétaire dont la corpulence rendait étroitement ajustée au-dessous de la taille aussi bien qu'au-dessus sa longue tunique bleue, au contraire de celles de la plupart des clients assis dans les sièges au dossier bas devant les tables. Mat se dit que la culotte bouffante de l'aubergiste, serrée à la cheville au-dessus de souliers bas, devait être assez ample pour que deux hommes ordinaires y tiennent à l'aise, un dans chaque jambe. Les serveuses portaient des robes foncées, au col montant, et de courts tabliers blancs. Il y avait un garçon qui jouait du tympanon entre les deux cheminées au manteau de pierre. Thom l'examina d'un œil critique et secoua la tête.

L'aubergiste rebondi, Cavan Lopar de son nom, fut plus que satisfait de leur donner des chambres. Il fronça les sourcils devant leurs bottes boueuses, mais l'argent sorti de la poche de Mat — l'or n'abondait plus — et la cape de ménestrel aux petits panneaux d'étoffe de Thom déplissèrent son front grassouillet. Quand Thom dit qu'il donnerait un récital quelques soirées pour de modiques honoraires, les mentons de Lopar oscillèrent de plaisir. D'un homme de haute taille avec du blanc dans la barbe, il ne savait rien, non plus que de trois femmes répondant à la description de Mat. Ce dernier laissa tout dans sa chambre sauf sa cape et son bâton de combat, jetant juste un coup d'œil pour voir qu'il y avait un lit — dormir était tentant, mais il se refusa à y penser —, puis il engloutit un ragoût épicé de poissons et ressortit précipitamment sous la pluie. Il fut surpris que Thom l'accompagne.

« Je croyais que vous vouliez être au sec, Thom. »

Le ménestrel tapota l'étui de sa flûte qu'il portait encore sous sa cape. Le reste de ses affaires se trouvait là-haut dans sa chambre. « Les gens parlent à un ménestrel, mon garçon. J'ai des chances d'apprendre quelque chose que l'on ne te dirait pas. Je ne tiens pas plus que toi à ce qu'il arrive du mal à ces jeunes filles. »

Il y avait aussi une auberge cent pas plus loin dans la rue noyée de pluie, du côté opposé, et une autre à deux cents pas au-delà, puis d'autres encore. Mat les explora au fur et à mesure, y faisant une apparition assez longue pour que Thom déploie son manteau et déclame un conte, puis laisse quelqu'un lui payer une coupe de vin tandis que Mat s'enquérait à la ronde d'un homme avec une traînée de poils blancs dans sa barbe noire coupée ras et de trois jeunes femmes. Il gagna quelques pièces aux dés, mais n'apprit rien et Thom non plus. Il était enchanté que le ménestrel ne semble absorber que quelques gorgées de vin à chaque auberge ; Thom avait été bien proche de l'abstinence sur le bateau, mais Mat n'était pas sûr qu'il ne se remettrait pas à s'enivrer une fois arrivé à Tear. Quand ils eurent visité deux douzaines de salles d'auberge, Mat se sentit comme du plomb sur les paupières. La pluie avait un peu diminué, mais elle tombait toujours en grosses gouttes régulières et, en même temps qu'elle avait perdu en violence, le vent avait fraîchi.

« Mon garçon, marmotta Thom, si nous ne rentrons pas au *Croissant Blanc,* je vais m'endormir ici sous la pluie. » Il s'interrompit pour tousser. « Te rends-tu compte que tu viens de passer devant trois auberges ? Par la Lumière, je suis vanné au point d'être incapable de réfléchir. As-tu un plan pour tes démarches dont tu ne m'as pas parlé ? »

Mat examinait d'un regard trouble un homme de haute taille drapé dans une cape qui s'engageait dans une voie transversale un peu plus loin dans la rue. *Ô Lumière, ce que je suis fatigué. Rand est à cinq cents lieues d'ici en train de jouer à être ce sacré Dragon.* « Comment ? Trois auberges ? » Ils étaient arrêtés presque devant une autre, *La Coupe d'or* d'après l'enseigne qui grinçait au vent. Cette coupe-là n'avait rien d'un cornet à dés, mais il décida d'y tenter tout de même sa chance. « Encore une, Thom. Si nous ne les trouvons pas ici, nous rentrerons nous coucher. » Un lit avait plus d'attrait qu'une partie de dés avec cent marcs d'or pour enjeu, mais il se força à entrer.

Au deuxième pas dans la salle d'auberge, Mat le vit. L'homme de haute stature portait une tunique verte avec des bandes bleues sur des manches bouffantes, mais c'était bien Comar, avec sa barbe noire coupée court, rayée de poils blancs sur le menton. Il était assis sur un de ces sièges au dossier curieusement bas, à une table au fond de la salle, et agitait un cornet à dés en cuir en souriant à l'homme en face de lui. Ce compagnon portait une longue tunique et une culotte ample, et il ne souriait pas. Il contemplait les pièces sur la table comme s'il souhaitait les avoir de nouveau dans sa bourse. Un autre cornet à dés était posé près du coude de Comar.

Ce dernier renversa le cornet à dés qu'il avait en main et commença à rire presque avant que les dés cessent de tourner sur eux-mêmes. « Quel est le suivant ? » appela-t-il d'une voix sonore en ratissant vers son côté de la table le montant de l'enjeu. Il y avait déjà un tas imposant de pièces d'argent devant lui. Il ramassa les dés qu'il introduisit dans le cornet et agita. « Il y a sûrement quelqu'un d'autre qui a envie de tenter sa chance ? » Visiblement non, mais il continua à secouer le cornet en riant.

L'aubergiste était facile à reconnaître, bien que porter un tablier ne fût apparemment pas la coutume à Tear. Sa tunique avait la même teinte bleu foncé que celle de tous les autres aubergistes auxquels Mat s'était adressé. Bien en chair, encore qu'un peu plus de la moitié de Lopar et avec moitié moins de mentons, il était installé seul à une table et astiquait une chope d'étain avec acharnement en jetant des coups d'œil irrités à Comar, mais pas lorsque Comar regardait dans sa direction. Certains parmi les autres personnes présentes considéraient aussi de biais avec malveillance le barbu. Toutefois pas quand il se tournait de leur côté.

Mat réprima son premier mouvement, qui était de se précipiter vers Comar, de lui taper sur la tête avec son bâton et d'exiger qu'il dise où étaient Egwene et les autres. Quelque chose était bizarre, ici. Comar était le premier homme qu'il avait vu portant une épée, mais la façon dont on le regardait dépassait la peur suscitée par un homme d'épée. Même la serveuse qui apportait à Comar une nouvelle coupe de vin — et fut pincée pour sa peine — lui adressa un rire nerveux. *Examine la situation sous tous ses angles,* se recommanda Mat avec lassitude. *La moitié des ennuis qui me tombent dessus viennent de ce que je ne le fais pas. Il faut que je réfléchisse.* La fatigue semblait lui avoir bourré la tête de laine. Il appela Thom d'un geste et ils s'approchèrent à pas tranquilles de l'aubergiste qui les inspecta d'un air soupçonneux quand ils s'assirent. « Qui est l'homme avec la rayure dans sa barbe ? questionna Mat.

— Pas de la ville, hein ? répliqua l'aubergiste. C'est un étranger, lui aussi. Je ne l'ai jamais vu avant ce soir, mais je sais ce qu'il est. Un négociant assez riche pour porter l'épée. Ce n'est pas une raison pour qu'il nous traite de cette manière.

— Puisque vous ne l'avez jamais vu auparavant, reprit Mat, comment savez-vous qu'il est marchand ? »

L'aubergiste le dévisagea comme s'il était stupide. « Son habit, messire, et son épée. Il ne peut pas être seigneur ni soldat, étant originaire d'ailleurs, il doit donc être un négociant prospère. » La bêtise des étrangers lui fit secouer la tête. « Ils viennent chez nous, nous regarder de haut et peloter les jeunes filles sous nos yeux, mais il n'a aucune raison d'agir de cette façon. Si je vais au Maule, je ne joue pas pour gagner les sous d'un pêcheur. Si je vais au Tavar, je ne joue pas aux dés avec les paysans venus vendre leurs récoltes. » Son astiquage gagna en férocité. « Il a une de ces chances, cet homme. Ce doit être comme cela qu'il a amassé sa fortune.

— Il gagne, vraiment ? » Mat se demanda en bâillant comment il s'en tirerait en face d'un autre joueur de dés doté de chance.

« Il perd parfois, marmotta l'aubergiste, quand l'enjeu est de quelques sous d'argent. Parfois. Mais que l'enjeu atteigne un marc d'argent... Pas moins d'une douzaine de fois ce soir, je l'ai vu gagner aux Couronnes avec trois couronnes et deux roses. Et moitié aussi souvent au Meilleur, c'était trois six et deux cinq. Il n'a que des six à Trois, et trois six et un cinq chaque fois qu'il lance les dés au Compas. S'il a une telle chance, je dis que la Lumière l'illumine et tant mieux pour lui, mais qu'il s'en serve avec d'autres marchands, comme c'est convenable. Comment peut-on avoir une chance pareille ?

— Avec des dés pipés », dit Thom, puis il toussa. « Lorsqu'il veut être sûr de gagner, il utilise des dés qui présentent toujours la même face. Il est assez astucieux pour que ce ne soit pas le maximum — les gens deviennent soupçonneux si l'on obtient toujours le roi » — il haussa un sourcil à l'adresse de Mat — « le seul pratiquement impossible à battre, mais il ne peut rien changer au fait que les dés retombent toujours de la même façon.

— J'ai entendu parler de ces dés, dit lentement l'aubergiste. Les gens d'Illian s'en servent, à ce que j'ai appris. » Puis il secoua la tête. « Mais les deux joueurs utilisent le même cornet et les mêmes dés. C'est impossible.

— Apportez-moi deux cornets et deux séries de dés, répliqua Thom. Couronnes ou points, peu importe du moment qu'ils sont semblables. »

L'aubergiste le dévisagea en fronçant les sourcils, mais partit — emportant prudemment la chope d'étain avec lui — et revint avec deux cornets à dés en cuir. Thom lança les cinq cubes en os de l'un sur la table devant Mat. Marqués de points ou de symboles, tous les dés que Mat avait vus étaient soit en os, soit en bois. Ceux-ci avaient des points. Il les ramassa en regardant Thom les sourcils froncés. « Suis-je censé voir quelque chose ? »

Thom renversa dans le creux de sa main la série de dés de l'autre cornet, puis — presque trop rapidement pour que l'on suive son geste des yeux — les laissa retomber dedans et planta le cornet sens dessus dessous sur la table avant que les dés puissent en choir. Il garda la main posée sur le haut du cornet. « Place une marque sur chacun d'eux, mon garçon. Quelque chose de petit, mais quelque chose que tu reconnaîtras comme étant ta marque. »

Mat se surprit à échanger un coup d'œil intrigué avec l'aubergiste. Puis l'un et l'autre regardèrent le cornet renversé sous la main de Thom. Il savait que Thom préparait un tour de sa façon — les ménestrels réalisaient toujours des choses impossibles comme manger du feu ou extirper de l'air un morceau de soie — mais il ne voyait pas ce que Thom pouvait faire alors qu'il le surveillait de près. Il dégaina le poignard qu'il portait à la ceinture et égratigna légèrement chaque dé, juste en travers du cercle des six points.

« Très bien, dit-il en les replaçant sur la table. Montrez-moi votre tour. »

Thom allongea la main pour ramasser les dés, puis les reposa un peu plus loin. « Cherche tes marques, mon garçon. »

Mat fronça les sourcils. La main de Thom était toujours sur le cornet renversé ; le ménestrel ne l'avait pas bougé ni n'en avait approché les dés de Mat. Il prit les dés... et cligna les paupières. Il n'y avait pas la moindre égratignure sur eux. L'aubergiste eut un haut-le-corps.

Thom retourna sa main libre, montrant cinq dés. « Tes marques sont sur ceux-ci. Voilà comment s'y prend Comar. C'est un jeu d'enfant, simple, toutefois je n'aurais jamais cru qu'il avait les doigts assez agiles pour réussir ce tour.

— Finalement, je ne crois pas que j'aimerais jouer aux dés avec vous », commenta Mat d'une voix lente. L'aubergiste regardait fixement les dés, mais pas comme s'il voyait une solution. « Appelez le Guet ou le nom que vous lui donnez ici, lui dit Mat. Faites-le arrêter. » *Il ne tuera personne, une fois dans un cachot. Mais si elles sont déjà mortes ?* Il s'efforça de ne pas y penser ; néanmoins, l'idée s'ancra dans son esprit. *Eh bien, je m'arrangerai pour qu'il meure et Gaebril aussi, quoi qu'il en coûte ! Mais elles ne sont pas mortes, que la Lumière me brûle ! Je n'y crois pas !*

L'aubergiste secouait la tête. « Moi ? Moi, dénoncer un négociant aux Défenseurs ? Ils n'inspecteraient même pas ses dés. Il n'aurait qu'un mot à dire et je me retrouverais enchaîné à draguer la vase des passes dans les Doigts du Dragon. Il pourrait me fendre en deux sur place et les Défenseurs déclareraient que je l'ai mérité. Peut-être s'en ira-t-il après un certain temps. »

Mat eut à son adresse une grimace sardonique. « Si je démontre sa tricherie, est-ce que ça suffira ? Appellerez-vous le Guet ou les Défenseurs ou je ne sais qui, à ce moment-là ?

— Vous ne comprenez pas. Vous êtes étranger. Même s'il est d'ailleurs, c'est un homme fortuné, important.

— Attendez ici, dit Mat à Thom. Je n'ai pas l'intention de le laisser toucher à Egwene et aux autres, quel qu'en soit le prix. » Il bâilla en reculant avec son siège qui crissa sur le sol.

« Arrête, mon garçon », l'appela Thom à voix basse mais sur un ton pressant. Le ménestrel s'extirpa de son siège. « Que la Lumière te brûle, tu ne sais pas où tu mets les pieds ! »

Mat lui intima d'un geste de rester là et il se dirigea vers Comar. Personne n'avait relevé le défi du barbu qui examina Mat avec intérêt comme celui-ci accotait son bâton contre la table et s'asseyait.

Comar détailla l'habillement de Mat et eut un sourire déplaisant. « Vous voulez parier des sous de cuivre, paysan ? Je ne perds pas mon temps avec... » Il s'interrompit car Mat déposait une couronne andorane en or sur la table et lui bâillait au nez, sans aucun effort pour se couvrir la bouche. « Vous parlez peu, paysan, encore que vos manières auraient intérêt à s'améliorer, mais l'or a sa propre voix et nul besoin de bonnes manières. » Il agita le cornet de cuir dans sa main et jeta les dés. Il ricanait avant qu'ils s'immobilisent, trois couronnes et deux roses sur le dessus. « Vous ne battrez pas cela, paysan. Peut-être avez-vous encore dans ces guenilles d'autre or caché que vous avez envie de perdre ? Qu'est-ce que vous avez fait ? Volé votre maître ? »

Il tendit la main vers les dés, mais Mat les ramassa avant. Comar eut un éclair de colère dans les yeux et pourtant lui laissa prendre le cornet. Si les deux lancers de dés donnaient un résultat identique, ils recommenceraient jusqu'à ce qu'un des deux partenaires gagne. Mat sourit en agitant les dés. Il n'avait pas l'intention de donner à Comar une chance de les changer. S'ils obtenaient un jeu semblable trois ou quatre fois à la file — exactement semblable chaque fois — même les Défenseurs écouteraient. La salle entière verrait ; les clients seraient obligés de confirmer sa parole.

Il répandit les dés sur la table. Ils rebondirent curieusement. Mat sentit... quelque chose... se déplacer. C'était comme si sa chance s'affolait. La salle donnait l'impression de se contorsionner autour de lui, tirant avec des fils sur les dés. Il ne savait trop pourquoi, il avait envie de regarder vers la porte, mais il garda les yeux fixés sur les dés. Ils s'immobilisèrent. Cinq couronnes. Les yeux de Comar avaient l'air prêts à lui jaillir des orbites.

« Vous perdez », dit Mat à mi-voix. Si sa chance le servait à ce point, peut-être était-il temps de l'exploiter à fond. Une voix intérieure lui soufflait de réfléchir, mais il était trop fatigué pour écouter. « Je crois que votre chance est à peu près épuisée, Comar. Si vous avez touché à un cheveu de ces jeunes femmes, elle l'est complètement.

— Je n'ai même pas trouvé... », commença Comar qui contemplait encore les dés, puis il redressa brusquement la tête. Son visage était devenu blême. « Comment connaissez-vous mon nom ? »

Il ne les avait pas trouvées, pas encore. *Chance, douce chance, reste avec moi.* « Retournez à Caemlyn, Comar. Annoncez à Gaebril que vous n'avez pas pu les découvrir. Annoncez-lui qu'elles sont mortes. Racontez-lui n'importe quoi, mais quittez Tear ce soir. Si je vous vois de nouveau, je vous tuerai.

— Qui êtes-vous ? demanda l'homme massif d'un ton chevrotant. Qui... ? » La seconde d'après, son épée était sortie du fourreau et il était debout.

Mat poussa dans sa direction la table, qui bascula, et saisit son bâton de combat. Il avait oublié quelle force physique avait Comar. Le barbu rejeta aussitôt la table contre lui. Mat tomba à la renverse avec son siège, serrant tout juste son bâton, tandis que Comar balançait la table hors de son chemin et lui portait un coup d'estoc. Mat projeta les pieds dans l'estomac de Comar afin de briser son élan, rabattit gauchement son bâton, ce qui suffit tout juste à détourner l'épée, mais le choc lui arracha le bâton des doigts et il se retrouva agrippant à la place le poignet de Comar, la lame de l'autre à une paume de sa figure. Avec un grognement il roula en arrière, redressa les jambes en y mettant le maximum de vigueur. Les yeux de Comar s'écarquillèrent quand il s'envola par-dessus Mat et s'aplatit sur une table, la face en l'air. Mat se précipita à quatre pattes vers son bâton de combat mais, lorsqu'il l'eut, Comar n'avait pas bougé.

Cet homme à la puissante carrure gisait les hanches et les jambes étalées sur le dessus de la table, le reste de son corps pendant vers le sol où reposait sa tête. Les clients qui avaient été assis à cette table étaient debout à une distance respectueuse et se tordaient les mains en s'entreregardant avec nervosité. Un brouhaha inquiet, bas, résonnait dans la grande salle, pas du tout le vacarme auquel Mat s'attendait.

L'épée de Comar se trouvait à portée de sa main, mais il ne bougeait pas. Il dévisageait Mat, toutefois, tandis que ce dernier écartait l'épée d'un coup de pied et posait un genou en terre à côté de lui. *Ô Lumière ! Je pense qu'il a l'échine rompue !* « Je vous avais dit que vous auriez dû partir, Comar. Votre chance est épuisée.

— Imbécile, répliqua dans un souffle son adversaire massif. Crois-tu donc... que je n'étais que... le seul à les rechercher ? Elles ne... vivront que... jusqu'à... » Ses yeux regardaient fixement Mat et sa bouche était ouverte, mais il n'en dit pas davantage. Ni n'en dirait jamais plus.

Mat sonda le regard vitreux, toute sa volonté tendue pour tenter d'arracher d'autres paroles au mort. *Qui d'autre, que la Lumière vous brûle ! Qui ? Où sont-ils ? Ma chance. Que je brûle, qu'est-il arrivé à ma chance ?* Il prit conscience que l'aubergiste le tirait avec affolement par la manche.

« Vous devez partir. Il le faut. Avant que les Défenseurs arrivent. Je leur montrerai les dés. Je leur dirai que c'est un étranger, mais quelqu'un de grand. Avec des cheveux roux et des yeux gris. Personne n'en souffrira. C'est un homme dont j'ai rêvé la nuit dernière. Pas quelqu'un de réel. Personne ne me contredira. Il a pris de l'argent à tout le monde avec ses dés. Mais il faut que vous partiez. Il le faut ! » Les autres personnes dans la salle regardaient avec application d'un autre côté.

Mat se laissa entraîner loin du mort et pousser au-dehors. Thom attendait déjà sous la pluie. Il empoigna Mat par le bras et s'éloigna avec précipitation dans la rue, en boitant, traînant après lui Mat qui trébuchait. Le capuchon de Mat pendait dans son dos ; la pluie lui détrempait les cheveux et ruisselait sur sa figure et le long de son cou, mais il ne s'en apercevait pas. Le ménestrel ne cessait de regarder par-dessus son épaule, fouillant la rue du regard derrière Mat.

« Dors-tu, mon garçon ? Tu n'avais pas l'air endormi là-bas. Arrive, mon garçon. Les Défenseurs arrêteront n'importe quel étranger dans un périmètre de deux rues, quelle que soit la description que donne cet aubergiste.

— C'est le hasard, marmonna Mat. J'ai fini par comprendre. Les dés. Ma chance me sert mieux quand les choses sont... aléatoires. Comme les dés. Pas grand résultat aux cartes. Ne vaut rien aux mérelles. Trop de règles définies. Il faut que ce soit... régi par le hasard. Même trouver Comar. J'avais cessé d'entrer dans toutes les auberges. Je suis entré dans celle-là par pur hasard. Thom, si je dois trouver Egwene et les autres à temps, il faut que je cherche sans plan précis.

— Qu'est-ce que tu racontes ? L'homme est mort. S'il les a déjà tuées... Eh bien, tu les as vengées. Sinon, tu les as sauvées. Maintenant, nom d'une pipe, veux-tu marcher plus vite ? Les Défenseurs ne vont pas tarder à arriver et ils ne sont pas aussi aimables que les Gardes de la Reine. »

Mat libéra son bras d'une secousse et pressa le pas en trébuchant, traînant le bâton de combat. « Il a laissé échapper qu'il ne les avait pas encore localisées, mais il a dit qu'il n'était pas le seul à les chercher. Thom, je le crois. Je le regardais droit dans les yeux et il disait la vérité. Il faut encore que je les trouve, Thom. Et à présent, je ne connais même pas qui est sur leurs traces. Il faut que je les retrouve. »

Étouffant un énorme bâillement avec son poing, Thom rabattit le capuchon de Mat en avant pour le protéger de la pluie. « Pas ce soir, mon garçon. J'ai besoin de sommeil et toi aussi. »

*Trempé. Mes cheveux me dégoulinent sur la figure.* Il se sentait la tête vague. Par manque de sommeil, il s'en rendit compte au bout d'un instant. Et il comprit à quel point il était fatigué, puisqu'il était obligé d'y réfléchir rien que pour le savoir. « D'accord, Thom, mais je me remettrai en quête dès le point du jour. » Thom acquiesça d'un signe de tête et toussa, et ils retournèrent sous la pluie au *Croissant Blanc*.

L'aube ne tarda pas à venir, néanmoins Mat se tira du lit

et lui et Thom repartirent tenter de passer en revue toutes les auberges à l'intérieur des remparts de Tear. Mat se laissait entraîner où l'attiraient son humeur et le croisement suivant, ne cherchant pas spécialement les auberges et jouant à pile ou face pour décider d'y entrer ou non. Pendant trois jours et trois nuits il suivit cette démarche et pendant trois jours et trois nuits la pluie tomba sans discontinuer, tantôt accompagnée de tonnerre, tantôt sans bruit mais toujours à verse.

La toux de Thom empira, de sorte qu'il dut cesser de jouer de la flûte et de conter des histoires, et il refusait d'emporter sa harpe dehors par ce temps ; il insista toutefois pour accompagner Mat, les gens adressaient toujours la parole à un ménestrel. La chance de Mat aux dés semblait encore plus grande depuis qu'il avait commencé ces déambulations au hasard, bien que ne demeurant jamais assez longtemps dans une auberge ou une taverne pour gagner plus que quelques pièces de monnaie. Ni l'un ni l'autre n'apprirent quoi que ce soit d'utile. Des rumeurs de guerre avec l'Illian. Des rumeurs d'invasion de Mayene. Des rumeurs d'une invasion préparée par l'Andor, de l'interruption du commerce par le Peuple de la Mer, du retour d'entre les morts des armées d'Artur Aile-de-Faucon. Des rumeurs de l'arrivée du Dragon. Les hommes avec qui Mat jouait aux dés semblaient aussi découragés par une rumeur que par l'autre ; ils lui donnaient l'impression de courir après les plus sombres rumeurs qu'ils pouvaient trouver et de les croire toutes à moitié. Par contre, il n'entendit pas une allusion qui aurait pu le conduire à Egwene et aux autres. Pas un aubergiste n'avait vu de jeunes femmes répondant à leur description.

Il commença à avoir des cauchemars, sans doute à cause du souci qui le rongeait. Egwene, Nynaeve et Elayne, et un bonhomme aux cheveux blancs coupés court, portant une tunique aux manches bouffantes ornées de bandes comme celle de Comar, qui riait et tissait un filet autour d'elles. Seulement parfois c'était Moiraine pour qui il tissait ce filet, et quelquefois à la place il tenait une épée de cristal, une épée qui flamboyait comme le soleil dès qu'il y touchait. D'autres fois, c'était Rand qui tenait l'épée. Il ne savait trop pourquoi, il rêvait beaucoup de Rand.

Mat était sûr que la raison en était qu'il ne dormait pas suffisamment, ne mangeait que quand il y pensait, mais il ne voulait pas s'arrêter. Il avait une gageure à gagner, se disait-il, et il avait bien l'intention de gagner celle-ci quand bien même elle le tuerait.

## *50. Le marteau*

Le soleil de l'après-midi était brûlant quand le bac accosta dans Tear ; des flaques subsistaient sur les dalles fumantes du quai et l'atmosphère semblait à Perrin presque aussi humide que celle d'Illian. L'air sentait la poix, le bois et le chanvre — il apercevait des chantiers navals plus au sud le long du fleuve —, sentait les épices, le fer et l'orge, des parfums, des vins et cent arômes différents qu'il ne parvenait pas à dissocier du mélange, la plupart émanant des entrepôts derrière les quais. Quand une saute de vent soufflait momentanément du nord, il captait aussi des odeurs de poisson, mais celles-ci se dissipaient dès que le vent tournait. Pas d'odeurs de quoi que ce soit à chasser. Son esprit se tendit pour chercher les loups avant qu'il se rende compte de ce qu'il faisait et qu'il ne resserre ses gardes. Il ne l'avait fait que trop souvent ces derniers temps. Il n'y avait pas de loups, bien sûr. Pas dans une ville comme celle-ci. Il aurait aimé ne pas avoir un tel sentiment de... d'isolement.

Dès que la rampe à l'extrémité de la barge fut abaissée, il conduisit Steppeur sur le quai après Moiraine et Lan. L'énorme masse de la Pierre de Tear s'étendait à leur gauche, dans l'ombre de sorte qu'elle ressemblait à une montagne en dépit de la grande bannière à son point le plus élevé. Il n'avait pas envie de regarder la Pierre, mais cela paraissait impossible de regarder la ville sans la voir. *Est-il arrivé jusqu'ici ? Lumière, s'il a déjà tenté d'entrer là-dedans, il est peut-être mort à l'heure qu'il est.* Et alors tout cela serait pour rien.

« Qu'est-ce que nous sommes censés trouver ici ? » demanda Zarine derrière lui. Elle n'avait cessé de poser des questions ; elle se contentait de ne pas interroger l'Aes Sedai ou le Lige. « Illian nous a montré des Hommes Gris et la Chasse Sauvage. Qu'est-ce que détient Tear que... que quelqu'un veut si férocement vous rendre impossible d'atteindre ? »

Perrin jeta un coup d'œil à la ronde ; aucun des dockers transportant ici et là des marchandises ne semblait avoir entendu. Il était sûr qu'il aurait senti de la peur si cela avait été le cas. Il ravala la réplique cinglante qu'il avait sur le bout de la langue. Elle avait la riposte plus prompte et plus mordante.

« J'aimerais que vous ne soyez pas si pressée, dit Loial de sa voix de basse. Vous avez l'air de croire que cela se passera aussi facilement qu'à Illian, Faile.

— Facilement ? marmotta Zarine. Facilement ! Loial, nous avons failli être tués deux fois dans la même nuit. En soi, Illian suffisait pour composer un chant de Chasseur. Qu'est-ce qui vous incite à qualifier cela de facile ? »

Perrin eut une grimace. Il regrettait que Loial ait décidé d'appeler Zarine par ce nom qu'elle avait choisi ; c'était un rappel constant que Moiraine la croyait le faucon de Min. Et ce n'était pas pour retenir Perrin de se demander également s'il s'agissait de la belle jeune femme contre qui Min l'avait mis en garde. *Du moins n'ai-je pas rencontré l'épervier. Ni un Tuatha'an avec une épée ! Ce serait le plus étrange de tout, ou je suis un marchand de laine !*

« Arrêtez donc de questionner, Zarine, dit-il en se mettant d'un bond en selle sur Steppeur. Vous découvrirez pourquoi nous sommes ici quand Moiraine décidera de vous l'expliquer. » Il s'efforça de ne pas regarder la Pierre.

Elle tourna vers lui ses yeux noirs en amande. « Je ne crois pas que vous sachiez pourquoi, forgeron. Je pense que c'est pour cette raison que vous ne me répondez pas, parce que vous en êtes incapable. Reconnaissez-le, paysan. »

Avec un petit soupir, il quitta les quais à la suite de Moiraine et de Lan. Zarine n'attaquait pas Loial de cette façon blessante quand l'Ogier refusait de répondre à ses questions. Il se dit qu'elle devait essayer de le forcer par ses railleries à se servir de ce prénom de Faile. Il ne céderait pas.

Moiraine avait attaché la cape huilée derrière sa selle, au-dessus du paquet passe-partout qui contenait la bannière du Dragon, et en dépit de la chaleur avait revêtu la cape de lin bleu d'Illian. Son capuchon vaste et profond cachait son visage. Son anneau au Grand Serpent était enfilé sur un lien autour de son cou. Tear, avait-elle dit, n'interdisait pas la présence d'Aes Sedai, seul le canalisage était prohibé, mais les Défenseurs de la Pierre exerçaient une étroite surveillance sur toute femme portant l'anneau. Elle ne voulait pas être épiée pendant ce séjour à Tear.

Lan avait fourré son manteau aux couleurs changeantes dans ses fontes deux jours auparavant, quand était devenu apparent que quiconque avait envoyé les Chiens Noirs — *Sammael,* se dit Perrin avec un frisson et il s'efforça de chasser ce nom de son esprit — quiconque les avait envoyés n'avait pas organisé une autre poursuite. Le Lige n'avait pas fait de concessions à la température régnant à Illian et il n'en faisait aucune à celle, moindre, de Tear. Sa tunique gris-vert était boutonnée du haut en bas.

Perrin avait sa tunique à demi détachée et le col de sa chemise ouvert. Tear offrait plus de fraîcheur qu'Illian, mais la chaleur y était pourtant aussi intense qu'en plein été dans les Deux Rivières et, comme toujours après la pluie, l'humidité rendait l'air encore plus étouffant. Le ceinturon soutenant sa hache était enroulé autour du haut pommeau de sa selle. Elle se trouvait à portée de sa main, s'il en avait besoin, et il se sentait soulagé de ne pas l'avoir sur lui.

Il fut surpris par la boue des premières rues où ils avancèrent à cheval. Seuls les villages et les bourgs avaient des voies non empierrées, pour ceux qu'il avait vus, et Tear comptait parmi les grandes cités. Pourtant les gens ne paraissaient pas s'en formaliser, bon nombre allaient pieds nus. Une femme marchant sur de petites plates-formes de bois attira un instant son attention, et il se demanda pourquoi tous n'en utilisaient pas. La culotte bouffante des hommes donnait l'impression d'être un vêtement plus frais que ses propres chausses collantes, mais il était certain qu'il se sentirait ridicule s'il en mettait une. Il se représenta mentalement avec cette culotte et un de ces petits chapeaux ronds en paille, et il gloussa de rire.

« Que trouvez-vous de drôle, Perrin ? » demanda Loial. Ses oreilles étaient affaissées au point que leur huppe disparaissait sous ses cheveux et il observait les passants d'un œil soucieux. « Ces gens ont l'air... vaincus, Perrin. Ils n'avaient pas cette expression-là quand j'étais ici la dernière fois. Même des gens qui ont laissé raser leur bosquet[1] ne méritent pas d'avoir une mine pareille. »

Perrin commença à étudier les visages au lieu de simplement regarder l'ensemble et il vit que Loial avait raison. Quelque chose avait disparu d'un trop grand nombre de ces visages. L'espoir, peut-être. La curiosité. C'est tout juste s'ils prêtaient attention à la cavalcade qui s'avançait, sauf pour se garer des chevaux. L'Ogier, monté sur un animal aussi grand qu'un cheval de trait, aurait aussi bien pu être Lan ou Perrin.

Les rues changèrent, se parant d'un pavement de larges dalles de pierre, après qu'ils eurent franchi les portes des hauts remparts gris de la cité, sous le regard dur des yeux sombres de soldats revêtus d'une cuirasse par-dessus leur uniforme rouge aux larges manches se terminant par d'étroites manchettes blanches, et de casques ronds avec un bord et une crête au sommet. Au lieu de la culotte bouffante que portaient d'autres hommes, ils avaient des chausses étroites enfoncées dans des bottes montant au genou. Les soldats se rembrunirent à la vue de l'épée de Lan et palpèrent la leur, examinèrent soupçonneusement la hache de Perrin et son arc ; pourtant d'une certaine façon, en dépit de leurs froncements de sourcils et de leur suspicion, il y avait aussi dans leurs traits quelque chose d'abattu, comme si plus rien ne valait la peine d'un effort.

Les bâtiments étaient plus grands et plus élevés à l'intérieur des remparts, bien qu'en majeure partie construits de la même manière que ceux de l'extérieur. Perrin jugea les toits un peu bizarres, notamment ceux qui se terminaient en pointe, toutefois il avait vu tellement de sortes différentes de

1. Les Ogiers, on s'en souvient, aiment les arbres et chaque fois qu'ils quittent leur résidence — leur *stedding* — pour aller œuvrer quelque part, ils ont planté des bosquets leur rappelant leur *stedding* pour combattre le mal du pays (cf. *La Roue du Temps* et *L'Œil du Monde*). *(N.d.T.)*

toitures depuis qu'il avait quitté ses foyers qu'il se demanda seulement quel genre de crochets étaient utilisés pour fixer leurs tuiles. Dans certains endroits, les gens ne se servaient pas de crochets pour maintenir leurs tuiles en place.

Des palais et des constructions imposantes se dressaient parmi d'autres bâtiments plus petits et plus ordinaires, donnant l'impression d'avoir été implantés au hasard; un ensemble de tours et de dômes blancs sur plan carré, entouré de tous côtés par de larges avenues, pouvait avoir comme vis-à-vis des boutiques, des auberges et de simples maisons, de l'autre côté de ces avenues. Un énorme hôtel particulier précédé de colonnes de marbre carrées de quatre pas de côté, avec cinquante marches à gravir pour atteindre des portes de bronze de cinq toises de haut, était flanqué d'un côté par une boulangerie et de l'autre par une échoppe de tailleur.

Ici, un nombre plus important d'hommes étaient vêtus de tuniques et de chausses pareilles à celles des soldats, mais de couleurs plus vives et sans armure, et certains avaient une épée au côté. Personne parmi eux n'allait pieds nus, pas même ceux en culotte bouffante. Les robes des femmes étaient souvent plus longues, leur décolleté plus accentué dénudant les épaules et même la poitrine, l'étoffe étant aussi bien de la soie que de la laine. Le Peuple de la Mer traitait d'importantes ventes de soie par l'intermédiaire de Tear. Des chaises à porteurs et des voitures attelées de chevaux se déplaçaient dans les rues en aussi grande affluence que les chariots tirés par des bœufs ou les charrettes. Pourtant trop de visages parmi les gens avaient ce même air de résignation.

L'auberge que choisit Lan, *L'Étoile,* était flanquée d'un côté par un atelier de tisserand et de l'autre par une forge dont la séparaient des ruelles étroites. La forge était en pierre brute grise, l'atelier de tissage et l'auberge en bois, néanmoins *L'Étoile* avait trois étages et aussi de petites fenêtres dans son toit. Le claquement des métiers avait grand mal à concurrencer le son du marteau du forgeron. Ils confièrent leurs montures à des palefreniers pour qu'ils les conduisent à l'arrière de l'auberge, et entrèrent dans celle-ci. De la cuisine provenaient des odeurs de poisson, de pâtisseries et peut-être de ragoûts, ainsi que la senteur appétissante de mouton en train de rôtir. Les hommes dans la salle commune portaient tous la tunique ajustée et la culotte bouffante ; Perrin ne pensait pas que des gens plus fortunés — il ne savait trop pourquoi il était sûr que les hommes en tuniques éclatantes avec des manches amples et les femmes aux épaules nues vêtues de belle soie étaient tous riches ou nobles — il ne pensait pas que ces gens-là supporteraient pareil vacarme. Peut-être était-ce pour cette raison que Lan avait choisi l'auberge.

« Comment sommes-nous censés dormir avec ce boucan ? marmotta Zarine.

— Pas de question ! » rappela-t-il avec un sourire. Pendant un instant il crut qu'elle allait lui tirer la langue.

L'aubergiste était un homme à la figure lunaire, à la calvitie naissante, en longue tunique bleu foncé et culotte flottante, qui s'inclina sur ses mains croisées devant son ventre rebondi. Son visage avait cette même expression de lassitude résignée. « Que la Lumière brille sur vous, Maîtresse, et bienvenue », soupira-t-il. « Que la Lumière brille sur vous, mes Maîtres, et bienvenue. » Il eut un léger sursaut en remarquant les yeux dorés de Perrin, puis passa d'une voix fatiguée à Loial. « Que la Lumière brille sur vous, ami Ogier, et bienvenue. Voici un an au moins que j'ai vu des vôtres dans Tear. Un travail quelconque à la Pierre. Ils y ont séjourné, bien sûr, mais je les ai aperçus dans la rue, un jour. » Il termina par un nouveau soupir, apparemment incapable d'éprouver de la curiosité pour la raison qui amenait un autre Ogier à Tear, ou aucun d'entre eux, d'ailleurs.

Cet homme aux cheveux devenant rares, dont le nom était Jurah Haret, les conduisit lui-même à leurs chambres. Apparemment, la robe de soie de Moiraine et la façon dont elle dissimulait ses traits, jointes au visage sévère de Lan et à son épée, en faisaient à ses yeux une dame noble et son garde du corps, et donc dignes de son attention personnelle. Perrin, il le prenait manifestement pour une sorte de vassal ; Zarine, il ne savait apparemment trop qu'en penser — au visible mécontentement de cette dernière — et Loial, en somme, était un Ogier. Il appela des serviteurs pour pousser des lits l'un contre l'autre à l'intention de Loial et offrit à Moiraine un salon particulier pour y prendre ses repas si elle le désirait. Elle accepta gracieusement.

Ils restèrent groupés pendant tout ce temps, suivant en procession dans les couloirs du premier jusqu'à ce que Haret s'incline et disparaisse de leur présence en soupirant, les laissant tous où ils avaient commencé, devant la chambre de Moiraine.

« Quel odieux personnage, marmonna Zarine en brossant à deux mains avec acharnement sa jupe étroite. Je suis persuadée qu'il me prend pour votre domestique, Aes Sedai. Je ne supporterai pas ça !

— Surveillez votre langue, répliqua Lan à mi-voix. Si vous prononcez ce nom dans un endroit où des gens peuvent l'entendre, vous le regretterez, jeune fille. » Elle eut l'air de s'apprêter à rétorquer, mais le regard glacé des yeux bleus de Lan immobilisa sa langue cette fois-ci, même s'il ne refroidit pas le flamboiement de son regard.

Moiraine ne leur prêtait pas attention. Fixant le vide, elle tourmentait sa cape entre ses doigts comme si elle les essuyait. Sans se rendre compte de ce qu'elle faisait, de l'avis de Perrin.

« Comment nous y prendrons-nous pour trouver Rand ? » demanda-t-il, mais elle ne parut pas l'entendre. « Moiraine ?

— Restez à proximité de l'auberge, finit-elle par répondre. Tear risque d'être une ville dangereuse pour ceux qui ne connaissent pas ses coutumes. Le Dessin risque d'être distordu ici. » Cette dernière phrase prononcée tout bas, comme pour elle-même. D'une voix plus forte, elle poursuivit : « Lan, allons voir ce que nous pouvons découvrir sans attirer l'attention. Vous autres, demeurez près de l'auberge !

— "Demeurez près de l'auberge" », singea Zarine tandis que l'Aes Sedai et le Lige descendaient l'escalier et disparaissaient. Toutefois elle le dit assez bas pour qu'ils n'entendent pas. « Ce Rand. C'est lui que vous appelez le... » Si elle ressemblait à un faucon en ce moment, c'était un faucon très mal à l'aise. « Et nous sommes à Tear, où le Cœur de la Pierre contient... Et les Prophéties disent... Que la Lumière me brûle, *ta'veren,* ceci est-il un conte dans lequel j'ai envie de figurer ?

— Il ne s'agit pas d'un conte, Zarine. » Pendant un instant, Perrin se sentit presque aussi découragé que l'aubergiste avait paru l'être à sa voix. « La Roue nous tisse dans le

Dessin. Vous avez choisi de mêler votre fil aux nôtres ; c'est trop tard pour le dénouer, à présent.

— Par la Lumière ! s'exclama-t-elle avec humeur. Maintenant, vous parlez comme elle ! »

Il la laissa en compagnie de Loial et alla déposer ses affaires dans sa chambre — elle contenait un lit bas, confortable mais petit, comme les citadins semblaient penser qu'il convenait à un serviteur, une table de toilette, un tabouret et quelques patères sur le mur au plâtre craquelé — et, quand il sortit, Zarine et Loial n'étaient plus là. La résonance d'un marteau frappant une enclume l'attira.

Tant de choses à Tear paraissaient étranges que c'était un soulagement d'entrer dans la forge. Le rez-de-chaussée formait une grande salle sans mur au fond à part deux longues portes qui étaient ouvertes sur une cour destinée à ferrer les chevaux et les bœufs, avec un travail pour immobiliser les bœufs pendant le ferrage. Des marteaux étaient alignés dans leur râtelier ; des tenailles de sortes et de dimensions diverses étaient suspendues aux poutres apparentes des murs ; des racloirs, rénettes et autres outils de maréchal-ferrant étaient rangés avec ordre sur des établis en bois avec les ciseaux, bigornes, étampes et autres instruments du métier de forgeron. Des bacs contenaient des longueurs de fer et d'acier d'épaisseurs variées. Cinq roues à meuler au grain différent pour procéder aux rectifications se dressaient sur le sol en terre battue, avec six enclumes et trois forges aux flancs de pierre avec leurs soufflets, bien qu'une seule eût des braises rougeoyantes. Des tonneaux pour bain de trempe étaient à portée de main.

Le forgeron abattait vigoureusement son marteau sur du fer porté au jaune maintenu par de lourdes tenailles. Il était vêtu d'une culotte ample et avait des yeux bleu clair, mais le long gilet de cuir sur sa poitrine nue et son tablier de cuir ressemblaient à peu près à ceux que Perrin et Maître Luhhan avaient endossés au Champ d'Emond, et ses épaules et ses bras musclés indiquaient des années passées à travailler le métal. Sa chevelure noire comportait presque autant de fils gris que Perrin se rappelait avoir remarqués dans celle de Maître Luhhan. Des gilets et tabliers de cuir étaient aussi accrochés au mur, comme si le forgeron avait des apprentis, mais ceux-ci n'étaient pas là présentement. Perrin se sentait presque de retour au pays rien qu'à l'odeur du feu de forge. Rien qu'à l'odeur du fer brûlant.

Le forgeron se tourna pour replacer dans les braises la pièce sur laquelle il travaillait et Perrin s'avança et manœuvra le soufflet à sa place. Le forgeron lui jeta un coup d'œil mais ne dit rien. Perrin tira sur la branloire à lents gestes réguliers et fermes, maintenant les braises à l'exacte température. Le forgeron recommença à marteler le fer brûlant, cette fois sur la bigorne arrondie de l'enclume. Perrin pensa qu'il fabriquait peut-être un racloir à tonneaux. Le marteau résonnait à coups secs et rapides.

Le forgeron parla sans lever les yeux de son ouvrage. « Apprenti ? fut tout ce qu'il dit.

— Oui », répliqua Perrin aussi simplement.

Le forgeron continua son ouvrage pendant un moment. C'était bien un racloir à tonneaux, pour nettoyer l'intérieur des futailles en bois. De temps en temps, il regardait Perrin d'un air pensif. Posant son marteau, juste pour un instant, le forgeron prit un bloc de métal épais, à section carrée, et le fourra dans la main de Perrin, puis empoigna de nouveau son marteau et se remit au travail. « Voyez donc ce que vous pouvez faire avec ça. »

Sans même y réfléchir, Perrin se dirigea vers une enclume de l'autre côté de la forge et tapa le bloc contre le bord. Ce qui produisit un beau tintement clair. L'acier n'avait pas été laissé assez longtemps dans le bas fourneau pour absorber beaucoup de carbone du charbon et devenir fonte. Il l'enfonça dans les braises ardentes presque sur toute sa longueur, goûta les deux barils d'eau pour savoir lequel contenait de l'eau salée — le troisième était rempli d'huile d'olive —, puis ôta tunique et chemise et choisit un gilet de cuir à la taille de sa poitrine. La plupart de ces natifs de Tear n'avaient pas le torse aussi développé que lui, mais il en trouva un qui pouvait aller. Le tablier fut plus facile à sélectionner.

En se retournant, il vit que le forgeron, toujours penché sur son ouvrage, hochait la tête en souriant pour lui-même. Toutefois, le simple fait qu'il savait se débrouiller dans une forge n'impliquait pas qu'il ait le moindre talent pour le métier. Cela restait à prouver.

Quand il revint à l'enclume avec deux marteaux, des tenailles à mâchoires plates avec de longues branches et un tranchet affilé, le morceau d'acier avait été chauffé au stade de la « chaude sombre », excepté sur une petite portion qu'il avait laissée hors des braises. Il mit en branle le soufflet, surveillant la couleur du métal qui s'éclaircissait jusqu'à ce qu'elle devienne d'un jaune presque blanc. Alors il retira le métal avec les tenailles, le déposa sur l'enclume et prit le plus lourd des deux marteaux. Environ dix livres, estima-t il, avec un manche plus long que la plupart des gens — ignorant le travail du métal — le jugeraient nécessaire. Il l'empoigna vers son extrémité; le métal brûlant projetait parfois des étincelles et il avait vu les cicatrices sur les mains du forgeron de la Colline Ronde, un bonhomme négligent.

Il ne voulait rien façonner de compliqué ou de fantaisie. Un objet simple semblait ce qu'il y avait de plus indiqué pour l'heure. Il commença par arrondir les arêtes de la barre, puis en martela le centre jusqu'à obtenir une large lame, presque de la même épaisseur que la masse originale au talon mais d'une bonne main et demie de long. De temps en temps, il replongeait le métal dans les braises pour le maintenir à la « chaude » jaune clair et, au bout d'un moment, il changea pour le marteau plus léger, qui pesait moitié moins que le premier. La portion au-delà de la lame, il l'amincit, puis la courba sur la bigorne de l'enclume en un arc aboutissant le long de la lame. Une poignée de bois pourrait éventuellement y être fixée. Introduisant la soie du tranchet dans le trou pratiqué à cet effet dans la table de l'enclume, il posa dessus le métal incandescent. Un seul coup sec du marteau libéra l'outil qu'il venait de fabriquer. Ou presque fini de fabriquer. Ce serait un aisceau pour lisser et égaliser les douelles de futaille une fois qu'elles auraient été cerclées, entre autres. Quand il aurait terminé. C'est le racloir du forgeron qui lui avait donné l'idée de façonner cet instrument.

Dès qu'il eut pratiqué la séparation à chaud, il jeta le métal brûlant dans le tonneau d'eau salée. L'eau douce donnait une trempe plus dure, pour le métal le plus résistant, tandis que l'huile fournissait la trempe la plus douce, pour de bons couteaux. Et de solides épées, à ce qu'il avait entendu dire, mais il n'avait jamais eu à s'occuper de ce genre de travaux-là.

Une fois le métal suffisamment refroidi, et d'un gris mat, il le sortit de l'eau et l'emporta vers les meules. Un court passage à la meule mue par de lents coups de pédalier polit la lame. Avec précaution, il chauffa de nouveau la portion de lame. Cette fois, les couleurs foncèrent, du paille au bronze. Quand la couleur bronze commença à envahir par vagues la lame, il posa celle-ci de côté pour qu'elle refroidisse. Le tranchant final pourrait alors être aiguisé. Redonner une trempe détruirait la dureté qu'il venait d'obtenir.

« De la très belle ouvrage, commenta le forgeron. Pas un mouvement inutile. Vous cherchez du travail ? Mes apprentis viennent de s'en aller, tous les trois à la fois, ces minables imbéciles, et je ne manque pas de commandes dont vous pourriez vous charger. »

Perrin secoua la tête. « Je ne sais pas combien de temps je vais rester à Tear. J'aimerais travailler encore un peu si vous n'y voyez pas d'inconvénient. Voilà longtemps que je n'ai pas mis les pieds dans une forge et cela me manque. Peut-être pourrais-je exécuter quelques-uns des travaux que vos apprentis auraient faits. »

Le forgeron eut un rire sec et sarcastique. « Vous valez cent fois mieux qu'un de ces flemmards, qui broyaient du noir les yeux dans le vague, se plaignant tout bas de leurs cauchemars. Comme si tout le monde n'avait pas de cauchemars, parfois. Oui, travaillez ici, tant que vous voulez. Par la Lumière, j'ai des commandes pour une douzaine de planes de charron, trois doloires, et un charpentier de cette rue-ci a besoin d'un marteau à mortaise, et... Il y en a trop pour en établir la liste. Commencez par les planes, et nous verrons où nous en serons arrivés avant la nuit. »

Perrin s'absorba dans son travail, oubliant pendant un temps tout sauf la chaleur du métal, le son du marteau et l'odeur de la forge, mais vint un moment où il leva les yeux et découvrit le forgeron — Dermid Ajala, avait-il dit s'appeler — en train d'enlever son gilet de cuir et la cour où il exerçait comme maréchal-ferrant plongée dans l'obscurité. Toute la clarté venait de la forge et d'une paire de lampes. Et Zarine était assise sur une enclume à côté d'une des forges non allumées, l'observant.

« Ainsi vous êtes réellement un forgeron, dit-elle.

— Il l'est bien, Maîtresse, commenta Ajala. Il se donne comme apprenti, mais le travail qu'il a exécuté aujourd'hui équivaut à son chef-d'œuvre[1] en ce qui me concerne. Belle méthode de manier le marteau, et mieux que ferme en son propos. » Perrin oscilla d'un pied sur l'autre en écoutant ces compliments et le forgeron lui sourit. Zarine les contemplait l'un et l'autre, d'un air incompréhensif.

Perrin alla raccrocher gilet et tablier à leur patère mais, une fois qu'il les eut ôtés, il prit soudain conscience du regard de Zarine posé sur son dos. C'était comme si elle le touchait; pendant un instant, son parfum d'herbes lui donna l'impression de le submerger. Il passa rapidement sa chemise par-dessus sa tête, la fourra n'importe comment dans ses chausses et enfila sa tunique à grands gestes saccadés. Quand il se retourna, Zarine arborait un de ces petits sourires furtifs qui le mettaient toujours mal à l'aise.

« Est-ce donc ce que vous avez l'intention de faire? demanda-t-elle. Avez-vous parcouru tout ce chemin pour redevenir un forgeron? »

Ajala qui était en train de fermer les portes donnant sur la cour s'arrêta pour écouter.

Perrin ramassa le lourd marteau qu'il avait utilisé, une tête de dix livres avec un manche aussi long que son avant-bras. Il se sentait bien avec ce marteau dans les mains. Il lui convenait. Le forgeron avait eu un bref regard pour ses yeux et n'avait même pas cillé; c'était le travail qui importait, l'habileté à façonner le métal, pas la couleur des yeux d'un homme. « Non, dit-il avec tristesse. Un jour, je l'espère. Mais pas encore. » Il s'apprêta à ranger le marteau dans le râtelier accroché au mur.

« Prenez-le. » Ajala s'éclaircit la voix. « Je n'ai pas l'habitude de donner de bons outils, mais... Le travail que vous avez abattu aujourd'hui vaut bien plus que le prix de ce marteau et peut-être qu'il vous aidera à atteindre ce fameux "jour". Mon garçon, si jamais j'ai vu quelqu'un fait pour

1. À la fin de son apprentissage, on s'en souvient, l'apprenti ne passait compagnon qu'après avoir réalisé quelque chose concernant son métier : son « chef-d'œuvre »; autrement dit, Perrin, bien que se disant apprenti, a acquis l'habileté d'un maître compagnon. *(N.d.T.)*

manier un marteau de forgeron, c'est vous. Alors prenez-le. Gardez-le. »

Perrin referma la main sur le manche. C'est vrai qu'il éprouvait la sensation qu'ils allaient bien ensemble. « Merci, dit-il. Je ne sais comment exprimer ce que cela signifie pour moi.

— Rappelez-vous seulement ce fameux "jour". Ne l'oubliez surtout pas. »

Comme ils s'en allaient, Zarine leva la tête vers lui et déclara : « Avez-vous une idée de ce que les hommes sont bizarres, forgeron ? Non. Je ne le crois pas. » Elle s'éloigna, s'élançant comme une flèche, le laissant une main serrée sur le marteau et se grattant la tête avec l'autre.

Personne dans la salle commune ne se retourna sur lui, un homme aux yeux d'or portant un marteau de forgeron. Il monta dans sa chambre, se souvenant pour une fois d'allumer une chandelle. Son carquois et la hache étaient suspendus à la même patère sur le mur de plâtre. Il soupesa la hache dans une main et le marteau dans l'autre. Au poids du métal, la hache, avec sa lame en demi-lune et sa pique épaisse était de cinq ou six bonnes livres plus légère que le marteau, mais son fer pesait moralement dix fois plus. Replaçant la hache dans la boucle de son ceinturon, il déposa le marteau sur le sol au-dessous de la patère, le manche appuyé contre le mur. Le manche de la hache et celui du marteau se touchaient presque, deux morceaux de bois d'une égale épaisseur. Deux morceaux de métal, à peu près du même poids. Il resta un long moment assis sur le tabouret à les contempler. Il les contemplait encore quand Lan passa la tête par l'entrebâillement de la porte.

« Viens, forgeron. Nous avons des choses à discuter.

— Oui, je suis un forgeron », rétorqua Perrin, et le Lige le regarda en fronçant les sourcils.

« Ne pique pas ta crise sur mon dos maintenant, forgeron. Si tu n'es plus capable de tenir le coup maintenant, tu risques de nous entraîner tous en bas de la montagne.

— Je tiendrai le coup, riposta Perrin avec humeur. Je ferai ce qu'il y a à faire. Que voulez-vous ?

— Toi, forgeron. N'écoutes-tu donc pas ? Viens, paysan. »

Ce nom dont l'affublait si souvent Zarine le décida alors à se dresser d'un bond avec colère, mais Lan se détournait déjà. Perrin se précipita dans le couloir et le suivit vers le devant de l'auberge, bien résolu à signifier au Lige qu'il en avait assez de s'entendre appeler « forgeron » et « paysan », que son nom était Perrin Aybara. Le Lige s'était engouffré dans l'unique salon particulier de l'auberge, donnant sur la rue.

Perrin y entra derrière lui. « Écoutez un peu, *Lige,* je...

— Écoute toi-même, Perrin, ordonna Moiraine. Tais-toi et écoute. » Son visage était calme, mais son regard était aussi sévère que sa voix.

Perrin ne s'était pas rendu compte qu'il y avait d'autres personnes dans la pièce à part lui et le Lige, appuyé d'un bras au linteau de la cheminée où ne brûlait aucun feu. Moiraine était assise à la table placée au milieu de la pièce, un simple meuble en bois noir. Aucun des sièges au haut dossier sculpté n'était occupé. Zarine était adossée à l'extrémité opposée à Lan, la mine maussade, et Loial avait choisi de s'asseoir par terre puisque les sièges ne convenaient décidément pas à son gabarit.

« Je suis ravie que vous ayez décidé de vous joindre à nous, paysan, déclara Zarine d'un ton sarcastique. Moiraine ne voulait rien dire avant que vous veniez. Elle se contente de nous regarder comme si elle était en train de décider lequel d'entre nous va mourir. Je...

— Silence, lui intima sèchement Moiraine. Un des Réprouvés se trouve dans Tear. Le Puissant Seigneur Samon est Be'lal. » Perrin frissonna.

Loial ferma étroitement les paupières et gémit. « J'aurais pu demeurer au *stedding.* J'aurais été probablement très heureux, marié, quel qu'ait été le choix de ma mère. C'est une femme de valeur, ma mère, et elle ne m'aurait pas donné à une mauvaise épouse. » Ses oreilles semblaient s'être complètement cachées dans ses cheveux touffus.

« Vous pouvez retourner au *Stedding* Shangtai, répliqua Moiraine. Partez maintenant, si vous le souhaitez. Je ne vous retiendrai pas. »

Loial ouvrit un œil. « Je peux m'en aller?

— Si vous voulez.

— Oh. » Il ouvrit l'autre œil et se gratta la joue avec des doigts tout ronds de la taille de saucisses. « Je suppose... je suppose... si j'ai le choix... que je vais rester avec vous tous. J'ai pris un grand nombre de notes mais je suis loin d'en avoir assez pour terminer mon livre, et je n'aimerais pas laisser Perrin et Rand... »

Moiraine lui coupa la parole d'un ton froid. « Bien, Loial. Je suis satisfaite que vous restiez. Je serai heureuse d'utiliser les connaissances que vous possédez. Toutefois, jusqu'à ce moment-là, je n'ai pas le temps d'écouter vos jérémiades.

— Je suppose, dit Zarine d'une voix mal assurée, que je n'ai aucune chance de m'en aller ? » Elle regarda Moiraine et frissonna. « Je m'en doutais. Forgeron, si je réussis à survivre, vous me le paierez. »

Perrin la regarda avec stupeur. *Moi ! Cette folle s'imagine que c'est ma faute ? Lui ai-je demandé de venir ?* Il ouvrit la bouche, vit l'expression des yeux de Moiraine et la referma vivement. Au bout d'un instant, il questionna : « Est-il à la poursuite de Rand ? Pour l'arrêter ou le tuer ?

— Je pense que non », répondit-elle avec calme. Sa voix était comme de l'acier froid. « Son intention, je le crains, est de laisser Rand pénétrer dans le Cœur de la Pierre et prendre *Callandor,* après quoi il la lui enlèvera. Son intention, je le redoute, est de tuer le Dragon Réincarné avec l'arme même qui doit proclamer ce qu'il est.

— Fuyons-nous de nouveau ? dit Zarine. Comme à Illian ? Je n'ai jamais pensé à m'enfuir ; mais je n'ai jamais pensé me trouver en face des Réprouvés quand j'ai prononcé le serment des Chasseurs en quête du Cor de Valère.

— Cette fois, répliqua Moiraine, nous ne fuyons pas. Nous n'osons pas fuir. Des mondes et le temps reposent sur les épaules de Rand, sur le Dragon Réincarné. Cette fois, nous combattons. »

Perrin se posa sur un siège d'un air mal à l'aise. « Moiraine, vous êtes en train de dire carrément des choses auxquelles vous nous avez recommandé de ne même pas réfléchir. Vous avez bien protégé cette salle contre des oreilles indiscrètes, n'est-ce pas ? » Comme elle secouait négativement la tête, il agrippa le bord de la table avec tant de force que le bois noir grinça.

« Je ne parle pas d'un Myrddraal, Perrin. Nul ne connaît la puissance des Réprouvés, sinon qu'Ishamael et Lanfear étaient les plus forts, mais le moins puissant de tous serait capable de sentir à un quart de lieue ou davantage n'importe quelle protection que j'aurais installée. Et de nous réduire en poussière en quelques secondes. Peut-être même sans se déplacer d'où il serait.

— Vous dites qu'il pourrait vous lier les mains, murmura Perrin. Par la Lumière ! Que sommes-nous censés faire ? Comment pouvons-nous faire quoi que ce soit ?

— Même les Réprouvés ne résistent pas au malefeu », dit-elle. Il se demanda si c'était ce qu'elle avait utilisé contre les Chiens des Ténèbres ; cela le rendait encore anxieux, ce qu'il avait vu et ce qu'elle avait dit alors. « J'ai appris des choses cette dernière année, Perrin. Je suis plus... dangereuse que lorsque je suis arrivée au Champ d'Emond. Si je parviens à m'approcher suffisamment de Be'lal, je peux l'anéantir. Par contre, s'il est le premier à me voir, il nous détruira tous avant que j'aie une chance de réagir. » Elle reporta son attention sur Loial. « Que pouvez-vous dire de Be'lal ? »

Perrin cilla, interdit. *Loial ?*

« Pourquoi le questionnez-vous ? s'exclama avec humeur Zarine. D'abord vous racontez au forgeron que vous vous proposez de nous envoyer nous battre contre un des Réprouvés ! — qui peut nous tuer tous avant que nous ayons le temps de nous en apercevoir ! — et maintenant vous interrogez Loial à son sujet ? » Loial chuchota d'un ton pressant ce nom qu'elle utilisait : « Faile ! Faile ! », mais elle ne ralentit pas une seconde sa tirade. « Je croyais les Aes Sedai omniscientes. Par la Lumière, au moins moi, je suis assez intelligente pour ne pas dire que je vais combattre quelqu'un à moins de savoir tout ce que je peux de lui ! Vous... » Sa voix s'éteignit dans un marmonnement sous le regard sévère de Moiraine.

« Les Ogiers, expliqua calmement l'Aes Sedai, ont des souvenirs qui remontent loin, jeune fille. Depuis la Destruction du Monde plus de cent générations d'humains ont passé, mais moins de trente pour les Ogiers. Par leurs récits nous apprenons encore des choses que nous ignorions.

Maintenant, racontez-moi, Loial. Que savez-vous de Be'lal ? Et brièvement, pour une fois, je veux votre prodigieuse mémoire et non votre prodigieuse faculté de discourir. »

Loial s'éclaircit la voix, un son ressemblant fort à des bûches qui tombent dans un tuyau de descente. « Be'lal. » Ses oreilles jaillirent de sa masse de cheveux comme des ailes battantes de colibri, puis se rabattirent subitement. « Je ne sais pas ce qu'il y a dans les récits à son sujet que vous ne connaissiez pas déjà. Il n'est guère mentionné, sauf lorsque la Salle des Serviteurs a été rasée juste avant que Lews Therin Meurtrier-des-Siens et les Cent Compagnons l'emprisonnent avec le Ténébreux. Jalanda fils d'Aried fils de Coiam écrivait qu'il avait été surnommé l'Envieux, qu'il avait renoncé à la Lumière parce qu'il jalousait Lews Therin et qu'il jalousait aussi Ishamael et Lanfear. Dans *Une étude de la Guerre de l'Ombre,* Moilin fille de Hamada fille de Juendan appelait Be'lal le Tisseur de Filets, mais je ne pourrais pas dire pourquoi. Elle mentionnait qu'il avait joué aux mérelles avec Lews Therin et avait gagné la partie, et qu'il s'en vantait constamment. » Il jeta un coup d'œil à Moiraine et dit de sa voix de basse grondante comme le tonnerre : « Je m'efforce d'être bref. Je ne sais rien d'important sur lui. Plusieurs écrivains précisent que Be'lal et Sammael avaient été l'un et l'autre des chefs dans le combat contre le Ténébreux avant qu'ils renient la Lumière, et que l'un et l'autre maniaient l'épée en maîtres. Voilà franchement tout ce que je sais. Il est peut-être cité dans d'autres livres, d'autres récits, mais je ne les ai pas lus. C'est que l'on ne parle pas de Be'lal très souvent. Je suis désolé de ne rien pouvoir vous dire d'utile.

— Peut-être que vous l'avez pu, lui dit Moiraine. Je ne connaissais pas ce surnom, le Tisseur de Filets. Ni qu'il enviait le Dragon autant que ses compagnons de l'Ombre. Cela renforce ma conviction qu'il convoite *Callandor.* Ce doit être pour cette raison qu'il a choisi de se faire un Puissant Seigneur de Tear. Et le Tisseur de Filets — un nom pour un intrigant, un homme qui prépare des projets avec patience et ruse. Vous vous en êtes bien tiré, Loial. » Pendant un instant, la large bouche de l'Ogier se retroussa aux commissures dans un sourire heureux, puis ses coins se rabaissèrent de nouveau.

« Je ne prétendrai pas que je n'ai pas peur, déclara soudain Zarine. Seul un imbécile ne redouterait pas les Réprouvés, mais j'ai juré d'être des vôtres et je le resterai. C'est tout ce que je voulais dire. »

Perrin secoua la tête. *Elle est sûrement folle. J'aurais bien aimé pouvoir ne pas être membre de cette expédition. J'aurais bien aimé être de retour dans mon village en train de travailler à la forge de Maître Luhhan.* À haute voix, il dit : « S'il est à l'intérieur de la Pierre, s'il y attend Rand, il faut que nous entrions pour le chercher. Comment nous y prenons-nous ? Tout le monde ne cesse d'affirmer que personne ne pénètre dans la Pierre sans l'autorisation des Puissants Seigneurs et, quand je l'examine, je ne vois pas d'autre moyen que d'emprunter les portes.

— Tu n'iras pas à l'intérieur, répliqua Lan. Moiraine et moi serons les seuls à entrer. Plus il y en aura qui voudront entrer, plus ce sera difficile. Quel que soit le moyen que je découvrirai, je ne peux pas croire que ce sera facile même rien que pour deux.

— Gaidin, commença Moiraine d'une voix ferme, mais le Lige lui coupa la parole d'un ton tout aussi autoritaire.

— Nous allons ensemble, Moiraine. Cette fois-ci, je ne resterai pas à l'écart. » Au bout d'un instant, elle acquiesça d'un signe de tête. Perrin eut l'impression que Lan se détendait. « Le reste d'entre vous, essayez de dormir un peu, reprit le Lige. Il faut que j'aille inspecter la Pierre. » Il marqua un temps. « Il y a une chose que tes nouvelles m'ont sortie de la tête, Moiraine. Un détail, mais je n'en saisis pas la signification. Des Aiels sont dans Tear.

— Des Aiels ! s'exclama Loial. Impossible ! La ville entière serait en proie à la panique si un seul Aiel en franchissait les portes.

— Je n'ai pas dit qu'ils étaient dans les rues, Ogier. Les toits et les cheminées de la ville offrent d'aussi bonnes cachettes que leur Désert. J'en ai remarqué pas moins de trois, bien qu'apparemment personne d'autre à Tear n'en ait aperçu. Et si j'en ai compté trois, vous pouvez être certain que beaucoup d'autres m'ont échappé.

— Cela n'a pas de sens pour moi, répliqua pensivement Moiraine. Perrin, pourquoi fronces-tu les sourcils de cette façon ? »

Il ne s'était pas rendu compte qu'il les fronçait. « Je pensais à cet Aiel dans Remen. Il a annoncé que lorsque la Pierre tombera, les Aiels quitteront la Terre Triple. C'est leur Désert, n'est-ce pas ? Il a donné cela comme une prophétie.

— J'ai lu le moindre mot des Prophéties du Dragon, reprit à mi-voix Moiraine, dans toutes les traductions et les Aiels n'y sont pas mentionnés. Nous avançons en aveugles à pas vacillants pendant que Be'lal tisse ses filets et que la Roue tisse le Dessin autour de nous, mais les Aiels appartiennent-ils au tissage de la Roue ou à celui de Be'lal ? Lan, il faut que tu trouves rapidement pour moi le moyen d'entrer dans la Pierre. Pour nous. Trouve-nous vite une voie pour y entrer.

— À tes ordres, Aes Sedai », dit-il, mais sur un ton plus chaleureux qu'officiel. Il disparut par la porte. Moiraine fixait la table en fronçant les sourcils, le regard perdu dans ses réflexions.

Zarine s'approcha et se posta devant Perrin qu'elle considéra de son haut, la tête inclinée de côté. « Et que comptez-vous faire, forgeron ? Apparemment, ils veulent que nous restions cois à attendre pendant qu'ils partent courir l'aventure. Non pas que je m'en plaindrai. »

Il doutait de cette dernière déclaration. « Pour commencer, lui répondit-il, je vais aller manger quelque chose. Puis je réfléchirai à un marteau. » *Et j'essaierai d'y voir clair dans ce que je ressens à votre égard, Faucon.*

## *51. Appât pour le filet*

Nynaeve crut apercevoir du coin de l'œil un homme de haute taille, à la chevelure tirant sur le roux, avec un ample manteau marron, bien plus loin dans la rue ensoleillée mais, quand elle se retourna pour regarder sous le large bord du chapeau de paille bleu que lui avait donné Ailhuin, une charrette traînée par un bœuf s'était déjà lourdement interposée entre eux. Quand elle eut poursuivi cahin-caha son chemin, l'homme n'était nulle part en vue. Nynaeve était presque certaine que c'était l'étui en bois d'une flûte qu'il avait sur le dos, et ses habits ne ressemblaient en rien à la mode de Tear. *Impossible que ce soit Rand. Que je rêve sans cesse de lui ne signifie pas qu'il va parcourir toute la distance depuis la Plaine d'Almoth.*

Un des hommes pieds nus qui la dépassait en courant, avec les queues arrondies en faucille d'une douzaine de gros poissons dressées hors du panier attaché sur son dos, trébucha soudain, catapultant dans sa chute des poissons aux écailles d'argent par-dessus sa tête. Il atterrit à quatre pattes dans la boue, regardant d'un œil ébahi les poissons jaillis de son panier. Chacune des longues formes lisses se tenait toute droite, le museau planté dans la boue, en un cercle parfait. Même quelques passants en furent abasourdis. L'homme se releva lentement, de toute évidence inconscient de la boue qui le souillait. Laissant glisser les sangles de sa hotte, il la posa et commença à remettre les poissons dedans, secouant la tête et murmurant entre ses dents.

Nynaeve battit des paupières, mais ce qui l'occupait présentement était ce brigand à tête d'abruti, planté en face d'elle sur le seuil de sa boutique, avec des quartiers saignants de viande suspendus à des crochets derrière lui. Elle tira d'un coup sec sur sa natte et regarda le bonhomme droit dans les yeux.

« Très bien, dit-elle d'un ton sec, je l'achète mais, si c'est ce que vous comptez pour un aussi piètre morceau, vous n'aurez plus ma clientèle. »

Il haussa les épaules avec placidité en prenant ses pièces de monnaie, puis enveloppa le rôti de mouton gras dans un torchon qu'elle sortit du panier qu'elle avait au bras. Elle le foudroya du regard en déposant la viande enveloppée dans le panier, mais cela ne produisit aucun effet sur son vis-à-vis.

Elle vira sur ses talons pour s'éloigner à grands pas — et faillit tomber. Elle n'était pas encore habituée à ces socques ; ils collaient continuellement dans la boue et elle ne voyait pas comment s'y prenaient les gens qui en portaient. Elle espéra que ce soleil sécherait bientôt le sol, mais elle avait l'impression que la boue régnait de façon plus ou moins permanente dans le Maule.

Marchant avec précaution, elle retourna vers la demeure d'Ailhuin, en se parlant à voix basse. Les prix étaient exorbitants, la qualité inévitablement mauvaise et presque personne ne semblait s'en offusquer, ni les gens qui achetaient ni ceux qui vendaient. Ce fut un soulagement de passer à côté d'une femme qui apostrophait un marchand en agitant dans chaque main un fruit talé d'un jaune rougeâtre — Nynaeve ne savait pas ce que c'était ; ils avaient ici bon nombre de fruits et de légumes dont elle n'avait jamais entendu parler — et appelant tout le monde pour qu'on voie quel rebut vendait ce marchand, mais ce dernier se contentait de la regarder d'un air las, sans même se donner la peine de lui répondre.

Il y avait une certaine excuse pour les prix, elle le savait — Elayne avait expliqué cette histoire de céréales mangées par les rats dans les greniers parce que personne dans le Cairhien n'avait les moyens d'en acheter, et l'importance qu'avait prise le commerce des grains avec les Cairhienins depuis la Guerre des Aiels — mais rien ne justifiait la façon dont chacun semblait prêt à se coucher et mourir. Elle avait connu les récoltes dévastées par la grêle aux Deux Rivières et dévorées par les sauterelles, les moutons tués par la maladie de la langue-noire et le tabac anéanti à cause de celle de la tache-rouge de sorte qu'il n'y avait rien à vendre quand les négociants arrivaient de Baerlon. Elle se rappelait deux années à la suite où il n'y avait guère eu à manger à part de la soupe aux navets et de la vieille orge, et les chasseurs avaient de la chance quand ils rapportaient un lapin étique, mais les gens des Deux Rivières se relevaient quand ils avaient été abattus et se remettaient au travail. Les gens d'ici n'avaient eu qu'une mauvaise année, et leurs pêcheries et leurs autres commerces semblaient florissants. Ils l'énervaient. L'ennui, c'est qu'elle savait qu'elle devrait se montrer un peu patiente. Ces gens étaient bizarres avec des réactions bizarres et ce qu'elle prenait pour de la servilité craintive, eux semblaient le considérer comme naturel, même Ailhuin et Sandar. Elle devrait être capable de témoigner un minimum de patience.

*Si elle le faisait pour eux, pourquoi pas pour Egwene ?* Elle repoussa cette pensée. La petite se conduisait de façon détestable, se rebiffant devant les suggestions les plus indiscutables, soulevant des objections à propos des choses les plus raisonnables. Même quand le parti à prendre était évident, Egwene voulait être convaincue. Nynaeve n'était pas habituée à devoir convaincre les gens, et surtout pas des gens dont elle avait changé les couches. Qu'elle n'ait que sept ans de plus qu'Egwene ne comptait pas.

*C'est tous ces mauvais rêves,* se dit-elle. *Je ne comprends pas ce qu'ils impliquent et maintenant ils nous obsèdent aussi, Elayne et moi, et je ne sais pas non plus ce que cela signifie ; quant à Sandar, il ne dit rien sinon qu'il cherche toujours et je me sens tellement contrariée que je... j'en cracherais !* Elle secoua sa tresse avec tant de vigueur qu'elle eut mal. Du moins avait-elle réussi à persuader Egwene de ne plus utiliser le *ter'angreal*, de le remettre dans son escarcelle au lieu de le porter constamment sur sa peau. Si l'Ajah Noire était dans le *Tel'aran'rhiod*... Elle refusait de penser à cette éventualité. *Nous les découvrirons !*

« Je les terrasserai, murmura-t-elle. Essayer de me vendre

comme un mouton ! Me donner la chasse comme à un animal ! Je suis le chasseur, cette fois-ci, pas le lapin ! Cette Moiraine ! Si elle n'était jamais venue au Champ d'Emond, j'aurais pu en apprendre suffisamment à Egwene. Et Rand... j'aurais pu... j'aurais pu faire quelque chose. » Qu'elle sût que ni l'un ni l'autre n'était vrai ne lui servait à rien ; au contraire, cela empirait les choses. Elle haïssait Moiraine presque autant que Liandrin et l'Ajah Noire, peut-être autant qu'elle détestait les Seanchans.

Elle tourna au coin d'une rue et Juilin Sandar fut obligé de sauter de côté pour ne pas être renversé. Même habitué comme il l'était à marcher avec des socques, il faillit s'emmêler les pieds et n'évita de tomber le nez dans la boue que grâce à son bâton. Ce bois clair annelé était appelé bambou, Nynaeve l'avait appris, et il était plus solide qu'il n'en avait l'air.

« Maîtresse — heu — Maîtresse Maryim, dit Sandar en retrouvant son équilibre. Je... je vous cherchais. » Il lui adressa un sourire nerveux. « Êtes-vous fâchée ? Pourquoi me regardez-vous avec cet air sombre ? »

Elle déplissa son front. « Ce n'est pas à vous que j'en avais. Le boucher... Peu importe. Pourquoi me cherchez-vous ? » Le souffle lui manqua. « Les avez-vous trouvées ? »

Il regarda autour de lui comme s'il soupçonnait les passants d'essayer d'écouter. « Oui. Oui, il faut que vous reveniez avec moi. Les autres attendent. Les autres. Et Mère Guenna.

— Pourquoi êtes-vous si nerveux ? Vous ne les avez pas laissées découvrir qu'elles vous intéressaient ? dit-elle d'un ton tranchant. Qu'est-ce qui vous a effrayé ?

— Non ! Non, Maîtresse. Je... je ne me suis pas trahi. » De nouveau, ses yeux se tournèrent de tous les côtés et il se rapprocha, sa voix baissant jusqu'à un murmure essoufflé et pressant. « Ces femmes que vous cherchez, elles sont dans la Pierre ! Invitées par un Puissant Seigneur ! Le Puissant Seigneur Samon ! Pourquoi les traitez-vous de voleuses ? Le Puissant Seigneur Samon ! » s'exclama-t-il presque d'une voie aiguë. Son visage était couvert de sueur.

*Dans la Pierre ! Avec un Puissant Seigneur ! Ô Lumière, comment allons-nous arriver jusqu'à elles maintenant ?* Elle maîtrisa son impatience avec un effort. « Calmez-vous, dit-elle d'un ton apaisant. Tranquillisez-vous, Maître Sandar. Nous pouvons tout expliquer à votre satisfaction. » *Je l'espère. Ô Lumière, s'il court à la Pierre prévenir ce Puissant Seigneur que nous les recherchons...* « Venez avec moi chez Mère Guenna. Joslyne, Caryla et moi-même nous allons tout vous expliquer. Franchement. Venez. »

Il eut un bref hochement de tête gêné et marcha à côté d'elle, réglant son pas sur celui qu'elle pouvait adopter avec ses socques. Il donnait l'impression d'avoir envie de prendre ses jambes à son cou.

À la maison de la Sagette, elle se hâta de la contourner. Personne n'utilisait jamais la porte de devant, à ce qu'elle avait constaté, pas même Mère Guenna elle-même. Les chevaux étaient maintenant attachés à un rail en bambou — à bonne distance des figues nouvelles d'Ailhuin comme de ses légumes — avec leurs selles et leurs brides rangées à l'intérieur. Pour une fois, elle ne s'arrêta pas pour caresser le nez de Gaidin et lui dire qu'il était un bon petit et plus raisonnable que celui dont il portait le nom. Sandar prit le temps de gratter la boue de ses socques avec le bout de son bâton, mais elle entra précipitamment.

Ailhuin Guenna était assise dans un de ses sièges à haut dossier tiré au milieu de la pièce, les bras le long de ses côtés. Les yeux de la vieille femme étaient exorbités sous l'effet de la peur et de la colère, et elle se débattait furieusement sans bouger un muscle. Nynaeve n'eut pas besoin de percevoir le tissage subtil de l'Air pour savoir ce qui s'était passé. *Ô Lumière, elles nous ont découvertes! Puisses-tu brûler, Sandar!* La rage l'envahit, renversa dans son flot les murs intérieurs qui la séparaient habituellement du Pouvoir et, tandis que le panier lui tombait des mains, elle fut une corolle blanche sur une branche de prunellier, s'ouvrant pour embrasser la *saidar,* s'ouvrant... C'était comme si elle s'était heurtée à une autre paroi, une paroi de verre transparent; elle sentait la Vraie Source, mais la paroi interceptait tout sauf la souffrance d'être emplie du Pouvoir Unique.

Le panier heurta le sol et, comme il rebondissait, la porte derrière Nynaeve s'ouvrit et Liandrin entra, suivie par une femme à la chevelure noire avec une mèche blanche au-dessus de l'oreille gauche. Elles portaient de longues robes de soie de couleur vive, décolletées de façon à dénuder leurs épaules, et l'aura de la *saidar* les entourait.

Liandrin lissa sa robe rouge et sourit de sa petite bouche boudeuse en forme de bouton de rose. Son visage de poupée exprimait l'amusement. « Vous voyez, n'est-ce pas, Irrégulière, commença-t-elle, vous n'avez... »

Nynaeve la frappa à la bouche aussi fort qu'elle put. *Ô Lumière, il faut que je sorte de là.* Elle atteignit Rianna d'un revers de main si violent que la femme aux cheveux noirs tomba avec un grognement sur son postérieur couvert de soie. *Elles doivent avoir capturé les autres mais, si j'arrive à franchir la porte, si je réussis à aller assez loin pour qu'elles ne me neutralisent pas, je peux tenter quelque chose.* Elle poussa Liandrin brutalement, l'éloignant de la porte. *Que j'échappe à leur neutralisation et je...*

Des coups s'abattirent sur elle de tous les côtés, comme des poings et des bâtons, la rossant de terrible manière. Ni Liandrin, du sang dégoulinant d'un coin de sa bouche à l'expression maintenant cruelle, ni Rianna, sa chevelure aussi en désordre que sa robe verte, ne bougeait une main. Nynaeve sentait les flots d'Air qui se tissaient autour d'elle aussi bien que les coups eux-mêmes. Elle se débattit encore pour atteindre la porte, mais elle se rendit compte qu'elle se trouvait maintenant à genoux et les coups qu'elle ne voyait pas continuaient, bâtons et poings invisibles lui frappant le dos, le ventre, la tête et les hanches, les épaules, les seins, les jambes, la tête encore. En gémissant, elle tomba sur le côté et se roula en boule dans une tentative pour se protéger. *Ô Lumière, j'ai essayé. Egwene! Elayne! J'ai essayé! Je ne crierai pas! Que la Lumière vous brûle, vous pouvez me battre à mort, mais je ne crierai pas!*

Les coups cessèrent, mais Nynaeve fut incapable de s'arrêter de trembler. Elle se sentait meurtrie et contusionnée de la tête aux pieds.

Liandrin s'accroupit près d'elle, ses bras entourant ses genoux, la soie bruissant contre la soie. Elle avait essuyé le sang de sa bouche. Ses yeux sombres avaient un regard dur et il n'y avait pas d'amusement dans l'expression de son visage, à présent. « Peut-être êtes-vous trop bête pour comprendre quand vous êtes vaincue, Irrégulière. Vous vous êtes débattue aussi farouchement que cette autre jeune sotte, cette Egwene. Elle est devenue presque folle. Vous devez toutes apprendre à vous soumettre. Vous apprendrez à vous soumettre. »

Nynaeve frissonna et chercha encore une fois à atteindre la *saidar*. Ce n'était pas qu'elle nourrissait vraiment de l'espoir, mais elle se devait de faire quelque chose. Surmontant ses souffrances, elle s'élança... et heurta ce bouclier invisible. À présent, Liandrin avait de nouveau une lueur d'amusement dans les yeux, de cette gaieté cruelle de l'enfant malfaisant qui arrache les ailes des mouches.

« Celle-là, au moins, ne nous sert à rien, déclara Rianna qui se tenait à côté d'Ailhuin. Je vais lui arrêter le cœur. » Les yeux d'Ailhuin lui sortirent presque du crâne.

« Non ! » Les courtes tresses couleur de miel de Liandrin fouettèrent l'air comme sa tête virait brusquement. « Tu es toujours trop prompte à tuer et seul le Grand Maître sait tirer usage des morts. » Elle sourit à la femme plaquée sur son siège par des liens invisibles. « Vous avez vu les soldats qui nous ont accompagnées, vieille femme. Vous savez qui nous attend dans la Pierre. Le Puissant Seigneur Samon, il ne serait pas content si vous parliez de ce qui s'est passé aujourd'hui dans votre maison. Si vous tenez votre langue, vous vivrez, peut-être pour le servir encore un de ces jours. Si vous parlez, vous servirez seulement le Grand Maître des Ténèbres, par-delà la tombe. Que choisissez-vous ? »

Soudain Ailhuin fut capable de remuer la tête. Elle secoua ses boucles grises, contractant sa bouche. « Je... je tiendrai ma langue », répondit-elle d'un ton accablé, puis elle adressa à Nynaeve un regard embarrassé, honteux. « Si je parle, quel bien en résultera ? Un Puissant Seigneur n'aurait qu'à lever un sourcil pour qu'on me coupe la tête. En quoi vous servirai-je, jeune fille ? En quoi d'utile ?

— Ne vous tourmentez pas », dit Nynaeve d'un ton las. *Qui pourrait-elle avertir ? Tout ce qui est en son pouvoir, c'est mourir.* « Je sais que vous nous aideriez si vous en aviez la possibilité. » Rianna rejeta la tête en arrière et rit. Ailhuin s'affaissa, complètement libérée, mais elle se contenta de rester assise, les yeux fixés sur ses mains dans son giron.

À elles deux, Liandrin et Rianna relevèrent Nynaeve et la poussèrent vers le devant de la maison. « Vous nous causez le moindre désagrément, dit la brune d'une voix dure, et je vous obligerai à vous écorcher vive vous-même et à danser dans vos os nus. »

Nynaeve faillit éclater de rire. *Quel désagrément pourrais-je causer ?* L'accès à la Vraie Source lui était barré. Ses meurtrissures étaient si douloureuses qu'elle avait de la peine à rester debout. Quoi qu'elle fût en mesure de faire, elles le traiteraient comme une colère d'enfant. *Seulement mes contusions guériront, que la Lumière vous brûle, et vous finirez bien par commettre une erreur ! Alors, à ce moment-là...*

Il y avait d'autres personnes dans la salle sur le devant de la maison. Deux soldats massifs en casque rond à bord et cuirasse brillante par-dessus l'uniforme rouge aux manches bouffantes. Les deux hommes avaient le visage humide de sueur et leurs yeux noirs allaient d'un côté à l'autre comme s'ils étaient aussi terrifiés qu'elle. Amico Nagoyin se trouvait là, svelte et ravissante avec son cou gracile et sa peau claire, l'air innocent d'une jeune fille cueillant des fleurs. Joiya Byir avait une expression amicale en dépit de ce calme imperturbable d'une femme aux joues lisses qui a travaillé longtemps avec le Pouvoir, presque un visage de grand-mère avec son aspect accueillant, bien que son âge n'eût déposé aucune nuance de gris dans ses cheveux sombres, pas plus qu'il n'avait ridé sa peau. Ses yeux gris ressemblaient davantage à ceux de la belle-mère des contes, celle qui assassine les enfants de la première épouse de son mari. Des deux femmes émanait le rayonnement du Pouvoir.

Elayne se tenait entre les deux Sœurs de l'Ajah Noire, avec un œil meurtri, une joue enflée et la lèvre fendue, une des manches de sa robe déchirée à moitié. « Je suis désolée, Nynaeve, dit-elle d'une voix pâteuse, comme si elle avait mal à la mâchoire. Nous ne les avons vues que quand il était trop tard. »

Egwene gisait en tas, recroquevillée par terre, la figure boursouflée par les coups, presque méconnaissable. Quand Nynaeve et son escorte entrèrent, un des grands soldats hissa Egwene sur son épaule. Elle pendit là aussi flasque qu'un sac d'orge à moitié vide.

« Qu'est-ce que vous lui avez fait ? s'exclama Nynaeve d'une voix impérieuse. Que la Lumière vous brûle, qu'est-ce... » Quelque chose d'invisible la frappa en travers de la bouche avec une telle force que sa vision fut brouillée pendant un instant.

« Allons, allons, dit Joiya Byir avec un sourire démenti par l'expression de ses yeux. Je n'admets pas de questions ni de gros mots. » Elle avait aussi un ton de voix de brave aïeule. « Ne parlez que quand on s'adresse à vous.

— Je vous ai expliqué que cette jeune fille, elle ne voulait pas cesser de se débattre, oui ? dit Liandrin. Si vous tentez de causer le moindre esclandre, vous ne serez pas traitée plus doucement. »

Nynaeve brûlait d'envie de faire quelque chose pour Egwene, mais elle se laissa pousser dans la rue. Elle les obligea à la pousser ; refuser de coopérer, c'était une façon modeste de résister, mais elle ne disposait d'aucun autre moyen pour le moment.

Il y avait peu de gens dans la rue fangeuse, comme si tout un chacun avait décidé que mieux valait se trouver ailleurs, et ces rares passants se hâtaient du côté opposé sans un regard pour la voiture brillante laquée de noir, attelée de six chevaux blancs parfaitement assortis avec de hauts plumets blancs sur leur harnachement. Un cocher, habillé comme les soldats mais sans armure ni épée, était assis sur le siège et un second ouvrit la portière au moment où elles apparurent sur le seuil. Avant qu'il écarte le battant, Nynaeve vit le symbole qui était peint dessus. Un poing dans un gantelet d'argent serrant une gerbe d'éclairs arborescents.

Elle supposa que c'étaient les armoiries du Puissant Seigneur Samon — *Un Ami du Ténébreux, qu'il doit être s'il a partie liée avec l'Ajah Noire. Que la Lumière le brûle !* — mais son attention se porta avec plus d'intérêt sur l'homme qui tomba à deux genoux en les voyant arriver. « Que la Lumière vous brûle, Sandar, pourquoi ?... » Elle tressauta comme quelque chose qui ressemblait à un bâton s'abattait en travers de ses épaules.

Joiya Byir eut un sourire de réprimande en agitant un doigt. « Soyez respectueuse, petite. Sinon vous risquez de perdre votre langue. »

Liandrin rit. Saisissant les cheveux noirs de Sandar, elle lui rabattit brutalement la tête en arrière. Il leva vers elle des yeux de chien fidèle — ou d'un corniaud s'attendant à un coup de pied. « Ne soyez pas trop dure avec cet homme. » Elle réussit à accentuer « homme » comme si le mot signifiait « chien ». « Il a dû être... persuadé de servir. Mais je suis très habile à convaincre, non ? » Elle rit de nouveau.

Sandar tourna vers Nynaeve un regard désemparé. « J'ai été obligé, Maîtresse Maryim. J'y ai... été obligé. » Liandrin lui tordit les cheveux et les yeux de Sandar se retournèrent vers elle, avec une fois de plus ceux du chien anxieux.

*Ô Lumière,* songea Nynaeve. *Que lui ont-elles fait ? Que vont-elles nous faire ?*

Elle et Elayne furent embarquées sans douceur dans la voiture avec Egwene affaissée entre elles, la tête pendante ; Liandrin et Rianna montèrent à leur tour et s'installèrent sur le siège orienté dans le sens de la marche. L'aura de la *saidar* persistait autour d'elles. Où ces autres-là se rendaient, Nynaeve n'en avait cure, pour l'instant. Elle voulait entrer en contact avec Egwene, la toucher, soulager ses meurtrissures, mais elle était incapable d'obtenir autre chose qu'une crispation des muscles au-dessous de son cou. Des flux d'Air les enserraient toutes les trois comme des couches de couvertures étroitement enroulées autour d'elles. La voiture s'ébranla cahin-caha, oscillant violemment sur la voie fangeuse en dépit de ses ressorts en cuir.

« Si vous l'avez blessée... » *Par la Lumière, je vois bien qu'elles lui ont fait du mal. Pourquoi ne pas dire exactement ce que je pense ?* Mais forcer les mots à sortir de sa bouche était presque aussi difficile que cela l'aurait été de soulever une main. « Si vous l'avez tuée, je n'aurai pas de repos avant que vous ayez toutes été traquées comme des chiens enragés. »

Rianna eut un regard furieux, mais Liandrin se contenta d'un reniflement de dédain. « Ne soyez pas la dernière des idiotes. On vous veut vivantes. Les appâts morts ne servent à rien. »

*Un appât ? Pour quoi ? Pour qui ?* « L'idiote, c'est vous, Liandrin. Est-ce que vous vous imaginez que nous sommes seules ici ? Uniquement nous trois qui ne sommes pas encore des Aes Sedai confirmées ? Nous sommes l'appât, Liandrin. Et vous êtes entrée dans le piège comme un coq de bruyère bien gras.

— Ne lui dites pas ça ! » s'exclama Elayne sèchement, et Nynaeve cligna les paupières avant de se rendre compte qu'Elayne renforçait son invention. « Si vous laissez la colère vous emporter, vous allez leur dire ce qu'elles ne doivent pas entendre. Elles doivent nous emmener à l'intérieur de la Pierre. Elles doivent...

— Taisez-vous ! coupa Nynaeve. C'est vous qui laissez courir votre langue ! » Elayne, malgré ses meurtrissures, réussit à paraître confuse. *Qu'elles méditent là-dessus,* songea Nynaeve.

Mais Liandrin se contenta de sourire. « Une fois terminé votre temps de servir d'appât, vous nous raconterez tout. Vous aurez envie de le faire. On dit que vous serez très puissante un jour, mais je vais m'assurer que vous m'obéirez toujours, avant même que le Grand Maître Be'lal dresse ses plans à votre sujet. Il a envoyé chercher des Myrddraals. Treize d'entre eux. » Ces lèvres en forme de bouton de rose prononcèrent les derniers mots en riant.

Nynaeve sentit son estomac se contracter. Un des Réprouvés ! Le choc lui paralysa l'esprit. *Le Ténébreux et tous les Réprouvés sont retenus dans le Shayol Ghul, enfermés par le Créateur au moment de la création.* Seulement le catéchisme n'était d'aucun secours ; elle ne savait que trop bien ce qu'il contenait d'erroné. Puis le reste de ce qu'avait dit Liandrin prit son sens pour elle. Treize Myrddraals. Et treize Sœurs de l'Ajah Noire. Elle entendit Elayne hurler avant de se rendre compte qu'elle hurlait aussi, se débattant inutilement dans ces invisibles liens d'Air. Impossible de dire ce qui résonnait le plus fort, leurs cris désespérés ou le rire de Liandrin et de Rianna.

## *52. En quête d'un remède*

Affaissé sur le tabouret dans la chambre du ménestrel, Mat esquissa une grimace quand Thom recommença à tousser. *Comment allons-nous continuer à chercher s'il est tellement fichtrement mal en point qu'il est incapable de marcher ?* À peine cette pensée formulée, il en eut honte. Thom s'était montré aussi assidu que lui dans leurs recherches, se forçant à continuer jour et nuit alors qu'il devait se sentir en train de tomber malade. Mat avait été trop absorbé par sa quête pour s'inquiéter beaucoup de la toux de Thom. Passer de la pluie battante à de la chaleur humide n'avait rien arrangé.

« Venez, Thom, dit-il. Lopar a indiqué qu'il y avait une Sagette pas loin d'ici. C'est comme cela qu'on appelle une Sagesse dans ce pays... une Femme Sage. Nynaeve adorerait ça !

— Je n'ai pas besoin... qu'on me fasse ingurgiter... des potions... au goût infect, mon garçon. » Thom fourra un poing à travers ses moustaches dans une vaine tentative pour arrêter sa toux sèche. » Va-t'en continuer à chercher. Donne-moi seulement... quelques heures... sur mon lit... et je te rejoindrai. » L'accès de toux déchirante le courba en avant, la tête presque sur les genoux.

« Alors je suis censé me coltiner tout le travail pendant que vous prenez vos aises ? répliqua Mat d'un ton léger. Comment puis-je trouver quoi que ce soit sans vous ? Vous apprenez la majeure partie de ce que nous savons. » Ce n'était pas tout à fait exact ; les gens parlaient aussi librement au-dessus d'un cornet à dés qu'en payant une coupe de vin à un ménestrel. Plus librement qu'avec un ménestrel secoué par une toux sèche qui leur inspirait la crainte de la contagion. Seulement il commençait à penser que la toux de Thom n'allait pas se guérir toute seule. *Si ce vieux birbe me crève entre les bras, avec qui vais-je jouer aux mérelles ?* se dit-il avec rudesse. « En tout cas, votre bon sang de toux m'empêche de dormir même dans la pièce d'à côté. »

Sourd aux protestations de l'homme aux cheveux blancs, il hissa Thom sur ses pieds. En le soutenant, il fut frappé de sentir le ménestrel peser autant sur lui. Malgré la chaleur humide, Thom voulut absolument endosser sa cape couverte de pièces multicolores. Mat avait déboutonné complètement sa tunique et les trois lacets de sa chemise étaient dénoués, néanmoins il laissa le vieux birbe en faire à sa tête. Personne dans la salle commune ne leva même les yeux lorsqu'il porta à moitié Thom au-dehors dans l'après-midi étouffant.

L'aubergiste avait donné des indications faciles à suivre mais, quand ils arrivèrent à la porte du rempart et se trouvèrent devant la boue du Maule, Mat faillit s'en retourner demander l'adresse d'une autre Sagette. Il devait y en avoir plus d'une dans une ville aussi grande. La toux de Thom le décida. Avec une grimace, Mat avança dans la boue, portant toujours à moitié le ménestrel.

D'après les indications, il s'était dit qu'ils avaient dû passer devant la maison de la Sagette, le premier soir, en venant du port et, quand il vit la longue maison étroite avec des paquets d'herbes suspendus derrière les fenêtres, juste à côté d'une boutique de potier, il la reconnut. Lopar avait expliqué quelque chose concernant la porte de derrière par où il fallait entrer, mais Mat en avait assez de la boue.

*Et de la puanteur du poisson,* pensa-t-il avec un regard désapprobateur aux hommes pieds nus qui passaient en pataugeant dans la boue, leur panier sur le dos. Il y avait aussi des empreintes de chevaux dans la rue, qui commençaient juste à disparaître sous celles de pas et de roues de char à bœufs. Des chevaux tirant un chariot, ou peut-être une voiture. Il n'avait vu que des bœufs traînant des charrettes ou des chariots, l'un ou l'autre dans Tear — les nobles et les négociants étaient fiers de leurs belles bêtes et n'en laissaient jamais une servir à quelque travail que ce soit — mais il n'avait pas vu non plus de voiture depuis la sortie des remparts.

Chassant de son esprit chevaux et traces de roues, il emmena Thom vers la porte de devant et frappa. Au bout d'un instant, il frappa de nouveau. Puis frappa encore.

Il était sur le point de renoncer et de retourner au *Croissant Blanc* malgré la toux de Thom sur son épaule quand il entendit des pas traînants à l'intérieur.

C'est à peine si la porte fit plus que s'entrebâiller et une dame corpulente aux cheveux gris regarda au-dehors. « Que voulez-vous ? » demanda-t-elle d'une voix lasse.

Mat arbora son plus beau sourire. *Ô Lumière, tous ces gens qui ont l'air de croire que la vie est sans espoir commencent à me rendre malade, moi aussi.* « Mère Guenna ? Mon nom est Mat Cauthon. Cavan Lopar m'a dit que vous pourriez peut-être quelque chose pour la toux de mon ami. J'ai de quoi bien payer. »

Elle les examina un instant, parut écouter la respiration sifflante de Thom, puis soupira. « Je suppose que je suis encore capable de ça, au moins. Mieux vaut que vous entriez. » Elle ouvrit la porte en grand et se dirigeait déjà d'un pas lourd vers le fond de la maison que Mat n'avait pas encore bougé.

Son accent ressemblait tellement à celui de l'Amyrlin qu'il frémit, mais il suivit, portant pratiquement Thom.

« Je... n'ai pas besoin de ça, dit le ménestrel d'une voix rauque. Fichues mixtures... toujours un goût... de crottin !

— Chut, Thom. »

Les conduisant jusqu'à la cuisine, la grosse dame fouilla dans une des armoires, sortant de petits pots de grès et des paquets d'herbes tout en parlant entre ses dents.

Mat installa Thom dans un des sièges à haut dossier et jeta un coup d'œil par la fenêtre la plus proche. Il y avait trois beaux chevaux à l'attache au-dehors ; il fut surpris que la Sagette en possède plus d'un, ou même un seul, d'ailleurs. Il n'avait vu personne dans Tear monter à cheval à l'exception des nobles et des gens fortunés, et ces animaux semblaient avoir coûté plus qu'une petite somme d'argent. *Encore des chevaux. Je me moque de ces fichus chevaux pour le moment !*

Mère Guenna prépara une sorte d'infusion concentrée à l'odeur peu engageante et l'introduisit de force dans la gorge de Thom, lui pinçant le nez quand il tentait de protester. Mat conclut qu'elle avait sur elle moins de graisse qu'il ne l'avait cru, à la façon dont elle maintenait la tête du ménestrel avec fermeté dans le creux de son bras pendant qu'elle lui versait le liquide noir, en dépit de ses efforts pour l'en empêcher.

Quand elle écarta la tasse, Thom toussa et se frotta la bouche avec une vigueur égale. « Gaah ! Femme... je ne sais pas... si vous avez... l'intention de me noyer... ou de me tuer avec ce goût ! Vous devriez... être une bougre... de forgeron !

— Vous prendrez la même chose deux fois par jour jusqu'à ce que ces quintes aient cessé, déclara-t-elle d'un ton sans réplique. Et j'ai un onguent dont vous vous enduirez la poitrine tous les soirs. » Un peu de sa lassitude avait disparu de sa voix comme elle affrontait le ménestrel, les poings sur ses larges hanches. « Cet onguent a une puanteur aussi désagréable que cette infusion a mauvais goût, mais vous le ferez pénétrer — à fond ! — ou je vous traîne à l'étage comme une carpe maigre dans un filet et je vous attache sur un lit avec votre cape ! Jamais encore un ménestrel n'était venu me trouver et je ne laisserai pas le premier qui arrive tousser à en mourir. »

Thom eut une mine menaçante et ses moustaches s'envolèrent sous son souffle et un accès de toux, mais il semblait avoir pris la menace au sérieux. Du moins ne dit-il rien, pourtant il semblait avoir l'intention de lui jeter à la figure son infusion et son onguent.

Plus cette Mère Guenna parlait, plus elle rappelait à Mat l'Amyrlin. Étant donné la mine revêche de Thom et l'expression assurée de la Sagette, il conclut qu'il serait sage de détendre un peu l'atmosphère avant que le ménestrel refuse de prendre ses remèdes... et qu'elle décide de l'y obliger. « J'ai rencontré un jour une femme qui parlait comme vous, annonça-t-il. De poissons, de filets et le reste. De la même manière aussi. Le même accent, je veux dire. Je suppose qu'elle est originaire de Tear.

— Peut-être. » La femme aux cheveux gris paraissait soudain lasse de nouveau et contemplait fixement le sol. « J'ai connu aussi des jeunes filles qui avaient la même façon de s'exprimer que vous. Deux d'entre elles, du moins. » Elle poussa un gros soupir.

Mat sentit des étincelles lui parcourir le crâne. *Ma chance ne peut pas être bonne à ce point-là.* Toutefois, il n'aurait pas parié un sou de cuivre sur le fait qu'il y ait deux autres femmes à l'accent des Deux Rivières se trouvant justement à Tear. « Trois jeunes filles ? Des jeunes femmes. Appelées Egwene, Nynaeve et Elayne ? Celle-ci a des cheveux couleur de soleil et des yeux bleus. »

Elle le regarda en fronçant les sourcils. « Ce n'est pas ces noms-là qu'elles ont donnés, dit-elle lentement, toutefois je me suis doutée qu'elles n'avaient pas mentionné leurs vrais noms. Néanmoins, j'ai pensé qu'elles avaient leurs raisons. Il y en avait une qui était une jolie jeune fille aux yeux bleus qui brillaient, avec des cheveux blonds à reflets roux qui lui arrivaient aux épaules. » Elle décrivit également Nynaeve avec sa tresse descendant jusqu'à sa taille et Egwene avec ses grands yeux noirs, toujours prête à sourire. Trois jolies jeunes femmes aussi différentes que possible les unes des autres. « Je vois que ce sont celles que vous connaissez, conclut-elle. Je suis désolée, mon garçon.

— Pourquoi êtes-vous désolée ? J'essaie de les retrouver depuis des jours ! » *Par la Lumière, je suis passé devant cette maison dès le premier soir ! Juste devant elles. Je voulais du hasard. Quoi de plus sujet au hasard que l'endroit où un bateau s'amarre à un quai par une nuit pluvieuse et où le regard se pose sur ce qu'illumine un fichu trait de foudre ? Que je brûle ! Que je brûle !* « Dites-moi où elles sont, Mère Guenna. »

La femme aux cheveux gris contemplait avec lassitude le fourneau où sa bouilloire fumait. Sa bouche remuait, mais elle ne prononça pas un mot.

« Où sont-elles ? insista Mat. C'est important ! Elles sont en danger si je ne les découvre pas.

— Vous ne comprenez pas, répliqua-t-elle à mi-voix. Vous êtes étranger. Les Puissants Seigneurs...

— Je me moque de... » Mat cligna les paupières et regarda Thom. Le ménestrel semblait froncer les sourcils, mais il toussait tellement que Mat ne pouvait en être sûr. « Qu'est-ce que les Puissants Seigneurs ont à voir avec mes amies ?

— Justement, vous ne...

— Ne me répétez pas que je ne comprends pas ! Je paierai pour le renseignement ! »

Mère Guenna le foudroya du regard. « Je ne prends pas d'argent pour... ! » Elle eut une grimace farouche. « Vous me demandez de vous dire des choses dont j'ai reçu l'ordre de ne pas parler. Savez-vous ce qui m'arrivera si je le fais et que vous murmuriez mon nom ? Je perdrai ma langue, pour commencer. Puis je perdrai d'autres parties de moi-même avant que les Puissants Seigneurs fassent pendre ce qui reste de moi hurlant jusqu'à ses dernières heures comme rappel à d'autres qu'ils doivent obéir. Et cela n'aidera en rien ces jeunes femmes, que je parle ou que je meure !

— Je promets de ne jamais mentionner votre nom à personne. Je le jure. » *Et je tiendrai ce serment, vieille femme, si seulement vous m'indiquez le bougre d'endroit où elles sont !* « Je vous en prie ! Elles sont en danger. »

Elle l'examina longuement ; avant qu'elle en eût fini, il eut la sensation qu'elle connaissait tout de lui. « À cause de ce serment, je vais vous expliquer. Je... j'avais de la sympathie pour elles. Seulement vous ne pouvez rien faire. Vous arrivez trop tard, Mat Cauthon. Trop tard de près de trois heures. Elles ont été emmenées à la Pierre. Le Puissant Seigneur Samon les a envoyé chercher. » Elle secoua la tête avec une expression de perplexité soucieuse. « Il a envoyé... des femmes qui... pouvaient canaliser. Moi-même, je n'ai rien contre les Aes Sedai, mais c'est contraire à la loi. La loi qu'ont promulguée les Puissants Seigneurs. S'ils enfreignent n'importe quelle autre loi, ils n'enfreindraient pas celle-là. Pourquoi un Puissant Seigneur enverrait-il des Aes Sedai accomplir des missions pour lui ? Pourquoi d'ailleurs voulait-il ces jeunes filles ? »

Mat faillit éclater de rire. « Des Aes Sedai ? Mère Guenna, vous m'avez fait remonter le cœur dans la gorge et peut-être bien aussi mon foie. Si des Aes Sedai sont venues les chercher, il n'y a pas à s'inquiéter. Toutes les trois s'apprêtent à devenir des Aes Sedai. Non pas que cela m'enchante vraiment, mais c'est ce qu'elles... » Son sourire s'effaça devant l'air triste avec lequel elle secouait la tête. « Mon garçon, ces jeunes filles se sont débattues comme une scorpène prise au filet. Qu'elles aient eu ou non l'intention de devenir Aes Sedai, celles qui les ont capturées les ont traitées comme la boue que l'on pompe de la cale. Des amies n'assènent pas des coups pareils. »

Il sentit son visage se crisper. *Des Aes Sedai les ont maltraitées ? Pourquoi, au nom de la Lumière ? Cette bougre de Pierre. À côté, entrer dans le Palais de Caemlyn était comme d'aller dans une basse-cour ! Que la Lumière me brûle ! Je suis resté planté là sous la pluie à contempler cette maison ! Quel fichu imbécile aveuglé par la Lumière et bon à brûler je suis !*

« Si vous vous brisez la main, commenta Mère Guenna, je lui poserai des attelles et un cataplasme, mais si vous endommagez mon mur, je vous écorcherai comme une anguille ! »

Il cligna les paupières, puis regarda son poing aux jointures écorchées. Il ne se rappelait pas avoir frappé le mur.

La forte femme saisit sa main avec fermeté, mais les doigts dont elle se servit pour explorer avaient un toucher étonnamment doux. « Rien de cassé », dit-elle d'un ton rogue au bout d'un instant. Ses yeux avaient une expression tout aussi douce tandis qu'elle examinait son visage. « Vous avez de l'affection pour elles, semble-t-il. Pour l'une d'entre elles, du moins, je suppose. Je suis désolée, Mat Cauthon.

— Ne le soyez pas, répliqua-t-il. Je sais au moins où elles sont, maintenant. Il ne me reste plus qu'à les sortir de là. » Il repêcha ses deux dernières couronnes d'Andor, en or, et les déposa dans la paume de Mère Guenna. « Pour les médicaments de Thom et pour m'avoir renseigné sur les jeunes filles. » Sous le coup d'une impulsion, il déposa un petit baiser rapide sur sa joue avec un sourire. « Et cela, c'est pour moi. »

Surprise, elle se toucha la joue, ne sachant apparemment pas que regarder, les pièces de monnaie ou lui. « Les sortir de là, dites-vous. Simplement comme ça. Les sortir de la Pierre. » Brusquement, elle lui planta dans les côtes un doigt dur comme une souche d'arbre. « Vous me rappelez mon mari, Mat Cauthon. C'était une espèce de fou entêté qui fonçait avec son bateau au cœur d'une tempête et riait. Je croirais presque que vous y arriverez. » Soudain, elle aperçut ses bottes boueuses, visiblement pour la première fois. « Il m'a fallu six mois pour lui apprendre à ne pas apporter de boue dans ma maison. Si vous parvenez à sortir ces jeunes filles de là-bas, celle sur qui vous vous êtes fixé aura du mal à vous dresser pour vous rendre digne d'être admis à l'intérieur de la maison.

— Vous êtes la seule femme qui en seriez capable », rétorqua-t-il avec un sourire qui s'élargit devant son coup d'œil réprobateur. *Les sortir de là. Je n'ai que ça à faire. Les emmener hors de la Pierre de cette fichue ville de Tear.* Thom toussa de nouveau. *Il ne va pas entrer dans la Pierre en pareil état. Seulement, comment vais-je l'en empêcher?* « Mère Guenna, puis-je laisser mon ami ici? Je crois qu'il est trop malade pour retourner à l'auberge.

— Quoi ? » s'exclama sèchement Thom. Il essaya de se sortir du fauteuil, toussant tellement qu'il pouvait à peine parler. « Je ne suis pas... ce que tu racontes, mon garçon ! Tu t'imagines... qu'entrer dans la Pierre... sera comme... d'entrer dans la cuisine de ta mère ? Tu crois que... tu pourras y arriver... jusqu'aux portes... sans moi ? » Il se retint au dossier du fauteuil; sa respiration sifflante hachée par la toux lui permit de se redresser seulement à moitié.

Mère Guenna posa une main sur son épaule et l'obligea à se rasseoir avec autant de facilité que s'il avait été un enfant. Le ménestrel lui adressa un regard surpris. « Je prendrai soin de lui, Mat Cauthon, dit-elle.

— Non ! cria Thom d'une voix forte. Tu ne peux pas... me faire ça à moi ! Tu ne peux pas me laisser... avec cette vieille... » Sans la main de Mère Guenna sur son épaule, il se serait affaissé en avant.

Mat sourit à son compagnon aux cheveux blancs. « J'ai été ravi de vous rencontrer, Thom. »

Tandis qu'il sortait précipitamment dans la rue, il se surprit à se demander pourquoi il avait dit ça. *Il ne va pas mourir, bon sang. Cette femme va le maintenir en vie, devrait-elle le hisser par ses moustaches gigotant et hurlant hors de sa tombe. Oui, mais moi, qui me gardera en vie ?*

Devant lui, la Pierre de Tear se dressait au-dessus de la ville, imprenable, une forteresse cent fois assiégée, une pierre sur qui cent armées s'étaient cassé les dents. Et il allait devoir se débrouiller il ne savait trop comment pour y pénétrer. Et en faire sortir trois femmes. D'une manière ou d'une autre.

Avec un éclat de rire qui incita même les passants maussades à le regarder, il s'en retourna vers *Le Croissant Blanc,* insoucieux de la boue ou de la chaleur humide. Il sentait les dés rouler dans sa tête.

## *53. Un flux de l'Esprit*

Perrin enfila à la diable sa tunique en revenant vers *L'Étoile* dans l'obscurité vespérale. Une bonne fatigue imprégnait ses bras et ses épaules ; en plus d'ouvrages plus ordinaires, Maître Ajala lui avait donné à forger une grande pièce ornementale, toute en courbes et en spirales, qui devait figurer sur la grille neuve d'un seigneur de province. Il avait pris plaisir à créer quelque chose d'aussi gracieux.

« J'ai cru que ses yeux allaient lui sortir de la tête, forgeron, quand vous avez dit que vous ne vouliez pas travailler à cette pièce si elle était destinée à un Puissant Seigneur. »

Il regarda brièvement du coin de l'œil Zarine qui marchait à côté de lui, la pénombre masquant son visage. Même pour l'acuité visuelle de Perrin, la pénombre existait toujours, simplement moins opaque que pour quelqu'un d'autre. Elle soulignait les hautes pommettes de Zarine, adoucissait la courbure accusée de son nez. Il ne parvenait décidément pas à déterminer ce qu'il pensait d'elle. Même si Moiraine et Lan insistaient toujours pour qu'ils restent à proximité de l'auberge, il aurait préféré qu'elle trouve une autre occupation que de le regarder travailler. Il ne savait trop pourquoi, il s'était rendu compte qu'il devenait maladroit chaque fois qu'il pensait à ses yeux obliques fixés sur lui. Plus d'une fois, il avait frappé à faux avec son marteau jusqu'à ce que Maître Ajala se tourne vers lui en fronçant les sourcils avec étonnement. Les jeunes filles avaient toujours eu le don de le rendre gauche surtout quand elles lui souriaient, mais Zarine n'avait pas besoin de sourire. Suffisait qu'elle regarde. Il se demanda de nouveau si elle était la belle femme contre qui Min l'avait mis en garde. *J'aimerais mieux qu'elle soit le faucon.* Cette conclusion le surprit tellement qu'il trébucha.

« Je ne voulais pas que n'importe quelle œuvre provenant de moi tombe entre les mains d'un des Réprouvés. » Ses yeux brillaient comme de l'or quand il lui répondit. « Si elle était destinée à un Puissant Seigneur, comment saurais-je où elle aboutira ? » Zarine frissonna. « Je ne voulais pas vous faire peur, Fai... Zarine. »

Elle eut un grand sourire, pensant sans doute qu'il ne pouvait pas la voir. « Attention à ne pas tomber, paysan. Avez-vous jamais songé à porter la barbe ? »

*C'est déjà irritant qu'elle soit toujours en train de se moquer de moi, mais la moitié du temps je ne la comprends même pas !*

Comme ils arrivaient devant la porte d'entrée de l'auberge, Moiraine et Lan les rejoignirent, venant de la direction opposée. Moiraine portait cette cape de toile au large et profond capuchon qui lui dissimulait le visage. De la lumière provenant des fenêtres de la salle commune projetait des flaques jaunes sur les pavés. Deux ou trois voitures passèrent bruyamment, et il y avait peut-être une douzaine de personnes en vue qui se hâtaient de rentrer dîner chez eux mais, pour l'essentiel, la rue était peuplée d'ombres. L'atelier du tisserand était fermé. Le silence était assourdissant.

« Rand est dans Tear. » La voix calme de l'Aes Sedai sortait des profondeurs de son capuchon comme d'une caverne.

« Vous êtes sûre ? demanda Perrin. Je n'ai entendu parler d'aucun événement bizarre qui soit survenu. Pas de mariages ou de puits asséchés. » Il vit Zarine froncer les sourcils, déroutée. Moiraine ne s'était pas montrée diserte avec elle, et lui non plus. Obliger la langue de Loial à rester muette avait été plus difficile.

« Tu n'écoutes donc pas les bruits qui courent, forgeron ? dit le Lige. Il y a eu des mariages, autant dans ces quatre derniers jours qu'en six mois auparavant. Et autant de meurtres qu'en une année entière. Une fillette est tombée d'un balcon en haut d'une tour aujourd'hui. Une chute de quinze toises sur des pavés. Elle s'est relevée et a couru rejoindre sa mère sans une bosse. La Première de Mayene, une “invitée” dans la Pierre depuis avant l’hiver, a annoncé aujourd’hui qu’elle se soumettra à la volonté des Puissants Seigneurs après avoir dit hier qu’elle verrait Mayene et tous ses vaisseaux brûler avant qu’un seul seigneur du pays de Tear pose le pied dans la ville. On ne s’était pas résolu à la soumettre à la torture, et cette jeune femme a une volonté de fer, alors dites-moi si vous pensez qu’il pourrait y avoir là-dessous l’influence de Rand. Forgeron, du haut en bas Tear bouillonne comme un chaudron.

— Je n’avais pas besoin de ces choses-là pour me renseigner, dit Moiraine. Perrin, avez-vous rêvé de Rand la nuit dernière ?

— Oui, reconnut-il. Il se trouvait dans le Cœur de la Pierre, tenant cette épée » — il sentit Zarine changer de position à côté de lui — « mais je me suis tellement tracassé à ce sujet qu’il n’y a rien d’étonnant à ce que j’en rêve. Je n’ai eu que des cauchemars, cette nuit.

— Un homme de haute taille ? questionna Zarine. Avec des cheveux tirant sur le roux et des yeux gris ? Tenant quelque chose qui brille avec tant d’éclat que l’on en a mal aux yeux ? Dans un endroit où il y a de grandes colonnes de grès rouge ? Forgeron, dites-moi que ce n’est pas votre rêve.

— Tu vois, conclut Moiraine. J’ai entendu discuter cent fois de ce rêve aujourd’hui. Tous parlent de cauchemars — Be’lal ne se donne apparemment pas la peine de protéger ses rêves — mais de celui-ci plus que de tous les autres. » Elle rit soudain, d’un rire qui tinta comme un doux carillon grave. « Les gens disent qu’il est le Dragon Réincarné. Ils disent qu’il arrive. Ils le chuchotent peureusement dans les coins, mais ils le disent.

— Mais Be’lal ? » demanda Perrin.

La réponse de Moiraine résonna comme de l’acier écroui, auquel le martelage à froid redonne du ressort. « Je vais me charger de lui ce soir. » D’elle n’émanait aucune odeur de peur.

« *Nous* nous en chargerons ce soir, lui dit Lan.

— Oui, mon Gaidin. Nous nous chargerons de lui.

— Et qu’est-ce que nous faisons ? Nous restons assis à attendre ici ? J’ai attendu assez longtemps pour ma vie entière dans les montagnes, Moiraine.

— Toi et Loial — et Zarine, vous vous rendrez à Tar Valon, lui répondit-elle. Jusqu'à ce que ceci soit terminé. Ce sera l'endroit le plus sûr pour vous.

— Où est l'Ogier ? dit Lan. Je vous veux tous les trois en route pour le nord aussitôt que possible.

— Là-haut, je suppose, répliqua Perrin. Dans sa chambre ou peut-être dans la salle à manger. Les fenêtres du premier sont éclairées. Il travaille toujours à ces fameuses notes. Je suppose qu'il aura pas mal de choses à raconter dans son livre sur notre fuite. » Il fut surpris par l'amertume dans sa voix. *Par la Lumière, espèce d'idiot, as-tu envie de te trouver face à face avec un des Réprouvés ? Non. Non, mais je suis fatigué de fuir. Je me souviens d'une fois où je ne me suis pas enfui. Je me rappelle m'être battu et cela valait mieux. Même en croyant que j'allais mourir, je préférais cela.*

« Je vais à sa recherche, annonça Zarine. Je n'ai pas honte d'avouer que je serai assez contente de fuir ce combat. Les hommes se battent quand ils devraient fuir et les imbéciles se battent quand ils devraient détaler, mais je n'ai pas besoin de le dire deux fois. » Elle les précéda à grandes enjambées, sa jupe divisée façon chausses émettant de rapides bruissements quand ils entrèrent dans l'auberge.

Comme ils la suivaient en direction de l'escalier au fond de la salle commune, Perrin jeta un coup d'œil autour de lui. Il y avait moins d'hommes attablés qu'il ne s'y attendait. Certains étaient assis seuls, les yeux mornes, mais, quand deux ou trois étaient réunis, ils discutaient en murmures effrayés que ses oreilles avaient peine à capter. Même ainsi, il entendit trois fois « le Dragon ».

En arrivant en haut de l'escalier, il entendit un autre son léger, un bruit sourd comme de quelque chose qui tombe dans le salon qui leur avait été réservé. Il scruta le couloir dans cette direction. « Zarine ? » Il n'obtint pas de réponse. Il sentit ses cheveux se hérisser sur sa nuque et s'avança à pas de loup. « Zarine ? » Il poussa la porte qui s'ouvrit. « Faile ! »

Elle gisait sur le sol près de la table. Comme il s'apprêtait à se précipiter dans la pièce, le cri impératif de Moiraine le figea sur place.

« Arrête, espèce d'idiot ! Arrête, il y va de ta vie ! » Elle suivait lentement le couloir, tournant la tête comme si elle écoutait quelque chose ou cherchait quelque chose. Lan suivait, la main sur son épée — et dans les yeux une expression donnant à penser qu'il savait déjà que l'acier ne serait d'aucune utilité. Elle arriva à la hauteur de la porte et s'immobilisa. « Écarte-toi, Perrin. Recule ! »

Le cœur serré, il contemplait Zarine. Faile. Elle gisait comme privée de vie. Finalement, il se força à faire un pas en arrière de la porte, la laissant ouverte, restant à l'endroit d'où il pouvait l'observer. Elle avait l'air morte. Il ne voyait pas sa poitrine se soulever. Il eut envie de hurler. Fronçant les sourcils, il s'exerça la main, celle dont il s'était servi pour pousser le battant ouvrant sur la salle, étirant et repliant les doigts. Sa main picotait douloureusement, comme s'il s'était heurté le coude. « N'allez-vous pas faire quelque chose, Moiraine ? Sinon, j'y vais.

— Ne bouge pas ou tu n'iras nulle part, dit-elle avec calme. Qu'est-ce que c'est que ça près de sa main droite ? Ça a l'air de lui avoir échappé quand elle est tombée. Je ne parviens pas à distinguer ce que c'est. »

Il lui adressa un coup d'œil coléreux, puis sonda la pièce du regard.

« Un hérisson. On dirait un hérisson en bois sculpté. Moiraine, dites-moi ce qui se passe ! Qu'est-ce qui s'est passé ? Expliquez-moi !

— Un hérisson, murmura-t-elle. Un hérisson. Tais-toi, Perrin, il faut que je réfléchisse. Je l'ai senti se déclencher. Je discerne les résidus des flux tissés pour le tendre. Des flux d'Esprit. De l'Esprit pur et rien d'autre. Presque rien n'utilise ces flots d'Esprit pur ! Pourquoi ce hérisson me fait-il penser à l'Esprit ?

— Vous avez senti quoi se déclencher, Moiraine ? Qu'est-ce qui était tendu ? Un piège ?

— Oui, un piège, répliqua-t-elle, l'irritation perçant quelque peu sous la carapace de sa sérénité. Un piège dressé pour moi. J'aurais été la première à pénétrer dans cette pièce si Zarine ne s'y était pas précipitée. Lan et moi, nous y serions sûrement allés pour mettre au point nos plans et attendre le dîner. Je n'attendrai pas le dîner, maintenant.

Tais-toi, si tu tiens à ce que je vienne en aide à cette jeune fille. Lan ! Amène-moi l'aubergiste ! » Le Lige s'engouffra dans l'escalier.

Moiraine faisait les cent pas dans le couloir, s'arrêtant parfois pour regarder par la porte, du fond de son grand capuchon. Perrin n'apercevait aucun signe prouvant que Zarine vivait. Sa poitrine était immobile. Il essaya d'écouter son cœur battre mais c'était impossible même pour ses oreilles ultra-sensibles.

Quand Lan revint, poussant devant lui par la peau de son cou grassouillet un Jurah Haret affolé, l'Aes Sedai attaqua aussitôt l'homme aux cheveux clairsemés. « Vous aviez promis de réserver ce salon pour moi, Maître Haret. » Sa voix était aussi dure, aussi coupante qu'un couteau à écorcher. « De ne même pas permettre à une servante d'entrer pour nettoyer à moins que je ne sois présente ! »

Haret tremblait comme une jatte de gelée. « Seu... eulement les d... deux Dames, Maîtresse. Elles désiraient déposer une surprise pour vous. Je le jure, Maîtresse. El... elles me l'ont m... montré. Un petit hérisson. Elles... elles ont dit que vous se... seriez surprise.

— J'ai été surprise, aubergiste, dit-elle d'un ton bas. Laissez-moi ! Et si vous chuchotez un mot là-dessus même dans votre sommeil, j'abattrai cette auberge et il n'en restera qu'un trou dans le sol.

— Ou... oui, Maîtresse, murmura-t-il. Je le jure. Je vous assure que je le jure.

— Allez ! »

Dans sa hâte à atteindre l'escalier, l'aubergiste tomba sur les genoux et il descendit quatre à quatre avec des bruits sourds qui donnaient à penser qu'il fit plus d'une chute en dévalant les marches.

« Il sait que je suis ici, dit Moiraine au Lige, et il a trouvé quelqu'un de l'Ajah Noire pour tendre son piège, mais peut-être pense-t-il que j'y suis prise. C'était un minuscule trait du Pouvoir, mais il y a la possibilité qu'il soit assez fort pour l'avoir perçu.

— Alors il ne se doutera pas que nous venons », conclut Lan sobrement. Il sourit presque.

Perrin les regardait fixement, les lèvres retroussées sur les dents. « Et elle ? questionna-t-il impérieusement. Qu'est-ce qu'on lui a fait, Moiraine ? Est-elle vivante ? Je ne la vois pas respirer !

— Elle vit, répliqua lentement Moiraine. Je ne peux pas, je n'ose pas m'avancer assez près d'elle pour en dire beaucoup plus, mais elle vit. Elle... dort, d'une certaine façon. Comme un ours en hiver. Son cœur bat si lentement que tu pourrais compter des minutes entre chaque battement. Il en est de même pour sa respiration. Elle dort. » Même dans les profondeurs de ce capuchon, il sentait les yeux de Moiraine fixés sur lui. « Je crains qu'elle ne soit pas là, Perrin. Plus dans son corps.

— Qu'entendez-vous par là, plus dans son corps ? Ô Lumière, vous ne voulez pas dire que... l'on a volé son âme ? Comme les Hommes Gris ! » Moiraine secoua négativement la tête et il aspira une bouffée d'air avec soulagement. Il avait la poitrine douloureuse comme s'il n'avait pas respiré depuis la dernière phrase prononcée par l'Aes Sedai. « Alors, où est-elle, Moiraine ?

— Je l'ignore, répondit-elle. Je le soupçonne mais je ne sais rien de certain.

— Un soupçon, un indice, n'importe quoi ! Que je brûle, où ? » Lan changea de posture devant la rudesse de son ton, mais il savait qu'il essaierait de briser le Lige comme du fer sur un tranchet s'il voulait l'interrompre. « Où ?

— Je ne sais pas grand-chose, Perrin. » La voix de Moiraine résonnait comme une musique froide, indifférente. « Je me suis rappelé le peu que je connais de ce qui relie un hérisson sculpté avec l'Esprit. Cette sculpture est un *ter'angreal* étudié le plus récemment par Corianine Nedeal, la dernière Rêveuse qu'a eue la Tour. Le Talent appelé Rêver appartient au domaine de l'Esprit, Perrin. Ce n'est pas un sujet que j'aie jamais abordé ; mes Talents s'appliquent ailleurs. Je crois que Zarine a été piégée à l'intérieur d'un rêve, peut-être même dans le Monde des Rêves, le *Tel'aran'rhiod.* Tout ce qui est elle se trouve dans ce rêve. La totalité. Une Rêveuse n'envoie qu'une partie d'elle-même. Si Zarine ne revient pas bientôt, son corps mourra. Peut-être continuera-t-elle à vivre dans le rêve. Je ne sais pas.

— Vous en ignorez trop », marmotta Perrin. Il regarda dans la salle et se retint de pleurer. Zarine avait l'air si petite, gisant là, si désarmée. *Faile. Je jure de ne plus vous appeler que Faile à l'avenir.* « Pourquoi ne faites-vous pas quelque chose ?

— Le piège a fonctionné, Perrin, mais c'est un piège qui attrapera encore quiconque met le pied dans cette pièce. Je n'arriverai pas à côté d'elle qu'il m'aura prise. Et j'ai une œuvre que je dois accomplir cette nuit.

— Que la Lumière vous brûle, Aes Sedai ! Qu'Elle brûle votre œuvre ! Ce Monde des Rêves. Est-il comme les rêves de loup ? Vous avez dit que les Rêveuses voyaient quelquefois des loups.

— Je t'ai dit ce que je peux dire, répliqua-t-elle d'un ton bref. Il est temps que tu partes. Lan et moi devons nous rendre à la Pierre. Plus question d'attendre, à présent.

— Non. » Il l'avait dit assez bas mais, quand Moiraine ouvrit la bouche, il haussa le ton. « Non ! Je ne veux pas la quitter ! »

L'Aes Sedai prit une profonde aspiration. « Très bien, Perrin. » Sa voix était de glace ; calme, égale, froide. « Reste si tu le souhaites. Peut-être survivras-tu à cette nuit. Lan ! »

Elle et le Lige suivirent d'un pas rapide le couloir jusqu'à leurs chambres. Quelques instants plus tard, ils revinrent, Lan portant sa cape aux couleurs changeantes, et descendirent en coup de vent l'escalier sans lui adresser un mot de plus.

Il regardait fixement Faile par l'embrasure de la porte. *Il faut que je fasse quelque chose. Si c'est comme les rêves de loup...*

« Perrin, appela la basse profonde de Loial, qu'est-ce que c'est que cette histoire à propos de Faile ? » L'Ogier survenait dans le couloir à grands pas, en manches de chemise, de l'encre sur les doigts et une plume à la main. « Lan m'a dit que je devais partir, puis il a ajouté je ne sais quoi concernant Faile dans un piège. Qu'est-ce qu'il entendait par là ? »

Machinalement, Perrin lui raconta ce qu'avait expliqué Moiraine. *Cela pourrait marcher. Il le faut !* Il fut surpris d'entendre Loial pousser un grondement furieux.

« Non, Perrin, ce n'est pas bien ! Faile était si libre. Ce n'est pas bien de la piéger ! »

Perrin leva les yeux vers le visage de Loial et se rappela soudain ces récits d'autrefois prétendant que les Ogiers étaient des ennemis implacables. Les oreilles de Loial s'étaient couchées le long de sa tête et sa large figure avait une dureté d'enclume.

« Loial, je vais essayer d'aider Faile, mais moi-même je serai sans défense pendant ce temps-là. Voulez-vous protéger mes arrières ? »

Loial leva ces énormes mains qui manipulaient les livres avec tant de délicatesse, et ses doigts épais se crispèrent comme pour écraser une pierre. « Personne ne passera tant que je vivrai, Perrin. Ni Myrddraal ni le Ténébreux en personne. » Il le dit comme le simple énoncé d'un fait.

Perrin hocha la tête et regarda de nouveau par l'embrasure. *Cela doit marcher. Peu m'importe que ce soit contre elle ou non que Min m'a mis en garde !* Avec une espèce de grondement, il bondit en direction de Faile, la main tendue. Il eut l'impression de toucher sa cheville avant de disparaître.

Que ce rêve de piège appartînt au *Tel'aran'rhiod* ou non, Perrin n'aurait pas pu le dire, mais il savait que c'était un rêve de loup. Une succession de collines herbues l'entouraient, ainsi que des petits bois épars. Il vit des cerfs au gagnage à la lisière des arbres, et une harde d'une sorte d'animaux coureurs qui bondissaient dans l'herbe, comme des cerfs rayés de brun mais avec de longues cornes droites. Les odeurs apportées par le vent lui indiquèrent qu'ils étaient bons à manger et d'autres fumets annonçaient d'aussi appétissantes proies tout autour de lui. C'était bien le rêve de loup.

Il portait le long gilet de cuir du forgeron, il s'en rendit compte, avec les bras nus. Et un poids lui pesait au côté. Il toucha le ceinturon, mais ce n'était pas la hache qui pendait à son anneau. Il fit courir ses doigts sur la tête du lourd marteau de forgeron. Un contact réconfortant.

Sauteur atterrit devant lui.

*Te voilà revenu, comme un idiot.* L'image transmise était d'un louveteau fourrant son nez dans un tronc d'arbre creux pour laper du miel en dépit des abeilles qui lui piquaient le museau et les yeux. *Le danger est plus grand que jamais, Jeune Taureau. Des choses malfaisantes hantent le rêve. Les frères et sœurs évitent les montagnes de pierre que les Deux-Pattes élèvent et ont presque peur de communiquer entre eux par rêve. Va-t'en!*

« Non, dit Perrin. Faile est ici, quelque part, prise au piège. Je dois la trouver, Sauteur. Il le faut ! » Il sentit une mutation intérieure, quelque chose en lui qui changeait. Il regarda ses jambes couvertes de poils frisés, ses larges pattes. Il était un loup encore plus gros que Sauteur.

*Tu es présent ici trop fortement!* Chaque transmission causait un choc. *Tu vas mourir, Jeune Taureau!*

*Si je ne libère pas le faucon, cela m'est égal, frère.*

*Alors partons en chasse, frère.*

Nez au vent, les deux loups s'élancèrent à travers la plaine, en quête du faucon.

## 54. *À l'intérieur de la Pierre*

Les toits de Tear n'étaient pas un lieu de promenade nocturne pour quelqu'un de raisonnable, conclut Mat en scrutant les ombres projetées par la lune. Un peu plus de cinquante pas d'une large rue, à moins que ce ne fût une place étroite, séparaient la Pierre du toit de tuiles où il se trouvait, lui-même deux étages au-dessus des pavés. *Mais quand ai-je jamais été raisonnable ? Les seules personnes de ma connaissance qui étaient tout le temps raisonnables étaient si ennuyeuses que rien que les regarder donnait envie de dormir.* Rue ou place, il l'avait suivie tout autour de la Pierre depuis la tombée de la nuit ; le seul endroit où elle ne passait pas était le côté du fleuve, où l'Érinin coulait au pied même de la forteresse, et rien ne lui faisait obstacle sinon le rempart de la cité. Ce rempart n'était qu'à deux maisons sur sa droite. Jusque-là, le sommet du rempart semblait être le meilleur chemin jusqu'à la Pierre, mais un chemin qu'il ne se réjouirait pas follement d'emprunter.

Ramassant son bâton de combat et une petite boîte en ferblanc avec une poignée en fil de fer, il s'avança avec précaution vers une cheminée de brique un peu plus proche du rempart. Le rouleau de fusées d'artifice — ce qui avait été rouleau avant qu'il le bricole dans sa chambre — se déplaça sur son dos. On aurait plutôt dit un ballot, à présent, toutes les fusées jointes ensemble aussi serré qu'il l'avait pu, mais encore trop gros pour être transporté dans le noir sur des toits. Un peu plus tôt, son pied avait glissé à cause de lui et avait envoyé une tuile glisser par-dessus le bord du toit, réveillant l'homme qui dormait dans une pièce au-dessous et qui avait crié « Au voleur ! », ce qui avait fait fuir Mat. Il remit en place le ballot d'un coup d'épaule machinal et s'accroupit dans l'ombre de la cheminée. Au bout d'un moment, il posa la boîte en fer-blanc ; la poignée en fil de fer commençait à devenir désagréablement chaude.

Cela donnait un sentiment d'un peu plus de sécurité, d'observer dans l'ombre la Pierre, mais ce n'était pas beaucoup plus encourageant. Le rempart de la cité n'était pas, et de loin, aussi épais que ceux qu'il avait vus ailleurs, à Caemlyn ou à Tar Valon, pas plus d'un pas de large, renforcé par de grands contreforts de pierre pour le présent invisibles dans l'obscurité. Un pas était une largeur plus que suffisante pour marcher, bien sûr, à part que de chaque côté la hauteur de chute était de près de neuf toises. Dans le noir, jusqu'à des pavés. *Mais quelques-unes de ces fichues baraques s'y adossent, je peux atteindre le sommet du rempart assez facilement, et il va fichtrement droit à cette bon sang de Pierre !*

C'était exact et, par contre, pas particulièrement réconfortant. Les flancs de la Pierre ressemblaient à des falaises. Mesurant de l'œil la hauteur, Mat se dit qu'il serait capable de l'escalader. *Bien sûr que je le peux. Exactement comme ces falaises des Montagnes de la Brume.* Plus de quinze toises à la verticale avant d'atteindre des créneaux. Il devait y avoir des archières plus bas, mais il ne les distinguait pas dans la nuit. *Quinze bon sang de toises. Peut-être dix-huit. Que je brûle, même Rand ne tenterait pas une escalade pareille.* Seulement, c'était l'unique moyen d'entrer qu'il avait trouvé. Toutes les portes qu'il avait vues étaient hermétiquement fermées et paraissaient assez solides pour résister à l'assaut d'un troupeau de taureaux, pour ne rien dire de la douzaine environ de soldats les gardant pratiquement toutes, avec casques, cuirasses et épées à la ceinture.

Tout à coup, il cligna les paupières et plissa les yeux pour mieux voir la paroi de la Pierre. Oui, un fou l'escaladait, juste visible au clair de lune comme une ombre mouvante, et déjà à mi-hauteur, dix toises au-dessus de la rue pavée. *Un fou, lui ? Eh bien, j'en suis un du même calibre puisque je vais grimper aussi. Que je brûle, il va probablement donner l'éveil là-dedans et provoquer ma capture.* Il ne distinguait plus le grimpeur. *Par la Lumière, qui est-ce ? Qu'importe qui il est ? Que je brûle, mais c'est un sacré moyen pour gagner une gageure. Je vais exiger un baiser d'elles toutes, même de Nynaeve !*

Il changea de position pour regarder en direction du rempart, et soudain il eut de l'acier en travers de la gorge. Sans réfléchir, il l'écarta et du même mouvement de son bâton balaya de dessous lui les jambes de son adversaire. D'un coup de pied quelqu'un d'autre le déséquilibra de la même façon et Mat tomba presque par-dessus l'homme qu'il avait abattu. Il roula plus loin sur les tuiles, perdant le ballot de fusées — *si ce ballot tombe dans la rue, je leur tords le cou !* — dans un grand moulinet de son bâton ; il le sentit heurter de la chair et pour la seconde fois entendit des grognements. Puis il y eut deux lames posées sur sa gorge.

Il se figea, un bras de-ci, un bras de-là. La pointe de courtes lances, mates de sorte qu'elles ne reflétaient pour ainsi dire pas la faible lueur de la lune, s'appuyait sur sa chair à la limite d'en tirer du sang. Son regard remonta le long des lances jusqu'au visage de qui les tenait, mais leurs têtes étaient cachées, la figure voilée de noir sauf les yeux qui le regardaient fixement. *Que je brûle, faut-il pas que je tombe sur de vrais voleurs ! Qu'est-ce qui arrive à ma chance ?*

Il arbora un sourire découvrant bien les dents pour qu'ils le distinguent au clair de lune. « Je n'ai pas l'intention de vous déranger dans vos occupations, alors si vous me laissez passer mon chemin je vous laisserai passer le vôtre et ne dirai rien. » Les hommes voilés ne bougèrent pas, non plus que leurs lances. « Je ne tiens pas plus que vous à alerter les gens. Je ne vous trahirai pas. » Ils restèrent immobiles comme des statues, les yeux sur lui. *Que je brûle, je n'ai pas de temps à perdre avec ça. C'est le moment de lancer les dés.* Pendant une seconde glaçante, il trouva étrange cette phrase surgie dans son esprit. Il resserra sa prise sur le bâton de combat gisant près de lui — et retint de justesse un cri comme quelqu'un plaquait brusquement un pied sur son poignet.

Il tourna les yeux pour voir qui. *Quel imbécile bon à brû-*

*ler je fais, j'ai oublié celui sur lequel je suis tombé.* Néanmoins il vit une autre forme remuer derrière celle pesant sur son poignet et conclut que c'était peut-être aussi bien qu'il n'ait finalement pas pu se servir de son bâton.

Ce qui lui clouait le bras sur place était une botte souple, lacée jusqu'au genou. Cela mit en branle sa mémoire. Quelque chose concernant un homme rencontré dans les montagnes. Il examina jusqu'en haut la forme drapée de nuit, s'efforçant de distinguer la coupe et les couleurs de ses vêtements — ils semblaient tout ombre, les couleurs se fondant trop bien dans le noir pour se voir clairement —, remontant le long d'un poignard à grande lame, suspendu à la ceinture du compagnon, jusqu'au voile sombre en travers de sa figure. Une face voilée de noir. Voilée de noir.

*Des Aiels ! Que je brûle, qu'est-ce que des bon sang d'Aiels fabriquent ici !* Son estomac se serra comme il se rappelait avoir entendu dire que les Aiels se voilent quand ils tuent.

« Oui, dit une voix d'homme, nous sommes des Aiels. » Mat eut un sursaut ; il ne s'était pas rendu compte qu'il avait parlé à haute voix.

« Vous dansez bien pour quelqu'un pris par surprise », constata une voix de jeune femme. Il estima qu'elle était celle qui s'était plantée sur son poignet. « Peut-être qu'un autre jour j'aurai le temps de danser avec vous de la bonne façon. »

Il s'apprêta à sourire — *si elle veut danser, du moins ne me tueront-ils pas !* —, puis au contraire fronça les sourcils. Il croyait se souvenir que les Aiels envisageaient parfois quelque chose de différent quand ils disaient cela.

Les lances furent retirées et des mains le hissèrent sur ses pieds. Il s'en débarrassa d'une secousse et dépoussiéra ses habits comme s'il se trouvait dans une salle d'auberge au lieu d'être sur un toit de tuile noyé d'ombre en compagnie de quatre Aiels. On a toujours intérêt à montrer à l'adversaire que l'on a les nerfs solides. Les Aiels avaient des carquois à la ceinture et des poignards, ainsi que d'autres de ces lances courtes attachées sur leur dos et aussi des arcs, les longs fers des lances pointant au-dessus de leur épaule. Il s'entendit fredonner *Je suis au fond du puits* et se tut.

« Que faites-vous ici ? » questionna la voix masculine. Avec ces voiles, Mat ne savait pas trop lequel d'entre eux avait parlé ; la voix semblait plus mûre, assurée, habituée au commandement. Il pensa avoir au moins repéré la jeune femme ; c'était la seule plus petite que lui-même, et encore pas de beaucoup. Les autres avaient tous une tête de plus que lui ou même davantage. *Sacrés Aiels,* songea-t-il. « Nous vous avons observé un petit moment, reprit l'autre, nous vous avons observé observant la Pierre. Vous l'avez examinée de tous les côtés. Pourquoi ?

— Je pourrais demander la même chose à chacun de vous », déclara une autre voix. Mat fut le seul à sursauter quand un homme à la culotte bouffante sortit de l'ombre. Le bonhomme était sans souliers, pour mieux garder son équilibre sur les tuiles. « Je m'attendais à trouver des voleurs, pas des Aiels, reprit-il, mais ne vous imaginez pas que votre nombre m'effraie. » Un bâton mince qui ne dépassait pas sa tête émit un sifflement en devenant indistinct comme il le faisait tournoyer. « Mon nom est Juilin Sandar, je suis un preneur-de-larrons, et j'aimerais savoir pourquoi vous êtes sur les toits à contempler la Pierre. »

Mat esquissa une mimique sarcastique. *Quel bon sang de nombre de gens se baladent sur les toits cette nuit ? Il ne manquerait plus que Thom arrive pour jouer de la harpe ou qu'un quidam vienne s'enquérir s'il y a une auberge par ici. Un fichu traqueur-de-larrons !* Il se demanda pourquoi les Aiels se contentaient de rester là sans broncher.

« Vous savez bien relever une piste, pour un citadin, commenta la voix de l'Aiel plus âgé. Mais pourquoi nous suivez-vous ? Nous n'avons rien volé. Pourquoi regardiez-vous la Pierre si souvent ce soir, vous-même ? »

En dépit de la faible clarté répandue par la lune, la surprise de ce Sandar était évidente. Il tressaillit, ouvrit la bouche — et la referma comme quatre autres Aiels surgissaient de la pénombre derrière lui. Avec un soupir, il s'appuya sur son bâton mince. « Apparemment, c'est moi qui suis pris, marmotta-t-il. Il semble bien que ce soit moi qui doive répondre à vos questions. » Il se tourna pour scruter la Pierre, puis secoua la tête. « Je... j'ai fait une chose aujourd'hui qui... me trouble. » Il parlait presque du ton dont on se parle à soi-même, essayant de démêler ses sentiments. « Une partie de moi dit que c'était juste, ce que j'ai fait, que je dois obéir. Assurément, cela paraissait bien à ce moment-là. Par contre, une petite voix me dit que j'ai... trahi quelque chose. Je suis certain que cette voix a tort et elle est très faible, néanmoins elle ne veut pas se taire. » Ce fut lui qui se tut, secouant de nouveau la tête.

Un des Aiels eut un hochement approbateur et parla de la voix du plus âgé. « Je suis Rhuarc de la *sept* des Neuf Vallées des Aiels Taardad, et naguère j'ai été *Aethan Dor,* un Bouclier Rouge. Parfois, les Boucliers Rouges agissent comme vous, les preneurs-de-larrons. Je dis cela pour que vous compreniez que je connais ce que vous faites et le genre d'homme que vous devez être. Je ne vous veux pas de mal, Juilin Sandar des preneurs-de-larrons, ni à vous ni à la population de votre ville, mais il ne sera pas toléré que vous poussiez l'appel aux armes. Si vous gardez le silence, vous vivrez ; sinon, non.

— Vous ne voulez pas de mal à la cité, répliqua avec lenteur Sandar. Alors, pourquoi êtes-vous ici ?

— Pour la Pierre. » Le ton de Rhuarc signifiait nettement qu'il n'avait pas l'intention de donner davantage d'explications.

Au bout d'un instant, Sandar acquiesça d'un signe et marmotta : « Je souhaiterais presque que vous ayez le pouvoir de détruire la Pierre, Rhuarc. Je tiendrai ma langue. »

Rhuarc tourna son visage voilé vers Mat. « Et vous, jouvenceau sans nom ? M'expliquerez-vous maintenant pourquoi vous observez la Pierre aussi attentivement ?

— Oh, j'avais juste envie d'une promenade au clair de lune », répliqua Mat d'un ton léger. La jeune femme appliqua de nouveau la pointe de sa lance contre sa gorge ; il s'efforça de ne pas ravaler sa salive. *Ma foi, peut-être que je peux leur en dire deux mots.* Il ne devait pas leur laisser deviner qu'il avait peur ; si l'on permet à l'adversaire de le savoir, on perd tout ce que l'on peut avoir d'avantage qui donne barre sur lui. Très doucement, avec deux doigts, il écarta de lui l'acier de la jeune femme. Il eut l'impression qu'elle riait sous cape. « Des amis à moi sont à l'intérieur de la Pierre, déclara-t-il en affectant un ton détaché. Prisonniers. J'ai l'intention de les sortir de là.

— Seul, vous qui n'avez pas de nom ? dit Rhuarc.

— Eh bien, il n'y a apparemment personne d'autre, répliqua Mat d'un ton sarcastique. À moins que vous n'ayez envie d'apporter votre aide ? Vous paraissez vous-même intéressé par la Pierre. Si vous avez l'intention d'y entrer, peut-être pourrions-nous y aller ensemble. C'est un lancer de dés hasardeux de quelque côté qu'on l'envisage, mais la chance me sert. » *Jusqu'ici, en tout cas. Je rencontre des Aiels voilés de noir et ils ne me coupent pas la gorge ; difficile d'être beaucoup plus chanceux que ça. Que la Lumière me brûle, ce ne serait pas mal d'avoir la compagnie de quelques Aiels là-dedans.* « Vous pourriez faire pire que de parier sur ma chance.

— Nous ne sommes pas ici pour des prisonniers, joueur, répliqua Rhuarc.

— Il est temps, Rhuarc. » Mat n'aurait pas su dire de quel Aiel venait ce rappel, mais Rhuarc hocha la tête.

« Oui, Gaul. » Son regard alla de Mat à Sandar et se reporta sur Mat. « Ne lancez pas l'appel aux armes. » Il se détourna et, en deux pas, il s'était fondu dans la nuit.

Mat sursauta. Les autres Aiels avaient disparu aussi, le laissant seul avec le traqueur-de-voleurs. *À moins qu'ils n'aient laissé quelqu'un pour nous surveiller. Que je brûle, comment savoir s'ils l'ont fait ?* « J'espère que vous n'avez pas l'intention, vous aussi, d'essayer de m'empêcher de partir, dit-il à Sandar en rechargeant sur son dos son paquet de fusées d'artifice et en ramassant son bâton de combat. Je compte aller à l'intérieur avec ou malgré vous, l'un ou l'autre. »

Il se dirigea vers la cheminée pour ramasser la boîte en fer-blanc ; la poignée en fil de fer était plus que chaude à présent.

« Ces amis à vous, demanda Sandar. Ce sont trois femmes ? »

Mat le regarda en plissant les paupières, regrettant le manque de clarté suffisante pour voir nettement le visage de l'autre. Sa voix avait eu un ton bizarre. « Qu'est-ce que vous savez d'elles ?

— Je sais qu'elles sont dans la Pierre. Et je connais une petite porte près du fleuve où un preneur-de-larrons a la possibilité d'entrer avec un prisonnier pour le conduire aux cellules. Les cellules où elles doivent se trouver. Si vous voulez me faire confiance, joueur, je nous mènerai jusque-là. Ce qui se passera ensuite est affaire de hasard. Peut-être que votre chance nous permettra d'en ressortir vivants.

— J'ai toujours eu de la chance », répliqua lentement Mat. *Est-ce que je me sens assez porté par la chance pour me fier à lui ?* Il n'aimait pas beaucoup l'idée de feindre d'être un prisonnier ; le passage de la simulation à la réalité paraissait trop facile. D'autre part, le risque n'était pas plus grand que de tenter d'escalader dans le noir une paroi quasi verticale de près de cinquante toises de haut.

Il regarda machinalement vers le rempart et ses yeux s'écarquillèrent. Un flot d'ombres circulaient dessus ; des silhouettes indistinctes courant au pas gymnastique. Des Aiels, il en était sûr. Il devait y en avoir plus d'une centaine. Ils disparurent mais, à présent, il distinguait des ombres sur la façade pareille à une falaise qui était le côté à pic vertigineux de la Pierre de Tear. Autant pour monter par là. Ce grimpeur solitaire de tout à l'heure avait peut-être réussi à s'introduire à l'intérieur sans donner l'éveil — l'appel aux armes de Rhuarc — mais cent Aiels ou davantage produiraient l'effet de cloches sonnant à toute volée. Néanmoins, ils provoqueraient peut-être une diversion. S'ils causaient de la bagarre quelque part là-haut, à l'intérieur de la Pierre, alors celui qui gardait les cachots ne prêterait probablement pas grande attention à un traqueur-de-voleurs amenant un malandrin.

*Ce serait aussi bien que j'ajoute un peu à la confusion. J'ai travaillé assez dur là-dessus.* « Très bien, traqueur-de-voleurs. Seulement ne décidez pas en dernière minute que je suis un vrai prisonnier. Nous partirons pour votre porte dès que j'aurai donné un petit coup de pied dans la fourmilière. » Il eut l'impression que Sandar avait un air soucieux, mais il n'avait pas l'intention de lui expliquer plus qu'il n'y était obligé.

Sandar le suivit sur les toits, grimpant à des niveaux plus élevés aussi aisément que lui. Le dernier toit était juste un peu plus bas que le sommet du rempart et s'étendait jusqu'à lui ; il s'agissait de se hisser plutôt que d'escalader.

« Qu'est-ce que vous faites ? chuchota Sandar.

— Attendez-moi ici. »

La boîte en fer-blanc se balançant au bout d'une main par sa poignée en fil de fer et son bâton d'escrime tenu horizontalement devant lui, Mat respira à fond et se mit en marche vers la Pierre. Il s'efforça de ne pas penser à la distance qui le séparait de la chaussée pavée en bas. *Par la Lumière, ce fichu machin a près de deux coudées de large ! Je pourrais le parcourir avec un bon sang de bandeau sur les yeux, en dormant !* Deux coudées de large dans le noir, et plus de huit toises jusqu'au pavé d'en bas. Il tenta aussi de ne pas se dire que Sandar ne serait pas là à son retour. Il était pratiquement engagé à jouer ce rôle stupide de voleur capturé par cet homme, mais ce n'était que trop probable qu'il reviendrait sur le toit pour constater la disparition de Sandar, peut-être amenant du renfort qui ferait de lui un prisonnier pour de bon. *N'y pense pas. Contente-toi d'exécuter le travail qui t'attend. Au moins vais-je enfin voir ce que cela donne.*

Comme il s'en était douté, il y avait une archière dans la muraille de la Pierre, une profonde entaille en forme de coin dans le roc aménageant une ouverture haute et étroite permettant à un archer de décocher une flèche. Si la Pierre était attaquée, les soldats de la garnison auraient besoin d'un moyen d'arrêter toute tentative pour suivre cette voie. La meurtrière était obscure, pour l'instant. Apparemment, personne n'était au guet. Cela aussi, c'était quelque chose à quoi il s'était contraint de ne pas réfléchir.

Il posa vivement la boîte en fer-blanc à ses pieds, plaça son bâton bien équilibré en travers du rempart tout contre la paroi de la Pierre et se délesta du ballot suspendu dans son dos. Il l'inséra précipitamment de force dans la meurtrière, le poussant aussi loin que possible ; il voulait obtenir dans la mesure de ses moyens que le maximum de bruit retentisse à l'intérieur. Relever de côté un coin de l'enveloppe en toile huilée révéla des fusées reliées ensemble. Après avoir un peu réfléchi, quand il était dans sa chambre, il avait coupé les plus longues mèches à la dimension des plus petites, se servant des morceaux obtenus pour attacher toutes les fusées ensemble. Vraisemblablement, elles prendraient feu en même temps, et un éclair joint à l'explosion qu'elles produiraient devrait suffire à alerter quiconque n'était pas sourd comme un pot.

Le couvercle de la boîte en fer-blanc était assez brûlant pour qu'il soit obligé de se souffler deux fois de suite sur les doigts avant qu'il réussisse à l'ouvrir — il regretta de ne pas connaître ce qu'avait été le truc d'Aludra pour allumer une lanterne aussi facilement — et découvre le bout de charbon de bois sombre gisant à l'intérieur sur une couche de sable. La poignée en fil de fer se détacha pour devenir des pinces, et souffler un peu sur le bout de charbon le fit rougir de nouveau. Mat approcha la braise ardente du faisceau de mèches, laissa pinces et braise choir par-dessus le rempart tandis que les mèches s'enflammaient en sifflant, saisit vivement son bâton de combat et s'en retourna comme une flèche sur le rempart.

*C'est fou,* pensa-t-il en courant. *Je me moque du vacarme que cela déclenchera. Je risque de me casser le cou comme un idiot en galopant comm...!*

Le grondement derrière lui était le plus retentissant qu'il avait jamais entendu de sa vie ; un poing monstrueux le frappa dans le dos, lui coupant complètement le souffle avant même qu'il s'affale à plat ventre sur l'étroit chemin de ronde, retenant de justesse son bâton qui basculait par-dessus le bord. Il resta étendu un moment, s'efforçant de remettre ses poumons en marche, essayant de ne pas se dire qu'il devait avoir épuisé totalement sa chance cette fois-ci en ne tombant pas du haut du rempart. Ses oreilles bourdonnaient comme toutes les cloches de Tar Valon.

Se relevant avec précaution en s'appuyant sur ses bras, il regarda en arrière, en direction de la Pierre. Un nuage de fumée flottait autour de l'archière. Derrière cette fumée, la forme obscure de l'archière même semblait différente. Plus large. Il ne comprit pas comment ni pourquoi, mais elle semblait plus grande.

Il ne réfléchit qu'une seconde. À une extrémité du rempart, Sandar attendait peut-être, avec l'intention de le conduire dans la Pierre comme pseudo-prisonnier — ou peut-être revenait précipitamment avec des soldats. À l'autre bout se pouvait qu'existe un moyen d'entrer sans risque d'être trahi par Sandar. Mat reprit à toutes jambes en sens inverse le chemin qu'il venait de parcourir, sans plus s'inquiéter de l'obscurité ou du précipice de chaque côté du rempart étroit.

L'archière était effectivement plus grande, la majeure partie de la pierre plus amincie au milieu ayant disparu, ce qui donnait un trou irrégulier comme si quelqu'un s'était acharné dessus à coups de marteau pendant des heures. Un trou juste suffisant pour qu'un homme y passe. *Comment, au nom de la Lumière ?* Le temps manquait pour se livrer à des spéculations.

Il s'inséra par l'ouverture déchiquetée, toussant à cause de la fumée âcre, sauta à l'intérieur et avait parcouru une douzaine d'enjambées rapides quand apparurent des Défenseurs de la Pierre, dix au moins, qui tous poussaient des exclamations confuses. La plupart n'étaient vêtus que de leur chemise et aucun n'avait de casque ou de cuirasse. Quelques-uns tenaient une lanterne, quelques autres une épée nue.

*Idiot !* se gourmanda-t-il. *C'est précisément pour cela que tu as voulu mettre à feu ces sacrées fusées ! Espèce d'idiot aveuglé par la Lumière !*

C'était trop tard pour ressortir sur le rempart. Son bâton de combat tournoyant, il se rua sur les soldats sans leur laisser le temps d'autre chose que de voir qu'il était là, se précipita au milieu d'eux, cognant sur tête, épée, genoux, ce qu'il parvenait à atteindre, conscient qu'ils étaient trop nombreux pour qu'il en vienne à bout tout seul, conscient que son lancer de dés imprudent avait coûté à Egwene et ses compagnes ce qu'il aurait pu avoir de chances de réussir.

Soudain Sandar fut près de lui, dans la lueur des lanternes échappées aux hommes qui tâtonnaient à la recherche de leur épée, son bâton mince tourbillonnant encore plus vite que celui de Mat. Coincés entre deux maîtres escrimeurs au bâton, pris par surprise, les soldats tombaient comme des quilles.

Sandar contempla les hommes gisant sur le sol en secouant la tête. « Des Défenseurs de la Pierre. J'ai attaqué des Défenseurs ! On me décapitera pour... ! Qu'est-ce que c'était, ce que vous avez fait, joueur ? Cet éclair et ce coup de tonnerre qui a brisé la pierre. Avez-vous appelé la foudre ? » Sa voix baissa jusqu'au murmure. « Me suis-je joint à un homme qui sait canaliser ?

— Des fusées d'artifice », rétorqua sèchement Mat. Ses oreilles bourdonnaient encore, mais il entendait venir d'autres bottes, des bottes qui martelaient sourdement la pierre en courant. « Les cachots, mon vieux ! Montrez-moi le chemin jusqu'aux cachots avant qu'il y en ait encore qui s'amènent ! »

Sandar se ressaisit. « Par ici ! » Il se précipita dans un couloir latéral, dans la direction opposée aux bottes qui arrivaient. « Il faut nous dépêcher ! On nous tuera si on nous trouve ! » Quelque part au-dessus de leurs têtes, des gongs commencèrent à retentir pour donner l'alarme et les échos d'autres gongs résonnèrent comme le tonnerre du haut en bas de la Pierre.

*J'arrive !* se dit Mat en courant derrière le traqueur-de-voleurs. *Je vous en sortirai ou mourrai ! Je le promets !*

Les gongs d'alarme éveillaient des échos assourdissants dans toute la Pierre, mais Rand n'y prêta pas plus attention qu'au grondement qui s'était élevé avant, comme un coup de tonnerre étouffé provenant de quelque part en dessous. Il avait mal au côté ; l'ancienne blessure brûlait, sa cicatrice distendue presque à se rompre par l'effort d'escalader la paroi de la forteresse. Il ne tint pas compte non plus de la douleur. Un sourire mitigé était figé sur son visage, un sourire d'anticipation et d'appréhension qu'il n'aurait pas pu effacer s'il l'avait voulu. C'était proche, maintenant. Ce dont il avait rêvé. *Callandor.*

*Je vais enfin en terminer. D'une manière ou d'une autre, ce sera fait. Les rêves, finis. La tentation, le harcèlement, la poursuite. Je mettrai un terme à tout ça !*

Riant tout bas, il se hâtait dans les couloirs sombres de la Pierre de Tear.

Egwene porta la main à sa figure, avec une grimace de douleur. Elle avait un goût amer dans la bouche et elle avait soif. *Rand ? Quoi ? Pourquoi ai-je de nouveau rêvé de Mat, tout cela en rapport étroit avec Rand, et criant qu'il arrivait ? Quoi ?*

Elle ouvrit les yeux, regarda fixement les murs de pierre

grise, l'unique torche de jonc fumeuse projetant des ombres vacillantes, et elle hurla comme la mémoire lui revenait. « Non ! Je ne veux pas être enchaînée de nouveau ! Je ne porterai pas de collier ! Non ! »

Nynaeve et Elayne accoururent instantanément auprès d'elle, leurs figures mâchurées trop soucieuses et apeurées pour que les sons apaisants qu'elles proféraient aient quelque crédibilité. Pourtant le simple fait de leur présence suffit à calmer ses cris. Elle n'était pas seule. Prisonnière, mais pas seule. Et sans collier[1].

Elle essaya de s'asseoir et elles l'aidèrent. Elles furent obligées de l'aider ; chaque muscle la faisait souffrir. Elle se rappelait tous les coups invisibles pendant l'accès de frénésie qui avait failli la rendre folle quand elle s'était rendu compte... *Je ne veux pas y penser. Il faut que je réfléchisse aux moyens de nous évader.* Elle se glissa en arrière sur son séant jusqu'à ce qu'elle puisse s'appuyer contre un mur. Ses souffrances rivalisaient avec sa lassitude ; cette lutte quand elle avait refusé de se soumettre avait usé jusqu'à ses dernières forces et ses meurtrissures semblaient en saper plus encore.

La cellule était absolument vide à part elles trois et la torche. Le sol était nu, froid et dur. La porte en planches rugueuses, pleine d'échardes comme si d'innombrables doigts s'étaient attaqués futilement à elle, était la seule ouverture dans les murs. Des messages avaient été gravés dans la pierre, la plupart par des mains tremblantes. *Que la Lumière me prenne en pitié et me laisse mourir,* disait l'un d'eux. Egwene chassa celui-là de son esprit.

« Sommes-nous encore isolées ? » marmonna-t-elle. Rien que parler était douloureux. Alors même qu'Elayne acquiesçait d'un hochement de tête, elle se rendit compte qu'elle n'avait pas besoin de poser la question. La joue enflée de la jeune fille blonde, sa lèvre fendue et son œil au beurre noir étaient une réponse suffisante, si ses propres douleurs ne le lui avaient pas dit. Nynaeve aurait-elle été en mesure d'atteindre la Vraie Source, elles auraient sûrement été Guéries.

1. Cf. *La Bannière du Dragon,* chap. 40 où Egwene était tombée aux mains des Seanchans par la trahison de membres de l'Ajah Noire. *(N.d.T.)*

« J'ai essayé, expliqua Nynaeve d'un ton désolé. J'ai essayé encore et encore. » Elle donna une brusque secousse à sa natte, la colère filtrant à la surface en dépit de la terreur empreinte de découragement que trahissait sa voix. « Il y en a une assise dehors. Amico, cette garce au teint de lait, si elles n'ont pas changé depuis que nous avons été jetées ici. Je suppose qu'une suffit pour maintenir l'écran[1] une fois qu'il a été tissé. » Elle eut un rire sec et amer. « En dépit de toutes les peines qu'elles ont prises — et données ! — pour s'emparer de nous, on croirait que nous n'avons aucune importance. Il y a des heures qu'elles ont claqué la porte sur nous, et pas une n'est venue poser une question, donner un coup d'œil ou même apporter une goutte d'eau. Peut-être ont-elles l'intention de nous laisser là jusqu'à ce que nous mourions de soif.

— Un appât. » La voix d'Elayne tremblait, malgré ses efforts visibles pour paraître inaccessible à la peur. Et échouant lamentablement. « Liandrin a dit que nous étions un appât.

— Un appât pour quoi ? questionna Nynaeve en chevrotant. Un appât pour qui ? Si je suis un appât, j'aimerais m'enfoncer dans leur gorge jusqu'à ce qu'elles s'en étouffent !

— Rand. » Egwene s'interrompit pour s'éclaircir la voix ; une seule goutte d'eau aurait été la bienvenue. « J'ai rêvé de Rand et de *Callandor.* Je pense qu'il vient ici. » *Mais pourquoi ai-je rêvé de Mat ? Et de Perrin ? C'était un loup, n'empêche que je suis persuadée qu'il s'agissait de lui.* « Ne vous affolez donc pas comme ça, déclara-t-elle d'un ton qu'elle tenta de rendre plein d'assurance. Nous leur échapperons d'une manière ou d'une autre. Si nous avons pu triompher des Seanchans, nous sommes capables de l'emporter sur Liandrin. »

Nynaeve et Elayne échangèrent un regard par-dessus sa tête. Nynaeve annonça : « Liandrin a dit que treize Myrddraals venaient, Egwene. »

1. On s'en souvient, un écran fait d'invisibles fils magiques s'interpose entre la Vraie Source et les femmes capables d'entrer en contact avec elle, empêchant celles-ci de se servir du Pouvoir Unique. *(N.d.T.)*

Elle se retrouva en train de regarder de nouveau fixement ce message gratté dans la pierre : *Que la Lumière me prenne en pitié et me laisse mourir.* Ses mains se crispèrent en poings. Ses mâchoires se bloquèrent à force de se serrer pour ne pas crier ces mots. *Mieux vaut mourir. Mieux vaut la mort que d'être livrée à l'Ombre, obligée de servir le Ténébreux!*

Elle se rendit compte qu'une de ses mains s'était raidie autour de l'escarcelle pendue à sa ceinture. Elle sentait les deux anneaux à l'intérieur, le petit cercle du Grand Serpent et l'anneau torse plus grand en pierre.

« Elles n'ont pas emporté le *ter'angreal* », s'écria-t-elle avec étonnement. Elle l'extirpa de son escarcelle. Il pesait sur sa paume, tout en raies et paillettes de couleur, un anneau avec un seul côté.

« Nous n'étions même pas assez importantes pour qu'on nous fouille, commenta Elayne avec un soupir. Egwene, es-tu certaine que Rand vient ici ? Je préférerais de beaucoup me libérer toute seule plutôt que d'attendre que la chance l'amène mais, s'il y a quelqu'un en mesure de vaincre Liandrin et les autres, ce doit être lui. Le Dragon Réincarné est censé manier *Callandor.* Il est sûrement apte à les mettre en déroute.

— Pas si nous l'attirons dans une cage après nous, murmura Nynaeve. Pas si on a dressé un piège qu'il ne voit pas. Pourquoi contemples-tu obstinément cet anneau, Egwene ? Le *Tel'aran'rhiod* ne peut pas nous aider maintenant. Sauf si tu es capable de rêver un moyen de sortir d'ici.

— Peut-être que je le peux, répliqua-t-elle lentement. Je canalisais dans le *Tel'aran'rhiod.* Leur écran ne m'empêchera pas d'y aller. Tout ce dont j'ai besoin, c'est de dormir, pas de canaliser. Et je suis sûrement assez fatiguée pour dormir. »

Elayne fronça les sourcils, ce qui la fit grimacer car cela tirait sur ses meurtrissures. « Je suis prête à sauter sur n'importe quelle chance, mais comment peux-tu canaliser même dans un rêve, coupée de la Vraie Source ? Et si tu le peux, comment cela nous servira-t-il ici ?

— Je ne sais pas, Elayne. Que je sois isolée ici ne signifie pas que je le sois dans le Monde des Rêves. Cela vaut en tout cas la peine d'essayer.

— Peut-être, commenta Nynaeve d'un ton soucieux. Je suis prête moi aussi à saisir n'importe quelle chance, mais tu as vu Liandrin et les autres la dernière fois que tu as utilisé cet anneau. Et tu as dit qu'elles t'avaient vue aussi. Suppose qu'elles soient de nouveau là-bas ?

— Je l'espère, répliqua farouchement Egwene. Je l'espère. »

Serrant le *ter'angreal* dans sa paume, elle ferma les yeux. Elle sentit Elayne lisser ses cheveux, murmurer avec douceur. Nynaeve se mit à fredonner cette berceuse sans paroles du temps de son enfance ; pour une fois, elle n'en fut pas irritée du tout. Les caresses et les sons ouatés l'apaisèrent, la laissèrent s'abandonner à sa lassitude, laissèrent venir le sommeil.

Elle était habillée de soie bleue, cette fois-ci, mais elle ne remarqua guère plus que cela. Des brises légères effleuraient son visage sans meurtrissures et emportaient dans leur courant les papillons au milieu des fleurs des champs. Sa soif avait disparu, ses douleurs aussi. Elle se concentra pour atteindre la *saidar* et fut envahie par le Pouvoir Unique. Même le sentiment de triomphe éprouvé par cette réussite fut minime en comparaison de l'afflux en elle du Pouvoir.

À regret, elle se força à le relâcher, ferma les yeux et remplit le vide avec une image parfaite du Cœur de la Pierre. C'était l'unique endroit de la Pierre qu'elle savait se représenter en dehors de sa cellule, et comment distinguer d'un autre un cachot dépourvu de traits distinctifs ? Quand elle ouvrit les yeux, elle y était. Mais pas seule.

La silhouette de Joiya Byir se tenait devant *Callandor,* sa forme si immatérielle que la lumière surgissant de l'épée brilla à travers elle. L'épée de cristal ne scintillait plus seulement sous l'effet d'une lumière réfractée. Elle luisait par impulsions, comme si quelque source lumineuse intérieure était démasquée, puis masquée et de nouveau démasquée. La Sœur Noire eut un sursaut de surprise et se retourna vivement face à Egwene. « Comment ? Vous êtes isolée ! Votre faculté de Rêver est terminée ! »

Avant que le premier mot sorte de la bouche de cette femme, Egwene avait de nouveau appelé à elle la *saidar,* tissé le flux de l'Esprit selon le mode complexe qu'elle se rappelait avoir été utilisé contre elle et isola Joiya Byir de la Source. Les yeux de l'Amie du Ténébreux s'écarquillèrent, ces yeux cruels qui détonnaient tellement dans ce beau visage sympathique, mais Egwene tissait déjà l'Air. La forme de l'autre femme avait peut-être l'aspect de la brume, mais les liens l'enserraient. Egwene eut l'impression que maintenir l'un et l'autre flux dans leur tissage n'impliquait aucun effort. Il y avait de la sueur sur le front de Joiya Byir quand elle approcha.

« Vous avez un *ter'angreal* ! » La peur était visible sur le visage de cette femme, mais sa voix luttait pour la dissimuler. « Ce doit être cela. Un *ter'angreal* qui nous a échappé, et un qui ne requiert pas de canalisage. Vous imaginez-vous que cela vous servira à quelque chose, jeune fille ? Quoi que vous fassiez ici, cela n'affecte pas ce qui se passe dans le monde réel. Le *Tel'aran'rhiod* est un rêve. Quand je me réveillerai, je vous enlèverai moi-même votre *ter'angreal.* Prenez garde à ce que vous faites, de crainte que je n'aie des raisons d'être en colère quand je viendrai dans votre cellule. »

Egwene lui sourit. « Êtes-vous certaine de vous réveiller, Amie du Ténébreux ? Si votre *ter'angreal* nécessite le canalisage, pourquoi ne vous êtes-vous pas réveillée dès que je vous ai isolée ? Peut-être êtes-vous incapable de vous réveiller aussi longtemps que vous serez isolée ici. » Son sourire s'effaça ; l'effort de sourire à cette femme était plus qu'elle ne pouvait assumer. « Un jour, quelqu'un m'a montré la cicatrice d'une blessure reçue dans le *Tel'aran'rhiod,* Amie du Ténébreux. Ce qui se produit ici reste réel quand vous vous éveillez. »

La sueur ruisselait maintenant sur les traits lisses, sans âge, de la Sœur Noire. Egwene se demanda si elle se croyait à deux doigts de la mort. Et regretta presque de ne pas être assez cruelle pour confirmer ses craintes. La plupart des coups invisibles qu'elle avait reçus provenaient de cette femme, comme un martèlement de poings, pour le seul motif qu'elle n'avait cessé d'essayer de s'écarter en rampant, pour le seul motif qu'elle s'était refusée à abandonner la partie.

« Une femme capable d'asséner une telle volée de coups, reprit-elle, ne devrait pas voir d'objection à en recevoir une moindre. » Elle tissa prestement un autre flux d'Air ; les yeux noirs de Joiya Byir s'exorbitèrent d'incrédulité quand le premier coup s'abattit en travers de ses hanches. Egwene savait comment ajuster le tissage pour ne pas avoir à le maintenir en place. « Vous vous rappellerez cela, et le sentirez, quand vous vous réveillerez. Quand je vous autoriserai à vous réveiller. Rappelez-vous cela aussi. Si jamais vous tentez ne serait-ce que de me battre, je vous renverrai ici et vous y laisserai pour le restant de vos jours ! » Les yeux de la Sœur Noire posaient sur elle un regard de haine, mais ils contenaient aussi comme des traces de larmes.

Egwene éprouva un bref sentiment de honte. Non pas de ce qu'elle infligeait à Joiya — cette femme méritait chaque coup, sinon pour la rossée qu'elle en avait reçue, en tout cas pour les morts de la Tour — non pas de cela, en réalité, mais parce qu'elle perdait du temps pour sa revanche personnelle alors que Nynaeve et Elayne étaient assises dans un cachot espérant contre tout espoir qu'elle pourrait réussir à les sauver.

Elle dénoua et réarrangea les flux de ses tissages avant même de s'en rendre compte, puis s'arrêta un instant pour considérer ce à quoi elle avait abouti. Trois tissages séparés et non seulement elle n'avait eu aucune peine à les maintenir tous à la fois mais maintenant elle avait exécuté quelque chose ayant pour résultat qu'ils se maintiennent eux-mêmes. Elle sentait aussi qu'elle se rappelait comment elle s'y était prise. Et cela pouvait être utile.

Un moment après, elle désentortilla l'entrelacement d'une des tissures et l'Amie des Ténèbres sanglota autant de soulagement que de souffrance. « Je ne suis pas comme vous, dit Egwene. C'est la seconde fois que je fais une chose de ce genre et je n'aime pas ça. Il va falloir qu'à la place j'apprenne à trancher des gorges. » À voir l'expression de la Sœur Noire, elle pensait qu'Egwene avait l'intention de commencer son apprentissage par elle.

Avec un grognement de dégoût, Egwene la laissa plantée là, piégée et « isolée », et s'enfonça en hâte dans la forêt de colonnes lisses en grès rouge. Il devait y avoir quelque part un moyen de descendre jusqu'aux cachots.

Le silence envahit le couloir de pierre quand le dernier cri d'agonie fut interrompu par les mâchoires de Jeune Taureau qui se refermaient sur la gorge du Deux-Pattes, la broyant. Le sang avait un goût amer sur sa langue.

Il savait que c'était ici la Pierre de Tear, bien qu'incapable d'expliquer comment il le savait. Les Deux-Pattes gisant autour de lui, dont l'un lançait une ultime ruade avec les dents de Sauteur enfouies dans sa gorge, avaient émis l'odeur fétide de la peur en combattant. Ils avaient aussi émis une odeur d'ahurissement. Il ne pensait pas qu'ils étaient au courant de l'endroit où ils se trouvaient — ils n'appartenaient sûrement pas au rêve de loup — mais ils avaient été postés là pour l'empêcher d'atteindre cette haute porte devant lui, avec sa serrure de fer. Pour la garder, du moins. Ils avaient paru surpris de voir des loups. Il avait l'impression qu'ils avaient été stupéfaits de se voir là eux-mêmes.

Il s'essuya la bouche, puis regarda fixement sa main sans comprendre, pendant un instant. Il était de nouveau un homme. Il était Perrin. De retour dans son propre corps, dans le gilet de forgeron, avec le lourd marteau à son côté.

*Nous devons nous dépêcher, Jeune Taureau. Il y a quelque chose de malfaisant à proximité.*

Perrin dégagea le marteau de sa ceinture en se dirigeant à grands pas vers la porte. « Faile doit être ici. » Le marteau s'abattit, brisant la serrure. Il ouvrit la porte d'un coup de pied.

La salle était vide à part un long bloc de pierre au milieu. Faile gisait sur ce bloc comme si elle dormait, ses cheveux noirs déployés, son corps tellement enveloppé de chaînes que Perrin mit un moment à se rendre compte qu'elle était dévêtue. Chaque chaîne était fixée à la pierre par un boulon épais.

Il prit seulement conscience qu'il avait franchi l'espace qui les séparait quand sa main toucha le visage de Faile, son doigt suivant le contour des pommettes.

Elle ouvrit les yeux et lui sourit. « Je ne cessais de rêver que vous alliez venir, forgeron.

— Je vais vous libérer en une minute, Faile. » Il leva son marteau, écrasa un des boulons comme s'il était en bois.

« J'en étais sûre, Perrin. »

Comme le nom s'éteignait sur sa langue, elle aussi disparut. Avec fracas, les chaînes s'affaissèrent sur la pierre où elle avait été étendue.

« Non ! cria-t-il. Je l'avais trouvée ! »

*Le rêve n'est pas comme le monde de chair, Jeune Taureau. Ici, la même chasse peut s'achever de nombreuses façons.*

Il ne se tourna pas pour regarder Sauteur. Il savait que ses dents étaient découvertes dans un grondement. De nouveau, il brandit le marteau, l'abattit de toutes ses forces sur les chaînes qui avaient lié Faile. Le bloc de pierre se fendit en deux sous son coup ; la Pierre de Tear elle-même résonna comme une cloche.

« Alors je vais repartir en quête », dit-il d'un ton furieux.

Marteau en main, Perrin sortit à vive allure de la salle, Sauteur à côté de lui. La Pierre était un lieu d'hommes. Et les hommes, il le savait, étaient des chasseurs encore plus cruels que ne l'avaient jamais été les loups.

* * *

Des gongs d'alarme quelque part au-dessus envoyaient dans le couloir des « clang » sonores, qui ne noyaient pas totalement le cliquetis du métal contre le métal et les cris d'hommes qui se battaient assez près de là. Les Aiels et les Défenseurs, supposait Mat. De hauts lampadaires dorés, chacun avec quatre lampes dorées, s'alignaient dans la salle où se trouvait Mat et, sur les murs de pierre polie, étaient suspendues des tapisseries de soie représentant des scènes de bataille. Il y avait même des tapis de soie sur le sol, rouge foncé sur bleu foncé, tissés dans le labyrinthe de Tear. Pour une fois, Mat était trop occupé pour évaluer le prix des objets.

Ce fichu gaillard est de première force, songea-t-il en réussissant à écarter de lui la pointe d'une épée, mais le coup qu'il se préparait à asséner sur la tête de son adversaire avec l'autre bout de son bâton de combat dut se transformer encore en parade de cette lame agressive. *Je me demande si c'est un de ces fichus Puissants Seigneurs ?* Il réussit presque à atteindre d'un coup vigoureux un genou, mais son adversaire recula d'un bond, sa lame verticale, dressée en garde.

L'homme aux yeux bleus portait évidemment la tunique à manches bouffantes, jaune à bandes en fil d'or, mais elle n'était pas boutonnée du tout, sa chemise était enfilée seulement à moitié dans ses chausses, et ses pieds étaient nus. Ses cheveux coupés court étaient ébouriffés comme ceux de quelqu'un tiré brusquement du sommeil, par contre il ne se battait pas comme tel. Cinq minutes plus tôt, il avait jailli d'une des hautes portes sculptées qui s'alignaient le long de cette salle, une épée dépourvue de fourreau dans les mains, et Mat n'était que trop content qu'il ait surgi devant eux et non derrière. Il n'était pas le seul homme habillé ainsi que Mat avait déjà affronté, mais il était sûrement le plus habile.

« Pouvez-vous passer à côté de moi, preneur-de-larrons ? » dit à haute voix Mat, en prenant soin de ne pas quitter des yeux l'homme qui l'attendait, l'épée prête à frapper. Sandar avait insisté avec irritation sur l'appellation « preneur-de-larrons » au lieu de « traqueur-de-voleurs », bien que Mat ne vît pas la différence.

« Je ne peux pas, répondit Sandar derrière lui. Si vous vous écartez pour que j'y aille, vous perdrez de la place pour vos moulinets avec cette rame que vous appelez bâton de combat, et il vous embrochera comme un grunt. »

*Comme un quoi ?* « Eh bien, trouvez quelque chose, homme de Tear. Ce gueux me porte sur les nerfs. »

L'homme à la tunique rayée d'or ricana. « Vous serez honoré de mourir sous la lame du Puissant Seigneur Darlin, paysan, si je le permets. » C'était la première fois qu'il daignait parler. « Au lieu de cela, je crois que je vais vous faire pendre tous les deux par les talons et regarder pendant qu'on vous arrachera la peau du corps...

— Je ne pense pas que cela me plairait », commenta Mat.

De s'entendre interrompre, la face du Puissant Seigneur s'enflamma d'indignation, mais Mat ne lui laissa pas le temps d'émettre un commentaire furieux. Son bâton virevoltant dans une double boucle serrée, si rapidement que les extrémités en devinrent floues, il bondit en avant. Tout ce que put faire un Darlin rageur fut de maintenir le bâton à l'écart de sa personne. Pour le moment. Mat savait qu'il ne serait pas capable de maintenir ce rythme bien longtemps et alors, s'il avait de la chance, on en reviendrait au jeu de l'attaque et de la parade. S'il avait de la chance. Cependant il n'avait pas l'intention de compter sur la chance cette fois-ci. Dès que le Puissant Seigneur eut le loisir de se mettre en posture de défense, Mat modifia son attaque à mi-évolution. L'extrémité du bâton que Darlin avait attendue à sa tête plongea pour faucher ses jambes sous lui. L'autre bout le frappa alors à la tête comme il tombait, d'un coup sec qui lui remonta les yeux vers le haut du crâne.

Haletant, Mat s'appuya sur son bâton au-dessus du Puissant Seigneur inanimé. *Que je brûle, si je dois me battre encore contre un ou deux comme celui-ci, je vais fichtrement m'écrouler d'épuisement! Les contes ne vous disent pas qu'être un héros requiert tellement d'efforts! Nynaeve trouvait toujours le moyen de me faire travailler.*

Sandar vint près de lui, regardant en fronçant les sourcils le Puissant Seigneur recroquevillé sur lui-même. « Il n'a pas l'air tellement majestueux étendu là par terre, dit-il d'une voix étonnée. Il ne paraît pas plus grand que moi. »

Mat sursauta et scruta le fond de la salle qu'un homme venait de traverser d'un pas rapide au débouché d'un couloir transversal. *Que je brûle, si je ne savais pas que c'est stupide, je jurerais que c'était Rand!*

« Sandar, trouvez donc ce... » commença-t-il, en balançant son bâton pour le poser sur son épaule et s'interrompant comme celui-ci tapait dans quelque chose avec un bruit mat.

Se retournant à toute vitesse, il se retrouva face à un autre Puissant Seigneur à moitié vêtu, celui-ci avec son épée par terre, s'affaissant sur les genoux et portant les deux mains à sa tête, à l'endroit où le bâton de Mat lui avait fendu le cuir chevelu. Mat se hâta de lui donner un ferme coup dans l'estomac avec le bout de son bâton pour qu'il abaisse ses mains, puis lui en asséna un autre sur la tête, de sorte qu'il s'affaissa en tas par-dessus son épée.

« La chance, Sandar, murmura-t-il. On ne peut rien contre cette bon sang de chance. Maintenant, pourquoi ne trouvez-vous pas ce fichu chemin secret que les Puissants Seigneurs empruntent pour se rendre aux cachots? » Sandar avait affirmé qu'il existait un escalier de ce genre et que descendre par là éviterait d'avoir à courir presque tout du long de la Pierre. Mat ne se sentait pas de sympathie pour des hommes si impatients d'assister aux tortures des gens soumis à la question qu'ils voulaient un itinéraire rapide pour aller de leurs appartements aux prisonniers.

« Réjouissez-vous plutôt d'avoir autant de chance, répliqua Sandar d'une voix tremblante, sinon celui-ci nous aurait tués tous les deux avant que nous l'apercevions. Je sais que la porte se trouve quelque part par ici. Vous venez ? Ou avez-vous l'intention d'attendre qu'arrive un autre Puissant Seigneur ?

— Passez devant. » Mat enjamba le Puissant Seigneur inconscient. « Je ne suis pas un fichu héros. »

Il suivit au pas gymnastique le preneur-de-larrons qui examinait les hautes portes devant lesquelles ils passaient, en murmurant qu'il savait qu'elle était quelque part par ici.

## *55. Ce qui est écrit dans les Prophéties*

Rand pénétra lentement dans la salle, avançant parmi les majestueuses colonnes de grès rouge poli qu'il se rappelait de ses rêves. Le silence régnait dans l'obscurité, pourtant quelque chose l'appelait. Et quelque chose lançait des éclairs devant lui, une lueur momentanée repoussant la pénombre, un phare. Il sortit d'entre les colonnes, se retrouva sous une haute coupole, et il vit ce qu'il cherchait. *Callandor,* dressée dans le vide la garde vers le bas, attendant nulle autre main que celle du Dragon Réincarné. En tournant sur elle-même, elle brisait en mille éclats le peu de clarté qu'il y avait et, de temps en temps, elle flamboyait comme si elle émettait sa propre lumière. L'appelant. L'attendant.

*Si je suis le Dragon Réincarné. Si je ne suis pas seulement un demi-fou accablé par la malédiction de pouvoir canaliser, une marionnette qui danse pour Moiraine et la Tour Blanche.*

« Prenez-la, Lews Therin. Prenez-la, Meurtrier-des-Vôtres. »

Il se retourna d'un seul coup du côté de la voix. L'homme de haute taille aux cheveux blancs coupés court qui émergeait de la pénombre entre les colonnes avait un air familier. Rand ne voyait pas du tout qui il était, ce personnage en tunique de soie rouge avec des bandes noires sur ses manches bouffantes et des chausses noires enfoncées dans des bottes ornées d'élégantes ciselures d'argent. Il ne le connaissait pas, cet homme, mais il l'avait vu dans ses rêves. « Vous les avez mises dans une cage, dit-il. Egwene,

Nynaeve et Elayne. Dans mes rêves. Vous ne cessiez de les enfermer dans une cage et de les faire souffrir. »

L'autre eut un geste dédaigneux de la main. « Elles sont moins que rien. Peut-être un jour, quand elles auront été dressées, mais pas maintenant. Je confesse ma surprise que vous y ayez assez tenu pour leur trouver une utilité, mais vous avez toujours été un imbécile, toujours prêt à faire passer votre cœur avant le pouvoir. Vous êtes venu trop tôt, Lews Therin. Maintenant vous devez accomplir ce pour quoi vous n'êtes pas encore prêt, sinon mourez. Mourez, en sachant que vous aurez laissé entre mes mains ces femmes auxquelles vous êtes attaché. » Il parut attendre quelque chose, plein d'espoir. « J'ai l'intention de les utiliser davantage, Meurtrier-des-Vôtres. Elles me serviront, serviront ma puissance. Et cela leur causera beaucoup plus de souffrances qu'elles n'en ont déjà subi. »

Derrière Rand, *Callandor* lança un éclair, projetant contre son dos une onde de chaleur. « Qui êtes-vous ?

— Vous ne vous souvenez pas de moi, hein ? » L'homme aux cheveux blancs éclata de rire. « Je ne me souviens pas de vous non plus, sous cette apparence. Un petit gars de la campagne avec un étui à flûte sur le dos. Ishamael a-t-il dit la vérité ? Il a toujours été prêt à mentir quand cela lui permettait de gagner un pouce ou une seconde. Ne vous rappelez-vous rien, Lews Therin ?

— Un nom ! questionna Rand d'un ton impératif. Quel est votre nom ?

— Appelez-moi Be'lal. » Le Réprouvé se montra visiblement offusqué que Rand ne réagisse pas à ce nom. « Prenez-la ! » ordonna-t-il avec un geste bref vers l'épée derrière Rand. « Il y a eu un temps où nous sommes partis pour la guerre en chevauchant botte à botte et à cause de cela je vous donne une chance. Rien qu'une chance, mais une chance de vous sauver, une chance de sauver ces trois femmes que j'ai l'intention de transformer en favorites dociles à mes ordres. Prenez l'épée, *paysan*. Peut-être sera-ce suffisant pour vous aider à survivre. »

Rand se mit à rire. « Croyez-vous m'effrayer si facilement, Réprouvé ? Ba'alzamon lui-même m'a donné la chasse. Croyez-vous que je vais trembler à présent devant vous ? Me prosterner devant un Réprouvé alors que j'ai renié le Ténébreux à sa face ?

— C'est ce que vous croyez? dit Be'lal à mi-voix. Vraiment vous ne savez rien. » Soudain il y eut une épée dans ses mains, une épée à la lame forgée dans du feu noir. « Prenez-la ! Prenez *Callandor* ! Depuis trois mille ans, pendant que j'étais emprisonné, elle a attendu ici. Pour vous. Un des plus puissants *sa'angreals* que nous ayons jamais créés. Prenez-la et défendez-vous, si vous en êtes capable ! »

Il s'avança sur Rand comme pour le forcer à reculer vers *Callandor,* mais Rand leva les mains — le *saidin* l'envahit : délicieux afflux du Pouvoir; écœurante abomination de la souillure — et il tint une épée forgée d'une flamme rouge, une épée avec la marque du héron sur sa lame ardente. Il se lança dans les postures que Lan lui avait enseignées jusqu'à ce qu'il passe de l'une à l'autre comme dans des figures de danse. Couper-la-Soie. L'Eau-coule-le-long-de-la-pente. Le-Vent-et-la-Pluie. La lame de feu noir heurtait celle de feu rouge dans des gerbes d'étincelles, des rugissements de métal chauffé à blanc qui vole en éclats.

Rand se remit avec souplesse en posture de défense, en s'efforçant de ne pas laisser voir le soudain ébranlement de son assurance. Il y avait aussi un héron sur la lame noire, un oiseau sombre au point d'être presque invisible. Il avait affronté une fois un homme armé d'une lame d'acier frappée au héron et avait tout juste réussi à survivre. Il savait n'avoir lui-même pas vraiment droit à la marque de maître à l'épée; cette marque était sur l'épée que lui avait donnée son père et, quand il pensait à une épée entre ses mains, c'est celle-là qu'il avait en tête. Une fois, il avait choisi la mort, comme le Lige le lui avait enseigné, mais cette fois-ci, il le savait, sa mort serait définitive. Be'lal était plus expert que lui au maniement de l'épée. Plus fort. Plus rapide. Un vrai maître ès armes.

Le Réprouvé rit, amusé, pointant sa lame en vifs moulinets de chaque côté de lui ; le feu noir rugissait comme si la course rapide à travers l'air l'attisait. « Vous étiez meilleur tireur à l'épée, jadis, Lews Therin, commenta-t-il d'un ton moqueur. Vous rappelez-vous quand nous avons choisi ce sport anodin appelé les armes et appris à tuer avec, ainsi que les volumes anciens disaient que les hommes le faisaient autrefois ? Vous rappelez-vous seulement un de ces combats désespérés, une de nos pires défaites ? Non, bien sûr. Vous ne vous souvenez de rien, n'est-ce pas ? Cette fois, vous n'en avez pas appris assez. Cette fois, Lews Therin, je vous tuerai. » La dérision de Be'lal s'accentua. « Peut-être que si vous preniez *Callandor,* vous prolongeriez un peu votre vie. Un petit peu. »

Il avançait avec lenteur, presque comme pour donner à Rand le temps d'agir selon sa suggestion, le temps de se retourner et de courir jusqu'à *Callandor,* jusqu'à l'Épée-qui-ne-peut-pas-être-touchée, de la saisir. Seulement les doutes étaient encore trop puissants dans l'esprit de Rand. *Callandor* ne pouvait être touchée que par le Dragon Réincarné. Il s'était laissé proclamer tel pour cent raisons qui semblaient ne pas offrir le choix à l'époque. Mais était-il vraiment le Dragon Réincarné ? S'il se précipitait pour toucher *Callandor* pour de bon, pas dans un rêve, sa main rencontrerait-elle un mur invisible tandis que Be'lal l'abattrait par-derrière ?

Il affronta le Réprouvé avec l'épée qu'il connaissait, la lame de feu forgée avec le *saidin.* Et fut repoussé. La Feuille-qui-tombe s'opposa à la Soie-Humide. Le Chat-danse-sur-le-mur rencontra le Sanglier-qui-déboule-la-pente. La Rivière-ronge-sa-berge faillit lui coûter sa tête et il dut se rejeter inélégamment de côté, la flamme noire lui effleurant les cheveux, se rouler et se redresser pour affronter la Pierre-tombe-de-la-montagne. Méthodiquement, délibérément, Be'lal le forçait à reculer selon une spirale qui se resserrait lentement sur *Callandor.*

Des clameurs se répercutaient entre les colonnes, des cris, le cliquetis de l'acier, mais Rand les entendait à peine. Lui et Be'lal n'étaient plus seuls dans le Cœur de la Pierre. Des hommes revêtus de cuirasses et coiffés de casques se battaient à l'épée contre des formes voilées, pareilles à des ombres, qui surgissaient d'entre les colonnes en frappant avec de courtes lances. Quelques-uns des soldats formèrent un rang ; des flèches jaillies de la pénombre les touchèrent à la gorge, au visage, et ils moururent alignés. Rand ne remarquait pratiquement pas la bataille, même quand des hommes s'effondraient morts à quelques pas de lui. Son propre combat était trop acharné ; il mobilisait toute sa concentration. Une humidité tiède ruisselait le long de son flanc. La vieille blessure s'était rouverte.

Il trébucha subitement, ne voyant le cadavre à ses pieds que lorsqu'il se retrouva gisant à plat dos sur les dalles de pierre, par-dessus l'étui de sa flûte.

Be'lal, un rictus aux lèvres, leva sa lame de feu noir. « Prends-la ! Prends *Callandor* et défends-toi ! Prends-la ou je te tue à l'instant ! Si tu ne la prends pas, je te massacre !

— Non ! »

Même Be'lal sursauta en entendant l'accent de commandement dans cette voix de femme. Le Réprouvé recula hors d'atteinte de l'arc décrit par l'épée de Rand et tourna la tête pour regarder, les sourcils froncés, Moiraine qui s'avançait au milieu de la bataille sans se soucier des tueries autour d'elle. « Je vous croyais mise hors jeu, femme. Peu importe. Vous n'êtes qu'un désagrément. Un insecte piqueur. Un bitème. Je vous enfermerai dans une cage avec les autres et vous enseignerai à servir l'Ombre avec vos petits pouvoirs », acheva-t-il avec un sourire dédaigneux et il leva sa main libre.

Moiraine ne s'était pas arrêtée ni n'avait ralenti pendant qu'il parlait. Elle se trouvait au plus à trente pas de lui quand il leva la main, et elle leva en même temps les deux siennes. La surprise se peignit aussitôt sur le visage du Réprouvé et il eut le temps de hurler : « Non ! » Puis une barre de feu blanc plus brûlante que le soleil s'élança d'entre les mains de l'Aes Sedai, un trait éblouissant qui bannit toute pénombre. Devant cette barre, Be'lal devint une forme d'atomes chatoyants, des poussières dansant dans la lumière en moins d'un battement de cœur, particules consumées avant que son cri soit éteint.

Le silence régna dans la salle tandis que cette barre de lumière disparaissait, silence à part les gémissements des blessés. Le combat s'était arrêté net, les hommes voilés et les hommes cuirassés immobilisés, les uns et les autres comme figés.

« Il avait raison sur un point, dit Moiraine aussi froidement sereine que si elle se trouvait dans une prairie. Tu dois prendre *Callandor*. Il avait l'intention de te tuer pour l'avoir, mais elle t'appartient par droit de naissance. Mieux aurait valu et de beaucoup que tu en saches davantage avant que ta main tienne cette poignée, toutefois tu es arrivé maintenant au moment crucial et le temps manque désormais pour apprendre. Prends-la, Rand. »

Des fouets d'éclair noir enroulèrent leur mèche autour d'elle ; elle hurla quand ils la soulevèrent, l'envoyèrent glisser sur le sol comme un sac jusqu'à ce qu'elle heurte une des colonnes.

Rand leva les yeux vers l'endroit d'où s'était déclenchée cette foudre. Il y avait une ombre plus épaisse là-haut, près du sommet de la colonne, une noirceur qui rendait toutes les autres ombres aussi claires que le ciel en plein jour et, dans cette noirceur, deux yeux de feu le fixaient.

Lentement l'ombre descendit, prenant la forme de Ba'alzamon, vêtu de noir absolu, du noir d'un Myrddraal. Pourtant même ce noir n'était pas aussi intense que l'ombre qui s'attachait à lui. Il se tenait en l'air, à trois mètres du sol, regardant Rand avec une expression de rage aussi fulminante que ses yeux. « Par deux fois dans cette vie, je t'ai offert la chance de me servir vivant. » Des flammes bondissaient dans sa bouche quand il parlait, et chaque mot avait un grondement de fournaise. « Par deux fois tu as refusé et tu m'as blessé. Maintenant c'est dans la mort que tu serviras le Seigneur de la Tombe. Meurs, Lews Therin Meurtrier-des-Tiens. Meurs, Rand al'Thor. Le temps est venu pour toi de mourir ! Je te prends ton âme ! »

Pendant que Ba'alzamon allongeait la main, Rand se redressa, se jeta dans un sursaut désespéré vers *Callandor* qui scintillait et flamboyait dans les airs. Il ne savait pas s'il arriverait à l'atteindre, ou à la toucher s'il le pouvait, mais il était certain que c'était son unique chance.

Le coup de Ba'alzamon le frappa au moment où il bondissait, l'atteignit en plein corps, une sensation de déchirure et d'écrasement, pour arracher quelque chose de lui, pour tenter d'emporter une portion de lui-même. Rand poussa un cri perçant. Il eut l'impression de s'affaisser à la façon d'un sac vide, comme s'il avait été retourné à l'envers. La douleur dans son flanc, la blessure reçue à Falme, était presque bienvenue, quelque chose à quoi se raccrocher, un rappel de la vie. Sa main se referma convulsivement. Sur la poignée de *Callandor.*

Le Pouvoir Unique se rua à travers lui, en torrent plus violent qu'il ne l'aurait imaginé, du *saidin* dans l'épée. La lame de cristal devint encore plus éclatante même que le feu de Moiraine. Impossible de la regarder, impossible désormais de se rendre compte que c'était une épée, c'était seulement possible de voir que de la lumière flamboyait dans son poing. Rand combattit ce flot, lutta contre la marée implacable qui menaçait de l'emporter, tout ce qui était réellement lui, dans l'épée. Le temps d'un battement de cœur qui dura des siècles, il resta suspendu, oscillant, à la limite d'être emporté comme du sable par un mascaret. Avec une lenteur infinie, son équilibre s'affermit. C'était encore comme s'il se tenait pieds nus sur le fil d'un rasoir au-dessus d'un trou sans fond, cependant quelque chose lui dit qu'il ne pouvait pas s'attendre à mieux. Pour canaliser cette quantité du Pouvoir, il devait danser sur ce fil tranchant comme il avait dansé les figures de combat avec l'épée.

Il se tourna face à Ba'alzamon. L'arrachement à l'intérieur de son corps avait cessé dès que sa main avait touché *Callandor.* Rien qu'une seconde s'était écoulée, qui pourtant avait paru durer une éternité. « Vous n'aurez pas mon âme ! cria-t-il. À présent, je suis résolu à en finir une fois pour toutes ! Je veux en finir maintenant ! »

Ba'alzamon s'enfuit, l'homme et l'ombre disparurent.

Pendant un instant, Rand réfléchit, les sourcils froncés. Il y avait eu une sensation de... repli... au départ de Ba'alzamon. Une torsion, comme si Ba'alzamon avait en quelque sorte *courbé* ce qui était. Sans s'occuper des hommes qui le regardaient fixement, sans s'occuper de Moiraine recroquevillée à la base de la colonne, Rand se servit de *Callandor* pour atteindre et tordre le monde réel afin d'ouvrir une porte donnant sur quelque part ailleurs. Il ne savait pas ce qu'était cet ailleurs sinon que Ba'alzamon y était parti.

« Désormais, je suis le chasseur », dit-il, et il franchit le seuil de cette porte.

* * *

Les dalles tremblèrent sous les pieds d'Egwene. La Pierre trembla, puis résonna. Egwene reprit son équilibre et s'arrêta, l'oreille tendue. Il n'y eut pas d'autre son, pas d'autre secousse. Quoi qu'il se fût produit, c'était fini. Elle reprit sa marche précipitée. Une porte constituée de barreaux de fer se dressa en travers de son chemin, avec une serrure grosse comme sa tête. Elle canalisa la Terre avant d'y arriver et, quand elle fit pression sur les barreaux, la serrure se fendit en deux.

Elle traversa rapidement la salle qui se trouvait derrière, s'efforçant de ne pas regarder les objets accrochés aux murs. Fouets et tenailles de fer étaient les plus anodins. Avec un léger frisson, elle poussa pour l'ouvrir une grille de fer plus petite et pénétra dans un couloir où s'alignaient des portes de bois brut, où de distance en distance des torches de jonc brûlaient dans des supports de fer; elle éprouva presque autant de soulagement à laisser derrière elle ces objets suspendus qu'à découvrir ce qu'elle cherchait. *Mais quelle cellule ?*

Les portes de bois s'ouvrirent aisément. Certaines n'étaient pas fermées à clef et, sur les autres, les serrures ne résistèrent pas mieux que la plus grande de tout à l'heure. Par contre, chaque cellule était vide. *Bien sûr. Personne ne chercherait à se voir en rêve dans un lieu pareil. Les prisonniers qui parviendraient à entrer au* Tel'aran'rhiod *rêveraient d'un endroit plus agréable.*

Pendant un instant, Egwene éprouva un sentiment proche du désespoir. Elle avait voulu croire que découvrir leur cellule ferait une différence. Pourtant même la trouver pouvait être impossible. Ce premier couloir continuait à l'infini et d'autres couloirs le croisaient.

Tout à coup, elle vit quelque chose vaciller et disparaître juste devant elle. Une forme encore plus immatérielle que celle de Joiya Byir. Celle d'une femme, pourtant. Elle en était sûre. Une femme assise sur un banc à côté de la porte d'une des cellules. L'image réapparut, et s'effaça. Il n'y avait pas à se méprendre sur ce cou gracile et ce visage au teint clair, à l'expression apparemment innocente, avec ses paupières papillotantes près de succomber au sommeil. Amico Nagoyin était en train de s'endormir, rêvant de ses devoirs de gardienne de prison. Et apparemment jouait en somnolant avec un des *ter'angreals* volés. Egwene le comprenait, cela ; cesser d'utiliser celui que Vérine lui avait donné, même pendant quelques jours, lui avait demandé un grand effort.

Elle savait qu'il était possible d'isoler une femme de la Vraie Source même si elle avait déjà appelé à elle la *saidar*, mais défaire un tissage déjà établi devait être bien plus difficile que dresser un barrage devant le flux avant qu'il commence. Egwene disposa les dessins du tissage, les apprêta, renforçant beaucoup plus cette fois les fils de l'Esprit, les formant plus épais et plus lourds, en un tissu plus dense avec une lisière tranchante comme un couteau.

La forme vacillante de l'Amie des Ténèbres réapparut et Egwene frappa avec les flux d'Air et d'Esprit. Pendant un instant, quelque chose sembla résister au tissage de l'Esprit et Egwene le poussa de toute sa force. Il glissa en place.

Amico Nagoyin hurla. C'était un son grêle, à peine audible, aussi peu perceptible qu'elle l'était elle-même, et elle paraissait presque une ombre de ce qu'avait été Joiya Byir. Pourtant les liens tissés avec de l'Air la retenaient ; elle ne disparut plus. La terreur déformait le ravissant visage de l'Amie des Ténèbres ; elle avait l'air de parler sans discontinuer, mais ses cris étaient des chuchotements trop bas pour qu'Egwene les perçoive.

Tout en disposant les tissages autour de la Sœur Noire, Egwene concentra son attention sur la porte de la cellule. Avec impatience, elle laissa le flux de Terre inonder la serrure de fer. Celle-ci tomba en poussière noire, dans un nuage qui se dissipa totalement avant de toucher le sol. Egwene ouvrit vivement la porte et ne fut pas surprise de trouver la cellule vide à part une torche de jonc qui brûlait.

*Mais Amico est isolée et la porte est ouverte.*

Pendant un instant, elle réfléchit à ce qu'elle allait faire ensuite. Puis elle sortit du rêve...

... et s'éveilla avec toutes ses meurtrissures, ses courbatures et sa soif, avec le mur de la cellule contre son dos, les yeux fixés sur la porte de la cellule hermétiquement fermée. *Évidemment. Ce qui arrive aux êtres vivants là-bas reste réel quand ils s'éveillent. Ce que j'ai fait à la pierre, au fer ou au bois n'a pas d'effet dans le monde éveillé.*

Nynaeve et Elayne étaient toujours agenouillées à côté d'elle.

« Quiconque se trouve là au-dehors, dit Nynaeve, a crié il y a quelques instants, mais rien d'autre ne s'est produit. As-tu découvert un moyen de sortir ?

— Nous devrions pouvoir nous en aller, répondit Egwene. Aidez-moi à me lever et je vais me débarrasser de cette serrure. Amico ne nous dérangera pas. Ce cri était le sien. »

Elayne secoua la tête. « Depuis ton départ, j'ai essayé d'atteindre la *saidar*. C'est différent à présent, mais je suis toujours isolée d'elle. »

Egwene forma le vide en elle, devint le bouton de rose s'ouvrant à la *saidar*. Le mur invisible se dressait toujours là. Il faiblissait maintenant. Il y avait des moments où elle avait presque l'impression qu'elle sentait la Vraie Source commencer à l'emplir du Pouvoir. Presque. L'écran s'effaçait et réapparaissait trop vite pour qu'elle le détecte. Il pouvait tout aussi bien être encore intact.

Elle regarda ses deux compagnes avec stupeur. « Je l'ai liée. Je l'ai isolée. Elle est un être vivant, pas du fer inerte. Elle doit sûrement être encore isolée.

— Quelque chose est arrivé à l'écran posé autour de nous, expliqua Elayne, mais Amico réussit encore à le maintenir en place. »

Egwene laissa sa tête retomber en arrière contre le mur. « Je vais devoir essayer de nouveau.

— Es-tu assez forte ? » Elayne esquissa une grimace. « Pour parler carrément, tu as l'air encore plus faible qu'avant. Cette tentative t'a mise à plat, Egwene.

— Je suis suffisamment en forme là-bas. » Elle se sentait plus lasse, moins solide, mais c'était l'unique chance qu'elle leur voyait. Elle le dit et l'expression de ses compagnes confirma qu'elles étaient d'accord avec elle, encore qu'à regret.

« Peux-tu te rendormir si vite ? questionna finalement Nynaeve.

— Chantez-moi quelque chose. » Egwene réussit à sourire. « Comme quand j'étais petite. S'il vous plaît ? » Tenant la main de Nynaeve dans l'une des siennes, l'anneau de pierre serré dans l'autre, elle ferma les yeux et tenta de trouver le sommeil dans l'air sans paroles fredonné en sourdine.

La vaste porte aux barreaux de fer était ouverte et il n'y avait aucun signe de vie dans la salle qui se trouvait derrière, mais Mat entra prudemment. Sandar était encore dans le hall, s'efforçant de guetter des deux côtés à la fois, persuadé qu'un Puissant Seigneur ou peut-être une centaine de Défenseurs allaient apparaître d'un moment à l'autre.

Il n'y avait pas d'hommes dans la salle présentement — et à voir les repas inachevés sur une longue table, ils étaient partis précipitamment ; sans doute à cause de la bataille au-dessus — et, d'après l'apparence des objets sur les murs, Mat fut tout aussi content de ne pas avoir eu à en rencontrer un. Des fouets de tailles et de longueurs différentes, de différentes épaisseurs, avec un nombre différent de mèches. Des pinces, des tenailles, des étaux et des fers. Des choses qui ressemblaient à des bottes de métal, des gantelets, des casques, couverts de grands écrous comme pour les resserrer. Des choses dont il n'imaginait même pas l'usage. S'il avait rencontré les hommes qui se servaient de ces choses-là, il se dit qu'il aurait sûrement vérifié qu'ils étaient bien morts avant de repartir.

« Sandar ! souffla-t-il d'un ton de reproche. Allez-vous rester là-bas toute cette fichue nuit ! » Il se hâta vers la porte du fond — à barreaux comme l'autre, mais plus petite — sans attendre de réponse et en franchit le seuil.

Le couloir au-delà était jalonné de portes en bois brut et éclairé par les mêmes torches de jonc que la salle qu'il venait de quitter. À tout au plus vingt pas de lui, une femme était assise sur un banc à côté d'une des portes, adossée au mur dans une posture curieusement raide. Elle tourna lentement la tête vers lui au bruit de ses bottes crissant sur le sol en pierre. Une jolie jeune femme. Il se demanda pourquoi elle ne bougeait que la tête et pourquoi même celle-ci se déplaçait comme si la jeune femme était à moitié endormie.

Était-ce une prisonnière ? *Dehors, dans le couloir ? Pourtant personne avec un visage pareil ne pouvait être de ces gens qui se servent des choses accrochées à ces murs.* Elle avait l'air presque endormie, avec les yeux seulement en partie ouverts. Et la souffrance peinte sur ce ravissant visage faisait sûrement d'elle une des suppliciés, pas une tortionnaire.

« Arrêtez ! cria Sandar derrière lui. C'est une Aes Sedai ! Elle est une de celles qui ont capturé les femmes que vous cherchez ! »

Mat se figea un pied en l'air, les yeux fixés sur la jeune femme. Il se rappelait Moiraine lançant des boules de feu. Il se demanda s'il réussirait à détourner une boule de feu avec son bâton. Il se demanda si sa chance le servirait au point qu'il coure plus vite qu'une Aes Sedai.

« Au secours », dit-elle d'une voix faible. Ses yeux semblaient encore presque endormis, mais la supplication dans sa voix était bien nette. « Aidez-moi. Je vous en prie ! »

Mat cligna les paupières. Elle n'avait toujours pas remué un muscle au-dessous de son cou. Avec précaution, il se rapprocha, intimant du geste à Sandar de cesser de gémir qu'elle était une Aes Sedai. Elle tourna la tête pour le suivre. Pas plus que cela.

Une grande clef de fer pendait à sa ceinture. Pendant une minute, il hésita. Une Aes Sedai, disait Sandar. *Pourquoi ne fait-elle pas un mouvement ?* Ravalant sa salive, il dégagea la clef avec autant de circonspection que s'il tentait de retirer un morceau de viande d'entre les mâchoires d'un loup. Elle roula les yeux vers la porte à côté d'elle et émit le même son qu'un chat qui vient de voir arriver dans la pièce un énorme chien tout grondant et qui sait qu'il n'a aucune issue pour se sauver.

Il ne comprit pas mais, pour autant qu'elle n'essayait pas de l'empêcher d'ouvrir cette porte, peu lui importait pourquoi elle restait assise là comme un mannequin bourré de paille destiné à épouvanter les corbeaux. D'autre part, il se dit que peut-être se trouvait derrière la porte quelque chose valant la peine d'avoir peur. *Si elle est une de celles qui ont pris Egwene et ses amies, cela tombe sous le sens qu'elle les garde.* Des larmes coulèrent des yeux de la jeune femme. *Seulement elle donne l'impression qu'il y a un Demi-Homme là-dedans.* Mais il n'y avait qu'un moyen de le découvrir. Accotant son bâton de combat contre le mur, il tourna la clef dans la serrure et ouvrit brusquement la porte, prêt à fuir en cas de besoin.

Nynaeve et Elayne étaient agenouillées sur le sol avec Egwene apparemment endormie entre elles. Il eut le souffle coupé à la vue du visage bouffi d'Egwene et changea sa conclusion concernant son sommeil. Les deux autres jeunes femmes se tournèrent vers lui quand il repoussa le battant — elles étaient presque aussi meurtries qu'Egwene. *Que je brûle! Que je brûle!* — et le regardèrent, stupéfaites.

« Matrim Cauthon, s'écria Nynaeve d'un ton scandalisé, par la Lumière, qu'est-ce que tu fabriques ici?

— Bon sang, je suis là pour vous délivrer, répliqua-t-il. Que je brûle si je m'attendais à être accueilli comme si j'étais venu voler une tarte. Racontez-moi si vous voulez pourquoi vous avez l'air de vous être battues contre des ours dernièrement. Au cas où Egwene ne pourrait pas marcher, je la porterai sur mon dos. Il y a des Aiels du haut en bas de la Pierre, ou peu s'en faut, et soit ils sont en train de tuer ces bon sang de Défenseurs, soit ces bon sang de Défenseurs les tuent, mais quoi qu'il arrive, mieux vaut filer d'ici pendant que nous en avons la fichue possibilité. Si nous l'avons!

— Surveille ta façon de parler », rétorqua Nynaeve, et Elayne lui adressa un de ces regards réprobateurs que les femmes savent si bien décocher. Toutefois, ni l'une ni l'autre ne paraissait y mettre beaucoup de cœur. Elles commencèrent à secouer Egwene comme si elle n'était pas couverte de plus de bleus qu'il n'en avait jamais vu dans sa vie.

Les paupières d'Egwene battirent et s'ouvrirent, et elle gémit. « Pourquoi m'avez-vous réveillée? Il faut que je comprenne. Si je relâche les liens que j'ai sur elle, elle s'éveillera et je ne la rattraperai jamais. Dans le cas contraire, elle ne peut pas s'endormir complètement et... » Ses yeux se posèrent sur lui et s'écarquillèrent. « Matrim Cauthon, par la Lumière, qu'est-ce que tu fabriques ici?

— Expliquez-lui, dit-il à Nynaeve. Je suis trop occupé à tenter de vous délivrer pour surveiller ma façon de par... » Elles avaient toutes les trois le regard fixé derrière lui, un regard fulminant comme si elles regrettaient de ne pas avoir un poignard sous la main.

Il se retourna d'un bond, mais il ne vit que Juilin Sandar, avec la mine de qui a avalé tout entière une prune pourrie.

« Elles ont de bonnes raisons, expliqua-t-il à Mat. Je... je les ai trahies. Mais j'y ai été obligé. » Ceci était adressé par-dessus la tête de Mat aux jeunes femmes. « Celle qui avait des quantités de nattes couleur de miel m'a parlé et je... j'ai dû m'exécuter. » Pendant un long moment, les trois continuèrent à le dévisager.

« Liandrin a des procédés détestables, Maître Sandar, finit par dire Nynaeve. Peut-être n'êtes-vous pas entièrement fautif. Nous verrons plus tard comment répartir la culpabilité.

— Si le malentendu est éclairci, dit Mat, pouvons-nous partir maintenant ? » Tout cela était clair comme de l'eau boueuse pour lui, mais il tenait davantage à s'en aller tout de suite.

Les trois amies le suivirent en boitillant dans le couloir, mais elles s'arrêtèrent autour de la jeune femme sur le banc. Elle roula les yeux de l'une à l'autre et geignit. « Je vous en prie. Je veux revenir à la Lumière. Je jurerai de vous obéir. Avec la Masse du Serment dans les mains, je jurerai. Je vous en prie, ne... »

Mat sursauta comme Nynaeve se cabrait en balançant son poing en arrière et projetait la jeune femme à bas du banc. Elle gisait par terre, les yeux enfin complètement clos, mais bien que couchée sur le côté, elle avait gardé exactement la même position que lorsqu'elle était sur le banc.

« Ça a disparu », dit Elayne d'une voix joyeuse.

Egwene se pencha pour fouiller dans l'escarcelle de la jeune femme inanimée, transférant dans la sienne quelque chose que Mat ne parvint pas à distinguer. « Oui. C'est une impression merveilleuse. Quelque chose a changé chez elle quand vous l'avez frappée, Nynaeve. Je ne sais pas ce que c'est, mais je l'ai senti. »

Elayne hocha la tête. « Je l'ai senti aussi.

— J'aimerais changer jusqu'à la moindre des choses en elle », dit farouchement Nynaeve. Elle prit la tête d'Egwene dans ses mains ; Egwene se dressa sur la pointe des pieds, haletante. Quand Nynaeve ôta ses mains pour les mettre sur Elayne, les meurtrissures d'Egwene avaient disparu. Celles d'Elayne s'effacèrent aussi vite.

« Sang et sacrées cendres ! dit Mat avec humeur. Qu'est-ce qui vous prend de frapper une femme qui était juste assise là ? Je crois qu'elle ne pouvait même pas bouger ! » Elles se retournèrent toutes les trois pour le regarder et il émit un son étranglé comme l'air autour de lui semblait se transformer en épaisse gelée. Il s'éleva jusqu'à ce que ses bottes pendillent à plus d'une demi-toise du sol. *Oh, que je brûle, le Pouvoir ! Voilà que j'avais peur que des Aes Sedai se servent contre moi de ce sacré Pouvoir et maintenant ces sacrées femmes à qui je porte secours le font ! Que je brûle !*

« Tu ne comprends rien, Matrim Cauthon, dit Egwene d'une voix impatientée.

— Jusqu'à ce que tu comprennes, dit à son tour Nynaeve d'une voix encore plus agacée, je suggère que tu gardes tes opinions pour toi. »

Elayne se borna à lui lancer un regard irrité qui lui rappela sa mère quand elle sortait couper une badine.

Sans trop savoir pourquoi, il se surprit à leur adresser le sourire qui avait si souvent poussé sa mère à aller chercher cette badine. *Que je brûle, si elles sont capables de ça, je ne vois pas comment on a jamais pu les enfermer sous clef dans cette cellule pour commencer !* « Ce que je comprends, c'est que je vous ai sorties d'un mauvais pas dont vous n'arriviez pas à vous tirer vous-mêmes et vous en avez toutes autant de gratitude qu'un bon sang de citoyen de Taren-au-Bac qui a mal aux dents !

— Tu as raison », répliqua Nynaeve, et ses bottes heurtèrent subitement le sol si fort qu'il en eut les dents ébranlées. Mais il pouvait de nouveau bouger. « Quoi qu'il m'en coûte de le dire, Mat, tu as raison. »

Il fut tenté de lancer quelque réplique sarcastique, mais le ton de Nynaeve n'exprimait déjà qu'assez peu d'excuse. « Est-ce que nous pouvons partir maintenant ? Comme la bataille continue, Sandar pense que lui et moi pourrons vous faire sortir par une petite poterne près du fleuve.

— Je ne m'en vais pas tout de suite, Mat, dit Nynaeve.

— J'ai l'intention de trouver Liandrin et de l'écorcher vive, déclara Egwene, presque comme si elle y songeait pour de bon.

— Tout ce que je désire, ajouta Elayne, c'est bourrer

Joiya Byir de coups de poing jusqu'à ce qu'elle crie comme un porc qu'on égorge, mais je me contenterai de n'importe quelle autre.

— Êtes-vous sourdes ? s'exclama-t-il avec humeur. Il y a une bataille en cours là-bas ! Je suis venu ici pour vous délivrer et j'entends bien y réussir ! » Egwene lui tapota la joue en passant à côté de lui et Elayne l'imita. Nynaeve n'eut qu'une petite aspiration dédaigneuse. Bouche bée, il les regarda s'éloigner. « Pourquoi n'avez-vous rien dit ? lança-t-il d'un ton mécontent au preneur-de-larrons.

— J'ai vu ce que parler vous avait valu, répliqua simplement Sandar. Je ne suis pas fou.

— Eh bien, je ne reste pas au beau milieu d'une bataille ! » cria-t-il à l'adresse des jeunes femmes. Elles étaient justement en train de franchir la petite porte fermée par une grille. « Je pars, vous entendez ? » Elles ne se retournèrent même pas. *Probable qu'elles se feront tuer là-bas ! Quelqu'un les embrochera sur son épée pendant qu'elles regarderont ailleurs !* Ronchonnant, il cala son bâton de combat en travers de son épaule et se mit à les suivre. « Est-ce que vous allez demeurer planté là ? appela-t-il à l'intention du preneur-de-larrons. Je ne suis pas venu jusque-là pour les laisser mourir maintenant ! »

Sandar le rattrapa dans la salle aux fouets. Les trois jeunes femmes en étaient déjà sorties, mais Mat avait le sentiment qu'elles ne seraient pas trop difficiles à retrouver. *Suffit de repérer les sacrés bonshommes suspendus en l'air ! Sacrées donzelles !* Pressant l'allure, il prit le pas gymnastique.

Perrin arpentait avec une résolution farouche les couloirs de la Pierre, à la recherche d'une trace de Faile. Il l'avait libérée à deux autres reprises, maintenant, une fois en brisant une cage de fer, ressemblant beaucoup à celle où était enfermé l'Aiel à Remen, et une seconde fois en forçant un coffre d'acier qui avait un faucon gravé sur le côté. Les deux fois, elle s'était dissoute dans l'air après avoir prononcé son nom. Sauteur trottait à côté de lui, flairant l'air. Si fin que fût le nez de Perrin, l'odorat du loup avait encore plus d'acuité ; c'est Sauteur qui les avait conduits au coffre.

Perrin se demanda s'il parviendrait jamais à la délivrer

pour de bon. Il n'y avait eu aucun signe d'elle depuis longtemps, semblait-il. Les couloirs de la Pierre étaient déserts, avec des lampes allumées, des tapisseries et des armes suspendues aux murs, mais rien ne bougeait excepté lui et Sauteur. *Excepté ce qui, je pense, était Rand.* Cela n'avait été qu'une vision fugitive, un homme courant comme s'il pourchassait quelqu'un. *Ce ne pouvait pas être lui. Impossible, mais je crois que c'était lui quand même.*

Sauteur se mit soudain à avancer plus vite, en direction d'une autre porte à deux battants, revêtus de bronze. Perrin essaya de rester à sa hauteur, trébucha et tomba à genoux, lançant une main en avant pour éviter de justesse de tomber la face contre le sol. La faiblesse le submergea comme si tous ses muscles s'étaient fondus en eau. Même après que la sensation eut disparu, elle avait emporté avec elle une partie de sa vigueur. Ce fut un effort de se remettre péniblement debout. Sauteur s'était retourné pour le regarder.

*Tu es présent ici trop ardemment, Jeune Taureau. La chair faiblit. Tu ne t'y cramponnes pas assez. Bientôt la chair et le rêve mourront ensemble.*

« Trouve-la, dit Perrin. C'est tout ce que je demande. Trouve Faile. »

Les yeux dorés rencontrèrent les yeux dorés. Le loup se détourna et trotta jusqu'à la porte. *Au-delà de ça, Jeune Taureau.*

Perrin atteignit la porte et poussa les battants. Ils ne cédèrent pas. Il n'y avait apparemment aucun moyen de les ouvrir, pas de poignées, rien à saisir. Un minuscule dessin était gravé dans le métal, si fin que ses yeux faillirent ne pas le voir. Des faucons. Des milliers de petits faucons.

*Elle doit être ici. Je ne crois pas que je pourrai tenir encore bien longtemps.* Poussant un cri, il abattit son marteau contre le bronze. Qui résonna comme un grand gong. Perrin frappa de nouveau, et le coup résonna plus fort. Un troisième coup, et les battants de bronze se brisèrent comme du verre.

À l'intérieur, à une centaine de pas de la porte rompue, un cercle de lumière entourait un faucon enchaîné à un perchoir. L'obscurité régnait dans tout le reste de cette vaste salle, l'obscurité et de légers bruissements comme de centaines d'ailes.

Il avança d'un pas dans la salle et un faucon jailli des ténèbres s'abattit, ses serres éraflant sa figure au passage. Il jeta un bras devant ses yeux — des serres lui déchirèrent l'avant-bras — et il se dirigea en chancelant vers le perchoir. Les oiseaux revenaient sans arrêt à la charge, les faucons plongeant, le frappant, le déchirant, mais il continuait à avancer d'un pas lourd avec du sang qui coulait le long de ses bras et de ses épaules, ce bras protégeant les yeux qu'il fixait sur le faucon perché. Il avait perdu le marteau ; il ne savait pas où mais ce qu'il savait, c'est que s'il allait à sa recherche, il mourrait avant de l'avoir trouvé.

Quand il atteignit le perchoir, les serres tranchantes le précipitèrent à genoux. Il regarda par-dessous son bras le faucon perché, qui lui rendit son regard de ses yeux sombres qui ne cillaient pas. La chaîne qui retenait la patte de ce faucon femelle était fixée au perchoir par un petit cadenas en forme de hérisson. Perrin saisit la chaîne à deux mains, sans se soucier des autres faucons qui étaient maintenant devenus un tourbillon de serres coupantes autour de lui, et avec ses dernières forces la brisa. La douleur et les faucons l'enveloppèrent d'obscurité.

Il ouvrit les yeux dans un paroxysme de souffrance cuisante, comme si son visage, ses bras et ses épaules avaient été tailladés par des milliers de couteaux. Peu importait. Faile agenouillée était penchée sur lui, ses yeux noirs en amande emplis d'inquiétude, et lui essuyait la figure avec un linge déjà trempé par son sang.

« Mon pauvre Perrin, dit-elle doucement. Mon pauvre forgeron. Tu es si gravement blessé. »

Avec un effort qui lui coûta une souffrance supplémentaire, il tourna la tête. Cette pièce était le salon particulier de l'*Auberge de l'Étoile* et, près d'un pied de la table, gisait un morceau de bois sculpté en forme de hérisson, cassé en deux. « Faile, chuchota-t-il pour elle. Mon faucon. »

Rand se trouvait toujours dans le Cœur de la Pierre, mais c'était différent. Ici, il n'y avait pas d'hommes qui se battaient, pas de cadavres, personne à part lui. Subitement, le son d'un grand gong retentit à travers la Pierre, puis retentit de nouveau, et les dalles mêmes vibrèrent sous ses pieds. Une troisième fois, le « boum » résonna mais s'interrompit net, comme si le gong avait été brisé. Tout fut silencieux.

*Où se trouve cet endroit ?* se demanda-t-il. *Plus important, où se trouve Ba'alzamon ?*

Comme pour lui répondre, un trait flamboyant comme celui créé par Moiraine jaillit des ombres entre les colonnes, droit vers sa poitrine. Son poignet tourna instinctivement l'épée ; c'est l'instinct autant qu'autre chose qui l'incita à envoyer des flux de *saidin* dans *Callandor,* une coulée du Pouvoir qui fit flamboyer l'épée encore plus brillamment que cette barre fonçant sur lui comme un éclair. Son équilibre aléatoire entre l'existence et la destruction oscilla. Ce torrent allait sûrement le consumer.

Le trait de lumière heurta la lame de *Callandor...* et se divisa sur son fil, bifurquant pour poursuivre sa course de chaque côté. Rand sentit sa tunique roussir à son proche passage, perçut l'odeur de la laine commençant à brûler. Derrière lui, les deux dents de feu gelé, de lumière liquide, frappèrent d'énormes colonnes de grès rouge ; où elles frappèrent, la pierre cessa d'exister et les barres ardentes traversèrent jusqu'à d'autres colonnes, anéantissant celles-là aussi instantanément. Le Cœur de la Pierre gronda tandis que les colonnes tombaient et se fracassaient dans des nuages de poussière, des éclaboussures de fragments de pierre. Toutefois, ce qui s'abattait dans la lumière n'était simplement... plus.

Un cri de rage sortit de l'ombre et le trait flambant de pure chaleur blanche disparut.

Rand brandit *Callandor* comme s'il attaquait quelque chose devant lui. La lumière blanche enveloppant sa lame s'allongea, darda son flamboiement droit devant et trancha la colonne de grès rouge qui avait caché le cri rageur. La pierre polie se coupa comme de la soie. La colonne fendue trembla ; une partie se détacha et tomba de la voûte, s'écrasant sur le sol en énormes tronçons déchiquetés. Comme ce grondement d'avalanche s'éteignait, Rand entendit par-dessous le bruit de bottes sur la pierre. Un bruit de course.

*Callandor* au poing, Rand se précipita à la poursuite de Ba'alzamon.

La haute arcade par laquelle on sortait du Cœur de la Pierre s'écroula quand il l'atteignit, le mur entier s'éboulant en nuages de poussière et de blocs de roche comme pour l'ensevelir, mais il lança le Pouvoir contre lui et tout devint poussière flottant dans l'air. Il continua à courir. Il n'aurait pas su dire ce qu'il avait fait, ni comment, mais il n'avait pas le temps d'y réfléchir. Il courait à la suite des pas de Ba'alzamon qui s'éloignaient, leur écho se propageant dans les couloirs de la Pierre.

Des Myrddraals et des Trollocs se matérialisèrent subitement, colossales formes bestiales et faces sans yeux convulsées par la rage de tuer, par centaines, de sorte qu'ils bloquaient le couloir devant et derrière lui, leurs épées courbes comme des faux et leurs lames d'un mortel acier noir avides de plonger dans son sang. Sans savoir comment, il les transforma en vapeur qui s'ouvrit devant lui — et disparut. L'air qui l'entourait devint soudain de la suie étouffante, obstruant ses narines, lui coupant le souffle, mais il le rendit de nouveau de l'air respirable, une brume fraîche. Des flammes jaillirent du sol sous ses pieds, giclant des murs, du plafond, furieux dards de feu qui réduisaient tentures et tapis, tables et coffres en traînées de cendres, précipitaient devant eux ornements et lampes métamorphosées en gouttes brûlantes d'or en fusion ; il abattit les feux, les durcit en émail rouge sur le roc.

Les pierres autour de lui se changèrent presque en brouillard ; la Pierre changea. La réalité trembla ; il la sentait se disloquer, se sentait lui-même se disloquer. Il était poussé hors du « ici » dans un autre endroit où rien du tout n'existait. *Callandor* flamboyait dans ses mains comme le soleil au point qu'il crut qu'elle allait fondre. Il crut que lui-même serait fondu par l'afflux du Pouvoir à travers lui, le torrent qu'il dirigea il ne savait trop comment pour refermer le trou qui s'était creusé autour de lui, pour se maintenir du côté de l'existence. La Pierre reprit sa solidité.

Il était bien loin d'imaginer ce qu'il avait fait. Le Pouvoir Unique se déchaînait en lui au point qu'il se reconnaissait à peine, au point qu'il était à peine lui-même, au point que ce qui était lui-même n'existait presque plus. Sa stabilité précaire chancela. De chaque côté, c'était la chute sans fin, l'oblitération par le Pouvoir qui courait à travers lui jusqu'à l'épée. C'est seulement dans la danse sur le fil tranchant du rasoir qu'il y avait de la sécurité, et encore, incertaine. *Callandor* rayonnait dans son poing à croire qu'il portait le soleil. Vaguement, au fond de lui, vacillante comme la flamme d'une chandelle dans une tempête, il y avait la certitude qu'en tenant en main *Callandor* il pouvait réussir n'importe quoi. N'importe quoi.

Le long de couloirs interminables il courait donc, dansant sur le fil du rasoir, pourchassant celui qui voulait le tuer, celui qu'il devait tuer. Il ne pouvait pas y avoir d'autre fin, cette fois-ci. Cette fois, l'un d'eux *devait* mourir ! Que Ba'alzamon en fût conscient également était évident. Toujours il fuyait, toujours se maintenait hors de vue, de sorte que seuls les bruits de sa fuite entraînaient Rand à continuer mais, même en fuyant, il transformait cette Pierre de Tear qui n'était pas la Pierre de Tear en adversaire de Rand, et Rand le contrait grâce à son instinct, au jugé et à la chance, il le contrait et courait sur ce fil aiguisé en parfait équilibre avec le Pouvoir, l'outil et l'arme qui le consumeraient totalement s'il trébuchait.

De l'eau remplit les couloirs du sol au plafond, épaisse et noire comme le fond de la mer, noyant la respiration. Il la transforma de nouveau en air, inconsciemment, et continua sa course — et soudain l'air devint pesant de sorte que chaque pouce de sa peau semblait supporter une montagne, le comprimant de toutes parts. Juste avant d'être broyé et réduit à rien, il choisit des flux dans le torrent de Pouvoir qui fonçait à travers lui — il ne savait pas comment ou lesquels ou pourquoi — et la pression disparut. Il poursuivit Ba'alzamon et l'air fut subitement de la roche compacte comme une gaine autour de lui, puis de la pierre fondue, puis rien du tout pour emplir ses poumons. Le sol sous ses bottes l'attirait comme si chaque livre en pesait un millier, puis toute pesanteur s'estompa de sorte qu'un pas l'envoya tournoyer en l'air. Des gueules invisibles s'ouvrirent pour arracher son esprit de son corps, pour extirper brutalement son âme. Il déjoua chaque piège et continua sa course ; ce que Ba'alzamon détournait de sa destination première pour l'anéantir, il le remettait en ordre sans se rendre compte comment. Il avait vaguement conscience que d'une certaine manière il ramenait les choses dans leur équilibre naturel, les forçait à s'accorder avec sa propre danse le long de cette ligne de partage d'une incroyable minceur entre l'être et le néant, mais cette intuition était lointaine. Toute la vigilance de son esprit s'attachait à la poursuite, à la chasse, à la mort qui devait y mettre fin.

Et voilà qu'il était de nouveau dans le Cœur de la Pierre, avançant à pas mesurés dans la trouée pleine de décombres de ce qui avait été un mur. Quelques-unes des colonnes pendaient à présent comme des dents brisées. Et Ba'alzamon reculait devant lui, les yeux ardents, enveloppé d'ombre. Des lignes noires comme des fils d'acier semblaient aller de Ba'alzamon à l'obscurité qui s'amoncelait autour de lui, disparaissant à d'inimaginables distances et hauteurs à l'intérieur de ces ténèbres.

« Je ne veux pas disparaître ! » s'écria Ba'alzamon. Sa bouche était du feu ; sa voix stridente se répercuta parmi les colonnes. « Je ne peux pas être vaincu ! Aidez-moi ! » Une partie de la pénombre qui l'enveloppait dériva jusqu'à ses mains, se forma en une boule si noire qu'elle parut même absorber la brillance de *Callandor*. Une subite expression de triomphe resplendit dans les flammes de ses yeux.

« Vous êtes fini ! » proclama Rand. *Callandor* tournoya dans sa main. Son éclat bouscula l'obscurité, trancha les fils d'acier noir autour de Ba'alzamon, et celui-ci se convulsa. Comme s'il avait été deux en un, il donna l'impression de s'amenuiser et de grandir en même temps. « Vous êtes perdu ! » Rand plongea la lame étincelante dans la poitrine de Ba'alzamon.

Ba'alzamon hurla et les feux de sa face lancèrent des flammes irrégulières dans tous les sens. « Imbécile ! dit-il d'une voix retentissante. On ne peut jamais vaincre le Grand Seigneur des Ténèbres ! »

Rand libéra la lame de *Callandor* au moment où le corps de Ba'alzamon s'affaissa et commença à tomber, tandis que l'ombre qui l'avait entouré disparaissait.

Et soudain Rand se retrouva dans un autre Cœur de la Pierre, entouré de colonnes toujours intactes, de combattants criant et mourant, hommes voilés et guerriers avec casque et cuirasse. Moiraine était encore recroquevillée à la base d'une colonne de grès rouge. Et aux pieds de Rand gisait le corps d'un homme, étendu sur le dos avec un trou brûlé dans la poitrine. Il aurait pu passer pour un bel homme d'âge mûr, si ce n'est qu'à la place où auraient dû être ses yeux et sa bouche se trouvaient des creux profonds d'où montaient des vrilles de fumée noire.

*J'ai réussi,* pensa-t-il. *J'ai tué Ba'alzamon, tué Shai'tan! J'ai gagné la Dernière Bataille! Ô Lumière, je suis bien le Dragon Réincarné! Le destructeur de nations, le Destructeur du Monde. Non! Je vais mettre un terme à la destruction, arrêter les tueries! Je vais les faire cesser!*

Il dressa *Callandor* au-dessus de sa tête. Des éclairs d'argent jaillirent de la lame en crépitant, des éclairs fulminants qui s'élançaient en arc vers la vaste coupole au-dessus. « Arrêtez! » cria-t-il. Le combat cessa; les hommes le regardèrent avec étonnement, par-dessus des voiles noirs, par-dessous le bord de casques ronds. « Je suis Rand al'Thor! proclama-t-il de sorte que sa voix résonna dans toute la salle. Je suis le Dragon Réincarné! » *Callandor* rayonnait dans sa main.

L'un après l'autre, hommes voilés et casqués, ils s'agenouillèrent devant lui en criant : « Le Dragon est Réincarné! Le Dragon est Réincarné! »

## *56. Le Peuple du Dragon*

D'un bout à l'autre de la ville de Tear, les gens s'éveillèrent à l'aube en parlant des rêves qu'ils avaient faits, des rêves du Dragon combattant Ba'alzamon dans le Cœur de la Pierre, et quand leurs yeux se levèrent vers la majestueuse forteresse de la Pierre ils aperçurent une bannière flottant à son point culminant. Sur un champ blanc se dessinait une forme sinueuse pareille à un grand serpent aux écailles rouges et or, mais avec une crinière de lion dorée et quatre pattes, chacune terminée par cinq griffes également dorées. Des hommes, abasourdis et effrayés, arrivèrent de la Pierre pour parler à voix basse de ce qui s'était produit au cours de la nuit, et hommes et femmes affluèrent dans les rues, les larmes aux yeux, tout en proclamant l'accomplissement des Prophéties.

« Le Dragon ! criaient-ils. Al'Thor ! Le Dragon ! Al' Thor ! »

Observant par une meurtrière haut placée sur la paroi de la Pierre, Mat secoua la tête tandis qu'il écoutait le chœur des voix qui montaient par vagues de la cité. *Eh bien, peut-être que c'est lui.* Il avait encore beaucoup de mal à admettre que Rand était réellement là.

Tout le monde dans la Pierre avait l'air d'accord avec le peuple massé en bas ou s'il y avait des gens qui ne l'étaient pas ils n'en laissaient rien paraître. Il avait vu Rand juste une fois depuis la nuit précédente, qui longeait à pas rapides un couloir avec *Callandor* à la main, entouré par une douzaine d'Aiels voilés et traînant après lui une nuée de citoyens de Tear, un groupe de Défenseurs de la Pierre et la plupart des quelques Puissants Seigneurs survivants. Les Puissants Seigneurs, du moins, semblaient croire que Rand aurait besoin d'eux pour l'aider à régner sur le monde ; toutefois, les Aiels maintenaient cette foule en arrière avec une expression sévère et leurs lances s'il le fallait. Ils étaient certainement persuadés que Rand était le Dragon, bien que l'appelant Celui-qui-vient-avec-l'Aube. Il y avait près de deux cents Aiels dans la Pierre. Ils avaient perdu un tiers des leurs dans le combat, mais ils avaient tué ou capturé dix fois plus de Défenseurs.

Comme il se détournait de la meurtrière, Mat aperçut Rhuarc. Il y avait un haut présentoir à une extrémité de la salle, des roues verticales sculptées et polies en bois clair à bandes sombres avec des rayons suspendus entre elles de telle façon que tous les rayons demeuraient à l'horizontale quand les roues tournaient. Chaque rayon supportait un gros livre, relié en or, les plats de sa couverture incrustés de gemmes scintillantes. L'Aiel avait ouvert un de ces livres et lisait. Des essais quelconques, pensa Mat. *Qui aurait imaginé qu'un Aiel lisait des livres ? Qui aurait imaginé qu'un sacré Aiel sache lire ?*

Rhuarc jeta un coup d'œil dans sa direction, tout yeux bleus froids et regard direct. Mat reporta vivement son attention ailleurs, avant que l'Aiel puisse déchiffrer ses pensées sur sa figure. *Du moins n'est-il pas voilé, grâces en soient rendues à la Lumière ! Que je sois brûlé, cette Aviendha était à deux doigts de m'arracher la tête quand je lui ai demandé si elle pouvait exécuter d'autres danses sans les lances.* Baine et Khiad présentaient un autre problème. Elles étaient certainement jolies et plus qu'amicales, mais il ne parvenait pas à parler à l'une sans que l'autre soit là. Les Aiels avaient l'air de trouver cocasses ses efforts pour se trouver seul à seule avec l'une d'elles et, aussi bien, Baine et Khiad. *Les femmes sont bizarres, mais les Aielles font paraître normales leurs bizarreries !*

La grande table au milieu de la salle, surchargée de sculptures et de dorures aux angles et sur ses pieds massifs, avait été conçue pour les réunions des Puissants Seigneurs. Moiraine était installée dans un des sièges aux allures de trône, avec la bannière aux Croissants de Tear reproduite en doré, cornaline polie et nacre sur leur dossier élevé. Egwene, Nynaeve et Elayne étaient assises près d'elle.

« Je ne peux toujours pas croire que Perrin est ici dans Tear, disait Nynaeve. Êtes-vous sûre qu'il va bien ? »

Mat secoua la tête. Que Perrin se soit trouvé dans la forteresse la nuit dernière ne l'aurait pas étonné. Le forgeron avait toujours été plus courageux que quiconque ayant du bon sens.

« Il se portait comme un charme quand je l'ai quitté. » La voix de Moiraine était sereine. « Qu'il continue à être en bonne santé, je l'ignore. Sa... compagne se trouve en grand danger et peut-être s'y est-il mis lui-même aussi.

— Sa compagne ? dit brusquement Egwene. Qu'est-ce... Qui est la compagne de Perrin ?

— Quelle sorte de danger ? questionna impérieusement Nynaeve.

— Rien qui doive vous inquiéter, répliqua calmement l'Aes Sedai. J'irai la voir dès que possible, d'ici peu. Je n'ai tardé que pour vous montrer ceci, que j'ai découvert parmi les *ter'angreals* et autres objets du Pouvoir que les Puissants Seigneurs ont rassemblés au fil des années. » Elle sortit quelque chose de son escarcelle et le posa sur la table devant elle. C'était un disque de la dimension d'une main d'homme, apparemment fait de deux lames emboîtées, une noire comme la poix, l'autre blanche comme la neige.

Mat crut se rappeler en avoir déjà vu d'autres pareils. Anciens comme celui-ci, mais cassés alors que celui-ci était intact. Trois, il en avait vu ; pas tous ensemble, mais tous en morceaux. Pourtant ce n'était pas possible ; il se souvenait qu'ils avaient été faits en *cuendillar*, qu'aucune force ne pouvait briser, pas même le Pouvoir Unique.

« Un des sept sceaux que Lews Therin Meurtrier-des-Siens et les Cent Compagnons ont apposés sur la prison du Ténébreux quand ils l'ont rescellée, dit Elayne, avec un petit hochement de tête approbateur comme si elle confirmait son souvenir.

— Plus précisément, rectifia Moiraine, un point de convergence pour un des sceaux. Toutefois, en substance, vous avez raison. Au cours de la Destruction du Monde, ils ont été dispersés et cachés par mesure de sécurité ; depuis les Guerres Trolloques, ils ont été réellement perdus. » Elle eut une brève aspiration dédaigneuse par le nez. « Je commence à ressembler à Vérine. »

Egwene secoua la tête. « Je suppose que j'aurais dû m'attendre à trouver cela ici. Par deux fois Rand a affronté Ba'alzamon et les deux fois il y avait un des sceaux à proximité.

— Et cette fois-ci intact, conclut Nynaeve. Pour la première fois, le sceau est intact. Comme si cela avait de l'importance, maintenant.

— Vous croyez que cela n'en a pas ? » La voix de Moiraine en dépit de sa sérénité laissait sous-entendre une menace, et ses jeunes compagnes la regardèrent en se rembrunissant.

Mat leva les yeux au ciel. Elles ne cessaient de parler de broutilles. Il n'aimait guère rester debout à moins de vingt pas de ce disque maintenant qu'il savait ce que c'était, quelle que fût la valeur de la *cuendillar,* mais... « Vous permettez ? » dit-il.

Elles se retournèrent toutes pour le dévisager comme s'il interrompait une conférence importante. *Que je brûle ! Extrayez-les d'un cachot, sauvez-leur la vie une demi-douzaine de fois entre elles toutes avant que la nuit soit finie et elles vous toisent aussi férocement que cette sacrée Aes Sedai ! Elles ne m'ont même pas remercié non plus, hein ? On aurait cru aussi que je fourrais mon nez dans ce qui ne me regardait pas, au lieu d'empêcher un de ces sacrés Défenseurs de pourfendre l'une ou l'autre de son épée.* À haute voix, il dit d'un ton conciliant : « Cela ne vous ennuie pas si je pose une question, hein ? Vous avez toutes discuté de ces... affaires... heu... d'Aes Sedai, et personne n'a pris la peine de m'expliquer quoi que ce soit.

— Mat ? » commença Nynaeve d'un ton réprobateur en tirant sur sa natte, mais Moiraine demanda, avec un calme juste teinté d'impatience : « Qu'est-ce que tu désires connaître ?

— Je veux savoir comment tout ceci peut s'être réalisé. » Il avait eu l'intention de garder une voix mesurée mais, malgré lui, il se passionna en poursuivant : « La Pierre de Tear est tombée ! Les Prophéties annonçaient que cela ne se produirait jamais avant l'arrivée du Peuple du Dragon. Cela signifie-t-il que c'est nous, ce fichu Peuple du Dragon ? Vous, moi, Lan et quelques centaines de fichus Aiels ? » Il avait vu le Lige au cours de la nuit ; décider qui, de Lan ou d'un Aiel, était le plus redoutable n'avait pas semblé facile. Comme Rhuarc se redressait et le regardait fixement, il ajouta précipitamment : « Heu, désolé, Rhuarc. La langue m'a fourché.

— Peut-être, répliqua lentement Moiraine. J'étais venue pour empêcher Be'lal de tuer Rand. Je ne m'attendais pas à voir tomber la Pierre de Tear. Peut-être que nous le sommes. Les Prophéties s'accomplissent selon ce qu'elles sont censées annoncer et non pas comme nous pensons qu'elles le devraient. »

*Be'lal.* Mat frissonna. Il avait entendu ce nom la nuit dernière et il ne l'aimait pas davantage en plein jour. S'il avait été au courant qu'un des Réprouvés était en liberté — et à l'intérieur de la forteresse — il ne se serait jamais approché de la Pierre. Il jeta un coup d'œil à Egwene, Nynaeve et Elayne. *Ah bah, je serais entré comme une fichue souris, en tout cas, pas en assommant des gens à droite et à gauche !* Sandar s'était esquivé hâtivement de la Pierre à la pointe du jour ; pour porter la nouvelle à Mère Guenna, avait-il prétendu, mais Mat pensait que c'était simplement pour échapper à ces regards inquisiteurs des trois jeunes femmes, qui avaient l'air de ne pas avoir encore définitivement déterminé ce qu'elles lui réservaient.

Rhuarc s'éclaircit la voix. « Quand un homme désire devenir chef de clan, il doit se rendre à Rhuidean, dans les terres des Aiels Jenn, le clan qui n'en est pas un. » Il parlait avec lenteur et regardait souvent le tapis de soie à franges rouges sous ses bottes souples, comme quelqu'un s'efforçant d'expliquer ce qu'il n'a pas du tout envie d'expliquer. « Les femmes qui souhaitent devenir Sagettes font aussi ce voyage, mais leur marque, si elles sont marquées, est gardée secrète entre elles. Les hommes qui sont choisis à Rhuidean, ceux qui survivent, reviennent marqués au bras gauche. Ainsi. »

Il releva ensemble les manches de sa tunique et de sa chemise pour découvrir son avant-bras gauche, à la peau beaucoup plus pâle que celle de ses mains et de son visage. Gravée dans la peau comme si elle en faisait partie, enroulée deux fois autour du bras, se campait la même forme rouge et or qui ondulait sur la bannière flottant au-dessus de la Pierre.

L'Aiel laissa retomber ses manches avec un soupir. « C'est un nom qui n'est pas prononcé sauf parmi les chefs de clan et les Sagettes. Nous sommes... » Il s'éclaircit de nouveau la gorge, incapable de le dire ici.

« Les Aiels sont le Peuple du Dragon. » Moiraine parlait doucement, mais Mat ne se rappelait pas l'avoir jamais entendue s'exprimer avec un accent aussi proche de la surprise. « Ceci, je l'ignorais.

— Alors c'est réellement terminé, conclut Mat, exactement comme les Prophéties l'annonçaient. Nous n'avons plus qu'à nous en aller chacun de notre côté sans plus nous tourmenter. » *L'Amyrlin n'aura plus besoin de moi pour emboucher ce fichu Cor maintenant!*

« Comment peux-tu dire cela? s'exclama Egwene avec emportement. Ne comprends-tu pas que les Réprouvés sont libres comme l'air?

— Pour ne pas mentionner l'Ajah Noire, ajouta Nynaeve sévèrement. Nous n'avons pris qu'Amico et Joiya ici. Onze se sont échappées — et j'aimerais bien comprendre comment — et seule la Lumière sait combien d'autres il y en a que nous ne connaissons pas.

— Oui, dit Elayne d'un ton aussi dur. Je ne suis peut-être pas prête à affronter un des Réprouvés, mais j'ai bien l'intention d'avoir la peau de Liandrin, au moins des morceaux.

— Bien sûr, dit Mat avec aisance. Bien sûr. » *Sont-elles folles? Elles ont envie de donner la chasse à l'Ajah Noire et aux Réprouvés?* « Je voulais seulement dire que la partie la plus difficile est faite. La Pierre est tombée aux mains du Peuple du Dragon, Rand a *Callandor*, et Shai'tan est mort. »

Le regard de Moiraine se fit si féroce qu'il crut sentir la Pierre vaciller un instant.

« Tais-toi, espèce d'imbécile ! ordonna l'Aes Sedai d'une voix coupante. Tiens-tu à attirer son attention sur toi en nommant le Ténébreux ?

— Mais il est mort ! protesta Mat. Rand l'a tué. J'ai vu le cadavre ! » *Et une belle puanteur qui en sortait. Je ne me suis jamais douté que quelque chose pouvait se décomposer aussi vite.*

« Tu as vu "le cadavre", rétorqua Moiraine en pinçant les lèvres. Le cadavre d'un homme. Pas celui du Ténébreux, Mat. »

Il regarda Egwene et ses deux compagnes ; elles semblaient aussi déconcertées que lui. Rhuarc avait l'air de penser à une bataille qu'il croyait gagnée et dont il apprenait maintenant qu'elle n'avait même pas été livrée. « Alors qui était-ce ? s'exclama Mat. Moiraine, ma mémoire a des trous assez grands pour y loger un chariot et son attelage, mais je me rappelle Ba'alzamon dans mes rêves. Je m'en souviens ! Que je sois brûlé, je ne vois pas comment je pourrai jamais l'oublier ! Et j'ai reconnu ce qui restait de cette face.

— Tu as reconnu Ba'alzamon, répliqua Moiraine. Ou plutôt l'homme qui disait s'appeler Ba'alzamon. Le Ténébreux vit toujours, emprisonné dans le Shayol Ghul, et l'Ombre s'étend encore en travers du Dessin.

— Que la Lumière nous illumine et nous protège, murmura Elayne d'une voix faible. Je pensais... je pensais que les Réprouvés étaient ce dont nous avions à nous soucier de pire, à présent.

— En êtes-vous sûre, Moiraine ? insista Nynaeve. Rand était certain — *est* certain — d'avoir tué le Ténébreux.

— Je peux en être sûre pour la plus simple des raisons, Nynaeve. Aussi vite que la décomposition l'ait dissous, c'était un corps d'homme. Pouvez-vous croire que si le Ténébreux était tué, il laisserait un cadavre humain ? L'homme que Rand a tué était bien un homme. Peut-être était-il le premier des Réprouvés à être libéré ou peut-être n'avait-il jamais été vraiment enfermé. Connaîtrons-nous jamais la vérité sur ce point, c'est possible que non.

— Je... je pense avoir un renseignement sur son identité. » Egwene marqua un temps, hésitante. « Du moins ai-je quelque chose qui ressemble à un indice. Vérine m'a montré une page d'un vieux livre qui mentionnait ensemble Ba'alzamon et Ishamael. C'était presque écrit en *Grand Chant* et pratiquement incompréhensible, mais je me rappelle qu'il était question d'"*un nom caché derrière un nom*". Il se pourrait que Ba'alzamon ait été Ishamael.

— Peut-être, convint Moiraine. Peut-être était-ce Ishamael. Mais si c'était le cas, au moins neuf des treize vivent encore. Lanfear, Sammael, Rahvin et... Bah ! Même savoir qu'une partie de ces neuf au moins sont libres n'est pas le plus important. » Elle posa la main sur le disque noir et blanc placé sur la table. « Trois des sceaux sont brisés. Seulement quatre tiennent encore. Seuls ces quatre s'interposent entre le Ténébreux et le monde, et cela se peut que même avec ceux-ci intacts il ait jusqu'à un certain point une prise sur le monde. Quelque bataille que nous ayons remportée ici — bataille ou escarmouche — c'est loin d'être la dernière. »

Mat regarda leur expression s'affermir — celle d'Egwene, de Nynaeve et d'Elayne — lentement, à regret, mais aussi avec détermination — et secoua la tête. *Fichues bonnes femmes ! Elles sont toutes prêtes à continuer ça, à pourchasser l'Ajah Noire, à essayer de combattre les Réprouvés et ce fichu Ténébreux. Eh bien, qu'elles ne s'imaginent pas que je vais me précipiter pour de nouveau les tirer du pétrin. Qu'elles ne comptent pas là-dessus, un point c'est tout !*

Tandis qu'il s'efforçait de trouver quelque chose à dire, un des battants de la haute porte fut poussé, et une grande jeune femme à la prestance royale entra dans la salle, coiffée d'une couronne avec un épervier d'or au-dessus du front. Ses cheveux noirs tombaient jusqu'à la peau claire de ses épaules et sa robe en soie rouge la plus belle qui soit laissait ces épaules à découvert ainsi qu'une étendue appréciable de ce que Mat jugea une admirable poitrine. Pendant un instant, elle examina Rhuarc avec intérêt de ses grands yeux noirs, qu'elle tourna ensuite vers les femmes assises à la table, avec un regard froidement impérieux. De Mat elle ne tint visiblement aucun compte.

« Je ne suis pas habituée à ce que l'on me donne des messages à transmettre, annonça-t-elle en brandissant d'une main menue un parchemin plié.

— Et qui êtes-vous, mon enfant ? » questionna Moiraine.

La jeune femme se dressa encore plus de toute sa hauteur, ce que Mat aurait cru impossible. « Je suis Berelain, la Première de Mayene. » Elle jeta le parchemin sur la table devant Moiraine d'un geste altier et retourna vers la porte.

« Un instant, petite, dit Moiraine en dépliant le parchemin. Qui vous a donné cela ? Et pourquoi l'avez-vous apporté, si vous avez tellement peu l'habitude de transmettre des messages ?

— Je... ne sais pas. » Berelain resta immobile face à la porte ; elle paraissait déconcertée. « Elle était... imposante. » Elle se secoua et parut retrouver son opinion d'elle-même. Pendant une seconde, elle toisa Rhuarc avec un petit sourire. « Vous êtes le chef de ces Aiels ? Votre combat a troublé mon sommeil. Peut-être vous demanderai-je de dîner avec moi. Un jour, très bientôt. » Elle regarda Moiraine pardessus son épaule. « On m'a dit que le Dragon Réincarné s'est emparé de la Pierre. Informez le Seigneur Dragon que la Première de Mayene dînera avec lui ce soir. » Et elle quitta majestueusement la pièce ; Mat n'arrivait pas à imaginer un autre terme pour décrire la sortie hautaine de cette jeune femme qui semblait représenter à elle seule tout un cortège.

« J'aimerais l'avoir dans la Tour comme novice. » Egwene et Elayne le dirent presque à l'unisson, puis échangèrent un sourire contraint.

« Écoutez ceci, dit Moiraine. "*Lews Therin était mien, il est mien et restera mien à jamais. Je vous charge de veiller sur lui pour moi jusqu'à ce que je vienne.*" C'est signé "*Lanfear*". » L'Aes Sedai tourna vers Mat ce regard calme qu'elle avait. « Et tu croyais que c'était fini ? Tu es *ta'veren,* Mat, un fil d'une importance plus cruciale que la plupart pour le Dessin, et celui qui a sonné du Cor de Valère. Rien n'est encore fini pour toi. »

Tous le regardaient. Nynaeve tristement, Egwene comme si elle ne l'avait jamais vu auparavant, Elayne comme si elle s'attendait à ce qu'il se métamorphose en quelqu'un d'autre, Rhuarc avec un certain respect dans les yeux, encore que de ce respect Mat se serait fort bien passé, en fin de compte.

« Ma foi, naturellement », leur dit-il. *Que je brûle !* « Je comprends. » *Je me demande quand Thom sera en état de voyager ? Il est temps de filer. Peut-être que Perrin viendra avec nous.* « Vous pouvez compter sur moi. »

Au-dehors, les cris retentissaient toujours, sans arrêt. « Le Dragon ! Al'Thor ! Le Dragon ! Al'Thor ! Le Dragon ! Al'Thor ! Le Dragon ! »

*Et il était écrit que nulle main autre que la sienne ne se servirait de l'Épée enfermée dans la Pierre, mais il l'en a sortie, comme du feu dans sa main, et il a brûlé le monde par sa gloire. Ainsi cela a-t-il commencé. Ainsi donc chantons-nous sa Réincarnation. Ainsi donc chantons-nous le commencement.*

Extrait de : *Do'in Toldara te*, Chants de la Dernière Ère, in-quarto neuf : La Légende du Dragon composée par Boanne, maîtresse de Chant à Taralan, Quatrième Ère.

## *Note sur les dates mentionnées dans le glossaire*

Trois systèmes de datation ont été communément utilisés depuis la Destruction du Monde. Le premier fait débuter le calendrier après la Destruction (A.D.). Comme les années de la Destruction et celles qui les ont immédiatement suivies étaient une période de chaos quasi total et que ce calendrier a été mis en usage au moins cent ans après la fin de la Destruction, le point de départ en a été désigné arbitrairement. À la fin des Guerres Trolloques, de nombreuses archives avaient disparu, si bien que cette date fixée selon l'ancien système prêtait à controverse. Un nouveau calendrier fut donc établi, partant de la date de la fin de ces guerres et du jour célébrant la délivrance supposée de la menace trolloque qui pesait sur le monde. Ce deuxième calendrier désignait chaque année sous le nom d'Année Libre (A.L.). À la suite des morcellements, décès et destructions causés par la Guerre des Cent Ans, un troisième calendrier a été adopté. C'est ce calendrier, dit de la Nouvelle Ère (N.E.), qui est actuellement en usage.

## *Glossaire*

*Acceptées :* Jeunes femmes suivant une formation pour devenir Aes Sedai, qui ont atteint un certain niveau de pouvoir et passé certains tests. Il faut normalement cinq à dix ans pour être élevée du rang de novice à celui d'Acceptée. Les Acceptées sont astreintes à un règlement un peu moins strict que celui des novices et elles sont autorisées — dans certaines limites — à choisir leurs sujets d'études. Une Acceptée a le droit de porter un anneau représentant le Grand Serpent, mais seulement au troisième doigt de la main gauche. Quand une Acceptée est élevée au rang d'Aes Sedai, elle choisit son Ajah, reçoit le châle représentatif de cette Ajah et a la possibilité d'enfiler l'anneau à n'importe quel doigt ou de ne pas le mettre du tout si les circonstances le requièrent.

*a'dam :* Dispositif consistant en un collier et un bracelet reliés par une laisse de métal argenté, qui sert à obtenir obéissance, contre sa volonté, de toute femme ayant le don de canaliser. Le collier est porté par la *damane*, le bracelet par la *sul'dam* (voir ces mots).

*Aes Sedai :* Ceux qui exercent le Pouvoir Unique. Depuis le Temps de la Folie, les femmes sont les seuls Aes Sedai survivants. Objets de crainte et de méfiance un peu partout, détestées même, elles sont tenues par beaucoup pour responsables de la Destruction du Monde et sont soupçonnées d'ingérence dans les affaires intérieures des nations. Néanmoins, il n'y a guère de gouvernants qui se passent d'une conseillère Aes Sedai, même dans les pays où l'existence de ces relations doit être gardée secrète. Voir aussi : *Ajahs*; *Amyrlin ou Trône d'Amyrlin*; *Temps de la Folie.*

*Agelmar; Seigneur Agelmar de la Maison de Jagad :* Seigneur de Fal Dara. Son emblème est trois renards roux courant.

*Aiels :* Les habitants du Désert d'Aiel. Farouches et courageux, les Aiels se voilent le visage avant de tuer, ce qui a donné naissance au dicton « agir comme un Aiel voilé de noir », pour décrire quelqu'un qui se montre violent. Guerriers redoutables avec des armes ou à mains nues, ils ne touchent jamais une épée. Ils vont à la bataille au son d'airs de danse que jouent leurs cornemuseux et les Aiels appellent le combat « la Danse ». Voir aussi : *Associations guerrières des Aiels*; *Désert d'Aiel.*

*Ajahs :* Associations d'Aes Sedai, auxquelles toutes adhèrent sauf l'Amyrlin qui « est de toutes et d'aucune ». Elles sont désignées par des couleurs : l'Ajah Bleue, l'Ajah Rouge, l'Ajah Blanche, l'Ajah Verte, l'Ajah Brune, l'Ajah Jaune et l'Ajah Grise. Chacune a une conception personnelle de l'utilisation du Pouvoir Unique et des buts à poursuivre. Par exemple, l'Ajah Rouge applique toute son énergie à découvrir et neutraliser les hommes qui tentent de se servir du Pouvoir Unique. Par contre, l'Ajah Brune refuse de s'impliquer dans les affaires du monde et se consacre à l'étude, tandis que l'Ajah Blanche, dédaignant à la fois le monde et la valeur des sciences courantes, se consacre à des questions touchant la philosophie et la vérité. L'Ajah Verte (appelée l'Ajah Combattante pendant les Guerres Trolloques) se tient prête à affronter tout nouveau Seigneur de l'Épouvante quand éclatera la *Tarmon Gai'don*. Selon des rumeurs, il existerait une Ajah Noire, vouée à servir le Ténébreux.

*Alanna Mosvani :* Une Aes Sedai de l'Ajah Verte.

*alantin :* Dans l'Ancienne Langue, « frère »; abréviation pour *tia avende alantin* : « Frère des Arbres », « Frère-Arbre ».

*Alar :* La plus Ancienne des Anciens du *Stedding* Tsofu.

*Aldieb :* Dans l'Ancienne Langue, « Vent d'Ouest », le vent qui amène les pluies de printemps. C'est le nom donné à la jument blanche de l'Aes Sedai Moiraine.

*al'Meara, Nynaeve :* Jeune femme du Champ d'Emond dans la région des Deux Rivières, au pays d'Andor, naguère « Sagesse » du Champ d'Emond et maintenant une des Acceptées.

*al'Thor, Rand :* Jeune homme du Champ d'Emond qui est *ta'veren.* Naguère berger. À présent proclamé le Dragon Réincarné. (S'est longtemps cru fils de Tam al'Thor, son père nourricier. *N.d.T.*)

*al'Thor, Tam :* ancien Lige. A recueilli à sa naissance Rand sur les pentes du Mont-Dragon lors de la Guerre des Aiels. *(N.d.T.)*

*Aludra :* Membre de la Guilde des Illuminateurs qui préparait un spectacle à Cairhien. (Cf. *La Bannière du Dragon. N.d.T.*)

*al'Vere, Egwene :* Fille cadette de l'aubergiste et maire du bourg appelé le Champ d'Emond, elle suit maintenant la formation pour devenir Aes Sedai. Elle a accédé au rang d'Acceptée.

*Amalasan, Guaire :* Voir *Guerre du Deuxième Dragon.*

*Amalisa, Dame :* Appartenant à la Maison de Jagad, du Shienar ; sœur d'Agelmar.

*Amis du Ténébreux :* Sectateurs du Ténébreux, persuadés qu'ils auront pouvoir et récompense quand il sera libéré de sa prison.

*Amyrlin* ou *Trône d'Amyrlin :* 1) Titre de celle qui dirige les Aes Sedai. Élue à vie par la Chambre de la Tour *(la Tour Blanche)*, le Haut Conseil des Aes Sedai, composé de trois représentantes (appelées Députées ou Gardiennes) de chacune des sept Ajahs. Le Trône/Siège d'Amyrlin, en théorie du moins, exerce une autorité quasi suprême sur les Aes Sedai et occupe dans l'échelle sociale un rang égal à celui de roi ou de reine. On lui donne aussi le titre de « Souveraine d'Amyrlin » ou, selon une étiquette moins rigoureuse, simplement « l'Amyrlin ». 2) Le trône sur lequel s'assied l'Amyrlin. L'Amyrlin est de toutes les Ajahs et d'aucune.

*Anaiya :* Une Aes Sedai de l'Ajah Bleue.

*Ancienne Langue :* La langue parlée pendant l'Ère des Légendes. En principe, les nobles et les personnes instruites sont censés avoir appris à la parler, mais la plupart n'en connaissent que quelques mots.

*angreal :* Objet d'une extrême rareté qui permet à quiconque sait canaliser le Pouvoir Unique d'en maîtriser une plus grande portion que ce ne serait possible sans risque si cet appoint venait à manquer. Vestige de l'Ère des Légendes, son secret de fabrication a été perdu. Il n'en existe plus que de rares exemplaires. Voir aussi : *sa'angreal*; *ter'angreal.*

*Arad Doman, l' :* Une nation au bord de l'Océan d'Aryth.

*Arafel, l' :* Une des Marches (Pays Frontières).

*Artur Aile-de-Faucon :* Roi légendaire (règne de 943 à 994, A.L.), qui avait uni tous les pays à l'ouest de l'Échine du Monde, ainsi que quelques terres au-delà du Désert d'Aiel. Il avait même envoyé des armées de l'autre côté de l'Océan d'Aryth (en 992), mais tout contact avec ces armées a été perdu à sa mort, qui a déclenché la Guerre des Cent Ans. Son emblème est un faucon d'or en vol. Voir aussi *Guerre des Cent Ans.*

*Assemblée, l' :* Corps constitué d'Illian, dont les membres sont choisis parmi les négociants et armateurs et élus par eux ; il est censé conseiller tant le Roi que le Conseil des Neuf mais, sur le plan historique, il a bataillé contre eux pour s'emparer du pouvoir.

*Associations guerrières des Aiels :* Les Aiels font tous partie d'une des sociétés guerrières de leur pays — Soldats de Pierre (*Shae'en M'taal*), Boucliers Rouges (*Aethan Dor*) ou Vierges de la Lance (*Far Dareis Mai*). Chaque société a ses coutumes et parfois des tâches spécifiques. Par exemple, les Boucliers Rouges se consacrent à la police. Les Soldats de Pierre font souvent le vœu de ne pas battre en retraite une fois un combat engagé et mourront jusqu'au dernier si besoin est pour respecter ce vœu. Les clans des Aiels — parmi lesquels Goshien, Reyn, Shaarad et Taardad — se livrent fréquemment bataille entre eux, mais les membres d'une même société ne s'affrontent pas même si leurs clans sont en guerre. De la sorte, il existe toujours des points de contact entre les clans, même lors d'un conflit déclaré. Voir aussi : *Aiels*; *Désert d'Aiel*; *Far Dareis Mai.*

*Avendesora :* Dans l'Ancienne Langue, « l'Arbre de Vie ». Mentionné dans de nombreux récits et légendes.

*Avendoraldera :* Un arbre issu d'un plant d'*Avendesora* qui a grandi dans la ville capitale de Cairhien. Ce plant était un cadeau offert par les Aiels en 566 N.E., encore qu'aucune relation n'ait été établie entre les Aiels et l'*Avendesora* d'après les archives. Voir aussi *Guerre des Aiels.*

*Aviendha :* Une femme de la *sept* de l'Eau Amère des Aiels Taardad ; une *Far Dareis Mai,* une Vierge de la Lance.

*Aybara, Perrin :* Jeune homme originaire du bourg du Champ d'Emond où il était apprenti forgeron. Ami d'enfance de Rand al'Thor et de Mat Cauthon. (Se sont révélées en lui des affinités avec les loups : il peut s'entretenir avec eux même à distance — par la pensée ou en rêve ; ses yeux ont pris la couleur de ceux des loups. Il redoute de devenir lui-même un loup. *N.d.T.*)

*Ba'alzamon :* En langue trolloque, « Cœur des Ténèbres ». Passe pour être le nom trolloc du Ténébreux. Voir aussi : *Ténébreux* ; *Trollocs.*

*Barthanes :* Seigneur de la Maison de Damodred, Cairhienin qui est le second personnage du Cairhien après le roi sur le plan de la puissance. Son emblème personnel est un sanglier qui charge. L'emblème de la Maison de Damodred est la couronne et l'arbre.

*Bashere, Zarine :* Jeune femme de la Saldaea, « Chasseur » participant à la Grande Quête du Cor de Valère. Elle désire être appelée Faile qui, dans l'Ancienne Langue, signifie « faucon ».

*Be'lal :* Un des Réprouvés.

*Bel Tine :* Festival de printemps au pays des Deux Rivières, célébrant la fin de l'hiver, les premières pousses des semailles et la naissance des premiers agneaux.

*Birgitte :* Blonde héroïne de légende et de cent contes de ménestrels, elle avait un arc en argent et des flèches également en argent avec lesquelles elle ne manquait jamais sa cible.

*bitème :* Minuscule insecte piqueur presque immobile — terme souvent employé par mépris.

*Blancs Manteaux :* Voir *Enfants de la Lumière.*

*bois chanté :* Voir *Chanteur-d'Arbre.*

*Bornhald, Dain :* Officier des Enfants de la Lumière, fils du Seigneur Capitaine Geofram Bornhald qui est mort à Falme, sur la Pointe de Toman. (Voir *La Bannière du Dragon*, tome 4 de *La Roue du Temps. N.d.T.*)

*Bornhald, Geofram :* Un seigneur, capitaine des Enfants de la Lumière.

*Boucliers Rouges :* Voir *Associations guerrières des Aiels.*

*Byar, Jaret :* Un officier des Enfants de la Lumière.

*Caemlyn :* Capitale du pays d'Andor.

*Cairhien :* Nom à la fois d'une nation, située le long de l'Échine du Monde, et de la capitale de ce pays. La ville a été incendiée et pillée pendant la Guerre des Aiels (976-978 N.E.), comme beaucoup d'autres bourgs et villages. L'abandon des cultures le long de l'Échine du Monde qui en a résulté a rendu nécessaire l'importation de grandes quantités de blé. L'assassinat du Roi Galldrian (998 N.E.) a eu pour conséquences une guerre civile entre les Maisons nobles pour la succession au Trône du Soleil, l'arrêt des importations de blé et la famine. L'emblème de Cairhien est un soleil d'or rayonnant issant d'un champ d'azur.

*Callandor :* L'Épée-qui-n'est-pas-une-épée, l'Épée-qui-ne-peut-pas-être-touchée. Une épée de cristal conservée dans la Pierre de Tear, dans la salle appelée le Cœur de la Pierre. Nulle main n'y peut toucher en dehors de celle du Dragon Réincarné. D'après les Prophéties du Dragon, l'un des principaux signes de la Renaissance du Dragon et de l'approche de la Tarmon Gai'don sera que le Dragon Réincarné est venu prendre *Callandor.*

*canaliser :* Maîtriser l'afflux du Pouvoir Unique et lui faire exécuter ce que l'on désire.

*Carallain :* Une des nations arrachées à l'empire d'Artur Aile-de-Faucon au cours de la Guerre des Cent Ans. Affaiblie par la suite, elle a fini par disparaître, ses dernières traces datant des environs de 500 N.E.

*Cauthon, Mat :* Jeune fermier des Deux Rivières, en Andor, né au bourg du Champ d'Emond. Ami d'enfance de Rand al'Thor et de Perrin Aybara. (Mat — diminutif de « Matrim » — est l'espiègle, le joueur, l'égocentrique du trio, mais il a ce qu'on appelle un « bon fond » qui l'entraîne à agir — malgré lui — avec courage et dévouement. *N.d.T.*)

*Cent Compagnons, les :* Cent hommes ayant titre d'Aes Sedai parmi les plus puissants de l'Ère des Légendes qui, sous le commandement de Lews Therin Telamon, ont lancé l'offensive ultime qui a mis fin à la Guerre de l'Ombre en enfermant de nouveau le Ténébreux dans sa prison du Shayol Ghul. La riposte du Ténébreux a corrompu le *saidin* ; les Cent Compagnons sont devenus fous et ont commencé la Destruction du Monde.

*chant-d'Arbre :* Voir *Chanteur-d'Arbre.*

*Chanteur-d'Arbre :* Un Ogier qui a le don de se faire comprendre des Arbres en chantant (le « chant-d'Arbre »), soit les guérissant, soit les aidant à croître et à fleurir, soit faisant des objets dans leur bois sans endommager les arbres. Les objets produits de cette manière sont appelés « bois chanté » et sont hautement appréciés. Il reste peu d'Ogiers Chanteurs-d'Arbre ; ce talent semble en voie d'extinction.

*Chasse Sauvage, la :* Nombreux sont ceux qui croient que le Ténébreux (souvent appelé l'Inexorable, ou le Vieil Inexorable, dans le Tear, l'Illian, le Murandy, l'Altara et le Ghealdan) chevauche dans la nuit avec Chiens Noirs, ou Chiens des Ténèbres, à la poursuite d'âmes. C'est la Chasse Sauvage. La pluie peut empêcher les limiers du Ténébreux de sortir dans la nuit mais, une fois qu'ils ont pris une piste, on doit les affronter et les vaincre, sinon la mort est inévitable. On pense que le simple fait de voir passer la Chasse Sauvage signifie qu'il y aura mort imminente, soit pour celui qui l'a vue, soit pour quelqu'un qui lui est cher.

*Chiens des Ténèbres :* Voir *Chasse Sauvage.*

*Cinq Pouvoirs, les :* Il existe des fils rattachés au Pouvoir Unique, et quiconque est capable de maîtriser ce Pouvoir peut habituellement en saisir aussi quelques-uns mieux que d'autres. Ces fils prennent en général le nom de ce sur quoi on peut agir quand on s'en sert — Terre, Air, Feu, Eau et Esprit — et sont appelés les Cinq Pouvoirs. Un détenteur de la maîtrise du Pouvoir Unique aura une action plus efficace avec l'un ou peut-être deux d'entre ceux-ci et moindre avec les autres. Un petit nombre acquiert une grande force avec trois Pouvoirs mais, depuis l'Ère des Légendes, personne n'a pu réunir sous sa volonté l'ensemble des cinq. Et encore était-ce extrêmement rare à l'époque. Le degré de concentration varie grandement selon les individus. Accomplir certains actes avec le Pouvoir Unique exige d'avoir la maîtrise d'un ou plusieurs des Cinq Pouvoirs. Par exemple, susciter ou diriger du Feu requiert un don concernant le Feu, et modifier le temps qu'il fait exige d'avoir une action sur l'Air et l'Eau, tandis que la Santé ne va pas sans la maîtrise de l'Eau et de l'Esprit. Alors que le Pouvoir sur l'Esprit se trouve à part égale chez les hommes et les femmes, un don particulier pour agir sur la Terre et/ou le Feu était beaucoup plus fréquent chez les hommes tandis que chez les femmes c'était sur l'Eau et/ou l'Air. Il y avait des exceptions, mais cela se manifestait si souvent que la Terre et le Feu en étaient venus à être considérés comme des Pouvoirs masculins, l'Air et l'Eau comme des Pouvoirs féminins. En général, aucun don n'est considéré comme plus fort qu'un autre, bien qu'un dicton ait cours chez les Aes Sedai : « Il n'y a pas de rocher si dur que l'Eau et le Vent ne puissent user et il n'y a pas de feu si ardent que l'Eau ne puisse éteindre ou le Vent souffler. » Il faut noter que ce dicton est entré dans l'usage bien des années après la mort du dernier homme ayant titre d'Aes Sedai. Tout dicton équivalent ayant cours parmi ceux-ci est oublié depuis longtemps.

*cistre :* Instrument de musique, tenu à plat sur les genoux, comportant six, neuf ou douze cordes que l'on pince ou gratte.

*Cœur de la Pierre :* Voir *Callandor.*

*Conseil des Neuf :* À Illian, un conseil de neuf Seigneurs qui sont censés donner leur avis au Roi mais qui en réalité travaillent contre lui pour conquérir le pouvoir. D'autre part, le Roi comme les Neuf doivent souvent aussi entrer en lutte avec l'Assemblée.

*Cor de Valère :* Cor censé être capable de faire sortir de leurs tombeaux les héros morts en combattant l'Ombre. But légendaire de la Grande Quête du Cor.

*Corenne :* Dans l'Ancienne Langue, « Retour » ou « le Retour ».

*Croc-du-Dragon :* Marque stylisée en forme de larme équilibrée sur sa pointe. Griffonnée sur une porte ou une maison, c'est l'accusation que les habitants sont malfaisants (séides du Ténébreux) ou une tentative pour attirer sur eux l'attention du Ténébreux, donc du malheur.

*cuendillar, la :* Appelée aussi pierre-à-cœur, substance indestructible créée pendant l'Ère des Légendes. Toute force connue pour tenter de la détruire est absorbée, la rendant encore plus solide.

*Cycle de Karaethon, le :* Voir *Prophéties du Dragon.*

*Daes Dae'mar :* Le Grand Jeu, connu aussi sous le nom de Jeu des Maisons (nobles). Nom donné aux intrigues, complots et manipulations pour obtenir des avantages, pratiqués par les Maisons seigneuriales. Une grande valeur est attribuée à la subtilité, à l'art de feindre de vouloir atteindre un certain but alors qu'on en vise un autre, et de parvenir à ses fins avec le moins d'effort apparent.

*Dai Shan :* Titre ayant cours dans les Marches, signifiant « Seigneur de Guerre couronné ».

*damane :* Dans l'Ancienne Langue, les « Femmes-en-laisse ». Femmes capables de canaliser, prisonnières d'*a'dam* (torque ou collier) et utilisées par les Seanchans pour de nombreuses tâches, la principale étant de servir d'armes dans les combats. Voir aussi : *Seanchans* ; *a'dam* ; *sul'dam.*

*Damodred, Seigneur Galadedrid :* Demi-frère d'Elayne et de Gawyn. Fils unique de Taringail Damodred et de Tigraine. Son emblème est une épée d'argent ailée, pointe en bas.

*Damodred, prince Taringail :* Prince royal de Cairhien, il épousa Tigraine et engendra Galadedrid. Lorsque Tigraine disparut et fut déclarée morte, il se remaria avec Morgase et engendra Gawyn et Elayne. Lui-même disparut sans laisser de traces dans des circonstances mystérieuses et resta présumé mort pendant de nombreuses années. Il a pour emblème une hache d'armes à double tranchant en or.

*désactivation :* L'acte, accompli par les Aes Sedai, interdisant toute communication entre une femme capable de canaliser et le Pouvoir Unique. La femme qui a été désactivée a conscience de la présence de la Vraie Source, mais est incapable d'y puiser.

*Désert d'Aiel :* À l'est de l'Échine du Monde, une contrée au climat et au relief rudes, quasiment dépourvue d'eau. Appelée par les Aiels la Terre Triple. Peu d'étrangers s'y aventurent, non seulement parce que l'eau est presque impossible à trouver pour quelqu'un qui n'est pas né sur ce sol, mais aussi parce que les Aiels se considèrent comme en guerre contre tous les autres peuples et font grise mine aux étrangers. Seuls les colporteurs, les ménestrels et jongleurs ainsi que les Tuatha'ans sont autorisés à circuler en toute sécurité, et même avec eux les contacts sont limités. On ne connaît pas de cartes géographiques du Désert.

*Dessin d'une Ère :* La Roue du Temps tisse les fils des destinées humaines en un Dessin d'une Ère, qui forme la substance de la réalité pour cette Ère ; appelée aussi Dessin ou Dentelle du Temps. Voir aussi *ta'veren.*

*Dôme de la Vérité :* Grande salle d'audiences des Enfants de la Lumière, située à Amador, la capitale de l'Amadicia. Il existe un Roi d'Amadicia, mais les Enfants sont souverains en tout sauf de nom. Voir aussi *Enfants de la Lumière.*

*Do Miere A'vron :* Voir *Guetteurs-Par-Dessus-Les-Vagues.*

*Domon, Bayle :* Le capitaine de *L'Écume,* collectionneur d'objets anciens.

*Draghkar :* Créature du Seigneur des Ténèbres, née de la déformation d'une souche humaine. Un Draghkar est un homme de haute taille aux ailes de chauve-souris, dont la peau est trop pâle et les yeux trop grands. Le chant du Draghkar hypnotise sa proie et l'attire à lui. Selon le dicton, « le baiser du Draghkar est mortel ». En fait, il ne mord pas, mais son baiser consume d'abord l'âme de la victime, puis sa vie.

*Dragon, le :* Nom par lequel Lews Therin Telamon était connu pendant la Guerre de l'Ombre. Au cours de la crise de folie qui a frappé tous les hommes portant le titre d'Aes Sedai, Lews Therin a tué tous ceux de son sang, ainsi que tous ceux qu'il aimait, ce qui lui a valu le surnom de Meurtrier-des-Siens.

*Dragon, faux :* De temps à autre, des hommes prétendent être le Dragon Réincarné et, parfois, l'un d'eux rassemble assez de partisans pour qu'une armée soit nécessaire afin d'écraser cette rébellion. Certains ont déclenché des conflits qui ont entraîné l'entrée en guerre de nombreuses nations. Au cours des siècles, la plupart d'entre eux s'étaient révélés incapables de maîtriser le Pouvoir Unique, mais quelques-uns le pouvaient. Néanmoins, tous disparurent, ou furent capturés, ou furent tués sans avoir accompli aucune des Prophéties concernant la Renaissance du Dragon. Ces hommes ont été appelés faux Dragons. Parmi ceux qui savaient canaliser, les plus puissants étaient Raolin Fléau-du-Ténébreux (335-336 A.D.), Yurian Arc-de-Pierre (vers 1300-1308 A.D.), Davian (A.L. 351), Guaire Amalasan (A.L. 939-943) et Logain (997 N.E.). Voir aussi *Dragon Réincarné.*

*Dragon Réincarné, le :* D'après légendes et prophéties, le Dragon renaîtra à l'heure du plus grand péril de l'humanité pour sauver le monde. Ce que personne n'envisage d'un cœur joyeux, à la fois à cause des prophéties disant que le Dragon ressuscité provoquera une nouvelle Destruction du Monde et du fait que, à cause de Lews Therin Meurtrier-des-Siens, le Dragon est un nom qui fait frémir les gens même plus de trois mille ans après sa mort. Voir aussi : *Dragon*; *Dragon, faux.*

*Échine du Monde :* Chaîne de montagnes très élevées, avec peu de cols permettant de la franchir, qui sépare le Désert d'Aiel des pays de l'Ouest.

*Elaida :* Une Aes Sedai de l'Ajah Rouge. A été conseillère de Morgase, Reine d'Andor. Elle a parfois le don de Divination.

*Elayne de la Maison de Trakand :* Fille de la Reine Morgase, Fille-Héritière du Trône d'Andor. À présent, elle suit une formation pour devenir Aes Sedai. Elle vient d'accéder au rang d'Acceptée. Son emblème est un lis d'or.

*Enfants de la Lumière :* Association aux strictes croyances ascétiques, vouée à vaincre le Ténébreux et à détruire tous ses Amis. Fondée pendant la Guerre des Cent Ans par Lothair Mantelar pour réunir des prosélytes afin de lutter contre le nombre croissant d'Amis du Ténébreux, ses membres ont l'absolue conviction d'être seuls à connaître la vérité et ce qui est juste. Ils haïssent les Aes Sedai, qu'ils considèrent, ainsi que tous ceux qui les soutiennent par leur aide ou leur affection, comme des Amis du Ténébreux. On les surnomme par mépris les Blancs Manteaux ; leur emblème est un soleil rayonnant sur champ d'argent.

*Fain, Padan :* Un colporteur arrivé au bourg du Champ d'Emond lors de la Nuit de l'Hiver (veille de Bel Tine) : voir *La Roue du Temps* (premier volume du cycle écrit par Robert Jordan). Emprisonné en tant qu'Ami du Ténébreux dans les cachots de la citadelle de Fal Dara, au Shienar, puis délivré par des traîtres à la Lumière. Il est devenu une dangereuse créature de l'Ombre, impitoyable et cruelle.

*Far Dareis Mai :* Littéralement « Vierges de la Lance ». Une des sociétés guerrières des Aiels qui, au contraire des autres, admet des femmes et uniquement des femmes. Une Vierge ne peut rester membre de cette société une fois qu'elle se marie ou combattre quand elle est enceinte. Tout enfant né d'une Vierge de la Lance est donné à élever à une autre femme de sorte que nul ne sache qui est la mère de l'enfant. *(Tu ne peux appartenir à aucun homme, aucun homme ni aucun enfant ne peuvent t'appartenir. La Lance est ton amant, ton enfant, ta vie.)* Ces enfants sont tendrement aimés, car il a été prédit qu'un enfant né d'une Vierge unirait les clans et restaurerait la grandeur des Aiels qu'ils avaient connue pendant l'Ère des Légendes.

*Fetches :* Fantômes, un des surnoms donnés aux Myrddraals.

*Fille de la Nuit :* Voir *Lanfear*.

*Fille-Héritière :* Titre de l'héritière présomptive du trône d'Andor. La fille aînée de la souveraine succède à sa mère sur le trône. À défaut de fille survivante, le trône va à la parente la plus proche de la reine par le sang.

*Flamme de Tar Valon, la :* Symbole de Tar Valon, du Trône d'Amyrlin/Amyrlin, et des Aes Sedai. Représentation stylisée d'une flamme ; larme blanche dessinée pointe en l'air.

*Forteresse de la Lumière :* La grande forteresse des Enfants de la Lumière qui se trouve à Amador, la capitale de l'Amadicia. Il y a un Roi d'Amadicia, mais ce sont les Enfants qui règnent de fait, sinon de nom. Voir aussi *Enfants de la Lumière.*

*Gaidin :* Littéralement « Frère des batailles ». Un titre utilisé par les Aes Sedai pour les Liges. Voir aussi *Lige.*

*Galad :* Voir *Damodred, Seigneur Galadedrid.*

*Galldrian su Riatin Rie :* Littéralement, Galldrian de la Maison de Riatin, Roi. Souverain du Cairhien. Voir aussi *Cairhien.*

*Gardienne des Chroniques* (ou *des Archives*) : Elle détient la plus haute autorité après l'Amyrlin chez les Aes Sedai. Elle est aussi la secrétaire de l'Amyrlin. Choisie à vie par le Conseil de la Tour, habituellement de la même Ajah que l'Amyrlin. Voir *Amyrlin* ; *Ajahs.*

*Gawyn de la Maison de Trakand :* Fils de la Reine Morgase et frère d'Elayne, qui sera Premier Prince de l'Épée quand Elayne montera sur le trône d'Andor. Son emblème est un sanglier blanc.

*Goaban :* Une des nations arrachées à l'empire d'Artur Aile-de-Faucon au cours de la Guerre des Cent Ans. Elle s'est affaiblie et a disparu approximativement vers la 500$^{e}$ année de la N.E.

*Grande Dévastation, la :* Une région de l'extrême nord, entièrement corrompue par le Ténébreux. Repaire des Trollocs, des Myrddraals et autres créatures de l'Ombre.

*Grande Quête du Cor, la :* Cycle de récits concernant la recherche légendaire du Cor de Valère, dans les années qui se situent entre la fin des Guerres Trolloques et le début de la Guerre des Cent Ans. Raconter ce cycle dans sa totalité requiert de nombreux jours.

*Grand Jeu, le :* Voir *Daes Dae'mar.*

*Grand Seigneur de l'Ombre :* Appellation par laquelle les Amis du Ténébreux font allusion au Seigneur des

Ténèbres, imbus qu'ils sont de l'idée que prononcer son nom (Shai'tan) serait blasphématoire.

*Grand Serpent :* Symbole du temps et de l'éternité, déjà ancien avant que commence l'Ère des Légendes, il représente un serpent qui se mord la queue. Un anneau en forme de Grand Serpent est donné aux femmes élevées au rang d'Acceptées au sein des communautés d'Aes Sedai.

*Guerre de l'Ombre :* Connue aussi sous le nom de « Guerre du Pouvoir », elle a mis fin à l'Ère des Légendes. Elle a été déclarée peu après la tentative pour libérer le Ténébreux et n'a pas tardé à s'étendre au monde entier. Dans un monde où même le souvenir de la guerre avait été oublié, chaque facette de la guerre a été redécouverte, souvent déformée par le contact du Ténébreux sur la terre, et le Pouvoir Unique dut être utilisé comme arme. La guerre s'est achevée sur la réincarcération du Ténébreux dans sa prison. Voir *Cent Compagnons.*

*Guerre des Aiels :* (976-978 N.E.). Quand Laman, roi du Cairhien, a coupé l'*Avendoraldera*, plusieurs clans des Aiels ont franchi l'Échine du Monde. Ils pillèrent et brûlèrent la capitale ainsi que de nombreuses autres villes et cités, et le conflit s'est étendu jusqu'en Andor et dans le Tear. L'opinion générale est que les Aiels ont finalement été vaincus à la Bataille des Remparts Étincelants, devant Tar Valon, mais en fait Laman fut tué au cours de cette bataille et — ayant accompli ce pour quoi ils étaient venus — les Aiels sont repartis de l'autre côté de l'Échine du Monde.

*Guerre des Cent Ans :* Une série de guerres qui se sont chevauchées à la suite d'alliances constamment changeantes, précipitées par la mort d'Artur Aile-de-Faucon et la lutte qui en est résultée pour la conquête de son empire. Elle a duré de 994 à 1117, A.L. Cette guerre a dépeuplé de grands espaces des terres situées entre l'Océan d'Aryth et le Désert d'Aiel, depuis la Mer des Tempêtes jusqu'à la Grande Dévastation. Si massives ont été les destructions que ne subsistent que des archives fragmentaires de l'époque. L'empire d'Aile-de-Faucon a été démantelé et c'est alors que se sont formées les nations de l'Ère présente.

*Guerre du Deuxième Dragon :* Guerre menée de 939 à 943, A.L., contre le faux Dragon Guaire Amalasan. C'est au cours de cette guerre qu'un jeune roi appelé Artur Paendrag Tanreall, connu plus tard sous le nom d'Artur Aile-de-Faucon, est parvenu à une position de la plus haute importance.

*Guerres Trolloques :* Série de guerres commencée vers l'an 1000 A.D. dont la durée a dépassé trois cents ans, pendant lesquelles les armées trolloques ont ravagé le monde. Finalement elles ont été exterminées ou refoulées dans la Grande Dévastation. Les archives de cette époque sont partout fragmentaires.

*Guetteurs-Par-Dessus-Les-Vagues, les :* Un groupe persuadé que les armées envoyées par Artur Aile-de-Faucon de l'autre côté de l'Océan d'Aryth reviendront un jour, de sorte qu'ils persistent à observer l'océan depuis la ville de Falme, à la Pointe de Toman.

*Hailènes :* Dans l'Ancienne Langue : « Ceux qui viennent les premiers » ou « l'Avant-Garde ».

*Hardan, le :* Une des nations arrachées à l'empire d'Artur Aile-de-Faucon, depuis longtemps oubliée. Le Hardan se trouve entre le Cairhien et le Shienar.

*Homme Gris :* Un homme ou une femme qui a volontairement renoncé à son âme pour devenir un tueur au service de l'Ombre. Les Hommes Gris ont une apparence si neutre que l'œil les effleure sans les remarquer. La grande majorité des Hommes Gris sont effectivement des hommes, mais il y a aussi un petit nombre de femmes. On les appelle aussi des Non-Morts.

*Hurin :* Un natif du Shienar qui a la faculté de sentir les emplacements où de la violence a été commise, et de suivre à l'odeur ceux qui l'ont perpétrée. Appelé « le Flaireur », il est l'auxiliaire de la justice du roi dans Fal Dara, au Shienar.

*Illian :* Un grand port sur la Mer des Tempêtes, ville capitale de la nation du même nom.

*Illuminateurs, la Guilde des :* Une association qui détient le secret de fabrication des fusées d'artifice. Elle garde ce secret strictement, quitte à aller jusqu'au meurtre. La Guilde doit son nom aux magnifiques spectacles, appelés Illuminations, qu'elle organise pour les souverains et parfois pour des grands seigneurs. Les fusées d'artifice moins importantes sont vendues pour être utilisées par d'autres, mais avec de sérieux avertissements concernant le danger qu'il y a à vouloir connaître ce qui se trouve à l'intérieur des fusées. La Maison du Chapitre de la Guilde se trouve à Tanchico, la capitale du Tarabon. La Guilde avait installé une autre Maison à Cairhien, mais qui n'est plus utilisée (voir *La Bannière du Dragon*).

*Ingtar :* Le Seigneur Ingtar de la Maison de Shinowa ; guerrier du Shienar dont l'emblème est le hibou gris. Son destin s'achève dans *La Bannière du Dragon.*

*Inquisiteurs :* Un ordre dans l'organisation des Enfants de la Lumière. Leur but avoué est de découvrir la vérité dans les « disputations » et de démasquer les Amis du Ténébreux. Dans la recherche pour la Vérité et la Lumière, leur méthode habituelle d'investigation est la torture ; leur point de vue habituel : qu'ils connaissent déjà la vérité et doivent seulement obliger leur victime à la confesser. Les Inquisiteurs se désignent eux-mêmes comme la Main de la Lumière et parfois agissent comme s'ils étaient entièrement indépendants des Enfants et du Conseil des Oints de la Lumière qui dirige les Enfants. Le chef des Inquisiteurs est le Grand Inquisiteur qui siège au Conseil des Oints. Leur emblème est une crosse de berger rouge sang.

*irrégulière :* Une femme qui a appris par elle-même à canaliser, surmontant la crise à laquelle ne résiste qu'une femme sur quatre. Ces irrégulières créent en général des barrières mentales pour s'empêcher de comprendre ce qu'elles font, mais, si ces barrières peuvent être abattues, les irrégulières sont parmi les plus puissantes canaliseuses. Le terme est souvent utilisé dans une intention péjorative. On les appelle aussi des « Sauvages ».

*Ishamael :* Dans l'Ancienne Langue, « Traître à l'Espoir ». Un des Réprouvés. Nom donné au chef des Aes Sedai qui avaient pris le parti du Ténébreux dans la Guerre de l'Ombre. On dit que lui-même a oublié son véritable nom. Voir aussi *Réprouvés.*

*Laman :* Un roi du Cairhien, de la Maison de Damodred, qui a perdu son trône et sa vie dans la Guerre des Aiels.

*Lan; al'Lan Mandragoran :* Un Lige au service de Moiraine. Roi sans couronne de la Malkier, Dai Shan, et le dernier seigneur malkieri survivant. Voir aussi : *Moiraine*; *Malkier*; *Dai Shan.*

*Lanfear :* Dans l'Ancienne Langue, « Fille de la Nuit ». Une Réprouvée, peut-être la plus puissante après Ishamael. Au contraire des autres Réprouvés, elle a choisi elle-même ce nom. On dit qu'elle avait aimé Lews Therin Telamon et haï son épouse Ilyena. Voir : *Réprouvés*; *Dragon.*

*Leane :* Une Aes Sedai de l'Ajah Bleue, Gardienne des Chroniques; voir aussi : *Ajahs*; *Gardienne des Chroniques.*

*Lews Therin Telamon :* Lews Therin Meurtrier-des-Siens; voir *Dragon.*

*Liandrin :* Une Aes Sedai de l'Ajah Rouge, originaire du Tarabon. Maintenant connue comme appartenant à l'Ajah Noire.

*Lige :* Guerrier lié par serment à une Aes Sedai. Ce lien est en relation avec le Pouvoir Unique et par ce lien il obtient des avantages tels que la faculté de guérir rapidement, de se passer longtemps de nourriture, d'eau ou de repos et aussi de sentir à distance la souillure du Ténébreux. Aussi longtemps que vit ce guerrier, l'Aes Sedai dont il est l'Homme Lige sait qu'il est vivant, quelque éloigné d'elle qu'il puisse se trouver, et quand il meurt, elle est avertie de l'heure et de la manière de sa mort. Cependant ce lien ne la renseigne ni sur la direction dans laquelle il se trouve ni sur la distance qui la sépare du Lige. Tandis que la plupart des Ajahs estiment qu'une Aes Sedai peut avoir un seul Lige à sa dévotion, l'Ajah Rouge refuse tout engagement de Lige, alors que l'Ajah Verte est convaincue qu'une Aes Sedai peut avoir autant de Liges qu'elle le désire. Sur le plan éthique, le Lige doit accéder de son plein gré à cet état de serviteur vassal, mais on a vu des Liges qui l'étaient devenus involontairement. Ce que les Aes Sedai tirent comme bénéfice de ce vasselage est un secret bien gardé. Voir aussi *Aes Sedai*.

*Logain :* Un faux Dragon neutralisé par les Aes Sedai.

*Loial :* Un Ogier originaire du *Stedding* Shangtai, devenu le compagnon de Rand al'Thor, de Mat Cauthon et de Perrin Aybara. Il se met aux ordres de l'Aes Sedai Moiraine qu'il aide par ses grandes connaissances du passé du Monde.

*Luc; Seigneur Luc de la Maison de Mantear :* Frère de Tigraine. Sa disparition dans la Grande Dévastation (971 N.E.) passe pour être en relation avec celle de Tigraine qui se produisit ensuite. Son emblème est un gland.

*Luthair :* Voir *Mondwin, Luthair Paendrag.*

*Malkier, la :* Une nation qui avait jadis fait partie des Marches, à présent détruite par la Dévastation. Son emblème : une grue dorée en plein essor.

*Manetheren :* Une des dix nations qui avaient signé le Deuxième Pacte. Manetheren est aussi le nom de sa capitale. L'une et l'autre — nation aussi bien que cité — ont été détruites au cours des Guerres Trolloques.

*marath'damane :* Dans l'Ancienne Langue, « Celles qui doivent être mises en laisse ». Terme utilisé par les Seanchans pour les femmes capables de canaliser, mais qui n'ont pas encore été capturées et enchaînées à l'aide d'un collier. Voir aussi : *damane*; *a'dam*; *Seanchans.*

*Masema :* Un guerrier du Shienar qui déteste les Aiels.

*mashiara :* Dans l'Ancienne Langue, « bien-aimée », mais dans le sens de « qui est aimée d'un amour sans espoir ».

*Mayene :* Ville-État au bord de la Mer des Tempêtes tirant sa richesse et son indépendance de son savoir-faire pour trouver les bancs de poissons fournissant de l'huile, qui rivalisent en importance économique avec les oliveraies du Tear, de l'Illian et du Tarabon. Poissons et olives fournissent la presque totalité de l'huile lampante. La présente souveraine de Mayene est Berelain, la Première de Mayene. Les souverains de Mayene prétendent descendre d'Artur Aile-de-Faucon. L'emblème de Mayene est un gerfaut d'or en plein vol.

*Merrilin, Thom :* Un ménestrel qui avait été l'amant de la

Reine d'Andor, Morgase. Venu se produire au Champ d'Emond à l'occasion du Festival de Bel Tine, il avait suivi la cavalcade de Moiraine en route pour Tar Valon. (Voir volume 1 de *La Roue du Temps.*) « Ménestrel » s'entend au sens élargi du terme qui est celui du vieil anglais *gleeman*, de *gleo-man* — homme de musique et de divertissement, compositeur de ballades et d'épopées dans le style des sagas islandaises —, récitant, conteur et musicien, mais aussi jongleur avec balles et couteaux ou baladin exécutant sauts périlleux et culbutes. Le « divertisseur » serait le bon néologisme. Signalés par leurs capes traditionnelles couvertes de morceaux d'étoffe multicolores, ces « divertisseurs » se produisent principalement dans les villages et les gros bourgs. (En fait, Thom Merrilin est davantage qu'un simple ménestrel, c'est un barde de cour. *N.d.T.*)

*Min :* Jeune femme ayant le don de comprendre les auras et images qu'elle voit parfois autour des gens.

*Moiraine :* Une Aes Sedai de l'Ajah Bleue. Issue de la Maison de Damodred, mais non dans la ligne de succession au trône, elle a grandi dans le palais royal de Cairhien.

*Mondwin, Luthair Paendrag :* Fils d'Artur Aile-de-Faucon, il commandait les armées qu'Aile-de-Faucon avait envoyées de l'autre côté de l'Océan d'Aryth. Sa bannière était un faucon doré aux ailes déployées, tenant dans ses serres des éclairs. Voir *Artur Aile-de-Faucon.*

*Mordeth :* Conseiller qui a incité la cité d'Aridhol à utiliser les procédés des Amis du Ténébreux contre ceux-ci, entraînant sa destruction et lui valant un nouveau nom, Shadar Logoth (« Où l'Ombre attend »). Une seule chose survit dans Shadar Logoth en plus de la haine qui l'a détruite, c'est Mordeth enfermé dans ses ruines pour deux mille ans, guettant la venue de quelqu'un dont il pourrait consumer l'âme et ainsi s'emparer du corps, s'y réincarnant.

*Morgase :* Par la grâce de la Lumière, Reine d'Andor, Défenseur du Royaume, Protectrice du Peuple, Haut Siège de la Maison de Trakand. Son emblème est trois clefs d'or. L'emblème de la Maison de Trakand est une clef de voûte en argent.

*Myrddraals, les :* Créatures du Ténébreux, chefs des Trollocs. Descendants dénaturés de Trollocs en qui l'héritage humain utilisé pour créer ceux-ci a repris sa prépondérance, mais a été corrompu par le mal qui a fabriqué les Trollocs. Physiquement, ils sont comme des humains, à part qu'ils sont dépourvus d'yeux, mais ils ont une vue d'aigle la nuit comme le jour. Ils possèdent certains pouvoirs hérités du Ténébreux, y compris la faculté de provoquer une peur paralysante d'un seul regard et le don de disparaître chaque fois qu'il y a des ombres. Une de leurs rares faiblesses connues est qu'ils répugnent à traverser de l'eau courante. Selon les pays, ils sont connus sous des noms différents, entre autres les Demi-Hommes, les Sans-Yeux, les Hommes-Ombres, les Rôdeurs et les Évanescents — ou les Fetches (un Fetch ou encore un fantôme).

*neutralisation :* Cette mesure exécutée par les Aes Sedai consiste à empêcher que l'homme capable de canaliser puisse capter le Pouvoir Unique. C'est nécessaire car un homme sachant canaliser sera rendu fou par la souillure que le Ténébreux a instillée dans le *saidin* et commettra presque certainement dans sa folie des actes épouvantables. L'homme neutralisé sent encore la Vraie Source, mais il ne peut l'atteindre. La neutralisation empêche le développement de la folie, mais ne la guérit pas. Si elle est pratiquée assez tôt, la mort peut être évitée.
L'équivalent pour les femmes capables de canaliser qui auraient commis des actes indignes ou seraient soupçonnées de pouvoir en commettre est la « désactivation ».

*Niall, Pedron :* Un seigneur Capitaine Commandant des Enfants de la Lumière (voir aussi *Enfants de la Lumière*).

*Nisura, Dame :* Dame noble du Shienar, une des suivantes de Dame Amalisa, sœur d'Agelmar seigneur de Fal Dara.

*Ogiers, les :* 1) Race non humaine caractérisée par sa haute taille (trois mètres est la moyenne pour un Ogier adulte), par un nez épaté ressemblant presque à un groin et par de longues oreilles terminées par des aigrettes de poil. Les Ogiers vivent dans des villages appelés *steddings.* Leur séparation de leurs *steddings* après la Destruction du Monde (une période appelée Exil par les Ogiers) provoquait ce qu'on appelle la nostalgie; un Ogier resté trop longtemps loin de son *stedding* languit et meurt. Bien connus comme de merveilleux maîtres maçons et tailleurs de pierre, ils considèrent le travail de construction simplement comme quelque chose d'appris durant l'Exil, de moins important que soigner les arbres du *stedding,* surtout les immenses Grands Arbres. Sauf pour leurs travaux de construction, ils quittent rarement leurs *steddings* et par goût ont peu de contacts avec les humains. Ils sont pratiquement ignorés des hommes qui, pour la plupart, les croient des êtres de légende. Bien que jugés pacifiques et extrêmement lents à se mettre en colère, des récits de l'ancien temps mentionnent qu'ils ont combattu aux côtés des humains pendant les Guerres Trolloques et les disent des ennemis implacables. Généralement, ils sont extrêmement friands de science, et leurs livres et histoires contiennent souvent des informations perdues par les humains. La longévité ogière typique dépasse de trois ou quatre fois celle d'un homme.

2) Ogier ou Ogière est le nom donné à toute personne de cette race non humaine. Voir aussi : *Stedding*; *Chanteur-d'Arbre.*

*Ordeith :* Dans l'Ancienne Langue, « Absinthe ». Nom adopté par un homme qui conseille le Seigneur Capitaine Commandant des Enfants de la Lumière Pedron Niall.

*Peuple de la Mer* ou *Atha'an Miere :* Habitants d'îles de l'Océan d'Aryth et de la Mer des Tempêtes, ils séjournent peu de temps sur ces îles, vivant en général sur leurs bateaux. L'essentiel du trafic maritime passe par les mains du Peuple de la Mer.

*Pierre de Tear :* Grande forteresse dans la cité de Tear, qui passe pour avoir été construite peu après la Destruction du Monde et cela en utilisant le Pouvoir Unique. Elle a été attaquée ou assiégée d'innombrables fois, mais jamais avec succès. La Pierre est mentionnée deux fois dans les Prophéties du Dragon. Une fois, elles annoncent qu'elle tombera seulement lors de la venue du Peuple du

Dragon. À un autre endroit, elles disent qu'elle ne tombera que lorsque la main du Dragon tiendra l'Épée-qui-ne-peut-pas-être-touchée, *Callandor.* D'aucuns estiment que ces Prophéties justifient l'antipathie des Puissants Seigneurs pour le Pouvoir Unique ainsi que la loi de Tear interdisant le canalisage. En dépit de cette antipathie, la Pierre contient une collection d'*an'greals* et de *ter'angreals* rivalisant avec celle de la Tour Blanche, à Tar Valon collection qui a été rassemblée, selon certains, afin d'essayer de diminuer le rayonnement de *Callandor.*

*Pouvoir Unique, le :* Le Pouvoir puisé à la Vraie Source. La grande majorité des gens est absolument incapable d'apprendre à canaliser le Pouvoir Unique. Un très petit nombre peut apprendre à le faire et un nombre encore plus restreint en a le don inné. Ces rares privilégiés n'ont pas besoin de recevoir de formation ; ils atteindront la Vraie Source et canaliseront le Pouvoir qu'ils le veuillent ou non, peut-être sans même s'en rendre compte. Ce don inné se manifeste en général à la fin de l'adolescence ou au début de l'âge adulte. Si la maîtrise n'en a pas été acquise par expérience personnelle (extrêmement difficile, avec une chance sur quatre de succès) ou par une formation spéciale, la mort est certaine. Depuis le Temps de la Folie, aucun homme n'a été capable de canaliser le Pouvoir sans devenir fou furieux et, même s'il a appris tant soit peu à le maîtriser, sans mourir d'une maladie de langueur qui fait que celui qui en est atteint pourrit vivant, maladie causée comme la folie par la souillure instillée dans le *saidin* par le Ténébreux. Pour une femme, la mort qui survient quand elle ne peut contrôler le Pouvoir est moins horrible, mais est inéluctable. Les Aes Sedai recherchent les jeunes filles qui ont le don inné autant pour sauver leur vie que pour accroître le nombre des Aes Sedai et elles recherchent les hommes pour empêcher les actes terribles auxquels ils se livreraient inévitablement à l'aide du Pouvoir dans leur folie. Voir aussi : *canaliser*; *Temps de la Folie*; *Vraie Source.*

*Prophéties du Dragon :* Peu connues et rarement citées, les prophéties mentionnées dans le *Cycle de Karaethon* annoncent que le Ténébreux sera de nouveau libéré pour s'attaquer au monde. Et que Lews Therin Telamon, le Dragon, Destructeur du Monde, renaîtra pour livrer la Tarmon Gai'don, la dernière bataille contre l'Ombre. Voir *Dragon.*

*Puissants Seigneurs de Tear :* Constitués en Conseil, les Puissants Seigneurs dirigent la nation de Tear qui n'a ni roi ni reine. Leur nombre n'est pas fixe et a varié au fil des années de vingt à six. Ne pas confondre avec les Seigneurs de la Terre, qui sont des seigneurs tairens de moindre importance.

*Ragan :* Guerrier du Shienar.

*Renna :* Une femme d'origine seanchane ; une *sul'dam.*

*Réprouvés, les :* Nom donné à treize des plus puissants Aes Sedai de l'Ère des Légendes, c'est-à-dire des plus puissants qui aient jamais existé. Ils s'étaient mis du côté du Ténébreux pendant la Guerre de l'Ombre en échange de la promesse de l'immortalité. Selon à la fois les récits légendaires et des archives fragmentaires, ils avaient été emprisonnés en même temps que le Ténébreux quand les sceaux eurent été replacés sur sa prison. Leurs noms — parmi lesquels Lanfear, Be'lal, Sammael, Asmodée, Rahvin et Ishamael — sont encore utilisés pour faire peur aux enfants.

*Rétameurs :* Voir *Tuatha'ans.*

*Rêveuse :* Voir *Talents.*

*Rhuarc :* Un Aiel, chef de clan des Aiels Taardad.

*Rhyagelles :* Dans l'Ancienne Langue, « Ceux qui sont revenus ».

*Roue du Temps, la :* Le Temps est une roue à sept rayons, chacun représentant une Ère. À mesure que la Roue tourne, les Ères surviennent et s'en vont, chacune laissant des souvenirs qui se fondent en légende, puis en mythe et sont oubliés quand l'Ère revient. Le Dessin d'une Ère est légèrement différent à chaque survenance et, chaque fois, le changement est plus important, mais c'est chaque fois la même Ère.

*sa'angreal :* Nom donné à des objets permettant à un individu de canaliser une plus grande partie du Pouvoir Unique que ce ne serait possible, ou dépourvu de danger, sans lui. Le *sa'angreal* est comparable à un *angreal,* mais est beaucoup plus puissant. La quantité du Pouvoir Unique maîtrisable avec un *sa'angreal* est, par rapport à celle obtenue avec un *angreal,* du même ordre que celle obtenue avec un *angreal* par rapport à celle qui est manipulée sans aide. Vestige de l'Ère des Légendes, sa méthode de fabrication a été perdue. Il n'en reste plus qu'un très petit nombre, encore moindre que celui des *angreals.*

*Sagesse, la :* Dans les villages, jeune femme choisie par le Cercle des Femmes pour ses compétences en l'art de guérir et de prédire le temps à venir, ainsi que pour son solide bon sens. Poste de grande responsabilité et d'autorité, autant réelles qu'implicites. La Sagesse est généralement considérée à l'égal du maire, de même que le Cercle des Femmes est l'égal du Conseil du Village. Au contraire du maire, elle est nommée à vie et c'est bien rare qu'une Sagesse soit démise de son poste avant la fin de ses jours. Selon les pays, on lui donne un titre différent : Guide, Guérisseuse, Sagette, Devineresse ou Déchiffreuse.

*saidar, saidin :* Voir *Vraie Source.*

*Saldaea, la :* Une des Marches.

*Sans-Âme :* Voir *Homme Gris.*

*Sauteur :* Un loup qui rêvait de « fendre l'air comme les aigles ». Ami et compagnon de Perrin Aybara.

*Seanchans :* 1) Descendants des armées envoyées par Artur Aile-de-Faucon de l'autre côté de l'Océan d'Aryth, qui sont venus reconquérir les terres de leurs aïeux. 2) Seanchan est la terre d'où ils viennent. Voir *Hailènes*; *Corenne*; *Rhyagelles.*

*Seandar :* Capitale du Seanchan où l'Impératrice siège sur le Trône de Cristal dans la Cour des Neuf Lunes.

*Séléné :* Nom utilisé par la Réprouvée appelée Lanfear.

*Servantes, la Salle des :* Au cours de l'Ère des Légendes, la grande salle de réunion des Aes Sedai, dite aussi « Salle des Serviteurs ».

*Sèta :* Une Seanchane; une *sul'dam.*

*Shadar Logoth :* Cité abandonnée et évitée depuis les Guerres Trolloques. Son sol est souillé et pas un caillou de cette ville n'est inoffensif. Dans l'Ancienne Langue, « L'Endroit où attend l'Ombre ». Appelée aussi : « L'Attente-de-l'Ombre ». Voir aussi *Mordeth.*

*Shai'tan :* Le Ténébreux. Shai'tan est aussi le nom que les musulmans donnent au génie du Mal. Assimilable au dieu rouge Seth des anciens Égyptiens et au Satan des chrétiens.

*Shayol Ghul, le :* Montagne dans les Terres Maudites, site de la prison du Ténébreux.

*Sheriam :* Une Aes Sedai de l'Ajah Bleue. Maîtresse des Novices à la Tour Blanche.

*Shienar, le :* Une des Marches. L'emblème du Shienar est un faucon noir fondant sur sa proie.

*shoufa :* Partie du vêtement des Aiels, pièce d'étoffe couleur de sable ou de roche qui entoure la tête et le cou, laissant seulement à nu le visage.

*Siuan Sanche :* Fille d'un poissonnier de Tear, elle fut, selon la loi tairenne, embarquée sur un navire à destination de Tar Valon avant que le soleil se soit couché le lendemain du jour où l'on avait découvert qu'elle avait le potentiel nécessaire pour canaliser. Elle faisait partie de l'Ajah Bleue quand elle a été élevée au Trône de l'Amyrlin en 985 N.E.

*Soleil, Jour du :* Jour férié et festival célébré au milieu de l'été dans de nombreuses parties du monde.

*stedding :* Terre natale des Ogiers. De nombreux *steddings* ont été abandonnés depuis la Destruction du Monde. Ils sont protégés, on ne sait plus par quoi, de sorte que dans leur enceinte nulle Aes Sedai ne peut canaliser le Pouvoir ni même sentir l'existence de la Vraie Source. Les tentatives pour faire agir le Pouvoir Unique de l'extérieur d'un *stedding* n'ont pas d'effet à l'intérieur de ses limites. Aucun Trolloc n'entrera dans un *stedding* à moins d'y être contraint et forcé. Et même un Myrddraal ne se portera à cette extrémité qu'en cas de nécessité, et alors avec la plus grande répugnance et aversion. Même les plus fermes Amis du Ténébreux se sentent mal à l'aise dans un *stedding*.

*sul'dam :* Une femme ayant subi avec succès les épreuves démontrant qu'elle peut porter le bracelet de l'*a'dam* et ainsi faire obéir une *damane.* Voir aussi : *a'dam*; *damane.*

*Suroth, Haute et Puissante Dame :* Noble Seanchane de haut rang.

*Tai'shar :* Dans l'Ancienne Langue, « Vrai sang de ».

*Talents :* Aptitudes à se servir du Pouvoir Unique dans des domaines particuliers. La plus connue est, bien sûr, la Guérison. Quelques-unes, comme Voyager (la faculté de se déplacer d'un endroit à un autre sans franchir l'espace intermédiaire), ont été perdues. D'autres, telle la Prédiction (le don de prophétiser des événements futurs, mais d'une façon générale), sont très rares, sinon même disparues. Une autre aptitude longtemps crue perdue est le Rêve, qui implique, entre autres, d'interpréter les songes de la Rêveuse ou du Rêveur pour prédire des événements futurs d'une manière plus précise que la simple Prédiction. Certains Rêveurs ont la faculté d'entrer dans le *Tel'aran'rhiod*, le Monde des Rêves, et (dit-on) même dans les rêves d'autres personnes. La dernière Rêveuse connue était Corianine Nedeal, morte en 526 N.E.

*Ta'maral'ailen :* Dans l'Ancienne Langue, « Toile de Destinée ». Un grand changement dans le Dessin d'une Ère, centré autour d'une ou plusieurs personnes qui sont *ta'veren.* Voir aussi : *Dessin d'une Ère*; *ta'veren.*

*Tanreall, Artur Paendrag :* Voir *Artur Aile-de-Faucon.*

*Tarmon Gai'don, la :* La Dernière Bataille. Voir aussi : *Dragon*; *Prophéties du Dragon*; *Cor de Valère.*

*Tar Valon :* ville sur une île au milieu du fleuve Érinin. Centre du pouvoir des Aes Sedai et site de la Tour Blanche.

*ta'veren :* Une personne autour de qui la Roue du Temps tisse tous les fils de la vie qui l'entoure, sinon même la *totalité* des fils de la vie pour former une Toile de Destinée.

*Tear :* Grand port sur la Mer des Tempêtes, capitale de la nation du même nom.

*Telamon, Lews Therin :* Voir *Dragon.*

*Tel'aran'rhiod, le :* Dans l'Ancienne Langue, « le Monde

Invisible » ou « le Monde des Rêves ». Un monde entrevu en songe dont les anciens pensaient qu'il pénétrait et entourait tous les autres mondes possibles. Au contraire d'autres rêves, ce qui arrive aux êtres vivants dans le Monde des Rêves est réel ; une blessure reçue là-bas sera toujours présente au réveil et quiconque meurt là-bas ne se réveillera jamais.

*Temps de la Folie, le :* Dans les années ayant succédé à la riposte du Ténébreux qui avait pollué la partie masculine de la Vraie Source, les hommes Aes Sedai étaient devenus fous et avaient détruit le monde. La durée de cette période est inconnue, mais on suppose qu'elle s'est étendue sur près d'une centaine d'années. Elle ne s'est achevée qu'à la mort du dernier Aes Sedai. Voir aussi : *Cent Compagnons*; *Vraie Source*; *Pouvoir Unique.*

*Ténébreux, le :* 1) Le nom le plus courant, utilisé dans tous les pays, pour Shai'tan. La source du mal, antithèse du Créateur. Emprisonné par le Créateur dans le Shayol Ghul au moment de la Création. La tentative pour le libérer de cette prison a déclenché la Guerre de l'Ombre, la souillure du *saidin*, la Destruction du Monde et la fin de l'Ère des Légendes.

2) *Nommer le Ténébreux* : Prononcer le véritable nom du Ténébreux (Shai'tan) attire son attention, entraînant inévitablement des ennuis au mieux, un désastre dans le pire des cas. Pour cette raison, on utilise de nombreux euphémismes, parmi lesquels Ténébreux, Père des Mensonges, Aveugleur, Seigneur de la Tombe, Berger de la Nuit, Fléau-du-cœur, Fléau-de-l'âme, Brûleur d'herbe et Flétrisseur de feuilles. Les Amis du Ténébreux l'appellent le Grand Seigneur des Ténèbres. De quelqu'un qui semble avoir de la malchance, on dit souvent qu'il a « nommé le Ténébreux ».

*ter'angreal :* Un parmi un certain nombre d'objets datant de l'Ère des Légendes et participant à l'usage du Pouvoir Unique. Au contraire de l'*angreal* et du *sa'angreal* (voir ces mots), chaque *ter'angreal* a été fait pour obtenir un résultat particulier. Par exemple, il y en a un qui rend les serments formulés dedans impossibles à rompre. Quelques-uns sont utilisés par les Aes Sedai, mais on connaît mal leur destination première. Certains tuent ou détruisent le don de canaliser de la femme qui les utilise.

*tia avende alantin :* « Frère des Arbres ».

*Tia mi aven Moridin isainde vadin :* Dans l'Ancienne Langue, « La tombe n'est pas un obstacle à mon appel ». Inscription sur le Cor de Valère (voir ce mot).

*Tigraine :* En tant que Fille-Héritière d'Andor, elle avait épousé Taringail Damodred, dont elle eut un fils, Galadedrid. Sa disparition en 972 N.E., peu après celle de son frère Luc dans la Grande Dévastation, a conduit à la lutte dans l'Andor appelée la Succession et provoqué dans le Cairhien les événements qui aboutirent à la Guerre des Aiels. Son emblème est une main de femme étreignant une tige épineuse de rose blanche.

*Toile de Destinée :* Un grand changement dans le Dessin d'une Ère, centré autour d'une ou plusieurs personnes qui sont *ta'veren.* Équivalent : *ta'maral'ailen.*

*Trollocs :* Créatures du Ténébreux, créées pendant la Guerre de l'Ombre. D'une stature gigantesque, ils sont un mélange dénaturé de souches humaines et animales. Cruels par essence, ils tuent pour le plaisir de tuer. Fourbes à l'extrême, on ne peut compter sur eux qu'en leur inspirant de la crainte.

*Tuatha'ans :* Population errante appelée aussi Rétameurs et Peuple Nomade ou Voyageur, qui vit dans des roulottes peintes de couleurs vives et adhère à une philosophie totalement pacifiste appelée la Voie de la Feuille. Les objets réparés par les Rétameurs valent parfois mieux que les objets neufs. Ils comptent parmi les rares étrangers qui peuvent traverser le Désert d'Aiel sans être molestés, les Aiels évitant avec soin tout contact avec eux.

*Tueurs-d'arbre :* Surnom donné aux Cairhienins par les Aiels, toujours prononcé avec un accent d'horreur et de dégoût. (Les Aiels avaient envahi le Cairhien pour tuer son souverain Laman qui avait commis le crime, à leurs yeux, d'abattre l'Arbre de Vie — voir *La Roue du Temps* — ; c'est l'origine de la Guerre des Aiels... et de la naissance du Dragon Réincarné sur les pentes du Mont-Dragon ainsi que l'avaient annoncé les Prophéties. *N.d.T.*)

*Turak, Haut et Puissant Seigneur de la Maison d'Aladon :* Un Seanchan de haut rang, chef des Hailènes. Voir aussi *Seanchans* ; *Hailènes.*

*Vérine Mathwin :* Une Aes Sedai de l'Ajah Brune.

*Vraie Source, la :* La force motrice de l'univers, qui fait tourner la Roue du Temps. Elle est partagée en une moitié mâle (le *saidin*) et une moitié femelle (la *saidar*) qui œuvrent à la fois ensemble et l'une contre l'autre. Seul un homme peut attirer à soi le *saidin*, seule une femme peut recourir à la *saidar*. Depuis le commencement du Temps de la Folie, le *saidin* a été corrompu par le contact du Ténébreux. Voir aussi *Pouvoir Unique*.

*Achevé d'imprimer sur les presses de*

**BUSSIÈRE**

GROUPE CPI

*à Saint-Amand-Montrond (Cher)*
*en janvier 2001*

POCKET - 12, avenue d'Italie - 75627 Paris Cedex 13
Tél. : 01-44-16-05-00

— N° d'imp. 10278. —
Dépôt légal : février 2001.

*Imprimé en France*